季宇 著

群山呼啸

人民文学出版社

图书在版编目（CIP）数据

群山呼啸/季宇著．—北京：人民文学出版社，2021
ISBN 978-7-02-016696-1

Ⅰ.①群… Ⅱ.①季… Ⅲ.①长篇小说—中国—当代 Ⅳ.①I247.5

中国版本图书馆CIP数据核字（2020）第210481号

策划编辑	脚　印
责任编辑	王　蔚
装帧设计	崔欣晔
责任印制	王重艺

出版发行	人民文学出版社
社　　址	北京市朝内大街166号
邮政编码	100705
网　　址	http://www.rw-cn.com
印　　刷	三河市博文印刷有限公司
经　　销	全国新华书店等
字　　数	460千字
开　　本	890毫米×1290毫米　1/32
印　　张	17.625　插页3
印　　数	1—10000
版　　次	2021年1月北京第1版
印　　次	2021年1月第1次印刷
书　　号	978-7-02-016696-1
定　　价	52.00元

如有印装质量问题，请与本社图书销售中心调换。电话:010-65233595

脚印工作室

第一章　大　伯 | 1926 年

一

　　大伯是我爷爷的长子。我爷爷和我奶奶生有三个儿子：长子贺廷勇，即我大伯；次子贺廷智，是我二伯；三子贺廷诚，即我父亲。我爷爷给他们取名时说，孟子有云，勇者无惧，智者无惑，诚者有信，仁者无敌，故三子起名依次取勇、智、诚三字。倘有第四子，那勇、智、诚、仁便全了。遗憾的是，我奶奶在生下我父亲后便没有再生养，而曾姨进门后也未诞下子嗣。

　　在我父亲三个兄弟中，我大伯出生是最不顺利的。那时正是辛亥革命爆发前夕，我爷爷由于参加马炮营起义受到通缉，我奶奶在田家老屋冒险生下我大伯，由于身份不明，差点母子命丧黄泉。每每提及此事，我奶奶总是感慨不已，说我大伯是她所有三个孩子中最不省心的。的确，相比我二伯和我父亲而言，我大伯的出生简直充满了磨难。那是一段提心吊胆的日子，我奶奶常说，得亏老天开眼，才保下了性命。为此我奶奶庆幸不已。

　　据家里的老人说，我大伯从小就特有主见，这一点似乎是遗传了我奶奶。从长相上看，他比两个弟弟矮了半头。我二伯和我父亲都是高个儿，身高都在一米八左右，而我大伯只有一米六七，乍一看简直不像同父同母所生。"他是俺捡来的。"我奶奶常开玩笑说。有一种说法，我大伯之所以长成这样，有可能与我奶奶怀他时营养不良有关。这很可能是对的。"那时节，"我奶奶说，"吃不着，喝不着，还成天担惊受怕。"按照现代妊娠学、营养学和心理学分析，这说法倒也不失科学依据。

不过，尽管个头存在差异，我大伯与两个弟弟的模样和神态却极其相似。他们都有浓密漆黑的眉毛，一双细长柔和的眼睛，鼻梁高挺，嘴巴宽阔，既继承了我爷爷的坚毅英武，又兼具我奶奶的温柔高雅。解放后，我大伯一直在北京工作，我偶尔进京才能见到他。他给我的一个突出印象就是常年生病住院，整天病歪歪的，显得弱不禁风。在外人看来，他根本不像一个曾经出生入死，身经百战的将军。

据我父亲说，我大伯年轻时身体很好。尽管我奶奶怀他时营养不良，但他打小就注意磨炼自己，刻苦锻炼，爬山、游泳样样在行。他能一口气登上百米的山头，还能一个猛子扎到水里，游十几米才露头。在学校里，他的体育课成绩一直名列前茅：百米跑达到十三秒，铅球能推出近二十米，引体向上能连做一百个不带喘气的，此外还能在单杠上"打车轮"。"别看他个头瘦小，"我父亲说，"他身上全是肌肉，摸上去一块块的，硬得像铁，按都按不动。"在学校谁也不敢小看他，就连那些比他大的学生也不例外。后来，他因多次负伤，身体这才垮了。据说，有一次子弹穿透了他的肺，他昏迷了三天三夜才醒来。到他去世前，身上还有二十二处弹片没有取出来。

关于我大伯的故事有许多，但他自己很少提及。尤其是对我第一个大伯母，更是不愿多谈。据我父亲说，他对这个伯母感情特别深。两人同生共死，经历了种种磨难。

我第一个大伯母名叫费伊蓉，长得端庄漂亮，在学校里就是一个美人儿。她与我大伯有一张合影，年代不详，背景是一条河，他们站在河边的柳树下，费伯母剪着短发，侧身斜倚柳树，一副小鸟依人的样儿，而我大伯站在一边，双手掐腰，昂首挺胸，显得英气勃勃。他们都穿着军装，腿上还打着绑腿。脸上满是笑容，显得十分幸福。可惜的是,由于当时照相技术不行,加上年代久远,照片并不清晰,尽管如此,仍能看出我费伯母身材苗条,气质优雅。

费伯母的父亲费经三是当地名人。他曾做过霍川县的县太爷。据县志记载,费经三,字采臣,安徽桐城人。其父做过教谕,所以费经三自幼受到良好教育,能文善诗,曾中乡试,后赴保定莲池书院,师从清末大儒吴汝纶。吴是淮系重臣,做过李鸿章的幕僚。在他的举荐下,费经三年纪轻轻便获得了霍川知县的委任。

费经三出任霍川知县是在光绪三十二年,当时年仅三十一岁。此时,霍川灭门案已经过去了四年。此案令人发指,朝野震动,我太爷爷也不幸卷入,死于非命。面对复杂局面和各派势力,费经三上任后极力周旋,慢慢立住脚跟。人们都说他年纪不大,但老于世故,是一个会当官的人。看来此言不谬。他上任以来,一直主张多栽花少栽刺。在任期间,勤于职守,大力兴办公共事业,比如修路修桥、办水利和建学校等,但对那些错综复杂的家族矛盾和人事关系则谨慎小心,左右逢源。不过,费经三虽然看似老好人,实则并不糊涂。辛亥革命时,他顺应潮流,响应起义,使得霍川和平光复,受到赞誉。此后,他一度被推举为霍川临时军政府都督兼民政长,民国后还短暂出任过县知事(即县长),直到民国二年改任省议会议员。

费伊蓉是费经三最小的女儿。她与我大伯是在北辰中学相识的。北辰中学是一所教会学校,由英国教会出资创建,时在光绪三十三年,即费经三出任知县的第二年。应该说,这件事得益于他的大力支持。他以知县名义出面号召,还动员当地士绅商民集资襄助。学校地点就设在原先的北辰书院旧址上,最早的名称叫北辰学堂,民国后改为北辰中学。

北辰中学的校长也是霍川名人,名叫涂啸寰,早年就读于天津北洋大学,后至英国伯明翰大学深造,学贯中西,能说一口流利的英语。他一副绅士派头,穿西装,戴礼帽,手持"司的克"(文明棍),鼻梁上架着一副金丝眼镜，嘴唇上留着两撇精心修剪的黑胡须。他还养了两条高大的爱尔兰猎狼犬。该犬浑身乱毛，体格高大结实，训练有素，动作敏捷，时常围在他的身边，根据他的指令或手势，或卧或立或奔，几乎与他形影不离。涂校长为人孤傲，目空一切。他崇尚西式教育，提倡德、智、体、群、美五育并举。此外，学校高薪延揽名师，除了国内的，还有英、美等国外教多名，这在当时并不多见。

民国初年，学校始设体育、音乐课程，但大多为摆设，并不重视，然而，涂校长却与众不同。"诸位，都听好了，"他常说，"别的学校我不管，也管不到，但北辰的学生不能再做老大病夫！"据说，他在国外读书时曾被人讥为"老大病夫"，这让他深以为耻。每次开学典礼上，他都要大谈全身训练的重要，并用文王武王之例加以说明：昔者，武王师事姜尚，兴兵伐纣，开周朝八百年之天下，止戈为武，武王之所以为武，盖以武功成之也。武王之父文王，亦师事姜尚，但是不重武功，虽有盛德，终被囚于羑里。"有文无武近乎懦，有武无文近乎野，"他强调说，"能文能武，斯为俊杰。"这后八个字成了他的名言，经常挂在嘴边。他还告诫学生，外国人骂我们是病夫，皆因我们只知摇头晃脑地读书，不重锻炼身体，这样的人面黄肌肉，呆头呆脑，手无缚鸡之力，风一吹就倒，又有何用？"治世修文，乱世尚武，文能安邦，武能定国，两者相辅相成，方为有用之才。"

为了加强体育课，学校专聘了体育教师。有时涂校长还亲自任教，严加督导，对于体育不及格者一律留级，毫不通融。这在当时绝无仅有。他还购置了先进的体育器械，修建了足球场，并组织足球队，经常进行训练比赛。只要有空，必亲自到场，或充当教练，当面指导；或亲自上场示范。据说他在英国读书时踢过中锋，其盘带技术相当娴熟。"休派的（蠢）！休派的！"每当看到有人出现低级失误，他便会挥起双手，大喊大叫，完全失去了绅士风度。

至于音乐课，学校主要教唱英文歌曲，内容多为圣咏歌曲，如《平安夜》《圣母颂》等等。不过对民歌、戏曲等，校方也不排斥。学生们既可排练西方话剧（如莎士比亚、易卜生等人的作品），也可排练京剧、庐剧和黄梅戏，涂校长一律支持。在这方面，他表现得相当开明。不仅如此，他还提倡民主，学校里言论自由，并不限制任何思想、主义。他本人虽是基督徒，但他并不强求别人信教。在北辰中学，你可以信教，也可以不信；在课堂上，教师可以讲三民主义，也可以讲共产主义。读书也没有限制。据我大伯说，他在校时学生们就传看过《新青年》《向导》《共产主义ABC》等书刊——在当时均属禁书，但在北辰并不禁止。有人告到上边去，说他纵容赤色主义，但涂校长毫不理会。

"谁是校长？"他反问道，"你们？还是我？要是让我干，就得听我的。"他态度坚决，一点也不妥协，甚至以辞职相威胁，"不行，我可以走人，你们另请高明吧。"

他的强硬态度让那些领导无可奈何，北辰毕竟是教会学校，涂校长和外国教会的关系很好，因此他们不敢轻易招惹。另外，一位有着"北洋"和"伯明翰"背景的校长毕竟难找，当初为了请他大驾，时任县太爷的费经三可谓几顾茅庐，费了老大劲。按涂校长的话说，要不是他涂某人念及桑梓之情，才不会屈尊俯就哩。

我大伯是一九二二年进入北辰中学的。在这之前，他一直随我爷爷在北京读书。那时，我爷爷在北京陆军部任职。直皖战争前夕，时局紧张，战云密布。为安全计，我爷爷把我大伯送回老家，进入北辰就读。北辰的学生中有不少来自上层家庭，如本县和周边几个县的官员绅商子弟。霍川县商会会长卫孝衡的孙子卫登辉也在该校就读。

卫家是霍川大户，曾与我们贺家（准确地说，是与我太叔爷贺恺年）有过密切交往，可灭门案发生后，卫、贺两家便彻底闹翻了，从此水火难容。卫登辉比我大伯大两岁，长得人高马大，仗着家里有钱有势，平时趾高气扬，吃五喝六，行事十分嚣张。同学们背后都骂他"卫螃蟹"，寓意横行霸道。

我大伯初进校时，便与卫登辉杠上了。两人互相看不顺眼，也互不买账。"这小子想找死啊！"卫登辉恶狠狠地说。有一次，在饭堂打饭时，两人迎面而过。卫登辉扩开肩膀，有意撞了我大伯一下，然后大摇大摆走了过去，明摆着，这是存心找碴儿。可他没想到，我大伯也不是怕事的人，回身一把抓住他。卫登辉正愁找不到机会整治我大伯，于是抬手一拳打过去，但却被我大伯一把抓住手腕，手上一用力，把拳头扭到一边，痛得卫登辉差点叫出来——我大伯还算给他留面子，没把他的胳膊拧到后边。同学们一见都围了上来。就在这时，庶务处主任出现了，我大伯便松开了手。

这次短暂的交手，表面看双方谁也没吃亏，但卫登辉却掂量出我大伯的厉害。"这小子劲儿不小！"他事后嘀咕过。打这，不敢再轻易惹事。

这事发生后，同学们不禁对我大伯刮目相看。"别小看这侉子，"大家都说，"倒有两下子，连卫螃蟹也不放在眼里！"当地人都把北方人称作侉子，我大伯因在北京生活过一段时间，满口京腔，因此同学们都叫他小侉子。不过,这个叫法并无贬义，相反倒有高看一眼的意思。

北京过去是皇城，如今又是首善之区，我大伯在那儿待过，见多识广，自然令人羡慕。课余时间，或放学之后，很多人都爱围着他听他侃北京的见闻，譬如火车、电影，还有皇家园林、万里长城等等，这些对于地处大别山腹地的学生来说，简直天方夜谭，无比新奇。

渐渐地，在我大伯周围便聚拢起一些人来。这些人大多是贫民子弟。他们中不少人曾受过卫登辉的欺侮，敢怒不敢言，于是都聚到我大伯身边。我大伯对他们一视同仁，不分贵贱，平等交往。其中同宿舍的卢庆竹更是成了他的铁杆儿。

卫登辉一手遮天的局面逐渐被打破。他本是个欺软怕硬的家伙，自那次与我大伯动手后，很长一段时间，两人井水不犯河水，倒也相安无事。直到几年后，当费伊蓉转学来到北辰中学后，他们的矛盾才不可避免地又一次激化了。

二

费伊蓉转学来北辰中学是民国十四年秋天。这一年,我大伯十五岁,已经升入高中部。北辰中学分初中部和高中部,学制各为三年。费伊蓉原在省城安庆读书,由于她爹费经三辞去省议员之职,称病还到霍川,她便转学来到了北辰中学。

费伊蓉长相出众,不仅身材姣好,清纯秀丽,而且举止高雅,多才多艺。她的到来很快引起了注意。北辰中学向来倡导全面发展,学校业余时间经常举办各种文体活动,这给了费伊蓉大显身手之机。她积极参与学校的各类排练和演出,除了话剧演得好,京剧、庐剧和黄梅戏等也都在行。她还会弹风琴,编剧本,显出了过人的艺术天赋。就连一向眼界甚高的涂校长也给予她很高评价。"许多漂亮的女孩不长脑子,"他说,"长脑子的又多不漂亮,此女两者得而兼之,难得!"

费伊蓉比我大伯大一岁,进校后,卫登辉便盯上她了,成天像苍蝇似的围着她转,嗡嗡叫着,飞来飞去,大献殷勤。费伊蓉走到哪里,他就跟到哪里。她想要什么,他就千方百计满足她,还经常买些好吃的零食水果讨她欢心。就连上课、去饭堂吃饭,都抢着替她拎包,还帮她排队买饭。在他看来,费伊蓉非他莫属,别人谁也别想染指。哪个男生要和费伊蓉走得太近,他就气不打一处来。"她是俺的,"他多次在背后扬言道,"谁也不准打她的主意。"有人把这话告诉了费伊蓉,费伊蓉就很生气。

"你这叫啥话?"她找他质问,"谁是你的?你要再这么说,俺就不理你了。"

卫登辉连忙抵赖。"没的事,"他说,"俺可从没说过,谁说谁是小狗。"他还赌咒发誓,追问这是谁说的,哪个敢编排他的瞎话,他可轻饶不了。

费伊蓉当然不信他的话,只不过暂时对这个厚脸皮的卫登辉也无可奈何。

几个月后，北辰校庆，学校排练莎士比亚话剧《十二夜》。费伊蓉饰演薇奥拉一角，大获成功，名气越来越大，走到哪里都众星拱月一般，受到追捧。可是，尽管到处都是羡慕的眼光和笑容，偏偏有一个人好像把她忽略了，不仅不搭理她，甚至连看她一眼都懒得看。

这个人就是我大伯。

当然，我大伯不理费伊蓉，不是不想搭理她，谁会讨厌一个漂亮的女孩，而且是一个才艺出众的漂亮女孩呢？他也不是害怕卫登辉，用我大伯的话说，他是不想犯贱。"俺可不会像卫登辉那样，"我大伯回霍川不久，便很快学会了霍川话，满口俺的啥的，"简直恶心透了，成天像个跟屁虫似的跟前跟后！"他还表示，哪怕天女下凡，俺也不会那么轻贱。至于费伊蓉，他却为她惋惜。"好好的人，咋会香臭不识，和那种人混在一起？简直是糟践自己！"对于这种人不理也罢，我大伯这样想，于是躲得远远的，有时碰上了也低头而过，视而不见。

费伊蓉有些奇怪。她早就注意到我大伯了。我大伯在北辰也是一个名人。他功课好，体育出众。由于涂校长的大力倡导，体育在北辰受到格外重视，每次比赛都会引起全校关注，而那些获胜者更是令人瞩目。我大伯就是这样一位人物。他不仅是百米跑和铅球的纪录保持者，而且还是足球队主力队员之一。费伊蓉也喜爱体育，但凡学校有比赛，她都要到场观看，呐喊助威，欢呼雀跃。有一次，百米比赛，我大伯第一个冲线，费伊蓉激动得满脸通红。

"他是谁？"她问身边的同学。

"贺廷勇呀，咱们学校的体育明星。"

"好厉害呀！"

她情不自禁跑上去给我大伯递毛巾。这是公主的礼遇。换了谁都得受宠若惊。我大伯心里也挺激动，但接过毛巾，却故作淡然，扭过脸去不看她，好像她无足轻重，擦着汗和别人说话去了。

这让费伊蓉有些失落。他难道不知道俺？这不可能啊？她心里有些疑惑。慢慢地,她发现一个奇怪现象:我大伯好像是有意躲着她。这让她好生纳闷。

有一天,从食堂出来,她便叫住了他。"贺廷勇。"她在背后喊了一声。

我大伯扭过头来,有些意外。"你叫俺?"

"是啊。"

"什么事?"

"俺想问问你,"她说,"俺哪里得罪你了吗?"

"没有啊。"

"那你干吗不理俺?"

我大伯一下被她问住了,因为这话来得突兀、直接,让人意想不到。"没啊……"他下意识地咕哝了一句。

"还说没呢。"费伊蓉噘起嘴巴,漂亮的眉毛向上轻轻一挑,那模样既妩媚又可爱。我大伯心里一动,连忙扭开脸去。

费伊蓉扑哧一声笑了:"俺看你是心中有鬼!"

"胡说啥呢?"我大伯像被针扎了一下,连忙否认。

"俺说错了吗?"

"没有的事,"我大伯急了,连忙辩解道,"俺只是不想……"

"不想什么?"

"那家伙,"我大伯说,"俺讨厌那家伙!"

"哪个家伙?"

"你心里明白。"

"你是说卫登辉?"

"还能有谁?"

费伊蓉扑哧一声又笑了:"你就为这个?"我大伯突感失言,无地自容——这不是不打自招吗?你讨厌卫登辉,与人家何干?这不正好暴露自己心中有鬼吗?正尴尬时,看见卫登辉老远地跑过来,嘴里叫着费伊蓉的名字。费伊蓉皱起眉头来,噘起小嘴,脸上现出厌烦的神情。

"你说得不错。"她突然压低声音对我大伯说。

"什么?"我大伯一时没明白。

费伊蓉朝卫登辉跑来的方向示意了一下。"俺与你有同感!"她说着笑了起来,并朝我大伯扮了个鬼脸。

原来,他们想到了一起。我大伯心花怒放。仿佛心有灵犀,费伊蓉的一句话便把他们之间的关系拉近了。打这,他不再回避费伊蓉,与她来往也多了起来。以前费伊蓉她们排练,他从不去看,现在却成了常客。看到精彩处,还会鼓掌叫好。费伊蓉也常来体育场找他。有时他的训练结束,或她的排练收工,他们还会一起去散步,与知己的同学聚会,谈天说地。

费伊蓉喜爱文学,她的笔记本上整齐地抄录着一些中外诗歌和名人名言。比如拜伦、海涅、泰戈尔、蒋光慈、闻一多、汪静之、徐志摩等等。她还读过不少书,思想活跃,具有文学修养,就连教国文的史先生也夸过她。据费伊蓉说,她爱好文学是受表哥影响。她表哥叫沈泽远,曾在上海念大学。每年放假回家,表哥都会带回许多新的书刊,包括一些中外文学作品,并和她一起阅读探讨,让费伊蓉大开眼界。

在这些诗作中,费伊蓉最喜欢的是秋瑾的诗作,像"秋风秋雨愁煞人""身不得,男儿列。心却比,男儿烈"等诗句都常挂在嘴边,对秋瑾也极为崇拜,视其为女中豪杰。我大伯曾感到诧异。"你一个女孩子家,怎么喜欢秋瑾?"他说。

费伊蓉道:"俺就知道你们会这样想。在你们看来,女人除了操持家务,相夫教子,难有作为。古有花木兰从军,穆桂英挂帅,今有秋瑾投身革命,女人哪点不如你们男人?"她还声称将来要做鉴湖女侠这样上马能携刀,提笔能写诗的女英雄。

我大伯本来对文学并无太多兴趣。他过去曾看过一些古本小说,如《三国演义》《水浒传》《三侠五义》等,但对新文学知之甚少,与费伊蓉交谈起来,常感难以应对,自觉矮了半截,于是便抓紧补课,找了不少文学作品来看。渐渐地他与费伊蓉的话题多了起来，费伊蓉很高兴，将我大伯引为知己。有一天，费伊蓉拿了一本书来找他，问他看过没有。我大伯一看，是蒋光慈的小说《少年飘泊者》。"写得真好，太感动了！"费伊蓉说着，眼圈红红的。"你怎么了？"我大伯问她。她说她昨晚边看边哭，哭了一晚上。

我大伯听她这样说，便连忙借了回去，一夜未眠，一口气看完了。佃户少年汪中的飘泊史深深打动了他，书的最后写到主人公为革命牺牲了，他的心窝也阵阵发热。第二天，他便迫不及待地去找费伊蓉讨论起书中的人物和情节。他们还把书借给好友卢庆竹和黄静雯看。在学校他们四人最为要好。黄静雯与费伊蓉同班，两人形影不离，卢庆竹与我大伯睡上下铺，十分投缘。只要有好书，他们都会相互传阅，一起讨论。蒋光慈是诗人，他的小说语言也充满了诗意，令人激昂陶醉。

　　这时已至深夜，明月一轮高悬在天空，将它洁白的光放射在车窗内来。火车的轮轴只是轰隆轰隆地响，好像在呼喊着：
　　光荣！光荣！无上的光荣！

他们几个轮流诵读，激动不已。有一次，史先生看他们在讨论这本书，便问他们这本书好在哪里？大家七嘴八舌，说了不少。史先生微笑地听着，等他们说完了之后才说："你们说的都对。好的作品仁者见仁，智者见智。但我认为，这本书最打动人的地方，是人物的命运，是主人公不平凡的革命经历。黑暗的中国需要光明，光明在哪里？需要我们去寻找，去探索，这就是汪中最可贵之处。"众人都说对。史先生又说："梁任公有云：少年智则国智，少年强则国强。中国的希望在青年，希望在你们的身上。"

史先生的话使大家颇感振奋，久久难以平静。在他走后，费伊蓉对我大伯说，她表哥也说过这样的话。她还告诉我大伯，《少年飘泊者》

也是表哥寄给她的。她表哥正是看了这本书离开上海，和几个同学一起奔向广州，像这本书的主人公汪中一样，报考了黄埔军校。她表哥的来信中谈到，为打倒军阀和封建列强，开辟崭新的世界，他们随时准备奉献生命。信中还描述了军校的训练和生活，令我大伯十分向往。"等俺毕业了，"他说，"俺也要报考。"费伊蓉说："俺也想去，只是那里不收女兵。"话语中流露出不小的遗憾。

他们越走越近，仿佛成了知己的朋友。卫登辉看在眼里，简直气炸了。他曾发出警告，可我大伯却置若罔闻，这无疑是给他难堪。他的狐朋狗党们也愤愤不平，声言再不管管，"嫂子"就成别人的啦！还说这家伙蹬鼻子上脸，根本不把大哥看在眼里，实在太过分了。

卫登辉忍无可忍了，有一天，他叫住我大伯。"你给俺离她远点，"他威胁道，"她是俺的。"他还强调说。

我大伯感到可笑。"你凭什么？"

卫登辉扬起拳头："俺已经忍了很久了，你可别逼俺！"

"你想怎样？"

"别自讨没趣！"

我大伯冷笑道："就凭你？"

"那好，咱们小树林里见！"卫登辉瞪起眼睛，向我大伯下了战书。

小树林位于校外，那是一片天然的杂木林，面积不大，地点荒僻，与校园隔着一条河，河上有座小桥相通。下午五点，我大伯如约而至。他压根儿没把卫登辉放在眼里。不过，尽管如此，他还是找了一根锹把，以防万一。卫登辉已经先到了一步。他冷笑道："没想到，你还真来了？"

我大伯说："你以为俺不敢吗？"

"好，算你够种。"卫登辉说，"俺再问你一句，现在反悔还来得及。"

"少废话！"

"看来你是铁了心，那就别怪俺不客气了！"

卫登辉嘿嘿一笑，忽然把手指伸进口中，打了个响亮的呼哨。树林里一下子蹿出十几个人，都是卫登辉的狐朋狗党，每人手中都提溜着刀棍，看来他们事先早有谋划，我大伯有点始料不及。"这算啥本事？"他说，"有种的一对一。"

卫登辉咬着牙说："你个狗杂种，死到临头了，还不识相？老子警告过你，你偏不听，你想找死，那就别怪俺了！"

我大伯这时已无退路，只有拼死一搏。多亏带了一根锹把，他暗自庆幸，随后便快速闪身，退到一棵树前。这是格斗的基本常识，首先要保护好自己的后方。"狗日的，来吧！"他大吼一声，与其说是发威，不如说是给自己壮胆。

卫登辉瞪起眼珠，冷笑起来。

"给俺上！"他吆喝了一声，"打死这猪弄的！"那伙人立时围了上来。我大伯挥动锹把，横砍竖劈，极力抵挡。但对方人太多，我大伯身上接连挨了几下棍棒。显然，这是一边倒的战争。如果持续下去，我大伯非吃大亏不可。就在紧要关头，忽然救兵从天而降——树林外呼啦啦跑来一些人，约有二十多个，口中喊着"不准打人，不准欺侮人"。我大伯一看，领头的是卢庆竹，他们手中个个也都操着家伙。

"这下好了！"我大伯大叫一声，"庆竹，你来得正好！"原来，卢庆竹得知我大伯与卫登辉单挑，很不放心，便叫上一些要好的同学赶来助阵。这一下，形势发生了逆转。卫登辉有些发蒙，但似乎心有不甘。手下的人都问他咋办，他说别怕，看老子收拾他们。嘴上发狠，心里也含糊。正僵持间，有人喊道："校长来了！"

话音刚落，眼前如同闪电掠过，两条高大的爱尔兰猎狼犬已经跳跃着，蹿到跟前。紧接着，涂校长出现了。他满脸怒气，手拄司的克，笃笃地戳着地。同学们都有些慌了。有人见势不妙，拔腿想溜，涂校长一声断喝："都不许走！"所有人又都乖乖站住了。因为那两只高大的猎狼犬早已高高地竖起耳朵，抖着浑身的长毛，吐着血红的舌头，虎视眈眈。谁敢违抗命令，后果不堪设想。

"Shame（耻辱）！"涂校长开口骂道，"不成体统！真是北辰中学的耻辱！你们与地痞流氓何异？北辰没有这样的学生，我涂某也没有这样的学生。"他下令严惩，并吩咐跟随前来的庶务员记下名字。"开除，"他说，"一个不留。"庶务员惊讶道："全部吗？""全部！"涂啸寰的司的克往地上猛地一戳，丝毫不留余地。

这一下，情况严重了。谁不知道涂校长脾气，向来说话一言九鼎。同学们顿时乱了套。小树林里一片叫屈声、求饶声，可涂校长根本不理，他背起手，吹了一声口哨，两只猎狼犬一跃而起，奔至他的脚下——这是要走的信号。

"校长！"

我大伯这时叫了一声，涂校长回过头来看着他。我大伯说："这事不怪他们。"

"那怪谁？"

"这是俺和卫登辉的事，"他坦然道，"要罚就罚俺两个，不要连累大家。"

"是吗？"涂校长说，不知是因为我大伯的勇气，还是其他原因，他突然来了兴趣，问道，"那你俩又为何事？"

这一问，倒把我大伯问住了。因为事情牵涉到费伊蓉，他不知从何说起。于是说："你问他。"用手一指卫登辉。

"问俺干吗？"卫登辉说。

"是你先找的事！"我大伯说。

"你胡说！"

涂校长火了："都住嘴！我可没闲工夫听你们扯皮。"

这时不知谁在人群中叫了一句："他们是为了费伊蓉！"话一出口，现场一片哄笑。事实上，这在学生中早已是公开的秘密。但没想到，这句话救了大家。

接下去发生的事出乎所有人的意料。涂校长在问清情况后，放走了所有的人，只留我大伯和卫登辉。"好嘛，"他说，"我没看出来，你们还都是情种啊。"他饶有兴致地打量着他们，接着说打架不对，打群架更不对，但追求爱是每个人的权利，普希金就是为决斗而死，这没什么丢人的。"现在，"他说，"我就给你们一个机会。"

"啥机会？"卫登辉说。

涂校长没有直接回答，而是退后两步，用司的克朝身前的空地上画了一下。"好了，"他说，"就在这里，你们做个了断吧。"

"了断？"我大伯一时有些迷惑。涂校长说，你们可以在这里打，怎么打都行，打死了也没人管。但打完了之后，谁也不准再生事，这就是他给他们的机会。

我大伯差点乐了。天哪，亏他想出来，开始我大伯以为涂校长是在说气话，但看他脸上的表情，却是郑重其事。说完之后，涂校长就转身走了。

小树林里这时只剩下我大伯和卫登辉了。我大伯问他怎么打，徒手，还是持械？卫登辉早没了底气，他咕哝了一句："没劲！"接着扔掉手中的棍子。

"你不打了？"我大伯问。

"有啥打头？"他摆出一副不以为然的架势，实际上是在给自己找台阶。

"这可是你说的？"我大伯道。

卫登辉哼了一声，转身走了。尽管表面上没有认输，但实际上已经示弱了。

第二天，涂校长宣布了决定，罚我大伯和卫登辉扫操场两个月，其余同学一律赦免。许多年后，有一年我去北京看望大伯，向他求证这件事，他仍然开心不已。"可不是？"他说，"也许没人相信，但涂先生就是这么怪。"据我大伯说，涂校长当年在英国留学时也曾为一个女人打过架。不知是不是这个原因，他放了我大伯和卫登辉一马。

三

打架的事发生后,我大伯的声望大大提高了。卫登辉也老实了不少。外边都传,那天涂校长走后,卫登辉吓得尿了裤子,一个劲向我大伯讨饶。这当然不是事实,可大家宁愿相信,乐见其闻。更让我大伯高兴的是,他与费伊蓉的关系进一步密切了,起码他自己是这样认为的。

其实,费伊蓉是后来才知道打架的事。她很不高兴,当众说过她和谁也没有关系,别把她扯到这件事里。但说归说,她与我大伯走得更近了。一次周六,费伊蓉约我大伯礼拜天一起出去。"还有谁?"我大伯问道。

"没别人。"

"就咱俩?"

费伊蓉点点头。"俺有事对你说。"

"啥事啊?"

"到时再说吧。"费伊蓉的表情显得有些神秘。

我大伯又惊又喜。虽然他们过去多次出去,或游玩,或聚会,但总是和其他同学一起,从未单独过。这意味着什么?我大伯难免心猿意马。

他们约定的地点是香荷洲。香荷洲位于城外的一个大河湾里,风景优美。周围绿树成荫,河内长满荷花。一到夏季,荷花盛开,清香浓郁,遂有香荷洲之名。

礼拜天上午,我大伯早早就赶到了香荷洲。果然,费伊蓉一个人来了。我大伯心里十分高兴。从费伊蓉约他那时开始,他一直在想这件事,费伊蓉找他为啥呢?究竟有何话对他说?而且还约在这样一个美丽的地方,这不能不引起他无限遐想。他甚至想到,她会不会向他挑明关系?如果——如果她真要对他敞开心扉,最好由他先开口。"有些事,"他想,"还是男方主动的好。"其实,他早有此意,只是不想贸然行事，谁知道她心里是咋想的？万一他理解错了，岂不难堪？想到这里，他不能不提醒自己：分寸！一定要把握好分寸，不能操之过急。因此，见到费伊蓉后，他反倒拘谨起来，话也少了。他们并肩沿着河湾漫步了一会儿。时值春季，护城河的两岸的桃花、迎春花都开了，红的、粉的、黄的，一片斑斓。天气也很好，艳阳高照，春风和煦。

"你怎么不说话？"

"没啊。"

费伊蓉笑了。

"你知道俺今天找你为啥吗？"

"不知道。"

我大伯摇头说。其实他已猜到了几分，不过他不能先说出来。他们来到一棵大柳树下，费伊蓉提议坐一坐，我大伯说好。树下有几块大石头，他们在上面坐了下来。费伊蓉从袋子里取出瓜子花生。我大伯这才想起他从家里带来的驴打滚、牛舌饼，都是我爷爷从北京带来的糕点，便忙不迭地拿出来，递给费伊蓉，一边介绍，一边让她品尝。

"好吃吗？"

"好吃。"

费伊蓉一边吃一边称赞，表情甚至有些夸张。他们从北京糕点开始，说到八大件、八小件，都是传统的名点。七扯八拉说了一阵，终于要说正题了。费伊蓉咬了咬嘴唇，显得有些犹豫。"你让俺咋说呢？"她扭过头去，看着远处的景色。"这确实有些难。"我大伯心里想。毕竟这不是一般的事，何况还是一个女孩了。"有话就说嘛，"他鼓励她道，"咱们之间还用得着见外吗？"

"那是啊。"费伊蓉笑道。不过，她仍然没有像以往那样快人快语，直奔主题，而是拐了个弯，首先检讨起了自己。"都怪俺不好，"她说，"害得你们差点打起来。"

"没事的，"我大伯听她提起这事，便安慰她道。"这个混蛋，"他说，

"俺早想教训他了。"

"别这样，"费伊蓉说，"廷勇，俺知道你们都是为了俺好。"

"你们？"我大伯心想这叫啥话嘛，他马上纠正道，"别把俺和他扯到一起！俺是为你好，他可不一定。"

费伊蓉笑了。"就算是吧，"她说，"不管咋说，俺不希望你们为俺再惹出事来，好歹大家同学一场，这也是缘分，应该珍惜才对。"

"鬼的缘分！"我大伯火了，"俺和他才没缘分哩！"

"也许吧，"费伊蓉退了一步，"即便没有缘分，也没必要像仇敌吧？"

"你究竟想说啥？"我大伯有些坐不住了——真见鬼，她怎么站到他那边去了？"好了，"费伊蓉知道我大伯误解了，便说，"你别多想，俺只是不希望你们再起误会，而且是为了俺。"接下去，她终于说到主题了，"廷勇，俺今天找你来，是想告诉你一件事……"

"啥事？"

"是俺表哥，"她显得有些难以启齿，"俺以前和你说过。"

"是你的沈表哥吗？"

"嗯。"

"他还在黄埔军校？"

"嗯。"

费伊蓉拿出表哥沈泽远的照片给我大伯看。照片上是一个英气勃勃的年轻人，身着军服，神采飞扬，背景就是黄埔军校的大门。大门是一个两柱牌坊式欧陆造型，顶部为三角形，两边辅以葫芦状柱头，上书"陆军军官学校"六个大字。

"好潇洒！"我大伯赞道。

"俺一直想告诉你，"费伊蓉解释说，"可这种事不好说的，你明白。"说到这里，她有些不好意思地低下头去。

"这有啥不好说的？"我大伯心里想，直到这时，他还没有明白费伊蓉的意思。费伊蓉不得不实言相告，她说起与表哥的关系，从青梅竹马说起，一直说到他们约定了将来要永远在一起。这回我大伯总算明白了，如同当头挨了一棒，好半天说不出话来。其实，他早该想到了，费伊蓉不止一次地提起表哥，嘴上表哥长表哥短，表哥给她寄书，给她写信，但不知为什么我大伯偏偏没往这上面想，抑或是根本不愿想。

费伊蓉还在继续说着，但我大伯什么也没听进去。严重的挫败感像暴风雨袭来，打得他晕头转向。"这简直太可笑了！"他在心里想。其实，自从与费伊蓉交往以来，他并没想得太多，也没有急于向她表白。他们还年轻，时间有的是。至于对手（他的假想敌一直是卫登辉），他也没放在眼里。可现在他才明白了，他完全错了。

费伊蓉爱她的表哥，这一点不难看出。况且她表哥样样优秀，无论相貌，还是才华，都十分出众，而且还是黄埔军校的学生，将来出将入相，好不威风，自己一个乳臭未干的小毛孩哪里能比？想到这里，我大伯好不沮丧。费伊蓉看他不说话，便推了他一下说："廷勇，你生俺的气了吗？"

"没有没有，这是好事啊，俺为啥生气。"我大伯连忙摇头否认，还故作一副满不在乎的样子。

"这就好，"费伊蓉说，"俺知道你对俺好，俺很感谢，也很珍惜。如果你愿意的话，"她看了我大伯一眼，接着说，"俺希望咱们今后还做好同学，好朋友。"

"这是当然。"我大伯爽快地答道。尽管饱受打击，他还是很快调整自己，像个男子汉一样向她表示了祝福。

"你真心的？"费伊蓉问。

"真心。"

"你真的不生气？"她不放心地又问。

"为啥要生气？"

费伊蓉舒了一口气。

"俺好担心的，"她说，"现在好了。廷勇，谢谢你。"

第二章　爷　爷　| 1926年

一

北伐军进入安徽时，我爷爷已经被软禁了一年零四个月。

民国十四年底，他悄悄从法国回来，此时距他下野出洋已经两年多了。尽管出洋期间，他吃穿用度不愁，这与他当年流亡日本时已是天壤之别，但他内心一直十分压抑。民国九年直皖战争中，皖系一败涂地，但我爷爷统领的长江上游警务独立旅却成功地跳出了直系的包围圈，进入安徽，成了皖系唯一保存下来的部队。新建立的北京政府（由直系控制）为了收编这支部队，软硬兼施，并调动军队实施合围，在各方压力之下，我爷爷最终不得不接受了下野出洋的条件。那时是民国十二年十月初四日，即公历一九二三年十一月十一日。

这次出洋名为考察，实与流放无异。虽然驻法公使馆一等秘书于兰琛是我爷爷的老部下，一直对他关照有加，还专门安排他赴欧美日等国进行考察，但这丝毫不能减轻我爷爷心中的郁闷。他一直在等待时机，盼望早日回国。

终于，这样的机会来了。

民国十三年，国内政局发生了重大变化。反对直系的各方势力开始结盟，并果断采取了行动。其实，早在我爷爷出洋的第二年，皖系和奉系就开始秘密联络，意图联合倒直，欲报一箭之仇（直皖战争和第一次直奉战争，皖系和奉系先后败于直系）。值得注意的是，在新的反直联盟中，孙中山先生的国民党也积极参与进来，与皖系、奉系形成了"反直铁三角"，反直联盟实力大增。

我爷爷对直系的痛恨，除了派系斗争和个人因素外，还源自对直系政府所作所为的不齿。执掌北京政府以来，他们以武力打压异己，疯狂镇压国内工人运动，吴佩孚还在郑州一手制造了"二七"惨案，引起了各界公愤。自出洋以来，我爷爷静下心来，开始对自己的前半生进行了反思和检讨，并重新与中断联系多年的郑先滔恢复了联络。

郑先滔与我爷爷是生死兄弟，他们在辛亥革命、癸丑之役和护国战争期间曾经同生共死，浴血奋战。"他是我大哥。"我爷爷一直这样说，并把他视为自己走上革命的引路人。遗憾的是，护国战争后，我爷爷与郑先滔中断了联系。"那是一个堕落的时期。"我爷爷曾在回忆中这样写道——当然，那是在许多年后他才认识到的。民国建立后，泥沙俱下，鱼龙混杂，很多人（包括当年的革命者）迷失了方向，包括我爷爷在内。但在下野出洋之后，他痛定思痛，开始重新审视自己，并与郑先滔恢复了联系。

护国战争后，郑先滔一直跟随孙中山先生，此时正在广东政府任职。我爷爷从报纸上得知消息，便开始给他写信。郑先滔很快就回信了，信中谈了别后的情况和国内的政局。这些年来，时局动荡，但他的理想始终坚定不移。民国十年，由于陈炯明叛乱，广东新政府受到严重挑战，但苏俄十月革命的胜利，使孙中山先生看到了希望。他提出联俄、联共、扶助农工三大政策，号召"以俄为师"，并决定向共产党敞开大门，亟盼两党合作以迎接革命高潮的到来。

郑先滔的来信让我爷爷很振奋。他在回信中诉说了自己的苦闷和迷惘，检讨了自己在护国战争后走了弯路，一度陷入了权力的泥沼而不能自拔，这与他当初进京的初衷完全背道而驰。他迷失了方向，单打独斗，孤立无援。这次出洋，看到外边的世界，他才感到深刻的危机和悲哀，认识到中国不能再沉沦下去，国家有难，匹夫有责，作为有志男儿，必须做点什么。

郑先滔回信对他进行鼓励。据我爷爷说，郑先滔是一个宅心仁厚之人，具有君子之风。对我爷爷的过去没有半点批评指责，相反却善解人意，多方开导。"我们都走过弯路，"他在信中说，"包括中山先生，这都在所难免。"但他提醒我爷爷，无论遇到多少失败和困难，都不能放弃对革命的信仰。正如中山先生告诫的那样，不可以失败而灰心，而应精神贯注，猛力向前，终有成功一日。

我爷爷叱咤风云，戎马半生，让他佩服的人并不多，郑先滔便是其中之一。当年他参加岳王会，投身于反清革命以及反对袁世凯的斗争都受到过郑先滔的影响和帮助。最难能可贵的是，无论遇到怎样的挫折和困难，郑先滔从不动摇妥协，始终抱着坚定的目标，这让我爷爷深感敬佩。在此后的来信中，郑先滔还分析了国内的局势，认为中国祸乱的根源，在于帝国主义和军阀势力。直系政府倒行逆施，对外投靠帝国主义，对内残酷镇压人民，已成为全民公敌，必须打倒。中山先生已决定再次组织北伐军，讨伐曹锟、吴佩孚。他还谈到联合段祺瑞、张作霖的必要。"这是当前革命的新方略，"他在信中说，"我们要利用北方军阀的矛盾，加以分化，为我所用。"

他还告诉我爷爷，革命离不开民众，更离不开军队。北伐的失利和陈炯明的叛变，使中山先生认识到革命必须有武力，而且关键在于让人民掌握，"使武力成为国民之武力"。他还认为我爷爷在军界浸淫多年，门生故旧众多，正好可以施展宏图。"阁下并非等闲之辈，"他信中鼓励道，"一俟时机成熟，还望早日回国，运筹决胜，共扫顽寇。"我爷爷感到十分振奋，重新看到希望，回国的心情更迫切了。

民国十三年秋，江浙战争爆发。这是反直行动的前奏。紧接着，奉军参战，第二次直奉战争拉开帷幕。南方北伐军的先头部队也打到韶关。十月下旬，直系冯玉祥倒戈，发动北京政变，囚禁曹锟，直系军队土崩瓦解。不久，段祺瑞重新上台。

我爷爷认为时机成熟，决定回国，但签证迟迟没有办下来。原因是执政府刚刚建立，处在一片混乱之中，根本顾不上这些事。于兰琛劝我爷爷不要着急，两年都等下来了，不在乎这一时半会儿。"不妨再观望一下，"他建议说，"眼下各方矛盾重重，局势尚不明朗。"从国内传来的消息看确是如此。直系倒台的第二年，孙中山抱病北上，不幸因病逝于北京，这给动荡的局面带来很大的变数。郑先滔来信说，中山先生辞世后，反直同盟开始分化。国内政治混乱，财政赤字巨大，军阀之间貌合神离，尔虞我诈，新的战争随时都会爆发，革命任重道远。郑先滔表示，他将遵照中山先生的遗嘱，继续努力下去。

民国十四年冬，我爷爷去了日本一趟，从那里得到了更多的消息。当时来往日本的中国人比较多，有留学生、商人、政客和失意的军人，以及持不同政见的流亡者。这些人中有的我爷爷认识，有些不认识后来经人介绍认识了。他们带来各种各样的消息，这些消息来自不同的渠道，甚至道听途说，有的相互矛盾，五花八门。总的看来，北京的局势十分混乱，张作霖与冯玉祥两虎相争，水火难容，段祺瑞地位难保，执政府风雨飘摇。我爷爷很担心，老段倒台后，他的回国的机会更加渺茫。

从日本返回法国已是十二月初了，于兰琛带来了国内的最新消息，冯玉祥与张作霖已经开战，我爷爷十分着急，催促于兰琛赶紧替他办理回国手续。

民国十五年初，我爷爷终于回国了。他从法国乘船至日本，然后从日本抵天津。来接他的是原在陆军部的同僚陶顺良。他们是同乡故交，癸丑之役失败后，陶顺良还救过我爷爷，后来他又引荐我爷爷去陆军部任职，关系一直不错。

陶顺良一见我爷爷就说："华章（我爷爷的字）啊，你回来得可不是时候！"

"咋了？"我爷爷问。

"乱了，全乱了，"陶顺良说，"冯玉祥占了北京，抓了老总身边的不少人，就连徐树铮都杀了。"

我爷爷大吃一惊。陶顺良说的老总是指段祺瑞，段的老部下们私下里都这样称呼他。而徐树铮则是老段面前的第一红人，曾任陆军部次长和西北边防军总司令，在皖系当家时权力大得无边，可就是这么个大人物，冯玉祥也敢杀，可见乱到什么地步。"那老总也不管？"我爷爷问。

"唉，咋管呢？"陶顺良连声叹气，摇头道，"虎落平阳被犬欺，龙卧浅滩遭虾戏。老总如今是光杆司令一个，早已威风不再。他身边的人抓的抓，跑的跑，他也是泥菩萨过江，自身难保。"

"怎么弄成这个样子？这才几天啊。"我爷爷有些沮丧。他原先的设想是，这次回国先以进京述职的机会，游说陆军部，设法恢复职务，重新执掌兵权，然后与郑先滔取得联系，投身南方革命阵营，彻底与旧军阀决裂。如今，皖系一倒台，别说恢复职务了，就连安全也没了保障。

陶顺良看我爷爷半天不语，便说："老兄下步作何打算？"我爷爷说原本计划进京，现在全乱了。陶顺良理解我爷爷的处境，便劝他先在天津住下来，观望观望再说。"这里是租界，"他说，"冯大个子（指冯玉祥）手再长也伸不到这里。至于吃穿用度，也不用犯愁，一切有老弟俺哩。只是有一条，北京千万别去！那里如今可是个是非窝。"

陶顺良说的是实情。我爷爷不禁有些心灰意懒，在天津住了几天，便提出要回乡看看，毕竟去国多年，思乡之情迫切。陶顺良答应安排，过了两日便买好车票，亲自将我爷爷一行送至车站。临走时还对他说，眼下是乱世，还是租界安全，如果情况不好，可把全家接来。"世道险恶，多留点心眼没坏处。"他说。我爷爷听了一笑，表示自会小心。

然而，没想到的是，车到宿县便出了意外。

二

跟我爷爷一起出国的共有三人：一是曾姨，她是我爷爷在陆军部时娶的姨太太；一是我的小叔爷贺维贤，他和我爷爷是同胞兄弟，曾在我爷爷的独立旅任参谋；还有一个是我爷爷原先的卫队连连长贺振武，家里人都叫他小武子，晚辈则称他小武爷。小武爷最早是我爷爷的勤杂兵，他是安徽阜南人，自幼双亲亡故，沿街乞讨，连个名姓都没有。有一次他在街上偷吃的被人抓住吊打，被我爷爷救了下来，并留在了军营。我爷爷给他起了个名字，叫振武，至于姓便随了我爷爷，叫贺振武。小武爷虽然不识字，但人非常机灵，而且对我爷爷特别忠诚。我爷爷也很信任他，一直把他当作小弟看待。从天津上车时，陶顺良给我爷爷一行买了包厢，还专门安排了两个仆役负责行李。

那年头，火车行驶很慢，走走停停，车过徐州已是深夜了。"俺们都睡了。"小武爷后来回忆说，一路上非常顺利，没有发生任何事情。过了徐州就进入了安徽境内，再有几个小时就到固镇了。那里是龚旅长的驻地。他是我爷爷的学生和老部下，从天津出发前，我爷爷已经给他发报，通知他来接站。

夜里两点多钟，火车停靠宿县站。这里是固镇的前一站。此时大家都在睡梦中。蒙眬之际传来火车的鸣笛声、刹车声，还有列车员的报站声，以及脚步声和说话声。每次靠站都是如此。"俺困得要死，"小武爷说，"眼睛都睁不开，也懒得动。"就在这时，我小叔爷推了他一把："小武，醒醒，醒醒。"

"咋啦？"

"你看看。"

小武爷向车窗外看去，只见站台上布满了军人，不远处黑压压地停着一溜排汽车。那阵势一看就不小。"这是干啥呢？"小武爷一个激灵醒了过来。

"不会出事吧？"我小叔爷嘀咕了一声。

说话间，车厢的走廊上已是一片嘈杂，皮靴的踩踏声和枪械的碰撞声清晰可闻。小武爷马上警觉起来，他拉开门向外探望，一股穿堂的寒气扑面而来，昏暗的灯光下，只见人影攒动，十几个大兵从车厢一头快步向这边走来。

小武爷上前一步挡住他们。

"什么人？干啥的？"小武爷问道。

"让开！"走在前边的一个军人大声武气地喝道。他是个大块头，全副武装，说话大声武气，一副牛皮烘烘的样子。

小武爷没有动。

"让开！"那人又叫了一声。

我小叔爷这时也走了出来。他看到那些人穿着熟悉的蓝色军服，背着清一色汉阳七九式步枪（这在当时属于先进武器），便问："你们是保安师的吗？"

那伙人显得有些不耐烦，嘴里骂骂咧咧的："哪来的废话，叫你们让开就让开。"小武爷火了："他娘的，你们和谁说话呢？"

领头的大块头愣了一下，似乎被小武爷的气势镇住了。这时，从后边挤过来一个年轻的军官。他穿着蓝色的大衣，大檐帽低低地压到眉梢上，看不清他的脸。他的手上戴着白手套，足蹬高筒黑皮靴，说话撇着腔，声音中带着明显的皖南口音，显得装腔作势。"你是谁？"他冲小武爷问道。

小武爷没有回答，而是反问道："你们是谁？"

那人打量了一下小武爷，然后说："我们要见贺将军，请让开。"他声音不高，但口气却是命令式的。小武爷一听便火了："你算老几？"他瞪起眼睛，根本不买账。

"这是命令。"

"见你的鬼吧！"小武爷把手伸向枪套。他们离开天津时，陶顺良给了他们几把枪，作防身之用。那个年轻军官退后一步，脸上掠过了一丝惊讶的表情，他也许没想到小武爷敢公然抗拒。"你想干什么？"他惊叫道。站在他身后的士兵也紧张起来，一起端起枪。

形势骤然紧张。我的小叔爷从后边伸手按住小武爷,没让他把枪掏出来。"都别乱来!"他大声喝道。

我爷爷的包厢这时打开了。显然,外边的响动吵醒了他。

"出了什么事?"他站在门前,一边向外看,一边系着睡衣上的腰带。那是一件褐色的法式睡衣,上边带着白色的暗条。外边的情景似乎让他有些意外,但他并不慌乱,只是不悦地皱起眉头。

"请问是贺将军吗?"那个军官挺起身板,恭敬地问道。

我爷爷没有马上回答,而是看了他一眼。"什么事?"他说。那个军官啪地一个敬礼。"请贺将军下车,随我们走一趟。"他说。

"你是谁?"我爷爷蹙起眉头看着他。

"下官奉命行事。"那军官没有正面回答。

"奉谁的命?"

"贺将军去了便知。"

"荒唐!"我爷爷不高兴了,"是谁派你来的?"他大声责喝道。那个军官不做任何回答。看得出来,他事先得到了指示,不准透露消息。我爷爷火了:"走开!俺可没这个闲工夫听你废话。"

那个军官愣了一下,表情有些不知所措。他的手神经质地抖了两下,僵在了那儿。小武爷喝道:"你耳朵聋了吗?快滚,带着你的人!"

"可是……"那个军官嘟囔了一下,走也不是,不走也不是。就在这当口,一个声音从车厢门口传了过来。

"华章老兄,别来无恙?"

这声音十分熟悉,我爷爷循声看去,只见一个矮胖的身影从车门那边摇摇晃晃地走了过来。他身披一口钟(黑色的披风),头戴大檐帽,满脸笑容,大大咧咧,一看军阶就不低。走廊上的军人纷纷让道。那个年轻的军官也毕恭毕敬地闪开身子。

"原来是你?"等他走到近前,我爷爷认出他来了。这人是他早年在安庆讲武堂的同学,叫胡宣武,现任江淮保安师第一旅旅长。我爷爷一见他便知道是怎么回事了。"是彭兆栋派你来的？"他说，"你们的消息可真灵通啊？"

"哈哈哈，"胡宣武朗声大笑道，"你老兄回来了，咋也不知会一声？这也太不够意思了吧？"一边说，一边伸出手去，用肥厚的手巴掌紧紧握住我爷爷的手，又用左手在我爷爷的手臂上亲热地拍打了几下。数年未见，他比过去又胖了许多（这家伙原先就很胖，在安庆讲武堂时便有肥球的绰号），整个身子就像一个浑圆的酒坛，脸上的肉耷拉着，脖子显得更短更粗。"这一别多年，"他接着又说，"你老兄恐怕早把我们忘了，可我们还想着你呢。"

我爷爷讥讽道："就怕是黄鼠狼给鸡拜年，没啥好事。"

"岂敢，岂敢，"胡宣武打着哈哈道，"老兄说笑了，师座听说你路过此地，特地恭请大驾一聚。"

胡宣武说的师座就是江淮保安师师长彭兆栋。自从我爷爷被逼下野，他的独立旅便划归江淮保安师隶属。对于这支劲旅，彭兆栋一直心存戒备，这次宿县截车，不知葫芦里又卖的什么药。"难得啊，"我爷爷说，"这么多年了，彭师长还没忘掉俺，真得谢谢他。"

"那是，那是，"胡宣武仰起脖子，故意装作没听出我爷爷话中带刺，"师座可是一片诚意啊。"他的胖脸上堆满了虚伪的笑容，摆出一副知己贴心的样子，"这些年，他可是一直念叨着你。这不，听说你老兄回来了，特地派小弟来接驾。你老兄不能不给这个面子吧？"

我爷爷冷笑了一声。

"看这阵仗，俺是非去不可了？"

"瞧你说的，"胡宣武继续打着哈哈，"华章老兄，千万别多想。师座就是想你了，请你去聚一聚，喝上几杯。"

事已至此，我爷爷知道不去已无可能，便吩咐收拾东西。我小叔爷和小武爷急了，连忙阻拦。"这不明摆着嘛，"许多年后小武爷对我说，"傻子也能看出来，彭兆栋这是不怀好意。"

"怕什么？"我爷爷说，"难道他还能吃了俺不成？"

三

彭兆栋和我爷爷是老相识了。从光绪三十二年我爷爷考入讲武堂算起，他们之间的交往前后近二十年。他太了解彭兆栋了，知道他一直对自己心存戒心，防范甚深。不过，如今他早已交出军队，且去国多年，彭兆栋依然这么不放心他，却是他没有想到的。

我爷爷认识彭兆栋是经过吴先生的介绍。吴先生是老同盟会员，他对我爷爷的影响很大。我爷爷走上反清道路，包括后来报考安庆讲武堂，都是受到他的影响。他是我爷爷的引路人，也是思想启蒙老师。关于吴先生的故事，下边我再详述，这里先说彭兆栋。

彭兆栋原是安庆讲武堂的教官，比我爷爷年长九岁。他早年曾是吴先生的学生，我爷爷报考讲武堂时，由于吴先生的推荐，他一直对我爷爷很关照。在很长一段时间里，我爷爷都和他交往甚密。他们都是反清组织岳王会的成员，后来又一起加入同盟会。论起关系，不仅是师生，更是同志。马炮营起义前，我爷爷和他同住小同街六号，那是岳王会的秘密联络点。两家相处融洽，彭兆栋的发妻杨大姐更是与我奶奶成了知心姐妹。据我奶奶说，杨大姐不仅能干，而且胆大心细。马炮营起义失败的那天晚上，要不是她安排大家销毁文件，紧急转移，众人都不知怎么办才好。

然而，民国建立后，彭兆栋慢慢地变了。他开始追逐权势和地位，对革命的热忱早已消失殆尽。为了达到个人目的，他不惜卖身投靠袁世凯，与吴先生也撕破了脸，断绝来往。据说，袁世凯在他身上先后花了十几万大洋，把他彻底收买了。柏文蔚督皖期间，他完全站到革命对立的一边。二次革命时，为了邀功请赏，他听命于叛变革命的胡万泰，带兵围攻督署，一心要置柏文蔚及革命党人于死地，完全不顾多年的革命情谊，多亏我爷爷带兵解围才救出了柏文蔚。

这件事发生后，我爷爷彻底和他闹掰了。彭兆栋十分恼火。护国战争后，段氏当国。彭兆栋利用乡谊，多方运动，升任安徽新编陆军第三旅旅长。在这之后不久，由于我爷爷去陆军部任职，彭兆栋与他的关系一度有所改善。那段时间，彭兆栋每次进京，都要拜望我爷爷，有时宴请皖籍同乡也会把我爷爷请去。彭兆栋是个唯利是图之人。凡是对他有用的人，他都会极力拉拢。我爷爷当时在陆军部担任的虽然是个虚职，但毕竟是在部里，对彭兆栋来说哪天用得上也难说。因此他对我爷爷表现得十分亲热，开口老弟长老弟短。对于过去那些不愉快的事则一概不提，好像压根儿就没发生过，倒是对过去的友谊大谈特谈。"我一直看好你，"他多次当着众人的面夸我爷爷，"我这个华章老弟啊，是个人才啊，他是我最好的学生。"他还夸我爷爷能打仗，是块带兵的好料子。

后来，局势一变，皖系倒台，他又翻脸了。在我爷爷孤军退往安徽时，他又落井下石，兵戎相见。直到我爷爷下野出国，他如愿地吞并了我爷爷的独立旅。

民国十二年，即我爷爷出洋的第二年，陆军部下令对我爷爷的独立旅加以改编。改编后的独立旅归属于新成立的江淮保安师，该师师长就是原新编第三混成旅旅长彭兆栋。据说，为了谋取这一职务，彭兆栋多次进京活动。吴佩孚做寿时，他还专程前往洛阳贺寿，送了一尊重达五十斤的金佛。他的活动收到了成效，江淮保安师成立后，他便如愿以偿当上了师长。

新成立的江淮保安师下辖三个旅：第一旅由原来的新编第三混成旅改编而来，这是彭兆栋的嫡系部队，由胡宣武任旅长；第二旅由我爷爷的独立旅改编，旅长是龚雨峰，他原是我爷爷独立旅的参谋长；第三旅是由安徽境内的部分杂牌军改编而成，旅长是陆耀章，此人系土匪出身。对于这三个旅，彭兆栋最不放心的就是第二旅，因为这个旅的前身是我爷爷的独立旅，从旅长到中下级军官清一色都是我爷爷的人。为了改变这种状况，从保安师成立那天起，彭兆栋就处心积虑，采取各种办法对第二旅进行分化瓦解。

他的第一个手段是利用整编为名，将第二旅下辖的三个团拆散，将其中的两个团分别编入第一旅和第三旅，再由第一旅和第三旅各抽一团编入第二旅，以便控制。第二步是掺沙子，整编之后，他陆续安插了一些军官进入第二旅任职，从副旅长到团、营、连长等达数十人之多。除此之外，他还在编制、装备和给养方面上将第二旅打入另册，不仅严格控制扩编，而且武器装备和后勤供应也远逊于另外两个旅。用第二旅官兵的话说，他们都是小娘养的。

尽管如此，彭兆栋仍对第二旅疑虑重重，得知我爷爷回国到达天津的消息，他便不安起来。"他妈的，这小子会不会再惹事？"他把胡宣武找去商量，语气中带着明显的忧虑。"不会吧，"胡宣武说，"一条死鱼还能翻什么大浪？"

"那可不一定。"

胡宣武说："师座不必多虑，北京现在是冯大个子的天下，老段已经罩不住了，连小扇子（徐树铮的外号）都被杀了。"他的意思是说，皖系现在不当家了，用不着多担心。

彭兆栋摇着头说："你可别小看了贺文贤，我太了解他了。"

"师座打算怎么办？"

"我还没想好，你给我盯紧点。"

"明白。"

过了几天，胡宣武打来电话。

"这小子回来了，"他报告说，"我刚得到的消息，就是今天的火车。"

"消息可靠吗？"

"可靠。"

胡宣武说明了消息来源以及我爷爷乘坐的车次和时间，彭兆栋没多说什么，便挂断了电话。胡宣武有些纳闷，这个反应让他有些意外。可不到一分钟，电话铃又响了起来。

是彭兆栋打来的。

"立威（胡宣武的字）吗？"

"是我。"

"车子几时到宿县？"不用多说，他指的是我爷爷乘坐的那班车。

"两点左右。"

电话里沉吟了片刻。

"他妈的，先给老子弄起来再说！"彭兆栋恶狠狠地说。

第三章　奶　奶　| 1910 年

一

我奶奶嫁给我爷爷是在光绪三十四年，那年她刚十七岁。这是我爷爷考入讲武堂的第二年。据我奶奶说，我爷爷去安庆前与她有过约定，等他毕业后就来向她提亲。在这之前，我爷爷和我奶奶早已是你情我愿，但双方并未挑明，直到我爷爷要去安庆的前一天才公开向她表白。

我奶奶家住在霍川以西的田家岗。这里离我爷爷的村子大贺村约有七八里路。我的外曾祖父有三个女儿，长女香梅，次女香菊，三女香桃，长女香梅就是我奶奶。据说，我奶奶出生时正是梅花盛开的季节，我外曾祖父便给她取名叫香梅。

我奶奶认识我爷爷时年纪还很小，起先对他印象并不深。据她说，我的太奶奶（即我爷爷的母亲）姓姜，与我奶奶的生母是同村人，有一点转弯抹角的亲戚关系，出嫁前两人就是要好的姐妹。因了这层关系，两家便攀上了亲戚，我爷爷也一直对我外曾祖父以姨父相称，其实就宗亲关系而言他们八竿子也打不到边。

我爷爷家是个穷剃头的，我太爷爷（即我爷爷的父亲）经常挑着剃头挑子走村串乡，每次去田家岗总在我奶奶家落脚，一来二去关系自然熟稔起来。后来，霍川灭门案发生，我太爷爷不幸卷入其中，死于非命，我爷爷便重操父业，每去田家岗剃头同样也会像我太爷爷一样在我奶奶家落脚。

这种情况前后持续了三年。就在这三年里，我爷爷与我奶奶开始好上了。据我大姨奶田香菊说，我奶奶年轻时长得很漂亮。这话我毫不怀疑，我看过奶奶年轻时的照片，是她和两个妹妹的合影照。照片上的奶奶楚楚动人，气质高雅。虽然我两个姨奶都称得上是美人坯子，但与奶奶相比气质上还是略逊一筹。

我想，这可能与她受过良好的教育有关。由于外曾祖父家境殷实，加上他走南闯北，思想并不保守，家里三个孩子虽是女孩，却也延师开蒙，教她们读书识字。后来我爷爷流亡日本时，我奶奶随同前往，又就读于东京女子学校。这所学校除了教授文化知识以外，还设有一些关于女性规范和礼仪的课程。我奶奶在这所学校受到熏陶，举止言谈自然不同凡响。见过她的人，都被她的高贵气质折服，夸她知书达理，温文尔雅。

我爷爷去安庆报考讲武堂前，专门来到田家岗，把我奶奶约到村外的小河边。那次谈话，我爷爷下了很大的决心，用他的话说，是成败在此一举。可与我奶奶见面后，他又胆怯起来，吞吞吐吐不敢开口，云山雾罩地说了一大通废话。倒是我奶奶不耐烦了，问他究竟想说什么，我爷爷做贼心虚地躲躲闪闪，一个劲地绕圈子。我奶奶扑哧一声笑了。"你是不是想和俺好了？"她直截了当，一下子捅破了窗户纸，那口气半真半假。

我爷爷顿时大窘，一时乱了方寸。他没想到自己憋了半天难以出口的话竟让我奶奶一下子说了出来。他感到有些沮丧，甚至是气恼。他简直有些恨自己了。这话本来应该由他说的，现在却让自己心爱的女人抢了先。这还不是问题的重点，我奶奶这话究竟是啥意思？是真是假？是挖苦，讥讽，还是嘲笑？他也不清楚。从她的口气看像是真的，又像是假的。他有些不知所措了，脸红得像刚出锅的大麻虾，说话也结巴起来，有点前言不搭后语了。

我奶奶看着他那模样，又好气又好笑："你到底想说啥？一个大男人，能不能干脆点？"

我爷爷突然有些恼火了，不是冲我奶奶，而是冲他自己。"香梅，"他大声说道，"俺想告诉你，俺不光想和你好，这还不够！"他扭过脸去，不看我奶奶，但表情已十分决绝。"那你还想干啥？"我奶奶问。

我爷爷这时反正豁出去了。"俺想娶你！俺要你给俺做老婆！"他几乎是用一种悲壮的口气大声说。我奶奶抿嘴一笑，红着脸低下头去。她心里美滋滋的，正等着这句话哩。

我爷爷说到做到，讲武堂一毕业，他就来我奶奶家提亲了。据我大姨奶说，我爷爷来家里提亲是在中秋节前几天。他特地请假回来，穿了一身灰布军服，头上戴着大檐帽，腰上扎着皮带，看上去十分英武。我外曾祖父从未见过他这副穿戴，不禁有些诧异："文贤啊，你咋弄的这身打扮啊？"我爷爷告诉他，他已经毕业了，特地来看望姨父。说着把手里提着的糕点盒子放到桌子上，腾出手来，向他敬了一个军礼。"毕业？"我外曾祖父一愣，随后想起来了，"哦，是啥的讲武堂，对吧？"他说。

"是的，是安庆讲武堂。"我爷爷补充道，脸上满是兴奋的表情。他把安庆两字咬得很重，因为安庆当时是省城，是大城市。但没想到，我外曾祖父一开口便当头给他泼了一瓢冷水。

"文贤啊，"他说，"你这孩儿，不是俺说你，好铁不打钉，好男不当兵。你好好的有门子手艺，咋弄的要去吃这兵饭啊？这不是瞎胡闹吗？"我外曾祖父边说边摇头。

我爷爷脸一红，半天无语。他本来就感到自卑，从家境上讲，他家一个穷剃头的根本无法与我外曾祖父家相比，况且灭门案发生后，我太爷爷死于非命，家境更是一落千丈。他一直没敢提亲，就是羞于出口。本以为上了讲武堂，地位有所改变，哪知在我外曾祖父眼里，这"吃兵饭"的甚至还不如剃头的。他的信心饱受打击，一时无语。

过了好一会儿,他才重新鼓起勇气,向我外曾祖父解释说,讲武堂毕业与旧式军人不同,是新式军人,而且出来就是军官,将来干得好可以大有作为。我外曾祖父听了,哧地一笑,啥的新式旧式?说到底都是丘八,这有啥不同?至于作为,他更是不屑。"你呀,"他挖苦道,"想得倒美,就怕你们老贺家祖坟不冒青烟啊。"说着,咧开豁牙的嘴巴咯咯笑起来。

我爷爷受到了羞辱,当然咽不下这口气,当即与我外曾祖父较起劲来,认为他这样说不对,因为旧军和新军当然不同,不仅不同,而且是根本不可同日而语,如今中国积弱,亟待自强,而新军就是中国的希望。他还说到甲午、庚子之耻,凡我血性男儿,岂能甘于沉沦?那种看不起当兵的,早已是一种过时的偏见。我爷爷侃侃而谈,长篇大论(这两年军校可没白上),似乎已经忘了他前来的目的,完全偏离了主题。不过,他说得可真好,我大姨奶后来对我说,当时她和二妹就在客厅板壁后面偷听。我爷爷的这番话让她们感到很新奇,也很有吸引力,可我外曾祖父丝毫不感兴趣。在他看来,这纯属夸夸其谈,毫无用处。他一边喝茶,一边用草棍剔着牙,终于不耐烦打断了我爷爷的话。"孩啊,"他说,"你红口白牙的,不着边际,说这些有啥用呢?国家的事要你烦啥神?你烦得了吗?你还年轻,别弄那些花里胡哨的,咱平头小百姓,好好的有口饭吃就不错了。外边的事不是你管的,你也管不了。记住俺的话,不听老人言,吃亏在眼前。"说着摆摆手,瞅了一眼桌上的糕点盒子,问,"你今天来还有啥事吗?"

"这个……"

我爷爷被他一问,才想起了此行的目的。刚才光顾着较劲,差点把正事给忘了。可是,一说到正题,他又有些发怵,不知从何说起了。本来按照规矩,应该请个媒人才是,可我太奶奶(即我爷爷的母亲)不同意,她说两家门不当户不对,这个亲没法提,也提不起。我爷爷与我奶奶一商量,只好硬着头皮自己来了。

但这个口实在不好开,特别是我外曾祖父刚才对当兵的看法,更让我爷爷凉了半截,半天说不出话来。我外曾祖父也好生奇怪,说你这孩啊,刚才还小嘴吧啦个不歇,这会儿咋倒没话了?据我爷爷后来回忆,那场面尴尬极了,他说也不是,不说也不是。"俺真恨自己没用。"不过,还算好,他憋了半天,最后总算把要说的话说了出来。"就差没死过去。"他形容道。然而,没想到的是,外曾祖父一听便蹦了起来。

"啥的?你说啥?你想打香梅的主意?"他吊起眼睛,声音完全变了调。我爷爷连忙解释,他没有别的意思,他是真心的,他会对香梅好,一辈子好好待她。可我外曾祖父根本不想听他解释。"你给俺住嘴!"他气呼呼地打断他,话也越说越难听,"真心?亏你想得出!"他歪起嘴巴(一生气便是如此)说,俺家香梅也是你想娶的?"这决不可能,也不撒泡尿照照自己?门都没有!"

我爷爷被他一通臭骂,垂头丧气,脸上一阵红一阵白。即便如此,他仍然没有放弃。"姨父,"他说,"请你相信俺。"他用一种沉稳的声调(尽管受到了极大的伤害,还是竭力保持应有尊严)说,"是的,眼下俺很穷,但俺会努力,将来一定要让香梅过上好日子。"他向我外曾祖父保证,并希望给他一点时间。

但他的话没说完又被我外曾祖父打断了。

"得了吧,"他说,"你别再说了,说下大天也没用。哪怕你将来大富大贵,那是你的福分,俺们田家不稀罕。这事到此为止吧,你也趁早死了这条心。俺们田家再不济,还没到闺女嫁不出去的地步。"说着,拎起桌上的糕点盒子,往我爷爷手中一塞,就向外撵人。

我爷爷无地自容了,恨不得有条地缝钻进去。就在进退两难之际,我奶奶不知从哪儿冒出来了。

"爹,"她叫了一声,"你这是干什么啊?"

我外曾祖父正在气头上,瞪起眼睛喝道:"你来干吗?给俺走!"

"俺不走。"

"这里没你的事。"

"谁说的？"她说，"文贤哥是为俺而来。"

"啥的？"我外曾祖父的嘴巴差点没扯到耳朵根。原来这小蹄子早就与人串通好了，而他却蒙在鼓里。"滚！"他说，"你这个小不要脸的！"

"俺不走，"我奶奶倔强地说，"这是俺的事，俺自己愿意。"

"啥的？"我外曾祖父暴跳如雷了，"你再说一遍？"

"俺愿意！"

她的口气异常坚定。

"反了！"我外曾祖父气得浑身发抖，"你这个死丫头，还要不要脸！你，你，你再敢说一句，看老子抽死你！"他说着扬起手来，我奶奶头一昂迎了上去。"抽啊，"她说，"抽死最好！"她那决绝的神情让我外曾祖父有些不知所措了，举起的手在空中晃了晃，打也不是，不打也不是，气急之下朝外喊了一声：

"来人啊！"

宋妈应声而入，我外曾祖父气急败坏地指着我奶奶说："快，快，快把这个不要脸的给俺拖下去！"

这件事发生后，我外曾祖父警惕起来。早先不断有人来提亲，我奶奶一个都看不上，他也没在意，心想女儿年龄不算大，可以从容物色。没想到竟让一个小剃头的勾了魂，这要传出去，坏了名声，那还了得？于是，赶紧找人为我奶奶说亲。不久便物色到一家，是个做巡检的，家境不错，儿子是生员。我外曾祖父很满意，当即拍板定了下来。事不宜迟，很快又请人择定吉日，男家也下了聘礼。可是，就在定亲的前一天，我奶奶突然跑了。

我外曾祖父派人四处寻找，几个月后才传来消息，原来我奶奶去了安庆，与我爷爷住在了一起。我外曾祖父气得暴跳如雷。"这个不要脸的，"他连声大骂，"俺没这个女儿，田家的脸都让她丢尽了！"从此宣布与我奶奶断绝了关系。

二

我奶奶去安庆时,我爷爷已分配到新军第六十二标炮营任排长。那一年,我奶奶十七岁。她到了安庆后,我爷爷在营区附近租了一处房子,把家安顿下来。

庚子事变后,清廷改革兵制,仿西方国家营制,采用洋操训练,使用洋枪洋炮,同时大规模扩军(曾有全国扩军三十六镇的打算,后半途而废),这就需要大量的新型的军事人才,于是各地纷纷办起讲武堂。

我爷爷报考安庆讲武堂得到了吴先生的推荐,当时彭兆栋在讲武堂任教官,他是吴先生在芜湖公学任教时的学生,所以对我爷爷很关照。我爷爷录取后,分在炮科,彭兆栋正好也是炮科的教官。

开学两个月后,炮科插班进来一个学生,我爷爷没想到竟是郑先滔。这让他有些意外,因为他来讲武堂时,吴先生并未提到他也要来。我爷爷十分惊喜。郑先滔是吴先生的弟子。他是组织上的人,这一点我爷爷早就知道。

"郑大哥,你咋来了?"我爷爷又惊又喜。

"嘘——"郑先滔朝我爷爷使了个眼色,把我爷爷拉到一边,"是吴先生让我来的。"他悄悄告诉爷爷,由于临时决定,所以事先没有告诉他。

"是不是有啥任务?"我爷爷问。

郑先滔点点头。他没有多说,我爷爷也不便多问。事后,他才得知郑先滔是岳王会和同盟会派来讲武堂开展工作的,主要任务是秘密发展会员,准备武装起义。

郑先滔是安徽芜湖人。郑家是当地有名的大户,拥有田产数百亩,城内还开有当铺、绸庄、米店等。郑先滔在芜湖上学时,成了吴先生坚定的追随者。他既是吴先生的学生，也是一个得力助手。后来，吴先生在芜湖的活动引起当局的注意，被迫转至霍川，郑先滔也跟随前去。就在这期间，我爷爷认识了吴先生和郑先滔。

郑先滔比我爷爷年长一岁，我爷爷一直叫他郑大哥。考入讲武堂后不久，经郑先滔介绍，我爷爷也加入了岳王会。据我爷爷回忆，那天入会的有七个人，炮科三人，步科、马科各两人。地点在小同街六号，这是岳王会的秘密联络点。仪式由彭教官主持，他是岳王会讲武堂支部的支部长。他先是简略介绍了岳王会和同盟会的革命纲领，然后问大家是否接受。大家都说接受。接下去便是宣誓。我爷爷记得，誓词中有同盟会的十六字纲领："驱除鞑虏，恢复中华，建立民国，平均地权。"

岳王会有严格的保密制度，总会下设分会，分会下设总支部，总支部下再设支部，支部下还分若干小组。我爷爷入会不久，组织上便通知他搬到了小同街六号居住。那里离奚家花园不远，附近有一家旅馆，名叫萃萍旅馆。与他们同住的就是彭兆栋夫妇。据我奶奶说，那个房子分前后两进，彭教官夫妇住后进，我爷爷和我奶奶住前进。

彭兆栋高个头，身材匀称，眼睛细长，面色红润，是讲武堂公认的美男子。他注重仪表，衣冠整洁，挺着笔直的腰板，脚上的黑皮马靴永远擦得锃亮，时时保持良好的军人姿态。他妻子姓杨，我爷爷和我奶奶都叫她杨大姐。她是一个能干的女人，说话做事干巴利脆，有一股子泼辣劲，就连彭兆栋也惧她几分。

彭兆栋是安徽和县人，曾去日本留学，毕业于日本士官学校。当时国内新式军事人才奇缺，彭兆栋自然受到重视。在讲武堂，他的地位很高，就连督办、会办也对他礼敬三分。由于吴先生介绍，彭兆栋对我爷爷一直关照。我爷爷报考讲武堂时，他曾辅导过他，后来我爷爷以高分被录取，也与他的辅导大有关系。当时与我爷爷一起接受辅导的还有一个人，是彭教官的同乡，与我爷爷合租一间房子，后来也考上了讲武堂，成了我爷爷的同学。此人就是胡宣武。胡宣武长得很胖，外形圆滚滚的像个球。彭教官经常骂他,说你光长肉不长脑子,你要有贺文贤一半就好了。我爷爷学东西很快,而且肯动脑子,因此彭兆栋很欣赏他。"这小子脑袋好使,将来必成大器。"他曾这样评价我爷爷。我爷爷搬去小同街六号也是他提出的。后来两家同住在一起,相处得也不错。应该说,在很长一段时间里,我爷爷都对彭兆栋颇为敬重。

就在我奶奶去安庆前一年,安庆发生了徐锡麟刺杀巡抚恩铭一案,朝野为之震动。彭兆栋也受到牵连,因为在查抄巡警学堂(徐锡麟时任学堂会办)时,发现了他与徐的来往书信。臬司衙门将其抓捕过堂,打得皮开肉绽,但他坚不吐实,而仅凭书信(就其内容而言,只是泛泛交谈,并无违碍言行,且彭与徐在日本时相识,后在安庆相逢,又同在军警界共事,相互来往也属正常)并不足以构罪,更无法证明他是徐之同党,最后只能将其释放,恢复职务。这一来,彭兆栋威望大增,在岳王会内的地位也陡然提升,并被推选为岳王会讲武堂支部支部长。

对此,彭兆栋也颇为得意,常常扒开衣服,亮出身上的伤疤给人看。"瞧瞧,瞧瞧,老子可不是个软蛋。"他说,"革命就得不怕死,脑袋砍掉不过碗大的疤。"说这话时他满身豪气,确有几分英雄气概,大家都很佩服他,包括我爷爷在内。

不过,彭兆栋虽然是个人物,表面光鲜,但相处久了,他身上的毛病也渐渐显露出来。他爱出风头,唯我独尊,除此之外,还爱钱爱女人。最让我爷爷看不惯的是,他常常背着杨大姐在外边偷鸡摸狗。我爷爷曾劝过他,说是杨大姐对你这么好,你可不能这么干。彭兆栋听了,哈哈直笑,他说男人哪有不好色的?这是雄性动物的本性,你懂不懂?"军人得有两把枪,"他拍着我爷爷的肩膀说,"一把是手上的枪,一把是下边的枪。光有上边的枪可不行,下边的枪也得利索了,否则哪像个男子汉?"我爷爷不赞成他的说法,认为爱是忠贞的,爱一个女人就不能对不起她。彭兆栋说这是两码事,你不要搞混了,"爱女人和睡女人不是一回事。"他还对我爷爷说,女人和女人可不一样,千差万别。

"你是没尝过滋味,千万别在一棵树上吊死了。"

有一次周末,彭兆栋让胡宣武来找他,叫他一起出去玩玩。"去哪里?"我爷爷问。胡宣武开始还卖关子,不肯说。到了怡红院门前,我爷爷才知道是逛妓院,说什么也不肯进去了。"这地方你们也敢进?"我爷爷事后对胡宣武说,"就不怕逮着了被开除?"当时有规定,军人不准逛妓院,条例上写得很清楚。"放心吧,"胡宣武说,"我跟你说吧,标统也来过,我曾见过他。他开除谁啊?"我爷爷说这简直是堕落,胡宣武说你真是少见多怪,没见过世面。"这有啥吗?玩玩而已,你何必当真?"

事后,彭兆栋得知了很不开心。他多次说:"文贤啊,你什么都好,就是太书生气了。"言外之意是说我爷爷太古板。胡宣武也劝过我爷爷,说你这是何苦呢?放着乐子不找,还偏偏给人添堵。老彭对你可是器重有加。他把你当作自己人,才带你玩,这是看得起你啊。"俺可不稀罕,"我爷爷说,"这种事俺也干不来。"胡宣武咧起嘴巴笑,"有啥干不来的,不就是打炮吗?"他说,"克虏伯(德国炮)咱都能打,下边的还打不了?"我爷爷说,你们是不是常去那鬼地方?胡宣武并不否认。他说老彭就好这个。他嫌家里的女人太刻板。见我爷爷不明白,他又说,他喜欢从后边上。我爷爷惊诧莫名,说你咋知道?胡宣武说:"他让我帮他找过书。就是那种书,春宫三十六式什么的——你想不想看?我那里有。"他嬉皮笑脸地说。"去你娘的,"我爷爷说,"你们太不像话了,这哪里还像个新军?"

此后不久,这事不知怎么传到杨大姐那里,她与彭兆栋大吵了一通。彭兆栋怀疑是我爷爷讲出去的,便把他大骂一顿。我爷爷申辩说,这事和他可没关系,但彭兆栋并不相信。"那是谁说的?"他问。"这俺哪知道?"我爷爷恼了,他对彭兆栋凭空怀疑自己很不高兴,话也难听起来,"俺可以告诉你,"他说,"俺不但没有说,而且连说这话都感到脏。"

我爷爷一发火,彭兆栋的怀疑反倒解除了。他对胡宣武说,这事不像是贺文贤干的。胡宣武也赞同。他说这家伙性子有点耿,但他只会阳谋,不会阴谋。过了几天,彭兆栋才弄明白,原来是吴先生的信(彭兆栋放在口袋里)被杨大姐洗衣服时发现了。在那封信中,吴先生对他逛妓院进行了严厉批评。事后他才得知这事是郑先滔向吴先生告的状。从此,他与郑先滔的关系进一步恶化了。

郑先滔在岳王会担任讲武堂支部委员。虽然从公开职务上,他只是普通学员,但在组织内部却属于领导成员,加上他行事公正,平等待人,因此在会员中威望很高,甚至超过了彭兆栋。这让彭兆栋很不舒服。后来,两人又在一些问题上看法相左,关系渐渐变坏。彭兆栋认为,他仗着家庭背景和吴先生的关系,不把自己放在眼里,而郑先滔认为,彭兆栋生活不检点,行事武断,不讲原则,而且听不得不同意见,发展下去很危险。

有一次,围绕发展会员,郑先滔认为某人不够条件,暂时不宜发展。彭兆栋觉得这是郑先滔有意给他难堪,因为这人是他提出的,非发展不可。他大发雷霆,说我是支部长,我要发展谁就发展谁。郑先滔坚持己见,这事后来闹到总支部去了。总支部的意见是发展会员要慎重,尤其是在当前形势下,清廷对革命党血腥镇压,更应慎之又慎,这等于否定了彭兆栋的意见,这让彭兆栋大为光火。打这,他开始千方百计地排挤郑先滔,有时故意找碴,利用教官的身份,在公开场合体罚、羞辱郑先滔。他还以撂挑子相威胁,要挟组织,要把郑先滔赶走。眼看着两人闹得水火难容,从大局(当时安庆革命党起义在即)出发,上级决定将郑先滔调离。彭兆栋这才感到出了一口气。

郑先滔离开时,我爷爷去码头送行,心里很伤感,也很不理解,都是革命同志,咋会像个仇人似的,闹到了这般地步?郑先滔的情绪倒很平静。他即将前往南京新军第九镇任职,这也是组织的安排。他劝我爷爷说,到哪里都是革命,南京与安庆很近,将来起事时,我们或可联手，共举大业。郑先滔对彭兆栋看法是，这人有能力，但私欲膨胀，拉帮结派，一心只想着自己，并不可靠。不过，他也认为，大敌当前，我们的主要敌人是满清，要凝聚一切力量，包括彭兆栋。"不要因为我，影响你们的关系，"他交代我爷爷说，"彭兆栋只要革命，就是我们的同志，我们就要团结他，你要记住这一点。"

郑先滔的话让我爷爷很感动。他后来对我奶奶说，人和人就是不一样，同是吴先生的学生，境界却天壤之别。"郑大哥有胸怀，"他说，"就凭这一点，俺就服他。"

我奶奶来到安庆后，在我爷爷的影响下也积极参与岳王会和同盟会的活动，帮助传递情报，参与联络工作。当时很多有名的革命党人，我奶奶都见过，像柏文蔚、陈仲甫（独秀）、倪映典、熊成基、范传甲等。许多年后，我奶奶还常常提起这些往事。她说，倪映典是合肥人，说话一口合肥腔，语速很快；熊成基相貌英俊，说话做事都很沉稳，而范传甲长相老成，表情严肃，平时不苟言笑；范是寿州人，说话总是带着"俺""啥"的北方腔。我问奶奶见过陈独秀和柏文蔚吗？奶奶说，当然见过，不过是在光复以后。光复前，陈、柏都不在安庆。陈是岳王会的创始人，安徽巡抚恩铭遇刺后，他逃往日本，柏在南京任职。民国二年，柏文蔚督皖，陈独秀任秘书长，那时你爷爷在讲武堂任教官，柏、陈都来我们家吃过饭。"陈先生还夸过俺的厨艺哩！"奶奶说，表情颇为得意。

我奶奶到安庆半年后就怀孕了，有一次她去军营送布票（入会表格），遇到密探跟踪。当时，徐锡麟刺杀巡抚恩铭一案刚发生不久，安庆的形势很紧张。为了摆脱跟踪，我奶奶加快脚步，由于天降大雨，路面湿滑，不小心摔了一跤，回来后便流产了。这事让我奶奶很伤心。我爷爷安慰她说，没关系的，孩子以后还会有的。熊成基有一次来家里见到我奶奶，说小妹很了不起，为革命做出了牺牲。我奶奶由于年纪小，当时很多会内的同志都称她小妹。

光绪三十四年冬,即我奶奶前往安庆的第二年,轰动全国的马炮营起义爆发了。

事情的酝酿早已开始。在这之前一年多,徐锡麟刺杀巡抚恩铭被捕后,被凌迟处死,刽子手割下他的头颅,剜其心脏,供祭恩铭。恩铭的卫队中还有人将其肝脏烹而食之。官府的残暴不仅没有吓倒革命党人,反倒激起了他们的斗志。有一次革命党在小同街六号开会,与会者纷纷发言,都说革命党人的血不会白流,这个仇一定要报,这笔血债也要满清狗官加倍偿还。那次会议革命党骨干来了不少,有熊成基、薛哲、范传甲等,他们都做了发言。彭兆栋撸着袖子说,大不了就是一个死,一百年后咱又是一条好汉!我爷爷也做了发言,他义愤填膺,慷慨激昂,最后还高声背诵了徐锡麟写的一首诗:"军歌应唱大刀环,誓灭胡奴出玉关。只解沙场为国死,何须马革裹尸还。"

在场的人热血沸腾,我奶奶也很激动。当晚,她对我爷爷说:"文贤,俺没看错人。做男人就得像你这样,顶天立地。俺会永远跟着你,哪怕是死也会跟着你。"我爷爷说,你能这样想很好,革命就会有牺牲。他自打加入岳王会就做好了牺牲的准备,但你不能死,你得好好活着。我奶奶说,如果你牺牲了,俺活着还有啥意思?"不,你错了,"我爷爷纠正她说,"革命是一代一代前仆后继的事业,一个人倒下了,另一个人再站起来。你还要为革命养育后代,十几年后这些后代长大了,又会成为革命者。革命党人是杀不完的,革命的胜利早晚有一天要实现。"我奶奶听了热泪盈眶。那是一个激情如火的年代,我爷爷的革命精神深深打动了我奶奶。她紧紧搂着我爷爷,泪流满面,对他爱极了,也崇拜极了。

十一月十九日晚,起义打响了。我奶奶那晚和部分女眷集中在小同街六号,负责印刷告示、传单,制作旗帜等工作。"天刚擦黑,大家都忙活起来。"我奶奶回忆说,几个人做了分工。我奶奶管油印,两位女眷打下手。还有几位女眷在缝制旗帜。另有两位女眷担任放风。她们一个守在前门,一个留在后院。杨大姐负责指挥协调。屋子里气氛紧张极了,谁也不说话,大家既兴奋又不安。不知啥时候,城外的炮声突然响了。大约是九点多钟,大家放下手上的活计,一起拥到院子里。

炮声隆隆地响着,持续不断。听声音是从菱湖方向传来的,像在北门附近。接着东边的迎江寺、集贤门方向也响起了枪炮声。接着,不知哪里燃起了大火,街上传来了大呼小叫声,还有杂沓的脚步声、马蹄声,乱糟糟的,响成一片。看样子是行动开始了。大家都兴奋起来。"快,快,"杨大姐这时说了声,"大家抓紧干!"众人一听便又回到屋子,各司其职,可心里却惦记着外边的情况。杨大姐安慰大家说,别担心,安庆城里空虚,大部队都去太湖了。朱家宝也不在城里,正是动手的好时候。

朱家宝是安徽巡抚。起义发生前,他奉命前往太湖参加秋操。按照原定计划,驻安庆的新军第三十一协也将参加会操。秋操的决定早在年初就有了旨意。所谓秋操,用现在的话说,就是军事演习,目的是为了检验新军编练成果,向外界宣示武力。秋操的规格很高,规模也很大。除了朝廷高官驾临,各省督抚代表、西方各国驻华武官也应邀出席。可没想到的是,秋操即将举行前,两宫突然驾崩。这时前往参加秋操的安庆新军只去了一个营,其余的尚未来得及开拔。对于这个突如其来的情况,革命党领导层围绕要不要按原定计划起义进行过讨论,有人认为,两宫驾崩,朝野震动,人心惶惶,正是天赐良机,事不宜迟,应该马上举事。这个意见占了上风,于是决定起义计划不变。

但是,起义的当天中午,忽然有消息传来,说是朱家宝从太湖回来了。后来才得知,他风闻安庆新军不稳,匆匆赶回,并紧急布置,以作预防。下午,城里的气氛骤然紧张。新军各部都接到命令,要求严加防范乱党,并对枪支弹药进行严格管控。之后戒严的命令下达了。大街小巷,布满兵丁,巡防营和各衙门卫队纷纷出动,在城门口和重要部门、交通要道增加了兵（警）力。种种迹象表明，官府好像听到了什么风声。但大多数革命党人并不知道这一情况（虽然有人得知了消息，但由于戒严，消息并未送出），包括小同街六号在内。因此她们当时有理由对起义前景感到乐观。

枪炮声持续了几个小时，至夜间十一点多钟渐渐稀疏下来。这个情况有些不妙，众人停下手中的活计，再次来到院子里，议论纷纷，但外边的情况如何谁也不清楚，也不便外出打探，只能干等着发急。又过了几个时辰，还是没有消息，大家都不安起来。此时已是深夜。忽然，前院传来了敲门声，担任望风的女眷跑过来，满脸紧张地询问怎么办。

砰，砰，砰……

砰，砰……

那声音力道很大，也很急。众人屏住呼吸，都看着杨大姐，等她拿主意。"自己人！"杨大姐说。果然，再仔细一听——三长两短，是自己人的暗号。"可开始太紧张了，"我奶奶说，"居然没有听出来。"

来人是岳王会的联络员小于，他是讲武堂的学员，杨大姐和我奶奶都认识他。小于大汗淋漓，气喘吁吁，一进门来不及打招呼便说，情况不好了，城里没有动起来（他指的是城里的响应起义的部队），你们赶快走，这里可能暴露了。杨大姐问他究竟出了什么情况，小于也不大了解。"抓人了！到处都在抓人！"他说，城里大街小巷都是巡防营的人，起义各部也联系不上，四城紧闭，外边的部队也打不进来。他还说讲武堂的学员都被堵在校舍里，他好不容易跑出来通知她们。"老彭呢？"杨大姐问。"没见着，晚上吃完饭后就没见到。"他说。我奶奶询问城外的部队情况如何，她很关心我爷爷，因为我爷爷在炮营担任行动队长，可小于对城外的情况一无所知，也没时间细说。"快走，快走吧，天亮就来不及了！"他心急火燎说，一边抹着脸上的汗，一边说他还得通知其他联络点。

据我奶奶说，那天晚上，导致起义失败的重要原因是城内的部队没能按计划行动。驻扎安庆的新军是陆军第三十一混成协（协相当于现代的旅；混成协相当于加强旅）。该协是在清末扩军计划中建立的，下辖六十一标和六十二标（标相当于团）。六十一标大部驻城内，六十二标驻城外。按照起义计划，驻扎城外的六十二标马炮营首先发难，六十一标从城内响应。当时马营驻地在城外西门山上，我爷爷所属的炮营驻东门外迎江寺。起义开始后，马炮营按计划先后发动，在占领菱湖嘴火药库后，向北门发起进攻。我爷爷指挥炮队向城内抚署和督练公所频频发炮。但奇怪的是，城内迟迟不见响应。后来才知道，是城里起义部队领导人发生动摇，致使起义受阻。

第二天清晨，江面上的炮舰开始向城外起义军阵地发炮。"那炮打得轰轰响，房子都被震动了。"我奶奶说，这之后不久起义失败的消息便传来了。革命党人遭到残酷镇压，被捕杀的党人、士兵及进步学生多达三百余人。小同街六号也被查抄了。好在前一天晚上，我奶奶就和几位大姐已转移了出去，这才捡了一条命。

三

马炮营起义失败后，我爷爷随着起义残部退往桐城、庐州一带，生死不明。安庆陷入了白色恐怖之中。杨大姐带着我奶奶躲在省立政法学堂的一个教师家里。这位教师是杨大姐的一个亲戚。我奶奶和杨大姐在他家躲了半个多月，待局势平稳后才逃出安庆。

我奶奶回到了霍川，虽然逃脱了危险，但更大的麻烦接踵而至。由于她没有与我爷爷正式成婚，按习俗不能进入夫家，只好又回到田家岗。我外曾祖父大发雷霆，说你这个不要脸的货，还好意思回来？他跳着脚，指着我奶奶的鼻子骂，说俺没你这个女儿，你从哪来给俺死哪去，别给俺丢人现眼。我奶奶一声不吭，甚至连看我外曾祖父一眼都没看，任他骂个沸反盈天———一路上我奶奶担惊受怕，好不容易回到家，早已疲惫不堪，连说话的力气都没了——直到她父亲骂累了才说："爹，你骂也骂了，气也出了，你不认俺这个女儿，可俺不是你的女儿又是谁的女儿？难道俺是从天上掉下来的吗？"

我外曾祖父一听这话，气得两眼直翻，从椅子上一蹦而起，火冒三丈地喊："你个不要脸的货，你给老子耍泼皮啊？你给俺滚，马上滚！"

我奶奶说："俺哪儿也不去！要死也死在这里。"她的声音平静，但态度坚决。我外曾祖父拍桌子打板凳，又喊又叫，还抓起鸡毛掸子要打我奶奶。大姨奶、小姨奶这时都跑过来，跪在外曾祖父面前哭着喊："爹，爹啊，你让姐去哪儿啊？你就饶了她吧。"

外曾祖父的心有些软了。在三个女儿中，他向来最宠我奶奶。就连二娘（我外曾祖父的续弦，我奶奶她们叫她二娘）也看出来了，进门后从来不敢惹我奶奶，而且处处让着她，甚至还有些怕她，因为只有我奶奶敢于顶撞她，相反对我大姨奶和二姨奶却是另一副嘴脸，动不动就整治她们。我大姨奶和小姨奶都说，二娘是个势利眼，专拣软柿子捏。不过，从心里说，她对我奶奶烦着哩，可不希望她再回来。于是便悄悄地给我外曾祖父上小话。二娘说，大小姐回来倒没啥，只是她那个男人可是个革命党，官府要追究起来，只怕家里也要跟着吃挂落。这话实在阴毒，我外曾祖父一听便怕了，因为就在前几天官府还差人去大贺村搜查，把我爷爷的家也抄了。

正犯难之际，族长九叔公出面说话了。他说这孩也怪可怜的，男人不知下落，夫家又夫不了，毕竟是田家的后代也不能不管。"这样吧，"他想了一个折中的法子，"让她去老屋住吧。今后各过各的，井水不犯河水。将来官府过问，你们也好撇个干净。"

这个主意倒是不错，我外曾祖父便就坡下驴，答应下来，说："那好，那好，就照九叔公说的办吧，以后要是有事，九叔公可得出面替俺们说话啊。"

"那是自然。"九叔公一口应承。

于是,我奶奶便搬进老屋去了。老屋是我们家的老宅子,位于村头的一个山坡下,与村子隔了一条小河。这房子是我外曾祖父的爷爷修建的,后来外曾祖父造了新宅子,这个老屋便空置下来。有一年,村里有个老先生借这个房子办学,办了没两年,老先生身体不好,这学也办不下去了。房子又空了下来。

我奶奶搬进去后,打扫了一番。屋子虽说老旧了些,多年没人居住,有些屋墙也倒塌了,院里长满了杂草,有几间偏房年久失修,屋顶也开始漏水,但前院的几间正房还算不错能够住人。我奶奶为了收拾这个房子可没少花力气。宋妈找来家里的佃户帮着整理,几天下来倒也收拾得差强人意。于是,我奶奶就在老屋里住了下来。

从安庆逃回来到辛亥光复,我奶奶在老屋住了两年零十一个月。这期间,她的生活极为清苦。本来她的积蓄就不多,在安庆时跟我爷爷后搞革命活动,也没攒下钱;后来修房子买材料,又卖了首饰,几乎到了身无分文的地步。为了维持生计,她不得不揽些女红来做。她还在院子前后开了一些地,种些蔬菜瓜果,勉强度日。好在老屋与村子隔了一条河,平时倒也安静,除了宋妈和我大姨奶、小姨奶经常过来看看,很少有人走动。

起义失败后,我爷爷一直没有消息。不过,官差倒是来过几次,查问我爷爷的下落。官差每次来,我奶奶都暗自高兴。"看来他还活着。"她兴奋地念叨着,仿佛看到了指望。可是,好景不长。有一天,我奶奶从集镇上回来,忽然哭得像个泪人似的,大家才知道我爷爷死了。

原来,那天我奶奶去镇上碰上了陶顺良。陶顺良绰号陶二狗,是小陶岭的人,与我爷爷是老相识了,又同在六十二标共事,前两天回乡探亲,我奶奶知道了,便去找他打听我爷爷的情况。陶顺良说,你还不知道啊?起事人员从安庆败退后,在三河遇到河南提督姜桂题的部队,被包围了,死了很多人,贺文贤也在其中。我奶奶并不相信,问他打哪来的消息。陶顺良肯定地说，这事错不了，因为死亡人员名单后来上报到了标部，他在标部亲眼看到的，上边就有贺文贤的名字。我奶奶一听这话，身子一软，便昏了过去。幸好当时宋妈在身边，一把抱住了她。

很快，我爷爷的死讯便传开了，村里人都很同情我奶奶，背后议论说，这孩年轻轻就守了寡，今后可咋办呢？只有我外曾祖父松了一口气，因为我爷爷一死便不会再连累他们了，况且他对我爷爷拐走我奶奶一直耿耿于怀，气愤难消。"死了好，"他说，"这个丧门星，不死将来还不知要咋害人哩！"

我奶奶痛不欲生。爷爷的死讯几乎把她击垮了。自那以后，她就像变了一个人，本来话就不多，这时更少了。以前她常爱唱几句黄梅戏或小刀戏，现在也不唱了。人也变得诡秘起来，平时深居简出，一副神经兮兮的样子，就连大白天也门窗紧闭，有时要敲上半天她才磨磨蹭蹭来开门。过去，宋妈和我两个姨奶奶去看她，她都很高兴，现在却对她们说，没事就不要来了，俺想一个人静一静。对于我奶奶的状况，我大姨奶、小姨奶都很担忧。她们说，姐是太苦了，这样五迷三道的下去，非作出病来不可。不过，宋妈倒并不太担心，她说日子一长就会好的，俺男人刚死那阵子也是这样。宋妈守寡好多年了，一副过来人的口气。

日子过得说快也快，说慢也慢。转眼到了宣统二年。这是我奶奶从安庆回来的第二个年头。这一年开春不久，我大姨奶出嫁了。男方家是霍川东阳关人，家里有几十亩地，城里还有一家粮铺，家境殷实，我外曾祖父很满意，便大操大办起来。那段时间，家里洋溢着一片喜庆，大家都忙忙碌碌的，谁也没有注意我奶奶。然而，就在这时，一个塌天的大事发生了。

那是我大姨奶出嫁的当天，我奶奶在老屋里悄悄产下了一个男婴。

当时，大家都忙着送亲，没有一个人注意，直到我小姨奶去给她送喜糕时才发现，简直惊呆了。我奶奶居然一个人把孩子生了下来，据说她自己咬断了脐带，完成了分娩。"俺的天啊！"小姨奶说，"当时俺看到姐就躺在床上，脸上白绢绢的，被褥上全是血，那个孩在一边张着嘴哭个不停。"

这事一下炸了锅！

我奶奶怀孕事前谁也没发现，她也没对任何人说，包括我大姨奶、小姨奶和宋妈。我奶奶身材小巧，当时是冬天，她裹了不少衣服，虽然身子有些沉了，但谁也没有往那方面想。宋妈倒是说过，大小姐胖了不少，可谁也想不到她是怀了孩子。这下事情闹大了，我外曾祖父一听，简直羞辱难当。

"孩？哪来的孩？"他怒气冲天地问。我奶奶从光绪三十四年冬回来，至今已有一年半时间了，这孩子的降生显然来路不正，这可是一桩天大的丑闻。我外曾祖父捶胸顿足地哭喊起来："家门不幸，家门不幸啊，怎么出了这种事啊？"

祠堂里议事很快有了结果——沉塘！这是族里的老规矩。但族长九叔公还是想给我奶奶一个机会。他让人把我奶奶带到了祠堂。由于失血过多，我奶奶十分虚弱，连站的力气都没有，是宋妈把她背到了祠堂。那天村里来了很多人，大家都对这种风化案充满了好奇和兴趣。九叔公要我奶奶如实交代事情的经过，我奶奶知道大祸临头，哭着哀求，说是香梅死不足惜，但求能保孩子一命。九叔公说你一个弱女子，受了人家欺侮，只要你说出奸夫是谁，便答应你的要求。"孩啊，"他说，"九叔公也不想这样，但族规如山，俺也包不了你，但只要你说出那个野男人，俺就留孩一条命。"可我奶奶任凭九叔公一遍遍盘问，就是不肯回答。九叔公有些恼了，在桌子上磕了磕烟袋，说："你这个丫头死犟死犟的，好嘛，你搞死不说，那就别怪九叔公了。"

"去，去把兴泉找来！"他接着又吩咐道。

兴泉是我外曾祖父的名字。那天祠堂断案时，我外曾祖父自觉丢脸，躲在家里没有去。现在九叔公派人来唤了，他不能不露面了。

"兴泉啊，"九叔公对我外曾祖父说，"好话歹话俺都说了，也算是仁至义尽了，可这丫头就是不开口，你说俺咋办？"

我外曾祖父说："该咋办就咋办！俺没这个女儿，田家也没这个孽种！"他咬着牙齿说，腮帮上的牙槽骨一鼓一鼓的，嘴巴早就歪到一边，那模样实在气得不轻。

"唉，"九叔公叹了一口气说，"那好吧，兴泉啊，这事也怨不得俺了，就按族规办吧。"

当天下午，我奶奶便被剃了阴阳头，游村示众。村里人都出来围观，人群里窃窃私语。有人说，这丫头平时不吭不哈，原来是个闷骚。还有的说，色胆包天啊，啥事都敢干，先是私奔，这男人前脚刚死，后脚就偷起人来了。我外曾祖父感到奇耻大辱，气得倒在床上，一连半个多月都起不了身。

游街的第二天，便要沉塘。这几乎成了一个盛大的节日，周围几十里的人纷纷赶来看热闹。族丁们连夜把沉塘的竹笼子都编好了，到时把罪人关进笼子，沉入塘底，这是一个古老原始的习俗，整个过程充满了令人窒息的刺激和残忍。原定的沉塘的时间是午时三刻，地点就在村前的大池塘边。早上吃完饭就陆续有人来了，不到十点池塘前已是里三层外三层挤满了人。大家兴高采烈，谈笑风生，只等着一场大戏开演。

时间很快就到了，可迟迟不见动静。人群开始出现骚动，人们七嘴八舌地叫起来，等得不耐烦了。过了许久，九叔公终于现身了。谁也没想到，一夜之间，他竟改变了主意，宣布暂缓沉塘。

"咋啦？"

"这是为啥啊？"

人群中响起一片失望和不满的声音。

"肃静，肃静。"九叔公摆了摆手，然后从容不迫地开始解释。原因很简单，因为奸夫还没抓到。"这事不能算完，俺们不能便宜了那家伙。"他强调说，等抓到这个人再办不迟。他的话一说完，人群里又是一片嘈杂。有人感到扫兴，纷纷抱怨，说这是搞啥名堂嘛，没见过这么折腾人的。也有人感到有理。"是啊，不能放了那个野男人，"他们说，"光处置这丫头也不公平。"

谢天谢地！九叔公的决定挽救了我奶奶。村里人都说，我奶奶命大，不知哪辈子烧了高香，土都埋到脖子根了，又一口气喘了上来。

不过，我奶奶虽然活了下来，日子却更艰难了。以前村里人看她日子过得紧巴，有心接济她，常有人送些吃的用的，家里有女红啥的也都送过来让她做，可现在她的名声坏了，人们唯恐避之不及，谁还愿意上门啊？就连她婆家的人——我太奶奶她们——也感到丢脸，与她断了来往。我小姨奶（大姨奶此时已出嫁）和宋妈有时偷偷给她送点东西，现在也不行了。我外曾祖父看得很紧，他说，你们谁要再和那个不要脸的来往，看俺敲断她的腿。二娘更是变本加厉，隔三岔五就要对家里的粮食、衣物等进行清点。发现什么不对头的地方，便兴师动众，挨个盘查。即便我小姨奶和宋妈有心接济我奶奶也做不到了。

那段日子，我奶奶几乎到了山穷水尽的地步。家里能卖的都卖了，经常是吃了上顿没下顿。大人还好办，孩子一饿就嗷嗷哭叫。为了省下粮食给孩吃，我奶奶每天只喝一点米汤，有一次竟昏倒在地。多亏了我大姨奶，她得知消息后，便不断从夫家送来接济，加上我奶奶在前后院子和河边上开荒种地，这日子总算勉强撑了下去。

其实，生活艰难还不算什么，最难的是名声坏了，没人再愿意和她来往，大家看见她就像躲瘟神似的躲得远远的。人们鄙视的目光令人心寒。当地的混混也开始打起她的主意，不时对她骚扰。为了防备不测，我奶奶便在门后藏了根扁担，还在怀里揣了把剪刀。有一次，一个混混调戏她，她便拼死反抗，并用剪刀划破了他的脸。这事让我大姨奶知道了，十分担心，便把这事告诉了自己的男人。大姨奶的男人姓左。左家在城里的粮店就由他打理，因而人们都叫他左老板。左老板很同情我奶奶，他提议重新给奶奶说个人家。"你姐长得标致，又读过书，年纪也不大，找个人家怕也不难。"左老板说。大姨奶觉得这也是个办法，便向我奶奶提起这事，我奶奶一听就摇起头来。

"这可不行。"她说，"俺走了，九叔公怎么交代？俺可是答应过他。再说他也不会让俺走的。"

"嗨，管不了那么多了，"我大姨奶说，"他不让走，咱偷偷走呗，这事俺家老左有办法。"

我奶奶还是摇头。

"咋了？"我大姨奶疑疑惑惑地看着她说，"你不要跟俺讲，你还在等那个人吧？"

"快别胡说了，"我奶奶叹了一口气，说，"这都啥时候了？俺答应过九叔公的，不能说话不算数。"

"那你告诉俺，那人是谁？"

我奶奶苦笑了一下，说："事情都过去了，还说他干吗？"

尽管我奶奶三缄其口，但人们私下里的猜测却从未停止。我奶奶在村里很少与人来往，去她那里的人也屈指可数。这个男人究竟是谁？村里人排来排去，最大的嫌疑有两个。一个是贺维贤，他是我奶奶的小叔子，我爷爷的胞弟。我奶奶从安庆回来后，他时不时地前来看望，送些东西，帮着干活。贺维贤比我奶奶小一岁，人也机灵，与我奶奶关系一直不错。后来突然有一天，他就不来了。等到我奶奶产下孩子时，人们才发现他已去向不明。至于贺家人，对他的行踪也讳莫如深，一会说他去河南投亲戚了，一会又说他去江西跑生意了。从他离村出走的时间计算，约在我奶奶生产前五至六个月。人们推测，他一准是发现我奶奶怀孕后，感到掉不了爪子，这才脚底板抹油一走六二五。

除了贺维贤，还有一人嫌疑很大。这人是淮北来的一个泥瓦匠。

人长得高高大大，是那种典型的北方人，国字脸，浓眉大眼，胳膊和腿都很粗壮。他是我奶奶请来修老屋的，一连干了半个多月。每天歇工后，人们便看到他在河边上擦洗身子，虽然时值冬季，但他丝毫也不怕冷。有小媳妇到河边洗衣裳，看到了便私下议论，说这人皮肤光光滑滑的，胳膊上也满是老鼠肉（指肌肉），一动就乱跑。一个死了男人的年轻寡妇碰上这种烈燥的男人，难保不出事情。我奶奶出事后，还有人先见之明地说，俺早看出来了，这事有名堂。当地泥瓦匠有的是，我奶奶偏偏不找，反倒舍近求远，大老远请一个外乡人来修屋，这事想想就不对头。但这些议论除了供人们茶余饭后的谈资外，并无根据，何况不论是贺维贤，还是那个淮北泥瓦匠，以后很长时间都没露过面，想查也无从入手。

第四章 太爷爷 | 1903年

一

太爷爷即我爷爷的父亲,是贺家"年"字辈的人。由于出身寒微,我太爷爷从小就跟人学剃头。剃头虽属毫末技艺,下九流的行当,但也算是手艺人。据家族里的老人说,我太爷爷为人老实巴交,说话有些口吃,但心灵手巧,剃头手艺在周围一带很有名。就连县里的一些士绅富贾也常找他去剃头。在他活着时,家里温饱度日,倒也过得去,我太爷爷对此很知足。

但不幸的是,他在三十四岁时不幸卷入了霍川灭门案,招来杀身之祸。那一年是光绪二十八年,公元一九〇二年。

霍川灭门案影响很大。惨案就发生在腊月二十四送灶这一天,再过七天就是壬寅虎年的新年了。就在这天夜间,灭门案发生了。秦家十数口皆遭毒手,一个活口也没留下。"这事闹得可不小,就连朝廷都被惊动了!"我奶奶对我说,那已是灭门案发生几十年后了,我奶奶时已八十多岁高龄,说起这事依然感到沉痛。"这帮人下手可真狠!"她说,"老人孩子全砍了,一个也没剩下。"她一边说,一边坐在书案前画工笔牡丹,虽是陈年旧案,她的语调十分平静,但在我听来却是骇人听闻。据说,案子发生在夜间,等到衙门里的人赶到时,院子里已是一片狼藉,尸体横七竖八躺得到处都是,屋里屋外溅满了血迹。

我曾查过宣统元年修订的霍川县志，根据上边的记载，这桩灭门案导致秦家老少十二口，外加仆佣、车夫等五人，共计十七人（除一人在外地幸免）全部遇难。最大的六十五岁，是秦家的老太太；最小的刚满周岁，是秦家的小孙女。

此案发生后，朝野一片哗然。因为遇害的不是普通人，而是新任霍川知县秦尚义。这种公然杀害朝廷命官，而且手段极端残忍的行径，自然引起了雷霆震怒。光绪帝下谕旨要求严办。总督、巡抚层层派出大员，大张旗鼓，前后查了半年之久，闹得沸沸扬扬，鸡飞狗跳，但是啥也没有查出来。

"这背后的隐情太多了！"我奶奶说，围绕这个案子，霍川各方势力蠢蠢欲动，明争暗斗。一时间，剑拔弩张，硝烟弥漫。

应该说，这桩案子本来与我们贺家无关，倒霉的是我太爷爷不幸卷入其中，让人始料不及。

据家谱记载，我们贺家这一支是明代由江西迁来，后在霍川落根。家族的老祖曾是明代的将军，参加过平定云南的战争，立下战功，受到朱元璋的敕封，世袭副千户，封地就在霍川。霍川位于大别山腹地，与湖北、河南都较近，清代属颍州府管辖。霍川贺氏这一脉总堂号为"怀德堂"，取君子怀德之意。在霍川主要居住在大贺村、小贺村以及周边的十几个村庄。经过六百多年的繁衍，现已传至第二十八代，分堂号几十支、子孙五万余人，遍布世界各地，主要分布在国内六个省区。

霍川贺氏的字辈是：家国永辉，忠良传世，礼乐仁善，秉礼尚义，祖泽昭光，祥瑞万年，贤廷肇基，守德昌盛。我的曾祖父，即太爷爷是第二十四代、"年"字辈的人。据家族老人说，我的太爷爷是个恪守本分，谨小慎微之人。平时说话做事处处小心，就连树叶掉下来都怕打了头。他从不招惹是非，遇事唯恐避之不及。然而，尽管他千般小心，万般仔细，最终还是难逃厄运。

"这都是命中注定的。"我奶奶说，如果那天我太爷爷不去秦家剃头，或者晚上不住在那里，都不会发生这事，"他们是要杀人灭口，不留半点痕迹。"

事实也正是如此。灭门案发生后，从总督衙门到巡抚衙门，再到知府衙门，办案人员来了一拨又一拨，不惜工本，大费周章，走马灯似的盘查，不放过任何蛛丝马迹，可惜能找到的有价值的线索并不多。

于是，关于这灭门案，坊间众说纷纭，说啥的都有。有后世学者研究归纳，仅有代表性的说法就达十一种之多。不过，有一点似乎可以肯定，这件事的起因与"霍川新政"有关。

霍川新政，又称辛丑新政，是知县秦尚义到任后极力推行的一项重大改革，独树一帜，引人注目。由于秦尚义推行的新政时在光绪二十七年，旧历辛丑，故有"辛丑新政"之称。辛丑新政内容涉及面较广，包括教育、邮政、修路和工商业发展等诸多方面，但严禁私盐是重中之重。

据霍川县志记载，新任知县秦尚义，字善德，号为仁，安徽庐州府人氏，秀才出身，曾赴日本游学，为人耿介，崇尚新学，素怀"为官一任，造福一方"之志。秦尚义出任霍川知县时，恰逢庚子事变发生，两宫"西狩"，国人视为奇辱，变革之声，此起彼伏。不久，清廷顺应潮流，设立督办政务处，逐步推出各项变革举措。秦尚义履任后，借着这股东风，大刀阔斧，在霍川全面推行新政，尤其是严禁私盐，态度坚决，引起各方震动。

此前，霍川长期私盐泛滥，虽有禁令，却形同虚设。秦尚义上任后，看到私盐充斥，深恶痛绝，遂上书朝廷，陈述私盐泛滥，病商误课，弊窦丛生，扰乱地方等八大罪状，提出治理举措十二条，受到朝廷嘉许。到任不足三个月，他便力排干扰，颁布了一系列缉私禁令，其中包括整顿关卡、杜绝官商勾结、加大处罚力度，不惜动用极刑等，公然向私盐宣战。

据《申报》记载，秦尚义的辛丑新政一时广受称颂，尤其是禁绝私盐，铲除积弊，"法之严苛，史无前者"。

不过，新政推行伊始，谁也没太当回事。大家都觉得，新官上任三把火嘛，谁上来还不扑腾几下？确实，前几任县太爷也都是这样干的。施政纲领一个比一个说得好，调门也一个比一个高，可结果呢？"全是玩花活的。"我奶奶撇着嘴说。三把火烧完了，一切仍是外甥打灯笼——照舅（旧）。

然而，谁也没想到，这个姓秦的知县却是另类。他说到做到。缉私禁令颁布后，私盐贩子的噩梦降临了。一时间，抓的抓，杀的杀，先后有上百人受到查处，其中也牵涉到地位显赫的卫家。秦尚义不仅抓了他的人，还封了他们的私盐仓库。这还不算，卫家老太爷的一个亲外甥也被砍了头。"他是真干啊！"我奶奶说。这一来，大家都说这个新来的县太爷可不是光耍嘴皮子的。

于是，舆论叫起好来，老百姓拍手称快，但这也触犯不少人的利益。有人扬言要他的好看，他多次收到恐吓信，警告他为自己留条后路。一天夜里，他正端坐书房看书，咣的一声，从窗外飞来一把匕首，插在他身后的板壁上。匕首晃晃悠悠，上边插了一个布条，上书一个大大的"死"字。还有一次，秦家人大清早一开门，吓得失声惊叫。原来，门前悬了一颗血淋淋的狗头，并附言云："此乃汝下场尔"。这一来，家人们害怕了，都劝秦尚义小心为是，可他却一笑了之，毫不退缩。他公开表示，有种就来杀我，怕死不当官，当官不怕死。"说真的，"我奶奶对我说，"这位秦知县可真够硬气的！"不过，那帮人到底没有放过他。事实上，这个结果几乎是注定的，但我太爷爷却非常无辜，因为他一个平头老百姓，与这事八竿子也打不着边儿。

然而，谁也想不到他偏偏卷了进去，死得不明不白。"真是飞来横祸，那个打击可想而知。"我奶奶摇着头说。她放下画笔，叹了一口气。

我太爷爷名叫贺继年，后世族人尊他为继年公。他有个弟弟，名曰贺恺年，人称恺年公。兄弟俩同父不同母，贺恺年由庶母所生。他们的父亲过世后，恺年公母子被赶出家门，于是兄弟反目，断绝往来。

此后，贺恺年愤而从军，居然出人头地，混出了一番模样。"文革"后，他家后人翻修房屋，从旧猪圈里挖出一块《贺公恺年神道碑》，碑面损毁严重，碑文多处漫漶不清，但有些字迹仍隐约可辨，上有"应募从戎，岁在癸巳"之语，据此推断，贺恺年从军应在光绪十九年，即公历一八九三年。据说那年他才十七岁。

据我奶奶说，贺恺年当年投奔的是淮军聂士成的部队，属直隶练军。甲午战争爆发后，贺恺年曾去朝鲜打过仗，后在摩天岭一战立下战功（此战聂军击毙日酋富冈三造），升任队官。退役时已官至管带，还封了一个啥的巴图鲁勇号，这成了他们这一支最引以为豪的历史。恺年公的后人也特爱拿这个说事，动辄就是我们家老太爷可是跟日本人干过仗，还得过老佛爷的赏赐哩。这话倒也不假。我查过县志，上边有关于恺年公的记载，称他"性雄侠，善谋略，少有大志"云云，虽属溢美之词，但从他十七岁便离家投军看，说他"少有大志"，倒也并非虚言。

甲午战争后第三年，贺恺年由于伤病解甲归田。回来后，他买地置产，兴办实业，很快发达起来。不过，关于他的发迹，据传也与贩卖私盐有关，但他后来改弦更张，到辛丑新政时，已断绝一切与私盐有关的生意。非但如此，他还公开表态，支持秦尚义的新政。这让卫家大为不满。

卫家在当地赫赫有名，早在"闹长毛"时，卫家老太爷便在卫家埠拉起一支队伍，成了团练的头领。这支队伍多属卫家族人子弟，他们半兵半匪，打起仗来不要命，常常是父死了继、兄亡弟承；一人战殁，合家上阵，个个都是从死人堆里爬出来的，战斗力极强。据县志记载，卫家在与太平军作战中，叔伯兄弟十二人战死九人。到卫孝衡当家时，卫家已是县里数一数二的大户。

卫孝衡，字丰沛，同治五年生人，属虎，比贺恺年大八岁。他们是把兄弟，当年同在聂军共事，吃在一起，住在一起，端过一个饭碗，睡过一个被窝。在朝鲜平壤一战中，卫孝衡还救过贺恺年的命，为此肋骨被弹片炸断了两根。卫孝衡是个狠角色，外号大魔王，从小就跟着长辈们打打杀杀，白刀子进红刀子出，后来混迹军伍，用他的话说，脑袋别在裤腰上，过了今日不知明日，早把生死置之度外。据当地老人说，卫孝衡五短身材，鹰眼棱面，声若洪钟。他是一个亡命之徒，好色爱酒，骁勇异常。毫不夸张地说，在霍川地界上，他卫孝衡跺一脚便地动山摇。

新政颁布后，他带头反对。当地私盐贩子一看他这个态度便都硬气起来，心想就是天王老子也动不了卫家。不过，贺恺年并不赞成这样。他多次劝卫孝衡，认为时代变了，过去那一套行不通了，不能再抗了。可卫孝衡根本听不进去。"你少给俺扯犊子。"他说，"俺还不信了，看他姓秦的敢把俺怎么样？"的确，一个小小的知县，他的确没放在眼里，但他低估了秦尚义。更没想到，这家伙软硬不吃，太岁头上动土，老虎屁股偏要摸。缉私令下达后，由于卫孝衡手下拒不服从，秦尚义不仅封了他的两个仓库，还抓了他的外甥。这一来，卫孝衡的姐姐（人称卫三太）慌了，哭天抹地找上门来，请他务必相救。

卫孝衡的外甥，小名虎子。他押运私盐通过关卡时，被缉私人员当场拿获。由于人赃俱在，按律当斩，而且秦知县也放过话，王子犯法，庶民同罪。不管何人，也不管是何来头，一律依法从事，决不袒护。这一来，卫家慌了。特别是卫三太就这么一个独苗儿，又急又怕。卫孝衡起先还不肯低头，但禁不住他姐哭求，只得请人出面斡旋，甚至答应只要放了小虎，他愿意支持新政，以此作为条件。但秦尚义并不接受，认为桥归桥，路归路，两者不能混为一谈，也就是说卫小虎有罪，非斩不可。

这一来，卫孝衡的面子算是彻底栽了。

二

现在该说说灭门案的事了。

该案发生在光绪二十八年腊月二十四日。"这天是灶王爷上天的日子，"我奶奶说，"家家祭灶，年味越来越浓了。"就在这一天，我太爷爷被人叫去城里剃头了，据说叫他去的人是个大官儿，给的钱也不少。他一大早便兴冲冲地去了。我太奶奶给他准备了干粮，五个送灶粑粑（这是当地特有的吃食，用磨碎的米粉蒸制出来），外加一盆烧萝卜，还有一大块夹肥夹瘦的咸肉，嘱咐他早点回来。她还告诉他，前些天，一个亲戚家杀猪，送来了一挂猪大肠，她一直没有舍得吃，等他晚上回来，就放上辣椒炒给他下酒喝。据我太奶奶说，我太爷爷爱吃猪大肠，有事没事还喜欢喝上一口小酒。可当天晚上，他却没有回来。

这种事过去也常有的，我太奶奶也没当回事。当时，她并不知道找我太爷爷去剃头的人家，不是别人，正是秦家。说起来，这事也是一个巧合。我太爷爷的一个大师兄，家住城里，过去一直为秦家剃头，但前不久摔断了腿，偏偏年关将近，秦家等着他去剃头，他却动弹不了，只好带信劳我太爷爷跑一趟。我太爷爷当时也不知道是要为县太爷一家剃头，及至到了城里，见到大师兄方才知道，心里又惶恐又兴奋。惶恐的是第一次为县太爷（他还没见过这么大的官）剃头，生怕有个闪失不好交代；兴奋的是能给县太爷剃头，这是多长脸的事啊，以后说出来也风光。"嘿，啥也别说了，"他对人说，"咱得好好干，拿出点真本事。"

那天，他干得特别卖力，使出了浑身解数。当天到了秦府之后，已近晌午。吃过午饭，他便开始给秦家老少挨个儿剃头，主家剃完了，仆佣们也跟着沾光。根据每个人的头型和身份，他认真打理，每个环节都不肯丝毫马虎，即便是对下人也不怠慢。他的手特别灵巧，尤其是掏耳朵堪称绝活，秦家老太太被他掏得咧着嘴巴直叫好，还额外给钱打赏。"这是个好人哪！待人和善，一点架子也没有。"老太太死后，我太爷爷提起她来，还为她难过。

就这样，我太爷爷不歇气地干了大半天，全家都剃完了，最后只剩下县太爷秦尚义了。但他太忙了，整个白天都在衙门里忙活公事儿。傍黑回到家，又访客不断，眼看时间已太晚了，秦夫人便和我太爷爷商量，让他在府内歇下，第二天再为老爷剃头。

"行啊。"我太爷爷一口应承。这还有啥好说的？当天晚饭，秦夫人特地让灶间给他加了一个肉菜。对此我太爷爷相当满意。"嘿，没的说，这家人可真好！"吃饭的时候，他对给他端菜的仆人老吴咕叨说。

可谁能想到呢，当天夜里，灭门案就发生了。

当然，我太爷爷事先不可能知道，也没有任何预感。相反，那一天，他的心情非常好，一切都很顺利，不仅手艺得到了众人的褒奖，而且还受到了热情款待。晚上他吃了三大碗堆起尖来的大米饭（不吃白不吃）。烧饭的厨子老李是个大胖子，虽然脾气有些暴躁，但对人倒很爽气。他让我太爷爷放开肚子吃。"管够，"他说，"能吃多少吃多少。"我太爷爷虽然有些不好意思，但也没客气，一直吃到实在撑不下了才罢休。厨子老李调侃他是饿死鬼投胎，八辈子没吃过饱饭，引来一片笑声。

后来，车夫老沈也回来了。他也是个热心人，而且是个自来熟。这边刚认识，便从自己的酒壶里给他斟了半碗酒，是那种烈性的霍川烧刀子，度数在六十度以上。"喝一个。"他一边说，一边端起碗来跟他碰杯。"那酒可真带劲！"事后据我太爷爷说，半碗下了肚，烧得他嗓子眼直冒火，脑壳儿也打起转来。

我太爷爷平时有点酒量，无事也爱喝两盅，可老沈这酒太烈了。在他连拉带劝下，我太爷爷先后灌下去两大碗。这一下便喝多了，回到屋里，倒头便睡。昏昏沉沉地睡到大半夜，忽然听见有人喊叫，他起身一看，这才发现情况不妙。血腥的杀戮不知啥时已经开始。有人倒在了血泊中，那模样像是厨子老李——我太爷爷脚下一绊，扑到他身上，这才发现他躺在地上，脖子冒血，已经说不出话来了。从他倒下的地方看，那里离灶间不远，刚才的喊声也是从那里发出的。"天哪！"我太爷爷差点叫出来，但没等他发出声来，便见有人从院子西侧的仆人房中蹿出来。那人身材高大,看身影像是车夫老沈。他脚步踉跄,跌跌撞撞,似乎已经受伤。一个黑影紧追其后,动作敏捷,手起刀落,一下子把他砍倒在地。

我太爷爷吓坏了,赶紧趴下,一动不动。好在并没有人发现他。后来又发生了什么,他也没看清楚,只听得一阵杂乱的脚步向前院跑去。我太爷爷虽然极度恐惧,但逃生的本能使他连滚带爬,一骨碌拱进灶间的草堆里,屏住呼吸,大气也不敢出。

也许是他命大,那晚,秦府上下全部被杀,但我太爷爷侥幸活了下来。从事后的现场分析看,作案者都是老手,动作干练,死者多属一刀毙命,而且这帮人事前显然摸过底,踩过点,对秦家的院落和住房格局相当清楚,每个人的住处也都心中有数,所以下手时目标明确,除了卧室,有些房间甚至连进都没有进。据我太爷爷说,那晚秦家安排他在后院一间堆放杂物的库房里歇息,临时搭了一张床铺,他就睡在里边。杀手们事先可能并不了解这一情况,进入后院,直奔目标,也没往库房那里去。尽管他们撤离时,曾来后院查找了一番,但兴许不知道秦府当晚有外人留宿,因而草草了事,并未仔细搜寻,我太爷爷这才幸免于难。

不过,虽然逃过一劫,但厄运并没有结束。

三

问题就出在他的剃头挑子上。

那天,凌晨时分,在确认凶手都已离去后,我太爷爷匆忙逃离秦府,惶惶如丧家之犬。到家之后才想起剃头挑子还留在秦府。"糟了,糟了。"他拍着脑袋连声说,知道这下麻烦大了,想去取回来已无可能。果然,第二天捕快就到了,将其锁住带进了衙门。

我太奶奶慌了,哭哭啼啼,四处求人,最后求到了贺恺年的门上。

自从兄弟反目后,两家便彻底断交,几乎从不来往。贺恺年发迹后,我太爷爷也有些后悔,试图改善关系,但贺恺年旧怨难释,不肯接受。"俺没你这个兄弟,"他曾公开宣称,"你也少和俺套近乎。"这让我太爷爷十分难堪。衙门里抓人后,我太奶奶求告无门,村里便说只有去求令弟贺恺年了。"二爷外边路子宽。"他们尊称贺恺年为二爷,"县上也能说上话,兴许能帮上忙。"这话倒是不错,要说贺家有影响的人,除了贺恺年再也找不到第二个了。我太奶奶早就想到了,可就怕他不愿意。

但没想到的是,贺恺年并未推辞,立马去了县里。他先找县丞曹大群,又上下打点,疏通关节。县丞又称县佐,是知县的副手,秦尚义遇害后,印务便由他暂署。贺恺年与他私交甚笃,他也很给面子。我太爷爷关进大牢后,不仅没吃苦头(单那杀威棒便能要人命),还受到优待。此外,曹大群还破例允准贺恺年探监。

我太爷爷一见贺恺年,便紧抓他的手不肯放开了。"兄弟啊,兄弟啊,"他哇哇大哭道,"你咋来了?你咋来了?"他感动得差点没跪下来。十几年来,他们两家形同陌路,鸡犬之声相闻,老死不相往来,可在这紧要关头,贺恺年并没有不管不问,反倒伸出援手。毕竟是亲兄弟,血脉相连,打断骨头连着筋啊。我太爷爷大动感情,不知如何表达感谢才好。贺恺年倒很平静。虽说兄弟反目多年,怨恨难消,可灭门案实在太大了,他的兄弟卷入其间,这不是小事情。在外人眼中,贺继年是他大哥,这一点改不了,甭管他们之间有多少恩怨,这真要有啥事,他也难保不被人指指点点。因而我太奶奶一来求他,他便答应帮忙。

牢房里灯光昏暗,散发腐烂的稻草气味。天寒地冻,一走进去就像掉进冰窟窿似的。昏暗的墙角边老鼠四下乱窜,不时发出吱吱的叫声。贺恺年让牢头送来一盆炭火,屋里才稍稍有了点热气。由于案情重大,我太爷爷是单独关押。贺恺年将带来的酒水吃食一一摆上,让我太爷爷先喝几盅暖暖身子。我太爷爷一向馋酒,要在以往恐怕早就迫不及待了,可在当时他已顾不上这些,忙不迭地先向恺年道歉,生怕错过了机会。"大哥该死,过去对不住你,"他连声说道,"兄弟啊,你可别和大哥一般见识。"他还大骂自己,说自己过去昏了头,让猪油蒙了心,做出了那等对不起兄弟的事。"俺就是一头猪啊,"他说,"不是人,猪狗不如!"总之怎么狠怎么骂,最后又是一把鼻涕一把眼泪地哀求,让恺年无论如何要救他一命。"兄弟啊,"他流着泪说,"看在死去爹的分上,你得拉哥一把啊,否则哥就死定了。"贺恺年让他放心,说俺既然来了,就是要帮你。过去的事不提了,说着端起酒盅,让他喝酒吃菜。

我太爷爷一边喝酒一边唉声叹气:"俺真是倒了八辈子血霉,剃头剃出这种事,你说俺冤不冤?天地良心,俺可没杀人,这都是冤枉啊!"说着说着,他又捶胸顿足,连声叫屈。

贺恺年丝毫也不怀疑,他哥没有杀人,他也杀不了人。问题是当晚秦府内的人全死了,他竟活了下来,这究竟是咋回事?贺恺年让他详细说来,我太爷爷便一五一十说了原委,其实很多事情他也说不清楚,只能提供一些目之所及的情况。贺恺年不时插问,如凶手有几人,相貌如何,穿的啥,如何进的院子,使的是甚家伙等等,我太爷爷一概回答不上来,因为黑灯瞎火,加上害怕,他压根儿没留意这些。不过,他也提供了一个重要的情况,即凶手临走时曾查点过人头。我太爷爷听见他们说:

"都点清了吗?"

"清了。"

"多少?"

"十十个。"

"没漏下吧?"

"没哩。"

这个情况引起了贺恺年的注意。"你都听清了,他们真是这样说的?""没错,"我太爷爷说,"俺听得真真的。"贺恺年默然良久,然后分析说,他们临走时点了人头,说明他们是有备而来,而且事先清楚秦府的人数。"说得对。"我太爷爷附和道。"还有，"贺恺年接着又分析道，"这也说明，他们并不知道秦家当晚有外人。""对对对，"我太爷爷说，"他们肯定不晓得，要不也不会留活口。"

贺恺年点点头，认为这对我太爷爷很有利，接着又问："你去秦府剃头是你大师兄叫你去的？""可不是，"我太爷爷说，"要不俺也够不上人家啊，人家可是县太爷。"贺恺年又问他的大师兄叫什么，可否为他证明。"这没问题。"我太爷爷说。他还把他大师兄的住址告诉了贺恺年，让他当面去查实。

"好了，俺都知道了。"贺恺年这下放心了。本来他还担心这事多少会牵扯到我太爷爷，现在看来他的嫌疑可以彻底排除了，甚至可以说他与此案半点关系也没有。他去秦府完全是一件偶然得不能再偶然的事，明眼人一看而知。况且，他还有证人——他的大师兄。"俺看这事无大碍，你就放心吧。"他说。尽管如此，我太爷爷好像还是不大放心。"二弟啊，"他说，"这事可你上点心啊。那帮家伙可不好惹，杀人不眨眼，连县太爷都敢动刀子，还有啥他们不敢干的啊？"

"俺知道，"贺恺年安慰他说，"俺会想办法。你还有啥要说吗？"我太爷爷略微迟疑了一下。"没了，就这些。"

"那好，"贺恺年起身说，"先这样吧，你想起啥再递话给俺，牢头俺都交代过了，随时可以。"我太爷爷这时又抓住贺恺年的手千恩万谢，送到牢门口仍不肯撒手，仿佛一松手就再也抓不住了。贺恺年免不了又要说些宽慰他的话。本来事情到此为止，不知出于啥原因，我太爷爷这时忽然又冒了一句话。这句话他一直憋着，始终没敢说出来，可最终——天晓得是咋啦，还是没憋住。

"二弟啊，"他说，"俺还有一件事，不知当说不当说？"

"啥事嘛？"

"哦，这个，"他支吾了一下，欲言又止，"其实……也没啥事。"看他那吞吞吐吐的模样，贺恺年倒有些奇怪了。"咋了？"他说，"到底啥事嘛？"

我太爷爷这时进退两难了。刚才话一出口，他便后悔了，现在想收回来吧，又怕恺年起疑心。毕竟人家是存心帮他，如果瞒着不说，万一误了事那可咋办？倒霉的还不是自己？尽管我太奶奶一再提醒他，这事万万不能说，对谁也别说，就让它烂在肚子里。可恺年到底是亲兄弟，难道连他也不信吗？"也罢，"他说，"俺都说了吧。"接着，便左右瞅瞅，一副神秘的样子，确信周围无人后，才把贺恺年拉到一边，压低声音要他保证不对外说。

"行啊。"

"你发誓。"

贺恺年点点头。我太爷爷这才用低得不能再低的声音说，那晚他看到一个人，觉着有点眼熟。

"谁？"

"天太黑，俺也没太看清。"

"究竟是谁？"

"俺瞧着怎么像是白团总……"

"白先贵？"

贺恺年心里一惊。因为我太爷爷说的这个人不是普通人，而是霍川商会民团团总，当地一个很有权势的人。

"你看清了吗？"他问道，表情有点难以置信。

"这个……"我太爷爷说，口气迟疑起来。确实，他也无法肯定，因为天太黑了，不可能看得太清楚，只是感到非常像，包括身条、声音。"真的很像！"我太爷爷说。他曾经给白团总剃过头，对他并不陌生。不过，由于天太黑，他也没有确定的把握。

贺恺年陷入了沉思，面色凝重。他半天不作声，过了一会儿才说："哥啊，这事你还对谁说过？"

"没别人，就是你，还有俺老婆。"

"好了，"他说，"你既然没看清，那就啥也别说了。说出去对你不利，你明白吗？"

"明白。"

贺恺年沉吟片刻，接着又提醒道："记住俺的话，你就当啥也没看见，啥也没说过，你懂俺的意思吗？"

"懂，俺懂。"

之后，贺恺年又反复叮嘱，要他切记，切记，这才离去。

春节过完后，上边传来旨意，要彻查此案，由督抚大员亲自主持。然而，谁也没想到的是，就在上边派来查案的大员即将抵达霍川前几天，我太爷爷突然暴病身亡，一命呜呼。仵作的验尸报告称是吃了剧毒食物。但这个食物是如何送进把守严密的单人监房的，却不得而知——尽管事后进行了反复调查，有关人员也被查了个遍，但却毫无结果，直到民国建立后仍是一桩悬案。

第五章 爷 爷 | 1926年

一

我爷爷后来才知道,他被软禁的地点名叫石井镇。这里是丘陵地带,周围是起伏不平的山地。时值冬季,四野萧瑟,满眼光秃秃的,一片灰土色。

那天夜里,他们被"请"下车后,看到车站上站满了士兵,月台上停了一溜排汽车。一看这大动干戈的阵势,我爷爷便知道了,彭兆栋所谓的"请"真是煞费苦心了。

他们一行下了车。小武爷走在前边,我爷爷和曾姨走在中间,我小叔爷紧随其后。曾姨有些害怕,她的手冰凉冰凉的,不停地抖动。我爷爷握着她的手,安慰她说没事的。尽管他还不清楚彭兆栋的葫芦里究竟卖的是啥药,但从最坏的地方想,彭兆栋还不至于要他的命吧,尽管他们有过多年的恩怨。

汽车出发了。夜深人静,四周黑漆漆的,分不清东南西北。但我爷爷凭着多年军事生涯的经验,很快便判断出车子是在朝西偏北的方向开。"这是去哪里?"他问同车的军官(就是那个先前在列车上请我爷爷下车的年轻的军官),但他没有正面回答,只是说我们跟着走就是了。我爷爷有些恼火,这小子居然敢这样和他说话!但他忍住了。

我爷爷和曾姨同坐一辆车。本来小武爷也要上这辆车的,平时总是如此，他负有我爷爷的警卫之责，但上车前那个年轻的军官拦住了他，理由是他坐在这辆车上以便带路。确实，他这样说也有道理，在征得我爷爷同意后，小武爷便与我小叔爷上了后边一辆车，而胡宣武单独乘坐一辆车，走在最前边。另外还有两辆大卡车，在车队的一前一后担任护卫，车上满载士兵。

一路上，我爷爷不再说话，不停地抽着烟斗。汽车在夜色中沿着坑洼不平的道路上剧烈颠簸，一直开了三四个小时，途中大多是野地和村庄，除了经过一些集镇之外，几乎看不见什么灯光和人影。凌晨时分，车队驶进了山里，借着车灯可以依稀分辨出山崖上裸露的石壁和稀疏的树林。白色的雾气在山沟中飘荡着，四处弥漫，车子明显减慢了速度。又过了好一阵子，关卡明显多了起来，周围都是驻军。我爷爷在心里记了一下，先后通过了六道关卡，最后在一座寺庙里停了下来。我爷爷看了一下表，时间是七时二十四分，天已经亮了。

"这是啥地方？"我爷爷当时并不清楚。他们在那个年轻军官的引导下，穿过寺庙的院子、回廊，走了十几分钟，来到一处单独的小院，然后被分别安排进房间休息。房间很干净，事前做过打扫。第二天，我爷爷才弄清他们来的这座庙叫神龙庙。据我爷爷回忆，神龙庙的规模不小，依山而建，庙内大小殿阁十余座，沿中轴线布局，向纵深展开，又形成若干四合院，错落有致。殿阁造型古朴，殿外有露台，环以石栏。院中古木参天，多为松树或柏树。后来住了一段时间，又渐渐了解到，此庙年代久远，最早兴建于元代，后毁于兵燹，直到乾隆间才又重修。庙里现存神龙庙碑一块，不知出自何人之手，由于年代久远，字迹漶漫，但内容依稀可辨。碑文大意是此处干旱少雨，当地士绅求告天地，以祭神龙，"至诚之化，神即默颔"，于是"雨起云从，甘霖滂沛"，"嘉谷霑彻，岁灾不成"。为了感恩神龙，故建此庙。

我爷爷一行下榻的院子，是一个小四合院，位于藏经楼边上，极为僻静。周围绿树掩映，环境倒也十分幽雅。我爷爷原以为第二天就能见到彭兆栋,但他错了,自他住进寺庙,彭兆栋一直没有露面。开始胡宣武还来看过他两次,并代表彭兆栋设宴为我爷爷接风洗尘。他的态度十分友好,席间还和我爷爷一起喝了不少酒。胡宣武解释说,师座最近公务繁忙,脱不开身,过几天就会来看你。"你别多想,"他打着哈哈说,"请你来就是想叙叙旧,没有别的事。"我爷爷知道他在说假话,但也不便揭穿,只能佯装不知,与他扯上一些不痛不痒的闲话,心想一切等到彭兆栋来了再说吧。"俺倒要看看,他能把俺怎样?"他心里这样想。

然而,一晃半个月过去了,彭兆栋始终没有露面。不仅如此,胡宣武也没了踪影。剩下的只有那个年轻军官,据胡宣武介绍,他叫彭青,是师部的参谋。这人年纪不大,大约二十来岁,长得眉宇清秀,文质彬彬,不像个军人,倒像个书生。后来,我爷爷才知道,这个彭参谋是彭兆栋的侄子。他是我爷爷出国后才来到部队的,因此我爷爷以前并没见过他。彭青是专门派来"照顾"我爷爷的。这个年轻人虽然年纪不大,模样儿也有些嫩,却行事老到,颇有城府。他对我爷爷形影不离,但却一问三不知,啥也不肯说。尽管我爷爷很生气,朝他发过几次脾气,可他还是依然故我,谨慎有加。

我爷爷明白,自己被软禁了。虽然他可以在庙内四处走动,但却无法迈出庙门一步。彭青始终不离左右,我爷爷的一举一动都在监视之下。他与外界的联系也被切断了。他曾给家里写信,但交给彭青后便没了下文。"你寄了吗?"他问道。

"应该是。"彭参谋回答。

"啥叫应该是?"我爷爷瞪起眼睛看着他,语调透着怒气。

彭参谋不慌不忙地解释说:"我已交上去了。"

"交给谁了?"我爷爷追问道,"胡宣武,还是彭兆栋?"

"这个不清楚,我是逐级上交的。"他沉稳地应对。我爷爷大为光火:"你他娘的少给老子来这套!"但骂归骂,也拿他毫无办法。

曾姨十分紧张,她很为我爷爷担心,进庙之后便天天祈祷。她是一名基督教徒,笃信上帝。曾姨是我爷爷在陆军部任职期间进门的。在这件事上我爷爷对不起我奶奶,我大姨奶和小姨奶都这样说。事实也确是如此。那是民国八年的事,当时我奶奶刚生下我父亲,取名廷诚,家里喜气洋洋。满月那天在饭店摆了酒席,我大姨奶、小姨奶那时都在北京,我奶奶非常高兴,酒宴上还破例喝了两杯酒。就在全家欢天喜地之时,我爷爷在外金屋藏娇的事传了出来。"那天是阴历二月十六。"我小姨奶回忆说,我爷爷从外边回来,直接进了我奶奶的房间。他的表情有些古怪,一副心事重重的样子。"你们先出去一下吧,"他对我大姨奶和小姨奶说,当时她们正在屋里逗孩子玩,"俺有点事要与香梅谈。"他的口气显得很正式,这让我两个姨奶奶有点奇怪,但也没太当回事。我奶奶还笑着把我爸爸递给我大姨奶,让她们先去院里晒太阳。

　　时值阴历二月,北京气温还很低,但上午的阳光铺满了院子,照在身上暖洋洋的。院子里的月季花已经开了,黄的,红的,粉的,色彩斑斓,十分鲜艳。几只鸽子正在房顶上咕咕地叫着。我大伯、二伯,还有大姑正在院子里互相追逐嬉戏。我大伯那年九岁。二伯七岁,是我奶奶随我爷爷流亡日本时生的。大姑比我二伯小一岁,刚满六岁。那是一个和谐美满的家庭,其乐融融,天气也很好,谁也没有不好的预感,尽管事后回想起来,我爷爷那天神情极为异常,可谁又会往坏的方面想呢?即便想也不可能想到。

　　我爷爷是个很严厉也很果敢的人,和他打过交道的人都这样认为。过去带兵如此,如今到了陆军部依然保持这种强势作风,因此很多人都怕他,他也得罪了不少人。不过,在我们家人眼中,他完全是另外一个人。他从来没有和我奶奶红过脸,在家里也很少发脾气,孩子们也都不怕他。"他还经常趴在地上给俺们当马骑哩!"我大伯对我说,要不是我奶奶看不下去了,制止了他们,这种游戏还会持续下去。"你们都听好了。"我奶奶有一次呵斥孩子们说,"以后谁也不许这样!"她指的是让我爷爷当马骑。我大姑不服,顶嘴说:"又不是俺们想骑,是爹让俺们骑的。"

"那也不行!"

在家里,我奶奶的权威远大于我爷爷。我爷爷后来知道了这件事,反倒劝我奶奶,说小孩子闹着玩嘛,你何必顶真?我奶奶很严肃地回答他:"你也是场面上的人,岂能没有体统?"我爷爷见我奶奶这样说,也不再争辩。以后虽然不再趴在地上给孩子们当马骑了,但每当高兴了,还会把他们举起来,让他们骑在自己脖颈上,在院子里转圈子。我大姑说每当这时,他的嘴里还会打着鼓点,叮咯咙咚呛,叮咯咙咚呛,就像戏台上走台步似的。

应该说,我爷爷对我奶奶一直感情很深。他们是患难夫妻,共担过忧患,也经历过生离死别,但他娶小的事一直瞒着我奶奶,家里没有任何人知道。直到那一天,他与我奶奶说明了之后,事情才真相大白。

据我二伯后来回忆,那天,他和我大伯正在院子里用弹弓打鸟玩。春天到了,屋顶上停了许多麻雀。它们被打得惊慌失措,四处乱飞,但过了一会儿又会不知好歹重新落下来。"别打了,"我大姨奶冲我大伯他们喊叫,"瞧你们把瓦都打烂了,看俺告你娘去!"可我大伯二伯并不理睬,我大姨奶说:"瞧这两个孩,真是太淘了!"我小姨奶是个好脾气,她说你就由他们疯去吧。说着,她抱着我父亲,在廊檐下的椅子上坐下来晒太阳。也不知过了多久,我爷爷从房里出来了,他沉着脸,表情木然,看见我们也不说话,径直走了过去。"咋了?这是咋了?"我大姨奶对小姨奶说。小姨奶也感到不对劲。"走,去看看。"她们一起朝屋里走去。没多一会儿,跟她们一起进去的大姑便跑出来,冲着我大伯二伯喊:"不好了,不好了,娘在哭哩!"我大伯二伯一听,连忙跑进房里,果然看到我奶奶坐在桌边抹眼泪,两只眼睛红红的,像两个熟透的桃子似的。

我二伯那时还小，有些事也不太明白。及长才听家里人说，我爷爷喜欢上了一个女人，是八大胡同唱曲的。后来把她赎了出来，在外边买了一个院子，已经快一年了，家里人全都蒙在鼓里。前不久，这女人怀上了孩子，我爷爷才决定把事情公开，纳她为妾。那天他找我奶奶谈的就是这事。我奶奶非常伤心，伤心的倒不是我爷爷纳妾，而是我爷爷瞒着她在外边养了一个女人，时间竟长达一年之久。"他不该瞒着你奶奶，"我大姨奶事后对我说，"如果他早点告诉你奶奶，她心里或许还会好受点。"为了这事，我奶奶后来把小武爷找来狠狠骂了一通。我爷爷进京后，小武爷一直做他的护卫。他倒是对我爷爷忠心不二，在这件事上始终守口如瓶，滴水不漏。

"你是不是早就知道这事了？"我奶奶责问他，这是明知故问。

小武爷支支吾吾地说："是司令……司令不让说……"我爷爷曾在安庆任学生军司令，小武爷一直对他沿用这个老称呼。

我奶奶骂他："他让你吃屎你吃不吃？"小武爷很委屈，嘴里一个劲地说："嫂子息怒，嫂子息怒……"

我奶奶气得浑身发抖，她用手指着小武爷说："你……你，你就是个混蛋！以后别叫俺嫂子了！"

"是，嫂子……"小武爷诺诺连声，"俺该死……该死……"他站在那里，低着头不敢看我奶奶。

然而，木已成舟，生米已经煮成了熟饭，我奶奶也无法改变了。半个多月后，这个女人就进门了。她穿着倒也朴素，脸上也没抹脂粉，看不出一点唱曲的样子。不过，长得确实漂亮，瓜子脸，细眉毛，眼睛水灵灵的，皮肤白净，步履轻盈，说着一口软软的南方官话。见了我奶奶便扑通跪下，口中不停地喊姐，请我奶奶原谅。我奶奶心里虽然不高兴，但也不能不应付几句。

这个女人姓曾，原名叫小秀。据说家境贫寒，双亲亡故后被哥嫂卖给了八大胡同，我爷爷同情她的遭遇，便替她赎了身，取名蕙兰，家里人都叫她曾姨。曾姨是个聪明绝顶的人，虽然受到我爷爷的宠爱，但进门之后，却十分低调，时时谨慎，处处示好。她经常花钱买来各种吃的用的，送给家里的老老少少，即便对下人也不忽略。因此，府里上上下下都很喜欢她。她还频频给我大伯二伯大姑他们几个孩子买礼物，还教我大姑弹钢琴。我大姑后来从事音乐工作，与她小时候学会弹钢琴也有很大关系。当然，除此之外，她对我奶奶更是小心侍候，多方取悦。每周七个晚上，她总是让我爷爷到我奶奶房里去四个晚上，而在她那里只是三个晚上。在我奶奶没有离开北京之前，她一直严格遵守这一不成文的规矩。这一方面是出于愧疚，另一方面也有感恩之意。据说，我爷爷曾对我奶奶说过："香梅，如果你反对，俺会尊重你的意见。"可我奶奶是个宽容大度同时又很要面子的人，她知道我爷爷喜欢蕙兰，如果拒绝她入门，他心里会咋想，外界又会咋看呢？那年月，像我爷爷这样身份的人，有个三妻四妾的很正常，我奶奶也不愿被人说成是容不下人，于是便松了口。为了这事，曾姨打心眼里感谢我奶奶。

　　曾姨进门后渐渐融入了这个家庭，我奶奶也慢慢接受她了，不过这件事终究对她造成了伤害，让她心里有了芥蒂。那年秋天，家乡来信说我太奶奶患了重病（我爷爷进京后曾把我太奶奶接来北京住，可她待了不到半年，实在不习惯便又返回老家）。我奶奶接信后，便提出要回去照顾老人，这当然是一个借口。我爷爷知道她心里不顺，但我太奶奶年事已高，也确实需要照顾，无法反对。就这样，我奶奶便带着几个孩子回了霍川。这一走，就再也没有回过北京。

二

　　这件事一直让我爷爷心怀愧疚。因为我奶奶嫁给我爷爷后付出很多，甚至差点丧命。事实上，灭门案发生后，我爷爷家便垮了。那时候，我奶奶的条件，无论从各方面来说，都比我爷爷不知优越多少，可她没有半点犹豫,义无反顾地跟了我爷爷,而且是采取非常极端的方式——私奔。"这得多大的决心啊!"我小姨奶对我说。我问过我奶奶,我爷爷究竟哪点好吸引了你。我奶奶说,她也说不清楚,可能是我爷爷身上有股子劲吧。用她的话说,就是胸有大志,从不认命,她就喜欢他这股子劲。

我奶奶说得没错,我爷爷确实是这样的人。当然,更重要的是,在他人生最低谷时,他碰到了人生中的贵人——吴先生和郑大哥。

灭门案发生后,我太爷爷死于非命,家境愈加衰落。我爷爷只好辍学,挑起了生活的重担,那一年,他才十四岁。为了生计,他不得不子承父业,学起剃头这一行当。他的师父就是我太爷爷的大师兄——那个叫我太爷爷代他去秦府剃头的人。他总觉得亏欠了我太爷爷,如果不是他叫我太爷爷去秦府,我太爷爷也不会死,从某种意义上说,我太爷爷是替他去死的。出于这种心理,他教我爷爷时特别上心,不到两年我爷爷便提前出师,而且手艺出众,无论剃头修面还是掏耳梳辫,样样娴熟,甚至超过了我太爷爷。"这孩比他爹强哩!"人们都这样评价说。

光绪三十一年秋,有一天,我爷爷进城剃头。每月逢会,我爷爷都会进城揽活,因为这天顾客多,生意也好。他把挑子摆到天后宫的门前,一直忙到未时(下午一至三时)才得空歇下来吃饭。他的饭食很简单,从家里带几个馍,再到附近茶摊上要碗白水便打发了。"哎,小兄弟,剃头吗?"就在这时,有人走过来叫他。

"剃啊。"

"那好,跟我走吧。"

"好嘞。"我爷爷应了一声,把没吃完的馍往布袋里一塞,嘴一抹,便忙不迭地担起了剃头挑子。

那人在前边引着路,我爷爷在后边相跟着。他们一前一后地走着。那人约莫十七八岁,穿着明德公学的学生制服(明德公学是霍川首家新学堂，在当地很有名气），显得很干练，一张脸红扑扑的，眼睛很大，皮肤白净，走起路来脚步轻捷。那是九月末的一天，暑气渐渐褪去，天气已开始凉爽。转过一条街，他们便来到了北辰书院。那人领着我爷爷走了进去。

北辰书院号称皖省三大书院之一，历史悠久，据说建于宋代，院名取自于孔子"为政以德，譬如北辰"。很多大人物都来此处讲过学，包括朱熹、姚鼐、吴汝纶等。书院中还留有他们撰写的碑文。据说，北辰书院原先规模很大，后来由于战乱，损毁严重，规模大不如前，但基本格局仍保留下来。周围白墙环绕，墙内牌坊、门楼、大殿、亭阁、游廊、讲堂及藏书楼等均为徽派建筑风格，辅以参天古树，显得古朴庄严。

我爷爷不知多少次路过这里，但从来没有进去过。第一次进来，免不了兴奋、好奇，一路上四下打量。我爷爷早就听人说，北辰书院可不是一般的地方，考中这里的学生都前程无量，每月还有"廪饩"（膳食津贴），十一个月共计十一两，由官府供给，让人羡慕不已。不过，近代以来，随着新式学堂的兴起，书院逐步被取代，不再招收学生，这里便成了专供祭祀和讲学之地。

我爷爷跟着那人一路走去，穿过院子，沿着游廊，不一会儿便来到一间宽大的院落，老远就听见有人在里边高声说话。

"这是绝不能允许的……必须坚决抵制，斗争到底……"说话的人嗓音洪亮，操着一口庐州官话，声音略显嘶哑，但中气十足。"对，说得对，这是一个要害问题，不容回避……"那人继续说道。声音是从正厅那边传过来的。"来，这边走。"领我爷爷来的学生招呼着，把他领进了西厢的一间侧屋。"你先在这里等等。"他交代说，"先生一会儿就好。"

我爷爷应了一声，搁下挑子。站在门前看去，正厅的门开着，里边坐着好几个人，其中一个人站在那里，不停地挥手，情绪十分激昂。刚才的说话声就是他发出的。"我们中国人恨洋人，杀教士，却把更要紧的事忽略了,那就是我们的经济命脉。铁路、矿山如果都被洋人控制,那国将不国,须万分警觉!"

他的声音斩钉截铁,不容置疑。在他说话的间隙,偶尔有人插话,但声音都很低,听不清楚。看样子他们在讨论什么。领我爷爷来的学生示意他先进屋坐一下,自己则向正厅走去。

屋里的讨论这时似乎发生了分歧。有人在主张什么,好像是说不应采取激烈行动,和平稳妥为宜。但是这个主张很快就被那个操着庐州官话的人打断了。

"不,不,我坚决反对!"他说,语调高亢、激越、坚定。"这是中国的矿山,岂能任由外人掠夺?官府媚外欺内,与洋人勾结,出卖中国利权,这是忘本辱国,殆非人类!我们绝不能安于缄默,甘听摆布。"他的声音流露出极大的气愤,语调也越来越高。"必须行动起来,让他们知道,中国人不是好欺侮的!"他的手用力向下挥去,"我们要告诉他们,皖省民风素健,不畏强御,倘若他们漠视民众,一意孤行,必将激起他变,远则大通之滋祸,近则江西之暴动,前车可鉴!"

他的话畅快淋漓,一泻千里,充满了雄辩和气势,在场的人都被他镇住了。过了一会儿,看来讨论结束了,屋里的人纷纷向外走去,那个刚才说话的人出来送客,一直送到院子门口才与各位拱手告别。那位领我爷爷来的学生也跟在他的后边。等到客人离去后,他们才来到西厢侧房。原来要剃头的就是那位先生。我爷爷掸眼看去,只见他约莫四十岁,脸颊开阔,鼻梁高挺,额头又光又大,身材不高,但腰杆挺拔,器宇轩昂。他穿着一件青色长袍,戴着一副细边眼镜,神情略显疲惫,但镜片后的眼睛炯炯有神。剃头的大多会点面相,我爷爷后来对我奶奶说,他一看这人天庭饱满,骨格清奇,就知道不是凡人。

我爷爷说得没错。后来,他才知道,那人就是大名鼎鼎的革命党人吴伯珩、吴先生,而那位叫他来剃头的年轻人则是他的学生和助手郑先滔。

三

我爷爷第一次为吴先生剃头就得到了夸奖。"小小年纪，手艺不赖嘛。"吴先生对着镜子一边看一边说。我爷爷受宠若惊。"他高兴极了，"我奶奶后来对我说，"像吴先生这样的大学问，居然夸了他，他能不高兴吗？"后来，我爷爷就主动提出，只要吴先生不嫌弃的话，愿意下次再来为吴先生剃头。

"那好啊，"吴先生说，"只要你不太麻烦。"

"不麻烦的，"我爷爷连忙说，生怕他不同意，"俺经常来城里，顺手的事，一点也不麻烦。"听他这样说，吴先生便笑着答应了。

就这样，我爷爷以后每月都要进城为吴先生剃头，一来二去便熟悉起来。吴先生虽然身材矮小，却精力充沛。在我爷爷的印象中，他总是忙个不停，不是看书写作，就是会客演讲。有时，我爷爷来为他剃头时，见他正忙着，便在一边候着，等他忙完了再给他剃。那时，我爷爷并不了解吴先生，对他说的话做的事也不完全清楚。但吴先生语词锋利，胆识过人，特别是痛斥官场腐败、社会不公，以及洋人仗势欺人等等，触及时弊，句句在理，让人感到过瘾。吴先生的房间里堆满了书刊，我爷爷有一次走进去，不免惊叹起来。"这么多书啊！"他说。小郑听见了，便笑着问我爷爷："你识字吗？"我爷爷点点头，小郑便拿一些书刊来让我爷爷看。这些书刊有些他能看懂，有些看不懂。每逢这时，他就会向小郑请教。小郑是个热情、快乐、活泼的青年人，对我爷爷的问题，总是耐心解答。郑先滔比我爷爷大一岁，后来熟悉了，我爷爷便对他以大哥相称。

"大哥，你们反对官府，难道不怕吗？"有一次他问郑先滔。

"不怕，"郑先滔说，"路见不平有人铲，事见不平有人管。他们出卖国家利益，就得有人站出来反对。官府怕洋人，咱们不怕。只要老百姓一条心，就能制止他们。"

"可老百姓哪懂这些？"

"所以嘛，我们要唤醒民众。"

慢慢地，我爷爷也明白了不少道理。原来，那段时间，吴先生他们正在进行收回安徽铜官山利权的运动。这场斗争得到了皖省大部分官绅的支持。但在洋人压力之下，正义诉求无法实现。革命党人主张，应该发动民众，罢学、罢工、罢市，但部分保守官绅却主张稳妥行事。郑先滔告诉我爷爷，吴先生坚决不同意退让，认为退缩有害无利。

十月的一天，我爷爷来给吴先生剃头，他正在书院演讲，讲堂内座无虚席，就连门口都挤满了人。我爷爷也挤进去听了起来。那是他第一次听吴先生演讲，不禁被深深打动了。吴先生旁征博引，深入浅出，清晰地阐明了这次收回铜官山利权的意义所在。他告诉听众们：帝国主义，质言之，强盗主义也；洋人入侵，瓜分中国，兵战不是目的，而是手段，掠夺利权，控制中国经济命脉，才是他们的目的所在。他比喻说，今天的英吉利也好，美利坚也好，德意志也好，包括东边的日本，都是一个个大公司，他们如饥鹰饿虎，扑向中国，敲骨吸髓，攫我利权。我国铁路，如津榆、芦汉、粤汉、龙州、太原柳林，皆归英、比、美、法、俄所占；我国矿山，如山西之孟平、河南之怀庆、直隶之开平、贵州之青溪等，皆为英、法、意所有。

"同胞们，再看看我们安徽，"他提高嗓音道，"据统计，安徽准备开采的煤矿，遍布十多个县，共二十几处，其中有十七处或被洋人所占，或合洋股，或挂洋旗，而真正属于吾独办者，所剩无几。圣人在上，智周万物，知大利所在，吾不自取人必争之。有道是，洋人之灭人国也，表面以兵，实则以商。英人之灭印度，非英人之海陆军，英人东印度商会耳。这是一场不见硝烟和流血的战争，比之兵战，更有过之而无不及。"

"可是，"他接着又道，"看看我们的老爷在做什么吧？朝廷要顾全邦交，不能得罪洋人；大臣督抚说什么要郑重稳妥，不敢得罪洋人；至于州县，既怕朝廷，又惧洋人，两头受气，无所适从。结果呢？只能是路矿之利尽归于外人也。长此以往，我泱泱中华何以自存？"说到这里，他用力一挥手，大声问道，"同胞们，这样的情况还能继续下去吗？"

"不能！"众人齐声呼应。

"这种情况还能容忍下去吗？"

"不能！"

"那我们怎么办？"

"抗争！抗争！……"

台下一片呐喊。吴先生的演讲充满激情，听众们血脉偾张，情绪沸腾。我爷爷也情不自禁地高举拳头，大声高呼。

演讲结束后，我爷爷给吴先生剃头时仍沉浸在激动之中，他对吴先生说你讲得太好了。"哦，"吴先生说，"你也觉得好？"

"是的。"

"那你支持吗？"

"支持，当然支持。"

吴先生哈哈大笑，他对郑先滔说："自古革命，务归人心，看看，现在就连小师傅也支持我们，这说明民心站我们一边啊。"

据我奶奶说，那段时间我爷爷改变很大。他开始关心时政，喜欢说一些新词新事。他还经常说起收回铜官山的最新进展，但这些话题并没有多少人关心，除了我奶奶。我奶奶是一个对新事物感兴趣的人。我爷爷谈到的一些话题让她感到很新鲜。比如，外国以机器纺线，一眨眼工夫就织出几百缕；缝纫有机器，俗号铁裁缝；打谷、磨面也有机器；还有一种机器可以制冰，封肉于箱内，渡海数万里，经赤道，亦不腐。当然，还有铁路、电报和电话都很神奇。电话当时叫作"德律风"，能把人的讲话传到千里之外，讲话时一个人在这头拿一个话筒，另一个人在那头拿一个话筒,相互看不见,声音却听得很清楚。他还告诉我奶奶,还有一种洋玩意儿,称之为"佛那加",看上去像个匣子,能放出人的声音,省城安庆现在已经有了。

其实,这些东西我爷爷也没见过,都是听吴先生和郑先滔他们说的,有的是从报刊上看来的。我爷爷很聪明,他根据别人的描述就能把这些东西复述下来,有些报刊上刊有图片,他也只要看几遍就能描画出个大概。然后,他把这些说与我奶奶听,画给我奶奶看,让我奶奶也大开眼界,浮想联翩。有时,吴先生郑大哥也会借一些书刊让我爷爷带回去看。我爷爷看过了,只要时间来得及也会带给我奶奶看。这些报刊中有《安徽俗话报》《苏报》《新民丛刊》等,上边除了时政,也刊登一些逸闻轶事,不仅内容有趣,而且让人增长见识。我奶奶对我说,记得有个报刊公开反对裹脚,还提出男女平权,这在当时简直是惊世骇俗。不过,说得太对了,这个裹脚可把女人害惨了!我奶奶深受其害,后来参加革命后她的小脚更是成了拖累,让她吃了不少苦头。

自打认识吴先生后,我爷爷把每次进城为吴先生剃头看作一件重要的大事,甚至是生活中最大的盼头。因为在那里他能听到许多感兴趣的事,看到许多感兴趣的书刊。吴先生和郑大哥从来没有看不起他。郑先滔也和他相处很好,两人很谈得来。在吴先生那里,我爷爷感到了做人的平等和尊严。这也给他日复一日、枯燥乏味的生活带来了从未有过的生气。

进入十二月,立冬过后,万木萧疏,落叶满地,天气开始寒冷起来。这天,又到了为吴先生剃头的日子。我爷爷一大早就进了城,先是在天后宫前摆摊子,吃过午饭便担起挑子往北辰书院去。这是他们事先约好的时间(吴先生总是很忙,每分钟都是安排好的,剃头只能安排在午饭后的空隙),可我爷爷刚到书院门前,便发现出事了。一队队军警大呼小叫地奔跑过来,横冲直撞,街上的人群纷纷闪避。不一会儿,他们便围住了书院,开始驱赶人群。北辰书院前是一个集市,来来往往的人不少。在军警的驱赶下一时鸡飞狗跳，乱成一片。

"咋啦？"

"出啥事了？"

"听说要抓乱党哩！"人们七嘴八舌地议论道。

我爷爷一听就担心起来。光绪末年，天下动荡，各地都传来闹革命党的消息，官府称之为乱党，严厉镇压。尽管如此，暴动、暗杀还是屡屡发生。最出名的要数万福华刺杀巡抚王之春、吴樾谋炸五大臣。这两件事轰动全国，朝野喧腾，新闻纸也做了报道。我爷爷那时还不知道吴先生他们是不是革命党，但从他们平时的言行看，也能猜到八九分。

这时，书院的前门已被封锁起来。我爷爷还没走到近前，便被军警粗暴地推搡开了。"滚，快滚开，想找死啊？"他们恶狠狠地呵斥道。我爷爷一看前门走不通，转身去了书院的偏门。这个偏门是在天后宫后边的一条街上，每天巳时（上午九至十一时）至申时（下午三至五时）会打开。我爷爷快步来到偏门，还没立住脚，就见偏门突然从里边被撞开了，接着便看见几个人从里边蹿了出来。"快跑！快跑！"他听见有人在喊。

那声音很熟悉，我爷爷一看，原来是郑先滔。他的身后紧跟着两个人，其中一个穿着青布短衫，像是一个杂役，还有一个就是吴先生。"快，快，掩护先生！"这时郑先滔又喊了一句。那个杂役模样的人应了一声，说俺把他们引开，便拔腿向街的一头跑去，郑先滔拉起吴先生想往街的另一头跑。这时——砰，砰，响起了枪声，有人从偏门里摔了出来，浑身是血倒在地上。从那人的穿戴看，也是一位学生。他大约是想阻拦官兵而被开枪击倒。吴先生非常愤怒，转身想冲过去，被郑先滔一把抱住。

"先生，快走！"

话未落音，官兵们已从偏门内追出来——跑已来不及了，我爷爷见状一把将吴先生拽到剃头挑子前的板凳上,把围布往他身上一围,又把他的头按到铜盆上装作洗头的样子。郑先滔心领神会,转身向街的另一头跑去,一边跑一边喊:

"快跑,快跑……官兵来了……"

他这么做是为了引开军警。果然,军警们听到喊声,乱哄哄地朝他追了过去。"还有那边!"有个兵丁指着刚才那个杂役跑的方向喊。"快追!"一个头目模样的人吩咐道。几个兵丁又朝那个方向追去。"别让他们跑了!"那个头目大声喊道。他手里提着一把短枪,头上冒着汗珠,一副心急火燎的样子。"娘的!"他扭头瞅了一眼门边上的剃头挑子,不知哪里来了气,上去一脚把它踢翻了。挑子歪倒在一边,铜盆在地上滚了几滚,发出当啷啷的响声,盆里的水也泼了一地。我爷爷当时吓了一跳,以为他发现了吴先生,没想到他只是撒撒气,随后便跟着追赶的兵丁跑了。等到官兵们走远了,我爷爷赶紧一拉吴先生,说快走,从他身上一把扯下围布,带着他跑到一条巷子口,指着前边说,从这里走,前边就是天后宫。"好,谢谢你小兄弟!"吴先生说了一声,把手中的一个包袱往我爷爷手中一塞,"小兄弟,这个替我保管好。"说完,快步离去。

我爷爷不敢耽搁,急忙收拾好挑子赶紧走了。次日,他进城打听消息才得知,那天革命党在书院开会,不知怎么走漏了风声,遭到了军警搜捕,当场抓了十多个人,击毙两人。会场还搜出了传单、文件、印章、旗帜,以及大量的进步书刊和制造炸弹用的硫黄、盐酸、铁片、黑铅等违禁物品。不过,革命党头领逃脱了。随后不久,城乡大街小巷都贴出了通缉文告,上边的画像就是吴先生。我爷爷从通缉文告上才得知吴先生名叫吴伯珩。

听我奶奶说,吴伯珩是当时革命党的骨干,安徽芜湖人,字镜如,天资聪颖,性格刚烈,十六岁考中秀才,此后科场不顺,转而走向维新道路,成了康梁的拥护者。百日维新失败后,吴伯珩东渡日本,开始接受西方学说，思想由改良转向革命。我曾查过有关史料，据史料记载，吴伯珩是岳王会的领导人之一。该会是一个秘密组织，由柏文蔚、陈独秀等人创立，起名岳王会，意为效法岳王精忠报国精神。它的成立时间比同盟会还要早。同盟会成立后，岳王会大多数人都接受了同盟会的纲领，并整体加入了同盟会。从此，岳王会活动范围更大，与各地革命党都建立了联系。

  吴先生逃走后，一直没有消息，我爷爷那段时间显得心神不宁。每天照常出外谋生，走村串户，可心情十分低落，话也少了。往常他去田家岗，见到我奶奶总有说不完的话。我奶奶家门前有一棵老樟树，枝繁叶茂，树干三个人才能抱过来，据说树龄已有二百余年。我爷爷和我奶奶常在树下闲话，有时我奶奶高兴了，唱起戏文，我爷爷还拉二胡给她伴奏。可吴先生逃走后，我奶奶感到他变了，情绪消沉，说话心不在焉，目光也显得茫然。有一次，他忧心忡忡地对我奶奶说："他们抓了吴先生，肯定要砍头。"

  那段时间，官府捕杀革命党的布告到处张贴。城里古校场一次杀了十三个革命党，其中有一个就是那天引开官兵，掩护吴先生逃走的穿青色短衫的人。据说此人是书院的杂役，并不是革命党。"这帮人简直疯了！"我爷爷说，"只要沾上革命党的边，一个都不放过。"因此我爷爷很为吴先生和郑先滔担心，他经常进城打探，但却始终没有消息。我奶奶安慰他说，没有消息就是好消息，说明官府没有抓到他们。"也许他们早跑了！"听我奶奶这样一说，我爷爷的心情才稍稍好一些。

  转眼到了腊月，霍川开始下雪。一连几天雪花飞舞，天地间白茫茫的一片。道路也被大雪覆盖了。由于雪天路滑，行走不便，我爷爷那些天便没有外出剃头，在家里修理被雪压坏的屋顶。正干活时，前院传来姐姐的喊声："文贤，来客了。"

  "谁啊？"我爷爷问了一声，心想这大雪天是谁来了，便朝下边看去，只见一个人与姐姐边说边走进院子。他穿着灰色棉袍，围着深色的厚围巾，手上拿着毡帽，那熟悉的身影使我爷爷一下子叫起来。"俺的天啊！怎么是你？"

"没想到吧？"那人笑呵呵地看着他。

原来是郑先滔。我爷爷高兴极了，急忙从屋顶上下来，一把抓住他的手，又惊又喜："郑大哥，他们没抓到你们啊？"

"差一点，幸亏我跑得快。"

我爷爷说："这太好了，俺都担心死了。"说着便招呼姐姐烧茶。郑先滔拦住他说，别忙活了，我带你去见吴先生。

"吴先生也来了？"

"嗯。"郑先滔微笑地点点头。

"他人呢？"

"跟我走吧。"

"好。"

"对了，"郑先滔又问，"吴先生的东西还在吧？"

"在，在。"

我爷爷搬过梯子爬上房梁，将吴先生交给他的那个包袱取下来。上边已经落满了灰尘。那天，他从吴先生那里接过这个东西，就想到这是个重要物件，可得保管好了，于是便把它藏在房梁上。

据我爷爷说，事后吴先生把他大大夸奖了一番。"小兄弟，"他说，"你可立了一大功。你知道包袱里是什么吗？"我爷爷摇头。"这可都是要命的东西啊！"吴先生一边说，一边打开包袱，查看里边的东西，一边看一边点头说，"好，好啊！"他告诉我爷爷包袱里是同盟会和岳王会成员的名单和文件，要是落在官府手中不知又有多少人头要落地啊。"小兄弟，"他说，"我要好好谢谢你啊！"

那天，我爷爷见到吴先生的地点是在离家五十多里地的青龙寺。为了躲避官府的追捕，吴先生在芜湖、寿州等地躲了一阵，前不久刚回到霍川。由于天色已晚，我爷爷当天便在寺里留宿。晚上，三个人围着炭火盆说了好长时间的话。吴先生问起我爷爷的身世,他没想到我太爷爷就是在灭门案中冤死的剃头佬。"这帮家伙太坏了,"吴先生气愤地说,"明摆着,他们是要反对新政,杀人灭口啊。"

"吴先生,"我爷爷说,"你也知道这件事啊?"

"何止是知道?"吴先生说,"我虽不识令尊,但善德可是我同乡和同窗啊。"

"善德?"我爷爷一时没明白。

郑先滔插话说:"秦善德就是秦知县。"

"哦?"我爷爷惊讶起来。他没想到世上竟有这么巧的事。"是啊。"吴先生告诉我爷爷,他和秦尚义都是庐州府同乡,两人经历也相似,同年考取秀才,后来又东渡日本,在日本学习期间,两人思想发生分歧。吴先生立志革命,加入留日学生青年会,而秦尚义仍醉心于改良道路,反对暴力革命,认为依靠变革,发展实业同样可以救国,而且更加稳妥。"可是,结果呢?你们都看到了,"吴先生说,"这是血的教训!"说到这里,吴先生叹了一口气,话语中充满痛心和惋惜。"唉,"他说,"善德太书生气了。我曾劝过他,可他就是不听。"

沉默了片刻,他接着又说:"所以,我们要改变这一切,就不能再迷信什么改良、立宪。这个腐朽王朝已经不可救药!它们对外奴颜婢膝,对内穷凶极恶,必须坚决打倒!推翻!"他站了起来,在屋里来回走了两步,然后握起拳头,猛力一挥,口气铿锵有力,"这些年来,我们多少同志倒在了血泊中,但他们的血不能白流,民众的血也不能白流。小兄弟,这里也包括善德和你爹。"

我爷爷十分感动。他还是第一次听到有人这样谈到爹,心里阵阵发热。"吴先生,"他说,"俺想加入你们。"

"好啊,我们欢迎啊!"吴先生说,"革命需要发展更多的同志。但是,要革命就会有牺牲,你怕不怕死?"

"不怕!"

"真不怕？脑袋割掉了，可就没有喽。"吴先生笑着说。我爷爷说："只要你们不怕，俺也不怕。""好，好！"吴先生说，"我看你这伢儿还蛮有胆量。"

那天晚上，他们一直谈到深夜。吴先生告诉我爷爷，当前革命要点是抓兵权，要想推翻满清政府，就得有军队。"你想不想去军校啊？"他问我爷爷。我爷爷回答说他想加入革命党。"这不矛盾嘛。"吴先生说，报考军校也是革命的需要，将来可以在军队中发展，为革命起义做准备。我爷爷说，只要是革命，他就干。"那好，"吴先生说，"安庆讲武堂正在招生，你想不想去？"

"去！"我爷爷不假思索地答道。第二年春天，他便去了安庆，报考了讲武堂。这一年，他已是十八岁。

第六章　奶　奶　| 1926 年

一

我爷爷遭软禁的消息，我奶奶一个月后才知道。龚雨峰开始一直瞒着我奶奶，但时间一长想瞒也瞒不住了，因为我爷爷在天津时曾给我奶奶写过信，说他近期回来。我奶奶很高兴，认真做起准备，从吃穿用度到各个方面都做了精心安排，她还请来工匠把家里的房子翻修整理一新，包括前后花园也收拾得赏心悦目。一切准备停当，可是左等右等却不见人来。如果算日子，人早该到家了。在她的逼问下，龚雨峰才不得不说出实情。

我爷爷失联后，龚雨峰当天夜里（准确地说是凌晨）便得知了消息。在这之前他接到我爷爷的接站电报，便亲自赶往固镇车站迎接老长官。固镇是龚雨峰的地盘，他的江淮保安师第二旅司令部就设在固镇城内。

龚雨峰是我爷爷最信赖、最器重的学生和部下。二次革命失败后，我爷爷流亡日本时主持秘密军校，为革命军培养军事人才，龚雨峰就是秘密军校的学员之一。护国战争开始，他跟随我爷爷从日本回国参加护国战争，从云南打到四川、湖南等地。护国战争结束，我爷爷的先遣团被撤裁，一度回乡赋闲，龚雨峰则去保定军校任教习。直到长江上游警务军成立后，我爷爷重新带兵，又把他招至麾下，先是任团长，后又委以独立旅参谋长之重任。再后来,我爷爷被逼下野,龚雨峰继任独立旅旅长一职(这是我爷爷下野时提出的交换条件之一)。再后来,江淮保安师成立,独立旅改编为保安第二旅,龚雨峰任旅长。

龚雨峰出身于安庆一个官宦之家。他的父亲曾做过布政使、谘议局副议长等职。我爷爷和龚雨峰关系一直非常密切,除了师生之谊外,还有一层原因,即他的姐姐龚雨珠是郑先滔的夫人,而我爷爷与郑先滔可谓生死之交。这种交情自然也拉近了我爷爷与龚雨峰的情感,用我爷爷的话说,他与剑云(龚雨峰的字)是亦师亦友的关系。龚雨峰的发妻是一个大户人家的小姐。他去日本前与妻子完婚,彼此虽说不上恩爱,倒也相敬如宾,后来她因病辞世,龚雨峰续弦,女方是我爷爷最小的妹妹——即我的小姑奶奶,于是龚雨峰又成了我的小姑爷爷,与我家亲上加亲。这门亲事由我奶奶作伐,背后也是我爷爷的意思。这已是后话。

那晚,龚雨峰去接站扑了个空,原以为我爷爷临时改变了行程,这种情况也是有的,但按我爷爷的行事风格,如果改变行程他会来电通知,可龚雨峰没有接到任何相关信息。于是,打电报去天津一问,方知出了问题。他吩咐属下马上查明情况。很快就有消息传来,我爷爷在固镇前一站宿县站被人接走了。来接他的是保安一旅的人,车站上的人说,其中有一个大官,披着"一口钟"的将军服。不用说,这是胡宣武了。宿县是胡宣武保安一旅的防区,不是他还有谁呢?"这家伙想干吗?"龚雨峰心里不安起来。因为胡宣武的举动(如果确实是他干的)实在反常,他又是怎么知道我爷爷乘坐的火车班次?难道我爷爷也告诉他了?这绝不可能。

他当即接通了胡宣武的电话,问他是否接走了我爷爷,胡宣武并不否认,回答确有其事。"阁下这是何意啊?"龚雨峰问。胡宣武说他只是奉命行事。"你是说师座吗?"龚雨峰又问。

"正是。"

"那师座又是何意？"

"这个老弟别问我，恕愚兄不知。"胡宣武打起哈哈。这是明显搪塞，龚雨峰心里骂道："这个老滑头！"接着问："贺先生（他一直这样称呼我爷爷）现在哪里？"

"啊呀，这个嘛……"胡宣武支吾了一下，表示无可奉告。

"你什么意思？"龚雨峰有些不悦了。

胡宣武哈哈笑起来："老弟，这件事你最好去问师座。"他一推六二五，龚雨峰知道再问下去也不会有结果，于是说："他现在情况如何？"

"老弟放心，华章兄一切都好，我向你保证。"胡宣武大大咧咧地说道，并说他会照顾好贺老兄，他们是多年老友，决不会亏待他，除了女人，所有的要求他都满足。"你也知道，"他用油滑的口吻打趣道，"不是我不满足，是他老兄不好这个，况且还有曾姨太在他身边，我不能给他添堵，你说是吧？"

龚雨峰皱起眉头，对这种下流的玩笑感到厌恶，尤其是在这当口。"我希望你说到做到，确保贺先生的安全。"他提醒胡宣武说，如果贺先生有个三长两短，将会产生严重后果。"瞧你说的，怎么会呢？我们可都是多年的老兄弟了。"胡宣武继续虚与委蛇地敷衍道。当龚雨峰提出要见一见我爷爷时，他却一口拒绝。"这个恕难从命，"他推托说，"老弟千万别怪我，不是愚兄驳你的面子，这事得师座同意啊。"

这个结果，龚雨峰早已料到。很显然，这件事是彭兆栋指使的，没他的同意，料他胡宣武也不敢这么做。

放下电话后，龚雨峰直接去找彭兆栋。但彭兆栋却躲着不见，打电话也不接，司令部的回答不是"帅座不在"，就是"出去了"，总之以各种理由加以搪塞。让他们代为转告，也没有下文。

龚雨峰只好亲自去了蚌埠。江淮保安师的司令部就设在蚌埠，但龚雨峰次次去都是扑空。司令部人员还是那一套，七屁八磨，百般搪塞。龚雨峰一筹莫展，知道彭兆栋不想见他。就在这时，我奶奶找上门来，龚雨峰只得实情相告。

"他想干吗？"我奶奶着急了，"俺看他是没安好心。"这是毫无疑问的。不过，龚雨峰分析说，彭兆栋扣我爷爷主要是担心他回来影响部队。不过，从眼下情况看他还不至于加害我爷爷。因为这样做很可能激化矛盾。尤其是对我爷爷的那些老部下们，他彭兆栋不能不有所顾忌。"那现在咋办？"我奶奶问。

"我正在想办法。"龚雨峰说。他还告诉我奶奶，我爷爷被扣的事，大家都很气愤。他说的"大家"是指原独立旅我爷爷的老部下们，但眼下我爷爷在他们手里，需要冷静，不到万不得已不能采取过激行动。"毕竟关乎先生的安危，"他说，"我们要慎之又慎。"

龚雨峰是个做事非常谨慎细致的人，而且善于谋划，在独立旅时就有"小诸葛"之称，这也是我爷爷信任他的重要原因之一。我爷爷被扣后，他便告诫我爷爷的老部下们谁也不准乱来，以防造成被动。与此同时，他一方面找彭兆栋交涉，一方面也在打探消息，密切关注事态发展。

我奶奶在固镇住了下来，等待消息，转眼又过了半个月，彭兆栋一直躲着不见。就是这时，又传来了一个令人不安的消息，说是彭兆栋打算将我爷爷送给孙传芳，以邀功请赏，巩固自己的地位。孙传芳与我爷爷是死敌，他一直想干掉我爷爷都未能得手。就在我爷爷去国短短几年，孙传芳后来居上，以闽、浙、苏、皖、赣五省联军总司令自居，拥兵二十万，大有称雄一方之势。

彭兆栋是个典型的投机分子，有奶便是娘。自辛亥革命以来，他先是投身革命党，捞取政治资本；后又依附袁世凯，步步高升；再后来又在皖系、直系之间寻找平衡，确保自身利益。总之，谁对他有利他就投靠谁。如今孙传芳得势了，他当然也不例外。

"不行，不能再等了，"我奶奶坐不住了，决定亲自去找彭兆栋，"不怕一万，就怕万一，"她说，"文贤要是落到孙传芳手里，哪还能活命啊？"

二

我奶奶是个说话做事都十分果敢的人，想好的事，打定的主意，从不畏惧，也决不退缩。为了我爷爷她甚至可以豁出命去。安庆马炮营起义后，我爷爷不知所终，传说他已经死了。后来，我奶奶在老屋产下了一个孩子。这事瞒天过海，造成了极大轰动。我大姨奶和小姨奶都为她感到丢脸，抬不起头来。直到辛亥光复后谜底才揭开。

据我小姨奶说，辛亥阴历九月间，霜降刚过，城里就传说武昌发生了兵变，几个月后兵变由武汉波及全国。我外曾祖父从城里回来说，安徽也打起来了，寿州、安庆都叫革命党占了。之后不久，霍川也变天了。"来得可真快，"我小姨奶说，"头一天，城里还好好的，可第二天说变就变了。"城里到处都是革命党的兵，有的是外边开来的，有的是本地绿营和乡团武装响应起义的，还有一些跟着起哄的无业游民。人人自称革命党，扛着各式各样的旗帜，有十八星铁血旗，也有五颜六色的三角旗、四方旗以及长方形的旗帜。这些旗帜或镶红边，或镶黑边，也有镶黄边的，大多是戏台上演戏用的，不知从哪找了出来。武器也五花八门，有鸟枪、土铳、抬枪，以及长矛、大刀、木棍等。穿戴更是花样百出，有腰里扎着红带子，说话南腔北调，听说是从南边开过来的兵。除了这些杂牌兵外，还有一些穿戴正规的新军，青布制服，足蹬皮鞋，背着新式步枪，从街上走过时排成一列列，嘴里"一二一"地喊口令，辫子也剪了，留着半截头发，盘在大檐帽下，老百姓称之为"和尚兵"。

"守备大人呢？"有人打听道。

"早跑了。"

"那县太爷呢？"

"听说响应了。"

"响应了？"有人不解。

"就是投靠了革命党。"有人解释道。

"好家伙，看来这天真是变了！"

就在人们议论纷纷，惊诧不已时，当天下午，一个更让人想不到的消息传进了田家岗——有人看到了我爷爷。那是在城里天后宫举行的光复大会上，我爷爷代表新成立的霍川军政府登台讲话。

"噫，这不是大贺村的那个小剃头的吗？"有人认出他来了。

"可不就是他。"

"不是说早死了吗？"

"谁知道呢？"

"乖乖，当了个啥官啊？"

"听说是啥司令的。"

"这官不小吧？"

"那你说呢？"

"起码也得六品。"

"天啊，比县太爷还要大。"

人们嘴巴咂得吧吧响，好奇而又兴奋地议论着。天后宫光复大会一散，又有消息传来，说是我爷爷就要回来了。果不其然，当天傍晚，我爷爷便来到了田家岗。他骑了一匹高头大马，戴着蓝色的大檐帽，腰上扎着皮带，挎着手枪、洋刀，身后跟着十几个护兵，全都背着新式快枪。那模样威风凛凛，神气得不行！我爷爷进村不久，族丁便咣咣敲起锣来，通知各家到祠堂开会。

我小姨奶和宋妈一听可吓坏了。我外曾祖父身子一软，差点没摔倒。他害怕极了，吓得浑身发抖。"家里人全慌了，"我小姨奶说，"哪还敢去祠堂啊？爹吩咐赶紧关门。"宋妈还算机警，让我小姨奶快去通知我奶奶，让她避一避。"你姐夫要是知道你姐偷人的事，"她说，"那还得了？非杀了她不可！"我小姨奶想，可不是吗？贺文贤被戴了绿帽子，这可是奇耻大辱。如今人家可是啥的司令了，连当官的都敢杀，杀我奶奶还不是小菜一碟？我小姨奶紧赶慢赶跑到老屋，累得气喘吁吁，可却没有找到我奶奶。她屋前屋后找了个两圈也没见着人影，后来一想，也许我奶奶早已得知消息躲起来了，这样一想，我小姨奶才稍稍松了一口气。回去的路上，老远就听见祠堂里人声鼎沸，人影绰绰。我小姨奶悄悄跑过去，向里偷看。当时天已经黑透了。祠堂里点起了马灯，厅堂上照得一片雪亮。一个熟悉的声音在高声说着什么，听声音就是我爷爷。透过人缝，我小姨奶看过去，发现我奶奶抱着孩子就站在我爷爷身旁，不禁目瞪口呆。

"这是俺的孩！"没等我小姨奶反应过来，厅堂上又传来我爷爷的声音。他指着我奶奶手里抱的孩子，朗声大笑。"俺要你们知道，"他说，"这个孩子，他是俺贺文贤的！是俺贺文贤的儿子！"他的口气自豪而洒脱，像是在庄严宣告。我奶奶站一边，抱着手中的孩子，脸上洋溢着欣慰而又满足的笑容。

"来，把儿子给俺！"我爷爷伸手从我奶奶手上抱过那个孩，在他脸上狠狠地亲了一口，又把他高高地举起来。这个孩子就是我大伯，当时刚满周岁，吓得哇哇大哭。我爷爷开心地大笑起来。"瞧瞧这熊孩子，连你老子都不认识啦！"

他的话引来一片大笑。我小姨奶看着这光景，简直有些傻了。这时，不知是谁推了她一把，说："香桃（我小姨奶的名字），快见你姐夫！"众人一听这话都扭过头来，看着我小姨奶。

我小姨奶有些不好意思，连忙向后退缩。"噢，是小妹啊，"我爷爷这时也看到她了，向她招手说，"过来，快过来！俺今天来就是为你姐正名的。她是为了俺，为了革命受了委屈。"他大声说道，声音中带着感情。"她是好样的，不愧是俺贺文贤的革命同志和革命爱人，俺要向她致敬！"说着，啪的一声，双脚一碰，朝我奶奶敬了一个军礼。

"好啊！"人群中响起了一片彩声。还有人鼓起掌来。

"俺当时真发蒙了。"小姨奶对我说,由于来得晚,我爷爷前边说了啥她也没听到,一时间还不明白事情的原委,直到后来才听说,原来安庆起义失败后,我爷爷向庐州退却,一路遭到官府追杀。为了保存力量,熊成基下令分散突围。我爷爷负了伤,只好躲进山里,待风声平息后,打听到我奶奶已回田家岗,便悄悄潜回,在老屋里躲了大半年,等伤愈之后才离开村子经由上海逃往日本。

"你奶奶可真不简单啊!"小姨奶对我说,"这么大的事,她居然藏在心里,啥也不说,俺真服了她。"她还告诉我说,为藏住我爷爷,我奶奶还在屋里悄悄修了一个夹墙,当时谁也不知道。我问小姨奶,我奶奶找那个淮北泥瓦匠是不是就是为了修这个夹墙。"可不是,"我小姨奶说,起初大家还不明白她为何舍近求远,大老远的找一个外乡人来修房子,原来是怕走漏了风声,"你奶奶做事可真叫绝,要搁俺和你大姨奶怕是早乱套了!"

当然,我奶奶能够活下来,还得感谢族长九叔公暗中相助。据说,就在沉塘前一天晚上,我奶奶斟酌再三,向九叔公道明了实情。九叔公是个明事理的人,加上他本来就同情我奶奶,况且他也知道这事的严重性。如果说官府得知朝廷通缉要犯就藏在村里,而且藏了多达半年之久,他这个族长也难逃干系,起码也要落个失察之罪吧,于是便找了个由头将这事捂了下去。我爷爷对此非常感激。那天在祠堂里,他当众跪下给九叔公磕了三个响头。

听我小姨奶说,那天和我爷爷一起来村里的还有我小叔爷贺维贤以及我爷爷的护兵小武爷。贺维贤也穿上了军装。原来,我爷爷潜往上海时,就是靠他与外界联络,先是找到我爷爷的护兵小武爷,再与革命党取得联系,使我爷爷成功逃脱。后来,我爷爷东渡日本时,他也跟着一起去了,难怪会突然不知去向。

我曾问过我奶奶,当初她怀我大伯时,我爷爷是否知道。我奶奶说,俺告诉过他。他让俺一定不能要这个孩子,否则太危险了。"可俺不想这么做，"我奶奶对我说，"俺已经失去过一次了，不想再失去了。"她指的是在安庆流掉的第一个孩子。我爷爷事后得知我奶奶把孩子留了下来，还埋怨过她。可我奶奶想得更远。她说："你这一走，生死难料。万一有个三长两短，俺好歹也得为你留下点血脉吧。"我爷爷听了这话，感动得不得了。他紧紧地搂住我奶奶说："香梅，俺贺文贤娶了你，三生有幸！"

那次，我爷爷来田家岗，只住了一晚上。第二天便返回城里，作为先遣队司令，他还有很多军务政务要处理。那晚祠堂里的会一散，他便领着我奶奶和我大伯去拜见我外曾祖父。一进门，他就朝我外曾祖父磕了一个头，叫了一声"爹"。我外曾祖父虽有些尴尬，但还是应了一声，上前把我爷爷扶了起来。二娘这时一反过去，对我爷爷巴结有加，一口一个姑爷地叫。她还提议让我奶奶立马搬回来住，这样也好有个照应。我小姨奶看着她那副谄媚的样子，十分不屑。"瞧她那个巴结劲，就跟个哈巴狗没两样。"许多年后，谈起这件事她还对我们这样说。

后来，我奶奶跟随我爷爷去了安庆，进一步接触了许多革命党同志，包括吴先生、郑先滔等，并亲自参与了一些革命党活动，接受了更多的革命道理，对我爷爷的革命活动更加支持。

辛亥光复，清帝退位，历史重新翻篇。就在人们欢庆共和建立时，局势却变得进一步复杂起来。袁世凯当选大总统后，我奶奶记得，有一次吴先生来安庆，省城的一些革命党人为他接风洗尘，席间他对当下形势发表看法，语气极为激愤。"这是吾党的耻辱！"他说，"袁世凯的阴谋得逞了。他是一个大奸贼、两面派，根本不值得信赖。过去他背叛清廷，现在我担心他对革命也会同样如此。"他还表示，我们的退让是大错特错。"这是一个危险的做法，"他悲愤地说，"吾为吾党感到悲哀！"

我奶奶当时随我爷爷参加了宴会，对吴先生的话，她一开始感到不解。民国不是建立了吗？革命不是成功了吗？吴先生为啥还这么生气？她回来后问我爷爷，我爷爷说，你哪知道？袁世凯有野心，和咱不是一条心。

果然，没多久，袁世凯和革命党的矛盾便开始激化了。那段时间，吴先生连续奔波于上海、武汉等地，呼吁革命党人认清袁世凯的本质，千万不要被他的诱惑所蒙蔽，但南京政府妥协之风甚嚣尘上。很多人都认为孙中山让位于袁世凯，是高风亮节，对国家对人民有利。吴先生感到很悲哀。他曾当面劝过中山先生，千万不要相信袁世凯的话。果然，袁世凯上台后，很快便变了嘴脸。

安庆的局势也进一步恶化，但很多人并没有认识到这一点。吴先生多次演讲，希望唤醒党人和民众。他还与许多革命党人分别进行了谈话，包括我爷爷在内。他认为安徽的局势和全国一样不容乐观，虽然柏文蔚出任安徽督军，但都督府内良莠混杂，鱼目混珠者甚多，很多人并非革命党人，而是随波逐流的旧政客、旧军人。袁世凯也在插手安徽，采取各种手段安插亲信，收买要员，对柏文蔚掣肘、刁难。"这个情况我们务必要警惕！"他提醒大家说。

"你要全力支持烈武（柏文蔚，字烈武），"吴先生对我爷爷说，"他是一个革命者，安徽的希望在他身上。"

吴先生很早就认识了柏文蔚。岳王会成立时，他们都是骨干成员。辛亥革命爆发后，柏文蔚南下任民军主力第一军军长，民国后出任安徽都督兼民政长。督皖之后，他曾力邀吴先生来皖襄助，但吴先生认为他还有更重要的事情要做，不能留在安徽。不过，他表示将对柏文蔚全力支持。

"安徽这个地方很重要，"吴先生曾对柏文蔚说过，"这里自古就是战略要地，紧靠南京，毗邻江西，是扼守南北的交通要道，将来一旦打起来，势必举足轻重。"他认为，革命党与袁世凯必有一战，希望柏文蔚早有准备。

那次谈话，我爷爷和郑先滔也参加了。地点就在都督府的书房内。南北和议后，郑先滔一直跟随吴先生南北奔走。他对当时的情况了解得比较多。据他说，南北统一后，袁世凯以裁军为名，大量削裁南方民军，相反对自己的嫡系部队不减反增。

事实上，安徽也出现了这样的情况。柏文蔚原统的第一军被取消，他带来安徽的临淮第四师也被缩编，由师改为旅。吴先生建议他不能任人摆布，要把可靠的人摆在重要的岗位上，尤其是军权要抓在自己人手中。他还提议，建立一支以革命党人为主要力量的部队。说到这里，他转过脸来看了我爷爷一眼："华章（我爷爷的字）是可靠的，他完全可以相信。"

柏文蔚表示赞同。"我相信镜如（吴先生的字）兄的眼力，阁下所见，我十分赞同。"

那次谈话使我爷爷很振奋，因为吴先生和柏文蔚给予了他充分的信任。辛亥起义后，我爷爷任安徽光复军先遣队第一连连长，参加了光复安庆的战斗，后又率军进击庐州、六安等地，一直打到河南。安徽光复后，安徽光复先遣队编入柏文蔚的第一军临淮第四师，我爷爷升任营长，在蚌埠、徐州一带与张勋的辫子军和袁世凯北洋军作战，表现英勇，曾给柏文蔚留下深刻印象。柏文蔚督皖后，他随临淮第四师进驻安庆。可裁军开始后，临淮第四师首当其冲，由师缩编为旅（这当然是袁世凯的阴谋伎俩），我爷爷所在的营也在撤裁之列。这样，他不得不离开部队，转入讲武堂任教。

讲武堂的总办这时已是彭兆栋。虽然我爷爷过去与他关系不错，但此时早已貌合神离，渐行渐远。"他这人太滑头。"我奶奶评价说。彭兆栋这人很聪明也很能干，就是心眼儿太多。马炮营起义时，他率讲武堂负责内应，起事开始后，他发现官府已有觉察，便借故以老母生病为由躲了起来，不知去向，结果讲武堂起事人员群龙无首，无法响应。起义失败后，他逃出安庆，躲了一阵子。直到武汉兵变后，清政府大势已去，他才又返回，以元老功臣自居。南北战争期间，他在第一军任团长。有一次，在蚌埠阻击辫子军时，他贻误战机，造成重大损失，柏文蔚一怒之下差点枪毙他。为此他对柏文蔚一肚子意见。

民国建立后，他回到安庆，在讲武堂任总办。裁军开始后，按陆军部核准的编制，安徽只保留一师一旅。除了柏文蔚带来的临淮第四师，安徽原有一个陆军新编第一旅。整编开始后，彭兆栋一直上下活动，希望谋取该旅副旅长一职。可是，柏文蔚认为他不可重用，对此事明确反对。这话传入彭的耳中，他对柏更是恨之入骨。本来都是党内同志，但他从此离心离德，完全投靠到敌对的一方。

我爷爷到了讲武堂，他便经常向他吹风，说姓柏的小子长不了，如今中央是北洋当家，老袁老段都看不上他。他也就是过渡过渡。我爷爷听了，觉得有点不对味，便婉转地劝他说："大哥，你这样说可不好。咱们都是革命同志，屁股不能坐在别人的板凳上。"

"屁的同志，"彭兆栋大不以为然，"谁还认我这个同志啊？"他说。我爷爷提醒他，无论如何，柏都督都是党内同志，现在斗争很激烈，俺们应该支持他。谁知他一听这话，便瞪起眼睛，气不打一处来。

"狗屁！"他说，"我谁都支持，就是不支持他。他算个屁啊，处处和老子过不去。这个婊子养的，坏透了，不是个好东西！"

他一口气骂了好半天，我爷爷连话都插不上。听我奶奶说，后来吴先生得知彭兆栋的表现后很生气，曾写信斥其见利忘义，有奶便是娘。"我没你这个学生！"吴先生在信中气愤地写道。彭兆栋接信后不仅不检讨自己，引以为戒，反倒对我爷爷说："什么见利忘义，有奶便是娘，如今这世道就他妈的这回事。他不认我这个学生，我还不认他这个先生哩。"

我爷爷很失望。"他完全变了！"他对我奶奶说，"他居然连吴先生也不认了，真让人寒心！"

民国二年是极为混乱、糟糕的一年。全国从上到下，到处都是一种无序的状态。推翻清朝，建立共和，这场伟大革命带给人民的美好憧憬和期望似乎正在破灭，离人们越来越远。

安徽的情况与全国其他地方大同小异。辛亥革命后，由革命派、立宪派和旧军人共同组成的新政权，虽然在推翻清帝上共同发挥了作用，但正如吴先生指出的，他们并不一条心，分歧很大。革命成功后，这些分歧很快凸显出来。

柏文蔚主政后，表面看革命派似乎占了上风，其实不然。北京的大人物们千方百计对他进行打压。在军事上，把他的临淮第四师由师缩编为旅，同时从北京空降了一个军政司司长，事前连声招呼也没打。军政司是负责军事和军费的要害部门。该司长到任后，大权独揽，根本不把柏文蔚放在眼里，不仅对柏处处掣肘，而且军费（当时军费占一省财政之大头）也牢牢抓在手里，柏文蔚连报销车旅费都困难。

不久，陆军部又决定将安徽陆军新编第一旅扩编为安徽陆军第一师。彭兆栋如愿以偿，谋取了该师第三旅副旅长一职。这一任命柏文蔚"事前亦未之闻也"。他很恼火，军政司却拿出陆军部批文，说这是段总长亲批的。

在军事上受到压制的同时，柏文蔚在政治、经济上的改革也阻力重重。他仿西方议会制度，力推行政、立法、司法三权分立，并召开了第一届安徽省议会，但却形同虚设，发挥不了作用。他发行公债，关注民生，兴修水利，建立学校，改良风气等措施也举步维艰。为了禁烟，他花费了很大气力在全省推行严厉的禁烟政策，虽然收到了不小的效果，但仍有不法之徒内外勾结，铤而走险与之对抗。

有一次，他发现北方几县居然阳奉阴违，仍在大面积地种植鸦片。严查之下，才发现背后的保护伞居然是彭兆栋。

柏文蔚大动肝火，下令缉拿有关涉案军官，并将彭兆栋撤职查办。

但他的命令到了军政司却被扣了下来。军政司的回答是彭兆栋是陆军部任命的，柏文蔚无权查办。柏文蔚派人前往北京找陆军部交涉，但陆军部却以种种理由加以搪塞。

彭兆栋有一次对我爷爷说，就凭他姓柏的想动我，门都没有，老子在北京有人，可以直接找到老段和小徐。他说的老段是指陆军总长段祺瑞，小徐则是指陆军次长徐树铮，他们都是皖人，而且在军界炙手可热。他还劝我爷爷少和柏文蔚掺和。"我早说过，这家伙是兔子尾巴长不了，早晚要滚蛋！"

民国二年，公元一九一三年三月二十日，国民党领导人宋教仁在上海车站被刺杀，全国形势骤然紧张起来。有一天，柏文蔚把我爷爷找去了。他正在主持一个会议。会议一结束，便匆匆来到书房。

"华章，"他一边向我爷爷打招呼，一边在椅子上坐下来，几乎没有停顿，便开口说，"你听说了吗？镜如被抓了。"

我爷爷一惊，问："啥时候？"

"就在前不久。"他拿出一封信递给我爷爷。信是郑先滔写来的。信中说，吴先生是在北京被抓的，他们正在设法营救。目前的局势非常严峻，战争不可避免。"看来袁世凯要动手了。"柏文蔚看着我爷爷，神情严峻。少顷，他又问："你是什么态度？"

"俺紧跟督座！"我爷爷不假思索，立即表示，"文贤不才，但革命到底，矢志不渝。"

"好，很好。"柏文蔚示意我爷爷坐下来，继续说，"这次裁军，我们上了袁世凯的当，现在手上的老本差不多都被裁光了。不过，亡羊补牢，未为晚也。我们得赶紧想办法补救。"接着，他把自己的计划告诉了我爷爷，决定以讲武堂为班底成立一支学生军。"这个司令由你来当！"他说，"回去就抓紧筹备吧。"

"是。"

"还有，"柏文蔚交代说，"军政司如过问，你就说是我决定的，让他们来找我。"

"明白。"

我爷爷回去后立即行动起来。他以讲武堂的学生为基础,把过去撤裁掉的旧部重新召回,加以编练。后来,这支部队果然发挥了重要作用。

七月下旬,局势越来越紧张了。袁世凯厚积重兵,大举南下,二次革命爆发了,而国民党内部由于患得患失,意见不统一,只能仓促应战。战事一开始就极不顺利。北洋军先是攻占九江、湖口,江西讨袁军节节败退。与此同时,江苏讨袁军也放弃徐州,退守蚌埠。七月二十八日传来消息,讨袁军总司令黄兴放弃南京,一走了之,整个讨袁阵营立时陷入群龙无首的境地。此时,正在皖北与北洋军苦战的安徽讨袁军也军心大乱,全线崩溃。

尽管大局败坏,柏文蔚仍然没有放弃,一边努力调动部队,重新部署,一边做好退守徽州的准备,打算从屯溪经祁门,由婺源进入江西,与李烈钧的江西讨袁军连成一片,再图恢复。

然而,就在这当口,安徽陆军第一师师长胡万泰突然回师安庆。最先抵达的便是彭兆栋的第三旅。

这一动向立即引起了恐慌。

陆军第一师是当时安徽最大的一支军力。此师的前身是安徽陆军新编第一旅,旅长胡万泰,其祖父是北洋宿将胡殿甲,与袁世凯交情匪浅。由于得到北洋派的支持,该旅在裁军中不裁反扩,由旅扩为师,超过了柏文蔚从南京带来的第四旅。二次革命打响后,柏文蔚在部署作战方案时,把该师派往太湖作战(之所以没把他留在安庆,也是对其不放心),没想到他们不经批准便擅自从前线撤回安庆,显然别有图谋。

柏文蔚闻报十分警觉。当胡万泰带着随从前呼后拥来到都督府时,都督府的卫队营立即进入戒备状态。据我奶奶说,那天,我爷爷也在都督府，当时正在与柏都督研究战事，听说胡万泰来了，柏文蔚让我爷爷等人暂且回避。我爷爷向外走时，只见胡万泰腰佩手枪，大摇大摆地走进来。之后，卫兵们关了门。我爷爷在外边的候见厅等候着。他点上一支烟，留心着屋内的动静，忽然身后有人叫他："华章老弟啊，别来无恙。"我爷爷扭头一看，竟是彭兆栋，他全副戎装，满脸得意之色，从外边走了进来。

"啊，是彭旅长，"我爷爷敷衍道，"你也回来啦？"

彭兆栋摘下白手套，与我爷爷握手。"嘿，伙计，"他眨了下眼睛，朝屋里努努嘴，"这家伙日子不好过了吧？"无须说，他指的是柏文蔚。

"咋了？"我爷爷故意问。

"哼，这小子完了！"他耸耸肩，"你都听说了吧？江西、江苏全垮了，黄兴也跑了，这家伙也快了！"他一副幸灾乐祸的样子。我爷爷知道他怨恨柏文蔚，便说这么打来打去对谁也没好处。"皖省是桑梓之地，"他用手指指脚下，"咱们是军人，祸害家乡的事可不能干。"

彭兆栋哈哈笑起来。"我说兄弟，你也太糊涂了，这都啥时候了？"他用力拍了一下我爷爷的肩膀，"别犯傻了，睁眼看看吧，可别一条道走到黑。"

我爷爷惊讶道："你这话何意？"

彭兆栋再次大笑起来。"你自己好好想吧，我提醒你一句，头脑要清醒，犯不着把自己也搭了进去。"

彭兆栋这话已经够露骨了。我爷爷感到震惊，他果然要叛变了。后来，我爷爷才知道，胡万泰这次回来就是向柏文蔚摊牌的。据小武爷说，当时局势很紧张。柏文蔚也做好了最坏的打算。他在胡万泰进来后，便把军刀放在手边，以防不测。胡万泰明确地告诉柏，现在大势已去，他已派人与倪嗣冲、段芝贵接洽了。

倪为皖北镇守使，段时任北洋第二军军长，都是袁世凯进攻安徽的主要干将。胡万泰公开声称与他们联系了，说明他已决定投敌。鉴于当时安徽讨袁军的主力,包括柏文蔚的第四旅,都已派往前线,安庆空虚。柏文蔚只得答应退出安庆,以免战火涂炭。"那好吧,"他对胡万泰说,"你好自为之吧,我走后只有一个希望,希望你不要糜烂省城,祸害百姓。"

"这个你放心。"胡万泰看到柏文蔚接受了条件,一口应承。谈话结束后,胡万泰趾高气扬地从屋里走出来,在随从们的簇拥下离去。彭兆栋也跟了上去。分手时他把我爷爷拉到一边,脸凑到跟前说:"老弟啊,你可要想好了,是跟他走,还是留下来?"他把嘴巴朝都督室努了一下,一副贴心知己的口气。

我爷爷明知故问道:"彭旅长啥意思啊?"

彭兆栋笑了起来:"兄弟啊,你只要留下来,别的我不敢保证,但你的学生军我保证给你编成一个团,由你做团长。"

我爷爷说:"那好啊,我就跟着彭旅长干吧。"

"这就对了!"彭兆栋高兴地拍拍我爷爷的肩膀说,"识时务者为俊杰嘛。以后咱们兄弟一起干,有大哥吃肉的,就少不了你喝汤的。"

第二天一大早,柏文蔚准备撤离了,可就在这时胡万泰突然翻脸了。本来说好让柏文蔚主动撤离,第一师不予干涉。没想到柏文蔚起床后,正在洗漱,卫士便跑进来报告说,胡万泰派兵围了督署。柏文蔚似乎早有预感,一边通知应变,一边接通了胡万泰的电话。

"胡师长,你想干什么?我们不是说好的吗?"

"是啊。"

"那你为何要围督署?"

胡万泰打着哈哈说:"都督别误会,我对都督本人并无恶意,你也可以走,但你手下的一些人必须交出来。"

"哪些人?"柏文蔚问。

"名单马上送到。"胡万泰答。

不一会儿,有人送来了名单。柏文蔚一看,气得拍起桌子。名单上的人大多是都督府内的革命党同志,他的忠实部下。"这不可能!"他当即拿起电话,明确告诉胡万泰,"我柏文蔚不会卖友求生,哪怕兵戎相见,亦在所不惜。"

胡万泰一看柏文蔚发火了,便退了一步说不交也罢,一切好说。"都督放心,"他还表示,"将来大家还要见面的嘛。无论如何,我会保你安全。"

"那就多谢了,"柏文蔚不卑不亢,"你我二人,和平解决最好,你让开一条路,我尚可原谅你。"

"那就依你吧。"

最后胡万泰松了口。他答应让开东门,以便柏文蔚撤离。上午八时许,包围督署的第一师第三旅部队如约开始撤围,柏文蔚也带着卫队营离开督署,可刚出辕门不久,四面立时枪声大作,原先撤离的第三旅又出尔反尔,发起进攻。

指挥作战的就是彭兆栋。事后听说,他曾下令狠狠打,绝不让柏文蔚离开安庆。"死的活的都有赏。"他向部队下令道。

在敌众我寡的情况下,柏文蔚带着卫队营被迫退回都督署,据房而守。双方发生激烈枪战。紧要关头,狗头山上的大炮忽然响起,向第三旅和胡万泰的司令部连连发炮,与此同时,一支部队从叛军身后掩杀过来。我爷爷一马当先,带着学生军赶到了。第三旅猝不及防,包围圈被撕开一条缺口。很快,学生军便与柏文蔚的卫队营会合一处。叛军一时大乱,四散退去。众人拥着柏文蔚杀开一条血路,从小南门撤向江边。

那里早就备好了船只。据我爷爷说,那天突围时,柏文蔚事先已防了一手,提前在狗头山上安置炮兵,并派我爷爷带领学生军做好接应准备,这才杀出重围。不过,在突围时,学生军和卫队营都惨遭重创。部队且战且走,到达江边时只剩下为数不多的六七十人,几乎溃不成军。

三

此后不久，便传来我爷爷在上海被捕的消息。

那时，我奶奶已带着我大伯二伯，回到了霍川老家。二次革命，国民党一败涂地。我爷爷随柏文蔚退至芜湖，本想重整旗鼓，但已力不从心。此时民军四分五裂，不仅各自为政，而且内讧不断。柏文蔚眼看无力回天，只得下令解散部队。此后，我爷爷带着小武爷逃往上海，不知去向。我奶奶十分担心，但霍川消息闭塞。七月间，讨袁行动完全失败了，我奶奶还蒙在鼓里。

直到八月初的一天，当时处暑已过，天气热得要命。一天晚上，小武爷突然来到了家里。他是乘着夜色悄悄进村的。只见他上身穿着粗布短褂，下身是一条黑裤子，一副庄户人家的打扮。我奶奶第一眼差点没认出他来。

"小武子，你咋这身打扮呢？"我奶奶惊讶地问。

"出事了！出事了！"小武子顾不上礼节，迫不及待地连声说。

"出了啥事？"

"司令被捕了。"

我奶奶吓了一跳，连忙问起事情经过。

小武子喘着气，满脸憔悴，又饥又渴。我奶奶倒了一杯凉茶递给他，让他慢慢说。他一口气咕隆隆灌下肚去，然后抹着嘴巴说："俺们一到上海就被盯上了，到处都是密探。司令很谨慎，但还是没有逃脱。"

据小武子说，芜湖解散后，我爷爷潜往上海，先是住在北大桥礼查饭店，以前他到上海常住这里，情况比较熟悉。他的房间在二楼，小武子给他送行李时，看到二楼楼梯口站了两个穿黑绸衣的北方大汉，嘀嘀咕咕地说着什么，马上意识到情况不妙，立即向我爷爷报告。我爷爷便借晚上在楼下餐厅用餐时，从后门溜出了饭店。小武子按照吩咐，早已叫了辆黄包车候在后门。我爷爷上了黄包车，由北大桥到极司菲尔路，一路上绕来绕去，换了六次车，最后到了一个熟悉的朋友家，在那儿住了三天，然后又通过这个朋友在静安寺赫德路租了一间房子，又躲了十来天，这才订购了去日本的船票。尽管事前做了仔细的防范，上船时还是让密探给发现了。

"人呢？"我奶奶问。

"提篮桥，"小武子说，"听说就关在提篮桥。"

"人还好吗？"

"不清楚，啥消息也没有，那里也不让探监，"小武子说，"俺没咒念了，只得赶紧来报信。"

两人正说着话，我小叔爷贺维贤也来了。民国光复后，我小叔爷一度在我爷爷的团任参谋，后来该团撤裁，他便回乡赋闲，得知消息连忙赶来了。三个人商量了一番，觉得事态严重，得赶紧设法营救。那段时间，各地不断有处决革命党的消息传来。大家不敢耽搁，第二天便赶往上海，找到了住在极司菲尔路的我爷爷的那位朋友家。

这位朋友名叫杜金鸿，是南京人，在上海做五金生意。杜老板同情革命，辛亥革命前就资助过同盟会，与黄兴、柏文蔚都很熟悉。我爷爷在第一军任职时与他相识。杜老板告诉我奶奶，二次革命失败后，袁世凯料到革命党人会从上海出逃，因此加强了戒备，派出了大批密探，在码头、车站布控。听说这次抓了一百多人，都关在提篮桥。"老袁心狠手辣，"杜老板说，"这些同志性命堪忧。"我奶奶听了这话便哭了起来，请求杜老板一定设法相救。我小叔爷和小武子也帮着求情。杜老板一边安慰他们，一边答应想办法。

可是，一连几天，杜老板四处活动却毫无进展。据说这批案犯是由总统府执法处督办，上海地方也插不上手。就在事情陷入僵局之时，有一天，我小叔爷贺维贤拿着一张报纸从外边跑进来，一迭声地叫："快看，快看，徐树铮来上海了。"看着他那股高兴劲儿，我奶奶和小武子都有些莫名其妙。我奶奶当时甚至不知道徐树铮是谁。贺维贤向我奶奶解释说，徐树铮是现任陆军次长、陆军总长段祺瑞手下的大红人，可我奶奶并不明白这和俺们有啥关系。"有关系，太有关系了！"贺维贤说，"你还记得小陶岭的那个陶二狗吗？"

"记得，"我奶奶说，"不就是那个六十二标的陶顺良吗？他是文贤的老相识了。"

"对对对，就是他。"贺维贤说。

"陶二狗咋了？"我奶奶还是没明白我小叔爷的意思。

贺维贤说，据他所知，陶二狗现在是徐树铮的副官，徐树铮来了，说不定他也会跟来。我奶奶听他这样一说，便明白了。

"你是说去求陶二狗？他能行吗？"

"谁知道呢？也许能行，只要他肯帮忙。"

我奶奶一听有门，便连忙去找。陶二狗与我爷爷交情不错。他是小陶岭人，那里与田家岗不到十里地。投军之前，我爷爷常随我太爷爷去小陶岭剃头，从那时就与陶二狗相识了。那时陶二狗家很穷，常常连剃头钱都掏不起，我太爷爷也不计较，说是没钱就先赊着吧，可赊着赊着便成了一笔糊涂账，我太爷爷也从未认真追讨过。陶二狗一直心存感激，后来到了部队，他与我爷爷同在六十二标，两人关系一直不错。我爷爷一度还想动员他加入岳王会，可陶二狗对革命不感兴趣，还劝我爷爷不要和这些"乱党"瞎掺和。尽管思想政见不同，但这并不影响我爷爷和陶二狗之间的关系，陶二狗明知我爷爷是革命党也从没向上举报过。不仅如此，有时还暗中给我爷爷递些消息。马炮营起义失败后，他一度误以为我爷爷死了，把这事告诉我奶奶，害得我奶奶伤心了好一阵子。

清帝退位后，段祺瑞出任陆军总长。陶二狗时来运转，因为他有个舅舅在段祺瑞手下任事，便跑到北京去谋差，没想到竟被留在陆军部，后来又受到陆军次长徐树铮的赏识，当上了他的副官。

陶二狗来上海的消息很快得到证实。这是杜老板打听到的，据他所说，陶顺良确实跟着徐次长来上海了，下榻处就在上海迎宾馆。

事不宜迟，我奶奶当天下午便去找他了。八月的天气，热得连狗都喘不上气来。我奶奶背上驮着三岁的大伯，手里抱着一岁的二伯，浑身大汗淋漓。当初她去上海时，家里人都劝她别带孩子去了，可她执意要带。据她自己说，她已做好最坏的打算，万一救不出我爷爷，哪怕让他最后再见一见孩子也好。只是这个想法她没敢说出口，怕不吉利。

迎宾馆戒备森严，守卫的士兵态度蛮横，不容分说，便把我奶奶赶开了。我奶奶苦苦哀求，全无效果。但她仍不死心，便带着孩子守在大门外边。烈日当空，酷热难当，我大伯、二伯热得直哭，我奶奶找了个阴凉的树下，一边摇着大蒲扇，一边不停地向迎宾馆门前张望。不断有汽车和马车进进出出。我奶奶心里想，陶二狗说不定就在这些车里，只是不知哪一辆而已。她有心上前拦问，又怕惹恼了这些当官的，误了大事，只好耐住性子等待。从中午一直等到傍晚，我大伯、二伯哭闹累了，都睡着了。终于有一辆马车驶到门口停下来，一个军官从车上下来，大约是要买烟，他走到街旁的烟摊上。我奶奶连忙凑上去，叫了声长官。那个军官年纪不大，中等身材，皮肤黑黑的。他回过头来斜了我奶奶一眼，眼神中流露的轻慢拒人千里，可我奶奶已经顾不上这些了，硬起头皮说："有劳长官，敢问一声，不知可认识陶副官？"

"陶副官？"

"是的，陆军部来的。"

那人又看了我奶奶一眼，态度似乎有了一点变化。

"你是何人？"

"俺是他亲戚。"我奶奶解释说，她是从他老家来的，能否烦请传禀一声。

"你叫什么？"那人打量了一下我奶奶，看她穿戴还比较齐整，便又问。

"田香梅,"我奶奶说,接着又补充道,"你就说是霍川田家岗的,他就知道了。"

那人唔了一声,不置可否。接着,在摊上买了一包烟,又上了马车。我奶奶跟在他后边连说拜托拜托。那军官也不搭理,朝车夫示意了一下,马车便驶进了迎宾馆。我奶奶忐忑不安地看着远去的马车,也不知他是答应了还是没答应,不过看模样像是答应了。果然,半个时辰后,一个护兵从迎宾馆大门里走出来,把她领了进去。

陶二狗刚刚吃过饭,满嘴喷着酒气。他穿着上校军服,敞着衣领,头上没戴帽子,露出光光的脑袋,一只手夹着烟卷,一只手捏着牙签不停地掏着牙。我奶奶一见他便如同见了亲人,叫了一声陶大哥,眼泪便扑簌簌地往下滚。

陶二狗满脸惊讶,一边从椅子上站起来,一边说:"哎呀呀,弟妹啊,还真是你啊?你咋来了?"

我奶奶顾不上叙话,连声求救。陶二狗让她别急,有话慢慢说,及至弄清事情的原委,他也为难起来。"哎呀呀,"他咂起嘴巴说,"你看,你看,俺这个文贤老弟啊,啥都好,就是个死脑筋。俺劝过他多少回,别和那些乱党搅在一起,他就是不听。上回马炮营起义差点丢了小命,还不接受教训,又跟着那帮人瞎起哄。这能闹出啥名堂?简直是鬼迷心窍!"

"谁说不是呢?"我奶奶也跟着埋怨说,"他这人犟得很,说啥都听不讲去,事到如今,再说也晚了,只求陶大哥能伸伸手把他救出来。"

陶二狗听了,把头摇得像个拨浪鼓似的。"救出来?"他说,"谈何容易?你知道这是啥案吧?"他伸手朝天上指了指,"这可是通天的案子,总统府亲自督办!谁敢碰啊?"

"那可咋办啊?无论如何,你得救救他啊!"我奶奶一听又抹起了眼泪,苦苦哀求。"你瞧瞧,"她说,"咱这上有老下有小,文贤要有个三长两短，这可叫俺们孤儿寡母可咋活啊？"说着，扑通跪了下去。我大伯、二伯一见这时也哇哇大哭起来。陶二狗心软了，说："好了好了，快起来吧，俺来试试吧，不过你也别太指望。这案子太大了，太大了。"他说着，连连摇头，眉头皱得老高。

从迎宾馆回来后，一连两天，都没有消息。这期间，杜老板听到风声，说是袁世凯已下令将抓获的革命党秘密处决。我奶奶担心极了，正打算再去找一下陶二狗。当天晚上，电话铃响了。是陶二狗打来的。

"弟妹啊，好消息，"陶二狗在电话里说，"徐次长发话了，同意放人。"

我奶奶一听喜极而泣，连声道谢。

"你别谢俺了，"陶二狗说，"算他命大，徐次长可不是好讲话的，这次倒是给了面子。不过，徐次长也说了，出来前得登报声明脱离国民党，并拥护袁大总统。"

我奶奶觉得这事不难，只要能保命，先答应下来再说，于是连想都没想便连声说好，千恩万谢。

当天下午，我奶奶便被允许探监了。她带着大伯二伯，还有好酒好菜，来到监房。自安庆一别，我奶奶已有好几个月未见我爷爷。我爷爷瘦了不少，胡须也因多日不剃，显得有些蓬乱，但精神尚好。他抱着我大伯二伯，一通乱亲。我大伯二伯被他胡须刺挠得乱躲，又惹得我爷爷哈哈大笑。我奶奶把来上海以及找陶二狗救他的事说了一遍。我爷爷一边喝酒，一边听着。他双腿相盘，坐在地上，一副神态自若、无所畏惧的模样。

"没想到这个陶二狗还念着旧情。"他放下酒杯，抓起一只卤猪蹄啃起来，这是他平时最爱吃的食物之一。"这个陶二狗他攀上老段，"我爷爷说，"当初，他也邀俺去北京，俺没答应。"爷爷举起手中的猪蹄子，继续说，"俺怎么可能去呢？俺和他走的不是一条路。"

"不过，这回陶大哥真是帮忙了，"我奶奶说，"要不是他找徐次长，他们不可能放人的。听说你这是总统府执法处的案子。"

"这个俺清楚。"我爷爷说,"俺进来后就没打算出去。"说着又倒了一杯酒喝进肚里,然后咂了一下嘴,接着说,"只要放俺出去,俺还会从头开始。革命虽然失败了,但这只是暂时,最后的胜利必将属于人民。你就等着瞧吧!"说完,他又抓起一个猪蹄子大嚼起来,边吃边问起外边的情形,还撕了一块肉塞到我大伯嘴里,看他吃得满嘴是油,不禁哈哈大笑。整个探监过程,我爷爷情绪都很好,但说到声明的事,我爷爷却一下子恼了。

"声明?啥声明?"他问。

我奶奶说:"二狗说了,只要签一份声明马上放人。"

"休想!这不可能!"我爷爷勃然大怒,"要俺写声明?那是背叛!俺贺文贤不才,但决不背叛吾党。"他把手中的筷子一摔,说,"哼,还要俺拥护袁世凯,更是痴心妄想!"

"袁世凯是个啥东西?"他捏起拳头在空中晃了晃,"这个屠夫、刽子手!独夫民贼、千古罪人!他干了多少坏事,践踏共和,无视约法,灭绝人道,暗杀元勋,双手沾满了革命党的鲜血,凡吾国民都要共讨之,共诛之。俺贺文贤怎么可能发表声明去拥护他?"我爷爷站了起来,脸颊通红,两眼瞪得溜圆,那股愤怒的样子就像要与人决斗似的。

我奶奶完全没料到我爷爷会有如此激烈的反应,不禁大感意外。"这有啥吗?"她说,"不就是发个声明吗?"她还劝我爷爷说,大丈夫能屈能伸,不如先保命,出去后再作计较。

"不,这绝不可能!这是对俺的侮辱!"他站起身,在屋里急促地转了两圈,又攥起拳头挥了挥,用一种毅然决然的语调说,"俺贺文贤死不足惜,但决不向袁贼低头!"

"文贤,"我奶奶急了,她说,"你死了俺们可咋办啊?孩子还这么小,你总得为他们想想啊。"

我爷爷摇了摇手,打断她的话:"香梅啊,俺早对你说过,俺贺文贤生是革命的人,死是革命的鬼,从俺决心参加革命那天起,就早已把生死置之度外。好了——"他向我奶奶示意道,"不要再说了,俺请你保全俺的人格,将来孩子大了,也会为他们的父亲骄傲!"

话说到这个份上,已经无法再继续下去了。我奶奶伤心地哭起来,我爷爷走过去,一边抱起我大伯,一边抚着我奶奶的肩膀说:"别哭了,香梅,坚强点。你去告诉顺良,俺贺文贤感谢他的救命之恩,只是写声明,恕俺断难从命!"

我奶奶心都碎了,当她带着两个孩子回来时,又热又累又饿,一进房门便晕倒过去。第二天,我爷爷托人从狱中带了一封信给我奶奶。信上再次表明心迹,并交代了后事。信中还附了一首绝命诗。诗云:

> 血染沙场怀壮志,
> 岂甘俯首耻贪生。
> 泉台笑看袁贼灭,
> 铁马金戈唱大风。

据我小叔爷说,那时候的爷爷真是一腔热血,铮铮铁骨,让人钦佩。陶二狗得知消息后,很不高兴,他对我奶奶说,你看看,你看看,这叫咋回事吗?这不是死心眼吗?写个声明能死人啊?他这样搞,把俺也撂进去了,徐次长要是问起来,你让俺咋回答?说着,抖起手,一副懊悔不迭的样子。

九月间,监狱里开始秘密处决革命党人了。每天夜里,都会有人被点名带出去,然后再也不见回来了。我爷爷这时已做好最坏的打算。一天夜里,牢门打开了,一个狱官高声叫道:"四十二号,出来!"

四十二号是我爷爷的狱号。他知道最后的时刻来临了,便站起来,与狱友们一一相拥告别。大家都不说话,只是在拥抱握手时加大了力度,一切尽在不言之中。

"名字?"走到牢门口时,一个戴眼镜的狱警冲我爷爷喝问,以确认他的身份。

"贺文贤。"

"签字。"

那狱警拿出一份文件,我爷爷签上名。接着,他被带到院子里,一阵凉风吹过来,地上白灿灿的铺满了银辉。我爷爷抬头看了一眼布满星斗的夜空,心想这也许是他这辈子最后看到美丽的夜景了。天刚下过雨,雨后的空气中带着燠热和潮湿,让人喘不过气来。我爷爷大口呼吸着,好像要在诀别之前尽可能多的多吸几口。狱警不耐烦地催促他快走,他们穿过院子,来到狱门前——哐当一声,提篮桥的大门打开了。"走吧。"站在门边的一个白胖的狱官核了一下文件,然后对他说。

我爷爷一时间有些发蒙。"这是咋啦?"他站在闷热的夏夜里足足好几分钟,直到哐当一声,又传来一声响,监狱的大门在他身后关上时,他才明白他被释放了。

拂晓时分,我爷爷找到了我奶奶的住处。不知何时,外边又下起雨来,雨点越来越大,我爷爷浑身上下都淋透了。在朦胧的微光中,他的模样显得阴森恐怖。我奶奶乍一看,以为遇到鬼了,吓得大叫起来。小武爷和我小叔爷闻声跑过来,当他们看见是我爷爷后,不禁欢呼起来……

第七章　爷　爷　| 1927 年

一

我爷爷在上海得救完全是一次偶然事件。据陶二狗说，我爷爷拒绝发表声明后，让他十分难堪，更让他没法向徐次长交代。本想不声不响，瞒过此事，偏偏徐树铮没有忘记。有一天，陶二狗给他送电报，他忽然想起了此事。"哦，对了，"他说，"上次那人放了没有？"陶二狗见他问，知道瞒不住，只好如实禀告，并大骂这个贺文贤不识好歹，简直是猪狗不如，当初俺是瞎了眼，替他求情，请徐次长宽宥。他一边说，一边冲徐树铮点头哈腰，身上冷汗直冒。徐树铮的神情有些古怪，不动声色地听着，听完后忽然大笑起来："嘿，这小子有点种嘛！"陶二狗不知他是啥意思，吓得不敢说话。

"他叫什么名字？"

"贺文贤……"

"嗯嗯……"

徐树铮脸上毫无表情。陶二狗再次请求恕罪，并大骂我爷爷，说这小子不识抬举，简直是死硬脑壳，胆敢反对总统，早该枪毙了云云。徐树铮不置可否，低下头去看电报，一目十行几下就看完了，然后拿起话筒，一个电话打到执法处，居然把我爷爷放了。

"天晓得他是咋想的。"陶二狗说，这件事也真是奇了。徐树铮公务繁忙，千头万绪，求他办事的人不计其数，事后他很少过问，偏偏这次居然想起来了。"你说奇不奇？"他对我奶奶说。更侥幸的是，就在徐树铮打电话放人的那天傍晚，我爷爷已被执法处定于当天夜里处决。徐树铮这个电话不早不晚，偏在这个时候到了。"真是太险了！"陶二狗说，"俺这个贺老弟啊，真是命大福大造化大啊！"事后，他多次对我奶奶感叹道。

尽管我爷爷得救有一定偶然成分，但我奶奶功不可没，要不是她去求陶二狗，我爷爷肯定难逃一劫。我爷爷只要提起这事，总是说是香梅把他从鬼门关拉了回来，俺这条命可是她给的。事实也确实如此。

从上海脱险后，我爷爷便转道香港前往日本。这是他第二次东渡扶桑，前一次是马炮营起义失败后。这次流亡，我奶奶也跟着一起去了。她把我大伯留在老家大贺村由我太奶奶照应，自己带着尚未断奶的二伯随我爷爷一起去了。到达日本后，我爷爷奶奶先是暂住在一个朋友家。这个朋友姓姚，原先在《明报》工作，也是同盟会会员，住在东京牛达区若宫町附近。之后不久，我爷爷在离若宫町不远的东五轩町租了房子，便带着我奶奶我二伯搬了过去。

在日本期间，我爷爷报考了日本士官学校，我奶奶则上了东京女子学校。清末民初受男尊女卑思想影响，国内女子学校还十分罕见。我奶奶原先在家随父亲读过一些书，但从未正经入学。到了日本，受新思想影响，便有了入学的想法。尤其是读了梁启超的《论女学》后，这种心情更迫切。梁启超的文章说，欲强国，必由女学。我奶奶对此感触很深。我爷爷非常支持我奶奶的想法。他说，天下女子之才力，不在男子之下，西方早已男女平权，而我国仍恪守女子无才便是德之陈规，岂不大谬？

东京女子学校除了教授一般书数之外，主要以绘画、烹饪、女红、持家等课目为主，其宗旨乃培养"佐夫相夫之贤内助矣"，虽然这些还算不上真正的新学，但我奶奶在这里还是受到了新观念的熏陶，眼界进一步开阔。当我大姑出生后,我奶奶便坚决不给她缠足。因为在学校里,老师就严厉批评过中国的缠脚之风,声称"缠足一日不变,则女性解放一日不达"。后来,家里人都为大姑庆幸,说她生逢其时,这都得益于我奶奶接受了新式教育。

我爷爷奶奶在日本期间,生活并不宽裕。他们走得匆忙,身上带的钱并不多,虽然爱国华侨自发组织了一些救助团体,对流亡者定期有一些资助,但十分有限,除了交房租、学费,一家三口的生活开支全靠我奶奶精打细算。有很长一段时间,饭桌上只能看到泡菜、腌萝卜条和白饭团,就连蔬菜也不是每天都有。每个月,只有我爷爷回来时饭桌上才偶尔能见到一点荤腥。尽管如此,每当朋友来访,就是再困难,我奶奶也要好酒好菜热情招待。这些钱只有靠勒紧裤带从以后的生活费中挤出来。

我爷爷是个精力充沛的人,为人豪爽,爱交朋友。他的朋友中大多是国内的流亡者,也有一些是到日本新交的,包括他在军校的同学。其中还有一些日本朋友。有时聚会时,我奶奶高兴了也会唱几句戏文助兴。我爷爷不知从哪弄来一把二胡(据说是一个留学生送他的),我奶奶唱时,他就在一边拉琴,仿佛又回到了许多年前,在田家岗的老樟树下,那时我爷爷和我奶奶还是一对情窦初开的青年男女。在日本流亡期间,我爷爷还学会了几段河南豫剧。其中最爱唱的便是《铡美案》中包阎罗的那段唱词,有时情绪上来了,便会表演一段:

> 慢说你是驸马到,
> 龙子龙孙我不饶。
> 头上打掉乌纱帽,
> 身上再脱滚龙袍。
> 紧紧麻绳捆三道,
> 我要是贪赃枉法我不姓包!

他的嗓子不是太好，但咬字准确，声情并茂，模仿的河南腔惟妙惟肖，很受欢迎，成了他每次聚会的保留节目。虽然那段时间，生活十分清苦，但我奶奶仍然认为这是她一生中度过的最充实最美好的时光。

到日本第二年，我奶奶生下了我大姑，取名廷珍。这是我奶奶生的第一个女孩，也是唯一的女孩。我奶奶后来又生了我父亲，加上前面生的我大伯、二伯，都是男孩。因此我大姑被我爷爷奶奶视为掌上明珠，珍爱有加。由于大姑出生，家里的生活更拮据了。我奶奶不得不靠典当物品来维持生计。不过，这种情况并没有持续太久。我爷爷接到通知去一个军事学校担任教官。这个学校由流亡者秘密开办，主要是用来对国内来的进步青年进行军事培训，以便为将来回国开展军事斗争做准备。学校设在东京郊区，对外名义上是一个木材厂，经费来源主要依靠中国华侨和日本进步人士的资助。基地教官都有固定薪酬，从此家里的生活逐渐有了改善。

在我爷爷流亡日本八个月后，郑先滔也来到了日本。吴先生被捕后，他进京营救未果，为了逃避特务的抓捕，也离开国内。

癸丑之役后，国民党高层人物几乎都来到了日本。如孙中山、黄兴、胡汉民、李烈钧、许崇智、柏文蔚等等。郑先滔与这些上层人物都有联系，从他那里我爷爷不断地获得很多最新消息。

民国四年冬，袁世凯称帝的消息在日本报纸上陆续披露出来，引起了中国留学生和革命者的愤怒。那段时间，东京和神户经常有抗议集会。其实，我爷爷早从郑先滔那里得知了部分消息。"他的野心终于暴露了！"有一天，郑先滔来我爷爷住处，他说袁世凯这是找死。"我们得开始准备了，"他说，"新的革命即将到来！"那天晚上，他非常兴奋，与我爷爷一起喝掉了两斤日本清酒。

果然，此后不久，护国战争打响了。一天，郑先滔兴冲冲地来到我家，对我爷爷说："华章，你都准备好了吗？回国的时候就要到了。"他拿出一份电报给我爷爷看。"蔡东坡（蔡锷的字）已经回到云南组织了护国军，"他说，"战斗开始了！你和我一起走吗？"

我爷爷二话没说，几天后便与郑先滔一起出发了。

民国五年春，我爷爷随郑先滔先期回国，由香港转赴云南，投身于护国战争。之后，我奶奶也带着我二伯、大姑乘船抵达上海。我小叔爷贺维贤事先接到信，赶至上海将我奶奶一行接回了霍川老家。我大伯贺廷勇这时已经六岁了，能够满地跑了。几年未见，他见了我奶奶倒有了几分生疏，站在门口怯生生地看着她。我太奶奶说，看这孩哩，连你娘都不认识啦？"快叫娘，叫娘！"说着拉起他的手把他推到我奶奶面前。直到这时，我大伯才羞答答地叫了一声娘。我奶奶高兴地抱起他来，一个劲地亲着，并拉过我二伯，从我小叔爷手中接过我大姑说："来，过来，见见你的小弟弟小妹妹。"

我大伯好奇地看着他们，伸手摸了一下我大姑的脸，我大姑忽然咧嘴哭了起来。我奶奶连忙抱起她，一边哄她，一边指着我大伯说："这是你哥哩，叫哥哥。"我大姑扑闪着眼睛，终于止住哭，叫了一声："锅锅。"那稚声稚气的声音引来一片笑声。

护国战争开始后，胜利的消息不断传来。四月初，我奶奶接到了我爷爷的来信，说战争打得十分胶着，尽管北洋军武器精良，人数众多，但护国军在蔡锷将军的领导下，得到了全国各界民众的支持。半个多月前，他们与北洋军第七师张敬尧部进行了决战，并打到纳溪、泸州一带。可这次来信后，很长时间不再有我爷爷的消息，我奶奶的心就整天揪着。不久报上就登出袁世凯取消帝制的消息。我小叔爷说，看来护国战争取得了胜利。我奶奶才稍稍松一口气，因为这意味着战争即将结束了。可是，不知为啥，我爷爷一直没有消息，我奶奶心里也就有些隐隐的不安。这一年，霍川的天气格外炎热，而且热的时间也长。

立秋之后仍持续高温，夜晚无风时，简直像个大蒸笼，让人无法入睡。我奶奶牵挂我爷爷常常一人坐在庭院里，听着遍野的蛙声，内心充满了焦躁。

就在我奶奶茶饭不思之际，有一天，事先没有任何消息，我爷爷突然回来了。跟他一起回来的只有小武爷一人，两人都是便装，风尘仆仆。我爷爷不修边幅，神情低落，显得十分憔悴。这情况很不正常。我奶奶问他出了什么事，怎么一直没来信，他摆摆手，似乎不想回答。洗脸时，我奶奶又问郑先滔他们还好吗？"好？能好吗？"我爷爷猛地一扔毛巾，把盆里的水都溅了出来，"这帮乌龟王八蛋，全是一路货色，没有一个好东西，革命同志的血全都白流了！"他突然提高嗓门，言语中充满了愤怒。

我奶奶吓了一跳，不知他发的是哪门子火。小武爷在一边急忙向我奶奶使眼色，我奶奶便知趣地不再问了。

事后从小武子那里了解到，护国战争开始后，蔡锷将军出任护国军总司令，郑先滔在司令部任参谋。我爷爷在滇军第一先遣旅任教导营营长。教导营是临时组建的，很多人都是从日本回来的革命同志，包括我爷爷从日本带回来的学生，其中就有后来成了我小姑爷爷的龚雨峰。他们士气高涨，战斗力极强。官兵们浴血奋战，十分英勇，至战争结束时，伤亡人员达三分之二以上。蔡锷患病去日本后，云南都督唐继尧把持大权，开始排斥异己，他先是赶走了郑先滔，又以军费紧张为由下令撤裁教导营。我爷爷非常生气，这时又得知消息陆军部下拨的四十万元遣散费其中有三十万竟被旅长万朗平贪污了，他再也无法容忍。"这帮浑账，简直黑了心！"他立即冲到旅部，质问他们这样做良心安在，又怎么能对得起为革命死难的弟兄。万朗平起先矢口否认，后来又说这是奉唐都督之命，这笔钱另有他用。我爷爷说，不论是谁的命令，这是官兵们的血汗钱，你必须如数交出来。"一分钱也不能少！"他怒目而视，寸步不让。

万朗平也恼了:"你他妈的在和谁说话?"

我爷爷说:"俺管你是谁?这钱不交出来那就没完!"

万朗平冷笑道:"嗬,你口气不小啊?一个小小的营长,难道还反了不成?我劝你闭上嘴巴,马上给我滚!"

这一下,把我爷爷彻底激怒了。他几步上前,拔出手枪顶住了万朗平的脑门。"去死吧!"他低声吼道,牙齿咬得嘎嘎响,牙帮骨棱角毕现。"你们这帮混蛋蛀虫,"他说,"打仗的时候你们在哪里?现在一个个都跑出来大捞特捞,就连官兵们的血汗钱也不放过,你们的心难道都让狗吃了吗?简直猪狗不如!"

我爷爷气得浑身发抖,面色恐怖狰狞,多日来压抑的怒火一下子喷发出来。小武爷当时就站在一边,他后来对我奶奶说,他从没见过司令气成那样,他真担心他会控制不住自己扣动扳机。万朗平吓坏了,连连告饶。在我爷爷的逼迫下,当场写下了三日内交款的保证。

三日期限一到,我爷爷如约前往师部领款。当时他只带了一个排的兵力,走到离师部约三里路的一个山谷里,忽然伏兵四起。我爷爷知道上当了,马上进行反击,怎奈对方人数太多。"起码有两个连,"小武子说,"还配了十几挺机关枪。"我爷爷带着人拼命突围,最后好容易逃了出来,身边只剩下小武子一个人了。

万朗平并不罢休,下令在全省范围内对我爷爷进行追杀,并在大街小巷贴满了通缉我爷爷的布告,罪名除了谋反、通敌之外,其中还有一条竟然是贪污遣散费三十万——简直倒打一耙,颠倒黑白!

我爷爷在云南待不下去了,只好逃往广东。当时广东也是一片混乱。袁世凯死后,各地军阀为了抢占地盘,互相混战。国民党这时也四分五裂,派系林立。看到这个局面,我爷爷心灰意懒,满腔爱国热情也一下子降至冰点。

回到家乡后,我爷爷情绪消沉,常常一整天不说两句话。不是闷在屋里抽烟,就是在池塘边垂钓。有时傍晚时分,他会站在村边的小山坡上看着夕阳西下，暮色西沉。远远地看去，那个身影显得无比的颓丧和寂寞。那段时间，他还写了一些诗作，诗意低沉，充满了苦闷。其中有一首这样写道：

> 数年奔竞志成灰，
> 瑶瑟凄然遗恨归。
> 浩气混茫随逝水，
> 矶头一竿钓云飞。

据我奶奶说，那段时间，我爷爷百无聊赖，有时会教我大伯念诗。有一次念到曹植的"佳人慕高义，求贤良独难"，"盛年处房室，中夜起长叹"，一边读，一边讲解。我大伯那时才六岁多一点，对于诗中美女不嫁、怀才不遇的苦闷并不理解，只是感到爷爷在念这首诗时，神情郁郁寡欢，连声叹气。他还告诉我大伯，曹子建是了不起的人，就连东晋大诗人谢灵运都说，天下才共有一石，曹子建独占八斗。这话对我大伯影响很大，后来他也一直很喜欢曹植的诗。

我奶奶很理解我爷爷。这些年来，为了革命，他不惜抛家别妻，牺牲自己，结果换来的却是理想破灭，山河破碎，这怎么能不让他心里感到难过和悲愤呢？可我奶奶除了劝他几句，也毫无办法。有时在他心情好时，我奶奶也曾问过他今后打算。他说还能咋办啊？这个国家完了，彻底完了，已经没有救了。如今是坏人当道，污水横流。就连那些过去的战友同志也一个个变了，变得无耻、自私、贪婪，而正派的人几乎没有立足之地。还是陶二狗看得明白，什么革命，什么志向，全他娘的扯淡！他说着说着，又激愤起来。"俺真感到悲哀。"他说，"这些年俺都干了啥？简直愚蠢透了！看看现在，这难道就是俺们提着脑袋换来的革命成果？这就是俺们抛洒鲜血为之奋斗的救国目标？"

我奶奶默默地听着，等他抱怨完了，才慢慢地劝上几句。其实，我奶奶觉得这样也好，多年来她一直支持我爷爷革命，但又无时无刻不在为他的安危牵肠挂肚。现在，如果我爷爷真的想开了，从此淡出江湖，不问世事，夫妻相守，终老林下，不也挺好吗？毕竟我奶奶不是那种具有远大志向的人，对她而言，丈夫、孩子和家庭还是第一位的，更为重要。

日子一天天过去，我爷爷逐渐平静下来。他似乎认命了，不再关心政事，还决定对家里的老房子进行扩建，作为养老之用。不过，据我奶奶说，他的心情并不舒畅，常常在半夜里爬起来，一个人站在院子里，望着月光发呆。

二

护国战争结束后，脆弱的和平开始降临。袁世凯死后，黎元洪接任总统，北京真正当家的却是皖系的段祺瑞。他以内阁总理兼陆军总长。由于反对袁世凯称帝有功，被誉为"再造共和"的英雄，人气爆棚。有人把他视为重建民国的伟人。西南方面和国民党中的某些派别也开始拥段，就连发起护国战争的重要人物、大笔杆子梁启超也对他大唱赞歌。

新成立的内阁也广受好评，南方人士占了全部九名阁员中的五席，其中还包括国民党的孙洪伊、唐绍仪、张耀曾等人。报纸上把这个局面称之为"南北融合，气象一新"。当时，国内外人士都一致看好段祺瑞，认为他是一个把中国带向新时代的伟大人物。

我爷爷看到这种局面颇为心动。回乡之后，他多次宣称从此不再过问政事，而且还大兴土木，对家里的老房子进行扩建，作为终老之地。但我奶奶知道，他并不甘心如此。果然，北京新政府成立后，他又开始留意政事，不仅订了好几份报纸，还经常进城走动，打听政局的变化。虽然我爷爷那时已无官无职，但霍川城的官员和士绅都知道我爷爷的大名，尊他为辛亥元勋，对他敬重有加。他每次进城都会受到热情款待。从各个渠道，我爷爷了解到不少时局的动态。

有一天，新任的省城警备团长，路过霍川前来拜望我爷爷。他见了我爷爷啪地就是一个敬礼："贺司令，学生李显南，你还记得我吗？"我爷爷看着他面熟，却记不起来了。听他介绍之后，才知道这个李显南原来是他在安庆建立学生军时招的一个小兵。"没想到就连他都当上团长了。"李显南走后，我爷爷颇为感慨，口气中既有得意又有失落。

不久，新年到了，陶二狗回乡过年了。他如今已是陆军部的军需处处长，少将军衔了。他一回乡，惊动了霍川大小官员，人们蜂拥而至前来拜谒，通往小陶岭的路上冠盖如云，他家的门槛几乎都被踏破了。我奶奶劝我爷爷也去看看，说他当年毕竟救过你的命，可我爷爷却一口回绝。"不去！"他说，"俺贺文贤不是趋炎附势之徒，别说他一个陆军少将，就是中将、上将，俺也不会去巴结他。"我奶奶见他如此，心中不悦，便说你不去俺去。"你敢？"我爷爷吼了起来，"谁也不准去！你给俺听好了，俺贺文贤有自己的人格！"

我奶奶知道他放不下架子，也不再勉强。不过，我爷爷没有去看陶二狗，陶二狗倒主动上门来了。这天是年初六，陶二狗骑着马，身后跟着两个护兵，还有两个仆佣挑着东西。一到我家，两个仆佣便忙着往家里搬礼品。陶二狗见了我爷爷，又是握手，又是捶胸拍背，一口一个"老伙计"地叫，别提多亲热了。我爷爷开始还有些矜持，端着架子，渐渐也放了下来。中午吃饭时两人喝了不少酒，越喝越近乎起来。

"呔，老伙计，"陶二狗说，"你打算咋搞？难道真这么窝在家里一辈子啊？"

我爷爷答："孔子云，道不行，乘桴浮于海。"

陶二狗说："老伙计，别清高了。你文贤老弟一身本事，窝在家里岂不可惜？不如跟俺一起去北京。如今是合肥（指段祺瑞）当家，你去了肯定有用武之地。"

陶二狗一番吹捧鼓动,我爷爷心里挺受用的,也渐渐动了心。那天,陶二狗走后,我爷爷给郑先滔写了一封信,把这个情况告诉了他,并征求他的意见。郑先滔在护国战争后,受到唐继尧的排挤,一度追随孙中山到了广州,原想利用西南军阀的力量,发起护法运动,但很快失败了。原因是西南军阀各怀鬼胎,反对孙中山的革命主张。那段时间,郑先滔也很迷惘。我爷爷一直与他保持通信联络。两人在信中倾诉苦闷,抨击时局,在很多问题上都保持一致的看法。

郑先滔很快回了信,他说这个段合肥他还要再看看,看看他到底是一个什么样的人,但对我爷爷出山他表示支持。如果他们真的信任你,让你带兵的话,正好可以借此抓一支军队,将来也好为革命积累资本。护法战争失败后,郑先滔也开始反思,认为受制于军阀,主要是手中缺少军队,没有本钱。这个教训相当深刻。他曾写信给我爷爷谈到这个问题。我爷爷也深有感触。经过一连串的挫折,他早已认识到军队的重要。在这个强权世界,实力永远是第一位的。

民国六年春,我爷爷束装北上,前往北京。陶二狗十分热情,安排他住在自己家里,并积极向段祺瑞引见。我爷爷原以为很快就能见到段祺瑞,可等了半个多月后毫无消息。陶二狗说,你别急,老总(指段祺瑞)现在忙得很,有的督军、省长要见他照样得等上十天半个月。后来有一天终于等到了通知,段祺瑞要见他了。陶二狗兴冲冲地把我爷爷带到了国务院。那天上午,段祺瑞的日程安排是会见外国使节。接见后恰好有空档,陶二狗好不容易通过秘书厅把接见我爷爷的日程安插进去。我爷爷按通知九时便来到国务院候见室等候。左等右等,一直等了两个多时辰,段祺瑞的会见才结束。当时候见室里已经等了好几个人,他们根据安排挨个儿被传进去,等传到我爷爷时又过了一个多时辰。这时已经十二点多了。秘书把我爷爷带进会见厅,只见段祺瑞坐在沙发上看着一份什么文件。他皮肤黝黑,光着脑袋,脸上棱骨分明。秘书在他耳边低语了一下,他抬起头来看了我爷爷一眼。

"你叫什么呢？"

我爷爷心里有些不快，心想怎么连俺名字都不知道啊？"贺文贤。"他答道。段祺瑞噢了一声，又低头看起文件，接着拿起茶几上的笔在文件上批了几个字，交给秘书，这才又抬起头来看着我爷爷说："你是哪里人？"

"霍川。"

"哦，同乡啊。"段祺瑞点点头，"你的事他们都跟我说了，哦，对了，听说你去过日本？"

"是的。"

"学的什么？"

"炮科。"

"啊，还是同行啊。"段祺瑞早年在德国留学炮兵，故有此说。我爷爷谦虚道："段总理是前辈。"

段祺瑞微微一笑。秘书这时把我爷爷的履历递上去，段祺瑞一目十行地扫了一眼，然后又拿起笔批了几个字。"好了，"他说，"你去找又铮吧。"

就这样，前后不到两分钟，接见就结束了。这与我爷爷原先的想象完全不同。秘书把我爷爷送到门口，将段祺瑞批过字的履历交给我爷爷，只见上面批的是"请又铮办理"。又铮是陆军次长徐树铮的字。我爷爷感到受了怠慢。陶二狗安慰他说，老总就这样，有话则长，无话则短，从不啰嗦，时间长了，你就知道了。

第二天，我爷爷见到了徐树铮。徐树铮说你就是贺文贤啊，当年可是我放了你。我爷爷说，是的，多谢徐次长。

徐树铮哈哈大笑。"知道我为何放你吗？"他问。

我爷爷说不知。

"就因为你不怕死，是条汉子。"徐树铮说着又笑了起来。"我喜欢你这种人。来，坐，坐……"他让我爷爷坐下来，谈了大约半个小时。

内容主要是忠诚至上，要服从元首。他说现在南北停战了，但南方并不消停，北方也有些人唯恐天下不乱。特别是民党分子，还在处处捣乱。有些人专门与老总作对，我们要有所防范。他还对我爷爷说，你的经历我知道，是个可造之才。今后要与那些乱党划清界限，我保你前程无量。最后他问我爷爷："说说看，你想做什么？"

我爷爷提出想带兵。

"带兵？"徐树铮迟疑了一下，这似乎不在他原先的考虑范围。"这样吧，"他说，"我看你还是先留在部里吧，我这里需要帮手。"

几天后，我爷爷的任命下达了：陆军部一等参议，少将军衔。我爷爷感到失望，他知道他们并不信任他。"是不是因为俺曾经是革命党？"他对陶二狗说。陶二狗心知肚明，但他劝我爷爷说，别那么计较，你先干着吧，以后有的是机会。

民国八年春，我爷爷奶奶全家搬到了北京。据小武爷说，北京的房子是个很大的四合院，院子分三进，每进都有北房、南房和东西厢房，中间围着庭院。内宅还有一个边门通着花园，花园里有假山、池塘和古树。院子后边是下人居住的，建有马房、卫兵室。院门高大，雕梁画栋。院子门口还有两个高大的石狮子。家里的用人里里外外有二十多个。我奶奶很惊讶，问我爷爷哪来这么多钱。爷爷没有正面回答，只是说："香梅啊，你跟俺受了那么多年的苦，如今也该享享福了。"

一年多未见，我爷爷发福了。他红光满面，肚子微微隆起，脾气也似乎有了改变，不再像以前那样牢骚满腹、愤世嫉俗。他又交了许多新朋友，而那些过去的革命党同志却似乎渐行渐远。每天去部里办公，我爷爷都穿着蓝色的将军制服，制服上镶着金线，军帽上飘着白缨，皮靴擦得铮亮，腰上挎着细长的指挥刀。他的坐骑是一匹雪白的高头大马，身后跟着两个卫兵，显得威风十足。老家去过北京的人都说我爷爷出息了，为老贺家光了宗耀了祖。有一次，我大姨奶来北京，惊得眼珠子瞪得老大,回去后逢人便说:"俺的个乖乖,俺姐夫家那个派头不得了,连知府大人也比不上啊!"

我爷爷进京之初,府(总统府)院(国务院)正围绕对德绝交闹得不可开交,双方意见相左,剑拔弩张,国务总理段祺瑞甚至和大总统黎元洪翻了脸,一度撂挑子,出走天津。第一次世界大战爆发后,同盟国和协约国的外交使节都在北京活动,极力游说北京政要,希望把中国拉入自己的阵营。段祺瑞掌权后,曾多次召开幕僚开会,商讨对策。

有一次,我爷爷也参加了会议。他认为参战对中国有利。"欧战打了三年,胜负已见端倪。"在他看来,协约国取胜已不成问题。"如果中国参战将来即可取得战胜国资格,提高中国之国际威望。"他还指出,中国与德、奥等国断绝邦交后,还有一大好处,即可要求收回德国在华租界,废除中德条约中不利于中国的条款,而庚子赔款中德、奥部分不仅可以勾销,协约国方面的赔款亦可展期偿还,这对我们都很有利。

段祺瑞对他的发言很感兴趣,因为他说的正是他所想的。会后他把我爷爷留下来,又谈了一个多小时。这是他与我爷爷交谈时间最长的一次,也是唯一的一次。他们谈了欧战的局势和走向,我爷爷的不少看法与段祺瑞不谋而合。在谈到英国与德国的军力对比时,我爷爷认为,英国陆军虽弱而海军强大。德国虽取得某些胜利,若不能强渡多维尔海峡(英吉利海峡最窄处),制英国于死命,是不可能取得最终胜利的。段祺瑞频频颔首,表示赞同。

这次谈话后,我爷爷很兴奋,自认为给老总留下了较深的印象。我爷爷对军事一直非常留心,对于欧战进展也多有研究,因此在许多问题上颇具卓见。事实上,我爷爷的感觉没有错,这次谈话的确给段祺瑞留下了印象。后来,听陶二狗说,老总曾对人夸过他,说他"肚里有货",这给了我爷爷很大希望。他甚至认为不久便会得到重用。

可是,我爷爷太天真了。他只知其一,不知其二,段祺瑞积极参战是另有图谋。袁世凯死后,北洋军阀内部日趋分裂。段祺瑞虽然大权在握，但各路统兵大员自成一体，尾大不掉，尤其是直系军阀更是和他貌合神离。为了改变这种状况，他急需得到外国军援，以扩大皖系的军事实力，而参战正好给他提供了这个机会。

不久，在日本的援助下，段祺瑞决定成立一支参战军。整个计划一直在秘密中进行，起初外界都蒙在鼓里，陆军部也只有少数人参与，就连我爷爷也不知情。直到民国八年初，参战军成立，才对外宣布。名为出兵欧洲，实质是扩充皖系实力，以备将来打内战。按段祺瑞的想法，他要把参战军建成一支王牌军，就像当年荣禄建立武卫军、袁世凯建立模范军一样，使之成为手中的利器。

段祺瑞对这支军队相当重视。他以参战督办的身份兼任统帅，下设参战军督练，由国务总理、陆军总长靳云鹏兼任。具体运作则由他的亲信、陆军次长徐树铮负责。全军共三个师，每师共一万余人，装备精良，采用日式操典。人员素质也较高，军官多出自保定军校（段曾任该校校长）和日本士官学校，军士则由北洋各师选送。

军士教导团开训时，举行了隆重的开学典礼，段祺瑞亲临训示。军政大员前呼后拥，国务总理靳云鹏、陆军次长徐树铮等悉数到场。我爷爷也去了。段祺瑞在会上宣读了训词。他的兴致很高，讲话时指着靳云鹏说："你们看靳督练就是我当年小站练兵时的一个炮兵，如今他都能当到国务总理。你们要服从命令，遵守纪律，好好练习本领，将来是一定不可限量的。"

段祺瑞讲话时，靳云鹏在一边不住地点头。段讲完后，靳云鹏接着讲话，他一边顺着段祺瑞的话说，一边对段大加恭维："我是当年小站练兵时，段督办手下的一个小炮兵，今日的地位，全靠段督办一手栽培。今日你们做了督办的学生，只要好好干，将来何愁飞黄腾达？"

他们的讲话引起阵阵掌声。

参战军成立，我爷爷觉得这是一个机会，因此专门上书段祺瑞，提出一整套如何提高战斗力的训练方法。段祺瑞看了很感兴趣，当即把报告批转给了徐树铮。有人把这事告诉我爷爷,我爷爷很高兴,认为老总发话了,徐树铮很可能会用他,让他带兵。但是,他的想法又一次落空了。徐树铮并没有找他,甚至对这事提都没有提过,这让我爷爷十分失望,认为他们还是信不过他。

据我奶奶说,那段时间我爷爷变化很大,革命激情似乎早已消退,他的诗作也大多是风花雪月,内容空洞无物。他过去最恨别人花天酒地,如今也常去八大胡同,甚至彻夜不归。我奶奶对此很不高兴,劝说过他多次,可他总是说人在江湖,身不由己,这都是必要的应酬,逢场作戏而已。

那时节,北京流行评剧。为了安抚我奶奶,每当有名角挂牌,我爷爷总要在戏园子里订下包厢,让我奶奶去听。有时他也陪着一起去,对她格外体贴。他常对我奶奶说:"俺们是患难夫妇,俺会永远对你好。"我奶奶听了当然很受用,不过对我爷爷的变化心里非常矛盾,早年我爷爷为革命四处奔走,让她担惊受怕,现在爷爷追求享受、吃喝玩乐同样让她不安。

民国八年,我奶奶怀上了我父亲。这是她怀上的最后一个孩子。那期间,以段祺瑞为首的皖系军阀与以冯国璋为首的直系军阀的矛盾开始公开化了,直系军阀和政客开始不断抨击段内阁。有一次,报纸披露说陆军部利用职权侵吞军费,数额巨大,其中点了陶顺良(陶二狗)和我爷爷等人的名字。这让我奶奶颇感震惊,倒不是因为侵吞军费这件事本身,这在当时官场司空见惯,而是因为我爷爷也卷入其中。我奶奶问起这事,我爷爷不以为然,甚至嗤之以鼻。"这都是直系那帮人搞的鬼!"他对我奶奶说,"他们不是针对我的,也不是针对顺良的,而是对着老总和次长的。"我奶奶说那报上说的是不是事实,我爷爷便沉默了,反倒说:"现在谁不捞啊?他冯国璋不捞?曹锟不捞?一个比一个捞得凶!腰包早就撑得鼓鼓的了!"我奶奶十分惊讶,让她惊讶的不是我爷爷说的这番话,而是这番话竟出自我爷爷之口,而且丝毫不感到羞愧。想当年，他为了万朗平贪污遣散费的事，冲冠一怒差点打死万朗平，如今却见怪不怪，同流合污，这让我奶奶无言以对。

不久，我爷爷因为娶曾姨的事，让我奶奶十分难过，心里也第一次与我爷爷有了芥蒂。那段时间，两人经常拌嘴。有一次，我奶奶生气地说："瞧瞧你变成啥样了？再这样下去，也和彭兆栋差不多了！"一句话噎得我爷爷半天喘不过气来。为了这句话，他气得两天没和我奶奶说话。他当时根本接受不了。"俺咋和彭兆栋一样？这也太不堪了。"他后来写回忆录时曾写到这一段。直到直皖战争后，他反思这段经历，才深刻检讨自己。

后来，我奶奶离开北京，返回霍川。尽管对我爷爷心里有怨气，但听说我爷爷被彭兆栋扣了，还是立即赶来相救，并又一次帮了大忙。

三

我奶奶的突然出现令彭兆栋措手不及。自从扣了我爷爷，彭兆栋一直躲着龚雨峰，但他躲得掉龚雨峰，却躲不掉我奶奶。因为我奶奶直接找到了他的家里，而且带着我奶奶来的不是别人，正是他的夫人杨大姐。

听说彭兆栋要把我爷爷送给孙传芳，我奶奶立即开展了行动。她首先想到的就是杨大姐。杨大姐与我奶奶是生死之交。安庆督署之战后，彭兆栋大动肝火，此战不仅放跑了柏文蔚，而且让他在胡万泰面前丢了脸面。他动用了两个团的兵力结果大败而归，他的胳膊也被弹片划伤了。这一切都因为我爷爷从背后插了一刀，坏了他的事（彭兆栋语）。盛怒之下，他曾下令抓我奶奶和孩子们。这事传进杨大姐的耳中，她怒冲冲地来到司令部，卫兵想拦也没拦住。

"你想干什么？"杨大姐质问道，"贺文贤跑了，你拿人家老婆孩子出气，算啥能耐？"她认为一人做事一人当，我爷爷的事与我奶奶无关。她还说你们男人的事我不管,也管不了,但你抓人家香梅算哪出?她是我的好姐妹,你要敢动她一动,我和你没完。

彭兆栋有点惧内。他成天在外寻花问柳,偷鸡摸狗,有太多的把柄在杨大姐手中,再者说这抓人老婆孩子也确实不光彩,便打消了念头。第二天,我奶奶离开安庆时,为了确保万无一失,杨大姐还专门差人护送我奶奶回到老家。

"她真是个好心肠的大姐。"我奶奶时常这样说,并打心眼里感激她。因此,在与龚雨峰商量如何救我爷爷时,我奶奶马上就想到了杨大姐。当年在安庆从事反清革命时,她与我奶奶是无话不谈,十分亲密,民国后,她们虽都退居家中,相夫教子,不再从事革命活动,但友谊从未中断。即便二次革命时,我爷爷与彭兆栋撕破了脸,这也没有影响到她们的关系。

事实上,杨大姐对彭兆栋的一些做法也看不惯,认为他背离过去的革命同志并不妥当,曾多次劝过他,可彭兆栋听不进去。"你懂个啥?一个女人家的!"他训斥道。杨大姐很失望,曾向我奶奶倒过苦水。"还是文贤做人磊落,"她对我奶奶说,"我们当家的可不如他。"说这话时,她的表情真诚,看得出对我爷爷的人品人格十分敬重。当我奶奶得知我爷爷被扣后,认为眼下也只有找她了,她相信她不会见死不救。

杨大姐那时住在和县,这里是彭兆栋的老家。二次革命后,彭兆栋不断投机,飞黄腾达。此后,他一连娶了四房姨太太,让杨大姐气愤难平,于是便回了老家。我奶奶找到她后,她问清原委,没有半点犹豫,便答应与我奶奶一起去蚌埠。

这一来,彭兆栋想躲也躲不掉了。

据我奶奶说,她们赶到彭宅时,彭兆栋正躺在榻上抽大烟,在一旁伺候他的是一个打扮妖艳的女人。后来才知道,她是彭兆栋正打算迎娶的五姨太。估计是没想到杨大姐突然闯来,彭兆栋大感意外,那个女人更是慌张,忙不迭从榻上跳下来,手忙脚乱地差点碰翻了烟具。"你,你咋来了?"彭兆栋稳住神,从榻上坐起身子,故作镇静地问。

杨大姐没有回答他，而是瞅了那女人一眼。"这就是那个狐狸精吧？"她气呼呼地说。彭兆栋笑了笑，对那女人说："快叫太太。"那女子低眉顺眼赶紧叫了一声。

"贱货！"杨大姐骂了一声，连正眼也没瞧一下。

"瞧你，瞧你，你这是干吗啊？"彭兆栋满脸尴尬，一边示意那女人离开，一边转移话题道，"你啥时到的？怎么也不说一声，我派人接你去啊。"

"你少假心假意！"杨大姐气呼呼地说，"你干的好事，别当我不知道！"

杨大姐心直口快，泼辣能干。她是彭兆栋明媒正娶的正妻，而且育有三子——这是彭家仅有的三个男性后代——母以子贵，尽管后来彭兆栋又娶了四房姨太太，但杨大姐在家里地位仍是不可动摇，就连彭兆栋也不得不让她几分。

彭兆栋迎娶五姨太的消息其实和县老家那边早有风闻。这家伙好色是出了名的。所谓"寡人有疾，寡人好色"，正是他最好的写照。这些年来，除了寻花问柳，他不断娶妾。杨大姐开始坚决反对，后来见反对也没用，只好妥协。不过，她定下一个规矩，娶了四房后不准再娶了，彭兆栋起先也答应了，但现在他又看上了一个女人，决定要娶五房，这就违背了原定的规矩。为了这件事，彭兆栋颇伤脑筋，一直没法向杨大姐开口。

"好了，好了，"他息事宁人地说，"夫人息怒，我正要向你解释哩。"他一副讨好的模样，满脸堆笑地看着杨大姐。可杨大姐没容他往下说，便一下堵在前头。"你少废话，"她说，"这事门儿都没有。"

"啊，啊，你这是何必呢？"彭兆栋打起哈哈道，以往他也是采取这种办法连哄带骗，最终达到目的。但这次不行了。"你给我打住，"杨大姐毫不客气，"我们可是说好的，你说话得算话。"杨大姐由于占着理，声音越说越高，彭兆栋有些招架不住，正打算脱身，杨大姐忽然想起了正事。

"站住！"她说，"我还有事找你。"

"什么事？"

"我问你，你是不是把贺文贤给扣了？"

彭兆栋一愣："你打哪听说的？"杨大姐扭头朝门外招呼了一声："妹子，你进来。"当我奶奶走进屋里，彭兆栋全明白了。本以为今天杨大姐是为了那女人前来兴师问罪的，哪想到根本不是。如果说五姨太的事让他头痛，而我爷爷的事更令他棘手。事后，他气得大骂杨大姐："这个臭娘们，净他妈的多事！"

彭兆栋见到我奶奶，一时有些尴尬，但他惯于七屁八磨，对于这件事自有一套说辞。"抓？"他对我奶奶说，"啥呢？说啥呢？我怎么会抓文贤？妹子你别误会，老哥这是保护他哩。"他解释说，眼下的局势很乱，文贤的仇人又多，咱不能不防啊。他脸上堆起笑，摆出一副贴心知己的样子，一边让人端上茶水和糕点，一边向她分析形势，说是老段的政府快撑不下去，早晚要垮台，奉系、直系，还有冯大个子打成一团，谁也不服谁。"你看，就连徐树铮都被杀了，何况文贤呢？"他还向我奶奶表示，他与我爷爷有师生之谊，手足之情，岂能去害他？"我这都是为他好。"他说，"弟妹啊，你要相信我。"

可我奶奶根本不信。

"谁也不是傻瓜。"她后来对人说——保护？哪有这样保护的？鬼鬼祟祟的，连个招呼也不打就把人给截走了，而且下落不明，也不让见面——这明摆着是说假话嘛！他想蒙谁啊？但我奶奶也是见过世面的人，知道不能把事情闹僵，也不当面揭穿，而是顺着他的话说："彭大哥，眼下这世道，人心险恶，多提防一点没坏处。亏得大哥想得周到，把文贤保护起来。俺多谢你的好意，俺也代文贤谢谢你。不过，你把他放了，俺们自会小心。"

彭兆栋听了哈哈大笑，不以为然道："事情没这么简单！妹子啊，这事说来话长，一时也讲不清。总之，你听老哥一句话，这事不急，先让文贤在这里住几日，待局势平稳了再说。"他还口口声声说，这全是为我爷爷着想，"怎么着，你还不信老哥我吗？"

看着他那副虚情假意的嘴脸，我奶奶恨不得啐他一口。"他现在人在哪里？"我奶奶问了几次，彭兆栋都不回答，而是闪烁其词道："华章现在好得很，我让人每天好吃好喝地招待。你就放心吧，多年的老兄弟，我能慢待他？"他还说，他现在一个安全的地方，让我奶奶不必担心。可他越这样说，我奶奶越不放心。"那你让俺见见他好不？"她对彭兆栋说，按理这个要求并不过分，可彭兆栋却推托说眼下还是不见为好。

"这是为啥呢？"

"妹子啊，"彭兆栋搪塞道，"这都是为了稳妥起见，眼下知道文贤回来的人越少越好。"

"难道连俺都不能知道吗？"我奶奶反驳道。

彭兆栋一时理屈，半晌无语，随后又打起哈哈敷衍道："妹子啊，这事一时半会儿也说不清，你别问那么多，总之你听大哥的没错。"

见他百般推托，我奶奶紧张起来。"彭大哥，"她说，"你给俺句实话，你们到底把文贤咋了？"说着眼圈红了起来。彭兆栋知我奶奶误会了，便安抚她说别多想，啥事都没有，他现在好得很，我以个人名誉向你担保。可他的话听上去言不由衷，根本摆不到桌面上。杨大姐在一边看不下去了，认为这样推三阻四，毫无道理。

"香梅他们夫妻好几年不见了，为啥不能见一见？"她说，"就是囚犯还有探监的权利哩。"她的话音刚落，我奶奶的眼泪便止不住滚下来。"看来文贤出事了，"她说，"肯定是出事了！要不为啥不能让俺见一见？你心里是不是有鬼？"话说到这个地步，她已顾不上礼貌了，话也尖锐起来。彭兆栋大感头痛，劝也不是，发火也不是，急得站起来，抽身要走。

这时杨大姐不干了。"站住，你站住！"她说，"香梅大老远地来，你不能就这么打发了。她和我们是啥关系？你也清楚。凡事不能做绝了，否则天理不容！"

彭兆栋被缠得没法，最后只好松口了。

几天后，我奶奶终于见到了我爷爷。我爷爷又惊又喜，这次见面太重要了。我爷爷后来说，没有香梅，俺也许活不到今天。但更重要的是，我奶奶的出现还为北伐立下了大功。后来，彭兆栋得知这件事，差点连肠子都悔青了。

第八章 大 伯 | 1927 年

一

就在我奶奶前往蚌埠营救我爷爷时,我大伯不告而辞,离家出走了。

民国十五年,国民革命军出师北伐的消息传来,革命风潮席卷全国,也迅速波及了霍川。短短的几个月,霍川连续发生了"均粮""减租减息"和罢工、罢市活动。有的乡成立了农民协会,创办了工人夜校、贫民夜校和识字班。

北辰中学也热闹起来。学生们分成两派:一派是读书会,又称支持派,或革命派;一派是青年会,亦称反对派,或顽固派,两派相互对立。读书会和青年会成立之初,虽然观点对立,但表面上尚能和平相处。随着矛盾尖锐,双方开始针尖对麦芒,由动嘴发展到动手。当时加入读书会的多为一般家庭孩子,而青年会则相反,富家子弟居多。卫登辉是青年会的头儿,他常常指使手下故意挑衅,大打出手,这让我大伯很气愤。我大伯原本对政治并不关心,现在却主动要求加入读书会,这让费伊蓉、卢庆竹很高兴。

九月中旬,霍川铜矿爆发了大罢工。这次大罢工是由霍川县党组织领导的,在各界的支持下,罢工取得了胜利。就在大家欢欣鼓舞时,江淮保安师下辖的一个营奉命开进了霍川。气氛骤然紧张起来。有传言称,他们要对赤色分子动手。果然,没多久,一天晚上,该营在霍川自卫团的配合下，突袭了霍川铜矿，查封了工人俱乐部、补习学校等多处进步机构，拘捕了三十多名党团员和工人积极分子。其中俱乐部主任詹怀源等七人惨遭杀害。此事引起了社会极大愤慨，各类抗议活动此起彼伏，声势越来越大。

北辰中学也举行了罢课、游行等一系列活动，声援霍川铜矿。北辰中学早有CP（共产党）、CY（共青团）活动，但一直处于地下，随着革命风潮的来临，部分党团员开始浮出水面。令我大伯惊讶的是，费伊蓉竟是CY成员。不仅她是，就连卢庆竹、黄静雯等也是。卢庆竹家是上湾村的，父亲在铜矿做工。在我大伯眼里，他平时不则声不则气，并不显山露水。至于黄静雯，她与费伊蓉同班，同样也不起眼，就连平时说话也不多，没想到他们都加入了CY，这让我大伯既意外，又有些想不通。"怎么连他们都是了，俺还不是啊？"他去问费伊蓉，心里颇感不满。费伊蓉解释说，你要求加入组织，俺们举双手欢迎，但每个加入组织的同志都要经过考察，达到条件了才能加入。我大伯一听就不高兴了。"难道俺不够条件吗？"他说，"你倒说说看，俺哪点比他们差？"费伊蓉笑着说，加入组织首先要个人自愿。"俺自愿啊！"我大伯说。费伊蓉说，光自愿还不够，还得组织批准。"那谁是组织？俺去和他说。"我大伯更恼了。其实，加不加入，我大伯当时并不看重。让他难过的是，在费伊蓉心目中，他居然连卢庆竹、黄静雯都不如。这让他无论如何不能接受。

不久，由北辰中学领头，联合社会各界统一行动，声讨军阀暴行，并为死难的同志举行哀悼大会。这天，游行队伍声势浩大，上千人抬着棺材走过大街，高呼口号，要求严惩凶手，血债血还。北辰中学的史先生在城隍庙广场前发表演讲，声泪俱下，号召大家反抗暴政，打倒军阀，为死难者讨回公道。当局十分恼怒，频频向校方施压，要逮捕史先生等多名师生，但遭到涂校长的怒斥。

"你们可以逮捕我，"他说，"但不能逮捕我的师生。"涂校长并没有任何政治倾向，他也反对师生参加政治活动，但对当局的无理要求他坚决抵制。

眼看局势正在失控，当局决定强行抓人。计划将在一天晚上进行。费伊蓉得知消息，立即通知了组织。此时，已是日近黄昏，时间相当紧迫。可就在这节骨眼上，怎么也找不到史先生了。

史先生是霍川县支部的临时负责人。该县支部书记原是詹怀源，但詹怀源同志在敌人突袭铜矿时被捕牺牲。组织上决定支部工作暂由史传洲代理。这次霍川各界的抗议活动也是由他亲自组织领导的，敌人早已把他视为眼中钉肉中刺。

费伊蓉找不到史先生，只好去找老宋叔。老宋叔是学校的工友，他是北辰中学党小组组长。平时工作是打杂，包括修理水电、做些木工泥瓦工活计以及打扫卫生等等。老宋叔是个经验丰富的同志，听了费伊蓉的报告，首先询问消息来源是否可靠。费伊蓉说，这消息是卫登辉告诉她的，应该是可靠的。原来，卫登辉这天早上接到家里通知，要他尽快离开学校，因为当晚军警要有抓捕行动。为了避免误伤（枪弹可不长眼），他们通知卫登辉离校躲避。"必须在天黑之前离开。"家里来人说，并特别强调这事高度机密，对谁也不能说。然而，卫登辉还是没忍住，悄悄把消息透露给了费伊蓉。"他们要抓人了，"他把她叫到教室拐角处说，"就在今晚，共产分子一律杀头，你赶紧走！"他还做了个砍头的动作。

费伊蓉本来不想搭理他。看他神秘兮兮的样子，以为他又在装神弄鬼。可听他这样一说，便警惕起来。"你从哪来的消息？"她套他话说，卫登辉倒也没有隐瞒，还生怕她不信，把事情的来龙去脉说了一遍，并一再强调，这事千真万确，否则家里也不会这么重视，专门派人送信给他。不过，他也叮嘱这事可别外传。"俺谁也没说，只告诉你一个人。"

卫登辉这么做也许有示好的成分。尽管他为人虚伪，华而不实，但不可否认的是，在喜欢费伊蓉这点上倒是真实的。小树林打架发生后，费伊蓉找过我大伯，也找过卫登辉，对他说过和我大伯同样的话，即她已有心仪之人，是她的表哥，希望他今后不要因为这件事再产生误会。但卫登辉并不死心。"只要她一天不嫁人，"他说，"俺就一天不放弃。"青年会成立之初，他甚至动员费伊蓉加入。"别和那些穷鬼混在一起。"他还表示，如她加入青年会，愿把会长让给她，可费伊蓉一口拒绝了。即便如此，他仍然放不下费伊蓉。在他看来，作为读书会骨干，费伊蓉肯定会在抓捕的名单上。他有些于心不忍，便把消息悄悄递给了费伊蓉。

老宋叔听了费伊蓉的讲述，认为这个消息可信度很高。卫家地位显赫，与各方关系盘根错节，包括军警在内。这消息不可不信，亦不可不防。他当即吩咐费伊蓉尽快通知党团员积极分子撤离学校。"动作要快，行动要隐秘。"他特别叮嘱说。至于史先生，老宋叔说由他来通知。

费伊蓉把老宋叔的意见传达下去后，撤离工作迅速展开。天黑之前，学校里的同志大多接到通知，离开校园。最后，费伊蓉、卢庆竹等五六位同学也撤到卢庆竹家里。这里是铜矿工人聚集区，比较安全。令人不安的是，始终没有找到史先生，整个校园几乎找遍了也不见他的踪影，大家十分焦急。

"他能去哪呢？"

"该不会出事吧？"

"不会吧。"

"那咋一点消息也没有？"

就在大家议论纷纷，为史先生担心之时，我大伯坐在角落里，一声不吭。"你咋啦，廷勇？"费伊蓉注意到了，问他。

"没咋啊？"我大伯没好气地说。

"没咋？"费伊蓉说，"那为啥一句话不说啊？"

卢庆竹说："他是气你哩。"

"气俺？"费伊蓉感到有点摸不着头脑，"俺哪里得罪你啦？"我大伯这时开口道："俺问你，你和卫登辉啥关系？"

"啥关系？没啥关系啊？"

"那他为啥告诉你？"

"告诉俺？你说啥事啊？"费伊蓉被他问得莫名其妙。

"抓人的事,"我大伯说,"他为啥谁也不告诉,偏要告诉你？"

"这俺咋知道？"费伊蓉听他话中有话,便不悦道。

"得了吧,"我大伯说,"你不要揣着明白装糊涂。俺问你,你是不是一直和他暗中有来往？"这话问得有些过分了。费伊蓉恼了:"是又咋样？"

"还咋样呢？"我大伯说,"俺得提醒你,你要注意立场,不要连俺这个啥也不是的群众都不如。"

费伊蓉又好气又好笑:"你瞎说啥呢？"

"俺可没瞎想,"我大伯说,"你私下里和敌人来往,就是不注意立场。"费伊蓉没想到我大伯还当真了,便沉下脸来说,俺咋不注意立场了？俺要不注意立场,能把这个消息通知大家吗？这都啥时候了？你还这么七不靠谱八不着调的,像啥话呢？她一通数落,说得我大伯无言以对,扭过头去不吭声了。"好了,好了,"卢庆竹这时打圆场说,"这都火烧眉毛了,快别扯那些没用的了。"

正说着,老宋叔进来了。他满头大汗,一进门就忙不迭地问起情况,听说大家都撤出来了,便松了一口气。不过史先生仍没找到。老宋叔分析说,他可能不在校内。"俺已做了安排,"他接着说,"大门、后门都派了人,只要一见史先生,马上通知他。"说完这话,老宋叔又匆匆走了。他要把这个情况立即向上级报告。

安定下来后,大家都感到肚子饿了。这时已是晚上七点多钟,卢妈妈煮好了粥,大家就吃起来。正吃着,黄静雯到了。她是老宋叔安排在校门口守候史先生的几个学生之一。"坏了,"她说,一边抹着脸上的汗一边说,"史先生回住处了。"

"咋会的？"费伊蓉说,"你们不是在守着吗？"

"可不是,"黄静雯说,"俺们一直在守着,前门、后门都有人,半刻也没离开。"

"那他是咋进去的?"

"谁知道呢?"

后来才得知,原来那天史先生根本没出校门,他被涂校长找去谈话了。自从学运发生后,学校秩序大乱,涂校长很不满意,尽管他思想开明,但并不赞成在学校搞政治运动。他把史先生找去,要求他立即停止各种政治活动,否则只能将其解聘。

"我并不想这样,"涂校长说,"我知道你是个好教师,但目前这个局面下,我不能不为我的学生们考虑。他们还年轻,我不能看着他们白白送命。"他还向史先生透露,当局已多次向学校施压,要他交出赤色分子,他当然不会同意,作为校长他会尽量保护师生。"不过,我的能力很有限,你也清楚。"他摊开双手,耸耸肩。

史先生明白他的意思,当即表示他会离开,不会让他为难。涂校长有些伤感,也有几分不舍,坚持留下史先生共进晚餐,算是为他饯行。由于涂校长住处在校内是一个单独院落,比较僻静。老宋叔找遍了学校,偏偏把这里给漏了,等到史先生回到住处才被发现。

这个情况非常糟糕,再要进校通知恐怕已来不及了。即使通知到了,要想脱身也难上加难,因为学校周围早已布满特务,大批不三不四形迹可疑的人出现在校园附近——这是抓捕的前奏。上次敌人突袭矿山就是如此。黄静雯和守在学校门口的同学不敢贸然行动,便让黄静雯赶紧前来向老宋叔报告,不巧的是,老宋叔刚在十几分钟前离去。"这可咋办啊?"大家都着急起来。有人提议去追老宋叔,但时间已不允许。

"快想办法啊!"费伊蓉急得直跺脚,眼泪都快流出来了。但大家都无计可施。这时费伊蓉站起来说:"不行,哪怕再危险,也得通知史先生。"说着起身要走。

"你去哪里?"卢庆竹说。

"俺去学校。"

"别乱来!"

大家把她拦住了,说你这样蛮干,不仅救不了史先生,还会把自己也搭进去。"那你们说咋办?"费伊蓉说,"难道眼睁睁看着史先生被抓?"

"别急!"就在这时,一个声音从角落里传来。大家看去,说话的是我大伯。刚才他和费伊蓉吵了一架,心中有气,便坐在角落里一直没吭声。但现在到了节骨眼上,他不能再赌气了,况且他也不能眼看着费伊蓉去冒险。"俺有个办法,可以试试。"他说。

"啥办法?"

"快说说!"

我大伯一说,大家都赞成。"其实,当时也没有更好的办法。"我大伯后来回忆说,"只能按俺说的试试。"临走时,大家一起把他送到门口,费伊蓉更是一再叮嘱:小心,小心,再小心。我大伯看着她满脸牵挂的神情,心里忽然一阵感动。"没事的,"他安慰她说,"俺不是组织上的人,就是抓到了也不怕。"

二

那天晚上,史先生被顺利地救了出来,我大伯立了大功。

据他说,北辰中学是由北辰书院改造的,前后有十几个院落,错落有致,布局复杂。涂校长为了发展体育,特地在校园的东边修建了运动场。这里是后来扩建的,原是一块荒地,约有十来亩地,孤立于学校原先的规划之外。修成之后,四周加了围墙,与原有的校园之间有一道小门相连,白天可以通行,晚上则加锁关闭。

我大伯常来运动场锻炼,对周围环境极为熟悉。由于围墙系土坯所垒,日久松动,有人为了抄近路,便在墙上掏了一个洞,从这里可以钻进钻出,我大伯也经常这么干。学校发现后,一度做过修补,很快又被掏开。因为围墙周边杂草丛生，那个洞倒也隐蔽，外人不易觉察，结果帮了大忙。那天晚上，我大伯就是从那个洞钻进学校。之后，又借着夜色，避开特务的监视，神不知鬼不觉地把史先生带了出来。

这事说起来简单，整个过程也有惊无险，但当时的情况极为紧张。据我大伯说，在他走后，费伊蓉她们分头找到老宋叔，考虑到事态严重，组织上做了最坏打算。由老宋叔领了几个同志当即赶往学校。他们带了武器，准备不惜代价救出史先生。可没等他们赶到学校就得到消息，史先生已经脱险了。

敌人的抓捕行动彻底告吹，北辰中学的党团师生都逃过一劫，避免了铜矿惨案的再次发生。我大伯由于营救史先生脱险，成了英雄。当他带着史先生回到安全地点时，早已等候在那里的费伊蓉一下子扑上来紧紧抱住他。"廷勇你真是太伟大了！"她激动得泪流满面。我大伯心里甜滋滋的，颇为得意。"咋样？"他问，"俺现在算不算够条件了？"费伊蓉破涕为笑，抹着眼泪说："算是算，但你也别骄傲，谦虚谨慎才能永远进步。"

史先生对我大伯的表现也相当满意，称他小小年纪，临危不惧，让人刮目相看。抓捕事件发生半个多月后，党组织决定选派一批党团员骨干前往武汉，一是为了保存革命力量，二是为了培训提高，以便今后回来更好开展工作。党组织在拟定名单时，史先生便想到了我大伯。之后，组织就派费伊蓉去征求我大伯意见。费伊蓉说这是组织的安排，但去不去由个人决定。但是，由于局势险恶，出发前必须严格保密，对谁也不能说，包括家里。我大伯有些迟疑。那段日子，我奶奶前往蚌埠找我爷爷还没有消息。如果他一走，这不是给家里添乱吗？费伊蓉看他不说话，便重申这事不勉强，可以选择去也可以选择不去。我大伯问都有哪些人去，费伊蓉说："别问那么多，这是组织上掌握的事。"

"那你去吗？"我大伯又问道。

费伊蓉点点头。

"你去俺就去。"我大伯不再犹豫了。

"你这叫啥话吗？"费伊蓉笑道，"俺们去武汉是为了革命，难道俺不去你就不革命了？"我大伯说，这不是一回事嘛。你去是革命，不去也是革命，俺跟着你有啥错吗？"你少贫嘴，"费伊蓉说，"你倒会狡辩。"

不久，前往武汉的名单批准下来。都是经过挑选的党团骨干和积极分子，共有二十一人。在史先生的带领下，从霍川悄悄出发。

按照事前的要求，我大伯走时谁也没说。这是组织的要求，目的是防止这些同志的家属遭到迫害。等到我奶奶从蚌埠回来后，发现我大伯失踪了，大为紧张，以为有人对我大伯做出不利举动。灭门案发生后，贺、卫两家彻底翻了脸，我太叔爷贺恺年也曾遭到暗算，加上我爷爷这些年结下的仇敌也不少，因此极为不安。她找人四处打听，常常在夜里独自抹泪，直到接到我大伯的来信后才松了一口气。"这个小兔崽子！"她气得大骂，"从生下来就不省心，俺这条老命早晚要被他交待了。"

一九二六年十月，北伐军攻占武昌，这里成了革命的大本营。出发前，我大伯加入了共青团，介绍人是费伊蓉和卢庆竹。到达武汉后，他们又顺利考入黄埔军校武汉分校（后改为中央军事政治学校）。放榜那天，大家围在公告前，兴奋不已。史先生也很高兴，说霍川来的同志很争气啊，没给我们丢脸，这么短的时间，成绩考得都不错啊。

据我大伯回忆，他那年十七岁（报名时虚报了一岁，这才顺利入学）。军校地点设在两湖书院旧址，大门正中写着"天下为公"四个大字，大门两旁是一副对联，上联为"军纪如山"，下联为"党纪如铁"，皆为孙中山先生的训词。学员们进校后，先是集中培训三个月，然后转为正式学生。

转正那天，发下军装。大家高兴极了，纷纷换上崭新的军服，扎上皮带，打上绑腿（开始谁也不会打，后在学校老师的指导下才逐渐学会），胸前别着军校的标志，上边写着各自的名字。女生一律剪了短发（这也是革命的标志），换下从家里带来的衣裙、旗袍等，顿时焕然一新。当费伊蓉穿着军装走到我大伯面前时，我大伯简直惊呆了。

"俺的天！"他惊呼一声。

"咋啦？"

"好看。"他说，"神仙都要嫉妒了。"

"是吗？"她娇嗔道，"你过去不是说俺留辫子好看吗？"

我大伯说："你哪样都好看。"

费伊蓉过去留辫子，两条辫子乌黑乌黑的，我大伯不知夸过多少次，不过现在剪了辫子，显得更加精神，我大伯倒没说假话。

"你少油嘴！"

费伊蓉得意地双脚一并，还抬手行了个军礼。黄静雯这时叫了一声："贺廷勇，你眼睛长钩啦？光夸伊蓉，没见到俺啊？"

我大伯说："你哪用俺夸啊？有竹子哩！"

"去你的！"黄静雯脸一红。

卢庆竹从一边走过来问："啥呢？你们说啥呢？"我大伯逗他说："静雯等你夸她哩。""夸她？"卢庆竹反应一向较木，傻傻地看着我大伯，"夸她干啥？"瞧着他那副迷盹劲儿，在场的几个人都大笑起来。黄静雯冲着卢庆竹嗔道："你个孬子！"又对我大伯说："贺廷勇，你少使坏！"

发下军装第二天，便举行了开学典礼。典礼很隆重，参加者有五千余人，军校领导邓演达、恽代英等都出席了典礼。当时正值国共合作期间，军校领导人有国民党，也有共产党。恽代英是著名的共产党人。他的演讲水平很高，在典礼上慷慨陈词，激情澎湃、铿锵有力，让学员们热血沸腾，会场不断响起热烈的掌声和海潮般的口号声。

"打倒军阀！"

"打倒帝国主义！"

"国民革命胜利万岁！"

典礼最后还举行了检阅。学员们列队通过主席台,步伐整齐,威武雄壮。我大伯激动得不能自已。当晚在笔记本上一挥而就,一口气写下了六首诗。其中一首他最为满意:

> 两湖雷动震层霄,
> 旗卷鼓鸣意气豪;
> 任凭天下云乱涌,
> 热血满腔化狂涛。

第二天,他兴冲冲地捧着笔记本去找费伊蓉,名为请她指教,实则是想显摆一番,可一见费伊蓉,没等他开口,她倒抢先了。"表哥来信了!"她说,晃着手中的信,满脸的兴奋难以掩饰,"他们从湖北打到河南了。"她还把信的内容高声读出来,与我大伯分享。

费伊蓉表哥在贺龙领导的独立第十五师任连长,北伐开始后,该师打得十分神勇,攻必克,战必胜,被外界誉为"钢军"。费伊蓉很为表哥自豪,对于十五师战绩更是由衷钦佩。每次表哥来信,她都眉飞色舞,激动不已。这一次也不例外。"北洋军阀就要完蛋了,胜利指日可待!"她表哥在信中写道,他还鼓励她努力学习,为民族解放事业而奋斗。"吾妹,我亲爱的吾妹,等革命胜利那一日,哥就会来到她身边,两厢厮守,直至永远。"他的语言激情似火,并称如今我们天各一方,但我们的心永远不会分离。在信的结尾,他还用英文连写了三个词:Victory! Victory! Victory!

我大伯看了,既为费伊蓉高兴,又有些索然。他本来想把写好的诗拿给她看,这时也没了情绪。可费伊蓉一点也没觉察,仍然沉浸在幸福之中。

开学典礼后第一个星期天,费伊蓉提议大家去照相馆照相,立即得到了响应。我大伯知道她的心思,她是想把自己穿军装的照片寄给表哥，对此她也毫不掩饰。"表哥看了，肯定认不出我了。"她说。

黄静雯说："别烧包了，肯定喜欢死了。"

"那是啊！"卢庆竹这回反应倒快，"革命的同志加爱人嘛！"他说，"廷勇，你说对吧？"

我大伯说："你少转文，酸溜溜的不嫌倒牙啊？"

三

军校的生活紧张、艰苦。每天天不亮，起床号一响就要起床，先是整理内务，然后出操，上午和下午进行军事训练，有时上政治课和军事课，晚上点名训话，熄灯号响起后立即上床睡觉。训练课目有队列、射击、刺杀、格斗，还有急行军、登山、涉水等等，难度很大，要求严格，不论严寒酷暑，刮风下雨，雷打不动。有人吃不消，中途打退堂鼓，开小差了，但霍川来的同志除了一个因生病被送回去外，大多坚持下来。

史先生对此很满意。史先生名叫史传洲，字江淼，他不是本地人。据他自己说，他自幼在合肥长大，曾在芜湖求学，后去日本留学，经历十分丰富。他来北辰中学求职时，已经三十七岁。涂校长亲自面试（凡来本校应聘的教师概莫能外），要求极为苛刻，有时谈不了几句便挥手Pass。不论你背景如何，学历多高，他都不在乎，他看重的是真才实学。学校里教国文的宗先生，教历史的夏先生，啥学校也没进过，亦无功名，但人家有本事，涂校长照样OK，待若上宾。他对史先生也相当满意，认为他的学识、谈吐，都高出常人。两人一见如故，谈得十分投机。

然而，史先生应聘后，课虽讲得好，也受到学生的欢迎，但他热衷于政治，又让涂校长不满。涂啸寰认为，作为学术，马克思主义可以自由研究，共产运动也可以研究，这倒没什么不可，但作为政治运动那就是另一回事了。尤其是公然与政府为敌，尽管这个政府极为腐败，但学生的任务是学习，改造政府不是学校的任务，而且鼓动学生用生命去冒险，他也极不赞同。因此几经考虑，决定解聘他。就在他劝说史先生主动提出辞职的当天晚上，军警派兵包围了学校，虽然一无所获，还是让涂校长惊了一身冷汗。

史传洲是霍川党史上载入史册的人物。他是霍川县党组织的创始者之一。早在芜湖省立第二甲种农校上学时，史传洲就加入了马克思主义小组。第二甲种农校的前身是大名鼎鼎的安徽公学，早在辛亥革命前后，这里就名家荟萃，革命志士云集。陈独秀、黄兴、柏文蔚、陶成章等都曾在该校任教或讲学。这种革命传统一直存续下来。史传洲深受熏陶。从农校毕业后，他前往日本留学，回国不久便加入了共产党。这期间，他一度到上海大学社会系任教。上大是一所国共合作期间创办的，以共产党人为骨干，以培养革命干部为目的的学校，大批著名共产党人在此任教。史传洲在这里结识了瞿秋白、蔡和森、张太雷、蒋光慈等同志。一九二四年底，他受命去霍川创建党组织，利用北辰中学文科教师的身份，联络在铜矿工作的詹怀源秘密成立了霍川历史上第一个共产党支部，成立的地点就在铜矿山附近的大王庙。当时支部成员只有六人。詹怀源被推举为书记。詹怀源牺牲后，史传洲继之。从党史角度看，他的贡献非常大。他虽然不是第一任书记，但在推动建党上起到了至关重要的作用，而且推举詹怀源为书记，也是由他提议的。值得一提的是，史传洲并非霍川人，但当初来到霍川开展工作却是他主动提出的。他为何如此，当时很多人并不清楚，直到后来才知道这里边还有一个鲜为人知的重要原因。

史先生的身份暴露后，为了安全起见，上级指示他选派部分骨干前往武汉培训，以迎接革命高潮的到来。当时，黄埔武汉分校在武汉成立，同时农民讲习所也相继开办。从霍川来的骨干一边在军校学习，一边参加农讲所培训。据我大伯说，他在农讲所听过毛主席讲课，那是他第一次见到毛主席。史先生到武汉后，根据党组织安排，前往湖北省总工会工作。尽管如此，他还经常抽空来看望大家，鼓励同志们吃苦耐劳，努力学好本领，提高思想水平。"机会难得啊。"他说，"你们都是组织上千挑万选出来的，是革命的种子，将来肩负大任，现在吃点苦没啥。我希望霍川来的同志个个都是好样的，没有一个是孬种。"大家都说好，请史先生放心。

军校的生活尽管艰苦，但我大伯并不害怕，让他不满的是一些军官、教官军阀作风严重，动辄打骂学员。比如，他们学员队的褚队长就是一个喜欢打骂学员的家伙。我大伯对他十分反感。"打你怎么着了？"他开口就是那一套，"慈不掌兵，好铁是打出来的，好兵也是打出来的。"有一次训练射击，我大伯端枪瞄准，时间久了，胳膊有点发酸，刚放下来，他恰好来到身边，二话不说上去就踹了两脚，嘴里还不干不净地骂："小狗日的，少给老子耍滑！"还有一次出操，我大伯由于受凉发烧，身体不舒服，打不起精神，他又是二话不说，上去就是两个大耳刮子。"你他娘的像个瘟鸡似的，哪像个当兵的？"我大伯恨死他了，好几次差点和他动手。史先生听说了这件事，便开导他，说这些旧军官，需要慢慢改造，但他有真本事，咱们就得学。他说："凡事要看大局，不要计较小事。我们干革命连死都不怕，还怕受不了这些委屈吗？"

我大伯听他这样说，心里慢慢释然。打这，他不再计较褚队长的态度，相反更加认真训练。我大伯身体强健，从小就是体育能手，加上头脑灵活，学东西又快，很快崭露头角，各科测试均名列前茅。不久，褚队长开始喜欢上我大伯了，常常夸他，说这小子真不赖，给老子长脸。有一次实弹射击，我大伯打了二十九环（三颗子弹满分三十环），全队最高。褚队长咧开大嘴乐得合不拢，说这龟孙子有两下子，是块好料。晚上他还把我大伯叫到队部，给他倒了满满一碗酒，以示奖励。

褚队长名叫褚良田，是广东韶关始兴县人，毕业于广西讲武堂，曾在粤军任连长，虽然军阀作风严重，但军事上有一套，管理严格，一丝不苟。我大伯说，他这人并不坏，也挺讲义气，就是脾气太糟。学员们没一个说他好的。

那期间，前方不断传来北伐军节节胜利的消息，武汉革命热潮达到顶点，工人运动和农民运动也如火如荼，满城到处可见革命队伍，除了背着枪支的革命军人，还有扛着梭镖大刀的工人农民。大街小巷，红旗招展，到处贴满了革命标语，响彻着"打倒列强，打倒列强"的歌声。一月间，军校宣布了武汉革命政府收回英租界的决定，军校学生立即走上街头，进行演讲和宣传鼓动。女生队还排练了活报剧。这是费伊蓉的强项，她亲自编写脚本，上街演出。她还拉我大伯一起朗诵蒋光慈的诗歌《新梦》：

  长江的水啊，
  终究流到海洋里；
  阴沉的夜啊，
  终究是要破晓的！
  ……
  听啊！
  鸟声喧喧，
  好像唱着生命之歌。
  我今后的灵魂啊，
  永在这春光灿烂的空间里飞跃！

那是一段激情如火的岁月，我大伯和费伊蓉等同学几乎每天都沉浸在沸腾的生活和对革命胜利的向往中。他们全身心地投入学习，热烈拥抱生活，让生命不断放射出璀璨的光华。然而，让他们无法预料的是，一九二七年三月，气氛骤然转变。国共两党开始发生抵牾，在报章上相互指责。中山舰事件发生后，摩擦日益加剧。军校里的学生也开始分化。有人组织孙文主义协会，公开指责工会图谋不轨，农民协会无法无天，斗地主是野蛮人行径。这些右派言论理所当然地遭到革命同学的抵制，双方唇枪舌剑，逐渐分裂。

有一次集会，右派学生公开指责马克思主义不适合中国。费伊蓉立即进行反驳，她说马克思主义是科学，而科学是不分国界的，既然能救俄国，为什么不能救中国？她慷慨陈词，言之有据，驳得对方哑口无言。这时有个留着分头的学生跳上台来，大叫着说："俄国给了你们什么好处？大家不要听她的，他们早被卢布收买了！"

台下响起笑声。

"你胡说！"费伊蓉气得满脸通红，"你说我们拿了卢布，你有证据吗？没有证据就是信口雌黄，血口喷人！"

"哈哈，他们不敢承认了。"那人高声道，"这还用证据吗？你们听听，她的话中不全都带着卢布味吗？"

会场一片哄笑。这下，辩论的气氛完全被他搅乱了。费伊蓉虽然满肚子道理，但面对这种无理取闹、胡搅蛮缠，一时束手无策，无法应对。右派学生欢欣鼓舞，有人开始鼓噪、吹口哨。费伊蓉急得眼泪直打转，卢庆竹这时在台下喊："他们这是污蔑，不讲理！"那个分头满脸得意，反唇相讥："嚯，瞧啊，又来了一个拿卢布的。"

台下再次响起笑声。

"静静，静静。"这时我大伯跳上台去。他做了个手势，让大家安静下来。"同学们，你们听明白了吗？"他提高嗓音说，"他这不是在侮辱我们，而是在侮辱中山先生！"

"谁侮辱中山先生了？"那个分头说。

"联俄、联共、扶助农工，这是孙中山先生制定的三大政策。"我大伯说，"难道中山先生也拿了卢布，也带着卢布味吗？"

这一问，把那人问住了。

"对啊！"

"说得对！"

台下有人附和。卢庆竹抓住机会喊起口号："谁反对孙先生就是反对革命！""打倒军阀走狗！""打倒帝国主义的爪牙！"左派同志一片响应，口号声声，局势顿时逆转。事后，费伊蓉对我大伯说亏你脑子快，俺当时都蒙了。我大伯说，跟这种人你不能讲理，他狡辩你也狡辩，他讲歪理你也讲歪理。卢庆竹点评道："廷勇说得好，以其人之道还治其人之身。"他还说，理论上廷勇不如伊蓉，但辩术上伊蓉不及廷勇，两人结合，完美无缺。

进入四月，局势更加恶化。先是从赣州传来惨案的消息，让人感到震惊。有一天，我大伯他们上街，黄静雯眼尖，第一个看见史先生，便高兴地叫起来。

"史先生，史先生。"她大声叫道。史先生听见叫声，也看见了我大伯他们。他对跟在身后的两个人说几句什么，然后便朝这边走过来。

"大家好啊。"他一边打招呼，一边与众人握手。自从春节后，史先生便没有和大家见过面了。那段时间，他工作特别忙。有一个礼拜天，我大伯他们约好一起去总工会看望史先生，到了那里也没见着人，大家都很想念他，也有很多困惑想听听他的见解。史先生说他也很挂念大家了，有些话也想和大家说说。于是，便进了路边的茶馆，叙谈起来。

那天，除了我大伯、费伊蓉、卢庆竹、黄静雯外，还有另外两个霍川来的学员，都是自己的同志，说话也没有拘束。"眼下的情况不容乐观。"史先生首先分析了形势，认为赣州惨案发生不是偶然的。无独有偶，在这之前，蒋介石还炮制了中山舰事件。"这是一个危险的信号，"他说，"我党同志必须提高警觉。"费伊蓉问："那我们该咋办？"史先生说："领导们现在也有分歧，我们还在等待进一步指示。不过，大家不要怕，也不要慌，要相信党，相信中央，相信共产国际。"他还鼓励大家坚定信念，任何时候都不要动摇对革命的信念，更不能畏惧退缩，哪怕牺牲生命，也要永远跟党走。大家都表示，请先生放心，自从参加革命那天起，就已把生死置之度外。史先生很高兴，临分手时，还叮嘱诸位要紧密依靠军校的党组织，相互团结，相互照顾，最后的胜利一定属于革命。

第九章　小姑爷爷　| 1927 年

一

龚雨峰成为我小姑爷爷是在民国八年。当时他的发妻已过世三年，而我小姑奶奶仍待字闺中。我查过二〇一五年新修订的族谱（老谱中女不入谱，但新谱与时俱进，女儿女婿亦入谱，这给我带来了很大的方便），我的小姑奶奶贺惠贤生于光绪二十五年，嫁给龚雨峰时已经二十岁。这在旧时已属老姑娘之例。据说家中曾给她提过一门亲，男方家境不错，本人留过洋，在上海办洋务，我小姑奶奶对这门亲事倒也满意，可不幸的是，还未过门男方便因车祸而亡。这件事对我小姑奶奶打击很大。此后很长时间她都拒绝再提亲。当然也是没有碰到令她心仪的人。我小姑奶奶心性很高，一般人难入法眼。但她见到龚雨峰后却一见钟情。

龚雨峰一表人才，相貌出众。他与我小姑奶奶是在北京相识的。当然，他们的相识不是偶然的，而是我奶奶牵的线。"俺看他俩挺般配的，"我奶奶说，"眼看着惠贤年龄一天比一天大，全家都很着急，于是俺就想着给他们撮合撮合。"在这之前，我奶奶也帮她张罗过几次都没有成功，这一次，也是抱着试一试的想法，把我小姑奶奶叫到北京。原以为要费一番口舌，可我小姑奶奶在见到龚雨峰第一面后，便动了心。我奶奶征求她意见时，她只说了一句"也不知人家心里咋想的"。我奶奶一听知道有门，便兴冲冲地告诉我爷爷。我爷爷高兴极了，连声说好。他对龚雨峰一直欣赏有加。本来他还担心，龚雨峰娶过老婆，而且有两个女儿，惠贤不一定能接受，没想到事情顺利得让他有些意外。"好，太好了，"他连声说，"俺这个小妹有眼光！"据族谱记载，龚雨峰是光绪二十三年生人，那一年二十三岁。

我爷爷认识龚雨峰是在日本流亡期间。由于秘密军校的开办，我爷爷那段时间十分忙碌，经常是军校和基地两头跑，业余时间则潜心研究军学。他认为国民党败就败在军事上。要想打败袁世凯，取得革命胜利，就必须加强军事力量。国民党内不少人都赞成他的想法，于是创办了秘密军校。为了培养革命的军事人才，我爷爷废寝忘食，付出了极大的心血。他还为学校提了四句口号："十年教训，君子成军，九世复仇，再造英才。"

革命党对开办基地十分重视。孙中山先生亲自接见过基地学生，黄兴也来基地讲过话，并当众做过射击示范。据我爷爷说，报考基地的学生有一百三十二名，都是经过严格挑选的。其中安徽五名，龚雨峰便是五名中的一个。他身材颀长，五官端正，目光清澈，是个看上一眼便能给人留下印象的英俊青年。他是日本名校早稻田大学的留学生，专业是法科。我爷爷问他为何要来学军事，他的回答是："学有所用。"我爷爷一听，觉得他的回答很特别，于是和他攀谈起来。

"难道学法科没用吗？"我爷爷问。

"目前是如此，"龚雨峰回答，"因为中国根本没有法律可言。"

我爷爷好奇地问他，既然你这么想，当初来日本留学为何不直接报考军校而报了法科，龚雨峰解释说，那不是本人的意愿，而是他爹的想法，如若不从，他连日本也来不了。他还告诉我爷爷，他爹在省里做过副议长，热衷于议会制度，一心想用法律改造中国，但这只是一厢情愿，压根儿行不通。"他简直太幼稚了！"说到这里，他竟快活地笑了起来，好像为自己骗了老爹而好不得意。"这小子！"我爷爷一下子对他有了好感。

打这，他开始留心龚雨峰，发现他天资聪颖，学习刻苦用功，门门功课名列前茅。尽管他为人和善，行事理性，但忠勇可靠，雷厉风行，行动力和执行力极高。在我爷爷看来，他具有一个优秀指挥官必备的潜质，只要假以时日，定堪大用。

民国三年冬，这是我爷爷流亡日本的第二年。有一天，他去一家公馆参加革命党聚会。会上由于意见分歧，发生激烈的争吵。二次革命后，对于失败原因，党内看法各不相同。有人认为这是敌我力量过于悬殊造成的，也有人指出这是党内组织涣散，不听指挥，缺乏纪律所致。两种观点十分对立。我爷爷一直认为，失败的原因不在外部，而在内部："打败国民党的不是袁世凯，而是俺们自己"。他坚决支持孙中山的主张，认为有必要发起第三次革命，反对消极避让。但他的观点并没有得到大多数人的支持，这让他的心情十分郁闷。

由于心情不好，会一散他便走了，连聚餐都没有参加。刚走到门口时，迎面走来几个女青年，都是学生打扮。我爷爷也没有在意，便走了过去。这时忽然有人叫了他一声：

"这不是华章吗？"

我爷爷扭头一看，只见一个女生站在那里看着他。她穿着白衫黑裙，在夕阳的映照下亭亭玉立。我爷爷愣了一下，随后便认了出来。"雨珠！是你吗？"他惊喜道，"你也来日本了？"

"嗯，刚到，我正要找你哩。"

"郑大哥还好吗？"

"好。"

我爷爷高兴极了。龚雨珠是郑先滔的夫人。她是安庆人，出身官宦之家，在家被称作七小姐。郑先滔在安庆讲武堂时，曾带我爷爷去过她家。民国建立后，她与郑先滔在安庆订婚，我爷爷也出席了订婚仪式。民国二年，吴先生在北京被捕，郑先滔进京营救，此后他们便失去联系，我爷爷一直很牵挂他。

他乡遇故知，而且是他最想见的人，我爷爷喜不自禁，满肚子的话要问。雨珠是来找人的,和她一起来的几个女青年也都是刚从国内出来的。我爷爷和她约好在对面的咖啡馆见面,过了一会儿,雨珠便来了。转眼快两年了,他们都有太多的事情要问,有太多的事情要了解。于是刚坐下,便迫不及待地聊起来。

雨珠带来了一个坏消息,营救吴先生的行动失败了。郑先滔他们到北京活动了很长时间都没有结果。袁世凯始终不肯放人。就在一个月前,吴先生旧疾复发(他患有严重的肺病),导致大出血,送至医院时已经晚了。我爷爷听到这里,气得一捶桌子。由于用力过猛,桌上的咖啡杯都跳了起来。周围的客人都惊讶地扭过头来看着他们。龚雨珠示意我爷爷冷静,他才意识到自己动作太大,马上按捺住情绪。"这是袁世凯犯下的又一罪行!"他压低声音说,随后陷入了深深的悲伤之中,好长时间没有说话。

"俺很难受。"我爷爷后来对我奶奶说。吴先生被捕后,袁世凯对他软硬兼施,他就是不肯妥协,派人送去的总统府顾问的聘书也被他撕得粉碎。"他是坚定的革命者,真正的战士!"我爷爷说。他还记得他最后一次去安庆对他们说的话,要他们坚定革命信心,战斗到底,可没想到出师未捷身先死,怎不让人悲从中来?长久以来,吴先生在我爷爷心中就如同导师和父亲,他的死让我爷爷很长时间难以平静。

"别太难过了,"龚雨珠安慰我爷爷说,"失败是暂时的。先滔说得对,我们肩负的责任更大了。吴先生在狱中对先滔说,他个人死不足惜,历史的前进就是无数人用鲜血换来的。他希望我们继承他未竟的事业,继续走下去,决不可半途而废。否则,他的血就算白流了。"雨珠还告诉我爷爷,吴先生不止一次地问到他,"特别是安庆撤退后,与你失去了联系,他很担心你啊。"我爷爷听了十分感动,眼中涌起了泪花:"俺不会让他失望的。"

之后,他们又谈起了别后的各自情况,话题渐渐愉快起来。雨珠也带来了好消息,那就是她和先滔已经完婚了。过几天,先滔也要来日本。

"太好了！他啥时到？"

"就这两天，"她说，"我已接到他的电报了。"

我爷爷说："俺们好久不见了，真想他啊！"

据雨珠说，癸丑之役后，袁世凯变本加厉，进一步加强了独裁。有风声传出，他野心膨胀，甚至有称帝的打算。与此同时，他加大对革命党的搜捕，郑先滔也上了黑名单，被迫逃出北京。这次出国避祸前，他让雨珠先从香港走，自己则先去云南，另有任务，然后再绕道越南辗转日本，所以要晚到数日。至于是何任务，雨珠并不清楚，只知他去云南要见蔡锷将军的老部下。

两人正交谈间，咖啡馆的门开了，一个青年从外边走进来。雨珠老远伸出手向他示意。"姐，"那人到桌前叫了一声。"你怎么才来？"雨珠站起来，打算给我爷爷介绍。那青年却双脚一碰，做出一个标准的军人立正姿态，笔直地站在我爷爷面前。"龚雨峰？"我爷爷一愣。

雨珠有些意外。"你们认识？"她说。

"他是俺的学生。"我爷爷说。

"你学生？"雨珠疑惑地看了看我爷爷，又看了一眼龚雨峰，"怎么？你不是在早稻田吗？"

龚雨峰笑而不答，侧身在雨珠身边坐了下来。"姐，"他说，"你就别问那么多了。"看着她诧异的神情，他连忙打岔道，"你们怎么认识的？"他指的是她和我爷爷。

"我们可是老朋友了，"雨珠说，指了一下我爷爷，"华章与你姐夫关系可不一般了。"

"这么巧？"龚雨峰说，"这世界也太小了！转来转去，都转到了一起了。"

我爷爷也笑起来："天下还真有这么巧的事？哈哈，龚雨峰，龚雨珠——哎呀，"他一拍脑袋，"俺早该想到啊。"

"这究竟是怎么回事？"雨珠仍感不解。在她的追问下，龚雨峰报考地下军校的事自然瞒不住了。不过,虽感意外,但雨珠并不惊讶。"你呀,"她说,"我就知道你不会那么安生。"

"有其姐必有其弟嘛。"龚雨峰调皮道。

"你少贫嘴。"龚雨珠笑着说,"爹要知道了,准会担心死了。"

"那就瞒着他呗。"龚雨峰说。

"就你精明。"龚雨珠用手指点了一下他的额头,两人相视而笑。

二

郑先滔的到来使我爷爷心情大好。按我爷爷的提议,郑先滔租住的房子就在我爷爷住处的附近,两地相距不到五十米。这样来往方便,亲如一家。从郑先滔处,我爷爷了解到更多的情况。据郑先滔说,营救吴先生失败,使大家进一步认清了袁世凯的本质。癸丑之役后,北洋军阀的暴行和有关袁世凯称帝的风声不断传出,更是激起全国各界的强烈愤慨。"这是开倒车,背叛共和,是可忍孰不可忍!"郑先滔对我爷爷说。他还告诉我爷爷,离京前,他去拜访了蔡锷将军,蔡将军嘱他去云南联络反袁力量。因此,他离开北京后,便与雨珠分开来走,自己则绕道云南。"我们谈得很好,"郑先滔说,他指的是云南之行,"现在南方革命党都被打垮了,但西南几省还有一些力量,包括唐继尧都是可以争取的。我来日本后,已把这些情况向孙先生、黄先生报告。"

郑先滔的话使我爷爷预感到一场大的暴风雨正在酝酿,于是积极准备。民国五年,护国战争打响,我爷爷与郑先滔立即回国参战,龚雨峰也随同前往。当时随我爷爷回国参战的军校学生中有八十六人,战后仅存三人,包括龚雨峰在内,这让我爷爷十分痛心。然而,更让他失望的是,护法战争虽然取得了胜利,但真正的共和并没有实现。此后,军阀混战,争夺地盘。我爷爷逃出云南,回到老家后,龚雨峰一度返回日本,完成学业。直到我爷爷去陆军部供职后,龚雨峰去北京看望他。就在那一次,由我奶奶作伐,将我小姑奶奶介绍给了他。他们婚后住在天津,龚雨峰则由我爷爷推荐前往保定军校任教官。

民国八年秋,国内局势骤然紧张,直皖相争,剑拔弩张,战争风云开始笼罩。令我爷爷没想到的是,他的机会竟然来了。

民国九年元旦刚过,陆军部就发布了一项任命,任命为我爷爷为长江上游警务军直辖独立旅旅长。据说,这项任命是由陆军次长徐树铮向段祺瑞建议的。徐树铮原先一直对我爷爷有疑虑,不敢用他带兵,原因是我爷爷早年参加过革命党,让他不大放心,但当时直皖对立,形势严峻,战争随时都可能爆发。鉴于长江流域皖系力量薄弱(这里向为直系所把持,江苏李纯、江西陈光远和湖北王占元号称"直系三督",实力雄厚),段祺瑞决定扩充长江上游警务军,以与直系抗衡。由于急需得力将领,在这种情况下,徐树铮不得不起用我爷爷了。

获得任命后,我爷爷第一时间便写信给龚雨峰,要他前去襄助。在他的推荐下,龚雨峰先是出任作战科长,后又升任参谋长,成了我爷爷的左膀右臂。

此时,距后来直皖开战仅七个月。其实,早在几年前,段祺瑞已经开始精心布局,先是成立参战军,后又以长江防务为由,建立了长江上游警务军,总司令由段祺瑞的妻弟吴光新担任。该军下辖四个旅,外加新组建的直辖独立旅。此外,段祺瑞还把陆军第八师、第二十师、第二混成旅和第十三混成旅划归吴光新指挥。虽然段祺瑞对他的小舅子爷信任有加,可这位吴小舅子却很不争气。

"他就是一个屎头混子!"这是我爷爷对他的评价。听小武爷说,我爷爷对吴光新一直很不满。此人虽系日本士官学校毕业,也算出身正途,但并无真才实学。平时养尊处优,夸夸其谈,而且脾气暴躁,喜欢骂人,开口就带脏字。不仅如此,他还爱讲大话,常说:"中国真正懂军事的只有两个半人:一是袁项城(袁世凯老家项城,尊称袁项城),二是舍亲段芝泉(段祺瑞字芝泉),那半个即是区区。"言外之意，他是一个数得着的军事人物，简直让人笑掉大牙。徐树铮非常看不起他，但碍于段祺瑞的面子，有些话也不好多说。如今大敌当前，他实在放心不下，这才决定起用我爷爷，以助吴光新一臂之力。

可吴光新眼睛长在头顶上，哪把我爷爷放在眼里？我爷爷履任后，前去拜见他，地点在湖北荆州警务军司令部。吴光新跷着二郎腿，叼着烟卷，斜眼看了看我爷爷，开口就是一句"弄妈的"——这是他的口头禅。吴光新是合肥人，一嘴的合肥土语。

"弄妈的。"他说，"你知道我这里的规矩吗？"

我爷爷说不知，请总司令示下。

"弄妈的，那我就告诉你。"吴光新说，"这里一切由我说了算。不论对的错的，全都弄妈的听我的。"

我爷爷听了直皱眉头，大为反感。这家伙太狂妄了，对手下的旅长都这样说话，况且我爷爷是头一天刚上任，连起码的尊重人都不懂，还怎么带兵？要依我爷爷过去的脾气，根本不吃这一套，好在这些年的修炼，我爷爷已经学会了隐忍。

这一年的五月，直系主力吴佩孚的第三师开始向北开拔。段祺瑞立即密令湖南督军张敬尧准备迎击吴军，同时急电吴光新星夜南下，与张敬尧部会合。

吴光新接到密电后，下令部队向南开拔，在岳州一线集结待命。警务军直辖的部队当时分扎于宜昌、宜都、沙市、枝江、松滋、监利等地。接到命令后，我爷爷率独立旅和警务第一旅迅速赶至岳州，但第二、三、四旅却进展迟缓。原因是湖北督军王占元闻报吴光新调兵东进，以为是袭击武汉，于是紧急部署，调集重兵沿长江两岸及襄樊一线布防，警务第二旅渡襄河时遭到堵击，伤亡较重，退守沙市；第三、第四旅也因被阻挡无法前进。

此时，吴佩孚的大军已逼近长沙。张敬尧屡电吴光新，要他率部迅即赶往长沙，合力阻击吴师北进。可吴光新一直按兵不动，他想等待另外三个旅赶到岳州后再采取行动。我爷爷向吴光新建议说，吴佩孚主力计有五万余人，现张敬尧第七师在长沙有三万人，加上我爷爷的独立旅和第一旅，兵力与吴军不相上下，且占据有利地形，完全可以制胜。"打吧，"他说，"机不可失，必须马上行动！"

吴光新一听就火了："弄妈的，打不打，老子不知道啊？还要你来教我啊？弄妈的，你给我少废话，一边去。"

我爷爷又气又恨，回来后便与第一旅赵旅长商量，认为战机急迫，稍纵即逝，一致决定联名致电北京，请求立即行动。电报用十万火急密电发出，但北京却没有回复。次日又发两电，亦石沉大海，估计是在汉口电报局被扣。由于北京没有复电，谁也不敢擅自行动。几天后，吴佩孚的部队开始渡过洞庭湖，皖系军队坐失良机，眼睁睁地看着他们从眼皮底下过去了。更糟糕的是，当吴佩孚的军队进入武汉时，吴光新竟然毫无警觉，居然接受湖北督军王占元的邀请前往武昌赴宴，被当场扣留。

我爷爷得知这一消息后，不等命令，当即率部向安徽方向开拔。"这一决定太正确了，"小武爷后来对我说，"要是晚一点就来不及了。"事实正是如此。我查过有关史料，吴光新被捕后，直系部队便开始对警务军进行合围。该军直属的四个旅或被击溃，或被收编，那些非直辖的部队则纷纷倒戈。短短一个月，皖系苦心经营的警务军便土崩瓦解，灰飞烟灭，只有我爷爷的独立旅由于行动迅速，没等直系军队形成合围，已经跳出了包围圈，成了长江上游警务军唯一幸存的部队。

三

直皖战争爆发后，皖系惨败，段祺瑞下野。让我爷爷庆幸的是，由于他果断决策，独立旅抢先跳出直系的包围圈，得以保存下来。之后，我爷爷率领独立旅进占安徽西北部一带，宣布中立。但直系并不想放过他，在被通缉的战犯名单上，除了皖系的一些要员外，我爷爷也名列其中。直系战胜后,吴佩孚认为独立旅绝不能留下,尽管有人向他提议,贺文贤已经保持中立,可以忽略不计,但吴佩孚却不同意。"这家伙不能留,"他说,"他是小徐(指徐树铮)的人,留下来恐成后患。"此时,吴佩孚的地位已是如日中天,就连直系老大曹锟也让他几分。北京政府(此时已由直系当权)完全听命于他。陆军部下令我爷爷交出部队,接受改编,至于我爷爷的去向得先交出军队再说。"这不是扯淡吗?"我爷爷一口拒绝。"你们想得美!"他好不容易死里逃生,把部队带出来,岂能拱手交出?再者说了,军队就是他的本钱,如果交出去,他不仅一无所有,而且连小命也难保。

吴佩孚一看我爷爷拒不从命,便火冒三丈,下令孙传芳调兵围歼独立旅。孙传芳是我爷爷的老对头了。他原是湖北督军王占元的部下,曾任第二十一混成旅和陆军第二师师长。我爷爷的独立旅驻扎湖北时就与他多有摩擦。直皖战争时他奉命扣押吴光新,围剿警务军,尤为卖力。我爷爷的独立旅也差点被他吃掉。然而,几仗打下来,孙传芳并未占到便宜。

那是一段艰难的时期。据小武爷说,独立旅进入安徽后,除了与直系的矛盾,当时安徽、湖北、山东三省交界处的大小军阀和土匪部队有十几拨,包括彭兆栋的安徽陆军新编第三混成旅,也时常与独立旅发生冲突,经常是十天半个月就要打一仗,连个落脚的地方都没有。"那日子可不好过。"小武爷感叹道。不过,作为皖系嫡系部队,警务独立旅组建之初就受到陆军部特殊关照,装备精良,兵员齐整,武器全部从日本购买,每团均配有火炮排,火力强大。人员素质也高,军官多出自保定军校和日本士官学校。加之我爷爷指挥有方,参谋长龚雨峰足智多谋,逐渐打出一片天地,成为一方诸侯。但是,对独立旅来说,直系军队的威胁仍未消除。

好在这期间,直系和奉系的关系日趋紧张。直皖战争后,由于分赃不均,直系和奉系开始较劲,双方磨刀擦枪,一场大战已箭在弦上。

有鉴于此，吴佩孚不得不把主要精力放在对付奉系上，其主力部队陆续北调，对我爷爷的独立旅也改变策略，由剿而抚，先后派员与我爷爷谈判，并做了很大的让步，即我爷爷下野出国，独立旅接受改编，保持原有建制，旅长由龚雨峰接任。面对不利的局势，我爷爷只能接受城下之盟，被迫下野出国，把部队交给了龚雨峰。

然而，事情到此并未结束。独立旅划归江淮保安师后，番号改为保安第二旅，彭兆栋对这支部队始终充满戒心。他采取多种措施分化、制约该旅。龚雨峰和第二旅的一举一动也都在他的监视之下，这次我爷爷回来，彭兆栋第一时间便获知消息便足以说明问题。

"一定是有人走漏了风声。"龚雨峰在得知我爷爷被扣后马上想到了这一点。他把电报室温主任叫来询问。"这个电报，"他指的是我爷爷通知接站的电报，"还有谁看过？"

"没有。"

"你再想想。"

温主任还是摇头说没有。"不过，"他想了一下，又说，"电报员收报时，关副旅长来过电报室。"

龚雨峰一听便明白了。"好了，你去吧。"他对温主任说。

第二旅副旅长关大同是彭兆栋安插进来的。他原是胡宣武第一旅的参谋长，系彭兆栋的亲信。如果他看到了电报，彭兆栋知道了消息那就一点也不奇怪了。独立旅接受改编后，彭兆栋在第二旅安插了众多耳目，除了副旅长关大同，还有第二团团长罗邦杰，以及副团长、营长多人，目的就是为了监视龚雨峰。尽管龚雨峰有所防范，还是免不了百密一疏。

我爷爷被扣后，龚雨峰十分担心。他希望尽快找到我爷爷被扣的地点，以便下一步采取措施。据我小姑奶奶说，他当时已做好了最坏的打算，不惜使用武力。但他并没有把这个想法告诉我奶奶。

幸运的是，我奶奶终于见到了我爷爷，使事情发生了转机。

第十章 大 伯 | 1927 年

一

一九二七年四月十二日，蒋介石在上海发动了反革命政变。不久，原属武汉政府的独立十四师夏斗寅部也叛变了革命，并在蒋介石的授意下，与十五军刘佐龙部和四川杨森部合攻武汉。当时，北伐军开赴河南前线，武汉空虚。为了应对局面，武汉军校立即转入战时体制，改为中央独立师开赴前线，配合驻守武汉的叶挺第二十四师抗击来犯之敌。

军校改为战时体制，学生们都是第一次参加战斗，既兴奋又紧张。出发之前，大家以班排为单位领取装备，这其中有枪支、弹药、草鞋、饭盒和军用水壶等。除此之外，每人还发了一根红蓝白三色布条编成的带子。"这是干啥用的？"有人问道。一个军官说，这是牺牲带，系在脖子上，就表明我们要不怕牺牲，敢打敢冲。"这也是胜利带，"他接着又说，"让我军勇往直前，战无不胜。"大家一听都欢呼起来，一边系上带子，一边高呼胜利。

女兵们也组织起来，主要任务是搞医护和宣传。费伊蓉和黄静雯分在一个区队。据我大伯说，抗日女英雄赵一曼（原名李淑文）也和她们在一个分队。部队开拔前一天，霍川来的同志聚到一家饭店。"俺们猛撮了一顿。"我大伯说，由于规定不能喝酒，他们点了不少菜，有人说这也许就是俺们最后一次聚在一起吃饭了,再不吃就怕没机会了。不过,大家的情绪很高昂,以茶代酒,互相勉励,都说不能当孬种,哪怕马革裹尸,也要像一个真正的汉子。席间,我大伯悄声对费伊蓉说:"伊蓉,俺想托你一件事,你能答应吗?"

"啥事?"

我大伯从身上掏出一块怀表(这表是他来武汉时,从我奶奶那儿偷来的),在手中摩挲了几下,然后交给费伊蓉说,要是俺牺牲了,希望你帮俺带回去交给俺家里。费伊蓉一听便呸地啐了一口。"你少说破嘴话,"她说,"谁帮你带啊?你自己带,你要回来,听见没有,贺廷勇,你一定要回来!"

我大伯说:"你放心,俺死不了!"

"不许说死!"费伊蓉伸手按住他的嘴,"廷勇,你要答应俺,一定要活着回来!咱们要一起迎接胜利,你听到了没有?"

我大伯点点头,心里阵阵发热。

男兵们首先开拔了。他们乘坐铁皮货车开赴前线。货车上铺了稻草,大家挤成一堆,车门一关,黑咕隆咚,啥也看不清楚。车轮敲打着铁轨,哐当哐当地响着。不一会儿,车厢内响起了鼾声。我大伯也昏昏沉沉地跌入梦乡。在梦中,他想起了家乡,想起了我奶奶、我爷爷,还有我二伯、我父亲,以及所有的兄弟姐妹。在从武汉出发前,他给我奶奶写了一封信,把自己离开霍川的情况告诉了家里。他要让他们知道,自己去了哪里,他已做好了最坏的打算。

黎明时分,部队抵达了一个小车站,官兵们下车开饭。每人打了一盒米饭和一大勺酸菜,呼啦啦吃起来。刚吃了一半,集合号响了。"上车!快上车!"军官们大声喊道。众人捧着饭盒匆忙上车,到了车上才把剩余的饭吃完。上午八九点钟,部队抵达纸坊桥,立即开挖堑壕,投入战斗准备。

敌人说来就来。第二天,夏斗寅的两个团就开了过来。大家紧张好奇地站在堑壕边,伸长脑袋往前看。忽然,一声尖厉的呼啸声从头顶掠过,接着轰的一声巨响,炮弹炸开了,当即有几个学员被炸飞。有人高喊:"卧倒!卧倒!"大家赶紧趴下。这时,炮弹轰轰炸响,硝烟弥漫,震耳欲聋。机枪也响了起来。那阵势相当恐怖。我大伯身边一个学员被弹片削开了喉咙,气管里的血呼呼向外冒。我大伯心里顿时翻江倒海,一阵恶心,闭上眼睛呕吐不止。

一阵狂轰滥炸之后,敌人的冲锋开始了。有人大喊:"开枪!开枪!"——喊叫的是连长褚良田。军校改成战时体制后,他由队长改称连长。在他的喊叫下,我大伯从堑壕里直起身子,刚露头迎面一排枪弹飞来,打得尘土飞溅。一个紧挨我大伯的士兵仰身向后栽倒,只听他带着哭腔喊道:"妈的,我被打中了,打中了……"学生兵们都没见过这个阵势,立时不知所措,又赶紧伏下身子不敢抬头。"起来!狗日的,都起来!"褚良田急得乱跳,沿着堑壕跑过来,朝着士兵们的屁股抬脚猛踢。"打!给我打!"他一边喊,一边端起机枪朝敌人猛烈扫射。

部队开始还击了。我大伯从堑壕中抬起头来,看到扑面而来的黑压压的敌兵,顿时心慌意乱,连开了几枪,都没打准。其他人也砰砰地放起枪,但由于紧张慌乱,平时训练的那一套根本没有发挥出来,无法对敌形成有效地压制。褚良田大叫:"瞄准了!记住要领!"我大伯得到提醒,慢慢稳下神,然后开始寻找目标。正在冲锋的敌兵乌压压的一片,很快有个目标跳入我大伯的眼帘。那人的帽子顶在额头之上,弯着腰一边向前冲,一边频频射击。"活该这小子倒霉!"我大伯深吸一口气,像平时训练那样,三点成一线,心里数着一、二、三,接着猛扣扳机。那个家伙应声而倒,朝坡下翻了一个滚,躺着不动了。

"打中了!打中了!"我大伯高兴地跳起来。"你他妈找死啊!"褚良田扑过来,一把将他按进掩体。"打中了!打中了一个!"等他手松开后,我大伯又忍不住激动地说。

"好样的，就这么干！"褚良田在他背后拍拍，一转身又抓起机枪扫射起来。

敌人的火力越来越猛烈，兵力也越来越多。炮声隆隆，子弹打得像下雨似的，堑壕里的战士就像风吹落叶似的接连倒下。阵地上开始乱了。一个战士被打掉了鼻子，痛得哇哇大叫，他用手捂住脸，拔腿就向后跑。有人跟了上去，而且人越来越多。褚良田大喊："回来！回来！谁也不准跑！"可他的话根本没人听。情急之下，他开枪打倒了两个逃兵，还是没能止住溃逃。

这一仗打得十分狼狈。溃退中，卢庆竹的眼镜也被打掉了，是我大伯扶着他才退了下来。好在叶挺的主力部队很快赶到了，一阵猛冲，这才打退了敌人，重新收复了阵地。众人惊魂不定，卢庆竹浑身哆嗦，像傻了一样。我大伯注意到他的裤子全湿了。"咋了？"他说，"你尿啦？"卢庆竹满面羞愧，压低嗓门道："你小声点，小声点！"

虽然初战不尽如人意，但校领导并没有责怪大家。恽代英同志还来部队看望，鼓励官兵们振作起来。他还宽容地把败退说成撤退。尽管如此，大家都很惭愧。不过，后来又打了几仗，学生军经受了锻炼，越打越好。土地堂一战，由学生军组成的独立师配合叶挺部队发起反冲锋，高歌猛进，打出了威风，夏斗寅的三个团加民团万余人被彻底击败。然而，此战学生军也付出了不小的代价，伤亡人数高达二百余人。我大伯和卢庆竹也都受了伤。好在伤势不重，卢庆竹胳膊挨了一枪，并未伤及骨头。我大伯后脑勺上被弹片擦掉一块，流了不少血，同样有惊无险。

我大伯非常自豪。"俺至少干掉了七八个敌人。"他后来对我说。经过武汉保卫战，我大伯和他的战友们逐渐成熟起来。卢庆竹也变得十分勇敢，有一次在与敌人肉搏中，敌人打掉了他的眼镜，他便扑上去，狠狠咬掉了敌人的耳朵。战后有人调侃他说："猪耳朵啥味儿？"卢庆竹回答："有点咸。"引来哄堂大笑。这事后来被编成了歌谣，广为传唱。

卢庆竹很得意,但他从来不敢在我大伯面前显摆。不仅不敢,还生怕我大伯揭了他的短。"你可不敢说,"他一再叮嘱我大伯,并特别强调不能让伊蓉和黄静雯知道,"你要说出去,"他警告说,"那咱俩的关系就完了,俺和你一刀两断。"

我问我大伯是否见过叶挺。我大伯说见过,中央独立师开赴前线时,就是叶挺做的动员。他当时是武汉卫戍司令,中央独立师归他指挥。"叶挺很能打,"我大伯说,"他那时才三十多岁,个头很高,军服整洁,腰上束着皮带,说话很有鼓动性。他说从今天起你们就不是学生了,而是正规军了。要勇敢坚强,不畏牺牲。大家都很受鼓舞。"

二

仙桃镇之战后,战局开始扭转。唐生智的第八军、张发奎的第四军先后回师武汉,化解了危机。

就在大家刚松口气时,长沙传来"马日事变"的消息,许克祥叛变革命,举起屠刀。六月,武汉风云突变,唐生智下辖的第三师李品仙部强行解散总工会,并解除了工人纠察队的武装,史先生下落不明。霍川来的同志十分担心。我大伯和卢庆竹曾去打探消息,但一无所获。

军校里的情况也很不妙。部队撤回武汉后,代理校长邓演达、党代表恽代英等都不再露面了。从各地传来的消息更令人绝望和愤怒。听说湖北、湖南农会有数千人被杀,许多剪短发的青年妇女惨遭强奸。面对恐怖局势,军校里已经暴露的党员教师和学员纷纷撤离,未暴露的则继续留下,等待时机。从霍川来的二十一名同志,进入军校的十六名,另有五名进入农讲所学习。武汉保卫战中牺牲两人,受伤六人被送回霍川养伤,剩下八人。其中有一人是党小组长,身份暴露,提前离去。留下的只有七人,包括我大伯、费伊蓉、卢庆竹、黄静雯等在内,都在继续观望等待。

七月间，局势越发紧张了。有一天，军校突然接到命令，与武汉总政治部教导营合编成第二方面军军官教导团。第二方面军总指挥是张发奎，他是汪精卫的亲信。传说汪精卫与蒋介石正在闹矛盾，两人水火难容。接着，就传来了东征讨蒋，二次北伐的风声。教导团的同志似乎又看到了希望，以为局势要有所改变。我大伯他们很振奋，纷纷摩拳擦掌，要和蒋介石干上一场。

然而，他们的希望不久便落空了。八月初，新改编的教导团向江西开拔。乘坐的是招商局的轮船，行至黄石港遭到何键部的拦截，停了下来。这一举动立时引起了不安和猜测。何键时任国民革命军第三十五军军长，他是老湘军，"马日事变"就是他指使部下余湘三串通许克祥发动的。

"这家伙想干吗？"

"准没安好心！"

"大家都小心点。"

"不行，就和他拼！"

当天夜里，与教导团一起开赴江西的武汉国民政府警卫团迅速采取行动，乘黑夜登陆向江西开去。教导团的官兵们得知消息也都按捺不住，纷纷要求采取行动。

"咱们不能再等了。"

"说得是。"

"快走吧。"

众人都十分焦急，希望尽快摆脱危险。军官们为了稳定军心，极力安抚部属。我大伯所在的一营二连连长名叫岳松，他也给部队做工作，奉劝大家少安毋躁。"不要急，上头正在交涉，很快会有结果的。"他说。岳松是湖北黄安人，中等身材，方脸，大眼睛，平时话不多，但威信挺高。他这样一说，大家便平静下来。很快，交涉有了结果。何键同意放行，部队于次日继续东进。

一路上走走停停，还算好，没有发生意外。不过，途中小道消息不断传来，一会儿说汪精卫已经变脸，宣布与共产党决裂；一会儿又说消息不确，是谣传。一会儿说武汉开始抓共产党了，到处是白色恐怖；一会儿又说东征目标不变，张发奎是靠得住的。一会儿说第二方面军高层已接武汉密电，要就地解决教导团；一会儿又说这不可能，要解决早在武汉就解决了，何必还要到江西来？尽管官方多次辟谣，宣称不要听信谣言，严守纪律，大家仍将信将疑，提心吊胆。

八月四日，船至九江，一件意想不到的事发生了——教导团被缴械了。

这事来得十分突然。我大伯回忆说，那天刚登岸不久，部队便被集合起来，带进一个院子。"那是一个很大的院子，"他说，在教导团到达时，周围已布满了警戒，"都是第四军的人，这是张发奎的嫡系部队。"我大伯说，那气氛不同寻常，显得有点诡异。"咋弄的，"卢庆竹悄悄对我大伯说，"这不大对头啊？"我大伯也看出来了，示意他别说话。

部队进入院子，列队完毕。一个身穿第四军军服的军官，脚蹬马靴走到队列前。他喊了一声："架枪！"大家都没动。

"这是啥意思吗？"有人小声嘀咕道。

"架枪！"那军官又喊了一声，这才有人动起来。武汉保卫战后，军校学生配备了日式三八式步枪。这是由奉军那里缴获的，属当时最先进的武器。"子弹袋也放下！"那军官又命令道。"妈的，搞什么鬼！"队伍中又有人嘀咕起来。

"不要说话！"那军官大声喝道。

过了一会儿，架枪完毕，子弹袋也缴了出去。院子里安静下来。大家都不说话，默默地站着。不一会儿，一个身着将军服的人在前呼后拥下走了过来。"他中等身材，瘦瘦的，面部扁平，留着小胡须。"我大伯说，他由于个头矮，就站在队列的头两排，看得很清楚。直到那个军官宣布，下边请总指挥训示，我大伯才知道来者就是张发奎。

张发奎当时名气很大。他早年是同盟会会员，做过孙中山的侍卫。北伐前，他只是一个师长，因为北伐有功，先后升任第四军军长兼第十一军军长。此时已官至第二方面军总指挥。他走到队列前，清清嗓子开始讲话了。

"弟兄们，"他说，"我们和共产党分家了！"他一上来就直奔主题，声称自己作为总指挥是奉武汉政府汪主席的指令如何如何。他的声音嘶哑，拖腔拉调，但态度还算温和。讲了一通之后，他开始转到重点。"你们，"他说，"你们中有不少CP同志。"他表示这一点本总指挥心知肚明，不过他保证绝不加害。"大道通天，各走一边。"他接着又说，"你们可以站出来，我派人送你们去南昌。贺军长、叶师长不是已经在南昌打起了红旗吗？"

他的话立时引起了一片骚动。几天前，南昌发生了起义，但教导团的同志当时并未耳闻，乍一听说不禁大感惊讶。

"静一静，不要说话！"一个军官大声喝道。待院子里安静下来，张发奎又继续往下说："人各有志，你们要去南昌，本总指挥不拦你们。不是共产党员的，可以继续留下来。我保证你们的安全。要走的，我也绝不为难。"

张发奎说完后，背起手，睃巡着队列，似乎在等待下边的反应。可院子里一片安静，没有一个人站出来。谁也不信他的话，实际上他刚才的讲话已经暴露了自己的嘴脸。事情很明显，他已经站到革命的反面，而所谓东征讨蒋、二次北伐完全是一场骗局。后来，我太伯才知道，张发奎南下广州真正的目的不是讨蒋，也不是什么二次北伐，而是要与粤桂军阀夺地盘。当初，他把军校学生编成教导团，从武汉带出来，也是想为其所用，以壮大自己的实力。这是他的如意算盘，但教导团内的赤色成分，又让他心存顾虑，首鼠两端。南昌起义发生后，汪精卫确有密令，为防教导团投向起义，可视情除之，以防通共。虽然张发奎尚未下定决心，但作为必要的防范，他一到九江便下令收缴了该团的武器装备。

当天晚上，教导团内人心惶惶，谣言四起。不安的情绪像夏日的飞蚊，四处弥漫。有消息称，张发奎就要动手了，缴械只是第一步，"清党"悲剧将会重演。

"怎么办？"

"走吧。"

"往哪走？"

"先离开再说吧。"

"是啊，总不能干坐着等死吧。"

大家私下里都在议论。三个一团，五个一伙，各有各的主张，一时间众说纷纭。就在张发奎讲话的第二天起，教导团开始有人悄悄离去。这些人三五成群，今天走几个，明天走几个。从武汉出发时，教导团有一千七百余人，到九江后只剩下一千二百余人。霍川来的同志也开始讨论去留问题。

走，还是不走，这成了一个令人困惑的问题。

三

一种意见认为应该留下来，等待党组织的决定；一种意见主张离去，因为留下来随时可能发生不测。在离去的意见中又分成两种，一种是返回霍川，继续开展革命活动；一种是前往南昌，追赶起义部队。费伊蓉主张后者。她曾私下里对我大伯说过："表哥在南昌哩，俺想去找他。"原来张发奎训话时，无意中透露了贺军长也参加了南昌起义，这一下牵动了费伊蓉的心。因为她表哥就在贺龙的二十军，于是动了找他的心思。

但她的主张几乎无人响应。主要原因是，南昌起义发生后，国民党正在调集军队前堵后追，危险重重。此外，起义部队行踪不定，万一追不上部队,他们人生地不熟,极有可能陷入险境。由于意见无法统一,费伊蓉有些着急。考虑到另外三个同志不太熟悉,有些话也不便直说,便把我大伯,还有卢庆竹、黄静雯单独约到一起商量。费伊蓉没有顾忌,便直来直去,说明她要去南昌,对于去找表哥的想法也并不隐瞒。"起义部队正需要力量,"她说,"咱们不去谁去?"

我大伯拿不定主意。毕竟南昌情况不明,贸然前往,并不稳妥。卢庆竹主张再等等,看看情况再说。"不能操之过急,"他说,"史先生不是说,要咱们听从组织吗?应该再耐心一点。"费伊蓉反驳说,你有耐心,敌人可没有耐心,现在他们把咱的枪都缴了,万一动起手来咋办?到时你哭都来不及。

费伊蓉说得没错,这种可能完全存在,这也正是大家担心之处。不过,卢庆竹仍然坚持要权衡利弊,不能盲目行动。我大伯也赞成,黄静雯无所谓,她说她听大家的。

费伊蓉孤立无援,有些不悦。又商议了半天,仍无结果。费伊蓉不耐烦了。"好吧,"她说,"随你们便吧,你们不走俺走,反正俺是走定了!"

黄静雯说:"这可不行,你一人走太不安全。"

"是啊,"我大伯说,"你这是何必呢?不要感情用事嘛。"

"谁感情用事了?"费伊蓉顶道。

我大伯这时说了句傻话:"要是你表哥不在南昌,你还去吗?"这话有点伤人了,费伊蓉猛地跳起来。"贺廷勇,"她用手指着我大伯说,"你啥意思?你怀疑俺的动机吗?俺告诉你,俺费伊蓉不是这样的人。你不要门缝里看人,把人看扁了。找表哥又咋样?那还不是为了找起义部队?眼下革命正处在生死关头,多一个人多一分力量。你要是怕死可以不去,但别把人想得那么低!"她一口气像开连珠炮似的冲我大伯开了火,越说越气。我大伯自知失言,连忙解释他没别的意思,也就是随嘴一说。

"随嘴一说？"费伊蓉说，"贺廷勇，言为心声，俺还不知你咋想的？你这是嫉妒，是小心眼，哪像个男子汉？"

她的脸涨得通红，与其说是生气，不如说是失望。因为在她看来，我大伯是最值得她信任的。她要去南昌找表哥的想法，也是第一个告诉我大伯的。没想到他不仅不支持她，反倒质疑她的动机，这让她无法容忍。

"好了，俺不想再说了，"她最后表示，"这事就到此为止，你们走不走，各自请便。俺一个人走！走定了！"说完起身离去。

这下事情闹僵了。眼看没有商量的余地，大家只好同意费伊蓉的方案。"你说咋办呢？"我大伯说，"咱们一起出来的，有福同享，有难同当，总不能就这么散了吧？"卢庆竹也表示同意，黄静雯还是那句话："俺没意见，你们咋说都行。"

就这样，大家决定一起去南昌。

出发的日期定在次日晚上，白天大家分头准备，我大伯和卢庆竹负责联系船只，费伊蓉和黄静雯上街购买必需的物品。当时，教导团虽被缴了械，但行动并未受到限制。准备工作进行得很顺利。虽说找船费了一些劲，但最终还是找到了。由于战乱，无人愿意冒险，但我大伯他们愿意多付船资，而且先付了一半，这才说服了一个船家，答应送他们过江。返回途中，他们沿着江边小道走来，说来也巧竟遇上了学员队的老队长褚良田。

"看，褚良田！"卢庆竹用手捣了一下我大伯。我大伯一看，只见褚良田从路的另一头迎面走来，身后还跟着一个护兵。

褚良田在武汉保卫战后便高升了。他被调往第四军执法队任副队长。他之所以受到重用，因为他是张发奎的同乡，早年在粤军任职，因而受到重用。这个时候，我大伯他们本不想见他，但光秃秃的江岸边只有一条小道，想躲避也来不及，只好和卢庆竹一起迎上去，向他行礼。

"嘿！"褚良田看到他们挺高兴，"是你们两个臭小子啊，这是干吗呢？"

我大伯应付说，没事，瞎逛逛。褚良田笑道："看来你们还挺自在啊。"说着，摸出烟卷点着了。"怎么样？"他说，"日子不好过吧？"他有点幸灾乐祸地看着我大伯和卢庆竹，从嘴里喷出一口浓烟。

"可不是。"我大伯叫起苦来。卢庆竹也说，连枪也缴了，下边还不知怎么着哩。褚良田哈哈大笑，显得心情不错。"我早料到了。"他说，"共产党和国民党根本不是一路人，早晚要闹翻。你们也该想想退路了。"

我大伯和卢庆竹笑着敷衍了几句，想着赶紧脱身，哪知褚良田兴致挺高，说起来没完。"要不来我这里吧，"他说，"跟我一起干。"

我大伯故意说："你能要俺们？"

"那还不是我一句话吗？"

"那好啊。"我大伯说，"让俺们想想。"

褚良田笑了，用手指点着我大伯说："你这小子，少给我滑头！我还不知道你，你小子的心在那边。"他把大拇指向外一跷，意思是说我大伯向着共产党。我大伯说哪有的事。褚良田似笑非笑地看着他。"你给我说句实话，"他把我大伯拉到一边，压低声音问，"你是不是CP的人？"

"怎么会？你看俺像吗？"

"我看像！"

我大伯一愣。褚良田又大笑起来。"别紧张嘛。"他说，"我要抓你，早把你抓起来了。"说到这里，他忽然压低声音，左右看了看，"你小子，记住喽，要走，往北走，别往南走。"说着，朝江的南边努努嘴。

"啥意思？"

"没意思。"褚良田说，"要是不想死的话，就听我这句话。"说完，拍拍我大伯的肩膀，那模样显得高深莫测。

回来后，我大伯把褚良田的话告诉了大家，引起种种猜测。有的说他好像话中有话，是在提醒什么，也有的说那也不一定，或许只是随便说说。但我大伯认为褚良田的话不像是随便说说。南昌起义发生后，为了防止更多的人投向起义部队，敌人采取了防范措施。褚良田的话也许是在提醒我大伯。

"他干吗要这么做？"费伊蓉说。

"谁知道呢？"我大伯也说不清楚。

"那咱该咋办？"卢庆竹问。

"小心无大错。"我大伯说。他主张宁可信其有，不可信其无，褚良田是执法队的，他的话不可全信，也不可不信。问题是，南昌在九江的南边，如果不向南走而绕路向北，无疑是舍近求远，这样很可能会赶不上起义部队。怎么办？大家商量来，商量去，最后拿出了一个稳妥的计划，即还是先向南过江，为了避免风险，先派一人探路，确定没有危险之后，其他人再跟进。"好，这个主意好。"费伊蓉说。其他人也同意。

当天晚上，开始行动。探路的任务落在我大伯的身上。这是他主动提出的，理由很充分，他跑得快，水性也好，即使敌人发现了也可以迅速摆脱。晚饭过后，天下着小雨，几个人分头潜出营区。费伊蓉、卢庆竹和黄静雯三人按照事先的计划，躲在远离江边的一个山坡上，等候消息。我大伯则借着夜色向江边摸去。

四周一边漆黑，雨越下越大。江风吹动树枝，不停地摇晃着，发出尖厉的啸声。蛙声四起，远处不时传来低沉的狗吠声。能见度很低，道路泥泞。我大伯深一脚浅一脚地艰难地走着。两个小时后，他终于摸到了江边。一路上倒还顺利，没有遇到任何麻烦，也没遇到任何关卡，除了躲过几支巡逻队外。当他看见停在江边的小船时，心里不禁松了一口气。

"老乡，老乡。"他快步奔过去，压低嗓门叫道。奇怪的是，船上无人应答，也看不见人影，雨点打在船篷上发出沉闷的响声。或许因为天下雨，船夫躲在舱内没有听见？我大伯心里想，便又叫了两声，仍无应答，只有风雨声在耳边肆意地喧嚣。这是咋了？我大伯立时有了不好的预感——就在这时，忽然，几束手电光一起亮了起来，在雨夜中四处闪动。

"站住！站住！"有人大声喊道。我大伯一看不好，拔腿就跑，就在这时，机关枪嗒嗒地响了起来……

第十一章　小姑爷爷　| 1927 年

一

龚雨峰接到开会的电报，时间是当日上午。电报是保安师司令部发来的，由彭兆栋签署。他打算下午动身，可没到半个小时，第二封电报又到了，催他立即前往，看来事情相当紧急。

去年七月间，北伐战争在湖南打响，接着向湖北、江西和福建地区扩展。北伐军的主攻方向就是盘踞两湖、河南等地的吴佩孚和在长江中上游地区割据的孙传芳。

从兵力对比看，吴佩孚当时拥兵二十万，而孙传芳的五省联军军力同样达到二十万，而北伐军只有八个军约十万人。除了吴佩孚和孙传芳的部队，北洋军阀在山东（张宗昌直鲁联军兵力十万）、京、津、直隶和东三省（奉系军阀兵力四十万）等地兵力也十分雄厚。因此开战之初，吴佩孚和孙传芳都信心满满，志在必得。孙传芳积极调兵遣将，在江西、江苏和安徽布置防线，扬言要让乱党有来无回。

彭兆栋积极响应，认为北伐军成不了气候。在孙传芳召开的军事会议上，他保证全力以赴，誓与北伐军决战到底。回到安徽后，他就在津浦线和庐州、芜湖一线布防。

然而，令他没有想到的是，北伐军以摧枯拉朽之势向前迅猛推进。八月底，吴佩孚主力被击溃，北伐军迅速攻占武汉三镇，兵锋直指孙传芳。双方在江西境内展开激战。孙传芳电令彭兆栋派兵驰援。此时，彭兆栋已看出苗头不对，便有意保存实力，一再推诿，后在孙传芳和陈调元（时任第五方面军总指挥）的严令之下，他才抽调实力最弱的保安第三旅前往江西赴援。可该旅赶到江西德安时，五省联军已经溃败。第三旅退至九江附近遭到北伐军的追击，不复成军。这让彭兆栋既心痛又害怕。

一九二七年新年刚过，北伐军势不可当，兵分三路挺进安徽。彭兆栋慌了手脚，立即电召各旅、团长前往蚌埠商讨应对之策。龚雨峰赶到蚌埠时，第一旅旅长胡宣武已经先到了。参加会议的除了各旅、团长外，还有司令部和后勤部门的有关要员。会议的气氛一开始比较低落。有人认为吴佩孚、孙传芳都败了，第三旅也报销了，再打不下去，徒劳无益。胡宣武说："这帮南蛮子可不好惹，别看他们人不多，个个像打了鸡血似的，特别能打，玉帅（指吴佩孚）、馨帅（指孙传芳）那么多部队，可压根儿不顶事啊。"有人跟着附和。彭兆栋绷着脸不说话。听了一会儿，他忽然不高兴了。"你们他妈的怎么尽说丧气话？"他说，"两湖、江西虽然吃了败仗，但北伐军毕竟不过十万之众，要想翻天就那么容易？"

听他这样一说，大家知道他另有想法，便都不言声了。"龚旅长，"彭兆栋这时把脸转向龚雨峰，"你怎么不说话？"龚雨峰说："刚才胡旅长他们都说了，北伐军来势凶猛，这明摆着挡不住。"

"听听，又是丧气话。"彭兆栋不悦地撇了一下嘴巴。"这是实情。"龚雨峰说，接着又补充道，"这打仗也不光看人多人少。"

"那看啥？"彭兆栋皱起眉头。他听出龚雨峰的话是在反驳他，心中更加不快。

"民心。"龚雨峰说，"自古得民心者得天下，失民心者失天下。"他继续沿着自己的思路往下说。彭兆栋越发不高兴了。"你这叫什么话啊？"他说，"我听你这口气，怎么倒和那些南蛮子一个腔调？"

龚雨峰半真半假道："师座，你这话可不对。刚才那话可是古人说的。孟子云，得天下有道，得其民……"

"够了！"彭兆栋黑下脸来，"不要再说了。你这是动摇军心，就凭这一条，我就可以治你的罪。"

"那好，"龚雨峰耸耸肩道，"师座要治罪，那就听凭发落吧。不过，卑职说的都是实话，是为师座好。"说完，身子向椅背上一靠，摆出一副无所谓的样子。

彭兆栋见他这样，便笑了起来。"好了，好了，龚旅长是我的爱将，有话就说，畅所欲言嘛。"他改变了口气，接着又说，"今天把诸位找来就是商议这件事。南蛮子虽然闹得挺欢，但不足畏惧，他们那套说辞，大家也别信。什么得道多助，失道寡助，全是他妈的宣传，谁信啊？这年头说千道万，就是实力说话。谁的枪多谁就是老大，谁的拳头硬谁就是爷们，否则你就是儿子、孙子，狗屎都不如！"

他的话引起一阵笑声，气氛也和缓下来。接下去，彭兆栋又说了一番鼓劲打气的话，表示要坚决打下去，决不妥协。他的态度一亮明，众人纷纷见风使舵，不再发表反对的意见，包括胡宣武在内。会议又开了一阵，意见完全一边倒了。最后，彭兆栋总结发言，叫嚣要血战到底，誓灭贼寇。他还透露说，馨帅已与奉军张作霖组成安国军，由山东张宗昌率直鲁联军增援苏、皖，并反攻鄂、赣，此外，陈调元的第五方面军主力已回安庆。"只要坚守两个月，援军很快就到。"他鼓动道，"你们这些个瘪犊子，一个个都给老子打起精神来，别他妈的像个阉狗似的，硬不起来。"

彭兆栋在说这话时，显得底气十足。龚雨峰有些意外，因为这不符合彭兆栋的行事风格，这个老滑头，向来是有利则上，无利则退，如今眼看着北伐军节节胜利，他怎么会不计后果硬碰硬地去打呢？难道他不怕拼掉自己的老本？事后他才得知，原来前不久彭兆栋去了南京，孙传芳向他许了愿，只要打完这一仗，就呈请陆军部将他的师扩充为军（这可是彭兆栋梦寐以求的愿望），同时拨给他银元八十万，新式火炮二十门。此外，孙传芳还向他保证，只要坚守两个月，援军必到，局势必将改观。彭兆栋听了这话便决心赌上一把。

从南京回来后，他立即召集了这次紧急会议。会议做出部署，令第二旅龚雨峰部开赴庐州一线布防。那里原是第三旅的防区，该旅开往江西后防线空虚，亟须加强。第一旅胡宣武部则由宿县向蚌埠收缩，作为龚旅后援。

命令下达后，各部开始行动起来。

二月间，龚雨峰的第二旅抵达庐州一带，构筑防线。在第二旅进入指定防区后，彭兆栋又令胡宣武将第一旅的两个团开至淮南一线布防，名为后援，实为监视。说到底，他对龚雨峰还是不放心。

胡宣武心领神会，亲往淮南布置，将兵力分别部署在庐州至蚌埠的交通沿线，其目的便是为了切断龚旅的退路。胡宣武的第一旅共有三个步兵团，外加重炮团、辎重团，共五个团，相当于一个混成旅，是全师中兵力最强的一个旅，而第二旅、第三旅只辖有两个团，明显无法相比。胡宣武前往淮南时，带了两个步兵团和一个重炮团，留下一个步兵团和辎重团驻守蚌埠，这也是彭兆栋的旨意。不过，在胡宣武看来，两个团已经足够了。因为龚雨峰的第二旅虽说也是两个团，但除了一个团是原独立旅的班底，另外一个团则是后来重组的，其中掺了不少沙子，团、营长一级大多是彭兆栋安插的人，并不完全听命于龚雨峰。因此，龚雨峰真正能指挥的也就是一个团，何况从装备上他们也远逊一筹。"光老子的重炮团就够他们喝一壶的！"胡宣武得意地说，并不把龚雨峰放在眼里。

有人提醒他说，龚雨峰外号小诸葛，你可不能大意了。"放心吧。"胡宣武说，"就算他是孙猴子，又怎么能逃出如来佛的掌心？"

龚旅进驻庐州后，胡宣武一直对他密切监视。几乎每天都要了解龚旅的动向，并向彭兆栋报告。从掌握的情况看，龚雨峰没有丝毫异常举动。

自从扣了我爷爷，彭兆栋一直对龚雨峰防范有加，他知道龚雨峰铁了心地忠于我爷爷。而且我爷爷下野后，龚雨峰就成了原独立旅的主心骨儿，有很大的号召力。我爷爷被软禁后，彭兆栋开始还担心原独立旅官兵会有过激反应，但这一切并没有发生，包括龚雨峰在内。他慢慢地松了一口气。看来，这步棋是走对了。他对胡宣武说，只要贺文贤在咱手中，他们就不敢乱动。胡宣武也认为这步棋走得漂亮。"师座英明！"他连声夸奖，大拍马屁。

其实，彭兆栋当初扣我爷爷并未细加考虑，只是仓促决定。据胡宣武后来的回忆文章（此文发表于《霍川文史资料选辑》第二辑，原来无题，刊载时编辑加了一个题目，叫《彭兆栋扣押贺文贤的经过》）称，贺文贤从天津出发时，曾给龚雨峰发了电报，让他接站。龚旅当时驻固镇。事为副旅长关大同所知。关大同是安庆讲武堂出身，系彭兆栋的学生和旧部。保安师整编时，他被派去龚旅担任副旅长，是彭兆栋插进龚旅的一个钉子。得知我爷爷回来的消息后，他立即打电话到师部，但彭兆栋当时不在，陪准五姨太看戏去了。关大同担心走漏风声，不敢让人代转，遂致电胡宣武。胡几经转辗，耽误了不少时间，等彭兆栋看戏回来，贺文贤乘坐的列车已过济南，由于时机紧迫，彭兆栋来不及多想，于是决定先把人扣下来再说。

据胡宣武的文章称，扣下我爷爷后下一步怎么办，彭兆栋起初也没有考虑成熟，及至把人扣下后方感棘手，不好处置。当时有几种打算：一是扣个罪名将其入狱；二是制造意外事故致其死亡；三是将其交给孙传芳处理。但这三种方案均各有利弊，难以抉择。

彭兆栋是个生性多疑的人，但他老于世故，城府很深。江淮保安师成立后，彭兆栋采取多种措施，控制原独立旅的目的基本达到了，可他也知道，原独立旅的官兵心里并不诚服，而且怨气很大。整编之初，屡屡发生闹事和骚乱。最大的一次发生在三旅的一个营。原独立旅的几个老兵由于不满连长克扣军饷，竟然开枪将连长打死。营里闻报派兵弹压，双方发生激烈枪战。卷进这一事件的人数多达几十人，几乎酿成兵变。事后，彭兆栋采取了严厉措施，将闹事者一律枪毙示众，并通报全师。他还授权各级军官，对于闹事者严惩不贷。在强压之下，闹事的情况才有所减少，但隐患依然存在，一遇风吹草动，难免不再兴起波澜。作为原独立旅的老长官，我爷爷威望一向很高。如果轻易对他动手，说不定就会酿起风波。因此，彭兆栋一直首鼠两端，最后决定还是先扣着再说。没想到，这一来，原独立旅的官兵反倒老实了，起码在彭兆栋看来是如此。所以，胡宣武认为，我爷爷能够活下来十分侥幸。他在文章中说："倘若不是彭兆栋顾虑太多，也许早杀了贺文贤。"这种推测完全可能，但事情的发展最终出人意料。

二

战事发展很快。就在龚旅进驻庐州一线不久，北伐军已在两湖和长江流域地区取得压倒性的胜利，并从湖北、浙江、江西三路入皖。彭兆栋大为不安，但很快孙传芳就给他来电打气，称奉军已经入关，张宗昌也将率直鲁联军于近期进抵苏、皖一线。其中先头部队数日之内，即可沿津浦线到达蚌埠。与此同时，陈调元也来电称其节制的第五军已在沿江警戒，南北呼应，可保无虞。彭兆栋信心大增。他一边令龚雨峰全力应战，一边令胡宣武加强对龚旅的监视。从胡宣武的报告看，龚旅表现一切正常。全旅除了积极备战，抓紧修筑工事和训练外，龚雨峰还对报界发表声明，强烈谴责南方乱党"假辞公义，纵兵祸国"，并誓言"讨伐逆贼，涤荡瑕秽，保境安民"。彭兆栋认为，只要龚旅能顶住，援兵一到，危机即可化解。

三月间，北伐军先头部队由和县、当涂进入安徽。不久，战事在巢县一带展开。据龚雨峰报告，他已派了一个团前往巢县，战斗持续了一天一夜，"我军奋勇，敌寇渐不支"。

彭兆栋大喜，令其迅速扩大战果。可是，第二天，龚雨峰来电称，敌炮凶猛，依山势设火炮数十尊，向我军轰击。"至此，弹雨枪烟，黯霾蔽天"，我军攻势受阻，伤亡较重，只得被迫后退，等待援军。他在电中称，已调预备队两营赴援，但眼下急需炮兵支援，否则难挽颓势。

龚雨峰说的是实情。江淮保安师除了第一旅胡宣武部配有炮团外，其他两旅只有炮队（相当于连），不仅规模小，火炮型号落后，弹药也有限。相比之下，胡旅的炮团实力雄厚，彭兆栋不惜重金，先后购买进口火炮数十门装备该团。这些火炮不仅口径大，型号新，威力也大，曾在战场上发挥重要作用。这次孙传芳新拨的二十门进口火炮，也悉数交付该团，使之实力大增。但这个炮团是彭兆栋的宝贝疙瘩，他不愿轻易动用。

当天下午至晚上，龚雨峰又连电催促，先后共三电，请求炮团增援，并声称预备队两营已开赴前敌，"胜败在此一举，战机稍纵即逝"。

彭兆栋犹豫不决，他去电详询南军兵力情况，并问胜算几何。龚雨峰的回答斩钉截铁，只要炮兵增援，必将犁庭扫穴，斩尽凶顽。他还保证说："如若不胜，提头来见。"见他如此坚定，彭兆栋终于下决心了。

"好！"他说，"就这么办！"

他致电胡宣武立即调炮团增援。彭兆栋对于龚雨峰的能力丝毫也不怀疑。他是贺文贤一手调教的得意门生，打过许多硬仗，比胡宣武不知强多少，这一点他心知肚明。眼下仗打到这个节骨眼上，好钢要用在刀刃上，舍不得孩子套不着狼，该出血时就得出血。况且，此战乃对南军首战，能否取胜，至关重要。胡宣武还有些不放心，提醒彭兆栋说，这事须慎重，把炮团交给龚雨峰存在风险。"你他妈的少啰唆，"彭兆栋不耐烦地说，"马上执行！"放下电话后，他还说这个死胖子，能耐不大，心眼倒不小。在他看来，胡宣武这是害怕龚雨峰抢了头功。

炮团迅速增援了。尽管胡宣武有些舍不得，但彭兆栋的命令他必须执行。两天后，传来告捷电报，龚部在炮团支援下，重创贼寇。电云：

蚌埠司令部师座鉴：

今晨我军发起反攻。炮团发挥神勇，向敌炮队猛烈射击，为时半钟，将其全行击毁。我军士气大振，分三路出击，大败贼寇。目下正在扩大战果。此战拜我师座英明部署，三军将士奋勇当先，遂有饮马投鞭之胜乎。峰叩。养印。

接到电报，彭兆栋大喜，立即向孙传芳报捷，同时致电龚雨峰，予以褒奖，令他稳固防线，又令胡宣武向前推进，相机进援。然而，就在他电报刚发出不久，战局忽然发生惊天逆转……

事情来得十分突然。就在龚雨峰报捷的第二天，胡宣武打来电话，说是炮团出事了。"什么？"彭兆栋吓了一跳。

据胡宣武报告称，炮团出发前，他曾交代过刘团长必须每天与旅部保持联络，可炮团出发后，他只接到一份电报，还是刘团长刚到指定位置后发来的，此后便不再有消息。旅部联系几次也未联系上。他致电龚雨峰询问缘由，得到的回答是炮团的电台坏了，有事可由他代转。"妈的，咋这么巧？"胡宣武将信将疑。此时，他已按照彭兆栋之令，率部进达水家湖一线，由于不放心，便派人前往炮团联系。第二天收到回电，说一切正常，请旅座放心。"坏了！"胡宣武接到电报后却惊叫起来，因为派去的人没有使用事先约定的暗号。"炮团出事了！"他当即向彭兆栋报告。

"你确定？"

"确定！"

胡宣武说，他派出的人是旅部的通信兵，临走时交代了暗号，回电必须注明。但他的回电中却没有。胡宣武据此判断炮团一定是出事了。

"关大同呢？"彭兆栋问。

"一直联系不上。"

彭兆栋的脑袋嗡地一下大了。这太不正常了！难道龚雨峰在玩什么花招？这小子从来不和他一条心。况且，这次行动他表现得格外卖力听话，也令人生疑。不过，彭兆栋转念又一想，他不敢。俗话说投鼠忌器，贺文贤如今还在他手上，难道他就一点也不顾及老长官的生死？正想着，胡宣武在电话那头催问怎么办。"你如何打算？"他反问道。

胡宣武说："要不我带兵过去看看？他小子要有二心，我就地解决他。"

"胡闹！"彭兆栋训斥道，"这都啥时候了，你还在这里瞎逗能？"

"那该怎么办？"

"马上回来。"

"回来？"

"是的。"彭兆栋指示他立即收缩部队，向蚌埠靠拢，以做最坏打算。至于龚雨峰那边，他另外派人前去打探虚实。

彭兆栋并不糊涂。眼下的情况明摆着两种可能：一是误会，或虚惊，这当然最好；二是龚雨峰叛了，那麻烦就大了。如果是后者，龚雨峰与南蛮子勾到一起，仅凭胡宣武的一旅根本不是对手。眼下要做的是稳住阵脚，确保根本。因此，他要胡宣武率部迅速撤至蚌埠一线，与师部会合，退可固守，等待援军；进可主动，随机应变。"马上行动！"他命令胡宣武，"越快越好，一刻也不要耽搁。"

"有这么严重吗？"胡宣武开始还有些不以为然。

"晚了就来不及了！"彭兆栋警告道。

应该说，彭兆栋的想法是对的。毕竟混迹军伍多年，在军阀乱战中打打杀杀，滚出了一身"道行"。尤其是疑心甚重，警觉性甚高。

然而，他还是晚了一步。

当日下午，胡旅拔营后撤。行动很快，一口气走了三十多里，天黑之后，部队到达一个村庄，胡宣武下令宿营。电话刚架设完毕，电话铃声便响个不停。驻扎在曹庵、孔店、炉桥一带的部队纷纷报告，说是发现北伐军，并发生激战。曹庵、孔店位于水家湖与淮南之间，如果北伐军真要到了那里，那胡旅的退路便被切断。"这不可能！"胡宣武的第一反应是情报有误，因为北伐军远在巢县一带，不可能这么快就到达曹庵、孔店，除非他们长了翅膀？"不要慌。"他说，"马上弄清情况，再向我报告。"

可是，就在他发出命令没多久，忽然外边枪声大作。卫队连向他报告，发现北伐军。胡宣武吓了一跳，连忙出外察看。他的司令部设在一座祠堂内，卫队连关闭了大门，正在进行抵抗。枪声很猛，子弹打在房檐和瓦片上，噼啪作响，砖瓦的碎片像下雨似的噗噗地往下落。由于天黑，也不知外边有多少人。胡宣武担心被包围，立即下令从后门撤出。一路上惊恐万状，好在北伐军并没有追赶。后来才知道，这是龚雨峰派出的一支侦察部队，发现胡旅指挥部后，便摸到祠堂附近打了一下，这一来倒把胡宣武吓得不轻。由于仓促撤退，部队也乱了，各自为政，一盘散沙。胡宣武惊慌失措，在卫队连的护卫下，一口气跑了七八里。天亮时分，到了一处村庄，方才扎住阵脚，下马时发现自己只穿了一只靴子，另一只靴子也不知丢到了哪里。胡宣武气哼哼地骂着，一边下令警戒，一边收束部队。

吃早饭时候，部队逐步收拢起来。好在损失并不大，可见北伐军的人数并不多，只是小股部队。胡宣武稍稍松了一口气，他一边派出侦察兵，侦察周边情况，一边令部队抓紧吃早饭，准备开拔。就在这时，电话铃响了。副官接过后向他报告，是从孔店打来的。那里是胡旅二团三营的驻地。"营长姓阎。"胡宣武后来在回忆文章中说，他接过电话，还没开口，阎营长便说龚旅长要与他说话。

"龚旅长？"胡宣武一愣，"哪个龚旅长？"

这时话机里响起龚雨峰的声音。

"立威兄，我是龚雨峰啊。"

"龚旅长？……你，你在哪里？"

"我在你的三营营部啊。"

"什么？"胡宣武一惊,这家伙不是在庐州吗？"你怎么会在那里？"

龚雨峰说："时间紧迫，咱们长话短说吧，你的后路已被切断了，你走不了了，请你立即放下武器，接受改编。"

"什么？你说什么？"

龚雨峰又重复了一遍刚才的话，并告诉胡宣武,第二旅已响应北伐。"我现在是北伐军入皖先头部队新编突击旅旅长。"他郑重宣布。

胡宣武大叫起来："龚雨峰，你反了！反了！我要报告师座。"

"很好，"龚雨峰心平气和地说,"我给你十二小时，如果拒不服从，那就别怪我不顾多年的交情了。"说完，啪地挂上了电话。

胡宣武一下子蒙了，他简直不敢相信，龚雨峰居然一下子插到了他的身后，截断了自己退往蚌埠的去路。原来，龚雨峰早与北伐军取得联系，并制定了完整的计划。原定响应的时间在十八日，后在龚雨峰的建议下推迟四天，原因是他担心胡旅的重炮团可能会给北伐军制造麻烦，于是以增援为名，将其骗往庐州。等到该团一到，团长便被请到旅司令部被"保护"（龚雨峰语）起来。为了打消彭兆栋的怀疑，他还与北伐军一起导演了一出激战的好戏。龚雨峰不愧是小诸葛，几乎每一步都考虑到了，而且做得滴水不漏。之后，一切按计划顺利进行。北伐军开进庐州，向水家湖方向挺进，而龚雨峰则率部神不知鬼不觉地插入水家湖后方的曹庵、孔店、炉桥一带，对胡宣武的第一旅形成前后夹击之势。

胡宣武陷入包围之中，如果重炮团还在手中，说不定可以杀开一条血路，退往蚌埠与师部会合，但现在已不可能，而依靠师部支援，更不现实，因为留在蚌埠的兵力只有一个步兵团、一个辎重团，外加卫队团，兵力单薄，自身难保。彭兆栋接到报告后也慌了手脚。

下午六时，限令投降的时间已经到了。龚雨峰向胡宣武发出最后通牒，而与此同时，北伐军和龚旅也做好了最后的攻击准备。

就在这时，龚雨峰突然接到了我爷爷的电报，让他停止攻击，不禁大感意外。

三

彭兆栋万万没想到，就在他同意我奶奶去见我爷爷时，便已铸下大错。据我奶奶说，那次她去石井镇见我爷爷时，非常担心我爷爷的安全，但我爷爷并不担心。他说，现在直（系）奉（系）冯（玉祥）打成一团，南方又宣誓北伐，孙传芳虽然后来居上，但屁股还没坐稳，彭兆栋此时还在观望，不会轻举妄动。他告诉我奶奶，让她转告龚雨峰一定要稳住，并尽快与郑先滔取得联系。临走时，他交给我奶奶一个密码本，这是他与郑先滔联系时使用的。"你要藏好了，亲手交给剑云。"他反复交代说。

后来，我奶奶便把电码本缝在贴身穿的夹袄内，悄悄带了出去。在她离开石井镇几个月后，轰轰烈烈的北伐就开始了。

全国解放前夕，我的小姑爷爷龚雨峰，在淮海战役时率部起义，投奔解放军，不幸遭特务暗杀。在他牺牲后，我小姑奶奶曾花多年时间，搜集他的文稿、电稿和书信，编成《剑云文稿》，刻印一百册赠送亲朋好友门生故旧，以资纪念。我曾在家中找到一本，内分文稿、电稿、书信和诗文四类，按时间顺序编排。在文稿中我查到了龚雨峰在北伐前夕与郑先滔和国民革命军有关将领的电稿、书信计六十余篇，从中可以看到他在北伐前将近十个月的时间里一直与郑先滔和北伐军保持密切联系。而这个时间点与我奶奶从我爷爷那儿带出电码本的时间完全吻合。

"没错,"我小姑奶奶说,"他与姐夫联系全靠你奶奶带出的电码本。"她说的姐夫即指郑先滔。据我奶奶说,她从石井镇回来后,立即把电码本交给了龚雨峰,并把我爷爷的话转告他:"这是大势所趋,响应北伐,全力争取胜利,这也是我们唯一的出路。"

龚雨峰自然明白,此后他很快与郑先滔取得联系,做好了响应北伐的准备。为了防止走漏风声,他在城内租了一处民房,秘密架设电台,由副官崔立真负责此事,并从卫队连抽调可靠人手担任警卫。就这样,神不知鬼不觉地一直与北伐军保持紧密的通讯联系。北伐军进入安徽后,一切准备就绪,箭在弦上,但彭兆栋却完全蒙在鼓中。

在翻阅《剑云文稿》时,我发现我小姑爷爷与郑先滔和北伐军的联系电稿基本都收入书内,从中大致可以看出整个事件的脉络,但唯有那份"报捷"电没有收入。

这份报捷电史称"养电"。从时间看,电稿发于民国十六年二月,即一九二七年三月,而落款中的"养"字,按电报韵目代日法为二十二日。我从省档案馆找到这份电稿后,曾问过小姑奶奶,为啥没有将其收入文稿,小姑奶奶一听就笑了。"假的。"她说,那是为了诓骗彭兆栋发的假电报,故未收入。

原来,这一切都是龚雨峰精心策划的一出好戏。就在那份报捷电发出前三天,龚雨峰已经做好了一系列布局。十九日夜间,当人们进入梦乡的时候,龚旅营以上的军官忽然接到命令立即前往司令部开会,不准丝毫耽搁。会议地点就在合肥城隍庙内,龚旅司令部当时就临时设在那里。军官们奉命纷纷赶到。会议气氛非同寻常,城隍庙周围加强了警卫。早在一天前,龚雨峰已将自己最信赖的第一团第一营调入城内担任防务。当天开会的通知发出后,他立即下令关闭城门,封锁街道,同时设立关卡,派出六支巡逻队在大街小巷进行不间断巡逻。军官们赶到后,进入会场前一律被要求缴出武器,由警卫人员暂时保管。会场由卫队连警卫,三步一岗,五步一哨,戒备森严。连长任家山毕业于保定军校，是独立旅的老人，长着一脸络腮胡子，身材魁梧，据传此人入伍前曾在少林寺当过武僧，功夫超群。此时，他带着几个全副武装的士兵站在会场门前，亲自把守。

副旅长关大同是在睡梦中被叫醒的，事前他一点也不知道开会的事，颇感诧异。"这是咋回事？"他抱怨地咕哝道，心想开会怎么也不事先通个气？等他赶到会场时，任家山伸手拦住他，让他交出武器，他还以为搞错了。"难道连我也要交吗？"

"是的，全得交。"

"我是副旅长！"他有些恼了。

任家山面无表情地说："这是命令。"

"妈的，搞什么鬼？"关大同勃然大怒。这时，龚雨峰从后边走了过来。关大同看着他说："旅座，这是咋回事？"龚雨峰说："没事，你等会就知道了。"说着径直走进了会场。关大同看着他的背影，愣了一下，只好缴出枪，匆匆跟了进去。

会议立即开了起来。龚雨峰开门见山，直奔主题，说明把大家连夜找来是事情紧急，但他并没有马上说明是什么情况，而是开始分析局势。他讲了十几分钟，其要点是：北伐军三路入皖，人心所向，已势不可当，继续抵抗毫无意义，只能作无谓的牺牲。他的话让人大感意外。因为就在几天前，他还信誓旦旦，要与北伐军血战到底，怎么转眼之间全变了？会场上的军官们面面相觑，暗自惊讶。龚雨峰睃巡了一下会场，然后用征询的口气说："诸位，如此局面，大家以为还要继续打下去吗？"

此话一出，会场上立时像风吹落叶一般，响起了一阵窸窸窣窣的声音。众人交头接耳，小声议论起来，都深感意外。

"难道我们要放弃吗？"一个声音响了起来。说话的是关大同。刚才他一直在琢磨龚雨峰连夜召开会议，而且事先没有透露半点信息，其用意何在？及至听到龚雨峰的那番话，他便全明白了。这家伙是要投降啊！但他没有使用"投降"这个词，而是使用一个他认为不那么刺耳的词——"放弃"。可龚雨峰好像并不领情。

"不是放弃，"他更正道，"是响应。"

"响应？"关大同有些惊了。

"是的，"龚雨峰肯定地说，然后又一字一句地重复了一遍，然后转向众人，提高嗓门道，"我再说一遍，我已决定全旅响应北伐，诸位都听清了吗？"

他的话音刚落，会场一片大哗。关大同如坐针毡。他万万没想到龚雨峰会采取这样的行动，顿时有些慌乱。"这是何时决定的？"他说，"我怎么不知道？"

龚雨峰看了他一眼，冷冷道："现在你已经知道了。"

"师座知道吗？"关大同又问。

"他会知道的。"龚雨峰说。

"旅座，"关大同叫了起来，"这可不是儿戏。"

"你以为我是在闹着玩吗？"龚雨峰一句话把他噎了回去。关大同半天喘不过气来，停了几分钟，他忽然站起来。"我退出！"他喊了一声。

"那就请便吧。"龚雨峰冷冷道，目光已经像冰一样的寒冷刺骨。关大同打了个哆嗦，停了一停，然后站起身，硬起头皮向门前走去。这时，任家山魁梧的身躯挡在了他面前。"你们要干什么？"他质问道。

"对不起，先委屈你一下。"龚雨峰说。

"我抗议！"关大同喊道，但卫兵不由分说，将他带了下去。

会场陷入死一般的沉寂。龚雨峰不动声色，用严厉的目光看着大家。"诸位，还有什么话要说吗？"他问道。众人静静的，无人说话。"那好，"他说，"下边我宣布响应计划。"但在宣布计划之前，他把一些人"请"了出去。这些人中包括第二团团长罗邦杰和几个营长，他们均属彭兆栋安插进来的人。由于事发突然，他们毫无准备，一个个显得不知所措。"你们不用怕，"龚雨峰安慰他们说，"你们不会有事的，先下去休息吧。"

说完之后，卫兵们便把他们带了出去。

据说，那天晚上被控制的军官共有十九人，包括关大同在内。这样做很有必要，为的是防止走漏风声。龚雨峰做事向来如此，考虑周密，力求完美。事实上，他确实做到了。剩下来的都是他信得过的军官，而且事先已经摸过底，这就确保了起义的成功。

"好了，"龚雨峰最后说，"现在有请郑将军。"

几分钟之后，郑先滔从外边走了进来。他身着北伐军的军服，扎着腰带，迈着大步，神采飞扬，显得英气勃勃。"我来介绍一下，"龚雨峰说，"这位是北伐军第七军的代表郑先滔将军，大家欢迎！"

会场上立时响起热烈的掌声。

第十二章　爷　爷 | 1927 年

一

我爷爷接到转移通知是二月的一天。那天吃过早饭，曾姨陪着我爷爷在院子里散步，小武爷跟在后边。彭参谋匆匆走来了，他说刚接到师部命令，要接我们去另一个地方，请我们准备行装以便出发。"去哪里？"我爷爷问道。

"不清楚。"他说（这家伙总是这么回答，滴水不漏）。

"啥时走？"我爷爷问。

"吃过午饭，你们休息一下就动身。"彭参谋回答。

这个情况来得有些突然。自我爷爷遭软禁后，转眼已近一年。这一年间，除了逢年过节，彭兆栋派人送来一些酒菜、礼品和问候外，一切风平浪静，没有发生任何事情。现在突然要转移，难免引起猜测。几个议论起来，不知是好事还是坏事。我爷爷一言未发，默默地抽着烟。

下午动身时，小武爷从一个护兵口中得知，保安第一旅已接到开拔的命令前往蚌埠。他还听说，湖北、江西都打起来了。"看来局势要变了。"我爷爷从嘴里取下烟斗说了一句，小武爷并不知道他指的是什么，可看到我爷爷一脸轻松的表情，他也跟着放松下来。

其实，早在几个月前，我爷爷已看出端倪。那是中秋前夕，彭兆栋照例让人送来过节的礼品，其中有老酒、香烟、猪羊肉、布匹和茶叶等，我小叔爷无意间在装香烟、茶叶的箩筐底下发现一张旧报纸，是用来做包装用的，便取来给我爷爷。我爷爷一向重视看报，不论行军打仗，还是在家中，或者在国外，只要有报纸他都要找来看，这已经成了他的习惯。他一直习惯地把报纸称作新闻纸，这还是前清的旧称，他很长时间都改不了。可是软禁期间，我爷爷一直无报可看，他多次提出要求，始终没有答复。因此，看到这张报纸时便迫不及待，从头至尾细读起来。

这是一份《八皖时报》，报纸是两个月前的，但上边有一条消息引起了我爷爷注意。消息称，广州乱党召开中央临时全体会议通过《国民革命军北伐宣言》，并组建国民革命军，"鼓吹叛乱，叫嚣北伐"。消息很简短，但却披露了一个重要信息，那就是他盼望已久的北伐即将实现了。"好家伙，终于要来了！"他按捺不住兴奋，把这条消息反复看了好几遍。

郑先滔说得没错。就在我爷爷回国前，他就来信告诉过他，孙中山先生将在广州成立国民政府，并组建国民革命军，不久将举行北伐，统一全国。他把这称之为"伟大的风暴"，并在信中说："打倒军阀，打倒列强，这场伟大的风暴即将来临！"

现在，报纸上的消息恰好印证了他的说法，我爷爷很激动。据此判断，郑先滔说的那个"伟大的风暴"可能已经开始。去年年初，我奶奶获准前来探望时，他就交代我奶奶传话给龚雨峰，让他设法与郑先滔取得联系，抓准时机，响应北伐，但这事必须谨慎，做到万无一失。我奶奶回去后，到了夏天曾来过一封信，信中有"家乡的玉兰树又开花了"一语，这是他们事先约定的暗语，即龚雨峰已与郑先滔取得联系。下边怎么做就看时局的发展了。他相信龚雨峰会做好这件事，对此他充满信心。

汽车一路南行。路上不断看到开拔的部队在行进。当天晚上，他们在固镇住了一宿，第二天中午才抵达一个村庄。"这个庄子叫牛庄。"

小武爷对我说，他记得很清楚，庄子很大，有百十户人家，牛姓居多。他们被安排住进一个大户人家的院子。这家人是个经商的，在蚌埠、安庆等地开有店铺，是当地有名的富户，拥有良田数百亩。其宅院颇为宽敞，有数十间房子，当地人称之为牛家大院。牛老爷是个五十多岁人，小眼睛，山羊胡，皮肤黑黢黢的，背有点驼，但人很精明。我爷爷一行被安排住在一个偏院里，那里只有一个院门可以出入。门口设有警卫，院子周围也驻有军队。出于礼节，牛老爷每隔几天便来我爷爷住处向他问安，有时也坐下来聊几句，但他每次来，彭参谋都不离左右。有一次，我爷爷问他家里是否有书可供阅读，以消磨时光。第二天，牛老爷便送来一摞书，有唐诗、元曲，还有几本话本小说，都是一些过时的旧书，书页泛黄陈旧。我爷爷随手翻了翻，看到一本话本小说中夹着一张纸片，像是某人看书时随意夹上去，或是临时充作书签之用，也未可知。我爷爷开始也没当回事，无意中瞥了一眼，竟有了发现。"嘿，这是啥呢？"他咕哝了一句。仔细看去，纸片上写了一行字："回庐州探父母离京已远，但见那玉兰开春满人间。"

这话太熟悉了，原本是两句戏词，出自小刀戏《衣锦还乡》。此戏我爷爷小时候看过多遍，其中唱词耳熟能详，有些唱段张口就能来。不过，原唱词应是"回杭州探父母离京已远"，不知怎么成了"回庐州"。他以为是写错了，猛然间，觉得纸片上的字迹十分熟悉。"啊，是剑云！"他很快认出来了。"是的，不错，正是他！"他一下子兴奋起来——很显然，"回庐州"不是写错了，而是龚雨峰故意为之。他是在告诉他，他的部队已开至庐州，而"但见那玉兰开"也意味着很快有所行动。

我爷爷的心情一下子大好起来。中午吃饭时，他喝了一点酒（他平时不大喝酒），而且饭量大增，连着吃了两碗米饭，还让曾姨给他添。大家都很意外，曾姨问他出了什么事。

"没事啊。"

"那你怎么这样高兴？"

我爷爷哈哈大笑,连声说快了,快了。"啥快了?"大家都有些丈二和尚摸不着头脑。我爷爷却笑而不答。他三口两口扒掉碗里的饭。放下碗,一抹嘴巴竟唱了起来:

回庐州探父母离京已远,
但见那玉兰开春满人间。

二

战局的发展迅雷不及掩耳。在我爷爷转至牛庄后不到两个月,北伐军已大举入皖,并节节胜利,这一局面彭兆栋没有想到。更让他恐慌的是,龚雨峰居然响应北伐,从背后插了他一刀,让他措手不及。

接到胡宣武被围的电报,副官便匆匆赶来向他报告了。时间已是上午七点多钟,彭兆栋还躺在热被窝中正睡回笼觉哩。昨天他吃了厨师做的高丽红参炖驴鞭,浑身冒火,晚上搂着准五姨太昏天暗地地滚了好几回,弄得那女人吱歪乱叫,浑身像剔了骨似的软得如同一泡浓浆。"妈的,这家伙真够劲!"他快活得直咧嘴巴。天亮时分,一觉醒来,意犹未尽,竟又爬了上去。那女人又困又乏,说你还让不让人活了。"活个鸟,"彭兆栋说,"日死算球,快活一时算一时。"说着,又上上下下忙不迭地折腾起来,直干得气喘如牛,大汗淋漓,这才浑身疲软,倒头便睡。

就在这时,胡宣武的电报送到了。彭兆栋惊出一身冷汗,连忙从被窝里爬出来。"地图!"他一边往身上套衣服,一边大声叫着拿地图。副官找来地图,摊在桌上,他一看便傻眼了。龚旅已经插到胡宣武的身后,切断了他的退路,而北伐军从庐州一线北上,对胡旅形成了包围。"妈的,老子上当了!"他气得大骂。这时,参谋长带着参谋人员也急急忙忙地赶来了。大家围着地图,指指点点,一筹莫展。

情况相当严重。更糟的是,坏消息还不只这些。他先给张宗昌发电,询问援兵到了何处,但得到的答复如当头泼下一盆凉水。回电称北伐军目下已有沿津浦路北上之势,援皖之事容缓。也就是说,直鲁联军的援兵来不了了。"他妈的,"彭兆栋气得脸色陡变,浑身发冷。"说好的事,咋能说变就变?这帮家伙全是混蛋,没一个能信的!"

参谋长附和道:"可不是,张宗昌人称狗肉将军,唯利是图,他的话哪里能信?"

"给馨帅发报,让他快速增援!"彭兆栋吩咐说,可孙传芳的回电却是一纸空文,声称苏赣战事正炽,望兄顶住,他会催促张帅发兵,局势定会改观云云。

彭兆栋火冒三丈,一把撕了电报。"顶住?你说得轻巧!南蛮子都打到眼门前了,你让我光杆一个,拿啥顶啊?"

之后,他再给陈调元发报,可这个老滑头居然连回都不回。几个时辰很快过去了,外边的指望一个个全断了。这期间,胡宣武的告急电却一封又一封不断飞来,而且每封都是十万火急,请求师座立即增援,或指示方略。电中称"时机紧迫,稍纵即逝","盼援之切,如大旱之望云霓"云云,那口气充满了绝望。

彭兆栋又急又气,但却一筹莫展,只能冲着身边的人大喊大叫,发泄不满。"猪!"他跺着脚骂道,"全他妈的活猪!龚雨峰搞出这么大的动静,你们居然他妈的都不知道。你们聋了?瞎了?都他妈干啥吃的?我看你们吃喝嫖赌样样在行,干正事没一个顶用。"他还说,你们有一个算一个,要有龚雨峰半点能耐,我也不至于被你们害得这么惨,惹急了老子把你们一个个军法从事。他大发脾气,暴跳如雷,简直气坏了。周围的人都低头噤声,如同霜打的茄子耷拉着脑袋。

彭兆栋骂了半天,骂累了,一屁股坐在椅子上。这时,参谋长凑上前去,劝道:"师座息怒,这事属下失职,该打该骂,听凭处罚,绝无二言,但眼下不是生气的时候,还是赶紧想个法子才好。"

彭兆栋铁青着脸，闷头抽着烟，谁也不看，也不说话。参谋长知他已冷静下来，便又进言道："时机紧迫，不容耽搁，还望师座早拿主意。"

彭兆栋站起来，走到地图前，一边看着一边问他们有何主意。于是，众人纷纷献策。有人提议让第一旅向蚌埠突围。"突围？"彭兆栋说，"就凭那头猪，别指望了！"说着，气又不打一处来，大骂胡宣武是头蠢猪，竟在眼皮底下被龚雨峰给耍了。"愚蠢透顶，没有比他更蠢的了！"他恨得牙齿直咬。

参谋长提议，我们可以抽一个团支援他。"那管个屁用？"彭兆栋一挥手。确实，这点兵力根本无济于事。

讨论了一会儿，毫无结果。彭兆栋说："你们都出去，让我一个人静一静。"几个人走了出去。彭兆栋一支烟接一支烟地抽着，屋子里烟雾缭绕。眼下他最担心的，实际已不是胡宣武而是自身的退路。不消说，北伐军吃掉胡旅，下一步的目标就是蚌埠。当然，他想到了万不得已可以去投孙传芳或张宗昌，但寄人篱下，看人白眼，那可不是他想要的。何况那些家伙全是势利眼、白眼狼，如今他手中没了本钱，谁知道他们会怎样待他？彭兆栋左思右想，最后拿定了主意。

"来人啊。"他朝门外喊了一声。

副官应声而入。

"贺文贤人在哪里？"他问。

"在牛庄。"

"备车，"他吩咐道，"我要去牛庄。"

二

彭兆栋赶到牛庄，已是下午一点多钟，我爷爷吃完午饭，正在午休。他多年养成这个习惯，每天午饭后都要小睡片刻，雷打不动。然而，就在他睡下不久，彭兆栋的卫队营的一个连已经开进了牛庄。他们封锁了全部道路，不准任何人通行。士兵们受命将整个村子围得水泄不通，村内布满了岗哨，村民接到命令不准随意走动。牛家大院更是被团团围住，房顶上也架起了机枪，如临大敌。

半个小时后，卫队连布置就绪，彭兆栋乘坐的汽车在两辆护卫车的拱卫下开进村子，停在了牛家大院的门前。彭兆栋走下汽车，他的随行人员也陆续下车，紧随其后。当地驻军的一个营长带领部分军官早已恭候在门前，纷纷上前向他敬礼。这其中也包括负责照管我爷爷的彭参谋。

彭兆栋身着青蓝色的呢制将军服，身披黑色大氅，虽然脸上带有疲惫，但他强打精神，看上去依然威风凛凛。彭兆栋年轻时是一个标准的美男子，身材高挑，浓眉大眼，五官端正，皮肤光滑，透着红润健康的光泽，可这些年由于纵欲过度，他的眼皮过早地松弛了，皮肤也变得蜡黄，早已没有当年的英俊。不过，他依然注重仪表，衣冠楚楚，腰板笔直，擦得锃亮的黑皮马靴踩在脚下吱嘎吱嘎响。

他走进院子，在客厅里坐了下来。彭参谋走过去，向他请示要不要把我爷爷叫起来。"他还在午睡。"他小声报告说。

"不用，"彭兆栋摇了一下手，"让他睡。"他吩咐道。接着，摘下大檐帽，又摘下白手套，彭青连忙上前接过。有人端茶上来。他喝了一口，然后站起身，打量了一下房子，又走进院子四处察看。彭参谋把房主牛老爷带过来见他，他沉着脸，盯着他看了一眼。牛老爷满面笑容，恭敬地弯腰致意。彭兆栋只是淡淡地问了一句："这是你的家？"

"是的，长官。"

"嗯，下去吧。"他摆了一下手，此后不再说话。彭参谋等军官们都小心地站在一边，听候差遣。我爷爷被扣近一年，彭兆栋从未露面，现在突然驾到，而且如此兴师动众，显然不同寻常，他此来何为？谁也猜不透。也许最后摊牌的时间到了？曾姨和我小叔爷、小武爷都感到十分不安。彭兆栋是个反复无常的人，他老于世故，善于权术，与此同时，又心狠手辣，冷血无情。他的脸说变就变，常常这边和你谈笑风生，那边已暗藏杀机。他从不顾及情面，一切以利益为上，在他的人生字典里充满了阴谋、背叛和无耻。他就像一条变色龙，不仅毫无立场、原则，而且见风使舵，处处钻营。

曾姨紧张得浑身直冒汗。她在屋里来回走着，后来实在忍不住了，便走进屋去叫醒了我爷爷。听说彭兆栋来了，我爷爷反应很平静。他什么也没说，从床上起来，一边穿好衣服，一边按部就班地在曾姨端来的热水盆里洗了脸。就在这时，彭兆栋出现在了门口。听说我爷爷起床了，彭参谋原想把我爷爷带到客厅，但被彭兆栋制止了。他主动来到我爷爷的住处，这自然是要摆出一种礼貌的姿态。

一见面，彭兆栋老远就叫起来。"啊呀呀，"他说，"华章老弟，我来看你了！"他脸上洋溢着笑容，拉着我爷爷的手使劲摇晃着，从一见面的寒暄开始，他就表现出了少见的亲热，好像软禁我爷爷的事从未发生过。

我爷爷冷冷地看着他。"这家伙太会演戏了，"我爷爷事后说，"他不当演员简直可惜了。"不过，对于这一套他早就领教过了，并不感到意外。

"你终于露面了。"他淡淡地说了一句。

彭兆栋连忙解释说，早该来看他了，可杂务缠身，一直没有抽出空来。"失敬，失敬了。"他抱起拳来连连拱道。"鬼话！"我爷爷心里想，嘴上说："你如今可是大人物了，见你一面可真不易啊。"他冷冷地讥讽道。

彭兆栋哈哈大笑，丝毫没有听出我爷爷的挖苦，他大声问候，询问我爷爷的身体和起居，嘴里一口一个老朋友，表示无时无刻不在想念之中。那个亲密劲，用我爷爷的话，让人浑身直起鸡皮疙瘩。他还故作姿态地询问彭青，他们对我爷爷照顾得如何，是不是按他的吩咐做了。"华章是贵客，"他说，"如有怠慢，我可不依！"彭参谋连连称是，表示一切都按师座吩咐办理，不敢半点疏忽。"嗯嗯，那就好，那就好。"他用手摸着下巴，又问我爷爷还有什么需要，他一定满足。接着，他还关心地问起我爷爷家中情况，特别谈到了我奶奶，说是弟妹来蚌埠照顾不周，你嫂子要留她多住几日，她也不肯，说是家中一大摊子事，老的老，小的小，都得她去照顾。"弟妹可真是操心的命啊，"彭兆栋笑着说，"不过，我可对她说了，"他一副大言不惭的口气，"今后不论啥事，只要我老哥能办的，她只管言语，我决无二话。"我爷爷半天无语，在扣了他差不多一年之后，彭兆栋居然毫无歉疚，一点也不脸红。

车轱辘似的废话讲了半天，该说正题了。我爷爷一直耐心等待着。他知道彭兆栋此来可不是叙旧谈友情的。果然，彭兆栋言归正传了。"华章老弟啊，"他说，"老哥今日来，还有一件事要告诉你。"

"啥事？"

彭兆栋挥挥手让所有人都退了出去。屋子里只剩下他和我爷爷两人了。之后，他们关起门来，谈了足足两个小时。"俺们的心一直拎着，"我小叔爷曾对我说，"谁也猜不透彭兆栋葫芦里卖的是啥药。他是个笑面虎，对你越热乎就越危险。"事实也确是如此，他的突然到来，让我爷爷身边的人都颇为不安，特别是曾姨。她在屋里一个劲地祈祷："主啊，我们在天上的父，请你保佑我们……愿人都尊你的名为圣，愿你的国降临……救我们脱离凶恶……"她闭着眼睛，嘴里咕噜个不停。

时间慢得像蜗牛爬，简直要把人沤死了。终于，屋里的谈话结束了。然而，令人担心的事并没有发生。事后，据我爷爷说，他与彭兆栋会见虽然事关重大，但并不复杂。之所以耽搁了那么久，是因为彭兆栋做了太多的铺垫。可能是为了消除我爷爷心中的怨气，他一开始七弯八绕，没有马上切入正题，而是云山雾罩，大谈友谊。他回忆起过去在安庆的生活，从我爷爷报考讲武堂说起，一直说到他们多年的交往。他还提及小同街六号，那是他们两家住在一起的时光，也是两家最和睦最融洽的时光。他们常常在一个锅里摸勺子，在一个饭桌上吃饭。"弟妹烧得一手好菜,"他对我奶奶的厨艺赞不绝口,"那个红烧猪脚真是绝了,吃起来简直没个够,如今想起来肚里的馋虫还直爬。"他津津乐道地说着,不时哈哈大笑。其实这些话他不知说过多少遍,早已不新鲜了,但他似乎并不感到乏味。他还说一直看好我爷爷,称我爷爷是他最好的学生,并说他们是患难之交,是一起提着脑袋走过来的。"兄弟,你要记住,"他信誓旦旦地说,"不论发生过什么,你我永远是兄弟,这一点不会变。我向你保证,我说的全是真心话。"在说这话的时候,他满脸真诚,一副掏心掏肺的样子。对于扣押我爷爷,他也一再解释,理由仍是那些陈词滥调。"老哥这是为了保护你,"他说,"你要相信。外边有多少人在盯着你,你的仇人可不少。"他还对我爷爷说,孙传芳曾来找他要过人,但他一口回绝了。"我是那样的人吗?他让我交人,我能交吗?这绝不可能!"一边说一边摆出一副受到侮辱的样子,表示他为朋友两肋插刀,绝不会卖友求荣。

我爷爷冷冷地看着他,根本不相信他的话。不过,对于他这套没完没了的套近乎,实在忍不住了。"你究竟想说啥?"他打断他的话说,"俺被你关了快一年,现在你跑来和俺说这个。你是要俺感谢你吗?"

"你看,你看,"彭兆栋笑了起来,"这叫啥话吗?什么关不关的?我刚才不是说了吗,那是为了保护你。"

"那俺真得谢谢你。"

彭兆栋被刺了一下,面色有些难堪,但他依然神情自若,自我解嘲道:"瞧瞧,你这臭脾气又来了。"说着,他掏出一支三炮台扔在我爷爷面前。彭兆栋烟瘾不小,他最喜欢的牌子就是三炮台,说这烟够劲,不论老刀子还是哈德门都比不了。谈话过程中,他不停地抽烟,每抽一支也给我爷爷递一支。我爷爷扬了扬手中的烟斗,意思是他抽这个。尽管如此,彭兆栋还是不停地把烟扔过来,我爷爷面前很快就堆起了一堆烟。"唉,看来你还是不信老哥啊,"彭兆栋一边抽烟,一边说道,"不过真的假不了,假的也真不了,你以后慢慢会明白。"

"也许吧,"我爷爷喷了一口烟,懒得再与他周旋下去,"彭师长,你到底有啥话,能不能痛快点?"

"好,好,"彭兆栋说,"我就喜欢你这性格,竹筒里倒豆子,直来直去。"说着,他哈哈大笑起来,开始言归正传。

"是时候了,"他又抽了两口烟,沉吟片刻,仿佛在酝酿如何表达,然后郑重其事地看着我爷爷说,"华章,你该回来了。我这里需要人手。特别是像你这样的得力干将。"他的口气充满期待,而且好像为这一刻已经等待好久了。

我爷爷笑了:"回来?你让俺回哪里?"

"一起干,"他说,"咱们兄弟一起干!"他的表情一本正经,我爷爷扑哧笑了。

"你笑什么?"彭兆栋似乎看出了他的心思,"我不是和你开玩笑,"他接着说,"你回来当副师长,保安师一直没有副师长,就是为你留着的。"

这明摆着是瞎话。"有这等好事?"我爷爷笑道,嘴角上挂满了嘲讽。

"我是认真的。"

"嗬,好家伙,你啥时变得这么大方?"我爷爷语中带刺。彭兆栋当然听出来了,但他权当没听见,顾自往下说道:"委任状我都带来了。"说着从包中摸出委任状摆到桌子上,双手推到我爷爷面前。"我早说过了,"他又重复刚才不知说过多少遍的话,"咱们是兄弟,永远是兄弟。"

我爷爷斜了一眼桌上的委任状,连看都懒得看一下。"得了吧,"他说,"谢谢你的美意,俺可消受不起。"

彭兆栋有点坐不住了。"要么,"他说,"你来当师长,我给你当帮手,如何?"

"这俺就更不敢当了。"

"华章老弟,你就不要推辞了,"他说,"如果你还看得起我这当哥的,咱们就一起联手,干一番事业。"

"啥事业？"我爷爷说，"你就别兜圈子了，你究竟想说啥？"

彭兆栋站了起来，脸上的表情显得极为郑重。"我已决定了，"他说，"我已决定响应北伐。"

这一下，轮到我爷爷惊讶了。

"啥？"他说，"你说啥？"

彭兆栋重复了一遍刚才的话。"是的，"他说，"我早就想这样做了。"他捏起拳头在桌上捶了一下，"这些狗军阀，早该打倒了，他们不得人心。"接着，他又表示他赞成国民党的主张，打倒列强，打倒军阀，这是中国唯一的出路，此外绝没有第二条出路。"是时候了，"他又说，"现在北伐军来了，我愿意率部响应，顺应潮流。"

"这太让人吃惊了！"我爷爷迷惑地看着他，"难道太阳打西边出了？"他心里想。

彭兆栋见我爷爷不说话，便又说："老弟啊，我是真心的，愚兄今日前来，就是为了这件事。咱们一起干，你看如何？"瞧着他那副急切的神态，我爷爷明白了，他肯定是有求自己了，否则决不会如此。"都说出来吧，"他说，"究竟发生了什么？"

彭兆栋看我爷爷把话说到这个地步，只好实言相告。"原来你们被包围了，难怪呢？"我爷爷笑了起来。

彭兆栋连声说："误会，这是误会。"他又解释了一大通，并说大家都是多年的兄弟，何必自相残杀？我爷爷讥讽道："那你早干吗去了？"彭兆栋表情有些难堪，但他随即解释说，过去他一直在等待时机，现在时机已经成熟了。"这一天终于来了！"他对我爷爷说，"我彭兆栋愿意为革命肝脑涂地。"最后他希望我爷爷立即给龚雨峰发报，停止进攻。"这样打下去，对谁也没好处。"他还暗示说，胡宣武的第一旅虽然被围，但建制完整，装备精良，第三旅也正从江西开回来（这当然是谎话，该旅早已在援赣时被打散，不复成军），真要打起来，谁也讨不到便宜。

我爷爷挖苦道:"死到临头了,你还嘴硬?"

"不,不是这个意思,"彭兆栋说,"我不是说了吗?这是误会,完全可以说清楚。"他还表示兵燹所至,黎民遭殃,你我都是皖人,岂能坐视桑梓涂炭?只要龚雨峰停止进攻,他保证率全师响应北伐,共同对敌。

我爷爷抬起头来,看着彭兆栋,心里充满了疑惑,心里想着这家伙说的究竟是真话还是假话呢?会不会是缓兵之计?他也拿不准。正思考间,彭兆栋又说:"你不相信我吗?"

我爷爷反问道:"俺凭啥相信你?"

"当然,我会让你相信的。"彭兆栋说着朝门外叫了一声,"来人啊!"

副官应声而至——好像早就准备好了等在外边,听到喊声立即推门走了进来。他拿出一沓文稿递给彭兆栋,彭兆栋接过来把它摆到我爷爷面前。

"这是什么?"

"通电。"

我爷爷拿起来匆匆浏览了一下,是一份保安师响应北伐的通电。通电列举了帝国主义和军阀的十大罪状,声称为贯彻革命主张,保障人民利益,打倒军阀,肃清反动势力,完成国民革命,江淮保安师全体将士决定响应北伐,自即日起誓死效忠革命,与人民站在一起。"这下你总该相信了吧?"彭兆栋看着我爷爷说。

我爷爷咬着烟斗,猛吸了两口,陷入了思考。如果彭兆栋真愿响应北伐,这未尝不是好事,起码江淮之间和皖北一带可以不战而胜,不仅可以避免流血,而且还会大大加速北伐的进程。"好吧,"他说,"希望你言行一致。"

"绝无二言。"

当天晚上,江淮保安师响应北伐的通电便发向全国。通电由彭兆栋和我爷爷(以副师长名义)领衔,旅、团级以上军官二十七人列名其后,时间为一九二七年三月二十四日。这就是著名的"牛庄通电",又称"敬日通电"(二十四日为敬日)。据史书记载,通电影响很大,此后,北伐军在安徽境内迅速推进,几乎兵不血刃,便占领了大部分地区。

几天后,我爷爷见到了郑先滔和龚雨峰。他和郑先滔紧紧地拥抱在一起,久久不愿松开。"我好像看到了光明,看到了希望。"我爷爷事后在日记中写道。从护国战争后,他便迷失了方向,此次北伐使他重新振作起来。那是美好的一天,阳光灿烂,春风拂面。我爷爷激动地抱着郑先滔,眼里滚动着泪花。

龚雨峰走上前,向他敬礼,轻声叫了声先生。我爷爷回过头来,用拳头在他胸前连擂了两下。

"好样的,"他说,"干得好!"

第十三章 大 伯 ｜ 1927 年

一

营房里静悄悄的。夜色笼罩下的四标营驻地几乎没有声响，除了营房门前的灯光外，整个营区大多熄灯了，陷入黑暗之中。和以往一样，各班排的士兵们已经上床休息。我大伯躺在床上焦急地等待着，不停地掏出怀表，借着夜色的微光偷偷看一眼。时间仿佛停滞了，怀表的指针半天一动也不动。"是不是坏了？"他把表摇了摇，又放到耳边听——还好，没坏，怀表传来细微的嘀嗒嘀嗒的声响——看来他是太紧张了。

查岗的来了，随着脚步声，手电光四下里闪了闪。我大伯赶紧闭上了眼睛，一动不动，手电光从他床头上掠过，移向别处，不一会儿传来脚步渐渐走远的声音。我大伯睁开眼，窗外黑漆漆的，房间里寂然无声，但他知道很多人都没睡，和他一样正在焦急地等待着。

为了这一天，他们已经等了四个多月……

八月初，教导团在九江被缴械后，我大伯他们想去南昌追赶起义部队，结果险遭不测，好在事先做了防范，才幸免于难。从事后分析看，敌人显然是设下了陷阱，他们早已发现了渡船，但不动声色，布下伏兵，等我大伯靠近时，突然开枪射击。多亏我大伯反应快，见势不妙，拔腿就跑，敌兵紧追不舍，稠密的子弹在夜色中发出道道火光。我大伯飞快地甩掉追兵，可周围都是敌人，枪声四起，无路可走，情急之下只能跃入江中。我大伯水性一向极好，一个猛子插入水底，久久也不露头。敌兵追到江边，朝着黑黢黢的水面一通乱扫。但幸运的是，我大伯逃过了一劫，沿江向下游漂了三十多里。等到天亮后，才悄悄返回九江。

费伊蓉等人简直急疯了。我大伯彻夜未归，生死未卜，而江边上整夜都传来断续的枪声，这让她们心焦如焚。天亮后，她们沿江打听，听说昨晚好几拨人渡江，全被打死了。事后才得知，这些被打死的多是教导团的人。原来早在几天前，执法队已接到密令，封锁沿江一带，凡渡江向南者一律视为投共，格杀勿论。由此可见，褚良田透露的是实情。至于他为何这么做不得而知，或许是看在过去的情分上？抑或是一时兴起说漏了嘴？不论何种原因，但多亏他的话，救了我大伯他们。

当天上午，我大伯走了几十里路回到营区。按事先约定，如果走散了，他们将在那里会合，再作计议。费伊蓉又惊又喜。她等了十几个小时，不吃不喝，几乎绝望了。见到我大伯，双腿一软，连站都站不起来了，一时间，泪流满面，泣不成声。"都怪俺，都怪俺，"她连声自责，说是差点害死了我大伯，"你要有个三长两短，俺一辈子都不会原谅自己。"我大伯安慰她说，这是大家的决定，谁也不怪，要怪就怪敌人，他们太狠毒了。"好了，好了，"他说，"俺这不是好好的吗？"他还说，俺死不了，俺娘从小就说俺是福大命大造化大，说得费伊蓉也乐了，小声嗔道："你还有心思说笑话，把人都急死了。"

向南的路走不通了，只得另寻出路。我大伯提议可以绕道湖口前往南昌。卢庆竹也认为可行。但费伊蓉说啥也不干了。"咱不冒这个险了，"她说，"咱们先回去。"

"回哪儿？"

"霍川。"

"咋了？"我大伯说，"你要打退堂鼓？"

"不,"费伊蓉说,"廷勇,你说得对,咱们这么乱跑乱撞,太危险,不如先回去,等以后有消息再去找他们。"她还说,过去都是她头脑发热,听不进你们的意见,差点坏了事。

就在他们尚未拿定主意时,这天晚上,连长岳松把我大伯找去了。"你昨天去了哪里?"他坐在椅子上,手里卷着烟,眼睛瞄着我大伯。

"哦,碰上了一个熟人。"我大伯应付道。

"什么熟人,整夜未归?"岳连长点着了烟。我大伯解释说,是老家来的人,很久没见,在旅馆里谈了通宵。

"噢,"岳连长耸耸肩,"你们可真能谈。"他吐了一口烟,声音听上去似乎没有追究的意思,甚至连细节也没有多问,只是强调了军纪。说眼下虽是特殊时期,但军纪仍得遵守,不能夜晚不归,除非事前请假得到批准。

"是。"我大伯说。

"坐吧。"岳连长摆一下手,然后转了话题。看来,他找我大伯来并非要谈军纪。实际上,教导团当时人心涣散,军纪十分松弛。人员来去自由,上边也睁一只眼闭一只眼。岳连长过去向来以要求严格著称。这事要搁过去,岂能轻易放过?但眼下他似乎也是得过且过。"你最近有什么想法?"他问我大伯,我大伯说就是想不通,他们怎么能这样待咱们,连武器也都缴了。他抱怨了一番。岳连长听着,不时点点头。他又问起连里的弟兄们都怎么想,对眼下的状况怎么看。谈话有一搭没一搭,好似闲聊,显得很随意,不过,岳连长最后一番话却引起了我大伯的注意。他说眼下的状况的确很糟糕,大家都对前途感到迷茫。张发奎缴了我们的械,敌人千方百计要搞垮我们,但我们不能上当,更不能孤注一掷。"你都听说了吧,"岳连长说,"教导团昨晚有好几个人偷偷渡江时牺牲了,这太可惜了!"他大致说了一下情况,又说到牺牲中的有某连的某某、某某等。"这样无谓的牺牲毫无意义。"他表示说。接着,他们又谈了一会儿。从谈话内容看,好像泛泛而谈,但又好像句句都有针对性。我大伯听出他话中有话,便问他那该咋办,总不能等死吧?岳连长说,人多力量大,我们要团结。革命充满挫折,不可能一帆风顺,但我们要坚定信心。

岳连长说了半天,我大伯听出来了,他是在给他打气鼓劲,并希望他今后不要再擅自行动。"俺怎么觉着,他像是组织上的人。"我大伯后来说。这是一种直觉,但他不能去问,这是纪律不允许的。如果岳连长认为需要,他会主动告诉他的。当时敌人加强了对教导团的监视,团内一些"孙文主义学会"分子也在兴风作浪,情况十分复杂。"那是一个非常时期,"我大伯说,"党团员的身份不可能随便暴露。"几个月后他才知道,岳连长的真实身份是一营党支部书记,对外则称团支部书记(当时党组织对外一律称团组织,这也是一种保护措施)。据我大伯说,当时党组织鉴于部队的状况,暗中开展工作,找了不少人谈话。费伊蓉她们女兵队也是如此。不过,这些谈话都是个别进行的,彼此间并不知晓。

不久,又传来了消息,叶剑英要来当团长了。叶剑英是开国十大元帅之一,但我大伯当时对他知道得并不多,只听说他是第四军参谋长,北伐时当过新编第二师师长,英勇善战,威望很高。他能来当团长,大家都很高兴。不久,叶团长到任了,第二方面军教导团也改为第四军教导团。"没有叶帅的努力,"我大伯对我说,"教导团也许早就不存在了。"事实也正是如此。我曾查过有关史料,当时叶帅的共产党身份并未暴露,是他说服张发奎保留了教导团,由自己兼任团长。此后,他多次来团里视事,发表讲话,进行整顿,逐渐稳定了军心。教导团在九江略做休整,继续南下。到达南昌后,重新发还了枪支,部队的信心进一步得到提振。

此后,部队继续向广东进发,但一路上充满波折。到达韶关时,张发奎不知从哪得到密报,说是教导团要在韶关举行双十节暴动,于是责令教导团"自动交出武器"。这一回,教导团不干了,不仅拒不执行,还与二十五师在韶关城内形成对峙。双方剑拔弩张，一触即发。据我大伯说，他们营还抢占了城门口，决心拼个你死我活。在这紧要关头，教导团党组织出面做工作，说服大家，冷静处理。不久，二十五军首先撤离，教导团也以连为单位将枪支集中保管，直到部队进入广州后，才又重新发还。

这一切，当然与叶团长的努力分不开。张发奎当时内心充满矛盾。他曾说过教导团是拉了线的手榴弹，意为拿在手里炸自己，扔出去炸别人。也就是说，他对教导团既想用，又不放心。叶剑英则利用了他的这种心理，与之巧妙周旋，使他相信教导团有保留的价值，可以为己所用。

教导团开进广州后，驻扎在四标营。那是十月末。十一月中旬，粤桂战争爆发。张发奎为了与桂系争夺地盘，在梧州、肇庆和韶关一带发生激战。双方调兵遣将。张发奎的第四军、第五军主力分别开赴前线，广州出现空虚，这给我党发动武装起义造成了机会。

其实，早在教导团走到万安时，就有了起义的打算，但党组织认为时机不成熟，还是等进入广州再择机进行。

现在，这个机会来了。

十二月初，教导团的党团员同志都接到了起义的通知，大家无比振奋。不过，表面上，部队仍然保持平静，上课、出操、训练一如既往。张发奎对教导团始终不放心。为了加强控制，他派亲信朱勉之（其表弟）前来教导团任参谋长，同时任命了一些营连长充当耳目。很快，便有密报传到他的耳中，说是教导团即将发起暴动。张发奎大为紧张，立即调集军队赶往广州。

局势骤然紧张。有鉴于此，起义总指挥部决定提前起义，将原定的十二月十三日起义时间改为十二月十一日。

十二月十日这天一切如常。除了正常训练外，团里还进行了篮球比赛，从表面看没有任何异常。岳连长熄灯号前把我大伯、卢庆竹，还有一班的窦班长（据我大伯说，窦班长是湖北黄陂人，名字忘了。他是一个大块头，力气很大，后来在紫金县的战斗中牺牲了）找去，秘密交代了任务，即在行动开始前，抓捕二营长，他是朱勉之安插进来的人。"动作要干净利落，"岳连长吩咐道，"不准有任何闪失。明白吗？"

"明白。"

午夜十二时——这是原定的起义时间。我大伯躺在床上，焦急地等待着信号。终于，黑暗中传来了一声响动，接着有人碰了他一下，是岳连长。他迅速起身，穿好衣服。屋里有几个黑影在晃动，是卢庆竹和窦班长。几个人轻手轻脚，从枪架上抓起枪，小跑着出了房间。

二营长的卧室在走廊顶头。他们几个人摸了过去，一个担任监视的二营士兵早已等在那里，他用手向营长的卧室指了指，岳连长二话不说，轻轻推开房门，接着摁亮了手电，只见二营长正躺在床上仰面酣睡。我大伯一跃而上，扑上去用手指锁住他的喉咙。卢庆竹和窦班长也一拥而上，把二营长从床上提溜了起来。"弄啥？弄啥呢？"二营长急得大叫，窦班长一拳打上去，打得他满嘴喷血。"住嘴，别出声！"他小声喝道。

二营长哼哼叽叽的不敢出声了。岳连长摁着电筒照着他的脸说："你给我听着，只要你老老实实，我们不会要你的命。"

"是，是。"二营长连声告饶。

"带走！"岳连长令道。

当他们押着二营长从房间里出来时，听到有人说朱勉之已被干掉了。原来，就在我大伯他们抓捕二营长时，有几个战士按照事前的布置把朱勉之抓住，拖到门外捅死了。其他的抓捕行动也进行得十分顺利，团内多个由张发奎派来的营连长以及一些反动分子全被抓住了，看管起来。由于事前高度保密，布置周密，没放一枪一弹，便将内奸全部铲除。

凌晨二时，全团开始集合。大家站在操场上，分东西列队。不一会儿，起义领导人从队列中间走了过来。他们有张太雷、恽代英和叶挺（叶剑英团长由于在市内布置起义，没有前来）。几个领导人先后讲话，并宣布起义。官兵们立即撕掉青天白日帽徽，系上红布条领带（这是事前悄悄发的），之后各营连按照昨天的布置，开始分头行动。

一队队的官兵跑步奔出营房。

轰轰烈烈的广州起义打响了。

二

第一营的任务是攻打公安局。这是一场硬仗。他们赶到公安局时，已是凌晨五时多。其他地方这时已经打响。公安局内的敌人听到枪声，提前占领楼房等有利地形，关闭大门，拉上铁栅，利用装甲车和机关枪的火力固守反抗。第一营原定的突袭计划未能奏效。配合第一营作战的是赤卫队第一联队。他们都是广州本地人，熟悉地形，提议从公安局邻近的房屋翻墙过去，内外夹攻。这个主意不错。营长命令岳连长带一连执行。他们在赤卫队的带领下，顺利翻过围墙，突然从敌人侧后发起突袭，守敌大乱。我大伯等人乘势冲上去打开大门，一营和赤卫队呐喊着冲了进来。敌人惊慌失措，四处逃窜，来不及逃的便跪地求饶。不到半个小时，战斗便顺利结束。起义部队打开牢房，释放了关押在这里的二百多人。他们大多是我们的同志，还有一些"清党"抓进来的黄埔军校学生。在审讯室，有一个青年人被吊在刑具上浑身血迹，已经昏迷。他身着便服，看不出身份。我大伯上前将他放下来，用手探了下鼻息，发现尚有呼吸，便说他还活着。"快送救护队！"他大声喊道，几个赤卫队员上前扶起他，一个赤卫队员将他背起来向外跑去。

天亮时分，一面红旗在大楼上升起。一营官兵和赤卫队员们发出阵阵欢呼。与此同时，起义各部进展顺利，省党部、广九车站、电灯厂、中央银行等目标先后被攻下。听说广东省政府主席陈公博、张发奎等闻讯已逃往珠江南岸第五军军部。上午八时,大街小巷贴满了红色标语和布告。教导团女兵队也走上街头进行宣传。一队队系着红布带的士兵和赤卫队员们扛着枪,唱着歌,列队走过。路边上坐满了俘虏兵,摆满了各种枪炮武器,市民纷纷跑来围观。还有人主动要求分发武器,参加战斗。

当天下午,改名为红军的起义部队拿下了观音山,这里是广州的制高点。上午时分,停泊在沙面江上的英、美等列强炮舰公然向起义军阵地开炮,试图武力干预。红军占领观音山后,利用有利地形,立即展开回击。列强炮舰不得不退出江面。随后,敌人第四军司令部和第十二师司令部也相继被攻克。局面一片大好。

次日上午,广州苏维埃政府成立,地址就在公安局大楼内。初战告捷,起义部队士气高涨。然而,谁也没想到的是,到了下午,风云突变。起义总指挥张太雷在去西瓜园开会时,乘坐的敞篷汽车在大北寺路遇到袭击,不幸牺牲。与他同车的国际代表纽曼及时躲避,才幸免于难。"这个损失太大了。"我大伯后来回忆说,太雷同志是第一个牺牲在战斗第一线的我党中央委员和政治局成员。消息传来,官兵们极为悲痛,发誓要血债血还。可是,这时候,形势已经出现变化。张发奎紧急调兵遣将,驻肇庆、东江和顺德的李福林、薛岳、许志锐、缪培南等部星夜扑向广州,而我党由于提前起义,原定计划增援的农民赤卫队无法赶到,敌我力量对比立即发生逆转。

十二日晚,战斗渐趋激烈。起义军在各个阵地坚守抵抗,损失严重。为了保存实力,红军指挥部决定撤出广州,于当晚十时在黄花岗集合。但由于时间紧迫,交通阻隔,命令无法通知到每个部队。我大伯所在第一营在占领公安局后,被调往观音山阻击敌人。他们和赤卫队第六联队在山上一直打到次日凌晨。据我大伯说,指挥赤卫队第六联队的是后来成为开国元帅的徐向前。"这次起义有三个元帅参加。"我大伯说起来特别自豪，而且这三个元帅（另两个是叶剑英、聂荣臻）他都亲眼见到了。后来，敌人的增援越来越多，弹药也不多了。岳连长命令我大伯赶往指挥部请求支援。"我们弹药不多了，"岳连长大声喊道，"就要顶不住了。"

我大伯一路飞奔。凌晨的广州街道上几乎不见人影，路障和哨卡上空无一人。路上一片狼藉，碎石遍地，不时可见横陈的尸体和战斗留下的痕迹。指挥部与苏维埃政府同在公安局大楼内，我大伯参加过攻打公安局的战斗，对这里并不陌生。他快速来到门前，只见那块写着"广州苏维埃政府"的大红木匾依然悬挂在门前，但岗哨已不见了。楼内空空荡荡，满地杂物，一些被焚烧或销毁的文件纸片吹得到处都是。我大伯连声大喊："有人吗？有人吗？"楼内空荡荡的，无人回应。我大伯推开一间房子，只见桌上堆满了光洋和纸币，这都是从银行里收缴上来的，居然无人看管。还有几间房子里堆满了武器弹药。我大伯抓了几把子弹塞在口袋里，连忙向外跑去。到了街上看见一队赤卫队跑了过来。他叫住他们。

"喂喂，人呢？人都去了哪里？"

一位头上缠着绷带的赤卫队员说："你是哪个部队的？"

"教导团的。"

"你们没接到命令吗？"

"没有。"

"指挥部有令撤出广州，快去黄花岗集合！"

我大伯愣了一下，还想多问几句，可那队赤卫队员已匆忙离去。我大伯不敢耽搁，连忙向观音山跑去。凌晨时分，敌人陆续攻入市区。等我大伯赶到观音山时，已是上午九点多钟，阵地已经失守，第一营和赤卫队正在往下撤。我大伯找到岳连长向他报告情况。

"什么，全撤了？"

"是。"

"难怪呢!"

岳连长一边让人通知一营长和赤卫队,一边带人向黄花岗方向突围。路上不时遇见敌人,他们边打边走,很快突了出来。赶到黄花岗时,起义主力已向花县撤退。路上他们与赤卫队第六联队以及零星撤下来的人员合并一处,天黑时分终于追上了主力。

几天后,部队在花县进行了改编,命名为中国工农红军第四师,师长叶镛由士兵委员会推选产生。这个决定立即向部队进行了传达。虽然撤出了广州,但情况依然十分严峻。花县地方武装包围了县城,封锁了出城道路,给部队供给造成极大困难。从广州传来的消息,张发奎回师后,在城内大开杀戒,疯狂屠杀,凡有红色嫌疑者抓住就杀,大街上到处都是尸体。花县离广州很近,且靠近铁路,敌人随时可能到达,不宜久留。师部讨论去向,先是决定去江北,与朱德率领的红一师会合。可派出去探路的侦察员,始终没有消息。

一天上午,我大伯正在院子里擦拭武器,岳连长匆匆走进来了。他说大家快准备,要出发了。"去哪里?"我大伯问。岳连长说,别问那么多,快准备。

当天下午,部队便出发了。我大伯他们连担任前卫,一通猛冲猛打,击退民团武装,杀开一条血路。主力部队紧随其后,迅速摆脱敌人。途中,我大伯才获知,由于无法联系红一师,师部决定前往海陆丰,找彭湃同志会合。"那里有我们的根据地,"岳连长说,"可以落脚。"

前往海陆丰需要经过从化、龙门,并渡过东江。路上,敌人围追堵截,红四师且战且走,并一举突破东江。可是,就在部队进入紫金县时,迎面赶来敌人两个团。此时红四师已经极度疲惫,为了尽快摆脱敌人,师部命令第一营担任掩护,不惜一切代价确保主力突围。

由于敌人来得很快,部队来不及修筑工事。不过,一营二连迅速抢占了一个山头。这个山头位于公路右侧,正好可以居高临下,阻截敌人前进。战斗打得极为激烈,敌人仗着人多势众,装备精良,轮番发起进攻，而且每次进攻都以营为单位，山坡上黑压压的全是敌人。我军全力阻击，连马克沁机枪的枪筒都打得冒起白烟。午后时分，敌人的炮兵赶到了。凶猛的炮火持续向我军山头进行轰击。硝烟弥漫，弹片横飞，不少战友纷纷倒下。窦班长被弹片击中，脑袋削去了一半，鲜血喷涌。岳连长也负了伤，右胳膊被炮弹炸断。尽管伤亡很大，但全连力战不退。一直坚持到傍晚，得知主力已脱离危险，才决定撤出阵地。可是，就在这当口，一发炮弹打来，落在我大伯身边，轰的一声，他的身体被高高抛起，随后便失去了知觉。

三

费伊蓉得知我大伯受伤的消息，正在一间屋内协助抢救一名重伤员。黄静雯跑来，探头看了一下，见她正在忙碌，又退了出来。费伊蓉也看到了她，但无暇说话，直到手术做完，刚出屋子，便见黄静雯又跑了过来，老远地喊她。

"啥事啊，静雯？"她问。

"廷勇负伤了。"

"啥？"费伊蓉一惊，"人呢？"

"正在抢救。"

费伊蓉顾不上多问，便向后厅跑去。医疗队临时设在一座祠堂内。有两间光线好的房间做了手术室，一间在前厅侧屋，一间在后厅侧屋。其余房间，包括厅堂都做了病房。条件很简陋，地上铺了稻草，伤员一排排地躺在上边。费伊蓉三步并作两步，穿过院子里晾晒的绷带和纱布，一口气跑到后厅侧屋。我大伯不省人事地躺在一张案子上，脸色苍白，毫无血色，手术正在进行。据说他身上中了五块弹片。费伊蓉小声问边上一位护士情况如何。那护士也是女兵队的，与费伊蓉相熟。她连连摇头，表明情况十分严重。负责手术的大夫是医疗队的刘队长，他对有人打扰手术颇为恼怒。"出去！"他喝道。

那护士连忙示意费伊蓉出去。费伊蓉像木了一样站着没动，还是黄静雯上前把她拉了出去。"廷勇会死吗？"出了门她就忍不住呜呜哭起来。

黄静雯安慰她说不会的。"廷勇很坚强，"她说，"他流了很多血，庆竹他们背他回来时，走了一天一夜，还担心他挺不住哩，可他硬是挺了过来。"她还告诉费伊蓉，刘队长医术很高明，他会把廷勇救过来的。可这些安慰的话，对费伊蓉根本不起作用。"俺真受不了了，"她说，"俺简直不想活了。"她一边说，一边泪流不止。

黄静雯赶紧抱住她，让她不要乱想。"会好的，会好的。"她连声劝道。

我大伯的伤情非常严重，一连几天陷入昏迷，就连刘队长也认为凶多吉少。"恐怕不行了。"他说，只是为了安慰费伊蓉，他并没有把这话对她说。

部队继续前进。在过了紫金后，走到一处山地时，再次遭到敌军的围堵。这一仗打得很艰苦，部队伤亡很大。不过，我军已无退路，只能奋勇向前。经过一整天的激战，终于打退了敌人。战后，大批的伤员被送到医疗队，全体医护人员奋力抢救，连续一天一夜，目不交睫，饭也顾不上吃。费伊蓉埋头工作，累得气都喘不上来，但她心里一直在牵挂我大伯。天亮后好不容易有个空当，便跑去看我大伯。

那天，医疗队临时设在一所小学校内，有六七间房子都是病房。我大伯原在第二间病房，可费伊蓉去了后，却没有找到我大伯。"人呢？"她有些意外。"你说谁？"一个农会模样的女干部正在护理伤员，抬起头来看看她。

"贺廷勇啊，就是那张床……"

那个女干部摇摇头，似乎并不清楚。费伊蓉以为是换了病房，便挨个房子找起来，仍然没有找到。这时，一个熟识的女护士看见她，便叫了她一声。

"贺廷勇呢？"费伊蓉问道。

那护士把费伊蓉拉到门外。"伊蓉，"她说，"你要冷静，千万要冷静。"她紧握她的手，仿佛要给她力量。她的口气让费伊蓉感到从未有过的恐怖。

"咋了？出了啥事？"

"他走了。"

"啥？"

"贺廷勇走了。"

费伊蓉眼前一黑，差点摔倒，那护士连忙扶住她。这时，黄静雯也走了过来。未开口，眼泪便流下来。"伊蓉啊，"她说，"俺也是刚听说，你要挺住啊。"

"人呢？"费伊蓉忽然叫起来，"人呢？"她大声问道。那个护士告诉她，已经抬走了。"啥的？"费伊蓉喊道，"抬哪去了？"护士说后山。"不，不，"费伊蓉哭喊起来，"这不可能！你们不能这样做！"

黄静雯上前抱住她，连声叫道："伊蓉，伊蓉……你冷静点……"她连声劝道，试图让她安静下来，但费伊蓉却一下挣脱开，拔腿向外跑去。

"伊蓉，伊蓉……"黄静雯连忙跟了上去。

村后的小土山上，十几个战士和村民正在挖坑。一排牺牲的官兵遗体摆放在山坡上。费伊蓉疯了似的跑过去。她找到我大伯，一下扑上去痛哭流涕。"廷勇啊，廷勇……你醒醒，你醒醒……"她紧紧地搂着我大伯，放声哭喊，仿佛彻底崩溃了。

正在挖坑的战士和村民都停下来，看着她，唏嘘不已。黄静雯来到近前。她蹲下身子，抱住费伊蓉，陪着她一起流泪，说不出话来。

傍晚时分，夕阳西下。整个土坡染上了血色，闪烁着酱紫色的红光。一群乌鸦嘎嘎叫着，发出凄厉的声音，在空中盘旋。官兵们的遗体一个个被下葬。最后，只剩下我大伯了。一个战士走过来，劝说费伊蓉。"同志，坚强点。"他说，"让他走吧。"可费伊蓉死也不愿松手。她就那样紧紧地搂着我大伯。"他没死，没死……他不会死……"她歇斯底里地喊道，那样儿简直有点疯癫了。

黄静雯一看这情景，生怕她出事，急忙上前拉开她，一边劝说，一边示意边上的战士一起帮忙。然而，费伊蓉死死地抱着我大伯就是不放。她一次次被拉开，又一次次挣脱开来扑到我大伯身上。

忽然，奇迹发生了。

我大伯动了一下。

"啊，他活着……他还活着……"费伊蓉大叫起来。她披头散发，面目狰狞，看上去就像鬼一样，简直把边上的人都吓坏了。

第十四章　太叔爷　| 1924 年

一

民国十三年，我太叔爷贺恺年病逝了，享年四十四岁。他患的是肝病，曾四处求医，但始终无法治愈。据说死时很痛苦，腹水把肚子胀得很高，像个孕妇似的。后来，从上海请来一位德国医生为他抽掉腹水，并用鸦片来减轻痛苦，这才好受点。

贺恺年一生有过辉煌，也见过大世面。他早年投军，出生入死，吃过不少苦，后来解甲归田，经营实业，富甲一方，是霍川县志上记载过的名人。虽然他早年与我太爷爷失和，但看在亲兄弟的面上，灭门案发生后，他却施以援手，一心想把我太爷爷救出来，可结果并未如愿，这也导致他后来与卫家翻脸，结下了几代冤仇。

灭门案发生后，贺恺年脑子里蹦出的第一个嫌疑人就是卫孝衡。"这事八成与他有关。"他当时就有这样的预感。

当然，这种预感不是无缘无故的。霍川新政开始后，私盐贩卖受到严厉打击，而卫家首当其冲，遭受重创。不仅如此，卫孝衡的外甥白小虎也被开刀问斩。用卫孝衡的话说，姓秦的把事情做绝了。按照他大魔王的脾气，岂能善罢甘休？因此，灭门案一出，贺恺年马上就想到了他。为此，他特地去了一次卫家埠。与其说是想证实这件事，不如说是想排除这件事。"俺真不希望是他干的。"贺恺年私下里曾对人这样说。

卫家埠离大贺村七十余里地,贺恺年到达时已近正午,正赶上饭点。卫家热闹非凡,欢声笑语。新年将至,前来送礼的人挤满了院子和前厅。各路生意伙伴和大小头目蜂拥而至。肩挑车拉的礼品堆积如山。各色人等,进进出出。厅屋里已摆出十几桌酒宴。仆佣们忙忙碌碌地张罗着、照应着,人声沸腾,一片喜庆。

卫孝衡的情绪很好,在众人簇拥下,有说有笑地招呼客人。见到贺恺年,他便向他招手,让他在客厅里坐下喝茶。贺恺年也带来了年礼。每年他们两家都要互赠礼品,这已成了多年的惯例。吃了一杯茶,叙了几句闲话,由于客人多,有些话不便说,贺恺年瞅准一个空子,便把卫孝衡拉进书房,问起秦府的事。

"啥事啊?"卫孝衡起先还装聋作哑。"你难道没听说?"贺恺年道,"秦家被灭门了!"

"哦,你说那事啊?"卫孝衡表情淡淡的,一副恍然省悟的样子。贺恺年对他的反应感到有些奇怪:这么大的事他居然一点不在乎?"听说一家十七口全杀了。"他接着又说。

"活该!"卫孝衡这时朝地上啐了一口。"这个王八蛋也有今天,真是老天开眼啊!"他一边说一边大骂起来。

贺恺年说:"四哥,话不能这么说,不论咋说,这事做得有些过了。"

"有啥过的?死得好!"卫孝衡一跺脚,又骂了起来,说姓秦的坏事做绝,他来了之后好事不做,处处和俺作对,连小虎也不放过。"他娘的,"他说,"他这是罪有应得,死有余辜!老子恨不能扒了他的皮。"

卫孝衡的态度让贺恺年半天无语。难道这事真是他干的?他心里想着,等到卫孝衡骂完了才开口道:"大哥,俺知道你心里有气,今日小弟来有一事不知当问不当问?"

"啥事?"

"这事……"他迟疑了一下,说,"俺是说,这事和你没关系吧?"

卫孝衡一听这话，愣了一下，抬头看了一眼贺恺年，忽然仰起脖颈，哈哈大笑起来。"咋了？你啥意思啊？"他说。

贺恺年说："俺只是有点担心。"

"你是怀疑俺？"

"这倒不是。"

"那是啥？"卫孝衡说完这话，突然瞪起眼睛，勃然大怒。"别和俺来这个！"他说，"俺问你，你还是不是俺兄弟？"

"当然是。"

"可俺看你屁股早坐偏了，不像是俺的兄弟，倒更像是那姓秦的兄弟！"

"四哥，你咋这样说？"

"俺说错了吗？自从姓秦的来了，你就一直在帮他说话。现在竟怀疑到你大哥头上，难道姓秦的不该死吗？这都是他自找的！"

谈话进行不下去了。这时，外边有人来催促开席了。他们便一起走了出去。这顿饭，贺恺年吃得索然无味。席间，众人推杯换盏，十分热闹。尽管卫孝衡一如既往，与他频频碰杯，但两人都显得有些不大自在。

当晚住下，直到次日吃早餐时，卫孝衡才又重提昨日的话题。"老弟啊，"他说，"大哥脾气不好，你可别往心里去。"卫孝衡是专门来陪贺恺年吃早餐的，屋子里就他们两个人。提起秦尚义，他又大骂起来："这个姓秦的，不是个好鸟，你看他来了之后都干了啥事？把人都得罪光了。他当他是谁啊？还和老子叫板？俺卫孝衡在霍川地界上可不是好欺侮的。"骂了一阵之后，他话题一转，又说老弟你别担心，你大哥可不傻，哪些事能做，哪些事不能做，自然是心中有数，说着，还亲热地拍拍他的肩膀。

卫孝衡的这番话虽未明说，但实际上撇清了自己。从卫家埠回来，贺恺年心里多少有些释然。"也许真不是他干的，"贺恺年当时心里想，

"新政得罪的人可不少，想杀秦尚义的也不是他一人。"及至我太爷爷被抓，从他那里得知，凶手中有一个人很像白团总时，心里便扑通一下，感到事情不那么简单。

白团总名叫白立贵，土匪出身。他是霍川三里店人，早年因抢劫杀人，负案在逃，后上大牴岭当土匪，绰号老洋人，因其长得鹰鼻凹眼，满头卷发，故而得名。白立贵上山之初，由于心狠手辣，一度深得山寨老大刁狗子的信任，但他色胆包天，居然勾搭刁狗子的女人，事发恐惧，遂生异志，于是配合官府，里应外合，将大牴岭匪巢一锅端掉，立下一功。此后，他投靠卫孝衡，得到重用。当时，霍川私盐贩子分成几大帮派，相互明争暗斗，白立贵敢打敢杀，很快打出了名声。光绪二十八年，即灭门案发生的前一年，他当上了新成立的霍川商会民团团总。

这当然是卫孝衡一手提携的结果。因此，当我太爷爷提到白团总时，贺恺年马上联想到卫孝衡。"他没和俺说真话！"他心里当时就这样想，并立即叮嘱我太爷爷把话放进肚里，千万不能说出去。应该说，他很担心这一点。凭他对卫孝衡的了解，这事如果让他知道了，他决不会放过，但只要我太爷爷不露口风，也许就会无事。即便退一万步，不看僧面看佛面，卫孝衡也没必要把事情做绝，因为毕竟贺继年是他贺恺年的亲兄弟啊。

然而，让他万万没想到的是，我太爷爷还是未能逃脱一死。

这一来，贺恺年无法容忍了。在我太爷爷死讯传来的第二天，他便去找卫孝衡了。当时，卫孝衡正在商会议事厅与人议事，看到贺恺年他还笑嘻嘻地打招呼，并唤人泡茶来吃，好像什么事都没发生。

"俺哥死了？"贺恺年劈头就问，"你听说了吗？"

"啥的？"他挑起眉头看了贺恺年一眼，"这是咋弄的吗？咋会出这种事？"他一边说，一边还咂着嘴巴，好像十分惊讶。其实，这事早已传遍了全城，卫孝衡不可能不知道。"你难道没听说？"贺恺年说，

"这太奇怪了！"

贺恺年话中有话，卫孝衡当然听出来了，但他依然故作镇静。"老弟，你啥意思吗？"他说。

"你心里明白。"

"明白啥？"

"俺要你说实话，这是谁干的？"

卫孝衡听了这话便坐不住了。"你这是啥话吗？"他说，"难道你是怀疑俺？他娘的，这和老子有屁关系啊？"

"有没有关系，俺会查清楚。"

"你疯了！"

"俺可没疯，"贺恺年道，"疯的是你。俺一直相信你，把你当兄弟待，可你连俺哥也不放过。"说到这里，我太叔爷十分痛苦，"你哪还讲一点兄弟情谊？俺明说了吧，你不用抵赖，这事再明白不过了。还有秦家的案子，你也脱不了干系！等着瞧吧，这事没完！"

卫孝衡勃然大怒，说你血口喷人。两人大吵起来，彻底翻了脸。卫孝衡说俺没你这个兄弟，贺恺年也割袍断义，与他誓不两立。

打这，贺恺年开始四处查访，下决心要把此案查个水落石出。据家族的老人说，我太叔爷办事向来有股子狠劲，不办则已，一办就不惜代价，非办出个名堂来不可。

果然，他的查访没有白费工夫，半年后有了线索。

在我太爷爷冤死的那一年的六月，贺恺年终于在英山县抓到了那个潜逃的牢子。该牢子姓陈，名不详。据他交代，是白立贵授意让他下毒，害死我太爷爷，收受"贿银三十两"（县志语）。

这是一条重要的线索。白立贵的嫌疑进一步上升。如果说我太爷爷那天晚上看得不清楚，无法确认凶手的身份，但从白立贵指使陈某下毒看，反倒不打自招，暴露了自己。据家谱记载，贺恺年抓到"陈某"后，便将人犯秘密押至甘露寺。该寺位于北门附近，原为一处寺庙，后改为驿站，人们仍习惯地称其为甘露寺。当时负责查办灭门案的钦差大人陆景芙就驻扎此处。

灭门案发后，朝野震惊。这种野蛮的杀害朝廷命官，且手段之残忍，实属罕见。谕旨严查，各级衙门层层督办。春节过后，一应查办工作迅速展开，各路大员先后驾到。钦差大人陆景芙也驾临霍川，亲自坐镇。陆景芙时任刑部侍郎，是著名的能吏，娴于刑案，且公正廉明。早年曾在天津办过洋务，热衷于求新图变。秦尚义是他的得意门生之一。当年他去霍川任职也是由他力荐。对于霍川新政，他全力支持，充满期待。然而，没想到功业未成身先死，这让他极为愤慨，痛心疾首，立即上奏朝廷，请求彻查此案，严惩凶犯。他强烈谴责凶犯的暴行，认为此案极为恶劣，是目无法纪，公然对抗新政，其手段之残忍，为国朝所未见，必须严查不怠，以正视听。他还主动请缨前往霍川，在将近半年多的时间里，废寝忘食，事必躬亲，勘查现场，阅卷查访，对于案件的每条线索、每个证据、每个细节，以至于每个疑点，都像过筛子似的不知过了多少遍，能查的都查了，能找的都找了。他还走访了当地各界人士，了解情况，征询意见。尽管如此，随着日子一天天过去，案卷堆积如山，但却毫无进展。

陆景芙非常焦急。就在他苦于无计可施之时，贺恺年抓住了陈某，这让他大喜过望。当晚便进行了提讯，并录下口供。为了谨慎起见，他避开当地衙门，特地从颍州府巡防营调来一队人马，实施抓捕行动。

行动开始后，按照事前的布置兵分两路，一路直奔商会民团驻地，实施布控；一路则包围了梦云馆。根据可靠情报，白立贵当晚就在这家妓院里与苏州新来的花紫云厮混。花紫云是姑苏名妓，芳龄二八，不仅姿色过人，而且技艺超群，弹得一手好琵琶。白立贵迷上了她，那段时间几乎天天晚上都在这里过夜。

这天晚上，他邀来一帮狐朋狗友，正在梦云馆吃花酒，由花紫云弹琴助兴。巡防营突然出现，他吃了一惊。因为事先没有听到任何风声，而这些穿着巡防营制服的陌生面孔以前也从没见过，心里不免敲起小鼓，但表面上依然满不在乎，拿着势子说："咋啦？咋啦？俺可是民团团总，你们是何人？敢到这里撒野！"酒桌上的人也都附和起来，七嘴八舌地鼓噪道，这可是俺们白团总，你们可别乱来啊。

领头的队官是个身材壮实的汉子，胡子拉碴，不修边幅，一看就是个老兵油子。他黑着脸，二话没说，掏出枪，便朝天放了一枪——砰的一声，众人都吓住了。白立贵一看对方来势不小，连忙脸上堆笑，连说别误会，这事四爷知道吗？他说的四爷就是商会会长卫孝衡，他本想亮出这个旗号，镇住对方。哪知对方根本不买账。"什么狗屁的四爷五爷？"那个队官说，"老子是奉钦差大人之令。走，快跟我们走。"

一提到钦差大人，白立贵心里便扑通了一下——糟了！这八成是冲着灭门案来的！他心里慌作一团，同时也打定主意，决不能跟他们走，否则那就死定了。于是说："有话好说，好说。"一边应承着，一边装作要穿衣服，退到床边——他的枪套就挂在床头——上前一把摘下，迅速掏出枪。"都别动！"他转过身来喝道。

在场的官兵一愣，随即向后一退，接着便都端起枪。屋里噼里啪啦响起一阵拉枪栓的声音，领头的队官喝令白立贵放下枪。

"放下，快放下！"

白立贵眼珠快速转动着，迟疑不决。那队官又喊道："再不老实，老子就要开枪了。"这句话仿佛提醒了白立贵，他马上扣动扳机，胡乱地开了几枪，屋子里一下子乱了。人们四处乱跑乱躲。白立贵乘机从后窗跳入院子，想从那里脱身。但院子里早已布下兵丁，立时一片呐喊抓人。

白立贵见势不妙，一边开枪顽抗，一边趱身上楼。兵丁们这时也都开起枪来。白立贵连滚带爬，钻进楼梯口的一间房子。这时整个梦云馆已被团团围住。枪子打得叭叭响，门窗上灰土木屑乱飞。楼下有人喊话，要他投降，可白立贵死也不肯。双方发生激烈的枪战。白立贵希望拖延的时间越长越好，因为民团驻地离这不远，听到枪声会很快赶到。可是打了半个多时辰，民团连半点影儿也不见，最后子弹也打完了。白立贵彻底绝望了，最后只好对着自己的脑袋开了一枪。当巡防营的兵丁冲进房间时，只见他仰面倒在地上，手枪扔在一边，额头上的血已经凝固了，像糖浆似的挂在半边脸上。

白立贵一死，最后的一点线索又断了。虽然卫孝衡的嫌疑很大，但没有证据，陆景芙也束手无策。他一度抓了卫孝衡，却审不出半点头绪。卫孝衡一口咬定，他是清白的，与此案毫无关系，加之卫家频繁活动，动用各种关系，游说于督抚和京中权贵之间，陆景芙迫于压力只好放人。

随后，此案搁置，不了了之，但卫、贺两家的仇冤却进一步加深了。卫孝衡与贺恺年从此你死我活，处处针锋相对。后来发展下去，情况越来越严重。有一次，贺恺年的马车被人放了炸弹，炸得四分五裂，连马和马车夫都炸死了。多亏他人不在车内，否则性命难保。再后来，卫孝衡也遭到了伏击，马车被打得像筛子似的，不是他跑得快，小命也早玩完了。

这些事件发生后，一度引发了恐慌。但究竟是谁干的？始终无人承认，卫家不承认，贺家也不承认。但毫无疑问，这样下去对谁也没有好处，不仅卫、贺两家的安全无法得到保障，而且对地方治安亦不利。当时霍川县令是费经三。出于稳定地方的需要，他出面邀请当地头面人物进行斡旋，并亲自登门，分别前往卫家埠和贺老圩说服卫孝衡和贺恺年，终于把双方拉到一起，在地方大佬们的见证下达成协议，对于过去发生的事，包括贺恺年和卫孝衡遭袭之事，一概既往不咎，从今往后各方严加克制，井水不犯河水。

就这样，几年过去，卫、贺两家都信守承诺，倒也相安无事。直到宣统三年才又起波折。

二

宣统三年夏季，霍川附近的几个县连降大雨。大雨持续下了半个多月，听说淮河又决堤了，许多地方都被淹没，霍川城里也到处都是逃荒的灾民。有人预言，天象示警，要出大乱子。果然，到了秋天，天下就大乱起来。

这一年的阴历八月，寒露过后不久，有人从城里带回了消息，说是武昌革命党造反了，撵跑了巡抚大人，把武昌城也给占了。又过了一个多月，有人从省城回来，说安庆也闹起来了，革命党架起大炮朝城门楼上轰轰直放，黑烟冒起几丈高。"乖乖，俺的娘，那可是动真格的啊！"有人咂起嘴巴说，一副既惊讶又不安的样子。

不久，一个更惊人的消息传来了，说是革命党朝霍川开过来了。城里的头面人物都紧张起来，聚在县衙里开起会来。出席会议的有政界、军界人物，还有地方士绅贤达。会议由知县费经三召集，守备大人也来了。众人都对眼前的局面一筹莫展。守备大人绰号杨大嘴，平时耀武扬威，吆五喝六，这时也蔫了。外界有传言说，他已派兵在夜间偷偷押运车辆向老家转移财产。会议开始后，谁也不说话，大家各怀心思，互相观望。费经三请杨大嘴先发言，这既是出于礼节，也是为了试探他的态度。杨大嘴连声说道："俺操，俺操（这是他的口头禅），这可是民变啊，民变啊……"他咕哝了半天，谁也没听懂他的话是啥意思。

杨大嘴在当地职务最高，而且他还掌握着军队。除了驻防绿营外，从省城调来的一个巡防营，约三百多人，也归他节制。从隶属上，他归巡抚调遣，平时并不把州县一级的官员放在眼里。如今，省城早乱了，他连续致电请示方略，但都没有得到回复，一时也慌了神，没了主意。

杨大嘴态度不明，别人也不好表态。说打吧，兵力明显不足；说不打吧，这话谁也不敢轻易出口，因为这不啻是背叛朝廷啊。会议僵持了半天。费经三有些急了，他睃巡了一下会场，目光最后落到了卫孝衡的身上。

"四爷，你是商会会长，德高望重，请你老先说两句吧？"他说。但卫孝衡听了却摇起头来。"采臣兄，"他说，"你是父母官，还是请你先拿个主意吧。"他一脚把球踢了回来，显然不想出这个头。

费经三被他将了一军，表情有些尴尬，连忙推托说自己是晚生，还是先听听各位的高见。这时，不知谁说了一句："二爷不知是啥主张？"

"是啊。"

"要么二爷先说说？"

有人附和道。

二爷是人们对我太叔爷贺恺年的尊称。因为他在家排行老二，所以大家都尊他二爷。听到有人这样说，大家都把目光转向了贺恺年。贺恺年进入会场后，一直没有说话。由于肝病发作，他近年来身体每况愈下。这次会议原本不想参加，但架不住费经三反复敦请，说是事关重大，务请发驾，他才抱病前来。但在这种场合，他同样不想抢先表态。因为形势并不明朗，还是谨慎为好。"不了，"他皱起眉头，摆摆手，"还是诸位先说，俺还是先听听诸位的。"

大家都推来推去，谁也不肯先开口，一时间僵在了那里。如果照这样下去，到了晚上也议不出个名堂来。费经三无奈，只好说："今天诸位都到了，大家都得说一说，就从这边开始吧。"他把手朝右边一指，正好指到我太叔爷。

县衙的议事厅，按座次，守备等官员都坐上首，卫孝衡是商会会长，也坐上首。下首右起第一个座位即是我太叔爷。费经三这样提议，表面看好像是无意的，实则却是有心。在开会前，他曾与我太叔爷通过气，知他主张和平解决，这一点与他不谋而合，因此他希望我太叔爷能够带头表态，起引导作用。我太叔爷尽管有些不大情愿，但见推托不掉，只好从命。贺恺年的发言讲了十多分钟，先从全国大势讲起，又讲到省里和县里，内容大体是：眼下革命党声势浩大，各地纷纷光复响应。如今大兵压境，霍川兵力单薄，势难抗拒。一旦动起兵戈，必定生灵涂炭。最后归结到一点：霍川乃桑梓之地，父母之邦，何忍糜烂地方？因此避免兵燹之祸，乃为上策。

他的话一说完，会场气氛便热烈起来，与会者纷纷附和。

"说得是哩，最好是别打。"

"这些革命党可不好惹，省城都守不住，何况小小的霍川？"

"可不是。"

"战火一开，生灵涂炭，枪子可不长眼啊。"

大家七嘴八舌，主和意见很快占了上风。费经三频频颔首，乐见这个局面。接下去，又有几个人发言，除了少数人，指责乱党谋反祸国外，大多数人均主张以和为主。一个小时后，大家的发言都结束了，这时轮到卫孝衡了。对于他的态度，费经三也拿不准。按照以往，卫、贺两家一向是唱反调的。卫家赞成的，贺家反对，贺家赞成的，卫家反对，总之是相互对着干。费经三也有些紧张，担心他提出反对意见。

但是，让他意外的是，这一次卫孝衡居然没反对。他说这样很好，只要能避免战火，他举双手赞同。还说打不赢，还打它干吗？这不是祸害地方吗？对谁也没有好处啊。

他的话音一落，费经三大大松了一口气。这下好了，霍川两大实力人物都已表明态度，剩下的就看杨大嘴了。他转过脸来征求他的意见。哪知杨大嘴一开口又是几句脏话。"这是要投降吗？"他说，"俺操，革命党还没来，就一个个尿包了吗？"

他这样一说，众人全都哑了口。毕竟杨大嘴手握兵权，他要打别人谁也拦不住，如果他恼了，再要给大家扣个背叛朝廷的罪名，那麻烦就大了。费经三赶紧解释说："杨大人千万别误会，这不是在商讨吗？谁也没说要投降啊。"

杨大嘴说，"老子深受皇恩，守土有责……俺操，老子食君禄，忠君事，不能乱党来了，就装孬啊？"

"那是，那是，"费经三附和道，"那依杨大人之意，这是要打吗？"

杨大嘴又说："打？怎么打？这可不好打！这是民变啊，民变啊……"他不知所云，没头没脑地咕哝着，让人哭笑不得。

会议开了半天，并无结果。不过，费经三心里已经有底了，因为大多数人都拥护和平光复，特别是卫、贺两家均已表态，这就好办了。

第二天，他又召集了一次会议。这一次，与会人数大为减少。不仅杨大嘴被排除在外，而且只有少数可靠的人被邀请到会，其中包括卫孝衡、贺恺年。

会议开得相当顺利，一致通过了费经三提出的响应革命、和平光复计划，决定接受革命党的条件，并成立一个过渡性的机构——霍川临时军政府，推举费经三为都督兼民政长，卫孝衡为副都督兼城防司令，贺恺年为参议长，此外还有参谋长、秘书长、安抚长、监军等一应人事均做了安排。起义主力以商会民团为骨干，加之各地乡团武装。为了对付驻防的绿营和巡防营，大家具体分工，利用各种关系，包括金钱收买等手段，说服瓦解，各个击破。

关于霍川光复，留下了不少文史资料。一九八一年纪念辛亥革命爆发七十周年之际，县政协还专门出版过一本专辑。从有关文章看，霍川光复，费经三发挥了主要作用，但贺恺年和卫孝衡也功不可没。特别是在策反巡防营上，卫孝衡发挥了关键作用。

当时，和平光复的一大障碍是巡防营的态度。霍川的驻军以绿营为主，他们驻霍多年，与地方关系较熟，费经三通过工作，或收买，或说服，很快就取得成效，许多军官都表示愿意弃暗投明，积极配合，但是巡防营态度始终不明。这支部队刚从省城调来，旨在加强当地防务。其兵力最强，人数也最多，一律配备套筒毛瑟枪，武器装备也最好。如果不能把他们争取过来，仍是一个很大的威胁，使和平光复存在变数。

费经三颇感头痛，便请卫孝衡帮忙。后者一口答应。有文章称，巡防营的金管带与卫孝衡相识，因其父是卫孝衡的拜把兄弟，一直对他以世叔相称。巡防营调防霍川后，他经常去卫家埠走动。卫孝衡虽是枭雄人物，但他还算明事理，看到清王朝大势已去，便决定响应光复，答应说服金管带，促使该营归顺。

十一月中旬，就在革命党逼近霍川的前一夜，从各地抽调的乡团武装（包括联防队）和商会民团等近千人开进城内，以白布为旗，臂缠白巾，密发口令，分成五路，分别接管四个城门，其中一路镇守县衙。绿营和巡防营均按兵不动。原以为守备杨大嘴会负隅顽抗，没想到在这前一天，他已弃城而逃。几乎没费一枪一弹，霍川便和平光复。次日上午，革命军开进了霍川城。

就在这当口，卫孝衡忽然被抓了。

三

抓捕卫孝衡的不是别人，正是我爷爷。霍川光复时，我爷爷担任革命军先遣队司令，正带队从庐州出发，一路向霍川开进。到达六安时，费经三便派人前来接洽，表示霍川决定响应光复，恭迎革命军进城接收。

我爷爷接到信后，便加快了前进速度。两天后，抵达五里庙，远远地看到迎接的队伍。这是费经三安排好的。他和我爷爷确定了进城的日期，便组织好欢迎仪式，同时委派副都督兼城防司令卫孝衡前往五里庙迎接，自己则亲率临时军政府一干人员在城门口恭候。

据县志记载，革命军抵达那天天气很好，尽管前天夜里刚降了雨雪，第二天却云开日出，晴空万里。我爷爷骑着高头大马，带着全副武装的革命军雄赳赳地一路开来。道路两旁老百姓兴高采烈，夹道欢迎。县志上有"箪食壶浆，以迎义师"之语，场面极为热烈。但在五里庙，当他看到卫孝衡后脸便垮了下来，当即下令将他抓了起来。

消息传来，费经三吓了一大跳。

"这是咋回事？"

"不清楚。"来人报告说。

"谁抓的？"

"革命军的贺司令。"

及至革命军进了城，费经三才搞清楚，革命军的贺司令就是我爷爷、大贺村的贺文贤，其父贺继年、其叔贺恺年。

这下麻烦大了！

早知如此，他根本不该派卫孝衡去迎接。

可事到如此，后悔也来不及了，只得好言与我爷爷商量。"抓不得啊，"他把我爷爷请到县衙说，"卫孝衡抓不得啊。"

"为啥啊？"我爷爷说，"他是杀人犯，过去抓不得，现在还抓不得吗？"

"不，不，你听俺说，"费经三笑道，"卫孝衡如今是临时军政府的副都督、城防司令，如何抓得？"我爷爷一听便火不打一处来。"简直是乱弹琴！"他说，"这不是胡搞吗？"他一甩马鞭，抽在皮靴上，发出啪的一声响。"这种坏蛋，双手沾满鲜血，早该杀头治罪，你们咋搞的是非不分？革命政府就得有革命政府的样子，你们这样搞与满清何异？又何以服众？"

费经三连忙解释说："贺司令，事情是这样的，卫孝衡光复有功，他是众人推举出来的。"他把光复的前后经过简述了一下，接着又说，"军政府名单都公布了，这个时候抓人岂不乱了套？你让俺咋对外边说？"

"有啥不好说的？"我爷爷反驳道，"你就如实说吧，这个恶霸地头蛇早该除了！"

费经三说了半天，毫无效果，顿时一筹莫展。"那你打算咋办？"他指的是如何处置卫孝衡。我爷爷说："公审！枪决！"

这一下，费经三更着急了。霍川灭门案骇人听闻，令人发指，其后我太爷爷死于狱中，卫孝衡嫌疑很大，这些均系事实，但问题是桥归桥，路归路，卫孝衡千不是，万不是，但他对光复有功，如在这个节骨眼上杀了他，岂不成了言而无信，诛杀功臣？作为一县之主，他今后如何面对卫家，又如何向各方交代？

费经三急得手足无措，当即派人紧急赶往颍州。据《霍川辛亥史料》记载，霍川光复前，革命军曾派人与费经三联系，策反倒戈。具体负责这事的就是革命党人郑先滔。他时任革命军入皖部队联络员。他在北辰书院时就与费经三相识。在策反费经三时，他向他承诺，只要响应光复，所有人士均可赦免，有功者还可奖赏。当时，郑先滔正在颍州一带指挥作战，费经三无奈只能派人向他求救。郑先滔得知消息后，连夜起草了一封信。在信中，郑先滔要我爷爷立即放人，并说明当前革命的主要目标是推翻清帝，建立共和国家。凡是赞成者，皆为盟友。就连袁世凯，我们也要争取，何况卫孝衡呢？他还告诉我爷爷，眼下局势大好，但反革命仍很强大。朝廷已重新起用袁世凯，并派北洋军大举南下，我们更应联合各种力量。如果杀了卫孝衡就会破坏大局，甚至授人以柄。至于灭门案，相信革命胜利了，自有法律做出公正裁判。这封信写得有理有据，很有说服力。然而，就在这封信尚未送达时，卫孝衡已经被释放了。

原来，促成这件事的竟是我太叔爷。

卫孝衡被抓后，费经三在派人给郑先滔送信的同时，又派人去请我太叔爷出面斡旋。那天，贺恺年由于犯病，没有出席欢迎仪式和军政府成立大会。接到费经三的信，他倒没有耽搁，当即抱病前往城里。有笔记称，当时卫孝衡已被押赴刑场，三通鼓响，正要开刀问斩，贺恺年赶到了，大呼："刀下留人！"这才救下了卫孝衡。

事实上，这些说法并不准确，都是后来有人添油加醋胡乱演绎而已。真实的情况是，我太叔爷赶到时，军政府成立大会刚结束。他把我爷爷单独找到会场边的一个茶馆里，心平气和地和他谈了一番话。谈话的要点大致有三：一是诛杀卫孝衡不利于光复大业；二是没有证据，难以服人；三是贺、卫两家既有协定在先，就不能随意破坏。他告诉我爷爷，当初接受费经三的调停，便是希望维持和平局面。因为冤冤相报何时了，他不主张贺、卫两家再敌视下去。"该收手了。"他对我爷爷说，"斗来斗去，两败俱伤，何益之有？"

"那俺爹就白死了？这仇就不报了？"我爷爷似乎接受不了。

贺恺年叹了一口气。"如果你有证据，俺支持你办他，"他说，"如果你凭手中的权力，卫家能服吗？此一时，彼一时，有盛便有衰，一个人不可能永远得势。如果这样纠缠下去，将永无宁日。"

我太叔爷说得句句在理，当天晚上，卫孝衡就被释放了。事实上，贺恺年这样做是正确的。据说，卫孝衡也大受感动，发誓不再与贺家为敌，从而维持了卫、贺两家二十多年的和平。直到他死后，两家再起风波，血腥杀戮，这已是后话。

第十五章 大 伯　｜ 1929 年

一

我大伯活了过来。是费伊蓉把他从死人堆里拉了回来。当时所有人都认为我大伯已经咽气了，正准备下葬，费伊蓉赶到了。"好险啊，"我大伯后来说，"就差一点点。伊蓉要是晚来一步，俺就没了。"事实上，费伊蓉也没想到我大伯还能活过来，但她也不知咋了，竟像着了魔似的，死活不让埋，结果救了我大伯。

"没想到你命真大！"在我大伯醒来后，她曾对他这样说。

我大伯也非常得意。"这回你信了吧，"他说，"人家都说俺命大，你还不信？"许多年后，我大伯对我说，他这一辈子去过阎王殿好几回，可每次都是逛了一遭又回来了。"人家阎王爷不肯要啊，"他说，"不过要说险，还数紫金那次最险。"

尽管我大伯死里逃生，但由于伤势太重，生命垂危。更为严重的是，敌人追兵将至，部队必须马上撤离，一刻也不能耽搁。师部做出决定，除了轻伤员，重伤员一律就地疏散，每人发给二十元银元作为费用。许多重伤员哭喊着不愿离开部队，但情势所迫，这也是迫不得已。费伊蓉找到了医疗队的刘队长提出留下，因为我大伯还陷入昏迷之中，需要有人照顾。

"这不行，"刘队长说，"能走的全得走。"

"俺不走。"

"这是命令。"

"难道丢下他们就不管吗？"

刘队长半晌无语，费伊蓉又说："俺已失去了表哥，不能再失去廷勇了。"说着，眼泪流了下来。

费伊蓉的表哥在广州起义的第二天牺牲了。说来也巧，这事还与我大伯有关。那天我大伯他们攻占公安局后，从禁闭室救下来的那个昏死过去的同志，立即送去战地医院，后来才知道他就是费伊蓉的表哥沈泽远。广州起义后，女兵队全部被派去医疗队，担任护理工作。好在她们在武汉军校时就受过救护训练，因此熟门熟路。沈泽远被送来时，费伊蓉刚替一个伤员换完药，便听到刘队长喊："快来人！"她便奔了过去。到了跟前，才发现这个被送来的同志就是她的表哥沈泽远，不禁惊叫一声，手中的托盘咣当一声掉在了地上。

黄静雯听说这个消息后，急急赶来。她颇感意外，因为费伊蓉的表哥是在贺龙的二十军，参加了南昌起义，咋到了广州？费伊蓉说，南昌起义后，表哥随部队撤出南昌，途中被打散了。他潜回广州，想联络黄埔军校的同学，重整旗鼓，没想到事泄被捕。与他一起被捕的还有好几个黄埔同学，都关在公安局，起义后被教导团救了出来。当然，这些都是听另一位伤员说的。他与沈泽远都是黄埔同学，一起被捕，关在同一间牢房里。

沈泽远的伤势很重。被捕后，他遭受到严刑拷打，但他宁死不屈，拒绝供出任何党内机密。虽然失血过多，身上六根肋骨被打断，但经过抢救，还是活了过来。

第二天，沈泽远睁开了眼睛。当他看到费伊蓉时，又惊又喜。昨天，他昏迷不醒，费伊蓉一直守在床边，时而用凉毛巾给他敷头，时而用湿棉球擦他的嘴唇，过一段时间还用小勺给他喂水。可医疗队太忙了，不断地有伤员送进来，她不可能老是守在他的床边，只能利用忙碌的间隙不时过来看一看，直到表哥苏醒过来，她才如释重负，喜极而泣。

"表哥，表哥。"她在床边轻声唤道。沈泽远看着她也高兴地伸出手来。两只手紧紧地握在一起。

"伊蓉,别哭了,"表哥吃力地说道,"俺不是好好的吗?"

"是,是,"费伊蓉一边抹着眼泪,一边说,"俺这是高兴的。"

久别重逢自然有许多话要说,可医生嘱咐说,他的身体还很虚弱,不能多说话。因此费伊蓉不得不克制住自己,让他尽量少说话。"以后有的是时间,"她说,"咱们慢慢说,俺也有好多话要对你说哩。"表哥微笑地点点头。"伊蓉。"稍停片刻,他忍不住又想说话,费伊蓉用手指轻轻按住他的嘴唇。"听话。"她小声地说。沈泽远点点头,闭上了眼睛,很快睡着了。

上午九点多钟,费伊蓉利用休息时间,抽空上街去买了一包红糖,还有一些水果,想给表哥补养一下。由于医院人手少,不能耽搁时间,她是小跑着去的,前后不到十多分钟,可回来时,老远就听见医院方向传来激烈的枪声和爆炸声。"这是咋了?"她心中一惊,拔腿向医院跑去。当时,医疗队设在市内的一家医院中,那是一座二层小楼。远远地看去,楼外一些身份不明的人正在打枪,楼内有人在还击,子弹呼啸横飞。街上的行人四处逃奔躲避。费伊蓉马上弳身,钻进一条小巷,从那里绕到医院后门。

后门一片紧张气氛,几个战士拿着枪正在警戒,伤员正在陆续撤出。医护人员忙忙碌碌地跑进跑出,有的背着伤员,有的扶着伤员。"出了什么事?"费伊蓉问道。一个战士回答说敌人来了,赶紧撤。

费伊蓉拔腿向医院里跑去。有人看见她便喊:"快,快,快去救伤员!"费伊蓉急忙向楼内跑去。老远地看见黄静雯扶着一个伤员迎面走来。她满面灰土,大汗淋漓。

"俺表哥呢?"她问道。

"没看见。"

袭击发生时,黄静雯正在楼下水池边洗绷带,听到枪声,立即向楼内跑去,刚好碰上刘队长,要她把一个重伤员扶出去,因此她也顾不上许多。"快!快!"这时又有人跑过来,一边跑一边喊。费伊蓉丢下黄静雯，赶紧向楼内跑。

前院的枪声越发激烈了。枪弹不时飞进楼内，打得墙壁上的尘土簌簌往下落。迎面有两个抬担架的小跑着过来，忽然担架一歪，倒了下去。抬担架的是两个赤卫队员，其中一个中弹了，倒在地上不能动弹了，另一个冲着费伊蓉喊："快来搭把手！"费伊蓉急忙上前，帮着把伤员抬上担架，然后和那人一起将担架抬了出去，到了后门口把担架交给另一位赤卫队员，她又重新返回。

大楼内这时已经打得不可开交。突袭医院的是一股反革命匪徒，他们利用医院守卫薄弱，发动突袭。由于起义主力和赤卫队都在各个阵地与敌作战，一时无法增援。匪徒们很快占了上风。他们冲进院子，差点攻进楼内，由于守卫拼命抵抗，才把他们击退。由于情况紧急，一些伤员也拿起武器参加了战斗。费伊蓉冲进病房，没有找到表哥。她转身来到走廊上，看见有人正在凭窗还击。其中有个熟悉的人影。

是表哥！她急忙跑了过去。

沈泽远正在射击。他扭过头来看见了费伊蓉便说："你快走！"

"不，俺来送你出去。"

沈泽远摇摇头。他面色惨白，头上虚汗把衣服都浸湿了。他的肩胛骨在流血，不知是伤口在出血，还是中弹了。"俺走不动了，你快走！"他说。

"俺来背你。"费伊蓉说。

话未落音，一颗手榴弹从窗外扔了进来，就落在他们的不远处。沈泽远使出浑身力气，推开费伊蓉，又扑到她身上。

轰的一声，顿时天昏地暗……

沈泽远牺牲了，这让费伊蓉痛不欲生。短短的十几天，如同炼狱一般，她亲眼看到无数的同志倒在了血泊里，包括表哥。如果不是坚强的信念支撑着她，她差不多就要崩溃了。现在，看着重伤的我大伯，她无论如何不愿丢下他。"俺得照顾他，"她对刘队长说，"如果廷勇有个三长两短,俺肯定活不下去了。"看她态度坚决,刘队长便不再说话,转身走了。

分别的时候到了。那是一个凄风苦雨的清晨。小雨下了一夜,天亮时雨点仍在不停地洒落。天气极为寒冷。部队冒着雨出发了,队列里默默无声,重伤员们含泪与战友告别。大家依依不舍,知道这一走也许就是永别。卢庆竹和黄静雯都哭了。从霍川出来,他们四个人从来没有分开过,但现在不得不分开了。费伊蓉强忍泪水,说没事的,伤好后俺就去追你们。

"一定啊!"

"一定!"

"那就说好了!"

"俺们等着你们!"

他们拉着手,互相拥抱着,久久不愿松开。大家都有一种生离死别的感觉。我大伯当时尚处于昏迷之中,在那种艰苦的环境中谁能料到下边还会发生什么事哩。

部队开走了。留下的重伤员有五六十名。为了便于隐藏,大家化整为零,有的寄养在老乡家,有的进了山,有的则不知去向。组织上安排费伊蓉和我大伯在一户山民家住下来。这户山民姓朱,五十来岁,我大伯他们称他朱老爹,称他老伴为阿婆。朱老爹原有两个儿子,大儿子当年闹红时,遭民团杀害;还有一个小儿子,二十多岁,刚娶媳妇不久。朱老爹夫妇同情共产党,二话没说便收留了我大伯他们。

敌人的追剿部队很快开过来了。他们到处搜捕红党。据说抓了不少红军伤病员,全部残忍地杀害了。为了躲避敌人的搜捕,朱老爹在屋后猪圈里挖了一个洞,敌人来了,就让我大伯和费伊蓉进去躲藏。

我大伯至今还清楚地记得,那个村子名叫落雁坡,约有十来户人家,房屋很分散,七零八落地分布在山坡上。有一天傍晚,敌人的搜剿队突然进村了。这个情况以前并不多见。因为敌人搜剿多在白天,傍晚是极少的，因此毫无防备。当时朱老爹和儿子进山打猎了，媳妇去了婆家，阿婆也不在家，到坡上拾柴了。家中只有费伊蓉，她想把我大伯抱进洞内，可一个人根本抱不动。我大伯伤情很重，还在昏迷中。费伊蓉急得差点哭出来。这时，后门被推开了，阿婆跑了进来。她是听说搜剿队进村了，把身上背的柴往地上一扔，就跑了回来。她回来得太及时了，费伊蓉仿佛看到了救星，她刚想让她一起把我大伯抬进洞内，可这显然来不及了，因为前院已经传来了脚步声和吆喝声。"上床，快上床。"阿婆叫着，和费伊蓉一起把我大伯抱上床，掩上被子。随后只听哗的一声，顿时臭气熏天。原来，阿婆一脚踢翻了马桶，屎尿四处流淌，漫得满地都是。

搜剿队这时已经进了院子。阿婆往门前一坐，双手拍着地，哇哇大哭起来。"天啊，天啊，"她声嘶力竭地哭喊道，"老天睁睁眼啊，救救我们吧，我就这一个儿子，你们就放过他吧。"搜剿队被她哭得莫名其妙，大声呵斥，让她住口，可阿婆不管不顾，越哭越凶，说是儿子得了时疫，就要死了，她也不想活了。"老天啊，老天啊，"她双手在地上拍得啪啪响，一边拍一边喊，"这可让我怎么活啊？老天啊，可怜可怜我吧，我就这一个儿子啊！"她披头散发，像个疯婆子似的。费伊蓉见状也趴在床边哭起来。追剿队探头向屋里瞅了瞅，看见我大伯躺在床上一动不动，扑鼻的臭气迎面而来，熏得他们连忙缩回头去。"娘的，晦气，真晦气！"他们捂住鼻子，大声骂道，忙不迭地退出院子。

搜剿队折腾了一阵便退走了，费伊蓉身子一软，坐在床边半天动弹不得。太险了！多亏阿婆反应机智，救了他们。在朱老爹家养伤三个多月，我大伯的身体慢慢开始恢复。部队撤走时，刘队长留了一点药早就用完了，但朱老爹会采药。他从山上采来草药帮助治疗，起了很大的作用。这期间，费伊蓉跟着朱老爹也学到不少中草药的知识。

不久，传来消息，紫金城被红军攻占了。我大伯和费伊蓉兴奋不已，尽管我大伯身体还很虚弱，但决定立即去找部队。临走前，他们把部队发的光洋拿了三十元留给朱老爹，但他坚决不要。"这钱你们路上用得着，"他说，"穷家富路，一分钱憋倒英雄汉。"费伊蓉执意要给，他便发火道，你们这是看不起我，不把我当自家人。说得我大伯和费伊蓉也不好勉强。直到临走时，费伊蓉才把钱悄悄塞进褥子底下。

上路那天，朱老爹和阿婆一直把我大伯他们送到路口，还帮他们雇了辆牛车。"这两个老人可真好。"我大伯说。解放后，他曾托人找过他们，但始终没有找到。据说，抗战时落雁坡曾遭到日军血洗，村里人死的死，跑的跑，朱老爹一家也下落不明。

我大伯他们四月间离开了落雁坡，由于山区消息闭塞，等他们赶到紫金城附近时，才听说，红军早就撤离了，白军又重新回来了。他们只好改变路线，往海陆丰方向走，估摸着部队就在那一带。可通往那个方向的路极难走，到处都是敌人，关卡岗哨林立，而且那一带村村都有民团，沿途不断遇险。广州起义后，敌人对外乡口音的人，不论青红皂白，看见就抓。我大伯当时身体还很虚弱。有一次，遇见民团武装，为了摆脱追捕，他们一路狂奔，我大伯累得大口呕血。费伊蓉找来刺儿草和艾叶草揉碎了让他服用，这才止住了血——她的这一手都是从朱老爹那儿学来的，没想到帮了大忙。

前往海陆丰的路越来越难走，敌人的封锁非常严密。我大伯他们只好踅回紫金，白天藏于山中，晚上出来找些吃的。一天黄昏，他们躲在山中，忽然听到人声和脚步声，急忙在山岩后边隐藏起来。那些人沿着小路走来，大约六七个人，身穿便服，手中拿着枪，原以为是民团，没想到说的竟是鄂豫皖一带口音。我大伯伸头一看，不禁叫了起来。

"俺的天，这不是自己人吗？"

那些人听到声音，一齐端起枪，迅速散开。我大伯从山岩后立起身子，说别开枪，是俺啊，俺是贺廷勇。"嘿，伙计，真是你！"一个矮壮的汉子叫起来。随后，那几个人也都认出了我大伯。他们都是教导团的。那个矮壮的汉子外号小黑皮，也是从霍川来的。我大伯跑过去和他们抱在一起。费伊蓉这时也从山岩后走过来。这太意外了！谁也没想到会在这里遇上自己人。他们一共七个人，我大伯大多都认识，即便叫不出名字，也面熟，只有一个瘦高个，我大伯没见过。小黑皮介绍说他是警卫团的杨参谋。

"你们咋到了这里？"我大伯又惊又喜。

杨参谋摇着头说："一言难尽。"

从他们口中，我大伯才知道，海丰陆丰都被敌人占领了。部队也打散了。他们几十个人，打到最后只剩下七个人，跑到了这里。看着他们一个个衣衫褴褛，神情疲惫的样子，就知道一路上吃了多少苦。

"那现在咋办？"我大伯说。

小黑皮说："俺们打算先回去。"

"回去？回哪儿？"费伊蓉问。

"大别山。"

"是的，"杨参谋说，"这边人生地不熟，说话也不懂，很难立足。俺们先回去，留得青山在，不怕没柴烧。"

二

我大伯他们回到霍川，已是十一月间，立冬已过。他们一路上历经坎坷，从梅州绕道江西，转道浙江，再走上海。为了减少目标，他们几个人分开行动，各走各的。分手时，杨参谋把身上保存的银元分给大家。我大伯和费伊蓉，还有小黑皮，三人一起走。我大伯扮作麻行的少东家，费伊蓉扮作少奶奶，小黑皮则扮作仆佣。小黑皮是霍川红花岭人，名叫詹少成。他早年给地主放羊，后加入农会。他是和我大伯他们同一批去武汉的，但他先进了农讲所，直到武汉保卫战开始后，才转入教导团。小黑皮这人乐观也活泼，爱说笑话，伶牙俐齿，还喜欢编顺口溜，虽然文化不高，但编起顺口溜却一套一套的。听说费伊蓉救了我大伯的事，他便当即来了一段：

巧不巧，怪不怪，
死人还能活过来。
没有妹子痴情深，
哪得郎哥再归来？

说得我大伯和费伊蓉又羞又气又好笑。我大伯说，你可别瞎咧咧，啥的妹儿郎的，俺们可没这回事。小黑皮说，没这事，你心虚啥？"谁心虚啦？"我大伯说，"俺是让你别瞎说。"哪知小黑皮一听更来劲了：

好，好，别瞎说，就别瞎说，
你说瞎说就瞎说？
郎有情来妹有意，
你说俺瞎说不瞎说？

我大伯让他说得哭笑不得，说你这张嘴少贫，小心咬了舌头。费伊蓉说，你理他干吗，越理他越来劲。我大伯看费伊蓉并不生气，心里也乐滋滋的。这一路上虽然提心吊胆，但有了小黑皮，倒是增添不少乐趣。到达上海后，他们住到费伊蓉的一个亲戚家。这个亲戚是费伊蓉外公的一个叔伯兄弟，费伊蓉称他二舅爷，是做五金生意的，没想到他竟认得我爷爷。"哎哟，这么巧？你是贺文贤的公子呀？"他对我大伯说。

"你认识俺爹？"

"岂止是认识你爹？我还认识你娘，你叔，还有你。"

"俺？"

"是啊。"

"这咋可能？"我大伯说，"俺咋一点印象也没有？"

"那是自然的，"费伊蓉的舅爷说，"你那时才多大？两三岁吧，才这么高？"他用手比画了一下，哈哈大笑起来。

原来，费伊蓉的舅爷就是杜老板。癸丑之役，我爷爷被捕，我奶奶赶往上海营救，就住在他家中。经他这一说，我大伯倒想起来了，因为他常听娘说起这事，还说什么极司菲尔路，那时杜老板家就住在那里，不过如今他已经迁了新居。转眼十几年过去了，我大伯那时还小，当然不会有记忆。

我大伯他们在上海住了一个多月，这是出于安全考虑。杜老板说，他下个月有批货要运往霍川，让他们可以跟船走，扮作公司押货的，不易引起注意。"这主意不错。"我大伯他们表示同意。然而，让他们没想到的，一个更大的惊喜还在后边哩。

那是几天后，杜老板提出要带他们去货栈看看。"别老憋在屋里，憋出病来。"他说。杜老板的货栈名叫康兴货栈，位于十六铺码头附近，是一座老式小木楼。楼下是门面，楼上是办公、会客和休息场所。楼梯也是木制的，十分狭窄，仅容一个人上下，踩上去吱嘎吱嘎响。杜老板把我大伯他们带到楼上会客间，一推门进去，屋里坐着两个人。他们正笑眯眯地望着我大伯他们。

我大伯一见，差点傻了。"老天爷！"他一蹦老高，简直不敢相信自己的眼睛。费伊蓉和小黑皮也惊叫起来。

原来，那两个人一个是史先生，一个是卢庆竹。

"你们咋在这里？"我大伯叫了起来。史先生和卢庆竹显然事先已经知道我大伯他们要来，并不特别惊讶，但同样很兴奋。大家相互握手拥抱，大呼小叫。我大伯用拳头用力捶打着卢庆竹，卢庆竹咧嘴直喊："轻点！轻点！"费伊蓉站在一边看着他们，早已是满面泪水。

"嘘，嘘——"杜老板提醒大家小声点。众人方才收敛，压低了声音。经过无数磨难，生离死别，如今劫后重逢，那种喜悦的心情难以言表。

自打前年武汉一别,我大伯已经一年多没见到史先生了。他比以前瘦了不少,但依然精神饱满,神态沉稳自如。四一二反革命政变后,史先生返回霍川开展工作,根据党的指示,正在发动群众,秘密准备武装起义。"你们能回来,太好了,"史先生说,"我们现在正需要得力人手,特别是像你们这样经过战火考验的。"

我大伯他们沉浸在说不出来的喜悦之中。从广州回来,一路上九死一生,历经磨难,他们正不知下步该咋办哩,没想到竟在这里碰上了史先生。"这下好了,"费伊蓉说,"俺们正愁找不到组织哩,见到你们太高兴了。"

史先生和卢庆竹是来上海购买武器的。这批武器是通过杜老板从外国洋行买的。他们事前也没想到我大伯他们到了上海,于是便约他们在货栈见面。大家说了一下别后的情况,不禁感慨万千。听说霍川去武汉的同志有不少牺牲了,还有一些下落不明,史先生很沉痛。"他们的血不会白流,"史先生说,"大革命的失败,我们牺牲了许多同志,但革命者是杀不尽的,活着就要干下去。"

"干!"

"坚决干!"

大家纷纷表示赞成。卢庆竹是三个月前从广州逃回霍川的。在紫金分手后,他同样经历了无数劫难。五月,部队反攻海丰失利,他们一部分人随叶镛师长退向山中,后遭国民党部队围剿,部队打散了,他们十几个人在山中迷失方向,又遭民团追袭,最后只有三个人逃了出来。卢庆竹装成哑巴,一路要饭回到霍川。"听说叶镛师长也牺牲了,"卢庆竹说,"部队去向不明,损失很大。"

"静雯呢?"费伊蓉说,"你没见到她吗?"

卢庆竹摇头。"她在医疗队,俺们不在一起。"他沉默下来,脸上呈现出痛苦的神情。小黑皮插话说,敌人进攻陆丰时,他见到医疗队也在往城外撤。"你可看见静雯了?"费伊蓉问。小黑皮说这倒没注意,当时太乱了，天又黑。

卢庆竹叹了一口气。

费伊蓉说："但愿她没事。"

杜老板的货备齐后，我大伯他们便跟船回到了霍川。史先生与卢庆竹他们则在上海多待了几日，等候那批武器。他们约好回霍川再联系。

那是十二月间，霍川已经下雪了。我奶奶一见我大伯，二话没说，上去就是两巴掌，说你这浑小子死哪去了，还晓得回来啊？打过之后，又抱住他呜呜哭起来。我大伯也不吭声，只是嘿嘿地笑。我太奶奶说，你还知道笑？你走了，快把你娘都急疯了。"你究竟死哪去了？"我奶奶问他。我大伯胡诌了一通，说他受了伤，一直在朋友家养伤。一听说受伤，我奶奶又急了，说是伤哪了，让俺瞧瞧。"没事，没事，都好了。"我大伯说。可我奶奶非得看看不可，扒开衣服，看到他身上伤疤像蚯蚓似的纵横交错，心里一疼，眼泪又流了下来。"你咋不死了呢？"她说，"还是死了省心。"我大伯拍着胸脯说："娘，没事的，好了，全好了。"我奶奶担心道："你是不是加入了赤党？"

"咋会呢？"我大伯说，"俺啥也没加入。"

"那你在哪受的伤？"

"武汉啊。"

我奶奶将信将疑，问他在哪养的伤，咋治的，这么长时间，为啥也不给家里写封信。我大伯事先早就编好了理由，一一搪塞过去。问及今后打算，我大伯说打算做生意。霍川的大麻很有名，各地抢手得很，就是缺少本钱。我奶奶说这好办，你二叔这几年做生意，手头赚了不少，可以向他先借点。我奶奶说的二叔，就是贺维贤，北伐之后，他离开军队做起生意，主要是做粮食生意，在周边几个县都开有粮行。"这能行？"我大伯说。

"你放心，俺来和他说。"我奶奶大包大揽。心里想，花几个钱算个啥？你只要少惹事，那就烧高香了。

果然没几天钱就到手了。贺维贤是个爽快人，出手大方，不过他跟我爷爷走南闯北，见过大世面。我大伯想糊弄他可不容易。用他的话说，他吃过的盐比我大伯吃过的饭还多。"你少给俺编瞎话，"他一眼就把我大伯看穿了，"要钱干啥？说实话。"我大伯说，做生意啊。"你少来，"他说，"你这生意想咋做？你给俺说说看。"经他七盘八问，我大伯便露了馅。但他倒没怀疑别的，而是以为我大伯在外边拈花惹草。"是不是有女人了？"他问道。

"没的事。"

"那你为啥？"贺维贤说，"你要是不说，一个子儿也别想。"我大伯央求他说，你先借俺，以后俺准保还你。"你拿啥还？"贺维贤说。

"这个俺有办法。"

"屁办法！"贺维贤哈哈大笑，"你要多少？"

"一千。"

"袁大头？"

我大伯点点头。

"嗬，狮子大开口，胃口不小啊！"

不过，贺维贤倒也痛快。他明知我大伯不是做生意，还是把钱给了他。"俺就没指望他还，"他事后说过，"大老爷们嘛，手上没几个钱还行？"在他看来，我大伯要钱非嫖即赌，也没当回事。"男人嘛，谁还没个花花肠子？"

其实，我大伯借钱是为了购买武器。当时为了准备起义，大家通过各种办法筹集资金。卢庆竹和我大伯开玩笑说："你真行，骗钱都骗到家里去了。"我大伯说，等革命胜利了，俺会加倍偿还。"对，"史先生说，"所有对革命有过贡献的，我们都不该忘记。"

但我奶奶对此一无所知。她满心喜悦，以为我大伯收了心，开始走正道了。更让她高兴的是，我大伯回来后，费伊蓉隔三岔五便上门走动。我奶奶看在眼里喜在心里，悄悄问我大伯，这丫头是不是对你有意思了。"别瞎说，哪有的事？"我大伯坚决否认。

"你可瞒不了俺，"我奶奶眼睛眯成一条缝，"俺看这事有门，要不俺找人去说说？"

"说啥？"

"说亲啊。"

我大伯急得跳起来。"你少乱来，别坏了俺的事。"

我奶奶抿着嘴，脸上早已乐开了花。"好好好，"她说，"俺不坏你的事，但俺提醒你一句，这丫头不错，家世也好，又知根知底，你可别不长心眼，错过好事。"

"算了吧，你都想哪去了？"我大伯不耐烦地摆摆手说，"真是瞎操心。"

三

我大伯和费伊蓉回到霍川立即引起了卫登辉的注意。在听说费伊蓉回来的第二天，他就登门造访，还带了一大堆礼品。如今卫登辉已是国民党县党部最年轻的科长了，负责青年科工作，兼任三青团书记，风头正健。来之前，他特地拾掇了一番，穿了一件簇新的灰色中山装，风纪扣扣得严严实实，头发也专门打理过，二八分开，抹上厚厚的头油，和脚上的皮鞋一样油光锃亮。他昂首挺胸，得意扬扬，举手投足，俨然是个大人物。见了费伊蓉，他一边显摆，一边殷勤备至。

"伊蓉，你去哪了？怎么走了这么长时间？"他问长问短，一个劲儿地套近乎。费伊蓉冷淡地应付着。

"听说你去武汉了？"卫登辉说。

"你听谁说的？"

"这你可瞒不了俺。"

"你想怎样？"

卫登辉哈哈笑着。"别紧张，"他说，"有俺在保你没事，俺如今在县党部当差。在霍川这地盘上，没啥咱搞不定的。"

费伊蓉哼了一声，说你官再大，也用不着在俺面前显摆。卫登辉一听又笑了，连忙解释说，他可没这意思。"你能回来就好，"他说，"这太让人高兴了！"又说他到处打听，如何如何牵挂。听他废话连篇，费伊蓉早就不耐烦了，便打断他说，你有啥事吗？俺可累了。这无疑是下逐客令了。可卫登辉仍然赖着不肯走，继续絮叨个不停。为了讨好费伊蓉，他还旧话重提，说到当年军警搜捕北辰的事。"那次要不是俺，你非倒大霉不可！"他说，"俺这可都是为了你，别人俺才不管哩。要不是俺，你和你的那些同党一个也跑不了，全得蹲大狱了。"费伊蓉挖苦道："那俺还得感谢你不成？"

"你说呢？"

"俺们反军阀有啥错？"

"哈，"卫登辉说，"你现在还敢说这话？"

"俺咋不敢说了？"

"你再说一句，俺立马就抓你，你信不信？"

"你敢？"费伊蓉说，"当初国民党不也反军阀吗？你们委员长还是北伐军总指挥哩。有本事你把他也抓起来。"

卫登辉见她钻了自己的空子，便说："你少狡辩。如今国共早分家了。俺还不知道你是干啥的？"他伸手比画了一下，"你们是赤党，还有那贺廷勇，别当俺是傻子。"

"那你抓啊，"费伊蓉说，"有本事你就抓啊。"

卫登辉气哼哼地说："别以为俺不敢。等着瞧吧，你要再跟赤党跑，准没好果子吃。"

从费伊蓉家中出来，卫登辉窝了一肚子火。如今他在霍川也是一个响当当的人物，别人想巴结都巴结不上，可费伊蓉居然还是一点不把他放在眼里。更令他气恼的是，她还和我大伯打得火热，经常去我大伯家走动，看上去关系已很不一般。"贱货，"他骂道，"她是不知道老子的厉害。"回到县党部，他便唤来手下，要他们注意盯住费伊蓉和我大伯，一举一动随时向他报告。

卫登辉早派人打听过费伊蓉和我大伯的情况，知道他们去武汉报考了军校，虽然此后的行踪并不清楚，但他相信，我大伯和费伊蓉都是共党分子，只要盯紧了，就能抓住他们的把柄，说不定顺藤摸瓜还能捞到大鱼。于是，暗中派出耳目，秘密跟踪，一心想立个大功。

可就在这当口，有一天，卫家老爷子把他召了回去。卫家老爷子是卫家人对卫孝衡的称呼。卫孝衡有三个儿子，七个孙子，卫登辉是卫孝衡的七个孙子之一，由二儿子卫树森所出。卫登辉赶回去后，老爷子劈头就问："听说你在查贺文贤的儿子？"卫登辉有点意外，说："爷爷，你咋知道的？"

"别问那么多，"卫孝衡说，"有没有吧？"

"是啊。"

卫登辉脸一沉："俺的话你丢脑后了吗？俺早说过，贺家的人不能动。"

"爷爷，"卫登辉说，"俺没忘，可他们是赤党分子。"

"那又咋样？"卫孝衡说，"赤党分子多的是，你抓别人嘛，抓多少俺都不管，但就是别动贺家的人。"

"爷爷，"卫登辉说，"那个贺廷勇可不是好东西，在北辰时就专跟俺作对。"

"那也不能动。"

"爷爷……"卫登辉反驳说，他是县党部的人，抓赤党是他职责所在，公归公私归私嘛。哪知卫孝衡一听便拍起桌子："混账！你敢犟嘴？俺对贺恺年承诺过，卫、贺两家从此井水不犯河水，俺说到做到。这也是为了你们好。"

卫登辉不以为然道："爷爷，你怕啥呢？咱这是抓乱党，他贺家敢咋样？"

"你放屁！"卫孝衡又是一拍桌子，大声吼道，"你当贺家都是吃素的？他们也不好惹，一报还一报，这样下去，啥时是个头？你给俺记住，不许胡来！谁敢不听话，看俺打断他的腿。"

一看卫孝衡发了脾气，卫树森赶紧从旁劝解，让卫登辉认错。"这个畜生，"卫孝衡余怒未消道，"你给俺好好管教，这都惯成啥样了？简直要蹬鼻子上脸。"

卫树森是卫孝衡的二公子，卫家公认的接班人。卫孝衡有三个儿子、四个女儿。大儿子卫树善，热衷于吃斋念佛，经常四海云游，回到家中则关起房门，潜心研习佛经。屋子里香火缭绕，仆人给他送饭时常常被呛得喘不过气来。大少奶奶成天哭哭啼啼，因为自打她进门后，大少爷就没近过她的身。小儿子卫树清则是个戏迷，整天混在家班子中吹拉弹唱，除了戏对啥也没兴趣。有一次，他粉墨登场，被卫孝衡发现了，当即让人把他拖了下来，但这并没有妨碍他对戏曲的热情。据戏班子里的人说，三少爷不仅唱念做打，样样在行，而且还会写剧本。解放后，他写的剧本曾被收入地方戏曲研究方面的书籍，《霍川县志》还把他列入"艺苑人物"，有专文介绍。

在卫孝衡的眼中，这两个儿子都是废物，不足为道，唯有老二卫树森可堪造就，是他唯一的指望。卫树森相貌出众，仪表堂堂，高等个头，皮肤白皙，眉眼也十分周正，无论身材，还是长相，都与乃父相去甚远。卫家埠的人都说，二少爷长得像他娘。他娘是卫孝衡的二姨太，年轻时美艳如花，虽然卫孝衡长得矮小粗鄙，但卫树森却继承了二姨太的美貌，长得相貌出众。

不过，卫树森长得像娘，性格却继承了乃父，大胆妄为，心狠手辣。他多年跟随卫孝衡打理家族生意，江湖风险，大风大浪也经历过不少。多年的磨炼，加上卫孝衡悉心栽培，使他在江湖和家族的地位逐步巩固。

随着卫孝衡年事渐高，身体大不如前，也有意放手，让他全权掌管家族的事务。

卫树森对贺家的看法与他爹并不完全相同。开始时，他也赞成爹的看法。特别是辛亥那年，我爷爷当了光复军先遣队司令，抓了卫孝衡，让卫家一度大为恐慌，后在贺恺年说服下得以释放。打这之后，卫孝衡决心放弃与贺家为敌，卫树森也表示赞同。然而，近十年来，他的看法开始发生改变。

贺恺年死后，他的大儿子贺仁贤后来居上，全心致力于实业，尤其是在航运上，率先引进机器船，独树一帜，生意越做越大，这让卫树森感到了威胁，认为照此下去，用不了多久贺家便会压倒卫家，这是卫树森不能容忍的。他早想动手打压贺家，但卫孝衡都不同意。说到底，他是不想自食其言，与贺家重启战端。"唉，他咋变成了这样？"卫树森事后抱怨道，"想当年，咱爹怕过啥？脑袋别在裤腰带上没啥不敢干的。可如今瞻前顾后，树叶落下来都怕砸了头，看来爹真是老了，一年不如一年了。"他多次这样感叹。如今，卫登辉想动我大伯，他同样反对，卫树森便给儿子出主意说，老爷子的脾气你知道，不能硬顶。"那该咋办？"卫登辉说。

卫树森点拨他说："不能明着来，可就暗着来呗。"

"咋个暗法？"

"这事你不必出头，"卫树森说，"可以让他们干。啥的功劳、赏钱，咱不稀罕，你懂俺的意思吗？"

卫登辉心领神会，回城后便向县党部的书记长做了禀报。本来他想一个人偷偷干，独享其功，现在他不得不放弃这个想法。县党部的书记长是皖北太和人，名叫袁幼鸣，讼师出身，人长得瘦精精的，满嘴的烟牙，黑漆漆的，像个鸦片鬼子。他有个叔叔在南京任职，朝中有人好做官，他也跟着沾光，不仅谋了公职，还当上了书记长。袁幼鸣虽然只有三十多岁，但城府很深，老奸巨猾。他和现任县长郝君实一向不和，一心想挤走他取而代之。因此，听了卫登辉的禀报，便很感兴趣，觉得这是一个邀功请赏的机会，马上指示侦行科全力查办。

这一年五月，大别山区爆发了立夏节起义。这是继商南起义后，共产党领导的又一次重要起义。连续两年的持续大旱，加上军阀混战，土匪横行，大别山区民不聊生，灾难深重。开春之后，严重的春荒更是雪上加霜，饿殍遍野，荒冢累累，而反动当局横征暴敛，毫无人性。据县志载，各地田赋"已预征到民国三十九年"，简直是天下奇闻。为了抵御饥饿，老百姓只有吃树叶，甚至吃白石粉。这种白石粉由石头磨成，许多人食后因肚胀而死。"要活下去，就得吃饱肚子！"在我党的领导下，各地农民协会进一步发展壮大，不断开展减租减息，抗租抗债斗争。有的地方还强行打开地主庄院，打开粮仓，借谷分粮。面对各地的农民运动，反动当局调集武装残酷镇压，这更加激发了各地民众的反抗。当时有一首歌谣四处传唱：

饿死不如拼掉吧，
打倒地主把粮扒，
割掉头，碗大疤，
活着干，死了算。

官逼民反，走投无路。霍川这时也如同一个巨大的火药桶，随时都会爆炸。根据这一情况，中共党组织决定因势利导，发动武装起义。准备工作早在我大伯他们回来前就已开始，等我大伯回到霍川时已经逐步成熟。

八月底，省委特派员受命来到霍川，筹划指导武装起义。然而，就在特派员刚到达霍川，费伊蓉被捕了。

第十六章 费伯母 | 1929年

一

费伊蓉,我们小辈后来都称她费伯母。她与我大伯的婚姻充满了坎坷和苦难。一提到这事,我大伯这位征战多年,从血与火中爬过来的心硬如铁的老将军也会心如刀绞,悲痛不已。他极不愿意提及此事,小心翼翼地把它埋藏在心底的深处。直到有一年,他让我帮他修改回忆录才又重提此事,其间数度哽咽,老泪纵横。我从没见过他如此动情,看着他白发苍苍,悲痛欲绝的样子,我也心口阵阵发痛,止不住热泪流淌。我不得不停下来,让我大伯平复一下感情。"忘不了,"我大伯接过我递上的纸巾,擦着脸说,"俺永远忘不了,只要一闭上眼睛,那些事就会浮现在眼前。"

费伊蓉被捕是在东阳关,这里是大别山著名的水陆码头,龙河与青江在此交界,官道四通八达,水陆交通便利,早在宋代就已建镇,明代设税官,沿袭至今。进入民国,商贸更加兴盛。镇上有八条街,十六座码头。每日停泊各类船只达数百艘之多。镇上高屋大宅,鳞次栉比,街上商号林立,大小会馆十数家,向有"小上海"之称。当地民谣云"小小霍川城,大大东阳关",由此可见其繁盛之状。

费伊蓉被捕那天,省委特派员正与史先生会面。地点在东阳关的老徽馆。这是镇上有名的老字号饭馆,以徽菜为特色。据说老板来自徽州,已有好几代。老徽馆是徽派建筑,房屋特色明显,白墙黑瓦,高顶翘檐，随处可见精美的砖雕、石雕和木雕。饭馆共分两层，楼下为散客，楼上为包厢。史先生早早来到楼上的包厢等待。他时任霍川县委书记，与他一起来的还有一名县委委员老黄。省委特派员从芜湖来，一路上有交通员秘密接送。下船后，便由小黑皮接至老徽馆与史先生会面。

费伊蓉的任务是负责望风。她在楼下扮作散客，一边吃饭，一边警觉地留神外边的动静。为了这次会面，她提前一天来到了东阳关，安排好一应事宜。为了谨慎起见，我大伯和她分开行动。他们早知卫登辉在暗中盯梢他们，因此我大伯昨天一早就进城，招摇过市一番，又约了几个人出城去了大牯岭，这正好与东阳关是相反的方向。目的就是为了引开特务。果然特务上当了，一路跟踪我大伯去了大牯岭，而费伊蓉则悄悄乘船赶往东阳关。

这事做得极为隐蔽，就连卫登辉一开始也没有觉察。晌午时分，楼上的会见即将结束了，就在这时，楼下忽然传来喊声。喊叫声是费伊蓉发出的。此时史先生与特派员正在起身告别，史先生打算自己先走，确定安全后，再通知特派员出去。听到喊声后，他马上来到包厢门口，向外探望，只见担任警卫的小黑皮从楼梯口匆忙跑上来。"有情况，快走，快走！"他大声叫道。

史先生当即退回，推开后窗，领着特派员从那里跳上屋檐，按照事先的撤离计划，隔壁院子里早有接应的同志搬来梯子。为了保证特派员的安全，老黄主动留下来担任掩护。很快老徽馆里响起了激烈的枪声。当史先生和特派员穿过院子，从后街赶到江边，登船而去时，枪声仍在持续不断地响着。当天下午，便传来消息，费伊蓉和小黑皮被捕了，老黄也牺牲了。

据我大伯说，敌人那次来得十分突然。当时正值午餐时间，饭馆来了不少客人。费伊蓉一边佯装吃饭，一边留下打量周围的动静。客人们进进出出，人声喧闹。不知何时，有两个身穿长袍的客人，一前一后进了店里，看上去倒也寻常，但他们挑的座位却紧挨着费伊蓉的桌子，一个在左边,一个在右边。这引起了费伊蓉的警觉。一般食客进来就会点菜,巴不得饭菜上得越快越好,可这两位却不急不慢,坐在那里半天也不点菜,眼睛却四下里睃巡,好像有什么事情。跑堂的上前招呼,也被支走了。更让费伊蓉不安的是,她注意到这两人虽然分开就座,但眼神却在不时交流,分明是相互认识。有一次,费伊蓉偶一扭头,发现他们正在递眼色,见到费伊蓉的目光又迅速移开了。"不好,是特务!"费伊蓉马上做出了判断。她想立即发出暗号,可那两人就坐在她身边不远的地方,她的一举一动尽在监视之下。咋办啊?费伊蓉脑子飞快地一转,便有了主意。她试探着站起身,借故上茅厕,可刚走了两步,只见坐在她左首桌旁的一个人也站了起来——没错,肯定是特务!费伊蓉不再犹豫,回身从桌上端起一碗汤迎上去——啪的一声,汤碗撞在那人身上,掉落在地,发出破碎的声音。只见汤水洒了一地,也泼了那人一身。"哎哟。"那人叫了起来,忙不迭地掸起衣服。

"你干吗?你撞俺干吗?"费伊蓉先发制人,大声嚷了起来。那人一愣,未及反应,费伊蓉已大闹起来。"赔,赔俺汤!你得赔俺汤!"她大喊大叫,一副不依不饶的样子。那人也恼了,光起火来。"你个臭娘们,"他说,"明明是你撞了俺,倒反咬一口?你他娘的想找死啊!"他气呼呼地骂道。

饭馆里顿时乱了起来。这正是费伊蓉希望的,因为动静越大越好。她生怕楼上的同志听不见,索性扯开嗓门大嚷道:"你想欺侮人啊?还讲不讲理?别以为俺好欺侮,你让大家评评理。"说着,抓住那人衣服纠缠起来。

这来,饭馆里乱了。有人围观,有人劝解。正混乱间,坐在右首桌旁的另一个人似乎看出了端倪,猛然跳起身,拨开众人,大喊了一声:"别闹了,她在报信,抓住她!"说着拔出手枪。另一个人也回过神来。他们一起动手,上前抓住费伊蓉。费伊蓉拼命挣扎着,大喊大叫。一个特务上前捂住她的嘴,另一个不迭声地嚷:"来人啊,快来人,别让赤党跑了！"埋伏在屋外的特务很快冲了进来，个个手中拿着枪。食客们惊慌失措，一个个目瞪口呆。"别动，都别动！"有人大声喝道。

卫登辉跳下马车——刚才他坐在路边的一辆马车上，正注视着饭店的动静——饭馆里一乱，他知道出了事情，连忙跳下车，跟着特务们跑了进来。一楼这时已被控制，费伊蓉也被特务按在桌子上动弹不得。卫登辉看了一眼，挥起手枪，朝着手下喊："都傻站着干吗？楼上！快上楼！"

特务们开始向楼上拥去。

砰，砰……

枪声响了起来。一个特务从楼梯上骨碌碌滚下来，头朝下栽倒在地，两条腿胡乱地挂在扶手上，就像一条死狗似的，吓得其他人连滚带爬，一齐朝后退去。卫登辉一矮身子，躲在桌下。"打，"他大声命令道，"给俺打！"

枪声立时响成一片。特务们啪啪地开起枪。子弹乱飞，打得灰土木屑扑簌簌往下落。食客们吓得全都趴在地上，一动不敢动。双方打了一个多小时，楼上的枪声终于停了下来。敌人冲上楼去，但特派员等人早已撤离。不过，在掩护中，老黄不幸中弹身亡，小黑皮也身负重伤，陷入昏迷。

卫登辉抓了费伊蓉和小黑皮，立即带回城里。袁幼鸣很高兴，当即致电省党部邀功请赏。他还把卫登辉大大夸奖了一番。但侦行科的陈科长却很不高兴。他说卫登辉耍了他，因为他让他们去盯贺廷勇，自己却独享功劳。卫登辉连忙解释，他并无此意，他曾找过他，但没有找到，由于情况紧急才独自带队前往。可陈科长压根儿不信。"你就扯吧，"他说，"你他娘的，糊弄老鬼啊，你当俺们傻啊？这也太不够意思了。"陈科长绰号陈小狗，为了这件事，他与卫登辉闹得很不愉快。

陈小狗在县党部也算是数一数二的人物。他是鱼贩子出身，卫登辉从心里看不起他，但他办事得力，颇受袁幼鸣倚重，卫登辉不得不让他几分。其实，卫登辉倒没说谎，尽管他经常说谎。费伊蓉去了东阳关，他事前并不知情。说来这事也是巧合。他有一个耳目，是城里昌记杂货店的伙计，三青团员，当年也在北辰中学念过书。事发前一天，老板派他去东阳关接货，意外发现了费伊蓉。接完货回到城里，他便跑去向卫登辉报告。因为卫登辉有过交代，凡是发现费伊蓉和我大伯行踪，向他报告者均有赏。

"你没看错吗？"

"咋会呢？俺看得真真的。"

"她在干吗？"

"这不清楚，俺在街上看到的。"

"就她一个人？"

"还有一个男的。"

"是谁？"

"没见过。"

"长得啥模样？"

那人描述了一番，说是中等个头，黑黑皮肤。"嗯，嗯。"卫登辉又问了几句，便打发走了他。之后，他越想越觉得蹊跷。这一不逢节，二不遇集，费伊蓉大老远去东阳关干吗？而且她啥时去的，居然没人发现。如此鬼鬼祟祟，其中必有名堂。

打发了那个报信的，已是晚上九点多钟了。卫登辉便去找侦行科陈科长，可他偏不在，不知去哪里鬼混了。东阳关离城八十余里，如果不尽快出发就有可能误事，于是卫登辉决定撇开陈科长，连夜带着手下赶赴东阳关。天亮时分，他们到了桂花湾。这里距东阳关只有五六里路。为了不打草惊蛇，他们在桂花湾吃饭歇息。天亮后派人先去侦察，发现费伊蓉踪迹后，这才带着人马进入东阳关。

应该说，这次行动出其不意，虽然没有抓获全部赤党，但收获不小，特别抓住了费伊蓉，让卫登辉相当满意。他亲自提审，心想："哼，看你还嘴硬？这回落到俺手里，总该老实了吧？"哪知费伊蓉并不服软，反倒指责他乱抓人。"凭啥啊？你这是凭啥啊？"她说，她去东阳关犯了啥法？去饭馆吃饭又犯了啥法？就因为他们撞翻了她的汤，她理论几句，你就抓人？"这还有王法吗？"她怒斥道，"你们这些狗特务，也太猖狂了！"

卫登辉喝道："这都啥时候了，你还耍大小姐脾气？这是县党部！俺警告你不要胡搅蛮缠！"

"县党部咋了？县党部就可以不讲理，随便抓人吗？"费伊蓉并不买账。卫登辉威胁道："你少嘴硬，你的同伙都交代了。"

"交代啥了？"

"你们是一伙的。"

"凭啥这样说？"

"俺自有证据。"

卫登辉便把昌记杂货店的伙计和老徽馆的跑堂带来指认，前者说事发前一天，他看见费伊蓉与她的同伙（指小黑皮）在一起；而后者则供认，费伊蓉与楼上包厢里的人相互认识，有过接触。"铁证如山，你还想抵赖吗？"卫登辉说。但他的话却引来费伊蓉的一声冷笑。

"就凭这？"她说，"你找再多也能找得出来。"

"你啥意思啊？"

"这还不容易？"费伊蓉道，"你要他们说，他们敢不说吗？俺还不知道你们这些人？啥事干不出来？"言外之意，无论昌记的伙计，还是老徽馆的跑堂都是他们强逼的。

审讯进行不下去了。陈小狗提出要用刑，卫登辉气不过，也想动刑，但临了还是忍住了。说到底，他心里还是割舍不下。有一天晚上，他把费伊蓉带到审讯室，屏退左右，私下里对她加以开导。"伊蓉啊，"他说，"你让俺拿你咋办呢？咱们同学一场，俺是为你好。你只要招了，交出同党，俺保你无事。"他还说，你这可不是小案子，这是赤党案，轻则坐牢，重则杀头。"你看看，"他又说，"别人进来哪个不是打得半死？可你进来没人敢动你半个指头，这是为啥呢？还不是因为俺，是俺一直在护着你哩。可你要是老这样，俺再想护也护不住了。"

卫登辉软硬兼施，一边套近乎，一边威胁，但他说了半天，费伊蓉毫不领情。"欲加之罪，何患无辞？"她说，"俺知道过去得罪过你，你想报复也用不着巧立名目，给俺扣这么大的罪名。"

卫登辉大怒，一拍桌子："你死到临头了，还敢耍滑头？你真以为俺治不了你吗？"

"随你的便吧，"费伊蓉哼了一声，用轻蔑的目光看着卫登辉，"既然被你抓了，要杀要剐全由你！但要逼俺承认，门都没有！"

这一下，卫登辉被彻底激怒了。他大叫一声："来人啊！给俺上刑！"特务们冲进来，把费伊蓉吊了起来。

"你说不说？"卫登辉喝道。

"呸！"费伊蓉啐了一口。

"给俺打！"

卫登辉咆哮起来。一个光着脑袋的特务应声脱掉上衣，精赤着上身，挑了一根粗黑的鞭子，用手拉抻了几下，接着在水里蘸了蘸，又在空中啪啪甩了两下，然后走到费伊蓉面前，脸上满是狰狞之色。费伊蓉闭上眼睛，就在这时，忽然听到一声喊：

"慢着！"

喊声是卫登辉发出的。那特务刚要举起鞭子，听到喊声便回过头来，只见卫登辉朝他摆摆手，而后让人把费伊蓉放下来。原来就在这一刹那间，他的心又软了下来。

"你这是何苦呢？"他说，"老同学，你看不出来吗？俺是一片真心待你。当年在北辰，俺就喜欢你。"他达表白说，这已不是一天两天，从她一进北辰开始，这一点始终没有改变。当年他就救过她，可见他的真心。"俺劝你，"他说，"别跟那帮穷小子瞎胡闹了，咱们在一起多好，将来有你享不完的福，享不完的荣华富贵。"

费伊蓉冷笑道："哼，狐狸尾巴终于露出来了。卫登辉，你太卑鄙了。

别以为别人都是傻子,你那套把戏谁还看不出来啊?这都是你的阴谋,你就是想逼俺,趁火打劫,你还算是个男人吗?"

卫登辉叫起屈来,连说冤枉。"天地良心!"他说,"伊蓉啊,你都想哪去了?俺可没那个意思。苍天可鉴,俺都是为你好。俺要说一句假话,天打五雷轰!不信,俺的心都可以扒给你看。为了你,俺啥都可以做,哪怕是死都绝无二言。"

费伊蓉听了他的话浑身直起鸡皮疙瘩。"收起你的好心吧,俺可消受不起。"她厌恶地说。

"伊蓉,别这样,"卫登辉叫了起来,上前一把抓住费伊蓉的手,紧紧握住,"俺真受不了了,求求你,你就听俺一句话吧!"

"走开!"费伊蓉用力甩开他的手,"你少恶心俺,拿开你的脏手!"

卫登辉脸腾地红了,随后又紫了。他又羞又恼,破口骂道:"你个小娘们,别不知好歹,敬酒不吃吃罚酒!你现在老子手里,老子想咋样就咋样。"说着竟猛扑上去,一把搂住费伊蓉,嘴巴也伸了过去。

"滚开!"费伊蓉奋力挣扎,连踢带抓。两人撕打起来。忽然,卫登辉一声惨叫,只见一股血水从他脸上滚滚而下。

费伊蓉狠狠咬了他一口。

二

我大伯得知费伊蓉、小黑皮被捕的消息,已是事发的第二天。他正在山里训练赤卫队,听到这个消息不禁心急火燎,当即便要进城去找卫登辉算账,但被卢庆竹拦住了。"你想找死啊?"他说,"姓卫的正愁抓不到你哩。""那你说咋办?"我大伯说。卢庆竹也没有办法。他们去找史先生。史先生正在组织营救,他安慰我大伯说,伊蓉和少成(小黑皮)表现得很英勇,党组织会不惜一切代价救他们。不过,至于怎么救,一时间还没有好办法。我大伯等不及了。他知道敌人的特务机关是咋回事，落到他们手中不死也得脱层皮，光那套刑具就让人生不如死。一想到费伊蓉将遭受酷刑折磨，他就无法忍受。"不能再等了。"他说。

卢庆竹理解他的心情："你想咋干？"

我大伯说出了自己的想法。

"这能行？"

"俺看行。"

"要不要报告一下？"卢庆竹提醒道。

"别价，"我大伯说，"一报告就完了，咱们先斩后奏。"

卢庆竹迟疑起来："这可不大好吧？"

"你到底干不干吧？"我大伯有些火了。

"可是……俺觉得……"卢庆竹的话还没说完,我大伯便打断他,"得了，"他说，"别他娘的婆婆妈妈，你不干就算了，俺自个干。"

卢庆竹急了："俺可没说不干。"

"那就别废话了！"

他们从赤卫队挑了八个可靠的同志，带了枪，立即出发。当时，为了准备起义，党组织一直在山里秘密训练赤卫队，我大伯是第一大队队长，卢庆竹是第二大队队长，很容易就搞到了人和枪。

行动选在春分前一天，地点在黑龙潭。那里是县城通向卫家埠的必经之道。霍川习俗，春分祭祖，这一天各村祠堂都要开堂，举行隆重的祭祖仪式，是谓春祭。我大伯料定这一天，卫树森必定要回乡参加春祭。自打卫孝衡因年纪大了退休，会长一职就由其了卫树森按替，他常年住在城中。"只要抓了这狗日的，"我大伯说，"还怕卫登辉不老实？除非他不想要他老子命了。"

计划安排得很周密。事前也把卫树森的行踪摸清了。那天早上，卫树森果然从城里出来了，带了五六个民团团丁，前往卫家埠。晌午时分，过了黑龙潭。在离黑龙潭三里地有一片小树林，是理想的伏击地点。我大伯早已带着人提前埋伏在那里。当卫树森的车驾出现时,我大伯迎了上去。

"请问是卫二爷吗?"他老远唤道。

走在车前的一个团丁问:"你是谁?找俺二爷干啥?"

我大伯说:"俺是送信的。"

"送啥信?"

"县里的。"我大伯含糊其词道,说着靠近马车,从怀里掏出信来。"出了啥事?"一个声音从车内传来,接着车帘一掀又露出一个脑袋——不是别人,正是卫树森。团丁向前禀道,县里有人来送信。"啥信?"卫树森有点奇怪,他刚从城里出来,怎么就有人送信来?"拿来俺瞅瞅。"他说。

团丁把信呈了上去。就在这时,我大伯已经快步向前,一把抓住卫树森的衣领,把他拉出了马车。"别动,都别动,谁敢动俺就打死他。"他高声喊着,用枪顶住了卫树森的脑袋。团丁们全傻了。这一切来得太快,前后只用了不到一分钟。正愣神间,又听一片呐喊,卢庆竹带着人从树林里冲上来,三下五除二便将团丁们一个个缴了械。

整个行动风卷残云,没费一枪一弹,便大功告成。我大伯十分高兴,马上派人向史先生报告,建议用卫树森交换费伊蓉和小黑皮。"这下好了,"他兴冲冲地说,"俺看他们敢不换?"史先生接到报告后,连夜赶到了大牯岭,卫树森被抓后就关在这里。"谁让你们干的?"他话一出口,我大伯便感到不对了。

史先生声音严厉,脸上没有一丝笑容。他问明了情况后,不由分说便让我大伯放人。"放人?"我大伯以为听错了。

可是,没错,史先生就是这样说的。

"马上放人!"他吩咐道。

"为啥?"我大伯大为不解。

"这个以后再说。"

史先生来之前,已与县委副书记老宋交换过意见,当即做出三条决定:一是立即放人;二是所有人员从关押地点迅速撤离,以免暴露;三是对当事人另做处理。我大伯很不服气,对于县委的决定也接受不了。"咋啦?"他说,"俺这是为了救人,这有啥错吗?"当然,他也承认,事前没有报告是有些不妥。如果有错的话,也仅此而已。

"这还不够吗?"史先生说,"亏你还是红军战士,擅自行动,你这是目无组织纪律,单凭这一点你就不够格!"他的声音不高,但那严肃的神态和口吻却让我大伯始料不及。在我大伯的印象中,史先生对同志向来都是和风细雨,从未生过这么大的气,起码我大伯是头一次见到。"史先生,"他辩解道,"俺这也是好意嘛。"

"好意?"史先生提高嗓音道,"你差点坏了大事,你知道不知道?"

"俺坏了啥大事?"我大伯心里嘀咕道,还有啥比救人更大的事吗?他实在想不明白。在史先生指出他的错误,要他深刻检查后,他的头脑仍然转不过弯来。特别是让他放人,他一万个不情愿。

"史先生,"他说,"这人好不容易抓到,咋能说放就放?"

"那你还想怎样?"

"要不试试?"

"试啥?"

"和他们换人啊。"

"胡闹!"史先生没想到说了半天,我大伯居然油盐不进,一点也没有认识到错误,于是生气道,"不要再说了,这是命令!"

我大伯当时别提多委屈了。很长时间他都想不通,甚至觉得史先生小题大做。他当时并不知道,在特派员到达的第二天,县委便召开了扩大会议,决定中秋节发动武装起义。在这当口,我大伯的冒失行为,当然是不能允许的。特派员得知后,很是恼火。"简直是乱来!"他甚至提出要对我大伯和卢庆竹开除出党,多亏史先生从中做工作,才决定从轻处理:撤除职务,深刻检讨。

三

卫树森被绑架的第二天就被放了。这事让他吓得不轻,卫家人也大为恐慌。不过,这事究竟系何人所为,他们当时并不清楚。由于及时放人,这事也没有惊动敌人。这就保证了霍川起义的顺利进行。

费伊蓉被捕后,卫登辉软硬兼施,采取各种手段均不奏效。他实在搞不懂,这娘们究竟吃错了啥药,非得死心塌地跟着赤党跑?陈小狗挖苦他是鬼迷心窍,别有图谋。卫登辉嘴上否认,心里也不得不承认:他确实放不下她。从在北辰中学时,他就一心想得到她。越是得不到,越想得到。那天晚上,他被费伊蓉咬了一口,差点把耳朵咬掉一块,但他仍然不想放弃,反倒责怪自己太性急了。事后,他不但没有向费伊蓉报复,反而多次解释道歉,希望求得谅解,并保证今后不会再发生这样的事。此外,他还对她格外照应,每天好吃好喝地侍候,只要有空就会去看她,虽然她不理他,他也不在乎。他还找来一台唱片机,搬到牢房让费伊蓉听曲儿消磨时光。"哼,俺还不信了,"他心里想,"纵你是块冷石头,也总有被焐热的时候。"

对于他的这些做法,侦行科早就看不下去了。陈小狗不断去书记长那儿告状,说卫科长有意袒护赤党,和那娘们不清不白,这案子没法办了。他坚决主张用刑。"这种富家大小姐根本不抗打,"他说,"只要一上刑,准保她乖乖开口。"

"那你还等啥?"袁幼鸣说。

"卫登辉不让啊,"陈小狗说,"俺们也插不上手。"

袁幼鸣有些生气,让人把卫登辉找来,对他大加训斥,令他限期破案,不准偏袒。这话是当着陈小狗面说的。陈小狗十分得意,可是卫登辉仍不执行。陈小狗又去找袁幼鸣了。没想到才过几天,袁幼鸣的腔调已经变了。他说,这个女人是死硬货,硬的不行,还是来软的。

这话几乎和卫登辉的口吻没啥两样。"准是那小子给他灌了迷魂汤。"侦行科的人都这么认为。后来，果有传闻，说卫登辉为了这件事，送给袁幼鸣一张名贵字画，画家是清代的一个什么大家。

其实，卫登辉平时就在袁幼鸣身上下过功夫，否则也不会很快升任科长。这次为了费伊蓉，他又出了血，袁幼鸣自然是顺水推舟，没有不应承的。在卫登辉看来，只要把费伊蓉抓他手里，她就跑不了，总有一天会屈服，这是他的如意算盘。

然而，想法赶不上变化。

没过一段时间，有一天，袁幼鸣突然把他找去了，要他放人。"放了吧，"他说，"老关着也不是事啊。"他指的是费伊蓉，这让卫登辉吃惊不小。"这是啥情况啊？"他心中暗想。

原来，费伊蓉被捕后，费家人十分着急。费经三豁出老脸，四处活动。就连省府都有人受托给袁幼鸣写信疏通，请他网开一面。但袁幼鸣一概虚应故事，搪塞推托。最后，费经三不得不亲自找上门来了，袁幼鸣表面上十分热情，极为尊重，客套话也说了不少，但一提及案件，又表示爱莫能助。"这是赤匪案啊。"他不停地咂嘴、搓手、摇头，那模样别提多为难了。费经三前清时做过县令，民国时又做过都督、知县和省议员，对官场的事儿全都门儿清。"你就开个价吧，"他说，"只要能救出女儿，啥都好说。"袁幼鸣连说不敢，又推说这是"赤匪案"，无从下手。"不好弄啊,这事不好弄啊。"他龇着黑牙连声说。"得了吧，"费经三不想再和他绕圈子了，"袁老弟，我就这么一个女儿，看在我这把老骨头的分上，你总不能见死不救吧？"后来，袁幼鸣收了五千大洋的汇票，也就半推半就答应了。

这一来，卫登辉的如意算盘便被打破了，这当然不是他愿意看到的。"不可，万万不可，"他急忙劝阻，"费伊蓉可是赤党分子，不能放啊！"但袁幼鸣早已拿定了主意，说这都审了多久了，也没审出个啥名堂，这样拖下去对上也不好交代啊，还是放了算球。说到这里，他嘿嘿笑道："俺早听说了，你对她有点意思，这不正好吗？俺这也是看在你小子的面上。"

卫登辉一看事情完全弄拧了，心里更着急了。他明白，只要一旦放了人，他的心血便全白费了，可他肚里的这些小九九却摆不上桌面，只能找个理由说，这案子还没有查清，眼下不宜放人，说不定她背后还有大鱼哩。

"啥的大鱼？"袁幼鸣根本不感兴趣，"她要肯招还不早招了？这事也怪你，要不是你心疼她，不让用刑，她的嘴说不定早就撬开了。"说着，他又卖好道，"小卫啊，我知道你喜欢这丫头，所以我处处替你包着。可是，这事也不能久拖不决啊。你不知道我的压力有多大吗？这费家也是有来头的。费经三如今虽不在位了，可影响还在，就连上头也有人帮他说话。再者说了，这天天都有人找上门，你说我烦不烦？"他扬了扬手，表示这事已经决定了，不要再说了。

"可是，"卫登辉还是有些不甘心，他说，"这可是赤匪案，万一上边查问起来，那可咋办？"

"好办，"袁幼鸣不紧不慢地抽着烟，早已想好了对策，"你让她写个悔过书不就完了。年轻人嘛，误入歧途，这是常有的事，犯不着大惊小怪。只要他们知错就改，回头是岸，和共党一刀两断，咱们还是欢迎的嘛。"

"这能行？"

"当然行，你就按俺说的做。"

卫登辉没辙了，只好执行。从袁幼鸣那儿回来后，他心里憋了一肚子气，大骂袁幼鸣，吃里爬外，贪得无厌，什么钱都敢拿，什么好处都敢吞，党国的事业全败在他们这帮人手中。但骂归骂，除了出气，也无可奈何。他的手下白七看他心情不好，便宽慰他说："少爷不用生气，这样也好。"

"好个啥？"

"这不正好卖个人情吗？"

这个白七是早年商会团总白立贵的侄子。白立贵死后，他便跟了卫登辉。这家伙年纪不大，但为人乖巧，很会讨卫登辉的欢心，因此卫登辉常常把他带在身边。

"屁的人情！"卫登辉眼一瞪，没好气地说，"放了人，她还理你个蛋啊！"

"那也不是，"白七说道，"少爷你想啊，她只要写了悔过书，那就和赤党掰了，少爷还用担心她再和那姓贺的小子搞到一起吗？"

"嗳，这倒也是。"这句话提醒了卫登辉。他眼睛一亮，高兴起来。"嘿，你小子，"他说，"俺咋没想到？"

当天晚上，他便去了牢房，一开口便喜滋滋地报喜。"好消息，好消息，"他说，"伊蓉啊，你得救了！"他把即将释放她的消息告诉她，又说这事俺可没少花劲。他摆出一副救世主的样子，先是评功摆好，接着又大套近乎，说他如何为她的事操碎了心，又如何费尽周折，打通关节，终于一切都搞定了。"好了，你现在没事了，马上就自由了，这回你总该相信俺的真心了吧？"说完这些之后，他才拿出了事先准备好的悔过书，摆到她面前。

"这是啥？"

"例行公事，"卫登辉打着哈哈说，"只要签个名，一切都结束了。"

费伊蓉接过悔过书看了一眼，立即摔在地上。"无耻！"她说，"你休想！"卫登辉嘻嘻笑起来："这有啥吗？不就是一张纸吗？"说着，从地上捡起悔过书，重新摆到桌上。

"滚开！"费伊蓉骂道。

卫登辉的脸唰地黑了下来。"这事可由不得你了！"他冷冷道，接着朝白七使了个眼色。只见白七从后边扑上去，一把抱住费伊蓉。费伊蓉拼命挣扎，怎奈白七习过武，有把子力气，她怎么也挣不脱。卫登辉这时走过去，打开印泥盒，强行抓住她的手，然后蘸了印泥按在了悔过书上。

第十七章　爷　爷　| 1930 年

一

电话铃响起来的时候，我爷爷正在吃早饭。曾姨走过去拿起话筒，听了一下，便对我爷爷说是司令部打来的。

"喂，什么事？"我爷爷走过去，接过话筒问道。

电话那头传来彭青的声音。他现在已是彭兆栋的贴身副官。"报告贺长官，上午有个会，军座让卑职通知您参加。"

"知道了。"我爷爷放下了话筒。

彭兆栋如今已是新八十二军军长了。北伐军进入安徽时，他摇身一变，发表牛庄通电，居然成了有功之士。后来，随着局势改变，他又投靠蒋介石。一九二七年三月，蒋介石来安庆视事，他专程前往，当面表示效忠，不久他的保安师扩编为新编第八十二军，他也如愿当上了军长。

北伐后，国共破裂，彭兆栋对我爷爷的态度也逐渐发生了改变。新编八十二军成立时，他只发表我爷爷为总参议，表面看地位不低，实际上却有职无权。对于龚雨峰他也采取了打压的手法。新编第八十二军下辖三个师序列，即三一一师、三一二师、三一三师。三一三师系由原龚旅改编，按理该师师长一职非龚雨峰莫属，可彭兆栋却任命他为副师长，将原来曾在龚雨峰手下任副旅长的关大同提升为师长，这明显是在压制。我爷爷很不高兴，曾提出此事，彭兆栋则编出一套鬼话,说这都是国防部的意思,他也没办法。"我是报了剑云,"他说,"可上边不批奈何?"他还敷衍道,先委屈一下吧,等以后有机会再说。都是我老彭的部下,我不会亏待的。

吃完了早饭,我爷爷便去了军部。新编八十二军当时驻扎在皖北一带,军部设在亳州城内的一所学校里。我爷爷抵达时,参会人员基本到齐了,都是各师、团的长官。不久,彭兆栋便宣布开会。会议内容是关于"剿匪"事宜。先是参谋长通报情况,声称鄂豫皖地区"匪情"严重,多地发生暴动,"匪氛日炽,已成漫延之势",蒋总司令一直督促进剿,不容半点拖延。他拿着指挥棒在地图前指指点点介绍情况。"据最新消息,"参谋长说,"匪红一军和匪红十五军年初在商南啸聚,合编为匪红四军。在我军进剿之下,目前已从商南向皖西一带逃窜,剿总令我部迅向皖西进击。"

参谋长说完后,彭兆栋让在座的诸位发表见解。各师、团长先后发言,各抒己见,大意都是困难太多,粮饷物资准备不足,一时难以开拔。他们一边说,一边注意彭兆栋的反应。彭兆栋对"剿匪"并不感兴趣。中原大战结束后,蒋介石腾出手来,对红军根据地全面进剿,大多是用杂牌军打头阵,意在消耗,彭兆栋可不想当炮灰,因此百般推托,进展迟缓。他的将领们当然明白他的心思,于是都顺着他的杆子爬。我爷爷坐在椅子上,抽着烟斗,漫不经心地听着。这种会他很少发言,一是不想说,二是说了也没用。除非彭兆栋点名要他说,他才会敷衍几句。

彭兆栋坐在首席,眯缝着眼睛,似听非听。他左首第一个座位是我爷爷,右首第一个座位是胡宣武。如今,胡宣武已是副军长兼第二——师师长。又有两个人发言后,这时有人走到我爷爷的身边,附耳低声道:"总参议,您的电话。"

我爷爷起身向外走去。电话就在隔壁参谋室内。他并没有意识到发生什么事,但就在他起身向外走去时,彭兆栋一直眯缝着的眼睛睁开了。他看着他的背影,并与副官彭青交换了一个心照不宣的目光。

电话是苏团长打来的。他是三一一师第一团团长，负责城防任务。苏团长的声音十分惊慌急迫。"贺长官，"他说，"你家里出事了！"

我爷爷一惊。"出了啥事？"他用浓重的霍川口音问道。

"有人去你家抓人了！"

"抓人？"

"是的。"

原来就在他去司令部开会时，一伙人闯进家里抓走了他的客人。

"什么人？"

"正在查。"

"反了！这还了得！"我爷爷怒道。他扔下电话，叫来汽车，会也不开了，便带着小武子往回赶。

家里一片混乱。曾姨一见我爷爷，便哭了起来。"他们把洪先生、洪太太抓走了，"她说，"还把屋里的东西也抄了。"

"到底是啥人？"

曾姨摇头。

这事就发生在上午九点多钟，当时我爷爷正在司令部开会，两辆黑色别克小汽车开到了门口，从车上跳下一伙穿便衣的人。一进门便看住所有人，说是奉命抓共党，曾姨以为他们弄错了，说这是贺长官的家，不要胡来。哪知他们一点也不买账，说什么贺长官不贺长官的，我们要抓的人就在你们家里。"别胡说，"曾姨道，"我们家怎么会有共产党？这事贺先生知道吗？"可那伙人理也不理。他们关上大门，掏出枪来，一边叫喊着都别动，一边径直冲向屋里。

我爷爷的住处是亳州一个药商腾出来的。房子很宽敞，前后共分三进。第一进是客厅，第二进是卧室和书房，最后一进是客房。我爷爷的客人洪先生、洪太太就住在第三进。当时，由于事发突然，他们也来不及躲避，而那伙人显然早已摸清了情况，直奔客房而去，不由分说便把人抓了起来。曾姨怒道："你们想干吗？这是贺先生的客人！"

又问你们是什么人,但那伙人根本不予回答。他们把房子翻了个底朝天,抄走了一些书籍和文件,放在袋子里。曾姨气得浑身发抖,连说:"快,快给先生打电话!"

一个丫头刚拿起电话,就被粗暴地推开了,随即有人拽断了电话线。一个家伙恶狠狠地说:"谁也不许乱动。"众人吓得瑟瑟发抖,一个个噤若寒蝉。"贺太太,"这时一个戴着金丝边眼镜的人(一看就是个领头的)开口道,"我们奉命执行公务,请你配合,贺将军那边我们自有道理。"他的口气十分礼貌,但却不容置疑。不一会儿,查抄结束了。那伙人抓走了洪先生和洪太太扬长而去。直到这时,曾姨才赶紧让人到最近的岗哨报案。这之后,层层上报,才报到我爷爷那里。

十几分钟后,我爷爷赶到了家,这时苏团长也赶到了。我爷爷大发脾气:"是谁如此大胆,敢在俺家里撒野?你给俺查清楚,马上去查!"

"是,是。"苏团长诺诺连声,转身向外跑去。

很快,事情便查清了。原来抓人的是调查科的,苏团长赶来报告说。"人呢?"我爷爷怒道。

"已经出城了。"

"为啥不拦住他们?"

"拦不住啊,"苏团长说,"他们来头太大。"

"你混蛋!"我爷爷大骂道,"给俺追!"

"这个……"

"咋啦?"

"这帮人咱可惹不起。"

"你怕个鸟啊?"我爷爷吼道,"出了事老子负责!"

"可,可是……"苏团长搓着手,显得有些为难,"要不,我请示一下?"

我爷爷早就等不及了。他冲着苏团长骂了一句:"去你娘的,滚开!"

便回头招呼小武子,让他集合警卫排。"是!"小武子应了一声,转身跑去。

我爷爷当时配备了一个警卫排,可供其调遣。不一会儿,队伍便集合起来。"上车!"我爷爷喊了一声,士兵们迅速跳上一辆德式军用卡车。我爷爷也上了自己专用的小汽车,两辆车呼隆隆地发动起来,卷起满地的尘土,轰鸣着沿着大街向城外开去。

二

调查科的人三天前就到了亳州。他们此行的目的就是冲着我爷爷的客人来的。但让他们棘手的是,他们要抓的人住在我爷爷家。怎么抓?成了一个难题。他们找到彭兆栋,提出要他交人,但彭兆栋也感到为难。

"这可不好办,"他说,"贺文贤可不是好说话的。他的脾气我知道,惹毛了天王老子也不怕。"

"不好办也得办。"调查科领头的是一个姓江的组长。他三十来岁,戴着一副金丝眼镜,说话彬彬有礼,带着一股娘娘腔,但态度却很强硬,"彭军长,这可是上边交办的案子。这两人是共党分子,我们一路从河南追过来,这要跑了人,大家都不好交代啊。"

"我知道,"彭兆栋笑着说,"不过,这是你们的事,和我有什么关系?"他一推六二五,"要抓你们抓,我又不拦着。"那态度是明摆着不配合。

"军座,话可不能这么说,"江组长说,"这可是你的地盘,贺文贤也是贵军的总参议,这真要出了事,军座恐怕也难脱干系吧?"

彭兆栋被将了一军,半天无语。调查科成立于民国十八年,是由CC组建的,全称是国民党中央组织部党务调查科,虽然成立时间不长,但短短两年已权势熏天。他们老板是二陈兄弟(陈果夫、陈立夫),皆为老蒋跟前的红人。彭兆栋不想在我爷爷面前做恶人,但对CC更得罪不起。江组长(这家伙像个女人,令人讨厌)倒也没说错,这真要弄出什么事来，最后板子也少不得打到他的屁股上。

"你们的消息可靠吗？"彭兆栋问。

"绝对可靠。"

"嗯，"彭兆栋沉吟道，"你容我想想。"

调查科要抓的人，二十几天前就到了我爷爷家。那天，我爷爷正在城外打野兔。回到家中，天色已晚，曾姨说有客来访。

"啥人？"

"洪先生，"曾姨说，"是做药材生意的。"

我爷爷有些纳闷，一时也想不起自己的朋友中有姓洪的药材商人。他走进客厅，及至见到人不禁大叫起来。

"郑大哥，怎么是你？"

"没想到吧？"

"做梦也想不到。"

来人是许久不见的郑先滔夫妇。他们紧紧拥抱起来，接着互致问候。龚雨珠在一边看着他们，抿嘴笑着。我爷爷转过脸来向她问好，又说明天就把雨峰叫来，咱们好好聚聚。"不用了，"郑先滔说，"我们这次来最好不要声张。"

"咋了？"我爷爷问。

郑先滔示意了一下，意思是这话待会儿再说。我爷爷便打住话头，说："你们能来，俺真是太高兴了！"又吩咐曾姨准备酒菜。曾姨笑道，早就备好了。"那还等啥？"我爷爷说，"赶紧卜啊！"久别重逢，这顿饭吃得十分开心。我爷爷和郑先滔都喝了不少酒。饭后，郑先滔和我爷爷进了书房，这才谈起正事。"华章啊，"郑先滔说，"我这次来可是无事不登三宝殿啊。"

"啥的三宝殿？"我爷爷哈哈大笑，"你肯来俺这破庙，俺求还求不得呢，有啥事，只管吩咐。"

"嗯，"郑先滔点点头，"我刚从商丘来，他们正在追我！"

"谁？"

"南京。"

我爷爷这才恍然想起，郑先滔此来非同寻常，仿佛从天而降，事前也没说一声，而且还隐瞒身份，化名洪先生（起先他就感到奇怪，还没顾得上问一声），原来是为了躲避追捕。北伐后期，郑先滔时任第九军政治部主任。第九军军长严济中原系张宗昌的部下，后不满军阀乱政，加入西北军。据我爷爷说，严济中为人正派，很会打仗，练兵上也有一套。北伐时我爷爷曾和他一起共同作战，彼此也认识。第九军战斗力一直很强。可是，由于与西北军诸将不和，一九二七年初脱离西北军，为蒋介石收编，番号改为新编第二十一军。第一次北伐结束，蒋介石召开编遣会议，对杂牌军排挤打压，引起严济中不满。中原大战时，冯玉祥曾派人鼓动他联手反蒋。据说严济中也有此意。只是西北军败得太快，才未能付诸实施。

对于严济中的举动，蒋介石自然有所觉察，下令对其暗中监视。调查科很快发现，新编第二十一军中有赤色分子活动，其中领头的就是政治部主任郑先滔。蒋介石遂令调查科火速赶往商丘（该军驻地），同时电令严济中扣押郑先滔，严查共党分子。

然而，严济中表面上答应执行，暗中却派人通知郑先滔，悄悄将人放走。等到调查科的人赶到时，郑先滔早已不见踪影。不仅如此，该军的共产党员也纷纷撤离，调查科一无所获，这让蒋介石大为恼怒。几个月后，严济中去南京开会，便被逮捕下狱，后来，在一些国民党元老的劝阻下才得以开释。

郑先滔离开商丘后，便装扮成药材商，逃往亳州。他原计划前往山东，但一路上盘查甚严，不得已才掉头前往亳州，打算到我爷爷处暂避一时。北伐开始后，郑先滔率先头部队率先进入安徽，牛庄通电后，他又转战河南。这期间，我爷爷曾与他见过一面，并一直保持通信联络。但蒋介石发动"四一二"政变后，他们之间便失去了联系。不过，他听说郑先滔仍在新编第二十一军任职,但没想到他居然是共产党员。"这是真的?"我爷爷问。

郑先滔点点头。原来早在一九二四年国共合作时,他便在广州加入了共产党。"你感到意外吗?"他笑着说。

"不,"我爷爷说,"俺虽然不是共产党,但接触过共产党,特别是在北伐中,他们个个都是好汉,而且为人正直,俺打心里佩服。你加入共产党,俺一点也不奇怪。"

郑先滔听了大笑起来。那天晚上,他们谈了很久。此后几天,他们几乎形影不离,整天在一起,仿佛有聊不完的话。这几年,我爷爷压抑得太久,心里有许多苦闷需要倾吐。他觉得中国就像一个又黑又大的闷罐子,几乎看不到一丝光明。好不容易有了一点希望,很快又破灭了。出路在哪里?方向又在哪里?他感到极为迷惘。郑先滔表示理解,他也曾有过这样的苦闷和迷惘,但自打接受了共产主义思想之后,他终于看到了希望。他向我爷爷讲解了马克思主义思想和理论,阐明了中国共产党的宗旨和目标,还谈到了国际国内形势,介绍苏联十月革命,推翻沙皇统治,建立无产阶级革命政权。"我们要坚定信心,"他捏起拳头说,"眼下革命处于低潮,但共产党人是吓不倒的。一个人倒下了,千千万万人站起来。为什么会这样?就是因为共产党人代表了最广大人民的利益。"他还和我爷爷谈到了南昌起义、秋收起义和广州起义的情况。"血的教训使我们警醒过来,"他说,"要革命,就要有自己的武装。尽管我们还很弱小,但星星之火,可以燎原,这是谁也阻挡不了的。"

我爷爷听了很受振奋,在郑先滔的身上仿佛又看到当年吴先生的影子。他们代代传承,前仆后继,在他们身上永远闪耀着理想和担当的光芒。我爷爷被他们深深地折服了。"郑大哥,"他说,"想当年,俺出来革命,是吴先生和你把俺领出来的。你认定的事,肯定没错。你有啥事,需要俺做的,只管吩咐。"

他们谈得十分投机。彼此敞开心扉,无话不谈。我爷爷心情大好,一扫以往的低沉和苦闷。郑先滔夫妇在我爷爷家住了二十多天,便准备离去了。尽管我爷爷十分不舍,但也无法久留。郑先滔夫妇计划先到徐州,再从那里乘车至天津,然后转道香港。为了确保安全,我爷爷打算用汽车亲自送他们去徐州。因为皖北这一带都是新八十二军的地盘,由他护送,安全可以保障。动身的时间定在两日后,恰在这时,调查科抓人的事发生了。

郑先滔夫妇来亳后,我爷爷一直很警惕,从未对外人提起,就连龚雨峰也没说(这也是郑先滔夫妇的意见),而且郑先滔夫妇也很谨慎,几乎大门不出,二门不迈,活动范围仅限于三进之内的住房和院子。过了一段时间,安然无恙,我爷爷渐渐放心了,何况这里是新八十二军的驻地,谁敢对他动手?

但他没想到,几天前,调查科就发现郑先滔的动向,追踪而至。更让他想不到的是,彭兆栋竟然与调查科暗中配合——所谓开会,不过是为了支开我爷爷,以便调查科动手。据我爷爷说,彭兆栋开始不想蹚这个浑水,后来为了不得罪调查科,才想出此法。

这些当然都是后来才得知的。当时,我爷爷又气又急,心想无论如何也得把人救出来。他对小武子说:"如果郑大哥在俺眼皮底下被抓走,俺会难过一辈子。"

三

汽车飞速地行驶着,司机已把马力开到最大,我爷爷仍然嫌慢,一个劲地催促着。"快!快!"他不停地叫道。司机满头大汗,表示这已是最大马力了,无法再快了。我爷爷气得大骂:"啥的破玩意儿,还德国货哩,全他娘的狗屁!"

当时,他一门心思全在救人上,什么也没想,更没考虑过后果。小汽车开得飞快,由于大卡车速度慢,远远落在后边。就这样,追了两个多时辰，仍然没见调查科的踪影。是不是弄错方向了？他们疑惑起来，但这是不可能的，因为朝南只有一条路。他们停车问过几个过路的，都称看见有两辆小汽车开过去，就在这前不久，他们才稍稍放心，继续向前追去。一路上连午饭也顾不上吃，终于在下午两点多钟时，看见了调查科乘坐的汽车。

那是两辆黑色的别克小汽车，一前一后停在路边。我爷爷的车赶了上去，在他们的前面一点横了过来。小武子首先从车上跳下来，跟在他后边的是两个武装护兵。调查科的人这时已经注意到了这辆汽车。当时，他们中有两个人正站在路边抽烟，第一辆车的司机正在换轮胎——"谢天谢地，他们轮胎坏了，"我爷爷后来说，"要不天晓得啥时才能追上。"当小武子他们跳下车时，那两个抽烟的人都扭过头来，看着他们。其中一个扔掉烟头，把手插进口袋中，另一个则迎上去，让他们站住，不要靠近。正在修车的司机也停住手中的活计，有些好奇地回头打量着他们，不知发生了什么事情。

"检查！"小武子说道。他们走了过去，声称奉命执行任务，检查所有的过往车辆。这时，后边一辆车的车门打开了，从里边钻出一个人来。他戴着灰色礼帽，身穿灰色风衣，鼻梁上架着金丝眼镜。

"瞎了眼吗？"他喝道，"连老子也敢查？"他口气傲慢，一副盛气凌人的架势。小武子后来才知道他就是调查科的江组长。"闭上你的臭嘴！"他喝道，"都下车！"

"你他妈的是谁啊？"江组长问道。

"你他妈的是谁？"小武子反问道。

"老子是调查科的。"

小武子松了一口气。总算找到了！他心里想。"老子管你啥科的！都下车！"他喝令道。站在车外的两个特务满脸愠色，他们横行霸道惯了，还没见过敢这么对待他们的，早把手插在口袋里握着手枪，有些按捺不住。调查科的特务一共八个人，除去两个司机，另外还有三人尚在车内,发现异常,纷纷把手插进口袋,随时准备拔枪,但江组长却采取了息事宁人的态度,朝手下摆了摆手,让他们都下车。原以为不过是例行检查,并未当回事。"你小子等着瞧,"他冲着小武子咧了咧嘴巴说,"有你的好看!"

车内的三个人陆续走下来了,其中一人是从前边一辆车,另外两人是从后边一辆车。小武子没有看见郑先滔夫妇,连忙伸头朝车内打量。第一辆车没有,他又走向第二辆车,打开车门,发现郑先滔夫妇正坐在里边,心中一喜。"下车,全都下车。"他冲着车内喊道。

"他们是犯人。"江组长说。

"犯人也得下。"

"我可得警告你,"江组长说,"别把事情搞砸了。"

小武子嘿嘿一笑:"你放心。"郑先滔夫妇下了车。我爷爷这时走了过来。"你们谁是领头的?"他说。

"我是。"江组长说。

"这两个人,"我爷爷指了指郑先滔夫妇,"俺们要带走。"

"你是谁?"

"别问那么多。"

江组长知道出事了,从军衔上他看出我爷爷是一位将军,便说你是新八十二军的吗,我爷爷说是的。"这事彭军长知道吗?"我爷爷说你哪来那么多废话,便让小武子带人走。江组长脸上的肌肉痉挛起来。他退后一步,大喊道:"都别动!"特务们纷纷拔出枪来。小武子和护兵们也都端起枪。从人数对比上,他们占据优势。我爷爷并不慌张,他镇静地看着江组长。"别干傻事,"他说,"俺的人马上就到,你们只要一开枪,全都活不了。俺不是吓唬你,不信你就试试?"江组长显得很紧张,汗珠从额头上滚下来,细长的眼睛在镜片后边快速转动,似乎在掂量眼前的事态。他并不清楚我爷爷说的是真话还是假话,但他如此大胆,公然劫车,不排除留有后手。"你要考虑后果,"他威胁道,"你这样做是通匪谋反。"

我爷爷说:"你就别为俺操心了,还是想想自己吧。摆在你面前有两条路,一条是死路,一条是活路,你选哪条?"

他的口气咄咄逼人,那气势完全把江组长压倒了。"你能告诉我,"江组长改变了语气说,"你究竟是什么人?"我爷爷说出了名字。"贺将军,"江组长叫了起来,"你这是铤而走险,他们是共产党。"他指了指郑先滔夫妇。

我爷爷笑了起来。

"这是你们说的,"他说,"俺只知道,他们是俺的客人。"

话未落音,一阵汽车的轰鸣声从远处传来。众人抬头看去,只见一辆卡车卷着尘土,上面满载士兵,飞速地驶了过来。

第十八章 大 伯 | 1930 年

一

中秋前夕,霍川起义箭在弦上,但我大伯却毫不知情。那段时间,由于绑架卫树森他受到严厉批评,不仅被撤了职,而且停止了工作。直到有一天,卢庆竹来找他,悄悄告诉了他这一消息,他才又惊又喜。"快说说计划。"他拉着卢庆竹问。卢庆竹虽然也参加了绑架,但他认识态度较好,很快写了检讨,加上不负主要责任,并未受到处理。

"具体的还不清楚,"卢庆竹说,"听说要打县城。"

"啥时候?"

"快了。"

我大伯说:"这下好了,伊蓉有救了!"

"你呀,"卢庆竹说,"别光顾着高兴了,还是想想自己吧。"

"俺咋啦?"我大伯一时没反应过来。"还咋了呢,"卢庆竹提醒他道,"照你这样,这回子的仗就怕没你的份了。"

我大伯听他这样一说,才急了起来,连忙去找史先生。史先生正在屋里起草文件,见他来了,便放下笔,让他进来。

"听说要动了?"他兴冲冲地问道。

史先生并不回答,而是说:"这段时间,你都想得怎么样,都想明白了吗?"我大伯一愣,随即咧开嘴嘿嘿笑道:"人不是早放了吗?"

"放了就完了吗？"史先生指了指脑袋，"这里，这里通了吗？"

"通了，通了。"我大伯连声说。

"那拿来吧。"史先生把手一伸。

"拿啥啊？"

"你说拿啥？"

这一问，我大伯反应过来了。史先生这是找他要检讨哩。撤职反省后，卢庆竹很快写了检讨，可他一直没写，一是不服气，二是思想上有抵触，心想多大的错误啊，队长撸了，工作也停了，这还没完没了了？便拖着没写，后来一见没人催要，以为这事就过去了。哪知史先生是认真的。他摸着脑袋，讪讪地笑起来，一时也不知说什么好。史先生见状，也不说话，便回到桌前，重新提笔写起文件来。

我大伯急了，连忙说："史先生，你听俺说……"

"说什么？"

"这次起义，无论如何，可得让俺参加啊！"

"先回去，写好检讨再说。"史先生神情严肃地点起一支烟，脸都没回，便冷冷地丢了一句话。

我大伯无奈，只好回去写检讨。卢庆竹见状便说："你呀，不是俺说你，不见棺材不掉泪，早知今日，何必当初？"当初，处分决定下来后，卢庆竹马上就写了检讨，还劝我大伯一起写，可我大伯不但不写，还嘲讽他是个软蛋。"这回厌了吧？"卢庆竹幸灾乐祸道，"有种就硬到底啊！"

我大伯气得骂："你给俺滚一边去！"

第二天，我大伯写好检讨，老老实实地送去了。哪知史先生看后，便扔到桌上。"这就是你的检讨吗？"他说，"我看你这情绪还不小啊！"

"哪有啥情绪？"我大伯说。

"没有吗？"史先生拿起那份检讨摇了摇，"看看，看看，"他说，"这满纸都是骂自己的话，骂得倒狠，可就是没一句是实在的。"

说着，又把那份检讨重重地扔到桌上。我大伯一看要坏事，便连忙叫起屈来:"天地良心,史先生,这是怎么说呢?俺可没那意思,俺说的句句都是真心话!不信你问卢庆竹,俺都悔死了,恨不得抽自己的耳光。"他急赤白脸,赌咒发誓地表白。其实,在得知即将起义的消息,我大伯便认识到自己错了,也认识到史先生说的"你差点误了大事"究竟是指什么。"俺那么做确实不对,太不对了!"他说,"组织上咋批评、咋处理俺都接受。"

"可就是心里不服对吗?"史先生刺了一句。

"没有,没有。"我大伯急忙辩解道,接着又检讨起来。他一口气说了一大堆,由于心急,虽然说得有点乱,但意思都表达清楚了。关于检讨的事,他也做了解释,他这次是诚心诚意,如果上级不满意,他可以再写,直到满意为止。"只是眼下起义要紧,"他说,"此事还盼容缓。"当然,最重要的一点是,不管咋说,这次起义可得让他参加。他盼这一天都盼了好久了。

史先生抽着烟,静静地听着。直到他说完了,才扑哧一笑。"你还挺能说啊。"停了一下又问,"真想明白了?"

"真想明白了。"我大伯一看有缓,连忙说道。

"那好,"史先生说,"我就给你一个机会,让你戴罪立功。"我大伯听史先生这样说,便忙不迭地说:"俺戴罪立功,一定戴罪立功。"

于是,史先生示意他坐下来,开始交代任务。这次起义,第一大队的任务是在十里庙担任阻击,以确保起义顺利进行。说完之后又说:"别以为我把你忘了,你们都是经过实战的同志,我还指望你们哩。这次起义意义重大,必须成功。你身上的担子可不轻啊,有决心吗?"

"有!"

"好吧,"史先生点点头,"你明天就回一大队。先代理队长,等打好这一仗,再恢复你的职务。"

"是。"

我大伯激动地站起来,挺起胸脯,啪地向史先生行了个军礼。

八月十五，中秋节，起义如期发动。

那天上午，东阳关首先打响了第一枪，赤卫队员袭击了民团，占领了镇公所，逮捕了一些罪大恶极的土豪劣绅。消息很快传至城中，驻城的西北军和民团闻讯立即赶往弹压。

当时，霍川城内驻有西北军一个营，外加民团数百人。他们一出动，便造成了城内空虚。这正是起义计划的一部分。此时，留守城中的敌人只有西北军一个连以及少数民团。在这之前，一些赤卫队员早已乘机混入城中。与此同时，一部分打入民团内部的官兵也做好了准备，充当内应。当晚，圆月当空，银光洒满了大地。入夜之后，赤卫队员和起义的民团官兵里应外合，打开城门，早已埋伏在城外的赤卫队第二大队和第三大队迅速冲进城里，与留守的敌军展开激战，不到两个小时，起义部队便占领了县衙、弹药库、警察局，以及西北军和民团驻地，很快控制了全城。

天亮时分，赶往东阳关的西北军和民团主力得知消息，开始回援。但走到十里庙便遭到了赤卫队的阻击。担任阻击任务的是我大伯的第一大队。十里庙有一座小山，名叫虎头山，形似虎头而得名。山不高，但地形重要，恰好卡住了东西通道。早在一天前，我大伯就率队赶到，修筑了工事。按照指挥部的要求，第一大队必须阻挡住敌人，直到湖北红九营赶到。根据省委的指示，为了确保霍川起义的成功，特调湖北红九营前来增援，力争将敌人主力歼灭于城外。

上午时分，阻击战打响了。开始比较顺利，因为走在前头的民团战斗力不强，第一轮冲锋很快就被打退了。但随后西北军加入了战阵。他们是正规军，战斗力较强，武器装备也好，赤卫队伤亡很大，渐渐有些支持不住了。

按照原定的计划，湖北红九营当天中午即可赶到，但不知是何原因，一直打到下午四点多钟仍然不见踪影。

这时，敌人已经连续发起了三次进攻，并用迫击炮频频发射。虎头山阵地上硝烟弥漫,天崩地裂。赤卫队员纷纷倒下,工事也相继被摧毁。炮击之后,敌人又发起进攻。这次攻势更猛。赤卫队员大多是首次参战,经验不足,加上装备低劣,很快处于下风。此时,子弹也快打光了,军心开始动摇。打了一会儿,左侧阵地失守,形势岌岌可危。副大队长老肖跑来说:"廷勇啊,快顶不住了。"

我大伯说:"顶不住也得顶!"他知道一旦阻击失败,敌人主力回到城里,就会危及起义。"红九营怎么还不来?"老肖心急火燎地问。

这句话提醒了我大伯。眼下最重要的是士气,于是脑子一转,便说:"马上就到,这个时候一定得顶住!"

"好!"老肖说,"俺去告诉大家!"

不一会儿,红九营要来的消息迅速传遍了阵地。战士们士气大增,决心做最后一拼。此时,我大伯一边派人向城里报信,一边组织敢死队,把剩余的弹药集中到敢死队手中,然后又吩咐老肖说:"敌人火力很猛,咱们得发挥咱的优势。"说着拍拍手中的大刀,"等会儿他们上来了,俺先带敢死队上,压制住他们的火力后,你再带大队上。"

"好的。"

"咱们和他们拼了!"

"拼了!"

不一会儿,敌人冲到近前。占领左侧阵地后,敌人的气焰更加嚣张。冲在前边的敌人站成一排,用机枪开道,向山上猛冲。我大伯等他们靠近了,便一声呐喊:"同志们,红九营到了!冲啊!"说着,纵身一跳,跃出战壕,敢死队随即跟上,奋勇向前。手榴弹和枪弹一起泼向敌军,敌人顿时被打蒙了,慌乱间敢死队员已经冲进敌阵,双方短兵相接,展开肉搏。"和他们拼了!"我大伯喊了一声,抡起大刀砍杀起来。"冲啊!"老肖这时也喊了一声,带领赤卫队冲了出去。一时间,喊杀四起,血肉横飞。赤卫队的大刀长矛这时发挥了近战的作用。一阵猛砍猛杀,敌人乱成一锅粥，开始向后退去。傍晚时分，红九营终于赶到了。在嘀嘀嗒嗒的冲锋号下，我军发起猛攻，全歼敌军。

战斗结束后，开始打扫战场。这时，老肖跑过来说："廷勇，红九营的领导来了。"夜色中几个人影拿着火把向我大伯走来。我大伯赶紧迎上去，到了近前，忽然有人叫了一声："这不是贺廷勇吗？"我大伯一愣，简直不敢相信自己的眼睛——天啊，俺没看错吧？"怎么是你啊？"他说。

原来那人竟是他在教导队时的老连长岳松。广州起义失败后，岳松也与部队打散了，他和部分同志辗转逃出敌人的包围圈，回到湖北麻城老家，在那里加入了红军，成了红九营营长。"好兄弟，"岳松叫道，"你还活着啊！"

"你也活着呢！"

"真是太巧了，没想到会在这里遇见你！"岳松说着上前朝着我大伯的胸前猛擂了一拳，哈哈大笑。

老肖看着他们的亲热劲说："原来你们认识啊？"

岳松说："岂止是认识，我们可是老战友了。对了——"说到这里，他忽然想起了什么，又对我大伯说，"静雯也来了。"

"黄静雯？"

"嗯。"

"她在哪？"

"你一会儿就能见到她。"

晚上，部队在十里庙宿营时，我大伯见到了黄静雯，她正在屋子里替伤员包扎伤口。我大伯走进去，大叫一声："黄静雯！"把周围的人吓了一跳。黄静雯一见我大伯，也叫了起来。

"廷勇！"

"没想到又见面了！"

"可不是，还以为见不着了。"黄静雯眼睛里闪烁着泪光。

"太好了,"我大伯说,"庆竹要是知道你活着,还不知该咋高兴哩!"

二

这是一个神奇的日子。霍川起义大获成功,消灭西北军一个营以及民团数百人,缴获大批枪支弹药。第二天,我大伯把队伍交给老肖,自己忙不迭地骑上马先进了城。史先生见到我大伯,便笑着说:"廷勇啊,你这一仗打得不错啊!"他还告诉我大伯红九营来晚的原因是因为途中遇到敌人,临时改道,耽误了时间。"我真怕你们顶不住啊,"史先生说,"不过,你小子干得不错!"他对我大伯急中生智,用红九营来了稳定军心也表示赞赏。汇报完工作,我大伯便急着去找费伊蓉了。这是他最牵挂的事,史先生也看出来了。"好了,去吧,"他说,"伊蓉现在医疗队。"

昨晚,起义队伍攻占县城后,费伊蓉和小黑皮就被救出来了。县党部原打算第二天让费家来办理保释手续,没想到当天夜里起义就爆发了。费伊蓉被救出后,立即投入了医疗队的工作。我大伯见到她时,她正在医疗队里忙活。

"你都好吧?"我大伯说。

"好,都好。"

"他们没折磨你吧?"

"没,没有。"

"好,好,这下俺就放心了!"

我大伯高兴极了,费伊蓉也喜极而泣。"俺真怕见不到你们了。"她说。"咋会呢?"我大伯说,"革命还没成功哩,俺们都不能死!"两人说了一会话,又一起去看小黑皮。小黑皮由于受到严刑拷打,伤势较重,正在医疗队养伤。他一见我大伯便叫起来:"贺老哥,咱们又见面了!"

"可不是！"我大伯上前拍了他一把。小黑皮痛得大叫。"轻点，你轻点。"费伊蓉嗔道。"哦，对了，"我大伯这时突然想起来了，一拍脑袋说，"你看俺光顾着高兴了，差点把这事忘了！"

"啥事？"

"你们绝对想不到，"他说，"猜猜看，俺见到谁呢？"

"谁啊？"

"黄静雯。"

"啊？"

"还有岳连长。"

"什么？"

费伊蓉和小黑皮都惊叫起来。

下午，红九营开进城里。二百多人列成两路纵队，走在前边的旗手举着一面红旗。老百姓都拥到城门口，敲锣打鼓，夹道欢迎，各种慰劳品如鸡蛋、毛巾、馒头、热茶，一件件地塞到战士手里。紧接着，在天后宫举行了霍川苏维埃政府成立大会。一千多名赤卫队员和红九营官兵参加了大会。会场周围贴满了红绿标语，歌声阵阵，口号声响彻云霄。会后，打开粮仓，分发粮食，老百姓欢欣鼓舞，整个霍川城沸腾了，如同过节一般。

当天晚上，我大伯抽空找到费伊蓉，提议几个老同学老战友聚一聚，久别重逢，又赶上起义成功，喜上加喜，值得一贺。哪知费伊蓉听了却摇头道："还是算了。"

"咋了？"我大伯看她满脸纠结，心事重重的样子，十分不解。"唉，"费伊蓉叹了一口气，"你还不知道吧？厌竹都难过死了。"

"为啥啊？"我大伯一头雾水，心想这是咋说的？

"静雯结婚了。"

"结婚？和谁啊？"

"岳松。"

"啊？"我大伯张大了嘴巴，"咋会的？"

其实，我大伯事后回想起来，在十里庙第一次见到黄静雯时，提到卢庆竹时，她的神情就好像有些怪，当时他也顾上多想，现在才明白究竟是咋回事。"说起来，这事也不怪静雯，"费伊蓉说，"她以为庆竹牺牲了。撤退途中，有人告诉她，庆竹那个连担任后卫，全打光了，一个人也没出来。她信以为真，还大哭了一场。"黄静雯说的都是实情。她从紫金撤退后，便与女兵队失散了，后与岳松等人碰到一起，一路结伴回到湖北麻城，在那里参加了新组建的红九营。此后，两人渐渐有了感情，结为夫妻。这次随红九营来霍川，听说庆竹还活着，她痛苦万分，彻夜未眠。"今天她一见俺就哭，咋劝也劝不住。"费伊蓉说着又叹了一口气，唏嘘不止，眼圈也红了。

我大伯听了心里挺不是滋味。"这可咋办？"他说，"庆竹呢？"费伊蓉说会一散他就走了，也不知去哪里了。我大伯赶紧去找。好不容易在炊事班找到了他，见他一个人喝着闷酒，我大伯便在他身边坐下来，想劝他，又无从说起，只好陪着他喝起酒来。你一杯，我一杯，一连喝了好几杯。忽然，卢庆竹开口道："这没啥，俺早想到了，俺俩八字不合。"

"你说啥呢？"我大伯听他这么没来由地一说，也不明白他是啥意思。"俺找人看过了。"卢庆竹这时又说。

"看过啥？"

"八字，"卢庆竹说，"偷偷地，静雯也不知道。"说着他笑了一下，"算命的说了，俺俩八字不合，成不了事。"

我大伯道："这是迷信，你也信？"

卢庆竹苦笑道："过去不信，现在信了。"说着，又灌了一杯酒，稍许之后，竟轻声呜咽起来。我大伯看着他，心里一阵阵作疼。"庆竹啊。"他扶着他的肩膀，劝了几句，可那话不痛不痒的毫无意义，便又打住了，只能任由他流泪。过了好一会儿，卢庆竹终于慢慢缓过劲来。

"好了，"他抹了一下眼睛，"都过去了，"他说，"只要静雯活着，她能幸福，俺就心满意足了。"说着，他给我大伯和自己的杯子都斟满了酒。"来，为了胜利！"他高高地举起杯子，一饮而尽。

那晚，我大伯和卢庆竹都喝得酩酊大醉。

霍川起义取得了重大胜利，极大地鼓舞了人民。起义成功后，省委指示，为了迎接革命高潮的到来，迅速组建霍川红军赤卫师，由红九营和当地赤卫队组成，共一千二百余人，由特派员夏杰任师长，史传洲任政委，下设三个团，包括一个手枪团。红九营原营长岳松任赤卫师参谋长兼第一团团长，第二团团长由红九营原副营长江璧云担任，我大伯由于在十里庙阻击战的突出表现，由史先生力荐为手枪团团长，卢庆竹为副团长。

霍川起义的消息很快传至省城安庆，省府要员深感不安。为扑灭霍川起义，他们先后调集两个团开往霍川。为了避其锋芒，赤卫师撤出县城，在西乡大牯岭、北乡马头山和南乡五龙山一带开辟根据地，采取灵活多变的战略战术，打击敌人。敌人虽然增兵两个团，但却无济于事。霍川县长郝君实和县党部书记长袁幼鸣等人在霍川起义时，纷纷逃走。此时又重新回到城里，他们屡电省府，声称"匪患严重"，"东南西北，纵横数百里间，几至赤匪遍地，无人不党"，而目前国军及民团兵力明显不逮，难以扑灭凶焰，请求迅速增兵。然而，省府兵力有限，一筹莫展。

霍川根据地不断发展壮大。 年后，中原大战结束后，蒋介石开始腾出手来全力"剿共"。他亲赴武汉召开鄂豫皖三省"绥靖"会议，调集八个师、三个旅近十万人，对鄂豫皖根据地展开"围剿"。仅霍川一县便增兵一个旅，加上原来的两个团，总兵力达到一万余人。

白色恐怖席卷而来。面对敌人的残酷清剿，赤卫师被迫退入山中，根据地的面积也开始不断缩小，原来的三个主要根据地先后丧失两处，只剩下大牯岭一处尚存。大批苏区干部和群众惨遭杀害，一些共产党员和苏区干部的头颅和尸体被悬于交通要道之侧，尸身腐烂，恶臭扑鼻，令人不忍目睹。

随着残酷镇压，敌人的气焰越发嚣张。赤卫师的官兵义愤填膺，心里都憋了一股子火。"这样躲来躲去，啥时是个头啊？"大家报仇心切，纷纷请战。我大伯去师部反映情况。史先生说，沉不住气了是吧？我大伯说是啊，战士们都感到憋屈，想不通。史先生说，那你呢？"俺？"我大伯说。

"是啊，你怎么想？"

"俺也觉着，光躲着也不是个事啊，该打还得打。"

这时，师长夏杰从外边走进来，听到了我大伯的说话。"贺廷勇，"他说，"怎么着，手痒痒了是吗？"

"是有点。"我大伯说。

夏杰哈哈大笑。师长夏杰原是省委特派员，霍川起义前受省委派前来指导起义，起义后留下来担任赤卫师师长。夏杰是个资深的老党员。他是湖北宜昌人，出生于工人家庭。一九二四年入党，参加过红安起义。他中等身材，体格强壮，面部轮廓线条分明，高颧骨，方下巴，浓眉大眼，个性鲜明，作风强硬，喜欢说一不二。

"老史啊，你看看，"他指了指我大伯说，"怎么样？我就早料到了，他们憋不住了。"一边说一边端起桌上的茶缸咕嘟嘟灌了几大口水。

"可不是，"史先生微笑地看着他说，"上面有什么指示？"

"打！"夏杰用手抹了一下嘴巴说。

"啥时打？"我大伯说。

"快了，"夏杰说，"贺廷勇啊，别说你了，我这手也早痒痒了。"

夏杰刚从省委开会回来，带来了一个令人振奋的消息。为了打击敌人，省委制定了反"围剿"计划，决定从周边几个县抽调红军部队集中于霍川，力求打一个漂亮仗，给敌人以震慑。

一九三一年春，霍川反"围剿"战斗打响了。当时，驻扎霍川的国民党部队主力是陆军第六十五旅，该旅兵力约六千余人，装备齐全，战斗力最强，旅长褚良田号称名将，曾是张发奎的部下，由营长、团长一路升至旅长。他在武汉军校时曾当过我大伯和卢庆竹的教官，自诩能征善战。武汉"绥靖"会议后，所部从南方调来，加上原有的西北军和东北军两个团，兵力大为增强。为了统一事权，武汉剿总令所有驻霍川部队统一由褚良田指挥。

褚良田初来乍到，不可一世。他向以正规军著称，不把那些红军游击队放在眼里，认为他们不过是"区区草寇""小儿科"，不值一提。他一到霍川就提出全力进剿，铲草除根，务求三个月内"扑灭赤焰，肃清匪氛"。然而，尽管他极力督剿，可那些西北军和东北军由于吃过红军不少苦头，畏战不前，屡失战机，这让他大为光火。

"这帮蟊贼，老子还不信拿不下他们！"

三月间，他在霍川召开"清剿"会议，制定了三路夹攻大牯岭的计划，即以第六十五旅为中路，西北军一个团为右路，东北军一个团为左路，三路齐头并进，直捣黄龙。

大牯岭是霍川三大根据地之一，也是我党开辟的时间最早、面积最大的苏区之一。这里地形复杂，群众基础较好。敌人开展"清剿"以来，虽然霍川根据地面积不断缩小，三大根据地也先后失去两个，但大牯岭依然坚守下去，红旗不倒。褚良田把这里视为眼中钉肉中刺，决心将其彻底拔除。

这一次，他亲自出马，志在必得。"清剿"开始后，起初一切顺利。二月中旬，八十五旅一路开进，没费吹灰之力便占领了岭口镇。大牯岭是由诸多大小山峰构成的山区，附近约有十三个村镇，其中最大的镇子叫岭口镇，地势平坦，人口集中，是大牯岭的中心所在，也是大牯岭苏维埃政府所在地。拿下岭口镇后，褚良田得意扬扬，认为大军所至，草木不生，照此下去，胜利指日可待。

占领岭口镇第二天,他又马不停蹄,继续向纵深推进。这时,西北军和东北军的两个团已远远地落在后边。有人提醒他说,是不是放慢速度,等后边部队赶到后再展开行动不迟。但他听不进去。如果说,清剿开始前,他还比较谨慎,但打了几仗,发现红军装备很差,作战能力也不行,几乎是一触即溃,便开始忘乎所以了。

"兵贵神速,"他说,"战机稍纵即逝,岂容片刻迟疑?"他还大骂西北军、东北军全是脓包饭桶,指望不上。

六十五旅的孤军冒进,引起了红军指挥部的注意。早在二月底,中共鄂豫皖省委便制定了霍川作战计划,从附近各县抽调了六个团的红军,悄悄进入霍川,配合赤卫师,打算吃掉敌人一两个团,粉碎敌人的"围剿"。按照原计划,本来是要从东北军或西北军下手,但根据敌情,指挥部果断决定:先打六十五旅!

但褚良田还蒙在鼓里。

三月下旬的一天傍晚,我大伯接到师部通信员送来的紧急通知,要他和副团长卢庆竹马上去师部接受任务,而且越快越好。此时天已黑了下来。我大伯和卢庆竹晚饭都没顾上吃,立即骑马赶去。

师部驻在金石台。我大伯他们赶到时,已是晚上十点多钟,史先生听说他们来了,老远便迎了出来。"你们总算来了!"他上前与我大伯他们握手,看样子已经等不及了。"啥事?这么急!"我大伯说。

"要打大仗了!"史先生兴奋地说。他们一起进了屋子。"你们还没吃饭吧?"史先生问。我大伯说路上啃过点干粮,不饿。"那好,咱们先谈事。"史先生一边说着,一边让人吩咐炊事班弄点热乎的送来,接着走到桌旁摊开地图。"知道叫你们来干什么吗?"他笑着问道。

"肯定有好事!"我大伯说。

"不错,"史先生说,"我们要打六十五旅了!"

"哈,"我大伯说,"看来这回要过大瘾啦!"

史先生笑道："褚良田可是你们的老相识了。"

"可不是，"卢庆竹道，"他还是咱们的教官哩。"

"好啊，"史先生说，"这回学生要打老师了，有信心吗？"

"有，"我大伯拍手道，"俺们正想会会他哩。"

史先生开始介绍情况，六十五旅现在孤军深入，不仅把西北军、东北军的两个团丢在后边，而且该旅的两个团也拉开了距离，如同一字长蛇，分成三段：走在前边的是一团，中间是旅部，后边是二团，正好有利于分割包围，各个击破。按照指挥部的安排，各县红军团将在今夜进入指定位置，和赤卫师一、二团共同完成对六十五旅的分割包围。"你们的任务在这里！"史先生举起马灯，用手指着地图上的一处位置，然后用力点了点。

"牧家亭？"我大伯说。

"是的，"史先生说，"六十五旅旅部就在这里。你们手枪团的任务是打掉它，活捉褚良田，能完成任务吗？"

我大伯和卢庆竹一听便激动地说："没问题！"

史先生笑道："先别忙着高兴，这个任务可不轻松啊。"他接着又分析道，六十五旅旅部有一个警卫营，兵力虽不多，但该旅第一团驻在大胡家，这里离牧家亭只有二十余里。他们发现情况便会很快向旅部增援，因此你们能不能快速拿下旅部，至关重要。"这是一出大戏啊，"史先生接着又说，"点睛之笔就在牧家亭。"说到这里，他看了看我大伯和卢庆竹。"放跑了褚良田，"他说，"这一仗就不及格。到时丢的不是手枪团的脸，而是丢了赤卫师的脸，明白吗？"

"明白，"我大伯和卢庆竹都保证说，"打不好，提头来见。"

"好吧，"史先生看了一下表，"现在时间很紧了，你们必须在明晨六点战斗打响前赶到牧家亭。"

"是。"

这时，炊事班送来了热腾腾的面鱼。我大伯和卢庆竹也顾不上吃了，起身就走，史先生劝了一下没劝住，便说："也罢，我先欠你们一顿，等打了胜仗，我和师长一起请你们喝酒。"

三

第二天清晨，战斗全面打响。红军按照事先制定的作战计划在各个地点同时发起进攻。我大伯和卢庆竹在前一天夜里赶回手枪团，率领部队向牧家亭急进。为了不惊动敌人，他们不走大路，而是翻山越岭，从大胡家和牧家亭之间的空隙穿插过去。拂晓时分，部队进入指定位置，将牧家亭团团围住。

牧家亭是个小村落，只有十来户人家。该村南北两面环山，只有东西通道，可供进出。我大伯将手枪团分成两队，一队由他带领从村东进攻，一队由卢庆竹带领从村西包抄。手枪团名为团，实则只有三个连，三百余人，相当于一个营，但战斗力很强。每连都配有一挺机关枪，战士们除了枪支外，还配有一把大刀。凌晨六点，天刚蒙蒙亮，手枪团的两路进攻同时展开。尖兵摸掉了敌人的岗哨，部队迅速冲进村中，等到枪声响起，敌人顿时炸了营，就像没头苍蝇似的四处乱冲乱撞。

旅部设在一个大户人家的圩堡中。住在圩堡中的敌兵约有一个连，他们迅速关闭圩堡大门，开始抵抗。但我大伯早有布置，集中全团的三挺机枪，压制敌人火力，同时组织突击队强行渡过护圩沟，用手榴弹炸开大门，放下吊桥，后续部队一拥而上，冲进圩堡。"活捉褚良田！""缴枪不杀！"的口号声响成一片。敌人的防线很快被突破，敌兵们纷纷缴械投降，跪地求饶。

上午九点多钟，村里的枪声渐渐稀落，各处战斗基本结束。俘虏们陆续被押到村口的空地上，进行清点，但找来找去却没有找到褚良田。我大伯急了，令人分头询问俘虏。有人说向前山跑了，也有人说向后山去了。"给俺搜!"我大伯命令道,"可别让他跑了!"战士们立即分散开搜寻。不久,后山上响起枪声,枪声很激烈,但很快就平息了。又过了一会儿,有人跑来老远地就喊道:"抓到了!抓到了!"

我大伯和卢庆竹连忙跑过去看,只见小黑皮带着几个战士簇拥着一个用树枝临时扎起的担架,从山上走下来。躺在担架上的人身着将军服,脸上满是泥灰,头发蓬乱,帽子早已不见了,腿上负了伤,裤腿上染了一大片血迹。他紧闭眼睛,像死人似的,脸色灰白。

我大伯近前一看,果然是褚良田——哈,谢天谢地!"这老兄总算给面子!"我大伯挖苦道。据小黑皮报告,褚良田带着几个卫兵逃到山上,躲在一个山洞里,被发现后拒不投降,据险顽抗。小黑皮命人包围山洞,用机枪向洞内扫射,并投掷手榴弹,很快消灭了卫兵,褚良田也受了伤,躺在地上动弹不得,只能束手就擒。"好,干得好,"我大伯对小黑皮说,"你这家伙立了一功,否则俺真不好交差。"

大牯岭一战取得完胜。战后统计,敌六十五旅一团加警卫营死伤六百余人,被俘八百余人,除了第二团跑得快,残部溜回城中。此战不仅收复了岭口镇,恢复了大牯岭大片苏区,更解气的是活捉了第六十五旅旅长褚良田,大快人心,令人振奋。战后举行了庆功大会,会上小黑皮还编了一个顺口溜:

红四军,老大哥,
如天兵,从天降。
史政委,赛诸葛,
贺团长,真神勇。
活捉旅长褚良田,
打得敌人屁尿流。
大牯岭上红旗飘,
红军个个是英雄。

战斗结束不久，褚良田便被押解岭口镇，关在苏维埃政府（原镇公所）后院一间房子里。他闭着眼睛，谁也不理，也不说话。史先生指示对他优待，还给他治伤。当天下午，我大伯和卢庆竹去看他。起先他仍闭着眼不说话。

"褚旅长，你还认识俺们吗？"我大伯说，"俺是贺廷勇，还有卢庆竹。"

"是啊，"卢庆竹说，"你不记得俺们了？"

听见这话，褚良田才睁开眼睛，愣了一下，然后说："啊，真是你们啊！没想到，没想到。"我大伯说："山不转水转，咱们还真有缘啊。"

褚良田有些尴尬，眼一闭，又不说话了。我大伯笑道："好吧，你要没话说，那咱就走了。"

"等等！"褚良田叫了起来，眼睛也随即睁开来。"你们都是我的兵，"他说，"如今我当了你们的俘虏，要杀要砍全由你们，不过，我过去待你们可不薄，你们恩将仇报，这样对待老长官，成何体统？"我大伯纠正他说："好汉不提当年勇，你现在是红军的俘虏，不再是啥的教官、旅长了，你得摆正位置啊。"听我大伯这么一说，褚良田便蔫了下来。他叹了一口气，说："唉，没想到我褚良田也有这一天。"

"这是必然的，"我大伯说，"知道为啥吗？"

"为啥？"

"因为你与人民为敌，肯定没有好下场！"

褚良田听了这话，又叹了一口气。"能给我一支烟吗？"我大伯递了过去。褚良田点着后便低头吸了起来。随着烟雾缭绕，他的情绪明显低落下来，刚才那股要杀要砍全由你们的豪气也荡然无存。"我能问一句吗？"他说。

"问吧。"我大伯说。

"你们打算怎么办我啊？"

"这事俺说了不算，"我大伯道，"得请示上级。"

"小勇子啊,"褚良田叫了起来,"当年我在九江可救过你们,你没忘吧?"

"没忘,"我大伯说,"俺还想问问你哩,你当时为啥要救俺?"

"还能为啥?"他说,"咱们兄弟一场,我不想你白白送死呗。"说到这里,他又抬头看着我大伯和卢庆竹,目光中充满了祈求。"好兄弟,你们得帮帮我,"他说,"只要红军高抬贵手,放我一马,不论什么条件,你们只管提,只要我褚某能做到的,一定照办。"

我大伯和卢庆竹回去后便把这事报告了史先生。当时,夏师长去省委开会,不在。史先生慎重起见,把参谋长岳松也找来。几个人经过商量,认为可以利用褚良田为我们做点事,同时也考虑他过去救过我大伯他们,可以将功折罪。

第二天,我大伯又去见褚良田,提出条件:让六十五旅送二百条快枪,八挺机关枪,二十箱手榴弹,三百箱子弹,外加医药用品等急需物资作为交换,同时要他保证今后不再与红军为敌。褚良田满口答应。

过了几天,六十五旅如数送来上述全部物品。可就在我大伯去接收这批物资时,褚良田被枪毙了。

我大伯听到消息吃了一惊,急忙赶到师部,迎面碰上参谋长岳松,便问这是咋回事?岳松说,这是师长决定的。原来,夏师长从省委开会回来,听说这件事大为光火。"这种罪大恶极的人,怎么能放?"他还说,这是缺乏党性原则,绝对不能允许,当即便令人拉出去枪毙。"那史先生呢?他咋说啊?"我大伯问道。

岳松说:"史政委下部队了。"

"那你咋不拦着?"

"我拦得住吗?"岳松摊开双手说,"老夏那脾气,你又不是不知道!"

第十九章　爷　爷　| 1933 年

一

在我爷爷一生中，对他影响最大的两个人，一个是吴先生，一个是郑先滔。吴先生为他打开了人生之门，郑先滔则领他走上了正确的人生道路。不过，这个道路并非一帆风顺，而是充满了艰难曲折。用我爷爷的话说，他走了许多弯路，也干了不少错事，但庆幸的是，他最终找到了光明。这一切都与郑先滔密切相关。"没有郑大哥，就没有俺贺文贤。"我爷爷后来不止一次地说过。

据我奶奶说，我爷爷的改变是在到了天津之后。那次，他从调查科手中救出郑先滔夫妇，便断了自己的退路，无法再回新八十二军了。据说，这件事闹得很大，南京政府下令撤销他的职务，褫夺军衔，并以"通共"罪名进行通缉。

但我爷爷并不后悔。他救了郑先滔夫妇后，逃往天津。先把他们夫妇送去香港，自己则在租界里住了下来。

当然，陶顺良这次又帮了他不小的忙。皖系垮台后，陶顺良就退出军界，利用过去的关系，做起军火生意，大发其财。他的主顾有东北军、西北军、晋军以及各地的大小军阀，反正谁有钱他就和谁做生意。他的门路很广，路子也很野，和各路洋人来往密切，什么武器都能弄到，哪怕是最先进的德国的克虏伯大炮、英国的阿姆斯特朗大炮、马克沁重机枪、捷克式轻机枪和日本的三八式步枪等这些紧俏货，他也不在话下。我爷爷来到天津后，他便劝他说："你咋鬼迷心窍，就是磨不开呢？那些政治啊，党派啊，全是他娘的扯淡，有啥好掺和的？这教训还少吗？不如咱们一起干，凭着过去的人脉，钱是不愁赚的。"可我爷爷不感兴趣，他也无奈。

不过，陶顺良这人挺讲义气。我爷爷到天津后，他便腾出一处宅子让我爷爷住。地点在法租界福熙将军路附近。这里离劝业场不远，虽居闹市，但却在僻巷之内，闹中取静，令人满意。不久，我爷爷又派小武子去亳州把曾姨接来。

我爷爷走后，彭兆栋倒是求之不得。那天，接到苏团长的报告，说是我爷爷去追CC的人了，请示怎么办？胡宣武打算派人把他追回来，却被彭兆栋拦住了。"追他干吗？让他去！"他这样一说，胡宣武便明白了，他是巴不得我爷爷走哩。

我爷爷到了天津，在那里待了一年多。那时节，天津租界内光怪陆离，各色人等，无所不有。一些下台军阀和失意政客纷至沓来，都把这里当作世外桃源，与此同时，一些受到蒋介石打压排挤的军人为了避祸也聚集于此。郑先滔离开时，嘱我爷爷注意联络各地军人，共同反对蒋介石的独裁统治，必要时为革命所用。我爷爷记在心里，很快便联络了一批不满蒋介石统治的军人。一九三二年夏，被蒋介石释放的原新编第二十一军军长严济中来到天津。我爷爷与他一见如故，很快成为志同道合的密友。

二

严济中是一个正直的军人。他是山东济南人，从小苦出身，后报考天津武备学堂。辛亥革命前在广州参加同盟会，投入反清斗争。武昌起义爆发后，他率部北上，与清军鏖战，因战功升任营长。癸丑之役失败，他东渡日本，入尚武学校学习军事，得以谒见孙中山，并加入中华革命党。北伐时，他已升任团长。此后，辗转于卢永祥、张宗昌和西北军，直至为蒋介石收编。

严济中是中山先生的忠实追随者，同情共产党人。四一二政变发生后，他对蒋介石杀害共产党人，破坏先总理的三大政策，实行专制独裁，表示强烈不满。在所谓清党之后，他的新编第二十一军仍然保留共产党人，后来因为放走了郑先滔等人，引起蒋介石的恼怒。在去南京开会时，被捕下狱。

九一八事变后，蒋介石迫于压力，释放了一些政治犯，其中包括胡汉民、居正、李济深、方振武等，严济中也在其列。不久，严济中便来到了天津。我爷爷前去拜访，两人北伐时曾有过交往，但并不相熟，这次相见却惺惺相惜，加上郑先滔的关系，两人很快成为知己，无话不谈。

严济中是一个典型的山东大汉，身材高大，肌肉结实，方脸盘，大眼睛，眉毛浓黑。他生性豪爽，饭量很大，一顿能吃两大碗红烧肥肉。年轻时到地主家扛活，连吃五碗苞米饭还意犹未尽，财主看了心疼，说这人不能要，谁也架不住他这么吃。哪知干起活来，他一人顶三人，一百多斤的豆包一扛两包，疾走如飞，老财方觉物有所值，把他留下。说起这事，严济中放声大笑。后来，参军打仗，抡起大刀，一以当十，勇不可当，军中呼之"猛张飞"。

谈起郑先滔，严济中打心眼里佩服。"俺这个小兄弟是个能人，"他说，"能让俺严济中佩服的人不多，云鸿老弟算是一个。"听说我爷爷与郑先滔关系非同一般，而且为了救郑夫妇不计一切，便连声说好，"看来，你这个兄弟值得交。"他说，"古人说观人观交，既然你是云鸿的朋友，当然也是俺的朋友。"

严济中字朗轩，我爷爷刚与他相识时，称他为将军，或军长，但严济中觉得这样生分，执意要我爷爷直呼其名。此后，我爷爷便称他朗轩，他则称我爷爷为华章。谈及蒋介石要他抓共产党，他十分不屑。"笑话！"严济中说，"这些共产党是俺请来的，是俺的朋友。俺严某不才，岂能卖友求荣，干那不仁不义之事？"

严济中到达天津前，一·二八事变已经发生，全国抗日情绪日益高涨。严济中和我爷爷商量，决定联络多名将校军人发起成立了抗日义勇会，积极投入抗日救亡工作。那段时间，大家各尽其力，利用过去的关系，积极联络旧部。为了加强与各方联络，我爷爷还在家中设立了一部秘密电台。电报员是他过去的部下，姓孔，我爷爷叫他小孔。听说我爷爷需要电台，小孔二话没说，便带着电台偷偷北上，当然这事得到龚雨峰的暗中襄助。据我爷爷说，小孔是霍川孔集人，高小毕业，通过亲戚介绍前来找他谋差。我爷爷看他聪颖好学，便送他去培训，当上了电报员。"这孩子知恩图报，相当可靠。"我爷爷这样评价他，对他十分赏识。

淞沪会战失败后，日本开始谋取热河，不断制造事端，华北局势更加危殆。严济中坐不住了，多次与我爷爷商量，认为国家危难，我等军人当思报国之策，岂能坐视不管？我爷爷也有同感。他们召集义勇会诸友，开了几次会，决定组建抗日敢死军，开赴热河，以抗击侵略。

这一想法得到了大多数人的支持。于是，说干就干。当时，严济中的老部下乔鹏带领两个团驻扎在山西。乔鹏原系严济中的参谋长，蒋介石扣押严济中后，他愤而起兵反蒋，但蒋介石早有防备，一边调集大军弹压，一边收买二十一军中多名师长，致使乔鹏兵败而走，但他拉了两个团进入山西，置于晋军的势力范围，从而生存下来。

严济中打算以乔鹏这两个团为基础，同时招兵买马，扩大队伍。这一计划得到郑先滔的支持。郑先滔从天津乘船去香港，后又辗转江西苏区。到达那里后，一直与我爷爷保持联系，并通过我爷爷购买苏区急需的枪支弹药和医疗用品，掩护过境干部，转送情报等。有一次，我爷爷参加一个饭局，席间有几位西北军的军官，都是过去的老相识，谈话间提起将去苏区"剿共"，无意中透露了部队的调动情况。我爷爷当即把消息转告地下党。事后，郑先滔来信说，这个情报很有价值，代表党组织向我爷爷表示感谢。听说成立抗日敢死军一事，郑先滔也来信极表赞同，认为当前中国最大的敌人是日本帝国主义，应该要把一切力量凝聚到抗日方面来。我爷爷把郑先滔的来信内容转告严济中，更坚定了他组建抗日敢死军的决心。

很快这项工作就开展起来。乔鹏两次秘密来到天津，与严济中和我爷爷等人会晤。乔鹏三十来岁，长相精干，话不多，但行事干练，眉宇间透着坚毅，一看就是一个值得信赖的人。他坚定表示跟随老长官，指哪打哪，决不含糊。严济中也充满信心。他变卖家产，拿出多年的积蓄，又通过抗日义勇会，筹集了五十余万资金用于招兵买马。在我爷爷的说服下，陶顺良还答应以先供货后付款的方式提供一批武器弹药，包括捷克式轻机枪和英国马克沁重机枪。"这种买卖俺可从没做过，"他对我爷爷说，"这可是紧俏生意，有钱俺还不一定给货咧。算你娘的面子大，你可别让俺亏了。"

几个月后，抗日敢死军在乔鹏两个团的基础上又扩充了两个团，共四个团，推严济中为总司令，我爷爷任副总司令，乔鹏任参谋长，下设两个旅。当时，一些滞留天津的西北军、东北军军官中有不少爱国者，都积极要求抗日，纷纷加入敢死军。

此时敢死军人数已达四千余人。但装备极为落后，好枪不足五分之一，多数是汉阳造和老式毛瑟枪，还有一批土枪，机枪只有十几挺，山炮和迫击炮只有几门，而且弹药缺乏。为了弥补装备不足，严济中效法西北军，每人发了一把大刀。同时加紧训练，提高各种军事能力，磨炼吃苦勇敢精神。

为了向官兵们灌输抗日思想，严济中还特地编制了一套问答口号（用于部队每次集合、训练之用），先由长官大声发问，然后由全体齐声回答。

问："弟兄们辛苦了。"

答："为抗日服务。"

问："你们是什么军队？"

答："抗日的军队。"

问："你们要打谁？"

答："打倒日本帝国主义。"

通过一段时间的整训，部队战斗力得到很大提高。一九三三年一月，长城会战打响。抗日敢死军开始发动，由山西向张家口进发，并在宣化举行誓师大会。会上，严济中发表讲话。"弟兄们，俺是军人，"他说，"军人是干啥的？打仗的。头一条就是精忠报国。古有岳飞、戚继光，他们是军人的榜样。如今小日本打到俺家门口来了，国难当头，如果是条汉子，那就得站出来。弟兄们，俺说得对不对？"

"对！"众人一片响应。

"那咱怎么办？"他又问道。

"杀！杀！杀！"众人又是一片喊。

"好，"他又说，"那咱就说定了！现在俺颁布一道军令：如俺在战场上后退一步，你们任何人都可以打死俺；但如果你们有人后退，那俺也决不客气，你们看如何？"

"好！"

"就这么办！"

为了表明决心，严济中还下令给每人做了一条白色尸袋，一旦战死就地掩埋，以一种决死的气概开赴前线。当时主持北平军务的北平军分会的何应钦得知敢死军的行动后，立即派军分会参谋处的顾参议前来阻止。

顾参议名希丞，过去在陆军部时与我爷爷一起共过事，彼此相熟。他到来后，便游说严济中和我爷爷，要求他听从统一指挥，以便各军协同作战。他还承诺说，如果敢死军接受军分会的指挥，不仅可以得到政府军饷物资拨付，而且还准其用火车运兵。这当然再好不过了，因为从宣化前往承德路途较远，如能火车运兵，最为快捷。

于是，严济中答应了顾参议的条件，部队进入宣化后便驻扎下来，等待命令，原以为很快可以向承德进发。可是，半个多月过去了，什么动静也没有，去电询问也没有回音。

严济中急了,让我爷爷赶紧前往北平打探虚实。

三

四月初,我爷爷去了北平,找到了顾参议。当时,军分会参谋处在府右街南口大楼办公,我爷爷下了火车便直奔那里而去。顾参议不在,说是陪何长官、黄长官去打高尔夫了。我爷爷心想这都啥时辰了,还有心思玩这个?于是,便请参谋处的人予以转告,自己回饭店等候。晚上,顾参议派车来接我爷爷了。当时与我爷爷一起去北平的还有严济中的内弟曾灏。他是东北人,原在东北军任营长,家乡被日本占后,东北军几十万人一路退却,毫不抵抗,遭到国人一片唾骂,曾灏也羞愧难当,听说严济中组建敢死军,便前来投奔,在军部任参谋。

顾参议的车把我爷爷和曾灏接至一处华丽的公馆。这是一座西式建筑风格的小楼,颜色呈白色,门前有罗马柱、雕塑,院子里有喷泉,屋内装饰精美,色彩浓烈,一应家具用品极尽奢华。枝形大吊灯下,灯火通明,客厅里摆满了美酒美食。一些穿着考究的男女穿梭来往,谈笑风生。其中有不少是军人,在他们身边围满了珠光宝气的女人和年轻时尚的小姐。舞厅里,音乐悠扬,有人在翩翩起舞。我爷爷进去后吓了一跳,没想到日本人都打到眼鼻子底下了,这里居然还是一片歌舞升平,令人难以置信。顾参议笑呵呵地迎上来,他的胳膊上吊着一个年轻貌美的女子。"啊啊,文贤兄,"他笑哈哈地上前打招呼,"下午让你久等了。"

"这是啥地方?"我爷爷皱着眉头说。

顾参议笑着说:"第一次来吧?"我爷爷没吭声,他又说:"这是杨小姐的家。"见我爷爷仍不明白,也不多说,只道:"还没吃饭吧?先吃点东西。"说着,便领我爷爷和曾参谋进了一间房间,吩咐上酒上菜。我爷爷哪有心思吃饭,说俺这次来可有急事,咱们还是找个正经地方先谈事吧。"什么正经地方？"顾参议咧嘴笑道，"瞧你说的，这里难道不正经吗？"一边说，一边让身边的女人斟酒。

顾参议长得干瘦，瘪嘴，小眼睛，皮肤蜡黄粗糙，笑的时候总是眯起眼睛，好像别有意味。他是有名的混子老油条，不论谁当政，总能左右逢源，吃香喝辣。他向我爷爷介绍说，这位杨小姐可不一般，她是北平有名的交际花。"我对你说吧，"他得意地看着我爷爷道，"这地方一般人可进不来。何长官、黄长官也是这里的常客，许多大事都是在这里谈的。你的事再大，还能大过他们？"我爷爷知道他说的何长官是指何应钦，黄长官是指军分会的参谋长、内政部长黄绍竑，皆为北平最有权势的人物。"待会我带你见见杨小姐。"顾参议喜滋滋地说道，好像能如此自己很有面子似的。我爷爷说："别价，俺可不想见。"

"怎么了？"顾参议有几分扫兴。他眯起眼睛，用手指点了点我爷爷说，"这么多年了，你还摆那清高的臭架子？"说着，哈哈大笑。又低声对身边的女人嘀咕了一下。我爷爷听他称她金小姐。

金小姐只有十七八岁，长得很漂亮，嘴角下有颗美人痣，猛看像一个大学生，可从她的眼神和表情中却可以看出久于欢场的世故和老练。她娇笑了一下，款款起身，扭着细腰，圆润的屁股一耸一耸，脚下的皮鞋发出笃笃的响声，走了出去。"这丫头怎么样？"顾参议咧开嘴巴，眼光紧盯着她丰满的臀部，用欣赏的口气说，"我刚弄到手，别看年轻，会的可不少。"他压低声音，凑近我爷爷说，"我就喜欢这样的，玩起来带劲。"

我爷爷反感道："咱们能不能不谈这个？"

"你这家伙，真他妈扫兴！"顾参议说，表情颇为不以为然。说话间，酒菜上来了。菜品十分精致，酒有白的，也有红的。顾参议拿起筷子，让我爷爷他们吃。这时那个金小姐又领着两个花枝招展的女人走了进来。"来来来。"顾参议老远就向她们招起手，让她们过来。她们也熟门熟路地上前打招呼，一边嬉笑着，一边走到我爷爷和曾灏身边，嗲声哆气地抛媚眼儿。顾参议笑道："这两位可是贵客。"他指了指我爷爷和曾灏，"你们可得给我侍候好了。"那两个女人娇笑着，嘴里应承着，一边一个在我爷爷和曾灏的身旁坐下，然后吊住他们的胳膊，丰满的乳房也像会说话似的紧贴上来。曾灏心里顿时气不打一处来，猛地甩开手，站了起来，倒把那个勾他胳膊的女子吓了一跳。顾参议有些意外，撩起眼皮看着他。曾灏克制住厌恶的情绪，说："这里太闷了，我出去透透气。"说着，竟自走了出去。

顾参议看着他的背影，面露不悦之色。"这是哪来的生冷货。"他说。

我爷爷说："你也别怪他，他是东北人，看着故土沦陷，心里不好受，换了你恐怕也是一样的。"

"什么玩意儿！"顾参议皱起眉头道，"敢在老子面前摆谱？太不识抬举！这种人懂个屁啊？自古干大事者就得有胸襟，拿得起，放得下，屁大点事就虚头巴脑的，有什么出息？"

我爷爷一听这话，心里感到不快，日本人占我河山，眼看就要当亡国奴了，这还是小事吗？但他此来还有任务，不能由着性子，便敷衍了一下。两人喝了一杯酒，我爷爷便凑过去说："希丞兄，能不能让她们先出去？"他用指了一下那几个女人。"干吗？"顾参议眯起眼睛说，"有什么话就说吧。"说着，又朝那几个女人摆摆手，"倒酒，倒酒。"

我爷爷用手按住酒杯说："不喝了，还是先谈事吧，不然这酒喝不好，饭也吃不安。"顾参议见我爷爷执意如此，只好摆摆手，让那几个女人先出去。金小姐满脸不高兴，哼了一声，一扭一扭地走了。

顾参议不悦道："你这是干什么？兄弟我看在过去的交情上，把你当贵客，你这不是给我难堪吗？过去在陆军部，这样的事还少吗？你少给我装正经。"我爷爷说："过去是过去，现在是现在。"

"好了，好了，"顾参议不耐烦道，"有话就说吧。"

我爷爷便把此行的目的讲明了，说你上次去说得好好的，怎么全不兑现了？你的军饷，你的车皮，都在哪里？电报也不回，你们究竟是何打算？俺们还得在宣化待多久？顾参议早知道我爷爷要问这些，便说："你急什么嘛，又不是赶杀场！"

"能不急吗？前边都打得不可开交了！"

"那又怎样？"

我爷爷一怔："你咋这样说？"

顾参议龇了一下牙齿，脸上似笑非笑。"老弟，你听愚兄的话没有错，"他放下酒杯，夹起一片海参塞进嘴中，"不瞒你说，这仗没法打了，日本人武器好，飞机坦克铁甲车又多，上去全白给。"

"那你啥意思啊？"我爷爷说，"难道不打了？"

顾参议点起一棵雪茄，不紧不慢地吐了一口烟："你想听实话吗？"

"那当然。"

"那我给你透个底，"顾参议又吸了一口烟，轻声说道，"委座前两天刚刚来过北平，这事对外尚未宣布。我只对你说，你且别对外传。他在居仁堂召集开会，我们都参加了。他明确说了，长城抵抗就以现有兵力，别指望再有援军了。你懂吗？"

"我不明白。"

顾参议摇了摇头，笑了起来。"你不明白，可我们都明白。委座眼下最担心的不是日本，而是赤匪。中央军现在都在江西、鄂豫皖一带打共匪，根本抽不出来，哪有兵到北方来？"

我爷爷一听火冒三丈："这不是混账吗？国家都要亡了，你们还在那里算计共产党？这也太不可思议了。"

"嘘——"顾参议说，"你小声点！华章老弟啊，你太幼稚了，这是政治，你不懂。"说到这里，他又眯起眼睛，"老弟啊，我再向你透个底吧，南京已派人去和日本人谈了。"

"谈啥？"

"这你就别多问了。"

顾参议不肯往下谈了，但他提醒我爷爷这个节骨眼上，最好别乱动，以免坏了委座的大事。从杨小姐的公馆出来后，我爷爷心里充满了气愤和失望。

第二天一早，他便和曾灏匆匆赶回宣化，向严济中报告了情况。事情已经再明白不过了。北平军分会的所谓联合作战，统一调度，全是骗人的鬼话。"不能再等了！"严济中当即下令部队向前线开拔。此后不久，便传出何应钦与日本人签订了《塘沽协定》的消息，证实了顾参议那天所说的话并非虚言。

第二十章　大　伯　｜ 1932 年

一

大牯岭大捷后,我大伯和费伊蓉举行了婚礼。婚礼简朴而热闹。地点就在岭口镇苏维埃政府院外的空场上。炊事班用黄豆炖野猪肉,又烧了一锅豆腐干菜,还买了几坛土烧酒。官兵们点起篝火,喝酒吃肉,欢声笑语。婚礼由史先生主持,夏师长也前来参加了。小黑皮张口就来了一段顺口溜:

　　春风拂面喜盈门,桂花美酒更醉人。
　　交杯酒儿似蜜浓,喝在嘴上甜在心。
　　新郎饮酒喜洋洋,百年共枕百年恩。
　　新娘吃颗大红枣,早早生个胖宝宝。

众人一片叫好。夏师长站起来说:"詹少成,你说得不错,就是词太老了,能不能来点新的?我们的新郎新娘可都是红军战士啊。"众人都说对啊。小黑皮摸起脑袋,眼睛眨了眨,接着又来了一段:

　　咱们师长说得对,红军夫妻革命情。
　　新郎文武样样强,新娘巾帼胜须眉。

不拜天,不拜地,一心只为救人民。
大牯岭上红旗飘,革命情谊似海深。

众人又叫起好来。小黑皮得意地说:"师长这回该满意了吧?"夏师长说:"你这小子脑子倒挺灵,有点歪才。"说着,大家都乐了。

婚礼气氛热烈,唯有卢庆竹闷闷不乐,低头喝着闷酒。我大伯看在眼里,便走过去,说:"庆竹,你这咋啦?也不敬俺们一杯?"卢庆竹勉强笑道:"俺这不正要敬哩,你倒先过来了。"说着站起来,端起酒碗。"伊蓉,快过来。"我大伯向费伊蓉招手,"庆竹要敬俺们哩。"费伊蓉正在一边被几个人围着闹酒,听了这话赶紧脱身,笑吟吟地走过来。卢庆竹端起碗,举了一下就往嘴边送,我大伯拉住他:"也不说两句?"卢庆竹这才觉得有点欠缺。"好,说两句,"他略作思考便重新举起碗来,想了想,说,"就祝你们白头到老,早生贵子。"小黑皮这时不知从哪儿冒了出来,打趣道:"卢副团长,刚才师长都批评俺了,说要来点新词,你咋也是这老掉牙的旧词啊?"我大伯推了一下小黑皮说:"去去,别捣乱。"

"哎,"小黑皮不服道,"俺说错了吗?"卢庆竹笑了:"那俺就来段新的——"说着重新端起酒碗道,"俺祝你们海枯石烂,革命到底!"小黑皮叫道:"还是这句好——"遂又转词道:

海枯石烂不变心,革命到底意志坚。
新娘俊美胜鲜花,看得新郎眼发花。

我大伯笑着说:"打住,打住,瞧你这旧词又出来了!"小黑皮说:"你别急啊,俺下边还有哩——"接着又唱道:

无情未必真豪杰,革命夫妻也恩爱。
建立红色苏维埃,喜贺人间鲜花开。

众人又笑了，卢庆竹的情绪也好转起来。就在这时，黄静雯走了过来。卢庆竹刚想避开，她便主动说："庆竹，咱俩也敬他们一杯吧。"她这话完全是下意识的，过去他对卢庆竹总是说咱俩这咱俩那的，似乎理所当然，谁也不会在意。可现在不同了。卢庆竹哼了一声，说："俺可是敬过了，要敬你自己敬吧。"说着一扭头走开了。黄静雯自知失言，便红了脸，低下头去。费伊蓉看在眼里，便赶紧上前搂住她说："来，咱们喝！"这才替她解了围。

黄静雯心里很难过，也很自责。她一直喜欢庆竹，两人性格相投，心心相印，从北辰中学到武汉军校，从广州起义到海陆丰根据地，他们一直在一起。他们的情感和友谊经受过革命的熏陶和战火的洗礼，格外珍贵。黄静雯珍惜这段感情，她也知道卢庆竹同样如此。偏偏命运捉弄人，有情人难成眷属。从海陆丰撤退时，黄静雯得知卢庆竹那个连全部牺牲了，哭得痛不欲生，直到重返霍川，见到卢庆竹才知道这是一个错误，但为时已晚。

她很想对卢庆竹解释一下，尽管这种解释毫无意义，但她还是想。她想把自己心里的话说出来。她要让他明白，她并不是见异思迁。她对他的爱是真诚的，发自内心的。可卢庆竹一点机会都不给她，哪怕是和他谈一次也行，可卢庆竹不想听，也不愿听，甚至连见都不想见她。她给他写信，他也不回。黄静雯很难过。她难过的不仅是事情的本身，还有卢庆竹对她的态度。她不指望他会原谅她，但起码也该听听她的解释。她不是有意的，尽管岳松对她很好，但如果人生有后悔药，她仍会毫不犹豫地吃下去，让事情重新来过。但这是不可能的。"他不会原谅俺了。"黄静雯说着，眼泪便流了下来。

费伊蓉心里也很不好受。她把黄静雯拉到一边，安慰了几句。黄静雯是她最好的朋友和战友，她希望她获得幸福，但造化弄人，出现这样的结果也让人无奈。事实上，她和我大伯都劝过卢庆竹，但毫无用处。"他是个犟性子，"费伊蓉对黄静雯说，"遇到这种事，心里难过，一时磨不开,也是有的。慢慢来吧,时间长了也许就会好的。"

二

霍川暴动后,红军队伍不断壮大,根据地日益扩大。短短两年多时间,赤卫师连续获得三次反"围剿"的胜利,士气大振。在这种情况下,轻敌的思想开始弥漫,而上级主要领导也被胜利冲昏头脑,误判形势。

一九三二年夏季的一天,夏杰从特委开会回来,传达了攻打霍川县城的指示。史先生当即表示不妥,因为赤卫师刚刚粉碎了敌人的第三次"围剿",连续作战七个多月,部队十分疲惫,正需休整,马上攻打县城显然不切实际。夏杰很不高兴。两人在干部会议上公开发生了分歧。

夏杰为人十分强势,工作中杀伐决断,雷厉风行,很有魄力,这是他的优点,但他做事武断,刚愎自用,听不进不同意见,这又是他的缺点。他来霍川后,以县委书记兼任赤卫师师长、苏维埃主席,是霍川党政军最高领导,早已习惯一言九鼎,很多事情根本不与别人商量便做决定。好在史先生性格儒雅,为人谦和,与人共事,向能包容,处处以大局为重,只要不是原则问题,能退则退,能让则让。比如放走褚良田,这事是史先生决定的,但夏杰连个招呼也不打,便把人给毙了,这事明摆着欠妥。如果换成夏杰,肯定不依不饶,但史先生并未计较。可这次攻打县城情况不同,他认为事关重大,便坚持自己的看法。

据我大伯说,史先生组织纪律性很强,同时也是一个有原则的人。在重大问题上,他不会随便让步。这次情况就是如此。在他看来,眼下攻打县城时机并不成熟,应慎重考虑。但夏杰的看法与他恰恰相反。他认为,现在形势一片大好,我们打垮了六十五旅,活捉褚良田,敌人已被打怕了,不得不龟缩进县城。红军在西至大牯岭,东至东阳关,北至马头山,南至五龙山,共计二十多个乡镇建立了大片根据地,如果拔掉县城这个钉子，便可使根据地连成一片，进一步扩大战果，极大地震慑敌人。他还特别强调，特委对此寄予厚望，我们不能有畏难情绪，更要坚定信心，在全省全国树立榜样。

"同志们，"夏杰说，"累一点，苦一点，怕什么？困难大一点，多一点，又怕什么？红军是铁打的汉子，共产党员就是要不怕苦，不怕累，不怕死，拖不垮，打不烂。为了革命的胜利，任何困难都不能阻挡我们！"

夏杰的讲话富有鼓动性，也很有煽动性和感染力。他的话音一落，便有不少人表示支持攻打县城。参谋长岳松表态道："我个人举双手赞成，只要一声令下，我愿意带队打头阵！"在他发言后，又有几个人发言，也都是附和攻打县城的。

会场形势很快一边倒了。只有我大伯、卢庆竹持保留态度。我大伯说："攻打县城是好事，但俺们应该做到知己知彼，不能盲目冲动。"这个观点与史先生完全一致，这使夏杰大为不快。

"什么叫盲目冲动？"他打断我大伯的话，"请你解释一下。"我大伯说，他刚才不是说了吗？应该做到知己知彼。

"知己知彼？"夏杰冷笑道，"我看你是光知彼，不知己。"

我大伯被刺了一下，心中不服："咋能这样说？"

"难道不是这样吗？"夏杰接着又说，"事实就是如此嘛。什么知己知彼？什么不要盲动冲动？说到底就是消极避战，是悲观主义在作怪。我看这个思想很要不得哩！"说着，用手砰砰拍了两下桌子。

大家一看师长生气了，都不敢说话了。我大伯也不吭声了。史先生一直没说话，他坐在椅子上认真地听着，时而在小本子上记上几下，似乎并不着急。他一向如此，遇事不慌不忙，沉稳而有静气。特别是讨论问题时，他总是耐心地听完别人的意见，这一点与夏杰的作风截然不同。夏杰喜欢以我为主，而且性子急，常常不等别人把话说完，就迫不及待地打断，有时甚至很难容忍相反的意见。

他的这种作风，我大伯很看不惯。特别是刚才那番话，分明是扣帽子，而且这帽子扣得还不小。当时悲观主义就是逃跑主义、投降主义的代名词。我大伯很想反驳他，但被坐在一边的卢庆竹拉了一把，把他制止住了。

大家的发言陆续结束了，一直没说话的史先生这时开口了。他放下手中的笔，以他那惯有的不徐不疾的语调说："大家的发言各抒己见，都很好。我要说明的一点是，我并不反对打县城。我和大家一样，也想尽快消灭敌人，实现革命的胜利。可是，"说到这里，他话锋一转，"越是这种时候，我们越要冷静，越要客观地看待局势。"接下去，他分析了敌我力量的对比，认为大牯岭之战后，我们虽然取得了反"围剿"的重大胜利，但敌人不甘心失败，又陆续向霍川增兵，目前霍川境内的敌军达到五个团，而在县城附近就有三个团之多，加上民团武装，人数近万人，而赤卫师只有四千余人，显然力量并不占优。

史先生发言时，夏杰烦躁地用手敲着桌子，表现出明显的不耐烦。他几次想打断史先生的话又都克制住了，现在听史先生这么说便忍不住了。"不错，"他抢上来说，"敌人虽有五个团之多，但大多是杂牌军，相互矛盾很大，一盘散沙，而且他们不是老蒋的嫡系，战斗力不强，根本不经打。"他还批评史先生没有看到人民的力量，因为各乡的农会武装和赤卫队发动起来，这也是一股不小的力量，但史先生却视而不见。

史先生当然不接受他的说法。两人说着说着，便争执起来，会场上的气氛也开始弥漫起了火药味。师长、政委这样公开针锋相对，在赤卫师成立以来还是第一次，大家都有些不安起来。史先生很快意识到这一点。他当然不希望看到这样的局面，尤其是当着团以上干部的面。于是建议暂时休会，打算单独与夏杰进行沟通。

哪知夏杰一口拒绝。

"没这个必要，"他说，"有话就在这里说吧，我们没什么好藏着掖着的。"

史先生苦笑起来。他摇了摇头，知道夏杰的脾气上来了，有些话听不进去，只好继续说下去。他认为，我们过去的胜利，是采取了灵活机动的游击战术，这是一个宝贵的经验，应该继续发扬，而攻城拔寨，与敌人拼消耗，这并非我们的长处。"敌人巴不得我们这么干哩。"他说，"我们可不能上当。"

其实，史先生的话很有道理，但夏杰正在气头上，根本听不进去。他反驳道，游击战术是我们的法宝，但我们不能一辈子打游击，至于流寇主义更是要不得。夺取中心城市，这是大势所趋，也是革命的任务。他还批评史先生长敌人志气，灭自己的威风，缺乏革命勇气。

会议不欢而散。事后，史先生找夏杰交换意见，希望心平气和地谈一谈，仍然无法达成一致。最后，史先生只好保留个人意见，同意将赤卫师攻打县城的决议上报特委。

特委书记焦赞国是中央分局派来的领导，革命意志坚定，工作有魄力。虽然不到四十岁，但早在一九二〇年便在上海加入了社会主义青年团（共青团的前身），次年入党。后受党的派遣前往苏联学习，亲眼见过列宁。他读过很多马列主义的书，包括原著，谈话或写文章时常常信手拈来，脱口而出。他的理论水平高，这是大家公认的，加上他是分局派来的，又是书记，因此说话很有权威性，不过，由于来大别山时间不长，对当地的情况不大了解，实际指挥作战的经验也相对不足，这是他的短板，但他并没有认识这一点。

听完夏杰的汇报后，他当即指示说赤卫师的决议是正确的，与特委是一致的，符合临时中央和省委的精神。"老夏啊，"他说，"你做得对，眼下革命形势发展很快，我们要看到这一点，对于那些悲观主义的思想，只要一冒头，就要坚决打下去。"他还鼓励夏杰要敢于坚持正确意见，敢于打硬仗、打胜仗，以新的更大的胜利迎接革命高潮的到来。为了更好地贯彻特委的战略，他还做出决定，把史先生调离赤卫师。"你看如何？"他征求夏杰的看法。

"这倒不必。"

"为什么？"

"老史这人我了解，"夏杰说，"他还是有组织原则的。只要上级做出决定，他会坚决执行。"

焦书记听了点点头，对于夏杰坦诚的回答，略感意外。"嗯，这很好，"他沉吟了一下，然后说，"不过，我看还是调开为好。这样更有利于工作。这次打县城，意义重大，你们要全力以赴。哦，对了——"说到这里，他又问，"听说你们那里有个'北辰帮'，是不是啊？"

夏杰愣了一下。关于"北辰帮"倒是有这样的说法，起因是史先生和我大伯、卢庆竹等人过去都是北辰的师生，关系密切，在很多事情上又意见相同，后来不知怎么七传八传就有了"北辰帮"的说法。夏杰不知这话怎么传到了焦书记耳里。"你从哪听说的？"

"有没有吧？"焦书记严肃地问道。

夏杰如实回答："哦，我是听说过，但并无实据。"

"嗯，没有最好嘛。"焦书记说，"我们共产党人只信马列主义，可不能拉山头，搞宗派。这是绝不允许的。"

这次谈话不久，史先生便接到了调令。他的新任职务是特委宣传部长。接到指示后，夏杰反倒有些过意不去了。"老伙计，"他说，"可不是我要赶你走。"

"我知道。"史先生说。

"说真的，我还真有些舍不得你。"

"是吗？"

"你别不信啊。"

"我信。"

"那好吧，"夏杰说，"不管你信不信，我说的是真话。"

这一点倒也不假。夏杰确实没有赶走史先生的意思。他们之间有矛盾，也有感情。从霍川暴动以来，他们就在一起并肩战斗，组建了红军赤卫师，打出了一片根据地。在这些功劳中，有他的，也有史先生的。细想起来，史先生有很多长处，他处事稳重，考虑问题周全，相比之下，自己好冲动，感情用事。史先生恰好弥补了他的不足。他们在一起合作，互补性强，虽然时有摩擦发生，但总的来说，都是为了工作，并无个人成见。现在，史先生要走了，想起他的种种好处，夏杰倒也有些不舍了。

"唉，"他叹了一口气，"你这家伙啊，什么都好，就是太固执了。"

"说我吗？"史先生轻声一笑，潜台词十分明显。夏杰哈哈笑起来："老伙计，我知道你想说什么。"

"说什么？"

"是的，"老夏说，"我的脾气也不好。"

史先生摇了摇手。

"这些都不重要，"他说，"老夏啊，我还是那句话，眼下这个局面来之不易，千万不要头脑发热，盲目冲动。"

"好了，好了，"夏杰有些不悦道，"说你固执，你还不信。特委已经决定了，就要坚决执行！"他口气坚定地说。

史先生调离不久，围攻县城的战斗便打响了。这是一九三二年八月间。赤卫师调集全部人马，加上从各乡调来的农会武装共计九千余人，将县城团团围住。攻势相当猛烈，但敌人凭借坚固的工事和城墙拼命顽抗，部队伤亡很大。史先生有一次前去阵地察看，看到我们的战士成批地倒在敌人炮火之下，心如刀绞一般。在特委召开的会议上，他大声疾呼，不能再这样蛮干了，并要求立即取消攻城的计划。他的发言引起了焦书记的愤怒。

"你出去！"他喝道。

史先生说："请允许我把话说完。"

"你不用说了。"焦书记正在气头上，不容分说，便让人把他强行推了出去。

攻城战继续进行。原计划半个月拿下县城的想法根本无法实现。

不久，形势发生了变化。敌人向霍川派出了一个旅的增援部队。该旅隶属于彭兆栋的新编第八十二军。该军原驻亳州。这次，霍川城被围后，武汉"剿总"急令彭兆栋火速派兵增援，势必尽快扑灭霍川"匪乱"。

彭兆栋对于"剿匪"并无兴趣。早在一九三〇年，南京政府便令他前往鄂豫皖"剿匪"，但他百般敷衍，故意拖延，这让"剿总"大为恼怒。在不久前召开的庐山会议上，"剿总"副总司令刘峙当面警告他，如果再不有所作为，委员长将派人取而代之。这一来，彭兆栋不敢怠慢了，接到"剿总"命令后，立调一旅人马赶赴霍川。

消息传来，这对正在攻城的赤卫师增加了极大的压力。当时，围绕是继续攻下去，还是撤退，特委争执不下。焦书记主张坚决打，并要求一鼓作气，在敌之援兵赶到之前拿下霍川。为此，他亲临前线指挥战斗。

此时，攻城作战已持续了一个多月。由于久攻不下，部队伤亡惨重，且十分疲惫，弹药后勤供应也出现困难。九月间，敌人援军迫近霍川。如果再不撤退，将有被敌人包围的危险。面对这一情况，特委不得不做出撤退的命令，但部队撤退时，却遭到敌人的伏击，付出极大的代价。霍川攻城战伤亡说法不一：一说是伤亡两千余人，不包括农会武装；一说是五千人，其中包括农会武装四千余人。此外，赤卫师营连长以上阵亡的二十余位，受伤的更多。据我大伯说，他们手枪团一千余人，撤下来时只剩下四百余人，他和卢庆竹也都挂了彩。

三

攻城行动失败后，局势进一步恶化。新八十二军的一个旅开进霍川后，敌军兵力已达到八个团之多。大规模的"清剿"开始了。但奇怪的是，特委这时却制定了分兵固守，誓死保卫根据地的作战方案。他们的口号是："寸土必争，血战到底！"

这明摆着不切实际。此时，赤卫师由于攻城减员，不足两千人。

如果再将兵力分散，与敌硬拼，实施所谓的堡垒战术，显然并不可取。对此，就连夏杰也产生了怀疑。可在特委会上，焦书记却力排众议，要求坚决贯彻临时中央的有关决议，以钢铁的意志挫败敌人的进攻。

焦书记在霍川撤围时，身负重伤。一颗子弹洞穿了他的肺部，加上感染，连续高烧不退，身体十分虚弱。尽管如此，他仍抱病参加了会议，号召大家共同努力，打败敌人，保卫红色苏维埃。"同志们，"他说，"根据地每一寸土地都是鲜血换来的，我们决不能放弃，这是党的要求，更是人民的希望！"他还提出在适当的时候，再攻打县城，让霍川赤色千里，红旗飘扬。

焦书记的讲话情绪昂扬。他的慷慨陈词也确实鼓舞了大家。虽然失血过多，身体虚弱，他的讲话几度中断，但他不顾劝阻，以坚强的意志力开完会议。在他的坚持下，特委最后决定，哪怕战至最后一人，流尽最后一滴血，也要誓死保卫苏区，决不后退半步。

九月下旬，敌人开始向根据地大举进攻。当时，赤卫师三个团分别驻守在东阳关、马头山和大牯岭。敌人重点进攻的目标首先选在了岭口镇。因为这里兵力最少，而且红军医院和兵工厂也在这里。

此时，彭兆栋已赶到霍川。他坐镇指挥，派出三个团，并由民团数千人配合行动。驻守岭口镇的是我大伯的手枪团。攻城战失利后，手枪团只剩四百余人，编成三个连，加上农会赤卫队员一百多人，共计五百余人，但敌军兵力却多达四千余人。我大伯得知情报后，立即派人向夏师长请示，建议撤向山里，凭借山险与敌周旋。他还提出尽快撤离红军医院和兵工厂的计划。但却迟迟没有回复。

十月初，战斗打响了，敌人攻势很猛。彭兆栋从胡宣武部的重炮团抽调一个炮营，前往协同作战。虽然战前，手枪团修筑了工事，但在敌人的重炮轰击下，很快被尽行摧毁。第二天，敌人还出动了空军。四架飞机在我军阵地上频频扔下炸弹。阵地几度出现险情，手枪团和赤卫队员拼死抵抗，几次与敌展开肉搏才打退敌人的进攻。连续两天的战斗，手枪团和赤卫队都伤亡很大，三个连长牺牲了两个，班排长更多。

"这样打下去，不是个事啊！"卢庆竹说。

"谁说不是呢？"我大伯看到战士们一个个倒下，心痛万分。他已预感到这样打下去，不仅本钱要打光，岭口镇也守不住。

"师里还没有回复吗？"卢庆竹问。

我大伯摇头。

"那咱们咋办？"

我大伯说："俺正要和你商量哩。庆竹啊，眼下形势很严峻，咱们要做最坏的打算啊。"卢庆竹表示赞同。我大伯提出先撤走红军医院和兵工厂，因为他们多为非战斗人员，加上医院伤病员多，兵工厂还有各种器材设备，为了预防万一，必须早做准备。"俺同意，"卢庆竹说，"只是师部还没有答复啊，现在就撤，将来追究起来咋办？"

"顾不了那么多了，"我大伯说，"再晚就来不及了。"

"行，那就这么办！"

"这个任务就交给你了。"我大伯说。

"啥的？"哪知卢庆竹一听便跳起来，"你啥意思啊？俺可不去，你找别人吧。"

"这是命令！"我大伯说。

"哪也不去，"卢庆竹说，"要活活在一起，要死死在一块，这种时候，你休想让俺走！"我大伯又气又感动。"少废话！"他吼道，"你去也得去，不去也得去！"

"俺偏不！"

我大伯急得一跺脚。"这都啥时候了，你还和俺犟？"他说，"就算俺求你了行不？"卢庆竹低下头去不说话。我大伯又说："这么多伤员，还有兵工厂，你说俺交给谁能放心？好兄弟，就算你帮俺了。"说着，眼睛竟红了。

卢庆竹见此也不好再固执了。

当天晚上，红军医院和兵工厂开始撤离。费伊蓉前来与我大伯告别。她时任红军医院指导员，要随医院一起撤离。她将新做好的一双鞋子匆忙递给我大伯，让他试了一下大小，又让他脱下衣服，把破洞和撕裂处补好。"山里夜里凉，要多穿点衣服。"她交代我大伯说。

"俺知道。"我大伯说。

费伊蓉站起来，一边帮我大伯穿上衣服，一边扣好衣扣。"好了，就这样了，俺们得走了。"她把"俺们"说得很重。我大伯笑了起来，指指她的肚子："他都好吧？"

"好着哩！"费伊蓉抿嘴一笑。一个多月前，她就发现有喜了，当她把这个喜讯告诉我大伯时，我大伯乐得嘴都合不拢，连说老子有后了，俺贺廷勇有后了，还说要写信向我奶奶报喜，但还没来得及，战斗就打响了。

"这小子就交给你了，"我大伯说，"你可得保护好他。"说着，伸手摸了一下她肚子。"瞧你，"费伊蓉打了一下他的手嗔道，"也不怕别人看见。"

我大伯乐道："怕啥呢？这可是革命的火种，未来的小红军。"费伊蓉也笑了，用手抚了抚肚子说："放心吧，俺会保护好他的。"

他们又说了几句话，便匆匆分别了。

第二天，敌人又连续发起猛攻，我大伯带着手枪团力战不退，敌人几度冲进镇子，都被顽强地打退了。入夜之后，我大伯清点人数，全团只剩下一百余人，可师部仍然没有回音。我大伯检查阵地，发现弹药已经不多了，便让大家尽可能把能收集起来的弹药都收集起来。可他心里明白，即便如此，也很难再坚持太久。小黑皮——此时已是团里唯一幸存的连长了。"团长，不能再打了。"他对我大伯说。

我大伯何尝不知如此？但没有师部的命令，他不能后撤半步。如果撤退那就是逃跑，是犯罪。见我大伯不说话，小黑皮又说："团长，撤吧！"

"你怕了?"我大伯说。

"谁怕了?"小黑皮说,"俺就是觉得不值!"

小黑皮说的倒是实情,可我大伯仍然犹豫不决。就在这时,忽然有人喊:"大脚丫回来了!"我大伯一惊,大脚丫是一连的战士,他随卢庆竹护送红军医院和兵工厂撤退,他咋回来了?正思忖着,只见通讯员扶着大脚丫踉踉跄跄地走来。他头上缠着绷带,浑身泥土。我大伯连忙上前扶住他。

"咋了?这是咋了?"他问。

"大杨岭……大杨岭……俺们被围了……"大脚丫上气不接下气地说。

"卢团长呢?"

"正在顶着哩,他让俺快来报个信。"

原来,卢庆竹昨晚带一连护送红军医院和兵工厂向山里撤退,走到大杨岭便被敌人围住了。事后才知道,敌人派了一个营摸到了岭口镇的后边,正好堵住了撤向山里的道路。

"糟了!"我大伯在心里暗叫一声。卢庆竹带领的一连当时只有三十多人,很难支持。大脚丫急得直搓手,连声叫道:"团长,咋办啊?你快拿主意啊,晚了就来不及了!"

我大伯问:"敌人有多少?"

"不老少,"大脚丫说,"乌泱泱的一大片。"

"这下麻烦了!"小黑皮说。

我大伯这时站起来,在地上急促地转了几圈。忽然,头一抬,谁也没想到,他竟做出了一个大胆的决定:去大杨岭。

"全体集合!"他命令道。

小黑皮一怔:"那岭口镇咋办?"

"你说咋办?"我大伯抓起枪转身向外走去。

第二十一章　爷　爷　| 1934 年

一

长城抗战打响后，国民党部队主要防线集中于喜峰口、冷口和古北口一线，这里也是日军进攻的重点。喜峰口位于遵化东北一百一十余里，距热河平泉一百九十余里。此处战略位置重要，左为潘家口，右为铁门关、董家口，皆为要隘，向被视为华北之屏障，冀热之咽喉。驻防该地的系第二十九军。二十九军前身是西北军，阎冯讨蒋失败后，西北军解体，被改编为第二十九军，下辖两个师，军长宋哲元。

严济中与我爷爷等商议，决定开赴喜峰口作战。因为喜峰口宋部系原西北军改编，严济中和我爷爷都与他们相熟，便于协同。

四月里，敢死军从宣化出发，日行六十里，以最快速度向喜峰口开进。开春之后，长城内外仍是冰天雪地。一路上，情况十分混乱，大批部队正在向后溃退，路上到处是丢弃的装备辎重。那些退兵行色匆匆，惊慌失措，步兵骑兵炮兵及行李辎重拥成一团，毫无行军序列，常常阻塞道路。从服装上看，多为东北军。

越往前走，情形越发不妙。几天后，临近喜峰口时，又见穿着二十九军制服的部队也在往后撤。官兵们乱糟糟的，神情疲惫而沮丧。伤兵们有的挤在马车上，有的被搀扶着或拄着拐，艰难地走着。不时有汽车和马匹从拥挤的人群中挤过来。汽车拼命地按着喇叭，骑马的则大声吆喝。

"滚开！"

"找死啊！"

拥挤在路上的步兵很不情愿地让开道，嘴里也骂骂咧咧的。

"混蛋！"

"去你妈的！"

刚下过雪，地上满是雪和土夹杂在一起的泥浆，走起来脚下不停地打滑。一辆车翻倒在路旁，几个士兵正在推着，一个军官怒气冲冲地在一边骂道："狗东西，你们这些小娘养的……用力啊，快，快，他妈的欠揍啊……看老子抽你……"他大声叫嚷着，车轮旋起阵阵泥浆，四下飞溅。

我爷爷带着小武子前去了解情况。他们穿过人群向前走去。走到一个路口，这里已经被堵死了。挤成一团的部队互不相让，有人正在大声争吵。我爷爷拦住一个军官模样的人问："你们是哪个部分的？"

"三十八师。"那人咕哝了一句，又向前走去了。

"你们师长呢？"我爷爷大声问道。

"不知道。"

又问了几个人，有的说在前边，有的说在后边。"老兄，你问这干吗？"一个光着脑袋的军官边走边说，"赶紧走吧。"

过了好一会儿，路口上的争吵总算停止了，部队又开始往前移动了。我爷爷看到一个骑马的军官过来了。那军官身上满是灰尘，蓬头垢面。我爷爷上前叫住他："喂兄弟，借问一声，你们是三十八师的吗？"

"是啊。"

"你们张师长呢？"

那人听说问张师长，便说你找我们师长干什么。我爷爷说他们是抗日敢死军，前来参战的。那人便跳下马来，说师长已去军部了，又说自己是师部参谋，姓赵。我爷爷把他带到严济中那里，他早听说过严济中的大名,当即向他举手行礼。严济中忙问现在喜峰口情况如何,你们这是往哪里去?赵某说,他们奉命向通州撤退。"冷口被日军破了,"他说,"迁安也失陷了,我们现在腹背受敌,不得不向后转移。"

"那阵地呢?"严济中问。

赵某摇摇头。

严济中一时无语。这意味着喜峰口已被放弃。"你们也别往前去了,"过了片刻,赵某又说,"严将军,你也和我们一齐走吧。"

严济中叹了一口气,只得令部队转向通州。长城抗战历时两月余,虽然南京政府消极抗战,但前线将士却打得十分英勇。喜峰口和古北口都战况惨烈。尤其是二十九军的表现可圈可点。在喜峰口苦战一月余,坚守不退。多处山头,反复争夺。由于武器落后,只能利用大刀近身肉搏,或用刺刀拼杀,或利用夜战偷袭敌军,重创敌寇。尽管喜峰口一带地势险要,长城蜿蜒,群山巍峨,易守难攻,但怎奈防线过长,关口众多,兵力不敷调遣,加上冷口丢失,致使喜峰口防线无法支撑,被迫撤离。

喜峰口败退后不久,古北口也失守了。严济中和我爷爷在通州见到了宋哲元。宋与严是老相识。他满腹牢骚,抱怨各部不相统属,互不协同,你打你的,我打我的,结果被日军各个击破。对于何应钦的指挥,他也极不满意,认为他调度不力,一盘散沙。严济中和我爷爷与他见面交谈约一个小时,并未谈出头绪。问他下步如何打算,他也没有明确表示,只是说要开往廊坊。严济中有些诧异,难道连通州也要放弃吗?宋哲元不置可否,只说:"这仗没法打了。"看他情绪不高,严济中与我爷爷连他留饭也婉谢了,匆匆离去。

日军攻破长城防线,平津岌岌可危。国民党军全线后撤:中央军退往怀柔、顺义;二十九军宋哲元部退往廊坊;五十九军傅作义部退往长辛店;更不用说东北军和孙殿英部了,跑得比兔子还快。严济中忧心如焚,是留?是撤?难下决心。这天晚上,他又把我爷爷和乔鹏等找去商议。其实,这个问题已经讨论多次,利害得失也一清二楚,只是严济中心有不甘,他说,长城丢了,华北再失,咱们离亡国也不远了。又说,咱们好不容易拉起队伍,一仗未打,一枪未放,就往后跑,这对下边没法交代,士气也会受影响。

"这倒也是,"乔鹏说,"要不咱们就打一仗?"

"华章,你看呢?"严济中征求我爷爷的意见。我爷爷说,他赞成打,但怎么打,需要仔细思量,不能蛮干。严济中点点头,表示赞同。他迟迟下不了决心,也是因为考虑到这点,因为孤军留下,毕竟独木难支。"死不足惧,"他说,"但手下几千兄弟,不能白白送死。"

"说得是啊,"乔鹏道,"那该怎么办?"

"俺倒有个想法。"我爷爷道。

"说说看。"

"眼下国军虽退了,"我爷爷说,"但察北、张北仍有不少抗日组织,如抗日义勇军、救国军等,还有一些不甘投敌的零散部队,如果能和他们联合起来,一来壮大俺们的力量,二来他们熟悉地形,也便于打击敌人。"

"嗯,这个主意不错,"严济中沉吟了一下说,"只是远水难救近火。"

可不是,当时日军步步进逼,要想联络这些分散的抗日队伍,时间根本来不及。几个人讨论了半天,一筹莫展。屋里烟雾缭绕,乔鹏说,这事得尽快决断,不论是留是撤都不能再耽搁了——他说的是实情,日军已步步逼近,必须早做准备。

此时已是夜深人静,讨论了几个小时,大家都有些乏了。严济中说都回去再想想,明天再作决定。如果没有好办法,只有先撤了再说。正说到这里,门呼地一声被推开了,只见曾灏顾不上报告便兴冲冲跑进来。"好消息!好消息!"他扬了扬手中的电报,"冯将军站出来了!"

众人一愣,一时间没明白他的话。曾灏这时已经几步跨到严济中面前,把电报递给他。"刚收到的!"他按捺不住喜悦的心情说。严济中接过电报,一目十行地看起来,我爷爷和乔鹏也都探过头去。原来是冯玉祥在张家口组建同盟军的通电。严济中看完电报，一拍桌子，连声叫好，"这下咱们有去处了！"他高兴地说。又把电报递给我爷爷和乔鹏看。

屋子里沉闷的空气顿时活跃起来。我爷爷说，有冯将军挑头，咱们力量就大了。乔鹏也来了情绪，说这回子咱们不用再担心孤军奋战了。严济中站起来，激动地在屋里转着圈子。"快拿纸笔！"他唤曾灏准备记录，他要口授致冯玉祥的书函。在函中，他们对冯玉祥组建同盟军表示支持，并提出率部投奔。第二天，他的信刚送出，冯玉祥的信倒先到了。信中邀请严济中加入同盟军，共同对敌。

严济中大喜，即令全军拔营，直奔张家口。此时，张家口已经成了华北抗日的中心，冯玉祥举起抗日大旗后，立时一呼百应，从者如云。冯玉祥是西北军的领袖，虽然一九三〇年反蒋失败，西北军瓦解，但他的影响依然很大，威望很高。九一八事变后，他一直主张抗日，并多次发表通电、讲话。长城撤退后，他决定站出来，联合各方力量，组建民众抗日同盟军，坚守察省，与敌"作殊死战"。

五月二十六日，察哈尔抗日同盟军正式成立，公推冯玉祥为总司令。在这之前，严济中和我爷爷赶到张家口，拜谒了冯玉祥。冯玉祥甚喜。严济中曾是他的老部下，彼此相熟，我爷爷过去和他虽不相识，但经严济中介绍，他当即表示欢迎。由于同盟军刚组建，事务繁多，尽管如此，冯玉祥仍然抽出时间来，与严济中和我爷爷进行了交谈。

冯玉祥身高马大，面色威严，在西北军时就以驭下甚严著称。对于部下哪怕是高级将领，动辄训斥，说骂就骂，说罚就罚，如同老子对儿了一般，从而导致一些将领心存怨隙，离心离德。后来，反蒋战争中，一些部下离他而去，固有蒋介石离间收买之原因，也与他这种家长式作风不无关系。不过，反蒋失败后，他也有所反省。见到严济中和我爷爷，他的态度颇为和蔼，谈话进行得十分愉快。

谈起局势，冯玉祥对蒋介石的做法表示极大不满，认为他的这位盟弟（指蒋介石）与汪院长（指汪精卫，时任行政院长）都是一路货，一心只想和日本妥协。"他们搞的这一套，根本行不通。"冯玉祥说。他还说到蒋介石多次派人来劝他回京，就任所谓的监察院长等职，都让他一口回绝。"我对他派来的人说，不光我不能南下，蒋介石及中央要员皆应北上，现寇已深入，并非坐谈抗日之时，只有大家上前线一拼。"说及外界对他的攻击，冯玉祥表示自己心怀坦荡，问心无愧。"他们说我拉队伍，名为抗日，实则是要从宋哲元手中抢地盘，还说我周围都是共产党，你们信吗？"说到这里，他摇了摇头，一脸不屑的神情。

午餐的时间到了，他留严济中与我爷爷共进午餐。冯玉祥一向崇尚简朴，处处节俭，穿着粗布棉袄，吃的同样简单。午餐只有两样素菜，连一丝肉腥都没有，主食只有玉米窝头、小米粥。冯说，现在是非常时期，察省贫瘠，饷需极难，好不容易筹到一点钱要用到抗日上。"只能将就了，"他说，"能填饱肚子就已相当不错了。"说到这里，还笑着拍了拍肚子。

抗日同盟军成立后，发展很快。冯玉祥来张家口带的兵并不多，只有一个手枪团和一个炮兵团，外加汾阳军官学校（由冯创办）全体人员。到达张垣后，宋哲元又拨了一个团给他，是为基本部队。同盟军大旗竖起后，他的许多旧部踊跃前来，有钱的出钱，有力的出力，有人的出人，同时招兵买马，扩大队伍。严济中的敢死军加入同盟军后，也进行了扩充，力量由四千多人扩编成八千余人。当时，从东北、热河退到察省的抗日力量，如东北义勇军、热河救国军，还有蒙古自卫军以及部分土匪也纷纷投奔而来。

此外，方振武在山西组建的抗日救国军也排除万难，赶来宣化，投入冯玉祥的麾下。方振武系北伐名将，曾任第一集团军总指挥、安徽省主席，威望很高。他的到来，使同盟军士气大振。

短短数月间，抗日同盟军已发展到十余万人，对外号称二十万大军。这是一支不可小觑的力量。全国上下热切瞩望，踊跃支持。

据我爷爷说，他在张家口时，见到了不少原西北军的将领，有的过去认识，有的不认识。其中有吉鸿昌、宣侠父等人，我爷爷与他们志趣相投，一见如故。尤其是吉鸿昌给他印象深刻。他和严济中过去在西北军时，一个号称吉大胆，一个绰号猛张飞，两人惺惺相惜，结为生死兄弟。

五月底，塘沽停战协定签订。这是南京政府与日军达成的一项停战协定，规定在长城以南设置一百公里的"缓冲区"，又称"非武装地带"，中国军队全部退出该地区，实际上承认了长城以北地区为日本占有。可是，同盟军成立后，则打乱了蒋汪的计划。

六月初，热河伪满军在日军敌机掩护下，先后进占宝昌、康保，张北告急，张垣震动。抗日同盟军奋起还击，敢死军也投入了战斗。这让何应钦又急又恼。多次派人前往说服冯玉祥，要求他取消同盟军，停止一切抗日军事行动。前来张家口游说的除了黄绍竑、李烈钧等高官名流，北平军分会也不断派人前来分头劝解。

六月下旬，敢死军向康保进发，途中顾参议风尘仆仆地赶来，提出要见严济中。"这事很重要，"他对我爷爷说，"要不他也不会专程赶来。"

我爷爷告诉严济中后，严济中答应见他。哪知一见面，他又重弹那套主和的老调，对严济中和我爷爷说，不要再打了，长城全线溃败，硬打下去毫无出路。又说，中央不是不抗日，而是在等待时机。尤其是停战来之不易，不应破坏，而应珍惜。他还批评同盟军无视协定，继续在"缓冲区"开展军事活动，必将激怒日本人，引来大麻烦。严济中听不下去了，没等他说完就打断他的话。

"简直荒唐！"他说，"这是中国的土地，你们害怕激怒日本人，怎么就不怕激怒几亿中华同胞呢？小日本都打到我们家门口来了，难道还要我们看他们的脸色吗？中国自古就有岳武穆、文信国，过去有，今天还会有。除非中国人死绝了，否则就会和小日本拼到底！"

顾参议脸上现出了尴尬的表情，但很快又恢复自如，用不以为然的口气说："足下高论，勇气可嘉，可逞强又有何用？日本现在很强大，这是事实。几十万国军都败了，就凭你们能行吗？"他还挖苦道，你们的同盟军号称二十万，不过是虚张声势，七拼八凑，充其量也就几万人，成不了气候。

"那又怎样？"严济中正色道，"听你这口气，我们只配当亡国奴喽？"

"哪里，哪里，"顾参议笑道，"严将军误解了，不打不等于就当亡国奴。要相信中央嘛，委员长自有全盘考虑。"

"什么考虑？投降？退让吗？"

"不不不，"顾参议说，"严将军，请冷静。"接着又说了一通眼下继续作战的困难以及停战的必要，同时再次强调停战来之不易，如果破坏则对我们大不利。"在下以为，"他说，"眼下最重要的是服从中央，你们这样胡闹下去，打不赢不说，反倒是添乱。弄不好还得再签一次塘沽协定，这是何必呢？"

严济中一听这话，更是火冒三丈。他一拍桌子说："真是奇了怪了！我们抗日倒成了胡闹、添乱，你们搞的那一套反倒成了大局，成了救国，这是什么混蛋道理？蒋介石丢了东北，又丢了上海，现在热河也丢了，难道你们要把全国都丢掉才算罢休吗？"

顾参议一看严济中恼了，连忙解释，他不是这个意思，但严济中已经不想再听了。我爷爷赶紧上前劝解。"好了，好了，"他说，"今天就谈到这吧。"

第二天，顾参议仍不死心，继续前来劝说，但很快又谈崩了。"屁话少说，"严济中道，"抗日的是朋友，不抗日的请走开，如果阁下还想为何应钦当说客，那就请打住，我严济中打日本是打定了，哪怕是战死，亦不足惜。"说完起身喊了一声送客。

顾参议站了起来。"严将军，你听我说……"他仍不死心，还想做最后的努力。但严济中一声断喝把他堵了回去。

"住嘴！你要再敢说一句，我就治你扰乱军心！"他捏起拳头，怒目圆睁，眼睛中仿佛喷着火。顾参议吓得面如土色，只好起身灰溜溜地走了。

第二天,顾参议离开了康保。临走前,他又到我爷爷住处进行劝说。"严济中这样下去很危险,"他对我爷爷说,"中央不会坐视不管。"

"你们想怎么样?"我爷爷说。

"如果不听劝,那只有动武了。"

"动武?"我爷爷怒道,"你们还是中国人吗?大敌当前,你们不打日本人,反要打自己人,这与汉奸何异?你们要敢动,全国人民都饶不了你们。"

"行了,行了,"顾参议道,"快别说那些没用的了。文贤老弟啊,咱们可是老朋友了,我才对你说真话。听我一句劝,可别一条道走到黑。"

二

北平军分会的阻挠没有起到作用,六月下旬,抗日同盟军收复康保,接着向宝昌、沽源进发。严济中受命率部进攻沽源。沽源城驻守日军三百余人,外加伪军八百多人。就在敢死军向沽源开进时,得知探报,宝昌敌军一千多人正在向沽源增援,于是,严济中急令第一旅哈奎部斜插过去予以截击,同时自己率主力加快向沽源推进,可刚至沽源城下,尚未发起进攻,宝昌的增援之敌已经赶到。

"哈奎呢?"严济中不知发生了什么事情,连忙派人查问。当天晚上,哈奎回到沽源,原来他喝酒误事,延误战机,错过了阻击。严济中大怒:"斩了!"哈奎扑通跪下连声求饶。"拖出去!"严济中毫不通融,一摆手,厉声喝道。

卫兵们上前架起哈奎,向外拖去。哈奎挣扎着,大喊大叫,乞求饶命。就在这时,乔鹏从外边匆匆赶了来。

"等等,"他一边示意卫兵住手,一边快步走到严济中身边,"司令息怒,"他说,"哈奎论罪当斩,但眼下正是用人之际,还望让他戴罪立功。"哈奎是乔鹏的老部下,曾跟随他多年,出生入死,两人私交颇深。

但严济中余怒未消，坚持要杀。乔鹏转而求助于我爷爷为之转圜。"好吧。"我爷爷觉得乔鹏的话有一定道理，便劝说严济中给哈奎一个机会。卫兵把哈奎带了回来，严济中气得大骂，警告他下不为例。"滚！"说着，又狠狠踢了他一脚。

敌人增援到达后，力量加强，这给攻城带来了困难。严济中当时分兵四路，从东西南北四个方向围住沽源。总攻在午夜打响，敢死军连续突破敌人外围阵地。守敌纷纷退向城中。天亮之后，敌人的飞机来了，在空中盘旋轰炸，大炮也开始发挥威力，敢死军伤亡较大，攻势渐缓。此后，敌人开始反攻，双方展开肉搏。几经争夺，互有进退。到了晚上，严济中派出预备队，再次发起猛攻，至天明时重新夺回外围阵地，再次迫使敌人退入城内。可是，天明之后，敌人利用飞机、大炮狂轰滥炸，疯狂反扑，迫使敢死军不得不退却。

如是反复激战。战斗持续两日，难见分晓。虽然，敢死军人数占优，但敌人的飞机、大炮火力凶猛，难以抵挡。这时，传来敌人从多伦派出援兵的消息。严济中把各路将领召至指挥部，紧急磋商，要求在敌人援兵到达之前，务必拿下沽源，否则只能前功尽弃。然而，连续作战，各部伤亡很大，都有些力不从心。

"这么硬拼不是个事啊，"我爷爷说，"照这样打下去，老本都得拼光了。"

"可不是，"乔鹏也附和道，"敌人城墙坚固，居高临下，咱们仰攻不利，牺牲太大。"

严济中当然也明白这一点，只是苦于无计。"那该怎么办？"他说。我爷爷说："凡战不能强攻，便要智取，唯此两途。"

"你有什么好办法吗？"严济中看着我爷爷问。

"这倒没有，"我爷爷说，"俺们的优势在夜晚，敌人的优势在白天。天一亮，敌人的飞机、大炮来了，咱们就没办法了。"

"说得是啊，"严济中叹道，"如果不能扬长避短，发挥咱的长处，这仗真的很难打了。"说着，站起身，背着手来回踱步，神情十分焦虑。

指挥部里一片沉默。众人低头抽着烟，情绪疲惫低落。不知过了多久，乔鹏忽然开口道："我有个想法。"

"什么想法？"严济中驻足看着他。

"这法子也不知可行？"

"快说！"严济中催促道。于是乔鹏便把他的想法说了出来。不等他说完，严济中便眼睛一亮，猛拍大腿道："好，我看可以试试。"

"这事交给我吧。"乔鹏说。

"你？"严济中说，"你要亲自去？"

"是。"

"这太危险了！"

"不入虎穴，焉得虎子。"

次日，严济中下达了停止进攻的命令。部队休整待命。忽然沉寂下来的阵地静悄悄的，笼罩在一片诡异的气氛之中。午夜时分，枪炮声再次大作，敢死军重新发起了进攻。这一次，严济中下达了死命令，要求全力以赴，不惜代价，成败在此一举。在猛烈的攻势面前，敌军再次向城内退去，这时一些早已化装成伪军的敢死队员在乔鹏的带领下乘机隐匿在退却的敌人中混进城中。

第一步计划顺利实现了。

原来，那天乔鹏想出的主意，就是组织一批敢死队员，换上敌兵服装，乘乱混进城中，然后里应外合。"这个主意真是绝了！"我爷爷说，"乔鹏胆识过人，文武双全，是个难得的人才！"果然，敌人退向城中后，立即关闭城门，手忙脚乱地转入防守。就在这时，混入城内的敢死队员们开始四处袭扰，大喊敢死军进城了。他们四处打枪、放火，又趁乱袭击城门守兵，爬上城墙。乔鹏挥着大刀，身先士卒，勇不可当。敌人大乱，四散奔逃。城外敢死军这时全力猛攻。严济中赤裸臂膀，一马当先——人称猛张飞，果然名不虚传——他端着机枪一路向前冲杀。官兵们血脉偾张,士气大振。我爷爷带着一队工兵贴近城下,在城墙上炸开一处缺口,带着队伍首先冲进城内。官兵们杀声阵阵,响彻夜空。不久南、西、北城门先后告破。敢死军扑向城内,经过一个多小时的巷战,敌人力不能支,纷纷向城外溃败。

此后不久,宝昌又被攻克。

同盟军节节胜利。

七月上旬,多伦克服。这是一次重大胜利。多伦是察哈尔省仅次于张家口的第二大城市,系察省商业重镇。日军死守多日,付出惨重代价。这一战极大地鼓舞了全国民众的抗战热情。这一来,日军更为恼怒。日本驻北平使馆武官向何应钦提出严重交涉,声明多伦为"缓冲区",华军不得越界,同盟军此举违反了《塘沽停战协定》,与此同时,调兵遣将,开始反扑。

就在日伪军咄咄相逼时,何应钦也开始动手了。八月初,国民党调动了十六个师的兵力对同盟军实施包围,决计武力解决。

面对日军和中央军两面夹攻,冯玉祥不忍同胞相残,被迫下野,收束军事。临走前,他向国民政府提出同意取消同盟军名义,但希望保全原属同盟军的部队。

然而,这只是他的一厢情愿。

冯玉祥离开张家口不久,同盟军的厄运便降临了。所属各部要么被遣散,要么被改编,拒绝遣散或改编的则遭到取缔和围歼。由汾阳军校改编的部队(冯玉祥基本队伍)打算西去投奔陕北苏区,但途中遭到拦截,损失惨重,后被收编。吉鸿昌和方振武率部东下,行至昌平小汤山,被国民党和日军夹击而覆灭。严济中和我爷爷率领的敢死军虽然摆脱追堵,同样面临险境。此后,他们不得不转战于张北、万全、云州、独石口一带,利用所谓的非武装地区,与敌周旋。其间多次袭击日军。顾参议几次来电,劝说他们放弃军事行动,立即遣散,但严济中和我爷爷拒不理睬。于是,北平军分会对严济中和我爷爷下达了通缉令，并派兵追剿。

此时，敢死军只剩下两千余人，弹药粮草也即将告罄。西北地区人烟稀少，地形开阔，日军的飞机日日跟踪侦察、射击、轰炸，国民党几路军队紧追不舍。加上土地贫瘠，就食困难，部队陷入极端困难，有时几天连一顿饭都吃不上。为了摆脱困境，严济中与我爷爷商量，决定撤向山西。然而，他们并不知道，阎锡山这时已表态晋军服从"中央"，负弩前行，对"叛军"严加讨伐。

九月初，敢死军一路拼杀，抵达怀安县柴沟堡附近，遭到晋军两个团的堵击，而后边国军三十六师紧追不舍。面对绝境，筋疲力尽的部队已生还无望，只能背水一战。就在这时，顾参议赶到了柴沟堡，提出要见严济中和我爷爷。

这一次前来，他带来了新的条件，只要严济中和我爷爷同意接受改编，即可全身而退。为了说服严济中和我爷爷，他唇焦舌敝，反复劝说。"知足吧，"他说，"这个条件已是再好不过了，何长官已是仁至义尽。"他还示好道，敝人已尽了最大的努力，拼下去只能死路一条。

"无耻！"严济中说，"你们这样做对得起国家民族吗？"

"严将军，"顾参议说，"大丈夫能屈能伸嘛，识时务者为俊杰。我劝兄弟先退一步，你就算不为自己着想，也得为手下几千弟兄着想吧。"

当天晚上，严济中召集我爷爷、乔鹏和曾灏等人商量，认为眼下别无出路，如能保全部队，不失为权宜之计。"留得青山在，不怕没柴烧。"他说，看得出内心十分痛苦无奈。会上讨论了部队的善后，决定由乔鹏接任敢死军司令，同时保全部队，以此作为严济中与我爷爷离开部队的条件。

第二天，我爷爷把这一决定告诉了顾参议。顾参议显得有些犹豫，因为乔鹏接替敢死军司令这个条件原先并不在他带来的方案中。"这个，"他说，"我无权决定，得请示一下。"我爷爷转达了严济中的意见，表示如果不接受，敢死军宁可战至最后一人。

当天晚上，回电到了，同意这个要求。后来，我爷爷才知道，当时北平急于解决敢死军问题，以邀好于日本，便爽快地答应了。

三

十月间，严济中和我爷爷回到天津。就在他们到达不久，便传来了乔鹏遇刺的消息。我爷爷从报上看到消息，立即赶到严济中家中。严济中也看到了报纸，但由于报上的消息很简短，详情并不清楚。严济中和我爷爷十分焦急。过了一段时间，曾灏等人回到天津，从他那里才得知了事情的经过。

原来，严济中和我爷爷离开柴沟堡后，乔鹏接任敢死军司令。按北平军分会的命令，部队开到张北后，等待改编。一天夜里，乔鹏查哨回来，遇到不明身份的人袭击，身中数枪，警卫也被乱枪打死。有消息称，此事由CC一手策划。据曾灏说CC收买了第一旅旅长哈奎。部队驻张北时，有人就发现哈奎行为异常，经常下馆子，出入花街柳巷，出手大方，花钱很冲，便向乔鹏报告，并提醒他注意，但乔鹏未予重视。因为哈奎是他的老部下，在康保他还救过他的命，但他却被金钱收买，暗中配合特务将乔鹏杀害。乔鹏死后，敢死军也就地遣散，烟消云散。说到这里，曾灏悲愤异常。

"这帮混蛋！"严济中气得大骂，极为痛心。乔鹏是他最忠实的爱将，为了他可以不顾一切。当年，蒋介石囚禁他，乔鹏奋而起兵；这次组建敢死军，他又坚决响应。离开柴沟堡时，严济中也曾担心过他，要他多加小心，但没想到这么快就遭到毒手。"他的血不能白流了，"严济中对我爷爷说，"我们要揭露真相，让他们的罪行大白于天下！"

我爷爷也表示赞同。他们说干就干，立即召开中外记者招待会，揭露蒋介石、何应钦投降卖国，对同盟军的打压和迫害。他们还组织文章，进行演讲。这些举动引起了国民党政府的不安。他们派员向法租界交涉。有一天，法租界的巡警找上门来，要求他们立即停止在租界上的政治活动，否则将遭到驱逐或引渡。

在这种情况下，严济中和我爷爷被迫停止了公开活动，转入地下。他们重新恢复了义勇会，联络一些进步军官，秘密开展反对蒋介石独裁统治活动。为了掩人耳目，他们常常在利顺德、福禄林等饭店开房间，以打麻将为名，进行开会碰头。

一天晚上，我爷爷在家中接到一个陌生人的电话。"请问是贺将军吗？"电话那头问。"是我，"我爷爷说，"你是谁？"

那边说："贺将军，有人让我捎信给你。"

"谁？"

"洪先生。"

我爷爷一愣，马上反应过来。当年郑先滔脱险时就是化名洪先生。"是云鸿吗？"他问。对方不置可否，只说电话里不便说，请我爷爷移步至巴黎咖啡馆一见。

巴黎咖啡馆离我爷爷的住处不远，我爷爷放下电话，立即赶去了。按照电话里的约定，他找到一位正在看《大公报》的先生。那人老远看见我爷爷进来，便起身相迎。略事寒暄，他们便坐了下来。

我爷爷打量了一下，那人约莫三十来岁，长脸膛，额头较宽，下巴刮得铁青，面目和善，但目光专注有神。他自报家门，说姓楚，名天达。我爷爷问他是哪里人，他说福建长汀，但从他说话中却听不出地方口音。我爷爷说："你官话说得不错啊。"楚天达笑道，他跟叔叔一直在北平生活，从小在那里长大。"难怪呢！"我爷爷说。又讲了几句闲话，楚天达便说明了来意："洪先生托付我，特来拜见将军。"说着，取出一封书信交给他。

我爷爷一看，果然是郑先滔的字迹，不禁激动起来。信的内容都是一些家常话，但信的末尾写明，详情由来人面述。

"郑大哥都好吗？"我爷爷急忙问道。

"好，都很好。"

"他现在哪里？"

"江西。"

这是苏区的代名词。不用问，楚天达也是那边的人了。我爷爷兴奋起来，迫不及待地打听起他的情况。楚天达告诉我爷爷，郑先滔现在苏区担任敌工部长，对外仍使用洪先生的名称。"洪先生对你很关心，"楚天达说，"你的情况他也都清楚。你和严将军组织抗日敢死军，奔赴抗战前线，他深表赞赏。"

这时，侍者送来咖啡。他们一边喝着，一边交谈起来。楚天达谈了一下形势，目前全国抗战热情高涨，但蒋介石一心"剿共"，继续向苏区增兵，同时镇压国民党内部反对声音。对于我爷爷和严济中正在从事的反蒋活动，他称赞说打到了老蒋的痛处，揭露了他们的反动本质，但一定要注意安全。他还提醒我爷爷最近特务在租界活动很频繁。"他们丧心病狂，你们务加小心。"分手时，他留下了联络方式。

楚天达是地下党在天津的联络员。此后，他一直与我爷爷保持联系。他还通过我爷爷帮助苏区购买药品、武器，掩护过境干部等等。

转眼半年过去。一天，义勇会在福禄林饭店开会，商定下一步活动计划。议完正事，便搓起麻将。每次会后照例如此，这也为了掩护，给外界造成假象。那天是曾姨的生日，我爷爷先走一步。他在西湖饭店订了座，为曾姨庆生。下午五六点钟，当他乘坐汽车来到饭店时，曾姨已经先到了，并点好了酒菜。

西湖饭店主打杭帮菜，因曾姨是杭州人，我爷爷特地在这里订了座。由于多次光顾，对这里的菜品也颇为熟悉。那天，曾姨点的菜有西湖醋鱼、东坡肉、龙井虾仁、八宝豆腐等，都是这家店的招牌菜，也是他们平时喜欢的。菜一道道上来，他们边吃边谈，心情很愉快。席间，还谈到接我奶奶来天津的事。自我大伯参加霍川暴动受到通缉后，我爷爷就很担心我奶奶和孩子们，劝了几次让她来天津，她都不肯。现在他又和严济中一起从事反蒋活动，我奶奶留在老家愈加不安全，所以他便派小武子去霍川，交代他无论如何也要把他们接来。如今小武子已经走了半个多月了，一直没有消息，也不知情况如何了。

正说着，一个堂倌过来请我爷爷接电话。"哪来的电话，怎么打到这里来了？"我爷爷有些诧异。他起身去了电话间，拿起话筒，里边传来一个熟悉的急促的声音："贺将军吗？"

"是俺。"

"我是天达。"

"天达？"我爷爷十分意外，因为平时他与我爷爷联络都是事先打到家中，现在怎么突然打到饭店里来了？没等他去问，话筒那边又说："贺将军，刚得到消息，严将军被暗杀了。"

"啥的？"我爷爷大吃一惊。因为几个小时前，他还和严济中在一起，怎么转眼就被暗杀了？"谁干的？"

"先别问了，"楚天达说，"他们下一个目标就是你，请你马上离开饭店，到大丰药店，那里有人接应你。"

"要快，"楚天达又说，"记住，千万别回家。"

说完，便挂断了电话。

我爷爷愣怔了片刻，忽然想起什么，便向家里打电话，可电话里没有任何声音。他放下电话，又拨了两次，仍然如此。"糟了！"他脑子冒出一个念头：电话线被切断了。回到座位，见他脸色很不好，曾姨便问："谁的电话？"我爷爷低声说了一下情况。"那怎么办？"曾姨慌了起来。我爷爷没说话。"得赶紧通知小孔。"他说。

小孔是我爷爷的电报员。刚才接到楚大达的电话后，他马上就给他打电话，想通知他立即转移，同时烧掉文件、密码等，特别是义勇会人员的名单。可电话怎么也打不通。

"要不，我回去一趟。"曾姨说。

"这很危险。"

"没事的，"曾姨说，"我一个妇女家，他们还能拿我怎样？"

"也好。"

我爷爷权衡了一下，又仔细交代曾姨如此这般，随后两人分手而去。我爷爷叫了一辆黄包车，前往大丰药店。这里是地下党的秘密联络点。曾姨则乘坐汽车回到福熙将军路住所，按我爷爷的交代，吩咐小孔砸了电台，烧了密码和所有的文件。之后，她和小孔又一起乘车前往大丰药店碰头。

此时，夜色笼罩，沿街的房子都淹没在黑暗之中，偶尔有一些灯光在闪烁。天上开始飘起小雪。昏暗的路灯下，雪片像飞虫般纷乱飞舞，路上行人已稀。司机打着雨刷，沿着福熙将军路开去。曾姨坐在后座上，小孔则坐在副驾驶的座位上——这是平常我爷爷习惯坐的位置。有人曾提醒我爷爷，长官应坐在后座上，这是一般乘车的规矩，但我爷爷不听，认为坐在前边视野开阔，心里敞亮。

在第一个转弯口，汽车拐了过去。这条路较为僻静，由于夜晚，车辆稀少，行人也不多。车子拐过去后，前边是一个斜坡，司机放缓了速度。就在这时，前边忽然出现一辆汽车挡住了去路。

我爷爷的车是一辆黑色的德式汽车，司机老杨是个胖子，性子有些急。他频频按起喇叭，意在催促，但前边那辆车不知是没听见，还是车子出了故障，没有任何反应。老杨小声咕哝了一句，正想倒车，另择别路，这时又有一辆车从后边开过来了，堵住了他们的退路。

两辆车一前一后把他们夹在中间。老杨并没有意识到危险，他摇下车窗正要看个究竟，这时后边那辆车的车门已经打开，从车上跳下两个人。他们动作麻利，身手快捷。几乎没用半分钟，便蹿到黑色汽车旁，其中一人站在窗外冲着老杨开了一枪——老杨哼了一声，沉重的身躯朝前一扑，便倒在方向盘上，随后鲜血喷溅，染红了前窗玻璃。曾姨一声惊叫，没等她回过神来，车门已被打开。两支枪在夜色中喷吐着火舌，向她和小孔一齐射来……

第二十二章　费伯母　| 1934 年

一

费伊蓉牺牲那一年是二十六岁，她的女儿丫丫才一岁多一点。这让我大伯陷入了极大的悲痛之中。

岭口镇丢失后，我大伯受到严厉处罚。焦书记和夏师长都十分生气。特委保卫部崔部长亲自赶到大牯岭处理此事。他当众宣布将我大伯撤职，并将其看押起来，等待军法审判。官兵们感到不平，纷纷向崔部长反映情况，认为我大伯不仅无罪，反而有功，正是他救了红军医院和兵工厂，还有几百名伤病员。卢庆竹也来找崔部长说明情况。由于我大伯在给特委的报告中揽下了所有责任，卢庆竹并没受到处理。他被任命为代理团长，但他感到这不公平。"如果有罪，"他说，"俺也有一份。这事是俺和廷勇一起商量的，要处理连俺一起处理吧。"

崔部长很恼火，一拍桌子说："你这是什么态度？你想要挟特委吗？既然你承认有问题，那我会向特委报告的。"

其实，这件事的严重性远远超过了我大伯和卢庆竹的预料。在得知手枪团放弃岭口镇的消息后，特委原先的决定是将我大伯枪毙，罪名是临阵脱逃。但史先生坚决反对，认为在事情尚未弄清楚之前就轻率做出决定，是极不负责的做法。在他的坚持之下，焦书记才决定将我大伯暂且撤职、关押，等待审判后再做进一步处理。

我大伯被关押后，一直很委屈，也很不服气。他向特委写了一份长达十页纸的报告，详细说明事情的原委，陈述了自己的理由。其要点是：手枪团已拼到最后，即便拼到最后一人，岭口镇也会失守，与其如此，何必再牺牲红军医院和兵工厂？他当时也是这样想的。他甚至认为，死守岭口镇本身就是错误的。但卢庆竹坚持要他删掉这句，因为这等于是在质疑特委的决定，会带来更大的麻烦。在我大伯向上申诉的同时，卢庆竹和一些干部也联名写了一份报告呈送特委。在这份报告中签名的有红军医院刘院长、兵工厂魏厂长等人，强调如果不是贺团长果断决定，及时救援，不仅岭口镇守不住，红军医院和兵工厂也将惨遭灭顶之灾。

事实也确实如此。那天，我大伯带队赶到大杨岭时，红军医院和兵工厂已被敌人围在一处狭窄的山沟中，担任护卫的一连战士和赤卫队员大多牺牲了，卢庆竹也负了伤。兵工厂的同志和医生护士以及伤病员都拿起武器，拼死做最后的抵抗。眼看就要顶不住了，我大伯带着队伍及时赶到了，一阵猛冲猛打，杀开一条血路。小黑皮按照我大伯的指挥，带领一个排绕到敌人身后，抢占了一处制高点，掩护我军突围。敌人猝不及防，以为红军大部队赶到，仓皇后撤。加上夜色掩护，红军医院和兵工厂才侥幸突了出来。

但是，特委坚持认为，这不是问题的根本。问题的根本是我大伯没有得到允许，便擅自从岭口镇撤兵，这是临阵脱逃，无法饶恕，而且带来了极坏的影响，必须严加惩处。

我大伯这时身负重伤。从大杨岭突围时，他腹部中弹，是警卫员小李等人把他背出来的。在关押期间，由于伤重，起居不便，费伊蓉请求让她来照顾我大伯。崔部长不同意，但他返回特委后，卢庆竹便不管那一套了。"让她去，"他说，"出了事俺负责。"

刘院长也赞同。这样，费伊蓉便担负起照料我大伯的任务。她每天到我大伯关押处，替他换药，照顾起居，喂他吃饭，还读书给他听。

那段时间是他们婚后相处最多的时候。由于常年打游击,他们聚少离多,很少有时间在一起。见面总是短暂的,而离别却成了常态。现在,他们总算有时间待在一起了,这是费伯母多么盼望的,但她却高兴不起来,时常茶饭不思,为我大伯牵肠挂肚。

"别想那么多,"我大伯劝她说,"俺问心无愧,对得起党,对得起同志。"

话是这么说,可费伊蓉放心不下。"俺想去找一下史先生。"

"胡闹!"我大伯说,"你还怕别人抓不到把柄啊?"他的意思很明白,外边早有"北辰帮"的传言,她去找史先生岂不是给他添麻烦吗?

"那你说咋办?"

"要相信组织,"我大伯说,"俺已给特委写过报告。"

"那又怎样?"费伊蓉说,"特委里除了史先生,还有谁帮你说话?你指望老夏吗?他对你早就一肚子意见了。"

"别胡说,"我大伯制止她道,"都是革命同志,你别太狭隘了。"

"俺是为你着急啊!"费伊蓉说,"他们要是真治你的罪,你说该咋办?"

我大伯默然良久,然后叹了一口气:"如果真是那样,俺也只好认了。"

"可俺接受不了,"费伊蓉说,"咱们一心为革命,到头来怎么成了革命的罪人?"她越说越委屈,眼泪竟流了下来。

那段时间,我大伯心里也很郁闷。他实在想不通,仗打到这个地步,越打越糊涂,损失也越来越大。这究竟是怎么了?他百思不得其解。

十一月间,敌人开始围攻东阳关。在攻占岭口镇后,彭兆栋又调集重兵包围东阳关。这一次出动的兵力共有四个团。面对汹汹来敌,特委依然号召:血战到底,誓死保卫东阳关。战斗打得极为惨烈。连续的消耗战使赤卫师损失惨重。仅仅坚守了三天,我军的伤亡已经过半。敌众我寡的局势使很多人开始清醒,包括焦书记和夏师长在内。在特委会议上,他们不得不做出了一个极不情愿而又十分痛苦的决定:突围。

第四天夜里,突围开始了。部队分成两个方向:一是由岳松参谋长率领一个营,向东突击,以吸引敌人,掩护特委;一是由夏师长率领主力,保护特委机关向西突击。这个计划本来是可行的,但敌人太多了。尽管岳松带的人吸引了一部分敌人,但当夏师长掩护特委向西突围时,仍然遭到了敌人重兵拦截,陷入重围。

在反复冲杀下,我军付出了惨重的代价。东路由岳松率领的掩护部队突围出来后,五百多人只剩下三十多人,而夏师长率领的主力,由于要掩护特委机关,还有大量的伤病员,行动不便。在敌人的围攻下,被冲得七零八乱。最后只能各自为战,分头向外冲。许多同志牺牲了,一些伤病员成了俘虏。特委机关也被打散。拂晓时分,夏杰带着警卫连和少数部队冲出来时,身边只剩下一百多人。史先生负了重伤,焦书记也不幸被俘。

二

东阳关失利后,沉痛的教训使特委意识到不能再这样打下去了。他们放弃了原定的坚守计划,通知各部尽快撤进山中,保存实力,与敌开展游击战争。

但这个决定来得似乎晚了一些。惨重的代价已经付出,无法挽回。大批被俘的红军战士惨遭屠杀。其中包括不少伤病员。据说,杀害的过程十分残忍。战俘们被一批批带到东阳关外的小井山,然后用机枪扫射,尸体推下山坡,再用炸药炸倒山坡加以掩埋。解放后,政府在小井山建立了红军烈士纪念碑,从山石的掩埋下挖出骸骨达到一千多具。

焦书记被俘后,英勇就义。他在狱中坚贞不屈,敌人施尽酷刑,想从他嘴里获取党和红军的情报,但一无所获,最后将其吊死,并悬尸示众三日。

焦书记牺牲前留下一封信，由狱友们悄悄带出。这封信是写给特委的。在信中，他反思了东阳关失利的教训和工作中的失误，并请特委转交中央分局和省委。信中写道：

> 同志们，永别了。为革命而死，吾志已遂，无憾矣。此次东阳关失利，教训深刻。敌人兵力充足，而我们却没有做出灵活之应对。许多同志英勇牺牲，给革命造成了巨大损失，我心中万分痛苦。作为特委书记，我负主要责任，承担所有后果。中央决议是正确的，但各地情况不同，应因地制宜，灵活掌握。这是鲜血换来的教训，不能忘记。亡羊补牢，未为晚也。请将此信转Z和S。此次被俘，生还无望。建议由S同志接替我的工作。他忠诚、坚定，具有远见，而且熟悉当地情况，请考虑。中国共产党万岁！焦赞国绝笔

这封信后来一直收藏在霍川红军纪念馆。据党史专家研究考证，信中的Z指中央分局，S指省委，S同志系史传洲，即史先生。"这封信具有代表性。"我去霍川采访时，当地党史办的同志对我说，它表明了当时人们已对"左倾"错误路线有了切肤之痛，虽然认识上尚有局限（如信中说到的"中央决议是正确的"一语。这里的"中央决议"，应为一九三二年一月，由王明主导的《关于革命在一省与数省首先胜利的决议》），但残酷的现实，使大家开始认识到错误路线的危害，必须改变。特别是焦书记在信中建议由史传洲，而不是夏杰接替他的职务，这也从一个侧面说明了他的思想转变。

可是，焦书记的建议并未被采纳。在他牺牲后，接替特委书记一职的并不是史先生，而是夏杰。一种分析认为，夏杰作为赤卫师师长，地位仅次于焦书记，焦书记牺牲后，由他接任特委书记顺理成章；另

一种说法是，东阳关之战，史先生伤势严重，被送往武汉医治，无法履任。此外，还有一种推测，认为当时中央分局的省委领导中"左倾"思想仍占上风，对史先生并不认可。

东阳关之战后，赤卫师和农会武装锐减至一千余人。根据上级的指示，部队进行重组，赤卫师改为游击师，下设三个大队。师级领导仍为赤卫师的老班底，即师长夏杰，政委史传洲（由于史先生去武汉疗伤，政委一职暂由夏杰兼任），参谋长岳松。游击师成立后，进一步明确了游击作战的指导原则，实际上是扭转了过去的错误做法。

这是一个正确的选择，也是形势所迫。进入一九三三年，霍川的敌军一度达到十一个团。他们疯狂"清剿"，大肆搜山，放火烧林，叫嚣"树要过斧，草要过刀，山石要过火，黄土翻三尺"。为了切断红军与百姓之间的联系，他们把"红区"分成若干片，分兵驻守，各地碉堡遍布，关卡林立，并实行移民并村，"五家连坐"（即一家通共，五家同处；一户犯法，十户同罪）。一时间，到处尸横遍野，满目疮痍，很多地方成了白天不见人，晚上不见灯的无人区。

在白色恐怖之下，到处血雨腥风。为了生存下去，霍川游击师不得不化整为零，分头进行活动：师长夏杰带第一大队坚守西乡大牯岭一带；岳松带第二大队在北乡马头山一带打游击；第三大队活动地点位于南乡五龙山一带，由第三大队大队长卢庆竹负责。

一九三三年六月间，费伯母产下一个女婴，小名丫丫。这孩子好像等不及了，在母腹中只待了八个月，便提前来到了这个世界上。那期间，费伯母正在金石台打游击。一天遇到敌人"清剿"，转移途中忽感腹痛如绞，下身血流如注。众人吓坏了，连忙将她抬进一个山洞。就在那个山洞中，小孩子出生了。由于营养不良，加上早产，那孩子生下来又瘦又小，就像一只脱了毛的小鸡雏，最多只有三四斤重，就连哭声也又细又弱。据红军医院刘院长说，这孩子出生时脐带缠住脖子，脸憋得铁青，好长时间喘不过气来，后来经过抢救，才有了呼吸。"她能活下来真是万幸！"刘院长感叹道。

我大伯得知消息已是半个月后了。那时，他正随第三大队在五龙山一带活动。第三大队是由原手枪团为基础建立的。岭口镇失守后，我大伯被撤职关押，后经审判，下放至苦工队。这事是在东阳关失守前便决定了。当时，史先生反对这样的处理，但焦书记执意如此，认为不枪毙已是开恩了。他还对史先生说，我知道他是你的学生，越是这种关系越不能感情用事。他的话中有话，史先生当然听得出来。

从战斗部队下放至苦工队反差很大。苦工队，又称运输队，主要承担运输任务，干的多是重活、累活和脏活，人员多为犯过错误或新参军的新兵，人手除了一根扁担，连武器也没有。接到处分决定后，费伯母比我大伯还要难过。她感到气愤委屈，却无处诉说。相反倒是我大伯安慰她。

"没啥了不起，"他说，"苦工队也是干革命，只要留在部队上就行。"

"你倒心宽，"费伯母说，"可俺受不了。"

"那又怎样？"

费伊蓉眼睛扑闪了一下，眼泪便流下来。我大伯心里一痛，赶紧劝她，说干革命啥苦都得受。我们那么多苦都吃了，这点委屈有啥受不了的？再者说了，多少同志都牺牲了，俺们还活着，还能继续为革命工作，这都是托马克思的福，比比他们还有啥不满足的？这样劝了一会儿，费伊蓉情绪渐渐缓和下来。她感叹道："你说特委咋就不明白，硬要拿鸡蛋碰石头？焦书记还是上边派下来的，去苏联留过学，是不是脑子进水了？"

"别胡说。"我大伯制止她道。

"俺就说！"费伊蓉赌气道，"大不了咱俩都去苦工队。"

我大伯笑道："苦工队可不要女的。"

费伊蓉一听也笑了："那更好，俺哪儿也不去。"

不久，史先生带信来了。他鼓励我大伯要正确对待，坚定革命信仰。

他还让卢庆竹带话说，廷勇做得没错，虽然这是特委的决定，但我保留个人意见。他还说，大家心里都有一杆秤，当时他要在的话也会这样决定。史先生的话让我大伯和费伯母十分激动。"总算有个明白人了，"费伊蓉对我大伯说，"有了史先生这句话，你也值了。"

东阳关之战失利后，焦书记被俘牺牲，实践证明，我大伯当时做的并没有错，可不知为什么，对我大伯的处分仍然没有取消。他伤好后，便去了苦工队。得知费伊蓉生产后，我大伯非常高兴。女儿的降生给他苦闷的生活带来了光明。他让人带信给费伊蓉，给孩子取名肇明。据我大伯说，"肇"字是辈分，明是光明，寓意孩子未来一片光明。

费伯母也觉得这个名字好，不仅吉祥，而且吉利，但是谁能想到，这个吉祥的名字并没有给小肇明带来吉祥。肇明生下后一年多，我大伯那时尚未解脱，仍在苦工队，费伯母又因枫树湾事件而蒙受了不白之冤。

小肇明——我的堂姐，我们家"肇"字辈的第一个孩子，从她一来到这个世界上就仿佛注定了要伴随着苦难，备尝艰辛。

三

关于枫树湾事件说来话长。

彭兆栋进驻霍川后，由于"清剿"有功，受到"剿总"的嘉奖。蒋介石还在南京亲自接见他，与他共进午餐，这让他受宠若惊，更加卖力。在陆军部的允许下，他又收编了一些地方部队，军力进一步扩大。这时，他的胃口更大了，暗中觊觎省长宝座。为了向上邀好，他计划打造"霍川样板区"，扬言不让一个红军在霍川立足。

然而，他牛皮吹破天，实际上无法做到。尽管他挖空心思，采取"驻剿""搜剿"、移民并村、保甲连坐等办法，动用砍头、腰斩、剥皮、活挖心、割五官等各种酷刑，甚至不惜推行惨绝人寰的"三光"政策，试图将红军和革命力量斩尽杀绝,但游击师成立后采取分散游击的战术,飘忽不定,神出鬼没,一会儿东,一会儿西,凭借高山密林与其周旋,让他看得见,摸不着,想追追不上,想打打不着。虽然他的部队人数众多,但让游击师牵着鼻子走,有劲使不出,东奔西跑,疲于奔命,收效甚微。

彭兆栋颇为头痛。他在会上大骂手下愚蠢,全是饭桶。但骂归骂,却解决不了问题。有一天,商会会长卫树森在鸿运楼宴请他,谈及此事,他不禁又犯起愁来。"这帮赤匪,"他说,"真他妈的难缠。"说着,连连摇头。

自从彭兆栋率部进驻霍川后,卫树森便抱上了这个粗腿。三天一小请,五日一大宴。卫家在霍川举足轻重,但两任县长都与他不和,特别是袁幼鸣还公然耍了他。袁幼鸣原任县党部书记,因与县长郝君实素有嫌隙,相互不买账,便拉拢卫树森一起反对郝君实。卫树森早对郝县长一肚子意见。因为他到任以来,实行禁烟,对卫家的鸦片生意进行打压,相反倒对贺家发展实业倾力支持。这让卫树森心中不快,于是与袁幼鸣一拍即合。为了拉拢卫树森一起反郝,袁幼鸣还向他许愿,只要赶走姓郝的,可以推荐他做县长。

卫树森心里乐滋滋的,在扳倒郝君实上确实出了不少力。可是,郝县长一走,袁幼鸣就自食其言,自己捷足先登,取而代之,当上了县长。

这且不说了,最气人的是,他当上县长后,本可以将县党部书记长一职让给卫登辉,这多少也算是对卫家一个补偿吧。可他不仅没有这么做,反倒把与卫登辉一向不对付的侦行科长陈小狗提了上来。这不是存心给他们难堪吗?卫树森顿时气不打一处来。他大骂袁幼鸣狼心狗肺,不是个东西。

为了扭转局面,彭兆栋一来,他便开始巴结他,一来给自己找个靠山,二来也想找机会弄倒袁幼鸣。为此卫家不惜工本,投其所好。彭兆栋爱钱爱女人,这对卫家不是难事,于是很快攀上了这棵大树。

卫登辉也穿上了黄皮,在新八十二军谋个参谋之职,虽说官不大,毕竟不用再看陈小狗的脸色了，而且就连袁幼鸣这个县长也可以不放在眼里了。但他并不满足，手中权力太小。用他的话说："参谋不带长，放屁都不响。"他找过彭兆栋，希望能够带兵，哪知彭兆栋一听就笑了。"带兵？"他说，"这可不是过家家，闹着玩的。"言下之意他根本干不了。

卫登辉有些扫兴，但他仍不死心。为了改变彭兆栋的看法，他开始研究兵书，并在彭兆栋面前处处表现自己，摆出一副知兵的样子。这天席间，听到彭兆栋为"剿匪"之事犯愁，便进言道："军座，这剿匪的事，说难也难，说不难也不难。"

"哦，"彭兆栋一听便随口问道，"此话怎讲？"

卫登辉说："说难，因为他们东躲西藏，你想找他们却找不见；说不难，如果找见了，这难也就不难了。"

"这不是废话吗？"胡宣武插话道。那天晚上，他和军部的几个军官也在座。彭兆栋摆摆手道："你让他说下去。"

卫登辉说："赤匪的长处在于机动，而咱们处处被动，则因为缺少机动。三十六计云，反客为主，即要抢占先机。"

"这倒也是，"彭兆栋说，"你有什么好法子吗？"

卫登辉说："兵书云，抢占先机，首要者便是先发制人，而先发制人就是要变被动为主动。"

"这个谁不知道？"胡宣武说，"你就说怎么变被动为主动吧？"

"这个，"卫登辉说，"难就难在这里。"

胡宣武说："闹了半天，还是废话！"说着，在座的几个军官都笑了起来。大家继续喝酒，也没把这话当回事。

几天后，彭兆栋突然把卫登辉叫去："你不是想带兵吗？"

"是，军座。"

"好，"他说，"我给你一个机会。"

原来，那天席间，卫登辉那番话引起了彭青的注意。当别人都在笑话卫登辉时，他却没有笑。散席后，他便向彭兆栋建议，卫少爷的话并非毫无道理，如今我们的战法的确是太被动，问题就出在我们机动性太差。如果成立一支快速反应部队，以机动对机动，即可改变这种局面。

彭青毕竟是军校毕业，肚子里有点货。他的提议让彭兆栋大感兴趣。于是，一支以机动为主的别动队开始酝酿成立。

该队建制为一个团，下设三个大队，共一千余人，人员由各团精挑细选，全是经验丰富的老兵，而且装备精良，每人配备二十响的短枪和新式冲锋枪各一支。新编八十二军进驻霍川后，收编了一些被打散的桂军。别动队成立时，他们特别注重挑选那些能打善跑的广西兵。这些兵能爬山，惯于山地作战，被称作"广西猴子"。在彭兆栋看来，用他们来对付红军再好不过。

别动队的队长由汪小小担任，副队长由卫登辉出任。汪小小原系桂军六十五旅的一个营长，军伍出身，打过不少仗，从死人堆里爬过。汪小小名为小小，实则长得黑高粗大，一脸的黑麻子，身躯如铁塔，力大过人。他杀人如麻，极为凶残。当地有歌谣云："汪小人不小，杀人如杀草。"

六十五旅被红军打散后，残部被几度收编，最后来到新八十二军，这其中也包括汪小小的那个营。彭兆栋挑选汪小小来当队长，主要看中了两点：一是这家伙能打仗，尤其山地作战经验丰富；二是仇视红军，打起仗来不要命。汪小小的舅舅原系六十五旅旅长褚良田。当初，褚良田被俘后，为了救他出来，汪小小花了不少劲。他答应了赤卫师提出的条件，并亲自把那批物资押送至大牯岭。没想到他舅舅还是被枪决了。这让他感到奇耻大辱，发誓不报此仇，誓不为人。

至于为何安排卫登辉，彭兆栋也有考虑，因为卫登辉是本地人，熟悉地理和人事，加上他过去在县党部，负责三青团，在城乡各地耳目众多。彭青认为，别动队要想发挥机动性，情报是第一位的。这一点，卫登辉正好派上用场，可助汪小小一臂之力。

果然，别动队成立后给游击师带来了不少的麻烦。他们身着便服，出没于山林之中，以机动对机动，以游击战对游击战，常常出其不意，袭击红军营地，捕杀地下党员和农会干部，破坏堡垒户和地下交通线。他们还化装成红军，四处游荡，致使许多村干部和百姓上了当，惨遭屠戮。有一次，卫登辉带着一支别动队来到西桥集。这里位于北乡马头山，是老根据地，群众基础较好，就连保长也是我们的同志。这天夜间，卫登辉带着人进了村，自称是游击师的，保长起先还保持警惕，但交谈中卫登辉满嘴当地土音，还一口一个老乡地叫，显得和蔼可亲。这一来，保长放松了警惕，一边叫人烧饭款待队伍，一边把干部都叫了来，还透露说，村里藏了二十多个伤员，分散在各家之中。

结果，可想而知。这些村干部和伤病员全被捕杀。在霍川采访期间，一个老人还对我讲述了这样一件事：有一次，几个红军战士被敌人追赶逃进了他们村子。该村叫黄泥坝，只有七八户人家。他们把红军藏了起来，躲过了敌人的追捕。但结果意想不到，那些隐藏红军的村民后来全被指认出来，一个没剩，统统拉到村口枪杀了。指认他们的不是别人，正是那些被他们隐藏的所谓红军战士——原来，他们都是别动队员装扮的。

这样的事情屡屡发生，造成了极大的混乱和恐慌，以至于老百姓难辨真假，不知谁是真红军，谁是假红军。有时真红军来了，他们也拒之门外，不敢出手相助。

彭兆栋极为满意，破格晋升汪小小为上校，卫登辉为中校。他还围绕别动队专门设计了一个战术，名曰抛砖引玉。平时，游击师都是分散活动，但有时发现有利战机也会把部队集中起来打伏击。彭兆栋利用这一点，以别动队作诱饵，以小股部队吸引游击师，然后再施加包围。

一九三四年，随着鄂豫皖主力红军先后长征，实施战略转移，霍川的局势进一步恶化。就在这期间，枫树湾事件发生了。

一场始料不及的灾难降临到费伯母的头上。

第二十三章　大　伯　| 1935 年

一

费伊蓉出事的消息，我大伯很晚才知道。起先大家都瞒着他，包括卢庆竹在内。那时，我大伯跟随卢庆竹的第三大队在南乡五龙山一带活动，并不知道大牯岭发生的事。十二月的一天，苦工队前往大牯岭征粮，那里离金石台不远，我大伯便提出，想去看一看伊蓉和丫丫。"好久不见了，俺想去看看。"他对卢庆竹说。

这个要求并不过分，本以为卢庆竹会爽快地答应，没想到他竟拒绝了，这让我大伯颇感意外。

我大伯到苦工队后，卢庆竹并没有慢待他，还一直为他抱屈。他们之间一向亲如兄弟，这是众所周知的。从北辰时睡上下铺，后参加革命，历经各种磨难，这种生死友谊使他们血肉相连，不分彼此。我大伯受罚后，这并没有影响他们之间的关系。卢庆竹不仅一如既往地待他，而且比以往更加敬重他、关心他。他一有空便会来到苦工队，与我大伯聊天或卜棋，有缴获的好烟也总是第一个想到我大伯，时常还会跑来与我大伯商量一些重要的事情。我大伯说，俺现在是戴罪之身，你别老往俺这里跑，影响不好。卢庆竹说，怕啥呢？他们说你有罪就有罪啦？俺常来你这里，就是要人看到你是受冤屈的。我大伯听了便笑，说："你说这话可得注意立场啊。"卢庆竹便说："啥立场？你在俺心中永远是好同志，好兄弟，过去是，现在是，永远是。"一席话说得我大伯心里阵阵发热。

可是，这一次，我大伯提出这么个简单的请求他竟然不同意，这不是见鬼了吗？"咋回事啊？"他问道。卢庆竹低着头，不看我大伯，"还是算了。"他说，手里拿着一根树枝刮着鞋底上的烂泥。前两天刚落过雪，地上十分泥泞。

"为啥呢？"我大伯说。

卢庆竹说："这次任务紧，下次再说吧。"

"紧啥呢？"我大伯不解道，"俺们在这要待三天，也没啥事嘛。"

卢庆竹迟疑着。他看了我大伯一眼，又低下头，继续刮着鞋上的泥。"还是别去了。"他又说，语气吞吞吐吐，像是有话没有说出来。

"你啥意思嘛！"我大伯有些火了。

卢庆竹一边笑着一边支吾道："没啥的，俺是怕万一有任务，再说路上也不安全。"

这明显是搪塞。我大伯更不高兴了。自打丫丫出生后，我大伯只见过她两次。由于分散在两地打游击，见面的机会少之又少。这一次好不容易有了机会哪能不去？"屁的任务！"我大伯道，"你少给俺七屁八磨！"

卢庆竹见我大伯生气了，便站起来，扔掉手中的树枝，跺了跺脚，把脚上的泥巴跺了去。"你急啥嘛，"他说，"机会多着哩。"又把我大伯拉到一边，劝他别激动。"你听俺的没错，这次就算了，下次俺找机会安排你去。"

"你少来！"我大伯脾气上来了，非要去不可。卢庆竹看糊弄不过去，这才告诉我大伯，伊蓉出事了。

我大伯头脑轰地一下，仿佛头顶上打了一声焦雷。

他万万没想到，费伊蓉被关押审查了。

事情竟与枫树湾事件有关。

枫树湾事件发生在一九三四年十一月间。这一天，特委在枫树湾召开会议，遭到别动队的突袭。与会的特委委员共十人，其中四人牺牲，三人被俘，幸免于难的只有夏杰、崔部长和岳松三人，而且夏杰还负了重伤。可谓损失惨重，整个特委几近瘫痪。

这件事发生得极为蹊跷。

枫树湾是大山中的一个小村庄，位于大牯岭腹地。这里山高林密，道路崎岖，平时就连敌人的"清剿"也很少到这里。特委选定在这里开会，也是考虑该地相对安全。但是，谁会想到呢，偏偏就在这个大家认为极为安全的地方发生了意外。

其实，事发之前已有预兆，只是没人在意。据事后有人回忆，那天，村里出了几桩怪事：一是两个上山打猎的人傍晚没有回来。正常的情况下，他们一般都会回来，除非遇到特殊情况，比如下雨，山路湿滑，不易行走，才会在山上的窝棚中过夜。巧的是，偏偏那天下起了大雨，他们没有回来便被视为正常。二是村外的山林中曾经几度有群鸟飞起，一群群的白鹭展开翅膀，在竹林上空盘旋，像是受到了什么惊扰，但这种状况并没有持续太久，很快又归于安静。这种惊鸟现象过去也常有，抑或是由打猎、砍柴及路人引起，也未可知。三是村里的詹六爷患了重病，家里差人去镇上请郎中，可人走了大半天，直到大半夜仍不见郎中的影子，派去请郎中的人也没回来。家里急得直跳脚，都以为是下雨天误了事。

总之，当初这些反常的事情并没有引起人们的注意，直到突袭发生后，人们才发现这一切并非偶然，而是敌人偷袭的前兆——那天，别动队提前便潜入附近山林，布下了包围圈。为了防止暴露，他们对所有进山的人，一经发现，便就地处决，不留一个活口。村里那两个上山打猎的和派去请郎中的人，全都遭了毒手。后来，人们在山上找到了他们的尸体，都是用刀捅死的。至于群鸟惊飞也不难找到答案，显然是敌人潜入山林时引起的。

一切都再明白不过了，这是一起有着明确目标和周密计划的袭击。毫无疑问，敌人事先获得了准确的情报，悄悄撒下了大网。问题是像特委开会这样高度机密的事，外人根本无从知晓，敌人又是怎么获知的？而且情报如此准确，令人匪夷所思。联想到过去别动队偷袭我军时，常常出其不意，有备而来，更让人感到这绝非偶然。"奸细！"夏杰说，"我们内部有奸细！"

他的判断得到了幸存下来的另外两个特委委员——崔部长和岳松的认同。不久，游击师又抓了一个舌头，再次佐证了这一点。这个被抓的舌头是别动队的一个班长，他在审讯中供称，袭击枫树湾时，他们确实得到了情报。出发前，汪小小站在队前训示，问大家想不想发财啊，弟兄们都说想。

"那好，"汪小小说，"小狗日的们，都给我竖起耳朵听好了，抓住夏杰，赏大洋两千！"

队伍里发出一片欢呼。要知道，两千块，比原先悬赏布告上高出了一倍。卫登辉补充说，这多出的一千块是汪队长赏的。"弟兄们，"他说，"白花花的大洋可不烫手啊。都睁大眼睛，别让夏杰跑了！"据这个俘虏交代，他们对特委开会的时间、地点和参加人员等情况了解得十分清楚。至于情报的来源，当然，这个俘虏并不知道，但可以肯定的是，如此准确的情报只能是来自我们内部。

"一定要把他查出来！"夏杰愤然道。在枫树湾突围时，他身上中了三枪，一枪打在腿上，一枪打在胳膊上，还有一枪打在腹部上，连肠子都掉了出来，是警卫员给他重新塞进肚里，又把衣服撕成条替他包扎好，把他背了出来。崔部长和岳松去向他汇报情况时，他挣扎着坐起来，忍着剧烈的伤痛，在养伤处召开了一次临时特别会议，参会的除了他，还有崔部长、岳参谋长三人（特委委员原为十一人，副书记史传洲此时不在霍川，另有七人牺牲或被捕，现只剩下三人，由于不足法定开会人数，故称特别会议）。会上决定在夏杰养伤期间，特委和游击师工作暂由老崔和岳松分别担负,老崔主持特委,岳松主持游击师,当务之急是抽调人手尽快查出奸细。"这事尤为要紧,"夏杰指示说,"这个奸细一天不挖出来,我们的危险就存在一天。"他特别强调,不论何人,不论是谁,都不要放过,要全面彻查,一查到底。他还要求老崔和岳松务必保持高度警惕,防止枫树湾之类的事件再次发生。

会议之后,清查工作便立即开展起来。保卫部的同志全力以赴,又抽调了一些可靠的人手,成立了枫树湾事件清查组,组长由崔部长挂帅。

崔部长名叫崔元午,但不少人背地里都叫他崔元牛,意为午字出头,含有戏谑和挖苦之意。崔部长是河南光山人,参加过黄麻起义和六霍起义,资历较老。原在商城工作,后调特委,任保卫部长。他相貌平常,个头不高,但为人耿直,有一股子牛脾气。他的家族中有十六人参加革命,被国民党杀害的就达十三人。血海深仇铸就了他坚定的信念。他工作认真,原则性强,但工作方法简单,严厉有余,细致不足,加上平时不苟言笑,总是板着一副脸,让人难以接近。他还喜欢训人,很多人不喜欢他,包括人们给他的绰号"崔元牛"也多少反映了这一点。小黑皮私底下还编了一个顺口溜:"元牛不是牛,脾气大似牛。板起大长脸,训人赛过牛。"顺带说一句,崔部长长着一张大长脸,这也是他较明显的特点。总之,崔部长在工作方法上存在不少问题,史先生曾批评过他,要他加以改正,和大家打成一片。他嘴上表示接受,但就是改不了。一个人的脾气一旦形成,要改也难,崔部长亦是如此。

清查组成立后,崔部长便夜以继日地工作起来。他和岳松一起研究了方案,还召集人家开会,共同讨论,最后决定从有可能接触到情报来源的人入手,把这些人列出名单,一一进行排查。最后范围逐步缩小,目标瞄准了十几个人。这十几个人中就有费伊蓉,而且她的嫌疑最大。

这个结果让人大感意外,尤其是费伯母连想都没有想到,但清查组这样做也有充分的理由。首先,费伊蓉有获得情报的可能。枫树湾事件发生时，特委当时正在金石台一带活动，而费伯母也在那里。

金石台位于大牯岭山区，是霍川最高峰，海拔一千四百多米，悬崖陡峭，奇峰险峻，密林茂盛，山洞遍布，易于隐藏和打游击。敌人的"围剿"日益加剧后，一些农会干部、红军家属、伤病员、老弱妇女等都退守到这里。为了统一指挥，特委决定成立了金石台中队，下设一个手枪队，一个女兵队。手枪队队长是小黑皮，费伊蓉系女兵队指导员。费伊蓉原是红军医院指导员，红军医院被打散后，很多同志牺牲了，剩下的一些女同志便编入女兵队，包括费伊蓉。她们的任务主要是负责收容、护理伤病员和缝制鞋帽等工作，当然在必要时也会参加战斗。

那段时间，金石台中队一直跟随特委活动。费伯母作为女兵队指导员，当然不排除有接触情报来源的可能。清查开始时，她和那些列入名单的人都分别被找去谈话，进行询问。这其中也包括手枪队队长小黑皮。

开始时大家也没太当回事，原以为不过是例行公事。小黑皮回来后还对费伊蓉调侃道："他们瞎了眼，怀疑起俺们来了。"还说牛眼看人大，鹅眼看人小，这崔元牛咋倒长了一双鹅眼？费伯母听了便笑，但也劝他说，你少说风凉话，崔部长听了又要不高兴你。小黑皮撇了一下嘴说，俺管他高兴不高兴，俺才不怕哩。

然而，随着清查的深入，情况开始严重起来。清查组在第一轮排查后，把重点集中到那些曾经被捕过的人身上，并把这些人列为重点清查对象。这一来，费伊蓉和小黑皮都被划了进去。因为他们在霍川暴动前都曾被捕过。

当他们被再次叫去询问时，小黑皮不耐烦了。

"啥问题？"他说，"俺有啥问题？被捕咋了？俺被捕是为了掩护特派员，受了重伤，你们去问问夏师长，这咋还有罪了？"

崔部长说，你别打岔，我们问的不是你怎么被抓，而是你被抓后的情况及在狱中的表现。小黑皮说，俺在牢里的表现咋了？大家都清楚。

他们把俺打得半死,俺连眉头都没皱一皱。崔部长让他不要避重就轻,如实交代问题,而且尽可能详细,每一件事,每一个细节都要说清楚。小黑皮听了,肚里的火直往上蹿。"还要咋细啊?"他说,"难道拉屎撒尿也要说?"

崔部长拍起桌子。

"詹少成,"他喝道,"你想干吗?"

小黑皮一梗脖子道:"俺没想干吗。"

"那就老实说。"

"说啥?"小黑皮气得满脸通红,态度越发抵触,"你让俺说,可俺说的你信吗?不信你们去查嘛。查到俺有罪,该杀该剐全由你们。"

崔部长认为小黑皮极不老实,分明是抗拒清查,当即下令将小黑皮撤职看管。小黑皮被关押后,费伊蓉跑去看他,劝他不要耍态度,这样不好,还说配合清查也是应该的,他们也是为了工作嘛。她还专门去找过崔部长,帮小黑皮解释,说她相信小黑皮,他绝不可能是奸细。

可是,让她没有料到的是,接下来保卫部也把她找去了,而且更要命的是,她的问题比小黑皮更加严重。

事实上,费伊蓉从没担心过自己,也没必要担心,因为她是清白的,确实也没有什么好担心的。保卫部几次找她谈话,她都心平气和,主动配合,如实说明情况,而保卫部一开始也确实没有找到什么可疑之处,除了她曾被捕之外。那段时间,费伊蓉一切如常,继续领导女兵队,工作也没受到影响。

可是,有一天晚上,她又被保卫部找去了。

这一回,情况不同了。

二

找她谈话的是崔部长,而且态度也不同以往。虽然崔部长一向严肃,但每次看到费伊蓉倒还客气,总是要点点头,或打个招呼。但那天他看到她就像没看见似的,什么反应都没有,口气也变得异乎寻常的严厉。这让费伊蓉颇感奇怪。

"费伊蓉,你要老实交代,"谈话一开始,崔部长便这样说,"你还有什么隐瞒组织的吗?"他的脸拉得老长,眼神也显得特别古怪。

"没啊。"费伊蓉回答。

"真没有?"

"没有。"费伊蓉摇起头,肯定地表示。确实,她也没隐瞒什么,但崔部长的目光告诉她,事情并不那么简单。

"你再好好想想。"

费伊蓉蹙起眉头,认真想了想,又一次摇起头。崔部长这下不客气了。"哼,我看你年纪不大,倒挺健忘啊!"他的鼻腔里喷出一股冷气,像马打响鼻似的发出一声刺耳的声音,那模样好像在说:别和我耍花招,你瞒不过我们。

费伊蓉更加困惑了。这到底是咋了?她咬了咬嘴唇,用不解的目光看着崔部长,这时崔部长又开口道:"费伊蓉,我看你平时还老实,怎么也这么顽固?你干过什么,难道不清楚吗?"

崔部长这样一说,费伊蓉越发糊涂了。她一头雾水,满脸涨得通红。"你在说啥呢?"她说,"俺不明白。"她轻声咕哝着,一副茫然无措的样子。

啪的一声,崔部长一拍桌子,本来就黑的脸变得更黑了。

"别再演戏了!"他说,"你这个贪生怕死的软骨头!难道非要我戳穿你吗?我问你,悔过书是怎么回事?"

一说悔过书,费伊蓉仿佛被针扎了一下,顿时全明白了。原来是为这件事——这是她极不愿提起的,但她并不担心。因为这都是卫登辉强逼的,她并没有做错什么。但她刚想解释,便被崔部长打断了。

"先别废话,你就说有没有吧?"

"有是有……"

"你总算承认了。"

"俺从没否认。"

"那你为什么不交代？"

这一问，便把费伊蓉问住了。说句良心话，费伊蓉起先没有交代这件事，不是要想刻意隐瞒，而是另有原因。最重要的是，在她看来，这根本不算什么事，因为事实清楚，很容易说明白。

可是，她错了。

事实上，她已经讲不清楚了。

听说费伊蓉被关押了，我大伯顿时怒了。"这不是胡扯淡吗？"他说，"奸细？她怎么会是奸细，简直是乱弹琴！"他再也坐不住了，立马就要去金石台，卢庆竹想拦也拦不住了。由于担心我大伯控制不住情绪，他安顿好部队，也相跟着一起去了。

金石台位于大山之中，他们不歇气地赶了三个多时辰的路。到达部队驻地时，已是晚上十一点多钟了。我大伯问清了费伊蓉关押地点，直奔而去。但守卫的士兵却把他拦住了，说是除非有崔部长的命令，否则他不能见她。我大伯听了这话，掉头便去找崔部长。

说实在话，我大伯对崔部长早已一肚子意见。当初处理他时，他就表现相当武断，态度也不好，现在又把费伯母拘了，你想我大伯能有好气吗？他一见崔部长就大吵起来。崔部长当时已经睡下了，我大伯非把他拉起来。卢庆竹就担心出事，寸步不离，一直紧跟着，这时连忙上前劝阻，却也劝不住。崔部长气极了："这还了得？无组织无纪律，把他捆起来！"

争吵声惊动了周围的人，有人围了过来。岳松和黄静雯就住在隔壁窝棚里，听到声响也连忙出来，劝住了崔部长，又让卢庆竹赶紧把我大伯拉走。崔部长气得满脸通红。"这个贺廷勇，"他说，"自己一屁股屎，还不老实。"发了一通火，又叫人找来卢庆竹，说要严肃处理这事。

岳松和黄静雯便都劝道，他是担心伊蓉，可以理解，并不是冲着你来的。劝了一会儿，崔部长渐渐平静下来，不再说话。这表示他不再追究这事了。于是，岳松便对卢庆竹说："好了，回去好好批评，下不为例。"

"是。"卢庆竹应承道，站着不动。

"怎么还不走？"岳松说。

卢庆竹仍不动。

"快走啊！"岳松催促道。

卢庆竹说："他想见一面。"

"见谁？"

"见伊蓉。"

"不可能！"没等岳松说话，崔部长便愤愤地答道。

"那可咋办？"卢庆竹说，他们大老远地来一趟也不容易，不见一面说不过去，"廷勇的脾气你们也知道，这话不好说啊。"哪知崔部长是有名的牛脾气，吃软不吃硬，一听这话更来气了。"不行就是不行！"他说，"这没什么好说的！"说完一转身进了窝棚——这意味着谈话已经结束了。

这下事情僵住了。卢庆竹站在那里，发了一会儿愣，只好把目光转向岳松，请求他帮忙。自从黄静雯嫁给岳松后，卢庆竹心里一直不自在，很少和岳松说话，但眼下他也只好求助他了。"参谋长，你去说说吧。"

岳松不说话，低头抽着烟。这时黄静雯推了推他，他才扔掉烟头，低头钻进了崔部长的窝棚。

三

费伊蓉见到我大伯，哇的一声哭起来。她憋屈极了。自从被审查后，她一直强忍着泪水，现在见到我大伯便再也忍不住了。

霍川暴动后，她被营救出狱。关于悔过书的事，她一出狱就对我大伯说了，还把卫登辉如何逼她，她如何反抗的经过都说了，丝毫没有隐瞒。她还大骂卫登辉，说他癞蛤蟆想吃天鹅肉，这是痴心妄想。我大伯心里挺担心，转弯抹角地问她卫登辉有没有对她咋样。"他敢！"费伊蓉说。不过，对于卫登辉曾对她动手动脚一节，却忽略没提，怕我大伯不高兴。

确实，我大伯对这事有些忌讳。卫登辉追求费伯母之事，他从不愿提及，甚至认为这是对费伯母对他感情的玷污。不过，对于悔过书的事，他们并没隐瞒。费伊蓉出狱第二天，他便陪着费伊蓉一起去找了史先生，当面向他进行了汇报。史先生听完便笑了："我相信，这事他能干出来。"他指的是卫登辉，"这家伙歪脑筋可不少。"他了解费伊蓉，也了解卫登辉，他们都是他的学生，因此对这事一笑了之。费伊蓉和小黑皮被捕后，史先生曾设法进行过营救。他还派人找过费经三，请他出面运动袁幼鸣。对于费伊蓉和小黑皮在狱中的表现，他也很清楚，认为他们不畏敌人的威逼利诱，表现得十分英勇。"你们做得很好，"他对费伊蓉说，"共产党员就应该这样，在任何时候都不能向敌人屈服。"他还说斗争是复杂的，敌人会采取各种花招对付我们，但只要我们对党忠诚，他们的阴谋终究不能得逞。

"伊蓉啊，"他最后还用开玩笑的口吻说，"你的魅力可不小啊。早在学校时，卫登辉就想打你的主意，我看他是吃错了药。"说着哈哈大笑。

应该说，这件事没有任何问题，起码在我大伯和费伊蓉看来是如此。但问题恰恰出在这里。

"你为什么早不交代？"崔部长的话似乎说明了一切。是的，如果费伊蓉主动说明此事，或许会好一点。可她偏偏没有说。至于原因也说不清楚。不过，她不想说，也不愿说，这倒是事实。因为一提及这事，就免不了说到过去的事，说到卫登辉对她的追求，这让她感到恶心。再者说了，这事说起来也比较麻烦。事实上，她认为这事已向史先生汇报了，就等于向组织上汇报了，这就足够了。

然而，她没有想到，这本来不会成为问题的偏偏成了问题。用崔部长的话说，她刻意隐瞒这件事，拒不交代，说明她心中有鬼。这种推测不能说毫无道理，起码在保卫部的人看来符合逻辑推理。事实上，这个假定一旦形成，单凭费伊蓉个人的解释已无力回天，除非有人证明。但唯一能够证明这事的只有史先生和我大伯。史先生当时去了武汉，不在霍川，而我大伯又系直系亲属，他的话无法令人信服。

随着审问的进行，疑点越来越多。在崔部长看来，费伊蓉有许多问题无法自圆其说。比如，关于悔过书的事，她说向史政委汇报过，为何夏师长不知道？而夏师长当时不仅是师长，还是县委书记和苏维埃主席。再比如，詹少成被捕后，遭受酷刑，而费伊蓉却毫发无损，不仅如此，她还受到特别的优待，为何敌人偏偏对她仁慈？这些都说明了什么？

对于这些疑点，费伊蓉也做了解释。她说，霍川暴动后，夏师长一度前往红四军配合作战，当时并不在霍川，因此她向史先生而没有向夏师长汇报完全正常，至于史先生事后有没有和夏师长说，她并不清楚。对于被俘后为何没有遭受酷刑，这个问题说起来有些麻烦，因为她不得不从她与卫登辉的关系说起。她不愿说，又不得不说，问题是说了之后崔部长并不理解，反倒是越说越复杂。

"你是说，他想保护你？"

"不是保护，"费伊蓉解释说，"他是另有企图。"

"什么企图？"

"这是他一厢情愿。"

"你和他究竟是什么关系？"

"没有关系。"

"没有关系，那他为什么要保护你？"

"俺刚才说了，俺们过去是同学。"

"既是同学，为什么你要说没关系？"

"俺没说没关系，俺是说没有那种关系。"

"哪种关系？"

这话越说越乱，越说越说不清楚。在崔部长的逼问下，费伊蓉简直要抓狂了。她不知如何才能解释清楚。崔部长是工农干部出身，对于知识分子那种复杂的关系很难理解。"什么乱七八糟的！"他说。在他看来，敌就是敌，友就是友，黑白分明，哪有那么些啰唆事？实际上，费伊蓉越解释，他心中的疑惑越大。原先他并不清楚费伊蓉与卫登辉的关系，对她的怀疑仅限于她曾被捕过，并写过悔过书。但现在不同了。卫登辉作为别动队副队长，是游击师的死敌，偷袭枫树湾的罪魁之一，而费伊蓉竟然与他有着说不清道不明的关系，这些难道还是小问题吗？他越想越感到事情严重。经过几次审问后，费伊蓉的嫌疑直线上升，甚至成了最主要的嫌疑对象。

费伊蓉哭得像个泪人似的，向我大伯诉说这一切。"这可咋办？这可咋办啊？"她连声说道。我大伯也心如刀绞。他搂住费伊蓉，抚摸着她的头发，轻声安慰她。

在他们谈话时，派来监督他们的保卫部干部一直坐在边上。一个时辰前，岳松好不容易说服崔部长允许我大伯探视，但条件是必须有保卫部干部在场。这位负责监督的保卫部干部曾负伤住过红军医院，受到过费伊蓉的护理，一直对她很同情。见到这个场景，便转过身去。

费伊蓉这时哭得更伤心了，她扑到我大伯怀里泪如雨下。"俺说不清楚了，"她说，"无论俺怎么说，他们都不相信。这真是太冤了，俺跳进黄河也洗不清了！"

她越说越伤心，越说越难过，把满肚子的憋屈、窝囊、气愤、伤心和痛苦都向我大伯倒了出来。她还说到崔部长竟然怀疑起她与卫登辉的关系，还问她悔过书的事为什么只有他们三个人知道，别人都不知道。俺说这种事又不是什么好事，谁会满世界去说呢？可他们非说俺不老实,是狡辩。费伊蓉感到非常无助,那感觉就像一头老牛掉进水井中,无论怎么挣扎也挣扎不出来。我大伯也感到无奈,只好连声安慰她。"别难过了,"他说,"大不了受点委屈吧。真的假不了,假的也真不了。你说的都是事实,咱们堂堂正正,清清白白,怕个啥?只要找到史先生,一切都会真相大白。"

经过一番劝解,费伊蓉渐渐好受了一些。天亮时分,黄静雯送孩子过来喂奶了。费伊蓉被关押后,她便主动担负起照顾丫丫的任务,似乎责无旁贷。因为她与费伊蓉关系非同一般,由她带养最合适不过,费伊蓉也放心。"到底是好同学,"费伊蓉很感动,"患难见真情,俺们没有白好一场。"她对黄静雯说。黄静雯说这是应该的。"快别说这话了,"她说,"你的事就是俺的事,你的孩子也是俺的孩子,你说俺能不管吗?"一席话说得费伊蓉心里直发热。

我大伯很久没见丫丫了,上次见到还是三个月前。由于长期营养不良,奶水不足,孩子又瘦又小,面色蜡黄,抱在手里轻飘飘的,仿佛没有什么重量。我大伯觉得,甚至几个月过去了,孩子都没怎么长,这让他好不心疼。

哇的一声,孩子哭了起来。费伊蓉急忙解开衣扣,奶起孩子。孩子的小嘴急切地在母亲怀里拱着,拼命吸吮。她的小脸挣得通红,使出了全身的力气。但是,很快她就失望了,哇的一声又哭了起来。费伯母的奶水太少了——出事后由于心情焦虑,本来就少的奶水更是急剧下降。刚被关押的那几天情况更糟,奶水一度被憋了回去,竟连一滴奶也没有了。后来,还是黄静雯去找了刘院长,挖了一些草药给她调理才稍有改善。刘院长让黄静雯转告费伊蓉,一定要放松身心,避免情绪不好,这样才能增加母乳。可是,在这种关押审查的情况下,要想保持好心情简直不切实际。

费伯母哄着孩子,又把孩子的嘴塞到胸前,可孩子吸吮了几下,便扭开脸,哭得更厉害了。黄静雯见状,便取出煮好的米汤水(裹在毛巾里）递给费伊蓉。孩子的哭声慢慢止住了。费伊蓉一边喂，一边流泪。黄静雯劝道："伊蓉，别这样，为了孩子，你得忍忍，忍忍啊。"我大伯看不下去了，连忙扭过头去。

　　喂完了米汤，孩子安静下来，睡熟了。费伊蓉把孩子递给我大伯，让他抱着。"这孩子真可怜。"我大伯说着，爱怜地把脸贴上去，久久不愿离开。在这一刻，他那颗久经战阵的粗粝的心仿佛被融化了，充满了柔情，又充满了忧伤。

　　费伯母看着他们，眼泪又流了下来。"廷勇啊，"她说，"俺要有个三长两短，丫丫就交给你了。你一定要把她带大，抚养成人啊！"

　　"说啥呢？"我大伯恼道，抬起头来，瞪大眼睛看着她，"丫丫是咱们俩的骨肉，你要答应俺，咱们要一起把她带大。"

　　费伊蓉叹了一口气。

　　"唉，"她说，"就怕俺等不到那一天了。"说着，又是泪如雨下。

第二十四章　费伯母　｜ 1935 年

一

枫树湾事件发生后，一连两个多月，敌人都没有发动有针对性的"围剿"，这给特委和赤卫师产生了错觉，认为他们的清查工作取得了效果。虽然奸细仍未查出，但他的活动起码受到了扼制或震慑。在特委会议上，崔部长甚至有一个推断，这个奸细有可能就在他们关押的审查对象中，以至于他们无法再向敌人输送情报，使敌人难以发起有效的行动。对于这一推断，夏师长没有否定，也没有肯定。在听取了崔部长关于审查工作的汇报后，他指示说查找奸细要进一步抓紧，同时要扩大调查面，不放过其他疑点。他还提出了公开审查与秘密侦察相结合的办法。"我们既要看到明处，也要看到暗处，"他说，"敌人十分狡猾，我们不能简单地下结论，更不能大意轻敌。"

据我大伯后来回忆说，夏师长的话实际上表明他并不完全赞同崔部长的推断，尽管没有直接表达出来。在他看来，事情可能没有那么简单。事实证明，他的想法是正确的。

清查工作持续进行着。虽然崔部长加大了清查力度，但收效并不明显。那些被看管的人纷纷叫冤，声称自己无罪。小黑皮甚至大骂，认为崔部长是有意整他。理由是他对他不恭敬，编了他的顺口溜，所以给他小鞋穿。崔部长很恼火，问他崔元牛的外号是否也是他起的，小黑皮坚决否认。"这可不是，"他说，"俺只编过顺口溜。"

"那是谁起的？"

"这俺咋知道？"

"你不老实！"崔部长喝道。

小黑皮叫道："俺没起（外号）就没起，你不能逼俺承认。"

"好，好，我看你嘴硬！"崔部长说，"饿他三顿，只要他不老实，就不给他吃饭。"

但说归说，实际上并没有这样做。崔部长的原则性很强，尽管查案压力很大，他的内心十分焦灼，但还比较注意分寸，始终没有采取过激的手段。保卫部的有些同志在审讯中有打骂行为，他还加以制止。

费伯母的问题一直没有搞清，这让她备受煎熬。她本来寄希望找到史先生，但派去武汉的同志带回了令人沮丧的消息，由于地下联络站遭破坏，史先生失去了联系，下落不明。"这可咋办？"费伊蓉听到这个消息，急得猫抓心似的。她为史先生担心，也为自己担心。因为如果找不到史先生，她真不知道怎样才能洗清自己。有一次，卢庆竹来看她，她向他诉说了自己的担忧。卢庆竹劝她，别想那么多，车到山前必有路，活人还能让尿憋死？凡事总会有办法。"可这么拖下去，啥时是个头啊？"费伊蓉焦虑地说，"大家都在忙活，可俺却在这里，动弹不得，反成了拖累。这么活着还有啥意思？"

"你千万别这么想，"卢庆竹安慰她道，"俺刚才还见到了崔部长，他说他们还会再派人去武汉，一定会找到史先生。"当然，最后一句话是他自己加上去的，因为他自己也不清楚能不能找到史先生。不过，对于费伊蓉来说，这多少也是一个安慰。

然而，就在这时，又发生了一件事，使费伯母的案情雪上加霜。

事情与她的父亲有关。费伊蓉参加红军后，费经三受到牵连被捕入狱，这事发生在一九三四年三月。其实，早有人劝过他，离开霍川，但费经三并未当回事。他想凭自己的名望和影响，谁敢动他？起先也确是如此。许多红军家属被抓，但他安然无恙。因为他在县里，包括省里都有一些老关系，原县长郝君实和继任县长袁幼鸣都顾及他的面子，始终网开一面。等到彭兆栋进入霍川后，情况发生了变化。有一天，费经三被请去驻军司令部。这一去就再没回来。费家得知后，连忙派人打探，方知被下了大狱，罪名是通匪。

这事当然是卫登辉使的坏。自从费伊蓉拒绝他后，他便一心想报复，可袁幼鸣当政时并不听他的。等到彭兆栋来了，他才有了机会。袁幼鸣虽然是县长，但在堂堂的国军军长面前根本不值一提。

费经三被抓后，这事也惊动了我奶奶和小叔爷。早在霍川暴动后，我大伯便上了通缉名单，国民党还来我家搜过几次。随着"围剿"的加剧，卫登辉曾几次鼓动对我家动手，但都未能得逞。原因是多方面的：一是卫家的老爷子卫孝衡当时还没死，按住不准动。二是当局对我爷爷尚有顾忌，认为贺文贤虽然下野，但在军方尚有根基，说不定哪天东山再起，也未可知，轻易招惹不得。因此，我们家和我奶奶并未因为我大伯的事受到牵连。我爷爷逃到天津后，曾几次来信劝我奶奶离开霍川，我奶奶都没接受。但是，费经三被抓后，我奶奶和小叔爷警觉起来。

就在这时，小武爷赶到霍川。他是奉我爷爷命前来接我奶奶去天津的。据小武爷后来回忆，我爷爷被通缉后，特别是敢死军失败后逃到天津，因为反抗政府，已引起当局恼恨，如果我奶奶继续留在霍川难保无虞。起先我奶奶一直不愿意走，但我爷爷极力说服她，并派小武爷前去接她。恰在这时，费经三被抓了，我奶奶不再迟疑，在我小叔爷和小武爷的护送下匆匆赶往天津。

"这事好险的，"我奶奶后来也说，"俺们前脚刚走，后脚国民党就来抓人了，得亏俺们走得及时，晚一步就来不及了。"

应该说，我奶奶是幸运的，但费经三却没这么走运。他年初被抓后，在牢里一关就是九个月，直到十一月底才被放了出来。

为了这事，费家可没少费劲，不知找了多少门路，家里房子也卖了，四处打点，终于把人捞出来了。可是，他放出来的时间不早不晚恰好在枫树湾事件之后没多久，这就难免引起了猜疑。保卫部在审查时发现，在费经三入狱期间，费经三夫妇曾多次托人带信给费伊蓉，要她脱离红军，救救父亲，不要再执迷不悟，连累家人。卫登辉也写过信，对她威逼利诱，声称只要她脱离红军，便立即释放她父亲，并保证她全家安全，否则那就等着给她爹收尸吧——如果把这些事联系起来看，不排除费伊蓉为了救父而背叛红军，充当奸细的可能。

"天啊！"费伊蓉感到不可思议，"这怎么可能？亏你们想得出！"她睁大眼睛看着崔部长，心里又气又难过。其实，她爹是如何放出来的，她并不清楚，但她无力反驳，也找不到有说服力的解释。至于要说服崔部长和保卫部更是难上加难。

"难道你不想救你爹？"

"想。"

"那你做了什么？"

"俺啥也没做。"

"那你爹是怎么出来的？"

"这俺咋知道。"

"你不老实。"

"咋不老实了？"

"我问你，卫登辉给你写过信吗？"

"写过。"

"那你为什么没有交代？"

"你们又没问。"

"没问就不说吗？你少要滑头！"

……

费伊蓉简直要崩溃了。他们一个又一个问题使她无所适从，而她的每一个回答，似乎都能被他们找到破绽，而成为新的疑点，以至于她都不知道如何回答才好。面对无休止的询问,她欲哭无泪,身心俱疲,如同陷入一片深深的沼泽,越陷越深,无法自拔。

二

一九三五年元旦过后,霍川下了一场雪。这场雪来得及,下得也大。雪花如飞絮,漫天飞舞,很快皑皑白雪便覆盖了山川原野,放眼望去白茫茫的一片。不过,这场雪来得及,走得也快。几天后,雪便停了,天也放晴了,积雪渐渐融化,春节来临前夕,道路已经可以通行了,路上的车辆和行人也多了起来。就在这当口,苦工队接到任务去李家圩运粮。这批粮是手枪团攻下李家圩,从民团手中缴获的。卢庆竹令人将一部分粮食送往金石台。他把这事交给了我大伯。"廷勇,你去吧。"他说。

我大伯当然明白他的好意,他是想让我大伯借机去探望费伯母。他知道我大伯牵挂她母子,我大伯当然很高兴。这批粮食一共三百多斤,苦工队派了五个人,每人只挑六十斤,这样便于走山路,一旦遇敌则可迅速摆脱。手枪团派了两名战士负责警卫。为了安全起见,七个人昼伏夜行,穿行于山间,两天之后来到了金石台附近的白马坡,一路上基本顺利,没遇到什么麻烦。当时,特委和师部的驻地就在黄龙洞,离这里只需半夜路程。眼看任务即将完成,大家都松了一口气。

白天在漫长的等待中过去了。这个时间特别难熬。为了防止被敌人发现,他们不得不卧伏山间密林中,一动不动,浑身都冻僵了。到了晚上出发时,大家手脚都动弹不得,只能靠互相捶打,使血液流通起来,慢慢缓解。好在大家都已习惯了,咬咬牙也就过去了。

夜色终于降临了。他们活动开手脚,开始出发。担任警卫的两个战士中,有一个是大脚丫,大号李兴忠,原是一连的战士。此人贫苦出身,原是放羊娃。他的脚大,善走,因而有了大脚丫的绰号。大脚丫除了善走,还有一个本领是认路,方向感特别强,哪怕是深山老林也从不迷路。全国解放后，他成为我军第一代测绘专家。我大伯夸他是天赋使然，倒也并非虚言。这次运粮，由于多是夜间行走，容易迷路，卢庆竹特地派他前来。

两个小时后，他们进入了金石台。大脚丫带着众人走一条近路，直插黄龙洞。此时已是晚上八九点钟。他们登上一个山坡，前方出现一片凹地，凹地中有一片很大的树林。他们停了下来，观察了一下动静，没有发现异常，于是，大脚丫在前，他们开始往下走。忽然传来了一声嘘声，只见走在前头的大脚丫矮下身子，把手指按在嘴唇上，示意大家安静。"有情况。"他压低声音说。

众人停住脚步，迅速蹲下身子——果然，远处的树林里传来了隐约的声响。我大伯摆摆手，几个人马上分散开来，退到石头或树丛后边隐蔽起来。

"啥声音？"我大伯问。

大脚丫说："没听清。"

他们又听了一会儿。四周静静的，远处山上未消融的残雪泛着模糊的清冷的光，偶尔有风划过树梢发出尖厉的啸声，很快又沉寂下来。刚才听见的那个声音不见了。"会不会听错了？"我大伯在心里想。就在这时，那声音又响了一下。这回我大伯和大脚丫都听得真切，他们互相交流了一下目光。"咋办？"大脚丫说。虽然我大伯已不是团长了，但他还是习惯地向他请示。

"过去看看。"我大伯说。

"是。"大脚丫答道，猫起腰转身要走。

"等等。"我大伯说。

"咋了？"

"俺和你一起去。"

之后，他吩咐众人继续隐蔽，与大脚丫一起向凹地中的树林摸去。夜色中，四周黑漆漆的，伸手不见五指。他们小心翼翼地靠了过去，下坡时每一步都踩稳了，然后才抬脚迈出第二步，这样做是为了防止石子滑落发出响声。

他们慢慢靠近了树林。忽然，又有了响动。声音很轻微，但在静夜中却传得很远。他们卧下身子，凝神向响声处打量了一会儿。声音是从树林里传来的，但由于能见度低，除了黑乎乎的树木外，什么也看不清。"难道是野兽？"我大伯暗自琢磨着，又觉得不像。他握紧了手中的扁担，小心翼翼地起身向树林靠了过去。大脚丫端着枪，紧随其后。随着距离越来越近，又有细微的声响传来，还伴着杂草被踩踏发出的窸窣声。我大伯贴住一棵树，示意跟在身后的大脚丫不要动。就在这时——耳边传来了哗哗的水声，那声音几乎近在咫尺。我大伯吓了一跳，急忙稳住神，然后慢慢从树干后探出头去——俺的天！只见半步开外，一个人背对着他正在撒尿。他身上斜背着枪，身子一抖一抖的，嘴里还轻轻地哈着气。

"白狗子？"我大伯脑子一闪，迅速缩回头，屏住呼吸。不一会儿，撒尿的声音停住了，又传来一阵窸窣声，那人走开了。

我大伯赶紧退了回来，和大脚丫耳语了一下，两人折返身，爬上不远处的一个石坡，这里居高临下，是一个很好的观察点。他们趴在石坡上，向树林中看去，眼前的情景让他们惊呆了。树林里一团一团的，黑压压的全是人。虽然看不真切，凭感觉人数不少。"是敌人！"这一回，我大伯已确定无疑。他们鬼鬼祟祟地在这里干什么？难道是偷袭黄龙洞？我大伯浑身一激灵，立即意识到情况严重。尽管对敌人的计划尚不清楚，但必须尽快通知特委和师部，不能丝毫迟疑。他问大脚丫这里有没有路可以绕过去前往黄龙洞。"有，"大脚丫说，"那边山坡上有条道，只是路较远。"

"估计多长时间（能赶到）？"

"最快也得三四个时辰。"

"来不及了。"

我大伯当时判断，敌人潜伏了大半夜，很快就会行动。他和大脚丫退回原处，把大家召集起来，说明了情况。"那咋办？"大家都紧张起来。

"不要慌，"我大伯说，"现在救特委要紧。"

大脚丫说："团长，怎么干？你下命令吧！"大家都说对，俺们都听你的。尽管我大伯早已不是团长，但大家还是习惯地叫他团长。我大伯这时也当仁不让，当机立断，分派那四名苦工队员把粮食挑到安全地方隐藏起来。担任警卫的两名战士，一个是大脚丫，一个是小贾。"你们两个跟俺走。"我大伯吩咐道。

众人分头行动起来。当时，苦工队员都不配备武器，包括我大伯也是如此。不过，大脚丫和小贾有两支步枪，每人还有两颗手榴弹。我大伯让他们把手榴弹交给他，揣在腰上。"走！"他摆了一下手，三个人便跑步前进。

沿着一条无人行走的山崖，他们插到了那片小树林前方一个山口上。刚到达不久，敌人已经开始行动了，一字长蛇，向山口开来。"打！"我大伯便喊了一声，随即扔出去一颗手榴弹。大脚丫和小贾来不及找好隐蔽的位置便马上开枪。

敌人显然没有料到会遇上阻击，正大摇大摆地走来，突如其来的打击使他们慌了手脚，连滚带爬地向山下退去。一边退，一边开始还击。

一时间，枪声大作，打破了黑夜的宁静。我大伯要的就是这个效果。他希望用这个办法通知特委和师部。

事实上，他的目的达到了。

三

枪声响起的时候，费伯母正在给丫丫喂奶。

那天送孩子来喂奶的是女兵队的冼大姐。平时都是黄静雯负责送来，但那天她临时有事便让冼大姐来了。冼大姐原是东乡农会妇女主任，她爱人老黄曾是县委委员，在东阳关与特派员接头时牺牲了。随着敌人"围剿"加剧，冼大姐随农会骨干退上金石台，编入女兵队。在队中与费伊蓉关系较好，对她也很同情。

就在费伯母给孩子喂奶时，枪声响了起来。起先是从白马坡方向传来，接着周边也陆续响了起来。

"出了啥事？"费伊蓉问。

"俺去看看。"冼大姐说了一声，便钻出窝棚。

不一会儿，她又回来了。

"糟了，敌人来了？"她说，"快走！"

这时，外边早乱了起来。到处是叫喊声、奔跑声和一片杂乱的声音。费伯母抱着丫丫，与冼大姐钻出窝棚。站在外边的保卫部干部正在清点集合那些被审查的人员。费伊蓉看见了小黑皮，他划动着手臂，满脸愤怒的表情，高声说着什么，一些人围在他身边。保卫部的副部长朱毅帽子顶在额头上，大敞着领口，心急火燎地冲他大声嚷嚷着。"都住嘴！住嘴！"他大声吼道。

费伊蓉不知他们在吵什么，一打听才知道原来小黑皮要求发枪参加战斗。"这都啥时候了？"小黑皮说，"你们还不相信俺们。敌人都打到鼻子底下了，你们还等啥？"

"别废话！"朱毅更恼了，"你再说一句，俺就毙了你！"

这时，崔部长提着枪，满头大汗地跑过来。"怎么还在磨蹭？还不快走？"他问。朱毅上前刚要解释，崔部长把手一挥，顾不上听他说什么，便催促道："走，走，快走！"一边说一边掉头而去。

警卫人员立即集合好队伍，跟上了崔部长。小黑皮一边走，一边还在不住地喊："你们这是弄啥呢？敌人都上来了，多一个人多一分力量，俺们宁可战死也不能等死！"

"说得是啊！"

"快发枪吧！"

"让俺们一起打啊！"

队伍里的人也跟着喊了起来。

崔部长回过头来，问他们在喊什么。朱毅紧跑几步，跟上他说："他们要发枪。"崔部长没说话，继续向前急走。这时，枪声越来越近，越来越密集。几排子弹迎面打来，打得树枝哗哗往下落。又往前走了一段，看见正在向外突围的部队退了回来。

"咋回事？"崔部长问道。

"南边堵住了！"

"全是敌人！"

有人回答道。崔部长抬头看去，只见一片手电、火把闪烁着向这边涌来，并伴随着枪声和叫喊声。看样子敌军人数不少。向后撤的部队中有特委机关人员，也有伤病员，情形很乱。不一会儿，警卫连抬着夏师长过来了。崔部长迎上去，夏师长看见他便说："老崔，赶紧通知老岳，分散突围，能突出去多少是多少。"

"是，"崔部长说，"你们快走，我来掩护。"他又吩咐警卫连童连长一定要保护好师长，随即向前去找岳松。走了不到半里路，看见手枪队正在边战边退。"往北走！往北走！"有人在黑暗中大声喊道。这是岳松的声音。他发现有人迎面而来，便挥手制止他们，要他们赶紧掉头。

"老岳！老岳！"崔部长喊叫着，跑了过去。

岳松说："快掉头，往回走！"

"我知道。"

"看见师长了吗？"

"就在前边，刚过去。"崔部长说，"你们快走，我来掩护。"

"不，你走，我掩护！"

两人争执起来。崔部长急了，他说部队现在需要你，你是参谋长，快别争了。忽然，一排枪弹打了过来。身边的战士纷纷倒下。斜刺里，一股敌人不知从哪儿蹿了出来，岳松端起机枪一阵扫射。手枪队的战士们也扑过去，很快打退了敌人。"老岳，"崔部长喊道，"不能再耽搁了，快走！你要保护好师长，把部队带出去！"这句话提醒了岳松。他有责任保护好师长和特委，尤其是不能让师长落到敌人手中。"好吧，"他跺了一下脚说，"你有多少人？"

"一个排。"崔部长说。

"我再给你一个排。"

"好。"

"不要久留，尽快撤下来。"

岳松带着队伍走了。崔部长遂令老弱病残人员跟着手枪团一起向北撤。"保卫部的跟我来！"他喊道。小黑皮这时又叫了起来："俺们咋办？"

崔部长二话没说，便令道："把枪给他们！"

费伊蓉随着手枪队向北撤去。她用绑腿把丫丫绑在身后，紧紧地跟着部队。周围枪声不断，火光闪动。她不断提醒自己：不能掉队！不能掉队！由于天黑路滑，她跌跌撞撞，滑倒了好几次。她自幼生在城中，不惯走山路，虽说这几年游击战使她得到了锻炼，但与那些土生土长的山里人相比还有不小差距，尤其是夜间走山路。好歹冼大姐一直跟着她，帮着她。有一次，她重重地摔在地上，爬不起来，多亏冼大姐把她扶了起来。"把丫丫给俺吧。"冼大姐几次提出，但费伊蓉都不肯。不过，这孩子还算争气，外边子弹嗖嗖乱窜，但她居然睡着了，裹在包袱被中一动不动。

向北走了一段，战斗开始激烈起来。不断有敌人出现，到处是火把和枪声。部队被冲得七零八落，按照师长的命令大家分头突围。途中费伊蓉和女兵队的几个战士碰上了。她们让她往西走，说是北边的敌人很多。冼大姐问："手枪队呢？"一个女兵说："正在掩护俺们。"正说着，警卫连的人抬着夏师长过来了。他们边走边喊："往西走！往西走！"大家一听都不再迟疑，跟上一起往西走。

往西走了一段，火把渐渐稀疏了。众人刚要松口气，忽然枪声大作。又有一股敌人冒了出来。这些人是别动队的，他们并没有打火把，突然出现在面前。警卫连迅速投入战斗。女兵队也开起枪来。好在他们人不多，很快被打退了。

部队继续向前跑，但在一个山坡下再次遭遇敌人。好在他们占据有利地形，向坡下猛烈开火，击退了敌人，接着便向坡下一个树林中退去，哪知这里也有敌人。他们突然冲了出来。黑夜中，部队又被冲散了。冼大姐护着费伊蓉一路狂奔，也分不清东南西北，只顾跟着人跑。跑着跑着，发现身边的人越来越少。最后只剩下三个人，除了费伊蓉和冼大姐外，还有一个是女兵队的徐小妹。大家筋疲力尽，实在跑不动了，便坐在一片乱石后大口喘气。

就在这时，丫丫醒了，哇哇地哭起来。费伊蓉松开绑带把孩子移到胸前，发现包袱被上裸露出一大片棉絮，而且，在孩子头上不到一指远的地方还有一个洞——这是一个子弹眼，只要稍稍向下偏移一点，孩子就没命了，但她居然毫发无损。"这孩子真命大！"费伊蓉对冼大姐说，既感到庆幸，又感到后怕。

孩子大约是饿了。费伊蓉赶紧解开衣服，把乳房塞到孩子嘴里。可大半夜的紧张奔波，本来就少的奶水半滴也没有了。孩子用力地吸了半天也没吸着，于是又大哭起来。好在冼大姐细心，在水壶里装了一点米汤。费伊蓉把米汤倒进嘴中，然后嘴对嘴地喂给丫丫，才让孩子安静下来。

休息了一会，她们重新起身，继续突围。此时，四处都是晃动的手电光和火把的光芒，枪声像炒豆似的噼啪响着，夜色中还不断传来手榴弹的爆炸声。她们不知身在何处，也不知往哪里走好，最后决定往火把少和枪声少的地方跑。孩子这时已经睡熟了。费伊蓉把她重新绑在背后。冼大姐在前,徐小妹在后。三个人深一脚浅一脚地摸黑走着。

"什么人?"忽然,黑暗中有人喊了一声。

这是一片竹林。声音是从竹林中发出的。费伊蓉她们赶紧闪身躲在几块石头后边。对方又喊了一声,不见回答便放起枪来。冼大姐把枪递给费伊蓉,她一直帮她背着枪。三个人开始还击,边打边退。敌人看到她们人不多,便冲出竹林围了上来。

子弹的呼啸声响成一片。树枝被打断,哗哗地往下落。费伊蓉等人滑下一个山坡,试图甩掉敌人。没想到敌人动作很快,眨眼间便跟了上来。他们用密集的火力把她们压制在坡下动弹不得。"抓活的!有赏!"她们听见有人在喊。

不一会儿,有人跳下坡来,向她们扑来。费伊蓉开枪打倒一个,冼大姐和徐小妹也奋力还击。敌人被接连打倒几个,不敢贸然向前了,便匍匐在地,一边开枪,一边借着山石逐步靠近。

"小妹,小妹……"忽然,费伊蓉听到冼大姐在喊,扭头一看,徐小妹已经倒在地上不动了。这时费伊蓉和冼大姐也负了伤。更要命的是,女兵队的子弹本来就不多,这时已打完了。敌人似乎也觉察到了这一点,大叫着冲了过来。

"他们没子弹了!"

"抓活的!"

"别让他们跑了!"

费伊蓉几乎绝望了。就在之时,敌人的后边忽然乱了起来,他们四散奔逃,只见一支队伍从后边杀了过来。"是俺们的人!"冼大姐高兴地叫起来,"快跟上!"她扶起费伊蓉,一起跟了上去。

原来他们是警卫连的人。他们护着夏师长,左冲右突,在山里转了半天,不知怎么又转到了这里,救下了费伊蓉和冼大姐。据警卫连的人说,部队都打散了,岳参谋长也与他们失去了联系。现在他只剩下二十来人。夏师长伤势严重，早已陷入昏迷。为了方便突围，他们扔掉担架，由战士们轮流背着他，边战边走。

这是一个血流成河令人悲伤的夜晚。费伊蓉跟着警卫连，一路上不知多少次遇到敌人，也不知打了多少仗。队伍中的人越来越少，最后只剩下十来个人。费伊蓉跟着大家昏天暗地地奔跑着。渐渐地，枪声越来越远。大家意识到可能已经突出来了，实际上也确是如此，他们冲破了敌人在黄龙洞周边设置的包围圈。警卫连连长童超认出了前边那个峡谷就是鹰爪沟，只要穿过这个沟就进入了鬼见愁。那里是一片地势陡峭的山林，到了那里基本上就安全了。"快，快。"他大声喊道，带着人向沟里冲去。

忽然，迎面一排枪打了过来，接着便见山口处出现一片火把，约有一个排的敌人出现在面前，但是退已来不及了。童连长便带人猛冲过去。双方一场混战。敌人退了下去。但当他们刚冲过山口，敌人又追了上来。在刚才的遭遇战中，又有几个战士倒下了，费伊蓉的胳膊受了伤，流了不少血，冼大姐的肩膀上也中了枪弹，但她们互相拉扯着，咬着牙，拼尽全力跟上队伍。她们知道一旦掉队，后果不堪设想。

不一会儿，敌人又追了上来。这一次人数更多，约有一个连的规模。这股敌人系广西军，惯于走山路，而警卫连战士背着夏师长，加上还有费伊蓉和冼大姐两位受伤的女同志，无法走快。奔跑中，费伊蓉身后背孩子的绑带被树枝挂住了，怎么也挣脱不开。冼大姐跑了几步，发现不见了费伊蓉，又掉回头来找她。"帮帮俺，帮帮俺。"费伊蓉大叫着。

冼大姐这才发现她的绑带被树枝挂住了。她上前想帮她拉开，可情急之下怎么也拉不开。一个殿后的战士这时跑了过来，二话没说，便拔出刀子割断了绑带，抱住孩子。

她们继续向前跑，头弹在头上呼呼地飞。敌人边追边放枪，眼看越追越近。那个战士把孩子塞到费伊蓉手中，转身前去阻击敌人，后来再也没有回来。据冼大姐后来说，这个战士姓汪，名字不详，是东乡大汪村人,十四岁加入农会,牺牲时不到十七岁。

敌人很快又追了上来。这时她们身边只剩下六个人,几乎全部负了伤,情况万分紧急。童连长曾在这一带活动过,知道前边不远处有一个水塘。这个水塘名叫清风塘,面积约有两亩多地,长满了野荷。时令虽值冬季,荷叶已经枯萎,但枯枝败叶仍然密匝匝地覆盖塘面可以用来隐蔽。"跟我来!"童连长喊了一声,带着大家向塘边跑去,然后扑通通跳进水中。

冰冷的塘水直刺肌骨,仿佛针扎一般。费伊蓉也跳了下去,她浑身一激灵,便感到一股渗透心肺的寒冷好像把她击穿了,使她动弹不得,失去了知觉。就在这时,熟睡中的丫丫哇的一声大哭起来。

所有的人都惊住了。大家似乎忘了队伍中还有一个孩子,包括费伊蓉在内。但孩子的哭声突然响起,一下子把大家惊醒了。费伊蓉下意识地伸出手捂住孩子的嘴。哭声低了下去,渐渐止住了。但孩子拼命挣扎着,抗争着,别人感觉不到,但抱着孩子的费伊蓉却能清楚地感到。

这是一种死亡的感觉。

费伊蓉的手发抖了。她知道只要继续下去,一个小生命就会断送在自己的手中。她的心在流血颤抖。忽然,她的手松开了。

孩子的哭声又响了起来。

几乎就在同时,冼大姐看见费伊蓉已经爬出水塘,抱起孩子向前跑去。敌人追了上来,枪声伴随着哭声一路远去。看着她的身影渐渐消融在夜色之中,冼大姐眼睛里顿时涌满了泪水。

第二十五章　大　伯　| 1935 年

一

史先生回到了霍川，此时距黄龙洞遭袭已经过去了两个多月。当时霍川的局面十分困难。黄龙洞遭袭后，特委再次遭受重创，夏师长虽然脱险，但伤情进一步恶化。在清风塘躲避敌人追击时，由于伤口在水中浸泡化脓感染，半个多月持续高烧不退，险些没有挺过来。

崔部长也在突围中牺牲了。特委中只剩下岳松。他在突围中与夏师长冲散后，带着部分手枪队员突出来时，身边只剩下三十余人。

面对这一局面，上级指示史先生迅速返回霍川代理特委书记。史先生在东阳关负伤后去武汉治疗，后根据组织安排，留在武汉组建秘密联络站，直到这次奉命返回，离开霍川已经两年多了。

他回来后立即与夏杰、岳松等一起总结经验，商讨对策，并采取措施，稳定局面。黄龙洞遭袭令人震动，教训惨重。从事件发生的过程看，它几乎就是枫树湾事件的重演。敌人做了精心准备，而且情报准确。事后得知，敌人共出动了四个团兵力，设置了三层包围圈：第一层由别动队发起攻击；第二层由两个步兵团四面包抄；第三层则由驻剿部队在外围巡防，确保无"漏网之鱼"。用彭兆栋的话说，这叫铁壁合围，一只苍蝇也别想飞出去。遗憾的是，由于我军疏于防范，认为大雪之后，加之春节临近，敌人不可能发动"清剿"，这一严重的疏忽给了敌人可趁之机。

对此,夏杰和岳松都深感痛心。他们在特委会上做出了深刻检讨,痛定思痛,认识到前段时间在查找奸细上步入了误区。因为事实已经推翻了崔部长的推断,奸细并不在被关押的人员中,起码不是全部在(如果他们不是一个人的话),否则无法解释这次敌人偷袭又是如何获得准确情报的。

事实上,崔部长在牺牲前也认识到了这一点。他曾亲口向我大伯说过他很后悔,没有挖出奸细,给部队造成如此大的损失。特别是他的判断错误,认为奸细已被控制,就关在受审人员之中。夏师长提醒过他,要他扩大调查面,不放过其他疑点,可他没有重视。

崔部长牺牲得很悲壮,当时在他身边的只有我大伯、小黑皮和大脚丫以及手枪队的十来个人。那天晚上,我大伯因果断行动,打乱了敌人的部署。据事后了解到的情况,敌人的合围当时尚未完成,否则,我军的损失会更大。

应该说,我大伯他们立了一功。枪声及时通知了我们的同志,在这之后,我大伯他们又迅速向黄龙洞退去,想与特委和师部会合。他们原以为只是小股敌人偷袭,并不知道这是一次大规模的有计划的包围,到了黄龙洞后才发现敌人越来越多。一路上他们多次与敌人发生激战,到处都是枪声。沿途还不断遇到被打散的官兵,我大伯向他们打听特委和师部在哪里,谁也说不清楚。"见到伊蓉了吗?"有一次他遇上女兵队的一个战士向她打听情况,她说没见着。"指导员(她仍称费伊蓉为指导员)跟着保卫部哩。"她说。

"丫丫呢?"

"没看见。"

我大伯非常担心,但当时的情况下不容他去寻找,也无从寻找。有人对他说赶快向外突,别再往里走了。又有人说看见特委机关过去了,还有师长和警卫连。可是没人看见崔部长和保卫部的人,也许他们随着特委机关先走了，这种可能也是存在的。我大伯只能随着部队向外突。他们边战边走，路上不断有敌人冒出来，队伍不断被冲散。黑暗中不分你我，有一次我大伯他们跟着一队人急走，走了好一会才发现原来是敌人的别动队。这时敌人也发现了他们，双方一场厮杀，好不容易才摆脱纠缠。

他们继续前行，不断遇见敌人，战斗打得昏天暗地。夜色中不辨方向，多亏大脚丫，他的识路本领发挥了作用。由他带领，大家很快从黄龙洞绕了出来，直奔后山而去。那里山高林密，易于躲藏。经过一片坡地时，传来稠密的枪声。他们发现一股敌人正在围攻一个小树林，枪声十分激烈。"这是俺们的人！"我大伯当即带人从敌人屁股后边打了过去。一路上，我大伯身边慢慢聚拢了二十多人，都是打散的人员，有特委机关的，也有手枪队的。没有任何人提议，大家无形中达成共识，听我大伯的指挥。

敌人背后遭到袭击，乱成一团，很快四散逃奔。树林中的人乘机冲了出来。果然是我们的人。到了近前一看，竟是保卫部的，有崔部长，还有小黑皮。崔部长腿部中弹，朱毅和一个战士架着他一瘸一拐地跑着。意外的相见，大家又惊又喜。我大伯忙向小黑皮打听费伊蓉和丫丫的情况。小黑皮说指导员跟师长和警卫连走了，他们是留下来担任掩护的，估计这会儿他们已经突出去了。我大伯听后松了一口气。崔部长问我大伯怎么来了，我大伯说了情况。崔部长说好，你来指挥大家。

"俺？"这让我大伯有些意外。

"是的。"

看着我大伯疑惑的表情，崔部长摆了一下手，仿佛在说：什么都别说了。我大伯心里一热，本来对崔部长有不少意见，这时也回过来些。"记住，"崔部长又说，"把大家带出去，能突出几个是几个，这是师长的命令。"

我大伯点点头。按照大脚丫指点的方向，他们继续前行。崔部长的伤情较重,由于大腿骨被子弹打断了,已无法行走。我大伯让人砍了树棍临时扎起一个简易担架抬着他走。敌人很快发现了他们,蜂拥而上。崔部长几次要求把他放下,别拖累了大家。"放下,放下我。"他大声叫着。我大伯坚决不同意。

"你胡说什么?"他说,"只要你还有一口气,俺们就要把你带出去。"

崔部长连声喊着别这样,还挣扎着从担架上滚下来。我大伯火了:"你别添乱了好不好?"他大声吼道,令人用藤条将他捆在担架上。朱毅注意到,就在那一刹那间,崔部长脸上滚满了泪水。

敌人越来越多了,战斗也越来越激烈。我大伯他们能打则打,不能打则绕,一路血战,且战且走,不知不觉进入了一个小山沟,走了一段才发觉是一条死路。大脚丫首先觉察到了。"这是夹股沟!"他叫了起来。

夹股沟狭窄细长,形同夹股,故而得名。大脚丫告诉我大伯这是一死沟,进出只有一个出口,一旦敌人封住出口那麻烦就大了。"这里不能久留!"我大伯马上意识到了这一点,立即带人折返沟口,想从这里冲出去,但敌人这时已经出现在了沟口。

"打!"我大伯喊了一声,众人一起开火。他们一边打一边向外冲,但敌人占据有利地形,我大伯带人冲了一次,没有成功,只能退回来,商量对策。崔部长这时把我大伯叫到面前。"贺团长,"他说,这是我大伯下到苦工队后他第一次使用这样的称谓,"别管我了,赶快冲出去,乘敌人现在还不太多,晚了就来不及了。"

我大伯说:"别胡说,俺说过了,不能丢下你。"

"胡闹!"崔部长这时发起火来,"这都什么时候了?"他说,不能因为我影响大家。我大伯说:"你别急,俺有办法。"

"屁的办法!"崔部长吼道,"贺廷勇,我现在以特委的名义命令你!"见我大伯不说话了,他口气缓了下来。"贺团长,执行命令!"说着,从怀里摸出两块银元。

"请你交给特委，"他说，"这是我的党费。"他把钱交到我大伯手中，又用另一只手用力地按了按我大伯的手。我大伯感到他的手中充满了一种决绝的力量。

"记住，要突出去！"他最后又说道。

我大伯用力点点头。就在他转过身时，枪声响了起来。崔部长对着自己的胸口开了一枪。

二

那是一个血腥的死亡的夜晚。寒冷的空气中弥漫着浓烈的火药味和血的甜腥味。金石台上三百多同志，陆陆续续冲出来的只有五六十人，很多同志牺牲了，还有一些同志被俘后惨遭杀害，其中包括一百多名伤病员。

费伊蓉的遗体几天后才被找到，是在一个十几丈的悬崖下边找到的——显然她是跳崖而死，脑浆迸裂，骨头也摔碎了，搜索人员不得不小心翼翼地把她捧上担架，以免她的遗体散架——但在她身边却没有找到丫丫的踪影。"她去了哪儿？"众人扩大了搜寻范围，最后在离悬崖数百米处的一个树林里发现了丫丫的包袱被，被扔在地上，在离包袱被不远处还找到了丫丫的一只鞋，此外就没有任何线索了。

我大伯痛不欲生。在费伯母下葬时，他眼里盈满了泪水，极力忍着不让它流出来。据卢庆竹说，他从未见我大伯那么伤心过。他一连三天不吃一口饭，也不说一句话，就把自己关在屋子里，谁劝也没用。这期间，史先生来过，岳松也来过，还有卢庆竹、黄静雯、小黑皮、冼大姐等都来过。夏师长由于伤情较重，无法行动，特地让史先生带话给我大伯，说他对不起我大伯，还说这是他一生中犯下的最大错误。他非常自责。那天夜间，要不是费伊蓉引开敌人，他们全都在劫难逃。夏师长是个非常自负的人，他一辈子很少认过错，但在这件事上他承认自己犯了错误,而且是不可饶恕的错误,并公开检讨——在我大伯印象中,这是第一次,也是唯一的一次。

然而,这些对我大伯来说已经没有意义。费伯母和丫丫已经不在了,再说什么也改变不了残酷的现实,也无法减轻他的痛苦。他思念着伊蓉,她的音容笑貌,他们过去的交往,那些美好的时光,还有那些苦难的经历和至死不渝的情感,都不断地浮现出来,萦绕脑际,挥之不去,拂之还来。丫丫,他的宝贝女儿,自从她出生后,他总共没见过她几次,可她那毛茸茸的小脸、稚嫩的小鼻子、小手、小脚,还有那可爱的笑容和哇哇的哭声,都让他刻骨铭心,永生难忘。他多么想再抱抱她,亲亲她,哪怕是再听听她的哭声——但现在,这一切,都已不再可能。

他非常后悔,没有把丫丫送走。他曾和费伊蓉商量过,把孩子送给奶奶或外婆抚养。但费伊蓉舍不得,想等孩子满周后再说。然而,计划赶不上变化。没等丫丫满周,费经三被抓,我奶奶前往天津。这个想法只好放弃。

去年十一月间,费经三获释,举家迁往老家桐城。本来丫丫还可托人送往桐城,由她外公外婆照料,但由于费经三出狱恰在枫树湾事件发生前后,费伊蓉的嫌疑上升,此时当然不便再与家中联系,故此作罢。如果不是因为这些事,丫丫或许可以逃过一劫。"都怪俺,"我大伯对卢庆竹说过,"俺要坚持把她送走就好了。"说到这里,他既后悔又心酸。

卢庆竹劝他节哀顺变,振作起来。"伊蓉牺牲了,"他说,"人死不能复生,但她的仇得报,你难道就这样下去吗?这可不是伊蓉希望看到的。"

卢庆竹说得在理,可我大伯深陷丧妻失女之痛,难以自拔。"给他点时间吧。"史先生说。他了解我大伯,知道他会摆脱困扰。就在我大伯不吃不喝把自己关在屋里第三天,师部来通知,让我大伯去开会。这时,特委已转移到北乡马头山一带。会议在一座废弃的关帝庙里举行。我大伯走进会场，他胡子拉碴，人瘦毛长，一副萎靡不振的样子。人们向他打招呼，他也不搭理，闷头闷脑地找了个角落坐下来，默默地抽起烟。

会议由史先生主持。与会者总结了过去的经验教训，特别是对枫树湾和黄龙洞事件进行了深入的讨论，确定了今后对敌斗争的策略，决定以更加灵活的战略战术来对付敌人，从而打开局面，重收信心。会上还决定成立武装便衣工作队（简称便衣队），目的就是用来对付敌人的别动队。"这是特委的决定。"史先生解释说。夏师长由于养伤未能参加会议，但他在会前与史先生认真讨论过这个问题并达成了一致。"我们要坚决打掉它，"史先生说，"别动队这个毒瘤一天不拔除，大家就一天咽不下这口恶气。"众人都说对："早该这么干了！""这仇非报不可！"会议气氛非常热烈，大家七嘴八舌，你一言我一语，献计献策。只有我大伯一言不发。会议散后，史先生把我大伯留了下来。

"贺廷勇，你咋不说话？"

"俺没啥说的。"

"想当孬种吗？"

"谁当孬种了？"

"看看你这样子，哪还像一个红军战士？"史先生眯缝起眼睛看着他，话语中带着明显的不满和批评。

我大伯忽地站起来："史先生，俺有个请求。"

"说吧。"

"让俺去吧。"

"去哪里？"

"便衣队。"

史先生笑了起来："那你也得答应我一个条件。"

"啥条件？"

"先吃饭。"

"你同意了？"

史先生点点头。"你去当队长，怎么样？"他停了一下说。我大伯一愣，略感意外。"怎么了，有问题吗？"史先生笑眯眯地看着他。

"没有！"我大伯回过神来，他压抑住兴奋，努力做出平静的样子，但脸上早已憋得通红，浑身热血奔涌。

其实，史先生早就想好了，要让我大伯当队长。黄龙洞遇袭后，史先生多次召集夏杰、岳松开会，检讨工作，认为过去一段时间我们在对敌斗争的方针和策略中存在着偏差，特别是在主力红军撤走后，在敌我力量悬殊的情况下，采取僵化的不符合实际的打法是不明智的，造成了很大的损失和被动。虽然焦书记就义后，有所改变，但并未彻底扭转。作为特委和游击师的主要领导，夏杰深感自责，他主动承担了责任，并向上级提出由史先生担任特委书记和游击师政委，主持全面工作。这个举动让大家颇感意外，就连史先生也没想到。但夏杰是真诚的，而且态度恳切。史先生推了几次都没推掉，直到上级决定后，他才表示接受。

据我大伯说，夏师长虽然个性很强，作风强势，但他光明磊落，知错就改。这一点很令人佩服。

在特委会上，史先生提出建立便衣队的想法后，立即得到了夏杰和岳松的支持。他说，灵活机动本来是我们的长处，结果反被敌人利用了，造成我们处处被动。"这个情况必须改变。"他说。在讨论便衣队名称时，史先生提出就叫武装便衣工作队，因为这支队伍不仅要会打仗，还要会做群众工作。只有把群众的信心建立起来，才能使敌人寸步难行。"我同意，"夏杰说，"别动队把群众的心搞散了、搞乱了，我们要重新树立起来。"

最后谈到便衣队的队长人选。大家认为，这个人必须能打仗，而且还要有政策水平，最好是当地人，了解情况。那么派谁去呢？史先生心里早有人选，但他还未开口，夏杰便说道："我看有一个人行，而且非他莫属。"

"谁啊？"史先生问。

"贺廷勇。"

他话音一落，三个人都笑了起来。原来他们都想到了一起。

三

便衣队成立后，我大伯从各部队挑选了精兵强将，共计三百余人，分成六个小队，每队五十余人，时分时聚，灵活机动。史先生还把部队最好的武器提供给他们。每个小队至少配备了二至三挺机关枪，还有充足的子弹和手榴弹。

别动队的噩梦降临了。他们常常遭到意想不到的打击。便衣队神出鬼没，打得他们措手不及。以往别动队经常分散活动，现在却不敢了，每次出动至少是营以上规模，这就失去了机动性，很难再达到偷袭的目的。相反，他们却成了游击师打击目标。除此之外，便衣队还时常化装成别动队，出入敌占区，以假乱真，让敌人防不胜防，大感头痛。老百姓欢欣鼓舞，都说别动队的克星来了！

为了更好地打击敌人，便衣队还广泛发动群众，在全县各村镇建立秘密联络点，随时报告敌人的动向。他们还向各地反动保甲长展开政治攻势，派人给他们送去劝诫信，要他们弃暗投明，改邪归正，并提出警告，即对过去的事可以既往不咎，但在接到便衣队劝告之后，如果再不悔改，决不轻饶，狠狠打击。

他们说到做到。东阳关的一个镇长熊老四是盐贩子出身，还是红枪会的首领，手下有两百多个团丁，平时为非作歹，谁也不放在眼里。便衣队的劝告信送去后，他当众撕了，大骂这帮穷鬼不自量力，还说老子可不是吓大的！此后，继续为非作歹，助纣为虐，结果过了没多久，便死在家中。身边留了一张告示，在列数其罪状之后，宣判他的死刑。落款是：武装便衣工作队。

黑沙渡的保长许胖子，屠夫出身，由于巴结上了卫登辉后，开始耀武扬威。这家伙对杀猪有瘾，而且情有独钟，一段时间不杀就心痒难耐。他平时放款给周边百姓，逼其养猪，养大后他再收回（价格高低由他说了算）。如果碰上猪瘟，他概不负责，照样得还款。他放的款都是高利贷，还不上轻则挨打，重则逼你卖儿卖女，妻离子散。当上保长后，他还立了一条规矩：凡在他保内的村子，所有的猪（不论是否由他放款）都必送来由他宰杀，否则就是违法。当然，经他宰杀的猪不是缺腿就是短脑袋，或者少了猪心猪肚什么的。人说雁过拔毛，他是猪过割肉。许胖子有些蛮力，也练过拳脚，三五个人难以近身，两百多斤的猪，他一个人就能撂倒，自诩"赛关西"，意思是他盖过了《水浒》中的"镇关西"。最特别的是，每次杀猪必叫人围观，不来还不行，然后他当场表演，赤裸上身，露出浑身肉膘，独自将猪撂倒，一刀致命。在欢呼声中，他哈哈大笑，舀起一碗生猪血咕咕喝下，喝得满嘴是血，好不得意。有一天，他刚杀完猪，喝得满嘴猪血。小黑皮带着两个战士来找他了。他们身着便衣，坐在磨盘上看着许胖子过完杀猪瘾，这才说明来意。

"便衣队？"他愣了一下，刚要发作，一把枪已经顶在他的后腰上。"俺们屋里说话。"小黑皮微笑着，慢悠悠地说。

周围的人群正在散去，边上三三两两地站着一些团丁，看见小黑皮他们跟着许胖子进了屋子，还以为是保长来了客人，谁也没在意。许胖子被押进了屋。他的屋里散发着浓浓的猪腥气和猪屎味，院子里还圈了几头猪，哼哼地叫着。他们坐下后，小黑皮便开宗明义，问他收到劝诫信没有。

"俺不识字。"许胖子说，一边斜眼瞅了瞅站在他身旁的战士，只见他的盒子炮上早已上了"红子"（开了保险），便老实起来。

"信呢？"

他抓起脑袋说是找不着了。其实早被他扔了。小黑皮宽宏大量，并未追究。他又拿出一封劝诫信,并一字一句地念给他听。念完之后,问:"信上说了啥,都听清了吗?"

"听清了。"

"那就照着做。"

"嗯,嗯。"

许胖子应承着。在枪逼之下,他不敢不答应。小黑皮又对他开导了一番,并警告他说,从今往后,再敢与红军作对,迫害老百姓,那就不客气了。"还有,"临走时他又说,"你那个杀猪的规定也得废了。凭啥这猪都得你杀?这叫啥规定?明摆着讹人嘛。以前杀的就算了,俺也不追后账。没杀的赶紧给人家送回去。你要杀也可以,但得别人允许,而且价格合理,不准强迫,明白不?"

许胖子一听这话,脸便黑了下来。他抹了抹嘴上的猪血,半天不吭声。直到身边的战士用盒子炮搡了他一下,他才很不情愿地点点头。

小黑皮走后,许胖子气得跳脚骂:"他姥姥的,这帮红崽子,管天管地还管老子杀猪啊?这他娘的也管得太宽了!"有一天,小黑皮带人来征粮,他便偷偷地给官兵报了信,还叮嘱一个枪法好的团丁盯住小黑皮。"打死这家伙,"他说,"俺赏你十块光洋。"好在敌人的动向被及时发觉,便衣队迅速撤离。不过,尽管如此,还是造成了损失。苦工队有两个同志牺牲了,送粮的百姓也有十几个人被抓了起来。

这事发生后,许胖子也感到后怕。他找卫登辉请求保护,卫登辉便通知驻剿部队负责他的安全,每晚让他去碉堡里过夜(这些碉堡都是驻剿部队修筑的,重兵拱卫),白天他才在团丁们的护卫下回到村里。为了安全起见,许胖子还下令团丁们不离左右,屋前屋后也安排了岗哨,没有他的允许任何人不准靠近他。就连杀猪时,周围也布置了警戒。

一个多月过去了,平安无事,许胖子又得意起来。他把那些抓来的百姓关在村公所里,百般折磨,并以所谓"通匪"罪名对他们家庭敲诈勒索。此外,他还把那些送回去的猪又让人重新送来。这天,他正要过杀猪瘾——特地挑了一头大肥猪,打算杀了送到城里的肉铺去卖——衣服脱了,刀也磨利了,通知来看他杀猪的人也都来了。忽然有人来报,说是上边来长官了,正在村公所里等着他哩,不禁有些扫兴,放了刀,穿上衣服,不大情愿地去了。

来的是个国军少尉。他跷着腿,坐在村公所的廊檐下喝着茶抽着烟。村公所里外站了一圈国军士兵。见了许胖子,那个少尉不高兴道:"磨蹭个啥呢?咋到现在才来?"许胖子解释说,刚才堡子里回来,耽慢了,又问他们是哪一部分的。少尉说他们是司令部的,下来检查治安的。"把人都集合起来。"他又吩咐道。

许胖子从口袋里掏出哨子嘬嘬地吹了几下。团丁们听到哨声很快集合起来。少尉走到队前,喊了声立正,又让许胖子取来花名册,问道:"都齐了?"

"齐了。"许胖子答。

"多少人?"

"四十个,有两个请假的。"

少尉点点头,开始点卯。点完后又喊了声立正,接着说:"全体,听我的命令——架枪!"

许胖子疑惑道:"这是干吗?"

"你说呢?"少尉眼一瞪。站在少尉身后的一个上士说,我们要检查武器。听他这样说,许胖子不吱声了。

团丁们架好枪,又按少尉的口令重新排好队列。这时,那些国军士兵围了上来,喝令他们转过身,举起手来。这下团丁们惊了。这是咋了?他们面面相觑。还没等他们有所反应,周围便响起了一片拉枪栓的声音。"没听见吗?想找死啊!"有人喊道。

团丁们乖乖地服从了。许胖子见状,满脸堆笑道:"这是干吗?这是干吗啊?"少尉斜眼看了他一下,并不搭理,径自走到廊檐下的椅子上坐下来,一跷腿,点着一棵烟。

"许保长,你知道我是谁吗?"

"不,不知道,小的有眼无珠。"

少尉哈哈笑起来:"那人你认识吗?"

许胖子回头一看,只见小黑皮从他身后走过来,顿时吓得脸色惨白。"詹队长饶命!饶命!"他扑通一声跪下来连声喊道。

小黑皮走到面前,上去就是一脚,把他踢倒在地。"许胖子,"他说,"俺不是没有警告你,可你活路不走,偏要走死路,那就怪不得俺了。"许胖子叩头如捣蒜,连声告饶,请求再饶恕他一次,下次再也不敢了。小黑皮说,你少废话,俺们便衣队说话算话。"捆起来!"他喝了一声。

两个战士上前按住他,没承想许胖子有些蛮力,猛然挣脱,两个战士被他搡了个趔趄。又有几个人上前,也被他甩开了。小黑皮喝了一声都让开,众人撒开手,让到一边,只听一声枪响,许胖子腿一软跪在地上——这枪打在他的右腿上。许胖子挣扎着要爬起来,又响了一枪——这枪打在左腿上。许胖子趴在地上,动弹不得,他翻起白眼,就像一条濒死的鱼,嘴里不停地吹着气,喉咙里发出呼呼的声响。

此后,便衣队释放了被抓的老百姓,召集村民开会,然后把许胖子拖到村公所门前,宣读了罪状,然后执行枪决。行刑的红军战士把枪顶在他肥大的后脑勺上,扣动了扳机。许胖子的躯体猛地向前一弹,便像死猪似的倒在地上。围观的村民齐声叫好。这些人中有些是被许胖子通知来看杀猪的,没想到却看到了这样的场景,都说比看杀猪过瘾。接着,那些团丁也得到甄别处理,除个别罪大恶极、有血债的被枪决外,其余的则教育释放。在村民大会上,那个身着少尉军服的人站在一辆大车上讲了话。他宣布了红军政策,鼓励大家坚决和敌人斗争到底。他还告诉大家,敌人只能猖狂一时,不能猖狂永远。红军是消灭不了的,根据地是消灭不了的,红军永远和你们在一起。

他的话引来阵阵欢呼。有人认出他来了,说:"这不是贺团长吗?"

"哪个贺团长?"

"手枪团的。"

"嘿,"有人纠正道,"这都是老皇历了,人家现在是便衣队的贺队长。"

我大伯名声迅速传扬。短短几个月,便衣队已经家喻户晓。那些死心塌地的反动保甲长们纷纷寻找出路,或逃进城里躲藏起来,不敢露头;或保持中立,不敢再干坏事;还有一部分暗中与红军合作。便衣队的锄奸行动无处不在,那些敌人的走狗帮凶纷纷受到严惩。只要与敌人勾结,罪证确凿,哪怕你上天入地,也难逃覆灭。老百姓的腰杆也硬了起来。便衣队所到之处,注意发动群众,建立秘密联络点。红军的情报来源越来越广泛,相反敌人的耳目越来越闭塞。别动队的战术失灵了,他们的动向全在我军的掌握之中,往往还未出动,便衣队已经得到了情报,结果他们是处处被动挨打。

彭兆栋大为恼火,把汪小小和卫登辉叫去训斥了一通,令他们尽快拿出对策。可还没等他们想出办法,便衣队竟找上门来了。

飞凤池是城里最大的澡堂,位于闹市东大街上,前后两进,前进是普通座,后进是雅座。雅座的客人多为城中达官富商和驻军军官,汪小小和卫登辉也经常光顾这里。不过,他们每次到来都前呼后拥,警卫森严。这天晚上,他们酒足饭饱之后又来飞凤池泡澡。事前已派人通知,老板特地为他们留了甲号包间。这是雅座中最大的包间,内设两个卧榻,卧榻之间有一个大茶几,上置烟具、茶盘和瓜果等,可供客人享用。

那天晚上的客人不算多,也不算少,进进出出前后有二十余人。屋子里热气腾腾,跑堂在各个包间穿梭往来,上茶、递毛巾把子,忙忙碌碌,间或还有修脚的、捏背的在侍候客人,谁也没在意两个年轻的军官。这两人虽是生面孔,由于连着三日天天光顾,一回生,二回熟,生客也变成熟客了。每回他们都是晚上来,浑身酒气,舌头打着卷,像是喝了不少酒。他们操着浓重的河南腔,人很随和,不过话不多。老板问他们在何处高就,以前咋没见过。他们说是九旅的,来办军需的。九旅是西北军的部队,有一个营驻在霍川。当时,霍川驻军中除了新八十二军,还有西北军、东北军和桂系的部队,番号杂乱,彼此不认识也很正常。

这天,汪小小和卫登辉来了,照例进了甲号包间。那两个军官则在戊号包间,他们何时下了池子又何时上来了,没人说得清楚,只有跑堂记得他们上来时,给送过两次毛巾把子,还续过一回茶。当时他们也没什么异常,像平常那样躺在榻上四仰八叉地抽烟喝茶打瞌睡。至于他们啥时进了甲号包间,又是如何把里边的人干掉的,谁也没注意。如果不是因为发生了一点小小的意外——恰巧有人掀起帘子进来撞到这一幕——一切都会神不知鬼不觉。

那个恰巧掀帘子进来的人是个修脚工。他每天的工作就是替客人修脚,日复一日,按部就班。那天,甲号包间的客人点了他的卯要他修脚,他侍候完一个客人便来应差,像往常一样,掀起帘子走进包间,眼前的情景让他一下子惊呆了:卧榻上鲜血淋漓,板墙上也溅满了血迹。两个客人中的一个已经不动弹了,身子像扭麻花一样扭成一团,头朝下赤条条地挂在榻上。另一个还在挣扎,光溜溜的长着黑毛的大腿死劲地踢蹬,尚未完全断气,一把刀扎在他的喉管上,由于脑袋被毯子死死地捂住,发不出一点声音——站在榻边的不是别人,正是九旅的那两个军官——听到响动,他们猛地回过头来,枪口也一下子对准了修脚工。后者大吃一惊,没等他从惊慌中回过神,只见一个拿枪的人"嘘"了一声,把手指竖在唇间,示意他别出声,接着便人摇人摆地一掀帘子出了包间。过了一会儿,那个修脚的终于醒过神来,哇的一声大叫,手中的托盘哐当一声掉落在地。"杀人了……杀人了……"他失声地大喊道。

浴池里顿时乱了。那两个军官这时已经走到门口,听到喊声,并不慌乱，先是抬手两枪，打灭了灯泡。屋里顿时陷入黑暗。坐在门口的两个警卫正在打瞌睡，还没来得及睁眼，便被随后响起的两枪打倒了。转眼间，那两个军官已夺门而出。这一切就发生在须臾之间。没等人们有所反应，他们早已出了院子。门外的警卫发现了他们，大呼小叫地追了出来，但很快就被迎头一阵乱枪打得东倒西歪——原来早有人在街上接应，掩护那两个军官迅速撤离。

这是一次锄奸行动，整个过程干净利落，显然经过周密的筹划。事后从现场看，参与行动的人手法干净利落，相当老练。走时照例留下了一张告示，这是便衣队的习惯做法。

事件发生后，城里的敌人大为恐慌。他们没想到便衣队竟打到他们眼皮底下来了。更让他们不安的是，他们居然能在戒备森严的霍川城里来去自由。刺杀发生时，因为时值夜晚城门早已关闭，而刺杀发生后，全城立即戒严，整整搜了三天（四门紧闭，只准进不准出），弄得鸡飞狗跳，人仰马翻，可连个人影儿也没找到。

难道他们长了翅膀飞了不成？

第二十六章　大　伯　| 1936 年

一

　　澡堂锄奸行动是我大伯带着人干的。目标很清楚，就是要干掉汪小小和卫登辉。事前进行了细致的策划，执行任务的两个同志都是便衣队骨干，经验丰富，而且都是河南人，因为他们要冒充九旅的军需官，而西北军有不少河南人，不易引起怀疑。应该说，整个行动都是按计划有条不紊地进行。他们在澡堂里等了三天，终于等到了汪小小和卫登辉。他们亲眼看到他们进了甲号包间，又亲眼看他们下了池子，中间还装作泡澡的样子在池子里进行了确认。一切都手拿把攥了，才开始行动。行动也很顺利，虽然修脚工意外撞入，带来了一点麻烦，但这时他们早已干净利落地完成了任务，将两个恶魔捅死在了包间里。临走时，他们还照例留下一张告示，宣布了汪小小和卫登辉的罪状，并对他们执行死刑。

　　本来，这是一次完美的行动。但没想到第二天传来消息，甲号包间里被杀的并不是汪小小和卫登辉，而是另外两个别动队的军官。那天，他们是跟随着汪、卫一起去洗澡的，没想到却做了替死鬼。问题出在哪里？难道是那两个执行任务的同志弄错了？其实不然。那天，汪小小和卫登辉确实是进了甲号包间，这一点没有错，但谁能想到，那天汪小小喝多了，刚进包间便失手打破了茶杯，玻璃碎片掉落一地，茶水把卧榻上的垫子也弄湿了。老板赶紧过来，让人收拾，并把他们临时换到了隔壁乙号包间,而后来的甲号包间又安排了跟他们一起来的别动队的另外两个军官,这就阴差阳错,造成了现在的结果。

事后,那两个执行任务的同志回忆,他们事先瞄好了,一进包间便动手了,也来不及细看,榻上的两个人赤条条的也分辨不清。不过他们也不是没有一点诧异,因为被杀的两人中没有一个身材胖大的(这不像汪小小),但也来不及多想。

我大伯带着人在澡堂外接应。接到人后,问的第一句话便是:"干掉了吗?"得到肯定的回答后,他说好样的,干得漂亮。虽然后来得知真实情况后,不免有些失望,但仍然十分高兴,用他的话说,这次行动就像是在敌人的心脏上捅了一刀。

的确,这一刀捅得敌人心惊肉跳,极大地震慑了敌人。事后,史先生来到便衣队,听取了汇报,表扬了参与这次行动的同志,还让管后勤的把缴获来的食品和香烟分给大家,以示奖励。不过,他特别交代这件事的具体细节谁也不准对外透露,尤其是他们如何进城,又如何出城的经过。大家散去后,史先生把我大伯留下来,递给他一棵烟,自己也点着了一棵。"这样做值得吗?"他扔掉了手中没有燃尽的火柴,眯缝起眼睛看着我大伯。

我大伯一怔。史先生的话使他有些意外,这弯子转得有点快,刚才还表扬的,现在怎么却好像有批评的意思。"这是咋了?"他说。

史先生脸上的表情十分平和,但话语却重了起来。"这么干太冒险了,"他说,"你想过没有,如果失败会是什么后果?"

我大伯有些不服气,这咋能说冒险呢?打仗嘛,哪能一点不冒险?他说了自己的想法,又解释说他做了充分的准备,心里有把握,而且这么做可以杀一儆百,打击敌人,况且汪小小、卫登辉作恶多端,早该杀了。如果不是出现一点差错,他们现在都去见阎王了。

史先生认真地听我大伯把话讲完,他的工作作风向来耐心细致。等我大伯讲完之后,他才扶了扶眼镜说:"你的想法是好的,我不否认,而且充分肯定。"接着又说，我刚才表扬了大家，就是因为这一点。"你们勇闯虎穴，不畏牺牲，这让我高兴，但作为领导，"他说，"考虑问题应更加周全稳妥，不能图一时痛快。这样的教训难道还少吗？"他还指出，在当前困难复杂的情况下，我们更应该头脑冷静。对敌斗争是一个长期的任务，不能急于求成。他对便衣队成立以来取得的成绩充分肯定，同时提醒我大伯要从思想上行动上做长期艰苦的斗争准备。

史先生说话向来是以理服人，循循善诱。他从不强加于人，即便对下级，在谈话的过程中，总是尽量让你表达观点，哪怕是不同意见，然后再通过说理和讨论的方式进行沟通化解，让你口服心服。他们谈了没一会儿，我大伯便心悦诚服，表示接受。最后他感叹道："史先生，俺真算服你了。"

"哦，服什么啊？"

我大伯说："换了夏师长，说不定俺们又吵起来了。"

史先生哈哈笑了。"你可别光怪老夏呀，"他说，"你的脾气也得改改哟。"

二

敌人的报复很快来了。

自从便衣队成立以来，别动队频遭打击。汪小小和卫登辉早把我大伯视为眼中钉肉中刺，通缉他的赏格飙升到三千块大洋，超过了夏师长和史先生。澡堂刺杀发生后，汪小小和卫登辉恼羞成怒，下令把我爷爷家和我奶奶家的亲属全都抓了起来，老老少少一共抓了几十号，其中包括我的太奶奶、外曾祖父、二娘、三个姑奶奶、两个姨奶奶及他们的家眷等。其中我的太奶奶和外曾祖父都六十多岁了。

汪小小和卫登辉早就想抓我们的家人了，只是碍于卫孝衡和彭兆栋的反对才迟迟没有动手。澡堂事件后，他们再也按捺不住了。"他妈的，搞到老子头上来了！"汪小小气急败坏地骂道，"你要老子死，老子也不让你活！"他下令把贺家老少全都抓起来。卫登辉还拿着那份宣判他死刑的告示给他父亲看。"瞧瞧，你瞧瞧，"他说，"这都是啥？贺廷勇差点把俺杀了，再不动手就晚了！"

其实，卫树森并不反对对贺家动手。他早有此念，甚至提出干脆把贺恺年的两个儿子也抓起来。贺恺年是我太爷爷的兄弟，他的两个儿子贺仁贤、贺培贤系我爷爷的堂兄弟，与我大伯是堂叔侄关系。卫登辉当然明白他爹的意思，他是看中了贺家的轮船公司，早想据为己有。不过，贺恺年作为知名乡绅，名重一方，他的大儿子贺仁贤多年致力于实业，也属当地名流，还是商会副会长，不宜对他动手，即便要动手也得找到充分的理由。因此，卫登辉说："这个不急，先缓缓再说。"

贺家人被抓后，卫登辉便逼着他们上山去找我大伯，许诺说只要我大伯肯投案，便放了我们全家。我的两个姑奶奶都上山来找过我大伯，哭得很伤心，让我大伯设法救救他们。二娘也上过山，但她说话特别难听："你只管闹革命闹得痛快，也不顾家里人死活，你外公都是花甲之人，还能活几天啊？你好歹让他有个善终，留个全尸吧？"我大伯心里又气又难过，但也不便发作，只能好生劝说。

敌人这一招十分狠毒。不过，我大伯也有对策。你来损招，我便以其人之道还治其人之身。就在贺家人被抓了没多久，大贺村、小贺村，还有田家岗等十多个保长的家眷找到县上，哭着闹着要求救人。原来，这些保长全被扣了，便衣队撂下话来，如果贺家有人死了，这些保长就得抵命。

卫登辉有些意外。他没想到我大伯会和他来这一手，但他知道红军不会滥杀无辜，他们政策不允许这样做。"你们听着，"他安慰那些保长眷属说，"贺廷勇不过是吓吓你们的。他们不敢。你们且回去，不用担心。俺给你们打包票。"可那些眷属哪里放心，还是又哭又闹不肯离去。

这事还没完，卫家埠又出事了。便衣队用土炮冲着卫家的圩堡轰了三炮，把一排马厩都轰塌了，卫家人吓得四处奔逃。接着，又有村民送信来了，警告说如果卫登辉再不放人，那就不客气了。信是用四言顺口溜写的：

卫家听好，军无戏言。
贺家无辜，遭此荼毒。
打你三炮，算是警告。
以眼还眼，以牙还牙。
再不放人，后果自负。
三日为限，说到做到。

这封信估计是小黑皮詹少成的杰作。有回忆称，那次打炮就是小黑皮带着人去的。这篇回忆刊载于《霍川文史资料》第二辑，详细说了打炮的过程，使用的是当地的一种木制土炮，打的距离不远，但威力却不小。但文中并未交代这封信是谁写的，不过根据一般推测极有可能是出于小黑皮的手笔，因为编写顺口溜可是他的擅长。

卫家挨了炮吓得不轻。卫树森和卫登辉急忙赶回卫家埠，他们还带了一个连，说要加强卫家圩的保护，但却让卫家老爷子卫孝衡臭骂一顿。"老子不让你们动贺家，你们偏不听，这下惹出事，看你们如何收拾？"卫树森劝他爹不用担心，这帮赤匪成不了气候，"辉儿可以派兵保护，"他说，"爹要是再不放心，还可以进城住一段时间。"

"放你的狗屁！"卫孝衡气得浑身哆嗦。他指着卫树森大骂，"混账！全是混账话！跑了和尚跑不了庙，躲过初一躲得过十五吗？俺这把年纪，土都埋脖颈了，你们还这样瞎折腾，难道是巴不得老子早死吗？"

卫孝衡大为恼怒。这些年，随着年事越来越高，他背驼了，头发掉光了，腿脚也不利索了，岁月早已消磨了他的锐气。他不仅没有了当年的心劲，而且夜间常做噩梦，醒来后心悸不已。一个算命的曾对他说过，他身上杀气太重，势必危及子孙。他信以为真，多次告诫儿孙，可他们却把他的话当作耳旁风，他岂能不气？卫树森看他爹真的动怒了，连忙劝说，请他息怒，只有卫登辉还咽不下这口气，说是不能便宜了他们，咱卫家也不是好欺负的。

"那你想咋样？"卫孝衡说。

"哼，太岁头上动土，俺让他吃不了兜着走！"

"畜生！"卫孝衡一听这话又气不打一处来，"俺还没蹬腿哩！你们要闹，等俺死了再说，只要老子还有一口气，谁也不准胡来！"说到这里竟悲从中来，捶胸顿足，大呼，"卫家毁了，卫家就要毁在你们手中了。"

卫孝衡这一闹腾，卫登辉也不敢再违拗了。

三

贺家人被放了出来，这事暂告平息，但奸细一直没有查到，仍是一个很大的隐患。史先生回来后，亲自抓这件事。他的做法与崔部长不同，并不大张旗鼓，而是暗中进行。参与这项工作的只有极少的几个人，对外严格保密，特委中除了史先生，就连夏师长、岳松也不过问。

几个月下来，清查工作发现了一些可疑的线索，但收效不大。由于便衣队的成立，有效地打击了别动队的活动，加上特委和赤卫师制定的各种防范措施，使敌人的偷袭大大减少。那个奸细的活动表面看似乎也消停下来，但实则不然。

就在澡堂锄奸行动后不久，有一天，别动队突然搜查了县长袁幼鸣的家。这次搜查是卫登辉亲自带人去的。当时袁幼鸣正在县衙里开会，闻讯匆匆赶回，家里早已被翻得乱七八糟。他勃然大怒，操起电话便打到警察局。警察局局长陈小狗，原是县党部的侦行科科长，袁幼鸣当上县长后，先是安排陈小狗接替自己做了县党部书记长，接着又提拔他为警察局局长。他是袁幼鸣的亲信，接了电话便带人赶到袁府，与别动队形成了对峙。

袁幼鸣气得浑身发抖，指着卫登辉说："你，你……如此大胆，竟反了不成？"卫登辉有恃无恐，洋洋得意。"对不住了，县长大人，"他说，"俺这是奉命行事。"

"奉谁的命？"

"军座。"

"你说彭军长？"

"正是。"

"好好好，你且等着，我去找他说话。"

袁幼鸣找到了彭兆栋，没承想这事还真得到了他的批准。难怪呢？袁幼鸣心下思忖，卫登辉何来如此胆气，原来是有人给他撑腰子！

袁幼鸣与卫登辉父子不和，这是众所周知的。彭兆栋来了之后，卫树森一度计划挤走袁幼鸣，取而代之，但袁幼鸣也不是好惹的。他有CC的根基，路子也很粗，甚至可以通到南京。他找准机会曝光了卫家走私鸦片的事，引来舆论大哗，使卫家名声扫地，卫树森的计划也落了空。

在外界看来，这次搜查完全是卫家的报复行动。这种看法合情合理，也符合逻辑。问题是，搜查一个县长不是一件小事，况且还得到了彭兆栋的批准，这里必有缘故。

原来，卫登辉向彭兆栋报告说，袁幼鸣暗通"赤匪"。理由是：澡堂刺杀发生后，红军便衣队就藏在袁幼鸣家中，后又由警察局开具通行证逃之夭夭。这就解释了为什么刺杀发生后，这些"赤匪"会突然人间蒸发，就连全城戒严，四门紧闭，查了三天三夜也踪影全无。据卫登辉说，他们得到了可靠的情报，参加行刺的人员为了顺利出城，把枪支都暂时藏在袁幼鸣家没有带走。他相信只要突击搜查，定会找到证据。因为刺杀刚过去五天，说不定袁幼鸣还来不及转移罪证。

"好吧。"彭兆栋看他说得如此肯定，便批准了他的请求。然而，搜查结果一无所获，这下袁幼鸣不干了，非要彭兆栋给个说法。

彭兆栋十分被动，只好一边打圆场一边解释说，他对袁县长并无成见，对卫家也不偏袒，但事关党国利益，不能掉以轻心。但这种解释岂能服人？而且他堂堂党国县长受此屈辱，是可忍孰不可忍！他大骂卫登辉无中生有，恶意中伤，目的就是要搞垮他；又说卫树森想当县长想疯了，竟使出这种法子来诬陷他。"这事不能算完，我要告他们！"他气得头上青筋直暴，脸皮乌紫乌紫的。

彭兆栋安慰他说，他们的情报可能有误，让你受委屈了。"袁县长，"他说，"现在是非常时期，我们不得不谨慎。"

"那也不能听凭他们胡来！"

彭兆栋听了淡淡一笑："袁县长息怒，有道是无风不起浪，无鱼水不深，我怎么听说'赤匪'救过你的老婆和小姨子，可有此事？"

袁幼鸣一愣，这话明显是弦外有音。"你听谁说的？"

"这你别问了，究竟有没有吧？"

袁幼鸣一下子跳起来。"一派胡言！"他说，"是不是卫登辉？又是他造的谣？"彭兆栋不置可否。"卑鄙！太卑鄙了！"袁幼鸣说，"这全是无中生有！"

原来，几个月前，袁幼鸣的老婆和小姨子来霍川时确实遇到了土匪，对此他不否认，也否认不了，因为当时闹出了不小的动静。但按袁幼鸣的说法，救他老婆和小姨子的不是红军，而是一队恰好过路的客商。这队客商是省城鸿泰钱庄押运银车的，由拳头庄（钱庄的保镖）护送，看到土匪打劫便出手相救。事后，袁幼鸣为了表示感谢，还在城里最有名的状元楼饭店宴请了他们，这事饭店的老板可以证明。此外，《民国日报》曾予报道，同样可以佐证。

袁幼鸣并不慌乱。他把事情的前后经过详加说明，过了两天，又让人查到那份报纸，送到彭兆栋面前。

彭兆栋见此也不好再说什么，只好出面进行调停，把事情平息了下去。这事在大多数人看来，不过是狗咬狗，一嘴毛，但在史先生看来，就不那样简单了。

史先生在霍川工作多年，熟悉当地情况，对于敌人内部的关系也了如指掌。他一直主张利用敌人的矛盾开展工作。早在活捉六十五旅旅长褚良田时，他就主张不杀，为我所用。后来又针对西北军、东北军、桂系和彭兆栋的新编八十二军之间的派系矛盾分化瓦解；抓住袁幼鸣与卫家的不和进行渗透，这些工作都取得了成效。

袁幼鸣的家眷遭土匪打劫就发生在几个月前，当时担任护卫的一个班的警察死的死，逃的逃，眼看土匪就要得手，恰巧便衣队在附近活动，听见枪声，赶来击退了土匪。史先生得知这一消息，不仅没有为难袁的家眷，反倒以礼相待，并派人护送她们进城。这使袁幼鸣心存感念。当然，久居官场的袁幼鸣为了掩人耳目，对外改变了说法，声称救他老婆和小姨子的是鸿泰钱庄的银车队，并安排了宴请和采访，这不能不说是他的精明所在。此后，红军便与袁幼鸣悄悄有了来往。在购买药品、粮食等方面，袁幼鸣都提供了一些方便，这次要除掉汪小小和卫登辉也得到了他的暗助。

然而，这件事无论在特委还是游击师都属高度机密，知者甚少。那么，卫登辉又是如何知道的？特别是搜查袁宅，就发生在澡堂锄奸后的第五天。据我大伯说，他们从澡堂撤退后，被迫退往袁宅躲藏，等到三天戒严结束后，方由袁幼鸣搞来警察局的通行证混出城去，可他们前脚刚脱险，没过一天，敌人后脚便得知消息并搜查了袁宅。

这绝非偶然。

好在袁幼鸣向来心思缜密，注意防范，送走便衣队后，立即派人把便衣队暂放家中的武器悄悄运走了。事后得知，卫登辉他们正是冲着这批武器来的，不禁惊出一身冷汗。要是晚一步，他的罪名就坐实了。

袁幼鸣好生后怕，他原想借红军之手除掉汪小小和卫登辉，才甘冒风险，暗助红军，没想到偷鸡不成蚀把米，差点把自己搭了进去。他越想越怕，便让人带话给史先生，表示今后桥归桥，路归路，不再来往。

史先生得知这一情况，大感震惊。这事是如何泄露的？他找我大伯和参加行动的人员分别谈话，了解情况。他们均表示未向外吐露一字。这次进城的同志共有八人，包括小黑皮，都是我大伯挑选出来的好手，个个值得信赖。他们出城后，我大伯就向他们交代过严守机密，守口如瓶，这也是史先生要求的。关于在袁宅隐藏的事，我大伯除了向史先生汇报过，也未向任何人提及。那就奇了！问题究竟出在哪儿呢？尽管这事十分重大，但史先生并未表现出来。他对我大伯说："好了，我都清楚了，这事到此为止，对外不要再提了。"

果然，打这之后，史先生不再提及此事，我大伯甚至有些奇怪，这么大的事怎么就轻易放过了？许多年后，他才知道这正是史先生的高明之处，他不想打草惊蛇。事实上，这件事已经提醒了他，奸细就藏在他的周围。因为这事他只是在特委很小的范围里说过，知情者屈指可数。

一九三五年下半年，大别山区的国民党部队陆续北调，开往川陕等地围追堵截北上的红军主力。到了年底，彭兆栋的新编八十二军也调走了，只留下汪小小的别动队，加上桂系的一个团和西北军的一个团。在此基础上成立了霍川保安处，节制留霍各部队。在彭兆栋的举荐下，汪小小当上了保安处长，卫登辉被任命为副处长。

这一来，卫家的势力进一步扩大了，就连袁幼鸣也不得不让着他们三分。转眼过了新年，元宵节刚过，又发生了一件令人震惊的事：贺恺年的大儿子、我的堂叔爷贺仁贤被杀了！

杀人的就是汪小小。

第二十七章　堂叔爷　| 1936 年

一

我们贺家"贤"字辈的叔伯兄弟中有两人，一个是贺仁贤，一个是贺培贤，他们都是恺年公的儿子。贺仁贤系长子，人称仁大爷；贺培贤系次子，人称培二爷。按辈分，他们都是我的堂叔爷。

贺恺年与我太爷爷系同父异母兄弟，育有两男五女，其中长子贺仁贤是霍川知名人士。在省、市、县政协编撰的名人录中都少不了他的条目，因为他是著名的民族工商业家，其所开办的天元火轮船公司，是最早在龙河上使用机动轮船的，在当时堪称创举。民国二十五年，在他遇难之前，天元公司也是当地首屈一指最大的轮船公司。

民国十三年冬季，恺年公病逝，留下遗嘱四条：一是创业维艰，守成不易，后世子孙应力戒奢华，勤俭持家；二是败家之道，无非吃喝嫖赌抽，后世子孙严禁沾染；三是乱世求存，如履薄冰，当远离党派政治，潜心实业，方可避祸自保；四是和为贵，勿争勿斗，尤记不与卫家再起事端。贺仁贤恪守父教，谨遵不违。他潜心实业，不问政治，唯求自保，但最终还是难逃厄运。

仁大爷是个新派人物。他早年留学日本东京帝国大学经济科，醉心于实业救国之路。回国后大兴实业，创办了天元轮船公司。在贺家老辈人眼中，仁大爷宅心仁厚，处事稳健，是个了不起的人物。恺年公去世后，他继承家业，蒸蒸日上。据家族老人说，仁大爷相貌堂堂，气度不凡，谈吐举止，尽显雍容。他的穿着也很新派，西装革履，风度翩翩。穿得最多的是白西装，有时也穿那种带毛领的皮夹克，下身则是西裤或呢马裤，脚下视情搭配，或皮鞋，或马靴，极有派头。尽管家大业大，但他为人和蔼，待人和气，即便是下人，生气的时候也很少说脏话。

不过，我大伯对他评价并不高，主要是他做事谨小慎微，明哲保身。我大伯曾找过他，想通过他的轮船公司帮助红军运送粮食药品等，他则一概婉拒，声称先父有言，不涉党派政治，恕难从命。我大伯认为他思想古板，觉悟太低。

仁大爷是光绪二十五年生人，属猪，遇害那年三十七岁。他的死很突然，事前没有任何预兆。那是元宵节刚过。"俺记得是正月十九，"七叔公贺耕年回忆说，"第二天就是雨水（节气）了。"七叔公是贺家的老管家。恺年公在世时，他就是管家，仁大爷当家后，他仍是管家，可谓两朝元老。七叔公身材瘦长，满头银发。我采访他那一年，他已九十多岁，虽然年纪大了，腿脚已不灵便，走起路来颤巍巍的，但依然思路清晰，对几十年前发生的事记忆犹新。我查过日历，丙子年（一九三六年）正月二十确为雨水，他的记忆分毫不差，可见这件事对他印象深刻。不愧是当过贺家的老管家。

事情发生的那天本来一切如常。吃过早饭后，仁大爷便去城里了，临走时带了两个护卫，还有一个仆人。贺家的天元公司就设在城里，仁大爷经常来往于城里和乡下，有时也住在城里。这天，他去城里是商谈购买机船零件事宜。这事是委托梅田株式会社承办的。梅田株式会社的大班名叫梅田俊造，是仁大爷在日本留学时的同学。他毕业不久便来中国闯荡，受雇于一家日本探矿公司，对皖赣一带的矿产进行勘探，后又开办梅田株式会社（人称梅田洋行），兼营进出口贸易。他来中国不久，正是天元轮船公司发展时期，贺仁贤为了从日本购买先进机船，曾与梅田有过不少的合作。"他是一个精明的商人，"贺仁贤这样评价梅田，"他从不让自己吃亏，但对合作伙伴也尽心尽力。"因此，贺仁贤尽管不喜欢这个同学，仍与他保持联系，他当然不可能知道梅田是日本的情报人员，长期以来一直是以探矿和经商为名进行情报工作。

梅田株式会社位于霍川西大街。仁大爷那天是吃完午饭从贺老圩动身的，到达城里已是下午三四点钟。进城后，他直接去了梅田洋行。不巧的是，梅田不在。洋行里的人说他去十里铺了，啥时回来也说不准。梅田洋行在十里铺有个货栈，仁大爷去过多次，熟门熟路，便上了马车直奔十里铺去了。据跟随前往的仆人孙小三说，大爷到了那里，天已黑了。仁大爷进去后，小三在门外等候。"这是规矩，"小三说，"大爷拜客时俺们这些跟班的只能待在外边。"

梅田货栈是个独门小院，十分僻静。里边有七八间房，内设签押房、仓房，还有餐室和卧室。大爷进去后很长时间没出来，估计是梅田留饭了。因为这时已过饭点，孙小三便和车夫、护卫等人在离洋行不远处的面食摊上买了碗面吃起来。街上这时很安静，已经没什么人走动了。小三吃完面，起身四处溜达，忽见有人从货栈的院子走出来。他走得很急，匆匆忙忙的样子。"是卫少爷！"孙小三认出来了。他是啥时来的，孙小三并不清楚，但可以肯定的是，他来得比他们早，因为小三没看见他进去。孙小三对卫登辉没什么好感，不仅对他，而是对所有的卫家人都怀有敌视，这当然是受贺家人的影响。不过，卫家少爷出现在梅田货栈，并不令人意外，因为卫家与梅田亦有生意来往，所以孙小三当时也没在意。

卫登辉走后，又过了约一个时辰，仁大爷从里边出来了，大约是事情谈完了。梅田把他送到门前，拱手而别。上车时，孙小三对贺仁贤说，他刚才看到卫少爷了，仁大爷点点头，嘴里咕哝了一句："没想到……"

"啥？"孙小三好奇道，"没想到啥？"

贺仁贤皱了皱眉头，又咕哝了一句，好像自言自语："他们咋搞到了一起？"

"谁？"

贺仁贤摇摇头，没有往下说。

许多年后，小三回忆说，当时他感到大爷欲言又止，好像话中有话，只可惜他没说出来。之后，大爷他们回到天元公司。

再之后，灾难便降临了。

汪小小带人包围了轮船公司，一顿乱枪打死了仁大爷以及在场的两个护卫，除此之外，当时在公司内的一个车夫、三个伙计也没放过。不过，孙小三侥幸躲过一劫。因为进城后路过药店，他提前下车为大奶奶抓药才幸免于难。

许多年后，孙小三向我谈起这事仍感到后怕。"这是要灭口啊！"他对我说，"你想啊，俺要是在场，他们能放过俺吗？"案发的那年，孙小三才十六岁。他是二〇〇七年去世的，我采访他时他已八十多岁。大家都叫他孙三伯。我曾去大贺村看过他好几次。孙三伯是一个健谈之人，长得慈眉善目，两道长寿眉耷在眼皮上，又长又白，就像年画中的老寿星。孙三伯的耳朵有些背，但脑子很好使，说起过去的事头头是道，包括一些细节都活灵活现。

仁大爷被杀，震惊了全县。七叔公贺耕年闻讯赶到时，眼前的情景惨不忍睹。当时已是半夜时分，天早黑透了，只见轮船公司，还有码头上布满了兵丁，三步一岗，五步一哨，如临大敌。仁大爷等人的尸体已被移至码头边的一个仓库里。仁大爷身中五六枪，血迹早已干涸，在昏暗的马灯下泛着难看的黑紫色。与大爷尸体一起摆在地上的还有另外五具尸体，几乎每个人都挨了数枪，身上枪孔累累。贺耕年在贺家管事多年，也算经多识广，但目睹此景还是眼前一黑，倒在地上站不起来了。

第二天早上，七叔公被带到保安处，见到了汪小小。他全副武装，头戴大檐帽，脚蹬黑亮的马靴，一手叉着腰，一手按在腰上的黄皮枪套上,威风凛凛,趾高气扬。他向贺耕年宣布了贺仁贤的罪状,声称发现天元公司私运枪支,与"赤匪"暗中勾结,而且贺仁贤拒不认罪,公然武装反抗,军警迫不得已进行还击,将不法分子当场击毙。他还让人把查获的武器陈列出来,以示证罪确凿。可是,这种说法根本站不住脚。"鬼才信哩!"贺耕年告诉我说,"贺家从不做违禁之事,谁知那些枪支都是打哪弄来的?"

然而,汪小小不容七叔公质疑,便下令查封了天元公司。他还威胁说,如果再不老实,就将把贺家人统统抓起来治罪。

这一来,贺家人只好忍气吞声了。

二

仁大爷死后,贺老圩开始一蹶不振。恺年公虽有二子,但次子与长子天壤之别,相去甚远。次子贺培贤,人称培二爷,是家中的老末,在他上边有一个兄长,即贺仁贤,还有五个姐姐。他自幼受宠,却很不争气。"他就是个败家子。"家里仆人都这样说,提起他来都摇头咂嘴,表情很是不屑。

确实,培二爷一度很不成器,他吃喝嫖赌样样在行。仁大爷那天被杀时,他正在牌桌上赌得昏天暗地。贺耕年带着家人找到他时,他还很不耐烦,连说别闹别闹,就要和了。贺耕年急了,顾不上与他解释,便让人将他拉下牌桌,拖进马车。贺培贤气得直跺脚,连声大骂。"狗日的,"他说,"你们弄啥鬼?啥事不能等一等,难道死了人不成?"贺耕年和家里来的人一听这话,便都泪流满面,说是大爷死了。贺培贤这才如梦初醒,傻了一般。

其实,恺年公在世时,对贺培贤——这个家中的小老巴子并不疏于管教。从小就为他请了私塾先生,讲解忠孝节义、礼义廉耻,禁绝他的一切不良恶习。在严格的管束之下,培二爷在十五岁之前都算得上是一个中规中矩的好孩子。不仅如此，他还表现出了不凡的艺术天分，无师自通地在纸上画出各种景物，倒也蛮像那么回事。后来，家里专门为他聘请了一位绘画先生。这位先生是当地有名的画师，尤其擅长微雕。他能在黄豆大小的一块玉上刻出九条龙，而每条龙的鳞片就有数百块之多。这一度引起了培二爷的强烈兴趣。他从十岁起就跟着画师习练微雕，技艺颇有长进。有一次，画师把一个刻在指甲盖大小的竹片上的微雕作品拿给恺年公看，并告诉他这是他培二爷的作品时，恺年公居然一声惊呼："咱家要出艺术家了！"那个竹片上刻了二十首唐诗，尽管手法十分粗糙，但对一个孩子来说，已实属不易，堪称惊艳。

然而，自打恺年公去世后，一直受到严加管束的培二爷渐渐变成了另外一个人。他在书房里再也待不住了，并对曾经让他入迷的绘画失去了兴趣。他开始声色犬马，四处寻欢作乐，打起牌来三天三夜不下桌子，好像要把过去失去的时光统统补回来。他还是妓院的常客，曾经一连两个月待在妓院里，大门不出，二门不迈，昏天暗地，醉生梦死。有一次，仁大爷带人把他拖回来时，他已是面黄肌瘦，连站都站不稳了。"再这样下去，非害了他不可！"大爷回来后对老太太说，言外之意，是对老太太的溺爱和放纵表示不满。

老太太也很生气，她生气的原因倒不是因为二爷的荒唐，而是因为他居然待在妓院里两个多月一直没有回来看她。"你也太不像话了，连老娘都忘了！"她数落他道，培二爷呵呵笑着，笑得有气无力，然后回到屋子里倒头便睡。老太太看到他那气血耗尽、疲惫不堪的样子，又气又心疼。她痛骂妓院里的婊子没个好东西，个个都是害人精，好像她儿子没有丝毫责任。老太太是贺家的功臣，一口气为贺家生下七个子女，贺培贤是她四十六岁那年生下的。作为家里的小老巴子，因此特别受到宠爱。恺年公在世时，对他严格的管教她并不赞同，但她当不了老太爷的家，现在老太爷不在了，她便彻底放任不管了。有时气急了，她也威胁要把他赶出家门，并让孙小三带信给他，可他才不在乎哩。"不让俺回家才好哩,"他对孙小三说,"你以为俺想回啊?"小三子打小就在贺家当仆人,当然不敢把培二爷的话传给老太太。过了一段时间,老太太见不到贺培贤的影儿,自己倒先急了起来,让人传话给他,要他立马回来见她。来人说,老太太光火了,还拍了桌子。小三子心想,这下要坏菜了,老太太非收拾他不可。"你想啊,他把老太太的话当作耳旁风,她能不气吗?"小三子对我说。可谁也没想到,二爷一回去,老太太倒先哭了起来,她说你这个孽障,存心想气死老娘啊!哭了一通之后,便不了了之了。后来的结果是,老太太让厨房烧了一桌子好菜,看着二爷吃下去,直到二爷撑得受不了,方才罢休。

孙小三——如今的孙三伯在说这段往事时,瘪着嘴呵呵直笑。当时他正蹲在一面山墙下晒着太阳,双手笼在袖筒里。阳光照在他身上,洒下一片暖洋洋的光。"说实在的,见过惯小孩的,可没见过这么惯的。"他对我说。他还告诉我,在贺家几乎没有二爷办不成的事,除了有一回闹得实在不像话了,才把事情搞砸了。

那是贺培贤十八岁那一年。城里云梦馆来了个杭州名妓,叫小金玉。"这女人长得太勾人了,瞧一眼魂就没了。"孙三伯告诉我,她不仅长得漂亮,而且吹拉弹唱样样会来。用二爷的话说,她是用蜜糖熬出来的,一碰便浓得化不开了。二爷第一次见到她就被迷住了。"这是个狐狸精!"他当时就下了断言。那天晚上,小金玉的房间里叫声四起,一次又一次地直到天亮。第二天上午,二爷从她房间里出来时,两眼通红,一副亢奋的样子,就像打了鸡血似的。"太过瘾了,"他对小三子说,"就像飞起来一样。"

自从那天起,他就离不开小金玉了。为了得到小金玉,他不惜血本,大把大把地扔钱,也不知扔了多少。后来有一天竟然提出要把小金玉娶回家当老婆。这一来,事情搞大了。老太太不愿意。二爷和小金玉的事,她早就听说了,原以为像以前一样,不过是寻欢作乐,也没太当回事,可现在他竟要把人娶回家来,老太太气得差点晕过去。她差人把贺培贤找了回来,并把大爷和五个姑奶奶全都紧急召来。

"俺娘简直气坏了!"五个姑姑中最小的姑奶奶这样说,她在去世前,我曾走访过她。村里人都称她五小姐。五小姐说,老太太苦口婆心劝了半天毫无效果,大爷和五个姑奶奶也都帮着说服。几个人软硬兼施,有的唱白脸,有的唱红脸,啥办法都用尽了,可贺培贤油盐不进,非娶小金玉不可。"他是鬼迷了心窍!"五小姐说,老太太没咒念了,便下了狠招。她让人泡了一碗砒霜水,端来摆在桌子上。"俺没你这个儿子。"她对贺培贤说,要么你改变主意,要么别想走出这个房间。贺培贤听了这话,几乎想都没想,便端起了那碗砒霜水。"既然不让俺娶她,那俺还是死了算了。"他说。

大爷和几个姑奶奶一见,都上去按住培二爷的手。老太太又气又急,她没想到贺培贤竟然铁了心,为了个妓女竟连命都不要了。"好吧,"她说,"都是俺造的孽,那就让俺死吧!"说着,自己端起那碗砒霜水就往嘴里灌。家里人都慌了,急忙上前拉扯,又手忙脚乱地叫来了家里的罗先生。罗先生是贺家的大夫,眼睛高度近视,外号罗瞎子。此人医术精湛,三代为医。他看病有个习惯,从不问你病情,你要和他说病情,他起身就走,说你都知道了,还要俺弄熊哩。

罗瞎子在人的搀扶下颤巍巍地来了。他二话没说,便让人舀来一碗马尿,给老太太灌了下去。老太太哇哇地呕吐起来。吐完之后,罗瞎子又用了一剂汤药,老太太才慢慢苏醒过来。好在大家拦得及时,喝下去的砒霜并不多,加上救治及时,老太太总算保住了一条命。大爷愤怒之极,他揪住二爷的领子,狠狠地抽了他一耳光。"这是俺头回见他打人。"七叔公贺耕年对我说,几个姑奶奶也都上来骂他。贺培贤扑通一声跪了下来。在整个抢救过程中,他一直跪在那里,也没人去理他。就这样,他跪了一夜,直到第二天早上母亲醒来,问他在哪里,才有人把他架了过来。由于跪了一晚,他的两条腿已经僵硬得站不起来。他来到母亲床前,扑通一声又跪了下去。母亲余怒未消,看都不看他一眼。

"俺没你这个儿子!"

"娘,俺该死。"

"还敢犯浑不?"

"不了。"

"那好,从今往后不准再见她。"

"不见。"

"说话算数?"

"算数。"

贺培贤说到做到。此后三个月,他果然大门不出,二门不迈,老太太心满意足,觉得这口砒霜没白喝。就在大家以为他已改邪归正,为此庆幸时,没想到又出事了。

三

这回事情出在家里的丫头秋云身上。秋云十六岁,刚到贺家还不到半年时间。这丫头长得水灵,皮肤虽然有些黑,但浑身上下十分饱满,像个熟透的桃子。老太太很喜欢这个丫头。就在前不久,秋云突然感到身子不适,常常莫名其妙地犯恶心,有一天饭后竟然呕吐不止,差点把肠子都吐了出来。老太太差人找来罗瞎子。罗瞎子一搭脉便把眼睛瞪得溜圆。他支开了秋云,悄悄对老太太说,这丫头有孕了。

老太太以为自己听错了,连问了两遍,问得罗瞎子都不高兴了。其实,老太太不是不相信罗瞎子的医术,而是不愿相信眼前的事实。她把秋云叫进来,要她老实交代。"这下坏了!"秋云事后对人说,她吓得浑身直哆嗦,跪在地上哇哇大哭。她知道事情的严重后果,可问她这是谁干的,她却死活不愿说。"不是俺不愿说,是俺不敢说。"她说的倒是实情。不过,她越不说老太太越生气。

"去,去把七叔找来。"她吩咐道。

不一会儿，管家贺耕年便赶来了。老太太让他把秋云打发回家。秋云哭得像个泪人似的，她知道一旦被送回家便死定了，因为不仅名声臭了，而且父母亲也不会饶过她。

就在她手足无措的时候，二爷匆匆地赶来了。他一边走一边扣着衣扣，脸上睡眼蒙眬，眼屎巴拉的，一看就知道刚从床上爬起来。他是从孙小三那里得知消息的。昨晚他邀了几个朋友喝了一夜酒，天亮时刚刚睡下。小三子把他从床上叫起来时，他还浑身酒气，迷迷糊糊，直冲小三子发火。"你个狗日的，还让不让老子睡了？"小三子已经顾不上这些了，连忙说老太太要把秋云赶走，你赶紧去看看。二爷一听这话，立时睡意全无，一下子从床上坐起来，手忙脚乱地一边穿衣服一边往屋外跑。

"你去找七叔公，"他吩咐小三子，"把秋云带回来。"

"你让俺咋说？"小三子有些害怕。

"你就说是俺说的。"贺培贤大声喊道。

老太太正在屋里逗弄鸟儿，看到二爷惊慌失措地跑来，不知出了什么事，正要开口问他，贺培贤抢在了前面。

"娘，你可不能把秋云赶走。"

"为啥呢？"老太太话一出口便惊讶地瞪大了眼睛，"那事不会是你干的吧？"其实，用不着回答，答案已经不言自明。事后，老太太说，难怪他那段时间老老实实待在家里，原来是看中了这个丫头。"这个不正经的东西！"她当时气得大骂。

不过，贺培贤倒是沉着镇定，他没做任何辩解，而是直接告诉老太太，秋云如今怀的可是贺家的种。他的话一出口，便击中了问题的要害。老太太一肚子怒火顿时撒了气。

她说："你想咋办？"

"还能咋办？"贺培贤反问道。

"你个不要脸的东西！"老太太指着他的鼻子骂。骂过之后，又连声叹气。贺培贤松了一口气，知道危机已经解除了。然后，开始心平气和地和老太太讨论善后。

到了这时候，老太太也没了脾气。不过，她坚持一点，秋云出身太低，只能做妾，贺培贤也表示同意。不过，贺培贤当时还没有娶妻，哪有先妾后妻的道理，于是便采取了变通的办法，等到培二爷娶了妻再办仪式。

这件事发生后，培二爷稳当了一阵子，但谁承想他新鲜劲儿一过，老毛病又犯了。贺老圩的人看了都直摇头，说是狗改不了吃屎，好在贺家家大业大，只能随他去了。

可是，如今仁大爷一死，这个家该由他来当了，大家心里都捏了一把汗，因为谁也不看好他。这家伙除了能挥霍，啥也做不了。在人们眼中，他就是一个扶不起来的猪大肠。就连七叔公提起他来也不住叹气："唉唉，没指望了，贺家的气数要尽了。"

就在大家都不看好贺培贤时，有一个人例外。

这个人就是罗瞎子。

"你们可别小瞧了他，"他说，"这家伙相貌不凡，日后必成大事。"按他的说法，二爷骨格清奇，秀外慧中，三停八卦，饱满丰厚，主大贵。不足者，乃明堂略短，耳门低平，此系隐患所在。不过，如有时运相助，可大贵，否则将会劫难加身，不得善终。罗瞎子精通医术，对周易颇有研究。他还会看相和占卜。古云，医相同源，看来确有道理。他的话后来果然应验。到了那时，人们才掂量出培二爷的斤两，惊讶不已。"真没看出来，"众人都说，"这家伙还真不是个凡角。"

第二十八章 大 伯 | 1937年

一

经过两年的艰苦斗争，霍川的困难局面逐步扭转。游击师由原来的数百人，发展到两千余人，根据地也部分得到恢复。由于采取灵活机动的游击战术，有效地打击了敌人。敌人自以为得意的别动队也不灵了。汪小小和卫登辉几度调集重兵展开"围剿"，但收效甚微，这让他们大感头痛。

一九三七年清明节刚过，我大伯接到开会的通知，带着小李赶赴金石台。特委和师部的驻地经常变换，这时又转移到金石台一带。年初，游击师进行改编，更名为霍川红军师，下设三个团，我大伯任第一团团长，卢庆竹任第二团团长，第三团团长肖江（霍川起义时任第一大队副大队长，我大伯时任大队长）。平时三个团分散活动，彼此很少见面。我大伯赶到师部，看见卢庆竹和肖江已到了，感到十分亲热。

"老伙计，咱们又见面了！"他们相互捶打，高兴地说着话。这时，史先生和夏杰师长边说边笑地走进来。他们迎上去敬礼，夏师长、史先生一边还礼，一边和大家握手。

"知道为啥把你们叫来吗？"夏师长刚坐下便问道。

"肯定有好事！"我大伯抢道。

"说得不错！"夏师长哈哈大笑，情绪十分高涨。

"啥好事？"卢庆竹和肖江都迫不及待地问。夏师长扭头看着史先生笑而不答。史先生也笑了。"不用急，"他招呼大家，"先坐下，咱们慢慢说。"

大家坐下后，都有些等不及了。夏师长也看出来了，但他偏不急，先问起各团情况，问完之后才转入正题。夏师长的伤早已恢复了，他又像以前那样精神抖擞，说话声音洪亮。"今天把几位找来，"他说，"有个大客要请啊。"

"啥大客？"大家都好奇地问。

"别动队！"他把拳头朝桌子上一砸，"这回咱们要好好地打回牙祭喽！"

"是吗？"

"太好了！"

"这帮王八崽子早该扒他们的皮了！"

众人一听都兴奋起来。夏师长快活地看着大家："这回是请大客，你们都听好了，不是零打碎敲，我是说全歼，不准放跑一个。"

会场里一阵欢呼。众人都说："快说咋干吧？"

夏师长似乎并不急，掏出烟来散了一圈，又唤人送了茶。他越不说大家越急，直到吊足了大家胃口，这才说了计划。原来，师部打算将别动队引至马头山，然后实行包围歼灭。"这个任务由二团、三团完成，"夏杰说道，"我刚才说了要全歼，不准放跑一个，能做到吗？"说着，抬起头来看着二团团长卢庆竹和三团团长肖江说。

"没问题！"卢庆竹回答。

"保证完成任务！"肖江也答。

我大伯这时急了："俺们一团呢？"

"你急个啥？"夏师长说，"我就是落下谁，也落不了你贺廷勇。"他的话音一落，便响起一片笑声。"你放心，"夏杰接着说道，"少不了你的仗打。一团的任务是打阻击。"

"阻击？"我大伯一听便有些不情愿了，嘴上没说，脸上已表露出来。夏师长看在眼里："怎么着，不满意啊？"

我大伯没吭声。史先生插话道："廷勇啊，你们的任务可不轻。这次阻击关乎整个行动的成败。我们包围了别动队，敌人一定会拼死相救。能不能顶住，就看你们一团了。"

"是啊，"夏师长故意道，"我和老史说了，这事不勉强，一团要不行，可以让别的团上嘛。"

"谁说不行了？"我大伯一听急了。

众人又都笑了。接下去，详细布置了任务。之后，史先生开始讲话。他说，这是一次全师行动，三个团协同作战，过去两年来还从没有过。"我知道不少人对我们有意见啊，说我们太软了，老是躲来躲去的。"他抽了一口烟，不疾不徐道，"古语云，时不至，不可强生；事不究，不可强成。你们以为我们想躲啊？不，那是时机未到。"

"说得对，"夏师长接话道，"有多少粮，吃多少饭，我不和你拼不是怕你，而是在等待时机，出水才看两脚泥。"

众人都说对。自从史先生回来后，由于改变了过去的错误打法，大家尝到了甜头。就连夏师长也心悦诚服，伤愈归队后，他与史先生相互配合，工作开展得有声有色。最后说到这次行动，史先生强调说："这一仗，我们可是掏血本了，全部家底都拿出来了。不打则已，要打就要打得漂亮，只准打好，不准打坏，大家有没有信心啊？"

"有！"

众人齐声响应。会上还强调了保密事宜。在部队行动前，除了团长之外，计划不准向任何人透露半个字。

散会后，我大伯单独留下来，与史先生谈了一会儿话。刚才开会时，他心里就有些疑惑：这次围歼别动队，全师出动，可是敌人哪有那么乖？他会听咱的？你叫他来他就来啊？如果咱们设下伏，他们不来可咋办？他本来在会上就想提出这些疑问，但又忍住了，会后便向史先生说了出来。史先生笑道："廷勇啊，都说你爱动脑子，还真不假。不过，你放心，我们是不打无准备之仗，既然打就有充分的把握。"

史先生既然这样说，我大伯自然相信，可是他还有一点担心：全师行动，这么多人从各地集中起来，即便严加保密，也难免不走漏风声，何况奸细还没有抓到。

我大伯的担心不无道理。黄龙洞事件发生后，查找奸细的工作一直没有进展。他问过史先生几次，每次史先生总是轻描淡写地说是正在查哩，便没了下文。究竟查到何种程度了，谁也不清楚。现在，他又想到这个问题，不能不提醒史先生。哪知史先生听了还是那个口气。"我知道，不用担心，我都安排好了。"说着，弹了弹烟灰，一副胸有成竹的模样。

二

卫登辉当上保安处副处长后，权势显赫，如日中天，卫家的地位也炙手可热，无人可比。为了巩固自己的地位，卫家还把三小姐嫁给了汪小小。卫树森膝下有一子三女。老大老二皆为闺女；老三卫登辉，系独子；下边还有一个小女儿，人称三小姐，是姨太太所出，年纪刚满十七，长得花容月貌。汪小小在家乡有过妻室，开始三小姐还不愿意，直到汪小小答应停妻再娶才达成婚约。三小姐过门后，汪小小成了卫树森的乘龙快婿，与卫登辉则成了郎舅关系。这一来，卫家在霍川几乎可以一手遮天了。

然而，让汪小小和卫登辉头疼的是，霍川红军师不断壮大，越"剿"越多。"剿总"来电指责他们"敷衍塞责""畏寇避战"，上峰也极不满意，甚至威胁要走马换将。特别是便衣队的建立，神出鬼没，打得别动队心惊胆战，龟缩在城内不敢轻易露头。彭兆栋的新编第八十二军调防后，在汪小小的一再请求下，前不久上边又增调一个团进入霍川，使全县驻军达到四个团，但"围剿"依然不见起色，难怪上边不满意哩。

汪小小心急上火，牙齿发炎，半个腮帮子肿得老高。他让卫登辉赶紧想办法，再不弄出点名堂来，屁股下的板凳怕是坐不住了。卫登辉当然也着急。可黄龙洞事件后，红军高度警觉，内部查得很紧，他的耳目不得不有所收敛。他也表示理解，可随着时间的过去，看到红军不断壮大，他实在等不及，开始频频催促，终于有了消息。他兴冲冲地来找汪小小报告。

"有消息了！"

"什么消息？"

"特委要在这里开会了！"卫登辉取来地图在上边指了一下。

"八大户？"

"是的。"

"可靠吗？"

"可靠。"

"他妈的，太好了！"汪小小捂着腮帮子说，不禁大喜过望。

八大户是一个村名。村名的由来无人知晓，可能是刚建村时只有八户人家，但现在村内已有三十五户人家，但村名依然叫作八大户。八大户位于北乡马头山下，三面环山，只有朝东一条路通向外边，地理环境十分封闭。卫登辉得到消息，阴历三月十一日，霍川特委和红军师将在这里开会，重要的人物都将出席，担任保卫的只有一个警卫连。

他们当即商定了作战计划：由别动队提前悄悄潜入八大户附近，然后实施包围。为防止红军增援，汪小小调两个团随后跟进。卫登辉自告奋勇打头阵。在他看来，红军只有一个连，而别动队近千人，兵力悬殊，不难得手。卫登辉升任副处长后，仍任别动队副队长（队长是汪小小）。这两年，别动队战绩不佳，受到冷嘲热讽。有人说："别动队，别动队，就是待着别动。"还有人说："银样镴枪头，中看不中用。"这些话传到卫登辉耳里，让他十分憋气，早想一展身手，让外人瞧瞧，如今机会来了，岂能放过？

汪小小好心劝他："你也不用太辛苦，就让马朗去吧。"马朗是别动队的参谋长，是汪小小一手提拔起来的得力干将，完全值得信赖。

"不，"卫登辉说，"还是把稳点好。"

汪小小知道他图功心切，也顺水推舟。"也好，"他说，"那就辛苦老弟了。事成之后，我为你庆功。"

阴历三月十一日，是个阴雨天。清明过后，谷雨将至，那段时间雨水特别多。难得有个晴天，转眼又下雨了。这天，从早晨开始就一直时断时续下着小雨。别动队分散进入马头山一带。入夜之后才以中队为单位集结，潜入八大户附近。按卫登辉的布置，一中队、二中队沿马头山布防，然后向八大户搜索前进，防止"赤匪"向山中逃窜，他自率第三中队包围八大户，实施攻击。

子夜时分，部署顺利完成，其间没有发生任何意外。卫登辉极为满意，在接到第一中队、第二中队到达指定位置的报告后，他下令进村。尖兵从三个方向扑向村中。夜色中的八大户静悄悄的，居然没有任何动静，就连狗吠的声音也没有，这让卫登辉大感意外。此时，后续部队也进入村中。不一会儿，有人来向他报告，说村中空无一人。

"啥？"卫登辉一愣，"这咋可能？"他一边想着，一边立即起身进村，果然村中空空如也，黑灯瞎火，万籁俱寂，除了偶尔有几只老鼠被惊动后沿着墙脚乱窜之外，连个活物都没有。"不好，他们跑了！"卫登辉叫了一声，"给俺搜！"他命令道。

就在部队四处搜索的同时，他又急令沿马头山布防的第一中队、第二中队，拉开大网，防止红军向山中逃窜。"他们跑不远。"他心里想，即便别动队行动不慎，走漏风声，惊动了共党特委，他们也不可能走远。"都给俺瞪大眼睛，仔细搜！"他大声吆喝道。

卫登辉信心十足。这次行动经过精心筹划和准备，行动开始后他亲自带队，整个过程也未发现有丝毫差错，起码到眼下为止是如此。他不信共党特委能插翅飞了。他来到村中的祠堂，让人生着火，驱赶寒意。清明前后春寒料峭，在外边冻了一天实在够呛，身子差不多都快冻僵了，肚子也早饿了，他让人把带来的酒菜拿出来，一边吃一边等消息。

一个多小时过去了，没有半点消息。又过了一会儿，一、二中队也派人来报告，没有发现红军。"这咋可能？"卫登辉怒道，"你们都给俺搜仔细了？"

"仔细了。"马朗回答。

"都搜了？"

"都搜了。"

"这咋可能！"卫登辉说道。他的情报非常准确,难道哪里出错了？"不，不可能！"卫登辉很快否定了自己的想法。他相信情报是可靠的，以前屡试不爽。难道是特委临时取消了会议，内线来不及通知他？但这种可能性并不大。因为特委和红军师领导分散在各地，通知都是几天前就发出的，不大可能临时改变，除非出现紧急情况。"搜！再给俺仔细搜！"他命令道，"老子不信他们还能钻到地缝去？"

部队继续开始搜索，一个小时又过去了，仍然没有消息。沮丧的情绪开始席卷而来，卫登辉意识到这次行动可能失败了。他不知道哪里出了问题，直到这时，他还一门心思地在按自己的思路考虑问题，并没有意识到危险正在降临。

不知何时，雨渐渐地小起来，不一会儿便停了。周围静静的，只有风声不时传来。别动队员打起手电、火把，仍在四处搜索。卫登辉焦躁地不停地掏出怀表看着。

时间一点点过去。

希望越来越小。

忽然间，寂静的夜色中响起了枪声。

啪啪……

啪啪啪……

枪声来得很突然，起先还有些稀疏，很快就稠密起来。不一会儿，便枪声大作。卫登辉心中一喜，以为发现了红军的踪迹。

"哪里打枪？"他问道。

"在东边。"有人答道。

"不，在西边。"

此时，远远近近，四面八方都响起了枪声。"好，好，"卫登辉连声叫道，"总算找到你们了！"

"集合队伍！"他朝马朗命令道。

马朗带着第三中队跟随卫登辉一起行动。听到命令，他应了一声，立即集合起队伍，向村外开去。"传俺的令，"卫登辉大声喊道，"不论活的死的都有重赏！"说着，带着卫队兴冲冲地跟上去，来到村头督战。

枪声越发激烈了。暗夜里火光闪烁，子弹在空中发出尖厉的啸声。手榴弹的爆炸声也不断响起。那声音就在离村子不远的地方。卫登辉站在村口的一座石牌坊下，一只脚踏在石鼓上，伸长脖颈四处打量。很快，马头山方向也传来枪声，一准是一、二中队发现了"赤匪"要向山里逃窜，正在阻击，他心里想。"他娘的，老子早料到了！"他得意地说，"看你们往哪跑？"

卫登辉心里美滋滋的，刚才的沮丧早已一扫而空。他啥都不怕，怕的就是找不到"赤匪"，只要发现了他们，在层层包围之下，料他们一个也跑不了。

卫登辉极为得意。四周的枪声响作一团，不知哪里起火了，火光冲天，照亮了夜空。卫登辉兴奋地搓起手，大叫道："打！给俺狠狠打！"

然而，就在他洋洋得意之时，忽然一排子弹迎面打来，打在牌坊上火星四溅。卫队赶紧拥上来，护着卫登辉退到牌坊后边。"咋回事？咋回事？"卫登辉蹲下身子，朝前看去。他有些紧张，但仍然没有意识到大难将至。

不一会儿，枪声越来越近了，还夹杂着阵阵喊杀声。卫登辉一边令人警戒，一边派人打探消息。就在这时，有人慌慌张张地跑来报告："红鬼！……红鬼来了！……"前来报告的人满脸惊恐，上气不接下气。卫登辉正要发火，只见一团团黑影如同雪崩一般向村口拥来，乱糟糟的一片混乱，正是第三大队。

"咋啦？咋啦？"卫登辉大惊失声，急忙上前阻止，可乱成一团的部队，你推我搡，如同一群无头苍蝇乱飞乱撞，谁也不听他的。

"站住！站住！"他大声喝道，情急之下朝天放了两枪，依然制止不住。正一头雾水，忽见马朗裹在队伍中慌慌张张地跑了过来。他的帽子已经不见了，衣衫不整，浑身泥土，一副狼狈不堪的样子。

"出了啥事？"他一把拉住马朗。马朗气喘吁吁，双手比画着，半天说不出话来。卫登辉愤怒地抓住他的领口，打了他一个耳光。"混蛋！你个混蛋，你倒是说话呀！"马朗好不容易顺过气来，这才惊慌失措地说道："不好了，红鬼……咱们上当了……他们来了好多……"

"你胡说个啥？"卫登辉勃然大怒，心想这怎么可能？正要发作，这时又有一排子弹打过来，他身边的卫兵立时倒下一片。马朗上前扑倒他，卫登辉跌倒在地，弄得满手烂泥，来不及发火，又有一颗手榴弹扔过来，炸得周围的兵丁人仰马翻。

"快走！快走！"马朗上前扶起卫登辉，拉起他就走。雨这时又下起来。冷雨打着他们的面颊，带来阵阵寒意。他们深一脚浅一脚地向后跑去，身上溅满了泥浆，雨披也跑丢了，浑身淋得透湿。周围黑漆漆的，前后左右都是溃兵。跑了两里多路，枪声渐远。他们实在跑不动了，便一屁股坐在地上，呼呼喘气。"到底出了啥事？"卫登辉不等喘匀了气便问起详情。马朗报告说，他们出村不到三里路便遇到红军，双方打起来，没想到红军人数很多，至少一个团，他们根本抵挡不住。

"这不可能！"卫登辉断然否定。据他的情报，红军只有一个警卫连，哪来那么多红军？难道是从天上掉下来的不成？"错不了，"马朗肯定地说，"恐怕一个团还不止。"他又补充道。卫登辉还是不相信。这小子准是吓破了胆,他心里想。即便退一万步,真的如他所说,发现了大股红军,那也不用怕。

按照事前的计划,在别动队潜入八大户周边时,汪小小另调两个团的兵力分别开进花山寨、果子洞、磨子圩和火神滩一带。这些地方距八大户只有五到十里的路程。枪声一响,这些部队便会立即向八大户增援,而最近的花山寨距八大户只有五里路,急行军半个小时即可赶到;最远的火神滩也只须一个多小时。因此,卫登辉并不慌乱,他相信凭借别动队的实力,坚守一两个小时不成问题。到了那时,增援部队一到,红军就会被围在马头山下,无路可逃。"不要慌,你给俺顶住,援兵很快会到。"他一边给马朗打气,一边令他赶紧收拢散兵,进行布防,同时派人通知第一中队、第二中队迅速向他靠拢。

但是,一切都晚了。红军早已张网以待。红军师卢庆竹团和肖江团按计划把别动队的三个中队分割包围,各个击破。别动队虽然武器精良,富有作战经验,但红军兵力占优,且善于夜战,有备而来,打得敌人措手不及。战斗持续了三个小时,别动队被打得七零八落,四散奔逃。夏师长下令不留俘虏。红军战士早对别动队恨之入骨,接到命令便穷追猛打。别动队第一、二中队很快就被歼灭。马朗收拢残兵,固守在一个山头上,拼死抗击。时间一点点过去了,卫登辉左等右等不见援兵,知道坏事了。他掏出怀表看了看,从战斗打响已经过去三个多小时了,虽然是雨天路滑,行军困难,但无论如何也不至于到现在还没赶到。一定是出了问题!他开始慌乱了。红军的攻势越来越猛,他大叫马朗,却无人应答,扭头一看,马朗倒在地上痛苦地翻滚,他被子弹击中了,很快就一动不动了。

阵地渐渐守不住了,残兵败将们早已无心恋战,开始溃退。卫登辉一看大势已去,便混在乱兵中逃去。黑夜中不辨方向,他们慌不择路,跌跌爬爬地乱跑,突然迎面来了一队红军,发现他们后,二话没说便是一阵猛烈的枪击。身边的人纷纷倒下,卫登辉扭头想跑,忽感头上重重挨了一击。"娘哩,"他叫一声,"俺被打中了!"说着便扑倒在地。

这一枪打在他的后脑勺上,当场要了他的命。

卫登辉的好戏落幕了!他原以为设下好局,哪知机关算尽,反倒误了卿卿性命,这是他事前根本没有预料到的。直到最后时刻,他还指望援兵能够赶到。可是,史先生早有安排,令我大伯带领第一团守住乌鸦口,这是通向八大户的唯一通道。史先生要求我大伯至少守住四个小时,以便二团、三团有时间吃掉别动队。这个任务相当艰巨,当初史先生和夏师长商量后一致认为,这个任务交给第一团最合适。果然,我大伯不负众望。汪小小带了两个团轮番猛攻,并用重炮频频轰击,但乌鸦口道路狭窄,易守难攻,且不利于大部队作战。我大伯巧妙地利用地形,死死地守住,使敌人无法前进半步。直到别动队被全歼后,他才带队撤离,钻入马头山,与大部队会合。

天亮时分,汪小小的援军终于开到了八大户,但黄花菜早就凉了。四处的原野、山坡、沟壑、道路、村庄内外到处都是别动队的尸体。当汪小小找到卫登辉的尸体时,发现他被打成了筛子,连骨头架都打散了。几个兵丁小心翼翼好不容易才把他弄到一块门板上抬了回来。

据我大伯说,战斗结束后,红军打扫战场,四处搜寻卫登辉。后来发现他的尸体倒在一块水田旁,脑袋扎在刚放了水的秧田中,两脚横叉在田埂上。人们把他尸体翻过来,只见他脸上满是污泥,模样肮脏丑陋。"就是他!"有人认出来了。大家一片欢呼,连忙向上边报告。小黑皮闻讯赶到,此时他已是便衣队队长,满腔仇恨的他端起机枪便向卫登辉的尸体突突突地打完了一梭子,直到打成了蜂窝,仍不解恨,又狠狠地端了两脚。

三

八大户一战全歼别动队,消灭敌人近千人。这是一次重大胜利,红军扬眉吐气。老百姓也深受鼓舞,都说主力红军又回来了,遭殃军的日子不好过了。我大伯在战后来到费伯母的坟前,烧了三炷香,然后坐了很长时间。警卫员小李跟他一起去的,他回来说看到贺团长流泪了。是的,我大伯此时心里又高兴又难过。费伯母牺牲了,这是他心中永远的痛,而且丫丫始终没有找到,一想起来就心如刀绞。这个仇除了让敌人加倍偿还,别无他法。"等着瞧吧,"他在心里暗暗发誓,"你们一个都跑不了,汪小小、卫树森,还有彭兆栋那些大大小小的混蛋们,俺要一个一个收拾他们!"

八大户的失利使汪小小既惶恐,又恼怒。他不明白发生了什么事,卫登辉对他说情报极为准确,他完全相信。情报工作过去一直由卫登辉负责,他并不过问。枫树湾和黄龙洞先后得手,说明卫登辉的情报十分准确。可是这一次,不知为啥却失灵了,反倒着了红军的道儿,被打得如此狼狈。汪小小对此迷惑不解。

他恼羞成怒,开始疯狂报复。在别动队被歼的第二天,他便下令血洗八大户,全村三十五户,老少一百七十四人皆遭残杀,村庄也被夷为平地。此后,又连续数月开展"清剿"。为了给卫登辉报仇,他还抓了我太奶奶和外曾祖父、二娘等家人,就连大贺村、小贺村中的红军家属也一个不放过,先后被抓或被杀的贺氏宗亲多达几十号人。汪小小扬言:"要把姓贺的斩尽杀绝!"多亏我的三个姑奶奶和两个姨奶奶以及眷属鉴于上次被抓的教训,早已逃离霍川才得以幸免。

汪小小的暴行激起了红军和民众极大的愤慨。"这个畜生!"我大伯下决心要干掉他,让他血债血偿。然而,自从卫登辉死后,汪小小变得极为谨慎,处处小心,大多数时间都龟缩在城里,受到重兵护卫。我大伯一直没有机会下手。

那段时间,为了粉碎敌人的"清剿",红军师又分散活动。我大伯的第一团转入西乡大牯岭一带。尽管八大户大捷后,国民党鄂豫皖"剿共"督办公署,又陆续向霍川增兵,实施残酷的"清剿"政策,重兵布防,碉堡林立，层层封锁，给红军师带来极大的困难，也造成了不小的损失，但红军师凭借灵活机动的游击战术，始终坚持在霍川的丛山密林中。

一九三七年，大暑过后，天气渐热，但山中的早晚依然十分凉爽。晚风中带着凉意，经过闷热的白天，吹在身上特别惬意。一天晚上，我大伯被召至马头山。当时特委和师部跟随卢庆竹的第二团在马头山一带活动。我大伯一到，史先生就对他说："知道为啥叫你来吗？"

我大伯摇头。

"要合作了。"他说。

"和谁啊？"

"国民党啊。"

"别鬼扯吧。"

"这回怕是真的了。"

其实，几个月前，我大伯就听到了风声。当时，他从缴获的敌人的《扫荡报》看到消息，西安发生了事变，张学良和杨虎城扣留了蒋介石，提出八项抗日主张。从那时起，关于国共合作的消息便不断传来。不久，地下交通又带来消息，说中共中央从国家和民族利益出发，劝说张学良杨虎城释放了蒋介石，促使西安事变和平解决，要求停止内战，一致抗日。

可是，国民党在大别山的"清剿"并没有丝毫停止迹象，相反愈演愈烈。鄂豫皖"剿共"督办公署在原有的兵力基础上，又增调陈诚、薛岳、顾祝同等蒋介石嫡系部队为后备，加强了对鄂豫皖地区的包围。在我大伯看来，合作根本不可能。"他们才不会哩！"他说，"他们恨不得把俺们斩尽杀绝！"

然而，令他没想到的是，这次史先生把他找来，就是通知他，与国民党的谈判已经达成协定，并正式签字。由于分散活动，我大伯已经好长时间没见到史先生和夏师长，因此听到这个消息，还是感到有些意外。

"这是咋回事啊？"他说。史先生告诉他，这是形势的需要。他让我大伯坐下来，详细说明了情况。原来，七月间，鄂豫皖省委遵照中央指示已在岳西与国民党达成停战协议,并派交通员通知了特委。

"这是有关条款。"史先生拿出协议给我大伯看。当时特委驻地仍在山上的关帝庙内,他们坐在一张旧案子旁,案子上点着油灯。我大伯快速浏览了一下条文,共十数条,大意是双方停战,共同抗日,并就军队集结、驻扎、改编以及释放政治犯等事宜做了明确规定。其中有一条特别刺眼,即不再保留便衣队,否则将以土匪论处。我大伯当即提出异议。

"咋了?"我大伯说,"便衣队也要撤销?"

史先生点点头。

"俺反对。"我大伯说。便衣队是他一手创建的,这些年神出鬼没,打得敌人防不胜防,令他们大感头痛。因此,国民党在谈判时特意提出这个条款,要求解散,我大伯很不情愿。"他说解散就解散啊?他们算老几啊?"

"谁算老几啊?"这时外边传来一个声音。是夏师长。我大伯起身向他敬礼。"嚯,是你小子,"夏师长说,"我就知道,你要反对。"他哈哈大笑,一屁股在旁边坐下来,端起水杯喝了一口,又掏出烟来扔给我大伯一棵。"说说看,还有什么反对的?"

我大伯又指了几条,都是国民党提出的条款,比如不准打土豪、不准破坏交通,还有不经政府允许不准扩军等等。"这都是些啥啊?"我大伯极不满意。夏师长笑道:"嚯,想不通是吧?"

"你能想通啊?"我大伯反问道。

"我也想不通,"夏杰道,"不仅是我,老史也是这么看的,对不对?"说着,扭头看了看史先生。

史先生点点头。

我大伯说:"那咱们还理他个球!"史先生说:"个人看法可以保留,但上级的决定要坚决执行。"

"这是为啥?"

"不为啥，就因为这是中央的决定，是大局。"

"啥的大局？"

"抗战的大局！"

我大伯听他这样说，便不吭声了。史先生这时拿出一些文件让我大伯看，都是地下交通送来的党中央的文件，要我大伯认真学习领会，并着重谈了建立统一战线的意义。其实，这些道理我大伯何尝不明白，但思想上却一下子转不过弯来。"那可不行，"史先生说，"你当团长的转不过来，还怎么带部队啊？"

"别的都好说，"我大伯道，"只是汪小小咋办？"史先生一时没明白他的意思，用询问的目光看着他。"难道，"我大伯接着说，"难道他也联合？"

"是啊。"史先生叹一口气，然后不情愿地点点头。

"这俺接受不了。"

史先生抽了一口烟，脸上的表情若有所思。"从感情上讲，"他说，"有些事确实难接受。别说你，我和老夏开始也接受不了。"

夏杰插话道："是的，这个汪小小，双手沾满鲜血。按理他是我们的死敌，但眼下民族利益国家利益高于一切。"

"老夏说得对，"史先生扶了扶眼镜，接话道，"当前我们的头号敌人是日本侵略者，这就是大局。眼下就连蒋介石都要联合，何况他汪小小？这些文件你要好好学，仔细领会。"停了一下，他又说，"想不通不要紧，可以慢慢想，但大局必须维护。"接下来，他和夏师长又布置了部队的下步行动方案。史先生强调说，虽然达成协议，但我们依然要保持高度警惕，部队改编要听从党中央的安排。没有得到明确命令前，部队仍然分散活动。"那敌人清剿咋办？"我大伯问。

"打！"夏师长说，"他不老实，那就打！"他把拳头在案上擂了一下，但随后又补充道，"但我们决不首先开枪，明白了吗？"

"是。"我大伯嘴里应着，心里别提多憋气了。

第二十九章　爷　爷　| 1938 年

一

　　我爷爷重返内地，是在抗战爆发之后。七七事变后，南京政府迫于各方压力，接受了国共两党合作，并撤销了一批通缉令，我爷爷也在其中。

　　一九三四年，由于天津地下党的及时通知，我爷爷在天津躲过暗杀。不幸的是，特务们在夜色中误把小孔当成我爷爷，致使曾姨和小孔惨遭毒手。事发之后，我爷爷化装乘坐意大利"皇后"号逃往香港。

　　在那次暗杀中，严济中也死于特务之手。我爷爷逃到香港不久，严济中的夫人和内弟曾灏也来到香港。从他们口中，我爷爷才得知严济中被刺的经过。据曾灏说，那天，我爷爷离去后，严济中等人照例在房间里打牌，以迷惑外界。由于房间里的暖气烧得很热，大家都脱去外衣。打了一会儿，严济中起身出外透气，并卜厕所解手。副官朱亮上去替他，坐在他的位置上。不一会儿，堂倌前来送茶点。"谁也没在意，"曾灏对我爷爷说，他当时也在牌桌上，"只听一声枪响，大家都惊呆了！"那个堂倌掏出枪来冲着朱副官连射三枪，而后拔腿向外跑去。朱副官中枪后，一下扑到桌上，鲜血泉涌，浑身抽动，不久便死去了。

　　那个化装成堂倌的刺客跑到门口，刚巧与严济中撞了个满怀。严济中从厕所出来,在走廊上听到枪声,便三步并作两步奔过来,听见屋里有人喊"刺客,刺客",只见那个堂倌模样的人从房里跑出来便一把抱住。堂倌拼命挣扎着。他想抽出手来开枪,但胳膊已被严济中死死地箍住,动弹不得。严济中是习武之人,膂力过人。就在这时,又有两个特务从楼梯下蹿了上来,冲着严济中连连开枪。严济中身中数弹,倒在血泊之中,那个刺客乘机逃脱。等众人手忙脚乱把严济中送到医院时,他已停止了呼吸。

严将军遇害后,严夫人举家迁往香港避祸。在这之后不久,我奶奶也来到香港。在这之前,她带着全家前往天津,等她到时,我爷爷已逃往香港,去向不明。她只好带着一大家暂住陶顺良家(顺便说一句,曾姨、小孔遇害后,后事也是陶顺良帮着料理的)。几个月后,我爷爷从香港传来信息,我奶奶才赶去与他会合。

西安事变后,第二次国共合作达成,蒋介石承诺各党各派共赴国难,我爷爷等人闻讯颇感振奋,决定动身返回内地,投身抗日。临走时,他让我奶奶暂留香港,自己决定先期返回。与他一起动身的有我小叔爷、小武爷,还有曾灏等人。他们先后辗转桂林,经长沙、武汉至南京。此时,淞沪吃紧,人心惶恐。为了笼络人心,南京政府发表我爷爷为军事参议院参议,但这只是一个空头衔,毫无用处。这让我爷爷颇感失望,于是,他带着曾灏等人离开南京,前往皖豫交界处,竖起抗日旗帜,联络旧部,招兵买马,成立了皖豫抗日联军。我爷爷早年在皖豫一带驻军多年,声望颇著,他的义举很快得到了皖豫各界的支持。一时间,振臂一呼,应者云集。他的老部下闻讯也纷纷赶来投奔,包括敢死军、义勇会的旧部。此外,联军还在铁路沿线招募东北和京津流亡学生,很快拉起了一支上千人的队伍。

有一天夜里,我爷爷正在吃饭,忽然有人来访。当时联军驻在河南新蔡的一个镇上。那是一个寒冷的冬季,外边飘着小雨。来人戴着礼帽,脸的下半部包裹在一条灰色的厚围巾下。小武子把他带到我爷爷的司令部。"贺将军。"那人笑眯眯地望着我爷爷,一边抖着身上的雨水,一边摘下围巾,叫了一声。

"天达!是你啊!"我爷爷又惊又喜,上前紧紧握住他的手,又吩咐小武子给他拿衣服换,"还没吃饭吧?"我爷爷问。

"没哩。"

"上饭,一起吃。"我爷爷兴奋地叫道。

来人是楚天达,自从天津一别已逾三年,如今重新相见,我爷爷喜不自禁,仿佛遇见了久别的亲人。

"楚老弟,哪阵风把你吹来了?"

"没想到吧?"

"没想到,确实没想到,"我爷爷说,"你老弟打哪来啊?"

"西安,"楚天达笑眯眯地看着我爷爷,"是郑部长派我来的。"

"郑大哥!"我爷爷更高兴了。他流亡香港后便与地下党失去联系,回到内地他曾去南京八路军办事处打听过郑先滔,并请人转交一封信给他。此后,他离开南京,一直没有任何消息,没想到楚天达竟从天而降。

"快说说,郑大哥都好吗?他收到我的信了吗?"我爷爷迫不及待地问。

"好,郑部长都好,你的信也收到了,郑部长很关心你啊。"楚天达说。他告诉我爷爷,国共合作后,共产党在西安设立了驻陕办事处,负责协调与国民党的抗战事宜,联络各界爱国人士和国际友人,郑先滔现在就在办事处工作。"他对你很关心,这次就是他派我来的。"说着,从身上取出郑先滔的亲笔信交给我爷爷。

我爷爷接过来看了起来。郑先滔在信中阐述共产党的抗日主张,强调了建立统一战线,抗战到底的决心,并对我爷爷组建抗日联军表示全力支持。我爷爷看后很振奋。

"太好了,太好了,"他连声说道,"大哥还没忘记俺啊。"

"是的，"楚天达说，"他一直很挂记你哩。"

"唉，"我爷爷叹了一口气，"可俺这些年一事无成，辜负了大哥。"我爷爷十分感慨。"贺将军过谦了。"楚天达鼓励他说，你在西北抗战，大家有目共睹；你和严将军不顾生死，反对蒋介石打内战，这都有功于国家和民族。"郑部长早就说过，贺将军有爱国情怀，是一个正直的有大义的人。"

我爷爷听了，内心又感动又惭愧。他们边吃边谈。从楚天达那里，我爷爷了解到了很多情况，包括共产党和平解决西安事变的经过。"眼下是一致对外，"楚天达说，"民族利益高于一切，我们要调动和团结一切力量，为了争取抗战的胜利。"他又分析了当前的形势，认为日寇进攻上海的意图已愈加明显，大战即将来临，全国各界不仅是军人，都要做好准备。

那天晚上，他们谈得十分深入。"天达老弟啊，"我爷爷最后说，"俺有一个不情之请，不知当说不当说？"

"贺将军请讲。"

"俺想请你们帮助俺。"他发自肺腑地说道，"俺相信你们。从北伐开始一直到现在，几十年来，俺贺文贤与许多人打过交道，最后得出一个结论，只有共产党最可靠，最讲信用。你们是真正的朋友。"说到这里，他看着楚天达，眼睛里充满了祈盼。"老弟啊，"他说，"俺是真诚的，你能答应吗？"

楚天达听了这话便笑了："我们想到一块了，郑部长也有此意啊。"

"是吗？"我爷爷放下筷子，站起来道，"那就太好了！"

第二天，我爷爷便任命楚天达为政治部主任。过了一段时间，楚天达请示上级之后，又有一批共产党员陆续来到了联军，被分别安排至各团营任职。经过一段整训，部队战斗力迅速提高。

一九三七年十一月，南京沦陷。十二月，日军主力沿津浦路北上，拟会攻徐州。次年五月，蒙城保卫战打响，日军三大主力师团由南向北发起全线进攻。我爷爷得知消息,便率部增援蒙城。担任蒙城守卫的是国民党桂系第一七三师,战斗持续数日,打得十分惨烈。我爷爷率部赶到蒙城以西小辛集时,方知蒙城已被占领,一七三师副师长周元及二千余名将士壮烈殉国。

我爷爷一边令部队停止前进,一边派人前去侦察。很快传来消息,一队日军正向小辛集开来。

"多少人?"我爷爷问。

"三十来个。"侦察兵报告说。

我爷爷当即命令部队在路边设伏,并派曾灏率一营人迂回切断敌之退路。日军占领蒙城后,气焰嚣张,目空一切,一路上大摇大摆,唱着军歌,等到进入伏击圈后,我爷爷一声喊打,联军弹如雨下。突如其来的攻击使敌军猝不及防,一时间乱了阵脚,出现混乱,但他们毕竟训练有素,很快散开来,边打边退。此时后路也传来猛烈的枪声。曾灏已带队堵住了他们的去路。鬼子哇哇乱叫,转身冲进集市,迅速占据了一座大瓦房固守待援。这座大瓦屋位于街道的尽头,背后是一条小河,易守难攻。双方形成了对峙。联军人数占优,但街道狭窄,不易展开,而日军武器精良,富有经验,利用机枪和掷弹筒拼死顽抗。

联军久攻不下。这极为不利,因为初来乍到,敌情不明,而且小辛集离蒙城只有二十多里路,敌人的援兵很快会到。"必须尽快拿下。"我爷爷吩咐说。曾灏组织突击队,轮番掩护,终于有一个战士冲到房子下,用手榴弹炸倒了房屋。官兵们一拥而上,全歼了这股敌寇。

此时,已是午后三时。战斗从上午十一时开始前后打了四个多小时。正打扫战场时,侦察兵来报,日军一个中队已从蒙城开来增援。我爷爷下令立即撤离,由曾灏带一个连为前卫,楚天达带一个连殿后。

部队迅速转移,撤离的方向是凤台,那里有新四军活动。但部队向南开进了几十里,日军便追了上来,殿后的部队与之发生激战,边战边走。我爷爷令联军全速前进,可走了几个时辰,刚到三义集附近,前卫部队也打响了。曾灏派人来报，有一个中队的日军拦在前边，包括一个连的骑兵。三义集是一个古镇，这里离蒙城县城的直线距离只有五十多里。日军在发现联军后，一边派了一个中队尾追，一边又派一个中队斜插至三义集，形成南北夹击。我爷爷决定向东突围，同时传令前卫和后卫部队摆脱敌人向东与大部队会合。

然而，敌人很快便发现了联军的意图，派骑兵抢先赶到东边大张庄进行拦截。此时，敌人的三架飞机飞临上空，对联军轰炸扫射。部队伤亡很大。我爷爷这时已经意识到，如果不能迅速突破大张庄，等日军完成包围，联军将被置于死地。他组织力量反复冲杀，但怎奈敌人的火力很强，十几挺机枪轮番扫射，尤其是敌人的飞机频频俯冲扫射，弹如雨下，使联军付出惨重代价。傍晚时分，前卫和后卫部队摆脱敌人也先后赶到，可敌人的防线仍然无法突破。此时，南北两路夹击的敌人正在陆续赶来，合围逐步形成。

在这紧要关头，楚天达喊了一声："共产党员都站出来！"楚天达到达联军后，陆续在官兵中发展了一些青年入党，这些我爷爷都知道。听到喊声，立时有几十个官兵站了出来。"你们跟我们上！"楚天达吩咐道。我爷爷一把拉住他，说你不能去。楚天达说这都什么时候了，我不上谁上？我爷爷心里一热，眼圈红了。

傍晚时分，由共产党员组成的突击队冲向敌阵。楚天达一马当先，众人奋勇向前。我爷爷命令火力掩护。敌人的防线终于被撕开了。我爷爷立即带领部队掩杀过去。夜色中喊杀震天，枪声响成一片。

冲过了大张庄，部队向前急行军。天亮时分，官兵们又困又累，刚想休息一会儿，忽然，远处传来了轰隆隆的声响，大地震颤起来。那声音仿佛打雷一般，由远而近，地动山摇。

"敌人……"有人大叫起来。

我爷爷抬头看去，只见一团团黑影快速移动着，如旋风般地席卷而来。远远看去，就像一大块乌云向他们飘来。敌人增援的骑兵到了。

"准备战斗！"我爷爷大声命令。

官兵们拿起武器，开始射击。很快，枪声响成一片。可能，由于那是一片开阔地，缺少隐蔽物，日军的骑兵像旋风一般很快刮到阵前。联军的防线一下子被冲乱了。占据上风的敌人气焰嚣张，横冲直撞。他们嘴里打着呼哨，尖声号叫着，凶狠地挥动马刀，用力劈砍。

联军官兵一时措手不及，纷纷倒下。我爷爷大喊："砍马腿！砍马腿！"说着，抽出大刀，伏下身子，向一匹冲上来的高大的东洋马砍去。那匹马抖了一下，轰然倒地，一个军官模样的鬼子惨叫一声从马上栽了下来。我爷爷两步上前，双手举刀猛力劈下，只见那个鬼子眼中闪过了一丝惊恐和绝望，他的钢盔滚落在一边，大张的嘴巴里露出两颗亮闪闪的金牙……

一场混战开始了。双方纠缠在一起,互相撕打。联军战士奋勇还击，他们或用刀砍，或用枪刺，有的战士还跃身而起，抱住敌人滚下马鞍。但敌人的优势十分明显。他们列队反复冲杀，而又累又乏的联军却不复成阵，只能各自为战，伤亡很大。楚天达也负了伤，倒在地上。眼看就要不支，在这万分危急之时，忽然，敌人的身后传来的激烈的枪声和喊杀声，嘹亮的军号声在夜空中飞扬……

二

联军得救了！

前来救援的是新四军霍川独立团。早在联军向蒙城开拨前，楚天达就派人与新四军进行联系，通报了联军的行动。新四军支队首长指示在凤台朱马店一带活动的霍川独立团配合行动。当联军陷入包围时，该团及时赶到，向日军发起冲锋，鬼子措手不及，仓皇退却，联军乘机冲出包围，并在独立团的掩护下，撤至三义集以南的郭集。

此时，已近晌午。连续十几个小时行军作战，联军官兵又饥又渴，困乏已极。让他们没想到的是，他们刚进郭集，当地老百姓便送来面饼、馒头和热水。原来，新四军独立团的后勤干部早替他们安排好了。我爷爷非常高兴，刚坐下吃饭，独立团的领导便来了。我爷爷迎上去，走在前边的是一个中等身材，戴着眼镜，穿着灰色的军服的干部。他快步上前与我爷爷握手。曾灏介绍说他是独立团的史政委。

"史传洲。"那人脸上笑眯眯地自我介绍道。我爷爷说史政委好，我是贺文贤。"久闻将军大名，"史先生笑道，又转过身来向后指了一下，说，"你看看这是谁？"

"爹。"我大伯这时叫了一声。

我爷爷一愣："廷勇！怎么是你小子？"

我大伯咧嘴笑着。

史先生说："贺廷勇同志现在是我们独立团的副团长。"

"是吗？"我爷爷扭过头去看着，我大伯啪地向他行了个军礼。我爷爷连声道："好！好！"也举手郑重其事地还了个礼。

国共合作后，南方八省红军改编为新四军，霍川红军师也编入新四军系列，番号霍川独立团，史先生是政委，夏杰为团长，我大伯为副团长。部队先是在巢县整编，日寇向皖北进攻后，独立团奉命向蒙城开拔，赶到郭集时，听说联军在三义集被围，便连夜增援，打退了日寇，救出了联军。

那一仗打头阵的就是我大伯。我爷爷一听更高兴了。当天晚上，部队驻扎郭集。夏杰也来看我爷爷了。上午他因部队上有事，未能得空前来，傍晚他赶到我爷爷的住处。大家聚在一起吃了一顿晚餐。虽然饭食简单，也没有酒，但大家都很高兴。席间，夏师长和史先生都不住地夸我大伯，对他褒奖有加。"贺将军，"史先生说，"你养了个好儿子，都说虎父无犬子，果不其然。"我爷爷一摆手说："这小子有今天，都是跟对了人，就冲这一点，他就比俺这个当老子的强。"我爷爷说着颇为感叹。史先生笑道，贺将军谦虚了，我们早闻将军大名，自辛亥以来，出生入死，为国为民，令人景仰。那次谈话他们一见如故，相谈甚欢。饭前，史先生还看望了负伤的楚天达。他的伤情较重，躺在床上无法起身。当年，史先生离开武汉时，前来接替他工作的就是楚天达，他们之间有过短暂的交接，如今也算是老友重逢，格外高兴。

饭后，我大伯留下来，与我爷爷单独相处了一段时间。转眼他们已经十年未见了。自我奶奶回乡后，我大伯与我爷爷便没有生活在一起。据我大伯说，他离开北京时才九岁，直到北伐开始后，我爷爷被解除软禁，回乡住过两天，这是他时隔八年又一次见到我爷爷。那时他已十七岁，正在北辰中学读书。

尽管聚少离多，但父子情深，他们都十分激动。那晚，他们说了很多，主要是各自别后的情况。我大伯参加红军的事，我爷爷从我奶奶那里得知了一些，开始他还为他担心，现在看到他后便放心了。在他眼里，过去的毛孩子如今早已成熟了，而且相当干练，这让我爷爷十分欣慰。"这小子出息了！"他在心里暗想。谈到太奶奶遇难，还有家里的情况，特别是费伊蓉和丫丫的死，我爷爷悲愤无语，很长时间没说话。"这都是汪小小和卫登辉他们干的，"我大伯说，"他们连仁叔也没放过。"

"这帮混账！"我爷爷说，"这笔账早晚要和他们算！"

我大伯很关心我奶奶和弟妹们的情况。一九二七年，他不告而辞去了武汉，让我奶奶好不伤心。后来，他回到霍川参加了红军，她也一直提心吊胆。"俺对不住娘，让她操透了心。"他对我爷爷说。

我爷爷不以为然。"男人嘛，都这样，"他挥了一下手，"俺也没让你娘少操心。"说着笑了起来。不过，他告诉我大伯，我奶奶现在香港，一切都很安全，有廷珍、廷诚陪着她哩。

廷珍是我大姑，廷诚是我三叔。"那廷智呢？"我大伯问。廷智是我二叔。"这小子，"我爷爷说，"和你一样也不让人省心。"

"咋啦？"

"听你娘来信说，他和同学一起去了上海，说是要抗日打鬼子。"

"是吗？"

"也是偷跑的，把你娘气坏了。"

"现在有消息吗？"

"还没有。"

"那娘还不急死啦？"

我爷爷一听便哈哈大笑。"你现在知道啦？当年你不也是这样？"我大伯有些不好意思，也笑了。"不过，"我爷爷又说，"这事做得对，俺支持你们。国家兴亡，匹夫有责。咱们贺家的人可不能甘于人后。"

三

八月间，皖北广大地区沦于敌手，部分国民党部队和抗战队伍陆续退往大别山区。我爷爷的联军也撤至霍川。

此时的霍川各派势力犬牙交错，相互并存，既有掌握全省军政大权的新桂系，还有中央军、地方杂牌军以及CC势力。除此之外，新四军和各种抗日组织也十分活跃，形势错综复杂。在杂牌军中，彭兆栋的新八十二军实力最强。

两年前，新八十二军被调往闽赣"围剿"红军。彭兆栋老大不情愿，但也不敢公然抗命，临走时留下汪小小的别动队，并保荐汪小小出任保安处处长，以留作将来的退路。新八十二军到达福建后，连吃败仗，损失不小。有一次阻击红军时，他的两个团被红军分割包围，配合作战的中央军见死不救，眼睁睁地看着他的两个团被红军歼灭。彭兆栋大怒，向上告状，反被倒打一耙，说他延误战机，作战不力，而上边也偏听偏信，对其进行斥责，这让他气不打一处来。"他妈的，"他对部下说，"这帮鳖孙子，睁眼说瞎话，存心欺负咱们。往后都给我长点心眼，咱是没娘的孩子，惹不起还躲不起啊？"

彭兆栋自辛亥起家，混迹军旅三十余年，任凭改朝换代，风吹雨打，始终不倒,靠的是什么?他心里最清楚,那就是实力。"要把本钱打完了,咱连屁都不是。"他经常这样说。蒋介石向来对杂牌军视为异己,这一点他心知肚明。每次作战,中央军惯用的伎俩就是把杂牌军推到前边,目的就是消耗他们。彭兆栋早就领教了他们这套鬼把戏,于是处处提防。每次进剿,出工不出力,经常是放空枪空炮,有意保存实力。中央军给他挖坑,他也给中央军设绊。有一次,中央军让他顶在前边,他则故意让开道路,把中央军暴露给红军。当红军包围了中央军,他则袖手旁观,见死不救。"老子才不傻哩,"他说,"你他妈的坑老子,老子不会坑你啊?"当时与他协同作战的中央军暂编一七二师,师长漆胜发,军阶低于彭兆栋,但仗着是黄埔系的,根本不把彭兆栋放在眼里,和他说话就像老子对儿子一般。彭兆栋也不买他的账。漆指责他"纵敌自保",他则骂漆"自大无能"。两人相互攻讦,闹得不可开交。

抗战爆发后,新八十二军被调往苏南。此时国军节节败退,新八十二军也连吃败仗,损兵折将。他想补充兵员,但国防部故意刁难,卡着不批。此外,粮秣军饷短斤缺两,以次充好。彭兆栋一看这样打下去,非把自己的那点儿家底抖搂光了。于是,开始避战自保。上海失守后,他跑得比兔子还快,几乎未放一枪一弹,便丢失防地,民众骂他是"逃将军",还给新八十二军送了一个"兔子军"的绰号。国民政府下令追究,严肃处分。彭兆栋吓得不轻,于是不经批准,以整编为由,擅自把部队带往霍川。国防部闻讯大怒,下令褫夺其军职,交由军法处查办。彭兆栋惶恐不安,一边派人疏通,一边另谋出路。不久,便传出风声,彭兆栋与日军秘密来往。《民国日报》还刊登了"日军梅田少佐密会新八十二军军长彭兆栋"的消息。

这一来,国民党高层吃惊不小。

此后,不知是彭兆栋的活动起了作用,还是出于稳住彭兆栋的需要,国民政府撤销了对彭兆栋的处罚,令其戴罪立功,同时允准新八十二军驻扎霍川进行整编,实则从轻处罚,默认事实。

彭兆栋长舒了一口气,但蒋介石对他并不放心,不久,便抽调暂编第一七二师开赴霍川,明为驻防,实则监视。一七二师早在闽赣时就与新八十二军不和,师长漆胜发更是彭兆栋的冤家对头,如今蒋介石又把他派来了,这不是存心与他作对吗?彭兆栋气得大骂,说老蒋没安好心,故意找碴。"这帮王八蛋,瘪犊子,没一个好东西,去他妈的祖宗十八代!"

漆胜发的到来确实让彭兆栋心理紧张。暂编第一七二师属老蒋嫡系,装备精良,兵强马壮,相比之下,新八十二军却是吃了上顿没下顿,给养补充都十分困难。加上部队减员一直没有得到补充,名为一个军,实则只有一个半师的兵力。真要动起手,彭兆栋自知占不了便宜,好在此时皖省是新桂系掌权,彭兆栋便有了回旋余地。

彭兆栋出道多年,所谓千年狐狸万年妖,这么多年来,他在各种油锅里不知滚了多少遭,对于生存之道早已谙熟于心。当初他把部队带到霍川就有过考虑:一是他曾在这里驻扎多年,打下了基础,临走时还留下了汪小小的别动队作为后手。二是霍川位于大别山区,易守难攻,可避日军锋芒。三是皖省系新桂军实力范围,只要与新桂系搞好关系,老蒋也奈何他不得。

抗战爆发后,全国划分五个战区,皖省属第五战区,司令长官李宗仁兼任安徽省政府主席。这是新桂系在皖掌权的开始。一九三八年六月,安庆沦陷。在这之前,皖省一些重要城市和水陆交通要道大多失守。省府也一迁再迁,先由安庆至合肥,继之六安,再继之立煌(即今天的金寨)。在这之前,由于前方战事吃紧,李宗仁前往徐州指挥作战,省府主席一职先交民政厅长张义纯代理,后由廖磊接替。廖磊系李宗仁嫡系第二十一集团军总司令,八一三事变后,曾在淞沪战场率部抗击日军,声望颇著。就在李宗仁前往徐州之前,他急令廖磊率部由浙西开赴安徽,并主持皖政。

廖磊接任省主席后,省会已迁至立煌县。当时民心动荡,人心惶惶。他来上任时，采取了半保密措施，没有欢迎仪式，也没有就职典礼，前来迎接的只有省政府部分厅处长，范围很小。但彭兆栋事先得知消息，专程赶来迎接，表现得十分谦恭，给廖磊留下较好的印象。

彭兆栋到达霍川后，便千方百计邀宠于新桂系，为自己寻找靠山。几年前，他坐镇霍川时曾收编过桂军六十五旅残部，其中一些人得到过他的提携和重用，包括汪小小。虽然霍川保安处此时已划归省保安司令部管辖，汪小小也不再是自己的部下，但交情还在，加上桂系的其他人脉，他很快就与新桂系扯上了联系。

廖磊上任之初，带来一股别样之风。原因是他崇尚俭朴，布衣素食，轻骑简从，毫无官场气息。而且廖磊不贪，治军颇严，这在当时的高官中也颇难得。据我爷爷说，廖磊是壮族人，眼睛不大，面色红润，身体健壮，腰板挺直。我爷爷第一次见到他时，他穿着一件绿色的布料军装，腿上打着绑腿，脚穿布鞋。"看上去就像一个当兵的。"我爷爷说。听说他还常常赤脚芒鞋，吃得也不讲究。廖磊痛恨贪污，上任不久看到省府铺张浪费现象严重，便发起"铲除贪污，反对浪费"运动，这些都为他博得了赞赏之声，也一定程度上改变了风气。那段时间，各县县长到省开会，进城前都要"换装"（把原来呢料丝绸服装、皮鞋等换成布衣、布鞋等），以示节俭。彭兆栋对此早有耳闻。这么多年来，他结交权贵，打通关节，莫不以金钱开道。在他看来，钱能通神，火到猪头烂，没有搞不定的。但摸清了廖磊的脾性，他便改变手法，投其所好，从不请客送礼，前去拜见廖磊也尽量服装朴素。彭兆栋穿戴一向讲究，但在廖磊面前他却是粗衣布履，有几次还模仿廖磊穿起士兵服装，打起绑腿，处处以清廉自居。与廖磊谈话时也毕恭毕敬，察言观色，曲意逢迎。廖磊不抽烟，且反对抽烟。彭兆栋烟瘾很大，但每次拜谒，或参加会议，总是忍着烟瘾，别人给他敬烟他也婉拒。他知道蒋桂不和，一有机会便大倒苦水，抱怨中央军的跋扈和自己的委屈，引起廖磊的同情。

不仅如此，他还对廖的左右极尽收买笼络之能事。廖磊不贪，并不等于他的手下不贪，于是彭兆栋金钱开道，送钱送礼。这一套他驾轻就熟，很快就收到回报。省府和桂系中很多人开始因他名声不好，避而远之，可慢慢地有人说起他的好话，与他称兄道弟。其中第五战区特派专员吕韬更是与他打得火热。

吕韬是桂系老人，资历比廖磊还老，可以直通李宗仁、白崇禧两位大佬，在桂系中颇有地位。他多次在廖磊面前建议，新八十二军和蒋系不和，正好可以为我所用。廖磊担心彭兆栋靠不住，吕韬认为不必担心。"这家伙有奶便是娘，"他说，"只要给他点骨头啃，他就会颠颠地跟我们跑。"

新桂系势力进入安徽后，对蒋系一直很戒备。抗战前，安徽一直是CC的天下。新桂系来了以后便开始排挤CC，同时拉拢安徽地方势力。彭兆栋想找靠山，而新桂系也想利用彭兆栋，双方一拍即合。这样一来，彭兆栋渐渐稳住阵脚。

我爷爷回到霍川后，汪小小和卫树森颇感不安。他们来找彭兆栋商量，想把联军赶出霍川。彭兆栋对我爷爷一向忌讳，但他知道这样做很不明智。日军大举入侵，全国抗战情绪高涨，而大别山区同样如此。联军在小辛集歼灭日军一个小队，受到广泛赞扬，许多报纸都加以报道。到达霍川不久，我爷爷又被推选为动委会委员，享有很高的声望。"你们省着点吧，"彭兆栋说，"你们要赶他，谈何容易？眼下贺文贤可是抗战英雄，大红人！"

其实，彭兆栋这个时候也不想得罪我爷爷。不仅不想得罪，还想与我爷爷改善关系。武汉沦陷后，大批进步人士和爱国青年退向大别山，这里抗日情绪空前高涨。特别是动委会成立后，产生很大影响，就连桂系和省府高层也对他们礼遇三分。

动委会全称安徽省民众总动员委员会，该组织由共产党员和国民党进步人士提议成立，为李宗仁所接受。李宗仁出任皖省主席后便提出"政治与军事打成一片,政府与人民打成一片"的口号,并公开表示,当前抗日没有民众帮助是抗不成的,提出不分党派,团结起来,一致抗日。李宗仁这样做一方面是抗日的需要,一方面也是为了借此争取民心,笼络地方力量。动委成立后,李宗仁特邀著名爱国人士章乃器主持日常工作,此外各部部长也由进步人士担任,而一些共产党员则以合法身份参与工作。

当时,由动委会创办的《大别山日报》曾发文揭露新八十二军在苏南临阵脱逃的劣迹,使彭兆栋颜面扫地。他气得去找吕韬告状,吕韬却劝他说:"这帮人不好惹,动委会是李长官搞的,廖燕农(廖磊字燕农)也得捧着他们。"

"他们和共产党搅在一起,你们也不管?"彭兆栋说。

"此一时,彼一时嘛,"吕韬嘿嘿笑道,"这是政治,李长官认为民气可用,你懂吗?"他一边说着,一边用一把小铜梳梳着头发。

吕韬长得油头粉面,鼻梁上架着一副金丝眼镜,长相文绉绉的,看上去倒不像一般的老官僚,但了解他的人都知道他老谋深算,深谙官场之道,绰号吕半仙。他劝诫彭兆栋,当下形势,不可硬来,暂且先忍一忍再说。

彭兆栋心领神会,于是极力改善与动委会的关系。他还多次向我爷爷示好,并派胡宣武联系我爷爷,诚邀相聚叙旧,但都被我爷爷拒绝了。

有一天,我爷爷去动委会开会,那是深秋的一天。在会上他遇见了史先生。联军退向霍川后不久,新四军霍川独立团也进入霍川。当时,我爷爷在动委会任职,史先生也在。他们时常在一起开会。

"听说彭兆栋来找过你?"史先生见到我爷爷便问。

"是啊,"我爷爷说,"俺可没理他。"

史先生笑了起来:"我们都听说了。"

"是听天达说的吧?"

史先生点点头。

"黄鼠狼拜年,没安好心,"我爷爷道,"这个彭老栋,俺还不了解他?"

史先生又笑了起来。这时,开会时间到了,他们没有继续谈下去,便都走到各自座位上去,开起会来。抗战开始后,我爷爷思想发生重大改变。他不止一次表示要加入共产党,但楚天达在请示上级后,劝他暂留党外。

"是不是俺不合格?"我爷爷开始有些沮丧。

"不,"楚天达说,"不是的。"

"那是为何?"

楚天达向他解释说,目前的形势比较复杂,各种政治力量犬牙交错。桂系、蒋系和地方势力矛盾重重。在这种情况下如何更好地开展抗日救亡,党组织认为我爷爷暂留党外可以发挥更大作用。"如今抗日情绪高涨,"楚天达分析说,"我党提出统一战线,可顽固派始终对我党抱敌视态度。这是值得警惕的!我们要团结一切抗日力量,争取中间派,打击顽固派,这是中央的指示精神,你能理解吗?"

我爷爷点点头,表示接受。不久,楚天达转来郑先滔的一首诗,对他的理解表示赞赏。诗云:"家国花摧落,男儿热血殷。丹心诚可鉴,岂在暮朝间?"我爷爷看后十分激动。他对楚天达说:"知我者云鸿也。"不久,我爷爷被举荐进入动委会担任委员,从这里他也看出党组织把他留在党外的意图。

我爷爷加入动委会后,发挥了很大作用。有人称他贺参议(这是国民政府委任的头衔),也有人称他贺司令、贺将军的。他培训青年,发表演讲,威望越来越高,影响越来越大。彭兆栋正是看到了这一点,才三番五次与我爷爷拉起近乎。

那天的动委会会议重点讨论发动民众问题。会议开了一上午,下午我爷爷又应邀去抗日集会上发表演讲,一直没有空闲,直到晚饭后,他回到招待所，才找到机会与史先生详谈。那天晚上，他们谈论的话题很广泛。在谈到局势时，史先生分析了国共合作后各派政治势力的动态，认为眼下团结抗日，表面上各派联合，形势大好，但实际上暗流涌动，各方矛盾错综复杂。特别是日伪汉奸也在不断渗透，情况相当严重。我爷爷深以为然。他们坐在省府招待所的廊沿下，边抽烟边谈。战时的招待所条件简陋，照明的马灯十分昏暗，夜晚的山风带着凉意。满天星辰，映出远山巍峨模糊的轮廓。空气中花香浮动，蚊虫飞舞，他们不时挥手来加以驱赶。史先生接着谈到，日本限于兵力不足，每占一地，便搜罗汉奸，建立伪政权，以达到所谓"以华制华"的目的。他们先后在北平、南京建立"临时政府"和"维新政府"，并对国民党的部分将领进行收买拉拢。"贺将军听说过梅田俊造吗？"说到这里史先生问道。

"那个在霍川开洋行的？"

"是啊。"

"听说过，"我爷爷说，"他是仁贤在日本的同学，听说他一直在霍川做生意，还帮天元公司买过船。"

"对的，就是他，"史先生说，"不过，他现在是日军第十师团的情报官。这个人很早就来中国，名为探矿，实际上是个间谍。在霍川时他就与彭兆栋有过来往。有消息称，南京沦陷后，他就与彭兆栋秘密接触，对他进行拉拢。"

"有这事？"

"是的，"史先生说，"不过，这事做得很机密，新八十二军内部也没几个人知道。据我们所知，就在最近，他的副官彭青还去过蚌埠。"

"真的？"我爷爷颇感吃惊。蚌埠是当时伪省政府所在地，彭兆栋派人去蚌埠说明了什么？"消息可靠吗？"

"可靠，"史先生说，"有人拍到了照片，是一个记者拍到的。"

"照片公布了吗？"

"没有,"史先生摇摇头,表情十分遗憾,因为当天晚上,那个记者就被暗杀了,照片也失踪了,"他们下手很快。"

"谁干的?"

"还能是谁呢?"

"日本特务?"

"也许吧。"

我爷爷气愤道:"彭兆栋真要当汉奸,那就是自绝于人民。"

"那是啊,"史先生摘下眼镜,朝镜片哈了两口气,又用衣角擦了擦,"现在还没到那一步。"他戴上眼镜后又继续说,"彭兆栋是什么人,贺将军,你应是最了解的。他很狡猾,眼下还在观望。因此,我们要尽力争取他,阻止他。"

"俺明白了,"我爷爷说,"你是想让俺和他谈谈?"

史先生笑了:"这事不勉强啊。"

我爷爷也笑了:"俺明白了,看来俺还非得会会这位仁兄了。"

第三十章　大　伯　| 1939 年

一

转眼，又到了清明节，我大伯来到费伯母的坟前，独自一人坐了很久很久。国共合作后，红军师改编为新四军霍川独立团，奉命开赴巢县集结。经过九年艰苦的游击战争，红军师付出了巨大的牺牲，除了地方游击队和老弱病残，开赴巢县的官兵只有九百余人。他们在巢县改编后，曾赴皖北抗战，后按支队命令重回霍川，开辟大别山根据地。

这是一九三八年的春天，大地回春，万象更新，大别山更是色彩斑斓，漫山的杜鹃花、迎春花，还有桃花、兰草花全开了。山林中茂密的松树、茫茫竹海带来满眼的青翠。缭绕的云雾梦幻般地挂在山峦上，庄重而矜持。

这是一年中最好的季节，但我大伯心情却十分忧伤。转眼，黄龙洞遭袭已经过去了四年。就在那次袭击中，费伊蓉离开了他，还有他们的两岁不到的女儿丫丫也下落不明。

我大伯坐在坟前，任山风吹拂着他的脸庞和头发，眼里的泪水不知不觉地流下来。往事如烟，如同过电影似的在脑海中闪现：北辰校园中一起度过的美好时光；武汉、广州经历过的艰难、曲折和生死考验；他们的初恋，还有在霍川战斗的那些日日夜夜……现在，这一切都已永远成为过去，定格在黄龙洞那个血腥惨烈的夜晚。

我大伯发誓要报仇，为伊蓉，为丫丫，也为他自己和红军师。虽然八大户之战击毙了卫登辉，但汪小小仍没有被除掉，这让我大伯耿耿于怀。

岳西谈判后，时任县长的袁幼鸣也接到督办公署的通知，在东阳关与史先生会面，双方都表示将全力落实岳西签订的有关条款。然而，东阳关会面后，汪小小却推三阻四。条款中规定释放政治犯的有关条款他也迟迟不肯落实，尽管袁幼鸣多次催促。这期间，我的太奶奶瘐死狱中。我太奶奶被捕后受尽折磨。国民党兵带着她满山转悠，令她呼喊要我大伯投降。我太奶奶要么一言不发，要么就喊孩子，千万别回来，奶奶死不足惜，你可别上当。气得白匪军对她又打又骂，还常常不给饭吃。几个月下来，六十五岁高龄的她终于不堪折磨死于牢中。

对此，史先生提出严重抗议。在各方压力之下，汪小小才不得不释放剩余的红军家属，包括我的外曾祖父和二娘。

我太奶奶下葬后，我大伯便下定决心，不顾一切也要打掉汪小小，哪怕是犯错误，也在所不惜。是的，他在心里想，国共可以合作，但与汪小小决不能！这个祸害哪怕再活在世上一天，都是罪过。"俺要除掉他！"他对卢庆竹说，"大不了再去苦工队吧。"那语气完全是豁出去的样子。卢庆竹很担心，但也劝阻不了他。

八月初，大狼山王母庙老禅师坐化，定于八月初一举行坐罐典礼。这一天恰逢老禅师的诞辰，消息传出轰动一时。大狼山位于北乡与东乡交界处，王母庙建于元代，距今八百多年，历来香火旺盛，信众如云。老禅师法号玉觉，圆寂时年已九十有八，生前慈眉善目，仙风道骨，素孚众望。这事传进三小姐的耳里，便提出要去拜祭。自从嫁给汪小小后，她的肚子一直没有动静，内心十分着急。她多次去王母庙烧香拜佛，并请玉觉老禅师排解。老禅师安慰她说心诚则灵，该有的终会有。她笃信不疑，现在老禅师坐罐，正是她表现诚心之时，岂能不去？不仅要去，她还要汪小小陪同一起前往。

汪小小并不相信鬼佛，但拗不过三小姐纠缠，答应前往。平时汪小小龟缩在城里，防卫严密，不好动手。现在他要出城了，我大伯觉得机会来了。"小狗日的，"他说，"你的死期到了！"他提前派人察看了地形，考虑到那天香客中百姓众多，不宜在庙中动手，决定在下山时除掉他。不过，汪小小不可能没有防备，提前一天，他便派出一个连前往王母庙布防，而且随身还要再带一个连。根据这一情况，为了确保万无一失，我大伯派人给卢庆竹送信要他支援。当年，他们劫持卫树森，就是一起联手干的。这是他最信赖的好兄弟。

然而，让我大伯没有想到的是，这回卢庆竹没有和他讲哥们义气，而是把这事捅给了史先生。八月初一前一天，史先生突然来到了驻地。只见他风尘仆仆，神情严肃。我大伯便有了预感：计划泄露了。

果然，他笑着迎上去，向史先生敬礼，史先生不说话，也不还礼，更不和他握手。他转身走到一棵大树旁，摘下眼镜，慢慢擦着。这是他生气的表现。史先生生气从不发火，也不骂人，而是把你晾在一边，反倒让你不知所措。

"史先生，这是咋啦？"我大伯在他身后站了一会儿，小声说道。

"咋啦？"史先生回过脸来，"你问我，我还要问你哩。"说着，戴上眼镜，走到树下的一块石头上坐下来。我大伯跟了过去。

"说说看，你想咋胡闹？"史先生一改往日的谦和，脸上没有丝毫笑容。"咋啦？"我大伯故意装傻道。他已经意识到卢庆竹把自己卖了。"这小子！"他在心里骂道。

史先生不说话，卷了一支烟。我大伯赶紧上前替他点着。史先生默默抽着也不说话。直到一支烟抽完了，他抬起头来正色道："贺廷男，我现在以特委书记和独立团政委的身份与你谈话，你有两条路：一条是取消行动，认真检讨；还有一条就是我现在就撤你的职。"

我大伯一怔，他的猜测果然没错。"你都知道了？"他说，"是卢庆竹说的？"

"别问那么多！"史先生说，"哼，"他停了停，冷笑道，"你还想去苦工队？你想得美。这回你连苦工队也没得去。"说到这里，他抬高嗓门。"我们红军是讲纪律的，"他大声说，"像你这样无组织无纪律，红军不稀罕。"

他显得有些激愤，话也说得很重。我大伯和史先生交往多年，还很少见过他如此，于是赶紧解释，这次机会难得，而且他有充分把握。史先生不说话，等他把话说完了才说："好啊，既然你是这个态度，那我现在就撤了你。"

"别，别啊，"我大伯说，"俺又没说非干不可，你不同意，那就算了。"

"什么叫算了？"史先生站了起来，神情严肃。我大伯自知失言，连忙检讨。史先生抽着烟，不说话，过了好一会儿，他的态度才渐渐和缓下来。我大伯赶紧唤小李倒水，又掏出烟丝和纸张递过去。史先生接过来，低下头慢慢卷起烟。

"你知道吗？"他说，"你这样干是要坏大事的！"他点着烟，吸了两口，"我为什么急着赶过来，就是怕你乱来。统一战线这是党中央的决策，你是不是党员？是不是红军战士？"

"是。"

"那就要坚决执行，不折不扣，没有二话。"

"俺知道。"

"知道还乱来？"史先生说，"前不久，我去省委开会，省委领导一再告诫我们，顽固派就想破坏联合，他们千方百计制造事端。前段时间，老蒋还在向大别山不断增兵。他们正愁找不到把柄哩，你倒好把把柄送上门去。"说到这里，他顿了顿，加重语气道，"廷勇啊，你已是团长了，不再是一个普通战士，这种时候更要从大局出发，这是一个原则问题。"

我大伯低头听着，嘴上不说，心里不服。"汪小小首先破坏协定，"他说，"他能这样干咱为啥不行？再说这个混蛋，早该除掉了。"

史先生听了这话,默然片刻。他又把眼镜摘下来,轻轻擦着,似乎在想着什么。"廷勇啊,"过了一会儿他把眼镜戴上,开口道,"礼记云:家齐而后国治,国治而后天下平。我在学校时就给你们讲过,你还记得吗?"

我大伯点点头。

"记得就好,"史先生又说,"什么是家国天下?有家无国,何成天下?我们干革命,为了什么?不光是为了我们小家,而是为了天下大众,这才是我们奋斗的目标。我问你,个人与国家与民族相比,两者孰轻孰重?"

我大伯不说话,心里想:大道理谁不会说呢?摊上自己就是另一回事了。史先生似乎早已洞察了我大伯的内心活动。他又卷了一支烟点着了,慢慢吸着,过了好长时间才说:"光绪二十八年,霍川发生了一起灭门案,这事你知道吗?"

"知道,"我大伯说,"从小就听家里人说过,俺爷爷就是那次遇害的,俺咋能不知道?"

史先生点点头:"那次灭门案,秦家死了多少人,你也听说了吧?"

"听说了,老老少少十七口。"

"嗯,"史先生又点点头,表情开始凝重起来,"是啊,秦家那次差不多全被杀了,实在太惨了,不过有一个人活了下来。"

"听说是他的小儿子。"

"是的,"史先生挥了挥手,驱赶着飞舞的蚊虫。他们并肩坐在大树下,"那年他才十二岁,后来由亲戚抚养长大。在芜湖求学时,加入了CY,从此走上了革命道路。再后来,他又改名换姓,主动要求来霍川工作。"

"你认识他?"我大伯有些意外。关于灭门案他从小就听家人说过,也知道秦家有一人当时在外地幸免于难,但具体情况了解得并不多,现在听史先生一说,颇感好奇。

"不只是认识啊。"史先生又一次摘下眼镜,用衣角擦拭着。借着月光,我大伯发现他的眼角亮闪闪的,像是泪光。

"史先生,你怎么了?"

"哦,没什么,"史先生摇了一下头,他沉吟良久,接着说道,"你知道吗?我原来不姓史,也不叫史传洲。我的名字叫秦亚哲,这是我爹给我起的。"

"你爹?"

"就是秦尚义。"

"秦知县?"我大伯一惊,叫了起来。这太出人意料了!他无论如何也想不到会是这样。"真的?怎么从没听你说过?"

史先生摇了一下头:"这事太痛苦了,我不愿想,也不能想。"

"你就没想过报仇?"

"想过,"史先生说,"怎么可能不想呢?我每时每刻都在想。当初我隐名埋姓来到霍川,就是想报仇。"

"俺不明白,"我大伯说,"那你还等啥呢?"他想到霍川起义前他抓了卫树森,结果史先生却让他把人给放了,他很不理解:这不正好是一个报仇的机会吗?"你为啥要放人?"他说,"干掉他不就完了吗?"

史先生摇了一下头。"事情没那么简单,"他一边吸着烟,一边平静地说,"仇是要报的,但要看怎么报?你想过没有,当初起义在即,不放卫树森就会惊动敌人,破坏我们的计划?"

"这倒也是。"我大伯说,"史先生,要俺可做不到。"

"是啊,"史先生叹了一口气,"有些事做起来可能很难。"他深深地吸了一口烟,然后吐了出来,又说,"但我们是革命者,就不能光想着自己。我想大道理就不必多说了,贺廷勇同志,你要记住一点,那就是革命的利益永远高于一切。"

"俺明白了。"我大伯说。他内心很感动,对史先生更加敬佩,接着便检讨了自己(这回是心悦诚服),并保证今后不再发生这样的事。

史先生笑了："想通了就好——你呀你，"他手指点了点他说，"差点坏了大事。你得感谢卢庆竹啊，他的觉悟可比你高！"

我大伯也笑了："别提那小子，他是个叛徒，俺还没找他算账哩。"

史先生微笑道："看来你还没通啊？"

我大伯一看说错了话，连吐舌头说通了通了。事后，他见到卢庆竹说，你这家伙卖友求荣，害俺不轻。卢庆竹说得了吧，俺是挽救你，要不你早完了。"你小子，"我大伯扬了一下拳头说，"少他娘的卖乖。"

二

虽然汪小小没有被除掉，留有遗憾，但我大伯相信，总有一天，他逃脱不了惩罚。他坐在伊蓉的坟前轻声诉说。他把这几年发生的事都一一地告诉了她。特别是那个奸细已经揪出来了，大快人心。他告诉伊蓉，你的仇已报了，但不知为何心里却有一种说不出的滋味。他想，伊蓉地下有知，可能也会如此。

自从枫树湾事件发生后，这个奸细就折磨了很多人。包括费伊蓉、小黑皮，还有那些受到清查的同志。费伊蓉直到牺牲前，嫌疑仍未解除。

清查工作一开始走了弯路，史先生回到霍川，便宣布解除所有关押的清查对象。岳松和朱毅开始还担心，这要让奸细跑了咋办？"跑就跑吧，你们还想留着他啊？"史先生笑道。岳松和朱毅都感到不解。史先生又说："你们怕他跑，我怕他不跑，不跑更危险。"那口气像是开玩笑又不像是开玩笑。

事实上，史先生做出这一决定并不是随心所欲，而是在听取汇报，做了认真的调查后才做出的。因为在他看来，过去的这种清查并不足取，不仅盲目无效，而且损害了自己的同志。在决定放人之前，他与夏杰交换了意见，谈了自己的想法。夏杰自黄龙洞遭袭后，痛定思痛，认真反思，也认识到问题所在。"是得改改了，"他说，"不能再这么干了。"

史先生说:"敌人在暗处,咱们在明处。我们的一举一动都在敌人的眼皮底下,这样搞法子,很难搞出名堂。"

"说得对,你想怎么干?"

史先生说了自己的想法,提出放弃过去那种大张旗鼓、大海捞针的做法,采取暗中排查,有的放矢的策略。老夏表示赞同。史先生又提出,此事必须秘密进行,知道的人越少越好,否则走漏风声就会一事无成。

"那是应该的。"老夏说。

"我是说,"史先生又补充道,"在案子查清之前,除了参与清查的人谁也不要过问,就连特委成员也不例外。"

"我没意见。"老夏又说。

"也包括你。"

"行。"

夏杰一口答应。在这件事上,他大力支持,而且说到做到。此后,清查工作便秘密进行起来。史先生认真挑选了参与清查工作的人员。具体负责的有两人:一个是朱毅。他是原保卫部副部长,老崔牺牲后,接任部长。他是一位参加过立夏节起义和六霍起义的老同志,枫树湾事件后才由湖北调来,先期参与过调查工作,对情况比较了解。还有一个是史先生从武汉带回来的老于,名叫于进。他在武汉时曾在锄奸部门工作,有丰富的地下工作和侦察工作经验。这两人共同的特点,一是没有任何嫌疑,二是忠诚可靠。此外,又从部队挑选了几个经过考验的干练可靠的同志,充实保卫部。史先生指示他们,清查工作不事声张,稳妥进行,对外不准透露半字,对每条线索认真梳理,不放过任何蛛丝马迹。

应该说,这件事做得极其秘密。很长时间里都没人知道清查的进展情况。我大伯最关心这件事,每次见到史先生都要询问。史先生的回答总是十分淡定,不是"查着哩",便是"正在查",好像一点也不急。

史先生的态度令我大伯十分费解。他有一次去看望夏师长,说这种查法太慢了,就怕猴年马月也查不出来。夏师长说,那你还想咋样?像以前那样把人都关起来。这样的教训还少吗?说得我大伯哑口无言。"你要相信老史,"夏杰说,"他做事一向把稳。"——这倒也是,我大伯心里想,如果连史先生都不相信,还能相信谁呢?

虽然清查工作不温不火,进展缓慢,但保卫部也确实发现了一些问题。比如,一个排长在打土豪时私吞了二十块银元,送回家去买地。再比如,有人违反纪律,在街上吃霸王餐,还打了店主。诸如此类的问题先后查出好几桩,也进行了处理。其中有两件事影响最大,引起了保卫部重点关注。

一是红军医院的刘院长隐瞒了他有一个弟弟在国民党军中任少校,未向组织报告。其实,这本不是问题,如果他事先向组织说明的话,但他却没有说。不仅如此,更严重的是,他还与这个国民党少校弟弟一直保持通信联系,这也是瞒着组织进行的。刘院长是个对红军做出过贡献的人,他是江苏盐城人,曾留学苏联,医术很高,救治过数以千计的红军官兵。但贡献归贡献,嫌疑归嫌疑,清查组还是对他进行了清查。

当然,清查是秘密进行的。朱毅和老于亲自找他谈话,他也承认这些都是事实。问他为什么要隐瞒,为什么不划清界限,通信都有哪些内容,刘院长也都进行了回答,并上交了保留的信件。从信的内容上,主要是谈家事,尤其是母亲的情况。刘院长的解释说,他父亲早逝,他和弟弟都是母亲一手拉扯大的。他参加红军后一去不返,未能尽孝,母亲只能由弟弟照顾,而母亲的身体不好,他心里十分牵挂。通信主要是谈这些,在治疗上他也时常拿些主意,毕竟他是学医的,比较内行。他还说明了他与其弟的关系,他们在政治上早已划清界限,有限的交往仅限于家事。至于没有向组织上说明那是因为他有顾虑,并坦承这事做得欠妥,有违组织原则,并做出检讨。

他的话究竟有多少可信的成分,保卫部进行了好一番调查和甄别,最后才得以排除。后来,这事传出来后,大家议论纷纷,很少有人相信刘院长会通敌。"这不可能!"人们都这样说,"他是奸细,打死俺也不信!"的确,刘院长的崇高威望让人尊敬还来不及,遑论嫌疑?

除了这件事,还有一件事涉及兵工厂的技师老曹。老曹是当地人,原先在家是个铁匠,心灵手巧,到了部队上经过培训成了技师。这人话不多,看上去也老实。但后来有人报告,说他常常私自下山,不知去向。保卫部得到报告后,暗中跟踪了几个月,终于发现他有个相好的在大牯岭油坊村,是个寡妇。他多次下山与其私会。这事做得极为隐蔽,几乎瞒过了所有的人。后来,事情终于查清了,清查人员也算松了一口气。不过,老曹的行为不仅损害了红军的声誉,而且危及部队的安全,必须严惩。处理结果是将其开除回家。老曹哭得稀里哗啦,前来求情,说是愿意改过自新,希望继续留队,哪怕是打是骂咋着都行,唯一的请求就是别赶他走。朱毅拍桌子骂他,你小子还有脸求情?色胆包天,不枪毙已是开恩。老曹无奈只好离开部队,不过他回到家中并没有放弃革命,而是参加了农会,干起了赤卫队,由于表现出色,几年后又重返部队,还娶了那个寡妇。解放后他在省城一家工厂当厂长。"文革"前有一年他来我家拜年,我还见过他。

这两件事当时影响很大。部队上下传言纷纷,但当时内情并未公布,外界听到的只是小道消息,难免添油加醋,以讹传讹,然而最后的调查结论基本与奸细不沾边,两人的嫌疑也先后排除。

暗藏的奸细始终没有找到,大家自然十分焦急。许多人都在关心这件事,得空了免不了就要打听。卢庆竹、黄静雯,还有小黑皮等最为上心。他们来向我大伯打听,我大伯也不清楚。他把史先生的话告诉他们,他们也摸不着头脑。小黑皮让黄静雯去问问参谋长。

"你说老岳啊?"黄静雯说,"他哪知道啊?"

"他不是特委委员吗?"

"特委委员又咋样?"黄静雯说,"别说他了,就连师长也不知道。"

"怎么可能？"

"不信你问廷勇？"

我大伯证实了黄静雯的话没错，这事严格保密，知道的人甚少，包括夏师长、岳参谋长在内。

小黑皮笑了，随口便来了段顺口溜：

> 这奸细，真狡猾，
> 史政委，有思量。
> 敌在暗处我在明，
> 斗智斗勇细排查。
> 看你躲，看你藏，
> 过了初一有十五。
> 任你九尾狐狸精，
> 照妖镜下无处藏。

众人一听都乐了。不久，这段顺口溜不知怎么传进史先生耳中。有一次，大家碰见史先生，又问起这事，史先生依然不做正面回答，只是说这事早晚会查清，天网恢恢，疏而不漏，大家放心。他还打趣道："少成啊，你那几句怎么说的呢？"小黑皮不知他指的是什么，一时蒙在那里。史先生笑道："你忘啦？那什么来着——看你躲，看你藏，照妖镜下无处藏。"大家一听都笑了，气氛顿时轻松下来。

我大伯这时说："史先生，俺有一个请求，你能答应吗？"

"啥请求？"

"如果找到了那个奸细，"我大伯说，"俺要亲手宰了他，为伊蓉报仇。"史先生听后，笑了笑，没说同意，也没说不同意。

时间过得飞快。一九三七年春，红军师取得八大户大捷，全歼别动队，击毙卫登辉。这一仗打得漂亮。但很少有人注意到，在这一仗的背后，有许多值得玩味之处。比如，事前是如何掌握了别动队的行动，然后实施包围，一举歼之？再比如，全师集结，动静很大，却没有走漏任何风声。这些都是如何做到的？开始，大家都以为史政委和夏师长料事如神。然而，很少有人知道，在这件事上，清查小组功不可没。

直到八大户之战后，发生了一件奇怪的事，人们才开始有所省悟。

这事与黄静雯有关。

黄静雯在费伊蓉牺牲后，情绪一直很压抑，常常彻夜不眠，以泪洗面。她是费伊蓉最好的朋友，当年一起在北辰中学参加学生运动，一起加入CY，后来又一起前往武汉军校学习，经历了广州起义的风风雨雨和艰苦的霍川游击战争的岁月。"俺一直把她当姐看。"黄静雯不止一次这样说。事实也正是如此。黄静雯没有姐妹，只有一个哥哥，她是由哥哥抚养成人。黄静雯长得小家碧玉，性情温和，与人相处，随和自然，善解人意。她平时话不多，人缘不错。作为参谋长的爱人，有不少人羡慕她。岳松长相英俊，作战勇敢，作风干练，是一个经验丰富的红军指挥员，在特委和红军师中地位仅次于夏师长和史政委。黄静雯是广州突围后嫁给他的。当时他们共同经历了一场生与死的考验。婚后两人也很恩爱。不过，对卢庆竹她一直怀有歉疚，这些话对外不能说，只能对费伊蓉说。费伊蓉很理解，为此还多次做卢庆竹工作，使卢庆竹对她的态度有所转变，这让黄静雯十分感谢。

然而，黄龙洞遭袭，费伊蓉牺牲了，这对黄静雯打击很大。她饭吃不下，觉睡不着，夜里常常被噩梦惊醒，有时还大喊大叫，胡言乱语，声音尖厉，十分恐怖，醒来后则大汗淋漓，失魂落魄，精神也萎靡不振。岳松问她怎么了，她说梦见了恶鬼。问她梦中叫嚷了什么，她也不记得了，反过来还要问岳松。岳松说她老喊伊蓉，还说快跑，别的就听不清了。

刘院长来看过黄静雯的病，说是身体无大碍，可能是受了惊吓，注意休息，慢慢会好。他还叮嘱岳松多加关心开导，临走时给她留了一点镇静的药片，作为辅助治疗。可服了一段，效果不大，不仅没有改善，病情反倒加重了。她变得越发魔怔了，常常一个人坐在没人的地方发呆，嘴里自言自语。有时还会莫名其妙地突然昏厥，数刻方醒，让人惊慌不已。有人说黄静雯是吓破了胆，但岳松，还有我大伯、卢庆竹都不相信。因为黄静雯不是第一次经历血雨腥风，怎么会被轻易吓倒呢？

　　不过，费伊蓉的死给她造成的刺激显而易见。那段时间，她只要一见我大伯就流泪，还时常去费伊蓉的坟前祭奠，给她烧纸。费伊蓉生前她们俩形影不离，亲密无间，费伊蓉被隔离后，她常常去看她，丫丫也一直由她照顾。她们之间的感情亲如姐妹，众所周知。费伊蓉死后，她悲痛欲绝。我大伯相信她这种感情是真诚的，对此十分感动。后来，他专门去请了贺老圩的罗瞎子来给她诊治。罗瞎子诊脉后云，患者脉象浮滑，此为气虚之症，由惊恐所致（看法与刘院长并无二致）。又云，大凡可畏之事，猝然而至谓之惊；潜伏于内，久生病根，谓之恐。惊恐交加，心无所依，神无所归，则气乱也。问其病因，则云惊恐气乱，病机不一，只有患者自知。可问了半天，从黄静雯那里也问不出个所以然来，只好随症而治，遂开药剂平气，辅以逍遥散，渐有起色。

　　此后很长时间，黄静雯病情趋于稳定。史先生和夏师长也很关心这件事，为了让岳松安心工作，还派人专门看护她。然而，就在她的病情好转之时，她突然自杀了。

二

　　黄静雯自杀是在八大户歼灭战后的第二天。在这之前一段时间，受特委派遣，岳松前往省委汇报工作，不在霍川。那天早上，黄静雯提出要给费伊蓉上坟，当时清明节过后不久。看护她的冼大姐同意了，为了安全起见，她还带了一个战士一起去了。烧过纸后，黄静雯提出要单独待一会儿，冼大姐也同意了，她带着战士离开，在不远处的山坡下等待。也不知过了多少时间，也许五分钟，也许十分钟，这时坡上传来了一声清脆的枪响。她们急忙跑了上去，只见黄静雯已经倒在地上，子弹从胸口打了进去。鲜血哗哗地往外冒。冼大姐上前按住她的伤口，试图帮她止血。黄静雯大睁着眼睛看着她们，嘴里含混地咕哝道："俺该死……该死……"

岳松闻讯赶回来时，黄静雯的尸体已被她哥嫂领走了。没有葬礼，也没有对外宣布，就这样悄悄地过去了。或许自杀并不是什么好事，这样处理也是为了消除负面影响。不过，黄静雯毕竟是参谋长的爱人，这事还是引起不小轰动。

对于这件事，我大伯开始感到震惊，后来对处理方式也感到不解。不管咋说，黄静雯都是自己的同志战友，而且她自杀是因为有病（那时还没多少人知道抑郁症之说）。他曾去找史先生谈了这个想法，史先生不置一词，默默地抽烟。末了，他才说了一句："我知道了。有些事我想以后再告诉你。"

我大伯颇感困惑。其实，不只我大伯，卢庆竹、小黑皮等一些黄静雯的老战友也是如此。这到底是咋了？直到几年后，谜底才慢慢揭开。

据我大伯说，黄静雯身份特殊，她是岳松的爱人，因此一开始清查组并没有注意到她。此外，她参加革命早，经历过种种考验。无论从哪方面看，她都令人放心。

不过，要说一点怀疑没有，那也不是。其实，史先生刚从武汉回来不久，在摸排情况时就发现有事牵涉到她。那是关于悔过书的事，费伊蓉牺牲后，史先生问过我大伯这事除了向他汇报，是否还对其他人说过，我大伯说没有。毕竟这不是啥好事，没必要声张。

"伊蓉说过吗？"

"据俺所知，也没有。"

史先生继续调查下去，发现确实没人知道这件事，包括卢庆竹。他是我大伯最好的朋友，如果连他都不知道，说明我大伯他们确实没有向外说过。那么，问题来了，保卫部是如何得知这件事的？

　　史先生问过朱毅，他当时还是保卫部副部长。他说是听崔部长说的。至于崔部长是如何得知的，他并不清楚，也没问过。

　　史先生是个细心的人，虽然崔部长已经牺牲了，但他并没放过这个问题。费伊蓉被捕时，老崔还没来霍川，如果没人告诉他不可能知道这事。此后，在分别找人谈话时，有个特委委员告诉他崔部长和他说过这事，好像是听老岳说的。

　　"岳松吗？"

　　"是的。"

　　这就更奇怪了。因为岳松也是霍川暴动后来霍川的，他又是怎么知道的呢？顺着这个疑问追下去，有一次，他和岳松闲聊时，漫不经心地提到这件事。岳松并没有否认，他说他是听静雯说的。

　　"黄静雯？"

　　"对。"

　　"哦，她是怎么说的？"

　　岳松道，那是枫树湾事件后，费伊蓉被审查，他们有一天谈到伊蓉，黄静雯无意地说到了悔过书的事。"我当时很吃惊，"岳松说，"我还问她以前怎么没听你说？"

　　"说它干吗？"黄静雯道。

　　"你糊涂！"岳松当时还批评了她。后来，他就把这事告诉了崔部长。"我觉得，这不是一个小事情，"他解释说，"虽然我相信费伊蓉，但眼下环境残酷，斗争你死我活，容不得半点大意。"说到这里，他显得有些自责。"当然了，"他停了一会儿又说，"现在看来，我们是多疑了。伊蓉是一个好同志，她牺牲了，我很痛心。可我当时那么做，完全出于公心，是对红军负责，你说对吧？"

史先生嗯了一声，又点点头。确实，岳松那样做没有错，尽管对费伊蓉产生了很大的伤害，但他的警惕性和责任心无可指责。事后，岳松一度很内疚，很想向我大伯解释一下，但又怕连累了静雯，而且静雯也不让他说，他也就没说了。

从岳松的话来看，倒也没有什么问题，而且他也没有做错什么，于是史先生安慰他说："这事过去了，你也不要有太多的负担。"至于黄静雯是从哪得知悔过书的事，他并没有多想。虽然我大伯说他和伊蓉都没对外说，但凭伊蓉和静雯的关系，保不住她私下里和她说了，也未可知。

这件事就这样过去了。

又过了几个月，我大伯带人澡堂锄奸，后潜入袁幼鸣家中躲藏。这事极为机密。事后，我大伯来向史先生汇报，当时夏师长还在养伤，不在营地，听取汇报的只有史先生和岳松两人。没想到这事竟然泄露出去，导致卫登辉突然查抄了袁幼鸣的家，这让史先生吃惊不小。

他亲自找我大伯和参加行动的八名人员分别谈话，仔细询问了解情况。他们都保证严守秘密，只字未向外边透露。与此同时，史先生还布置清查小组的同志分别对这些参与行动的同志进行秘密调查。调查结果同样没有发现任何问题。现在，只剩下一种可能那就是岳松了。怎么又是他？难道这是巧合吗？

事实上，进一步分析，问题更加严重了。从泄露的情况看，行动开始前，敌人毫无觉察，行动后才得知情报（如果确有奸细提供情报，说明这个奸细获知情报是在行动之后），这个时间点，与岳松得知消息的时间正好相吻合，这难道又是巧合吗？

这个分析使史先生重视起来。他表面上不动声色，暗中找来朱毅和于进悄悄布置，一边加强监控，一边做好防范。

很快有了新的发现。

事情出在黄静雯身上。据清查组报告,黄静雯家最近有些异常。她家的生活原先一向困苦。由于父母早亡,兄妹二人相依为命。其兄黄静民,曾是教书先生,束脩微薄,入不敷出,家境一直不好,后因黄静雯参加红军受到牵累,还被抓去坐牢。家里吃了上顿没下顿,春荒时节,其嫂只能带着娃四处乞讨。为了营救其夫,她还落下一屁股债。直到前两年黄静民被释放才家境大变,不仅还清了债务,还盖起了三间敞亮的明窗大瓦屋。村里人都说不知他家发了啥横财,或许是夜里做梦捡了金元宝。

这一情况很快引起清查组的注意。他暗中排查,结果越查疑点越多。首先,黄静民出狱后并无收入来源,而且连书也不教了,他的钱是从哪来的?此外,黄静雯的津贴极为有限(红军师官兵每月只发少量零花钱,干部两元,战士一元,这是情况好的时候;不好的时候一分也没有),岳松虽是参谋长,其津贴高出普通官兵,但也十分有限,除了买毛巾、牙粉、纸笔和抽烟外,所剩无几,当然也不可能有钱给黄静雯的哥嫂。

那么,他们的钱来自何处?当然不可能从天上掉下来。按黄静民本人的说法,他的钱都是做生意赚来的。至于什么生意,则含糊其词。进一步查下去,清查组发现黄静雯和她哥哥黄静民感情非同一般。他们年龄相差九岁。父母早亡后,是其兄嫂把她拉扯成人,还勒紧裤带供其上学。所谓长兄如父,长嫂如母,黄静雯对此十分感激。由于受她的牵连,哥哥入狱,她也很内疚。常常会省下一点钱来接济兄嫂,尽管杯水车薪,无济于事。这些年,她常常是一有机会就下山去兄嫂家探望。黄龙洞遭袭那天,她嫂子带信来说哥哥病重,她便告假回去,因此袭击发生时她并不在山上。这也许是一种巧合?当时并没人产生怀疑,相反由于她身体患病,人们对她更多的是担心和同情。

尽管发现了这些疑点,但清查组在对黄静雯暗中监视了一段时间后,并未发现她有任何通敌之举。就这样,一年过去了,朱毅和于进来请示史先生:"还要查吗？"他们有些动摇了。但史先生坚持查下去。"我希望我们是错的,"他说,"但老话说得好,往最坏处着想,向最好处努力。"

于是,清查继续下去。许多年后,史先生曾对我大伯说,他当时有一种模糊的预感,自从发现黄静雯这条线索后,他们已经离奸细越来越接近了。

他的预感是对的。

转眼到了一九三六年正月,有一天黄静雯提出要回家看望哥嫂。经过一段时间的治疗,特别是吃了罗瞎子的药剂,她的病大有好转,病情也稳定下来。岳松出于关心,问她是否要派人跟她一起去。她说不用。可是,下山后她并没有像以前那样去她哥哥家,而是去了城外的十里铺。那里靠近龙河码头,舟楫往来便利,有一条小街沿河而建,街上有货栈、货仓、饭店和商铺等。黄静雯进了街后,不一会儿便消失了。跟踪她的老于为了不打草惊蛇,远远地保持了一段距离。由于是夜晚,黄静雯进了街里,老于不便贸然跟进,便守在街口的柳树丛中等待。过了好一会儿,黄静雯又重新出现了。她沿着小街走出来,但没有再去她哥哥家,而是直接回山了。

老于回来后,向史先生汇报了这件事,不过,黄静雯去十里铺干什么,到过哪里,见过谁,这些都不清楚。尽管如此,根据以往的教训,史先生还是采取了必要的防范措施,通知分散在各地的部队在近期加强戒备,密切注意敌人的动向。

然而,几天下来,敌人并无动静。就在这时,传来了贺仁贤被杀的消息。汪小小大开杀戒,一下子杀了天元公司包括贺仁贤在内的七个人。此事震动了霍川。

事发后,贺家二爷贺培贤,也就是培二爷,曾来找过我大伯,要他替兄长报仇,需要多少钱他都肯出。我大伯对他说,你把红军当什么人了？这是做生意吗？培二爷知道说错了话,连忙解释说他别无他意。我大伯说，你放心，这仇要报，汪小小卫登辉都是红军的死敌，没有这事俺们也不会放过他。"那就好，"培二爷说，"特别是卫家那小崽子，千万别放过他！"他认为这事八成是他使的坏，理由是：那天晚上孙小三在梅田货栈看到了卫登辉，而仁大爷恰好也去了那里，随后不久屠杀便发生了。"这里边肯定是出了啥事。"他说。

培二爷的话引起了我大伯的注意。

"啥的？"他说，"你说那晚卫登辉也去了梅田货栈？"

"没错。"

"他去干啥？"

"不清楚。"培二爷道，但他认定那晚在梅田货栈一准是发生了什么事。虽然卫家图谋天元已久，但这事不早不晚偏偏发生在那天，实在有些蹊跷。

培二爷走后，我大伯有一次和史先生闲聊，谈到贺仁贤被杀，便说起了这事。史先生听了沉思良久。"几号？"他抽着烟思考着，然后开口道问。

"啥几号？"我大伯一时没反应过来。

"贺仁贤遇害那天？"

"哦，是正月十九。"我大伯答。

"嗯。"

史先生点点头，又沉思起来。我大伯走后，他便把老于找来，两人仔细地回忆了一下，发现黄静雯去十里铺那天也是正月十九。也就是说，她去的那天与贺仁贤遇害是同一天。而就在那天，卫登辉也到了十里铺。这之间有没有什么联系呢？

为了弄清这个问题，史先生亲自去了一趟贺老圩，悄悄派人把孙小三找来，仔细询问。在交谈中，孙小三想起一件事。"对了，"他说，"那天大爷上车后，俺问他见到卫少爷了吗？他说见到了，接着又说了一句话，不知啥意思。"

"什么话？"

"他说没想到……"

"没想到？"

"是的，"孙小三道，"他说没想到，他们怎么搞到了一起？"

"谁们？"

"他没说。"

"嗯，"史先生拍拍他的肩膀，鼓励道，"不急，你再仔细想想。"可孙小三实在想不出来了。他说就这些了，没有了。"那你还看见别人了吗？"史先生提醒他说，"除了卫登辉之外。"这一问，孙小三便想起来了。"还有一个女的。"他说。

"女的？"

"是的，是个女的，她从后门出来的。"孙小三说。那天吃完面条，他无所事事便在货栈院子外边四处溜达。走到院子的后门时，看见一个女的从那里匆匆出来。

"长得啥样？"跟史先生一起来的老于插话道。孙小三说，她个头不高，瘦瘦的，穿着棉袄。"你看清她的脸了吗？"老于问。

"没看清，天太黑了。"

"那袄子啥颜色？"老于又问。

"灰的吧？"孙小三说着，又摇摇头，"看不大清，但她是城里人。"

"城里人？"

"是啊，"孙小三说，"她捏着手电筒哩，乡下人哪有这个。"

史先生笑了。

"没错，"他说，"你再想想，还有什么？"孙小三想了一下，抬起头来看着史先生说："哦，对了，她还裹了一条围巾，花格子的那种。"

老于眼睛一亮。因为那天黄静雯就戴着一条花格围巾，而且她也带了一把手电筒。"你看清了？"他似乎不大放心地问。

"看清了。"孙小三肯定地说，因为当时她为了照路，手中的手电筒亮了一下，他看得很真切。老于兴奋起来。从孙小三的描述看，这人很像黄静雯，尤其是手电筒和花格围巾完全吻合。"我看八九不离十。"老于心里想。

史先生也认为不排除这种可能。回来后，他们做了一番分析研究。如果把这些线索联系起来看，可以得出如下推论：一，孙小三见的那个女人很可能就是黄静雯；二，如果是她，她去十里铺目的，也许就是去见卫登辉；三，他们见面的地点就在梅田货栈。至于天元公司遭血洗与这事有何关系，他们还无法判断。不过，经过这番分析，黄静雯的嫌疑猛地增大了。"该找她谈谈了。"史先生说。这意味着将对她进行正面突破。

剩下的问题是，岳松怎么办？要不要绕开他？虽然在清查中没有发现岳松明显的问题，但黄静雯毕竟是他的妻子——告诉他吧，万一走漏风声怎么办？不告诉吧，他是师级领导，瞒着也不好。就在感到棘手时，省委来通知，要特委和红军师派一位领导前去汇报工作，并接受省委下一步工作指示。史先生与夏师长通气后，决定派岳松去。这样做可以避免一些麻烦，对清查工作有利，一切等问题查清了再说。"如果老岳事后知道了这件事，"史先生说，"就由我来负责吧。"

"什么话？"夏杰当即反对，"这是我们两人的决定，怎么能让你一人担？"

岳松走后，史先生便把黄静雯找去了。那是一天晚上，当时特委的驻地仍在马头山上的关帝庙内。黄静雯来到东边的偏殿内，这里是史先生的房间，黄静雯相当熟悉。她与岳松的住处就在后殿内，相距不过几十米。那天，来通知她去见史先生的不是史先生的警卫员，而是老于。黄静雯当时就有些奇怪。进了史先生的房间，她便感到气氛不同以往。因为房间里除了史先生外，还有朱毅。他们都是保卫部负责清查工作的。

房间里烟雾缭绕，史先生看她进来便示意她坐下。他的表情一如往常，并没有明显变化。不过，黄静雯内心却有些不安，坐下后，强打精神说："史先生，你找俺？"

史先生不说话，一口接一口地抽着烟。等烟抽完了，才扔掉烟头，打破了长时间的沉默："今天找你来，是想核实一点事。"

"啥事？"

"正月十九，你去了哪里？"

"正月十九？"

"是的，要不要提醒一下？"

"这个……"

"是十里铺对吗？"

黄静雯一惊。史先生声音不高，但仿佛一声炸雷在她耳边炸开了。由于这话来得有点陡，黄静雯猝不及防，立时乱了方寸。

"没有……"她刚想抵赖，又觉得这很蠢，急忙收住口说，"你们咋知道？"

史先生不作回答，而是又问："你去十里铺干什么？"

"没，没干啥……"黄静雯慌乱起来。

"你去见卫登辉了，是吗？"史先生不给她任何喘息之机，接着又问。这时他已紧绷起脸，表情十分严肃。"不，不……"黄静雯更慌乱了，开始手足无措，语无伦次。

"我们都知道了，"史先生继续说，"你们见面是在梅田货栈，这没错吧？"这一连串的问话，步步紧逼，全都打在要害上。黄静雯试图抗拒，但却无能为力。史先生直视着她的眼睛，然后又说："我们已经跟了你很长时间了，你的一举一动都在我们掌握之中。"

听完这话，黄静雯一下子崩溃了。她突然捂着脸，哭了起来。原以为审讯会有一些曲折，没想到前后不到十几分钟，黄静雯便交代了一切。

事实上，黄静雯的叛变两年前就开始了。那是哥哥被捕后，她去看望嫂子和孩子们，哪知被卫登辉抓获。卫登辉早就了解到黄静雯与她哥哥的感情很深，便预先设伏。抓到黄静雯后，卫登辉便软硬兼施，威胁利诱，他还扬言要杀了她兄嫂全家。在兄嫂的哭求下，她屈服了。但她只答应帮他一次，从此两不相欠。"行啊。"卫登辉爽快地答应了。哪知有了第一次，便有第二次，从此她走上了不归路。

　　黄龙洞事件后，费伊蓉惨死，使她良心备受折磨。她开始患病，生不如死，下决心与卫登辉一刀两断，躲着不见他，但卫登辉岂肯放过她，威胁说要把她干的事捅给红军。那天，在卫登辉逼迫下，黄静雯去十里铺梅田货栈与卫登辉见面，两人吵了起来。黄静雯指责他说话不算话。"反正俺也没法活了，"她说，"你要再逼俺，俺就死给你看。"说着，她甩门而出，卫登辉追了出来。没想到恰在这时，贺仁贤从走廊上走过来了，看见他们似乎有些惊讶，但这时梅田赶紧过来把贺仁贤拉进了自己的房间。

　　梅田货栈一直是黄静雯和卫登辉的秘密碰头的地点。这里较为隐蔽，不易引起注意，但没想到却让贺仁贤撞上了。贺仁贤与梅田见面一般是在城里洋行中，来货栈并不多，尤其是晚上。然而，这一次可能有急事，他竟来到货栈，这就坏了卫登辉的计划。黄静雯也很紧张，因为她和我大伯是同学。放假期间，她和我大伯还有一些同学们曾乘坐过天元公司的轮船去外地游玩过，贺仁贤当然认识她。"咋办？"黄静雯有些慌张，"他要和廷勇说了，那就糟了！"卫登辉心里也有些着急，但表面上仍安慰黄静雯，说他会摆平这件事，不用担心。由于出现了这个意外插曲，黄静雯不敢多耽搁了，急着要走，卫登辉拦住不放，逼她继续合作。两人纠缠了半天，最后卫登辉提出只要再干一次，以后决不再找她，而且说话算话。"就一次！"他向她保证说。

　　黄静雯走后，当天晚上贺仁贤就被杀了。黄静雯当然知道卫登辉杀人是为了灭口，越想越怕。于是，刚开始好转的病又开始复发了。她茶饭不思，心神不宁，眼睛一闭各种鬼魂就像黄昏时的蝙蝠四处飞舞。

她不止一次地想到了死，认为只有这样才能一了百了。然而，就在她尚未拿定主意时，史先生把她找去了。她早想到会有这一天，但当这天到来时，她还是感到不知所措。她一边哭，一边交代，内心无比忏悔，但一切都晚了。"俺对不起伊蓉，俺害死了她，还有丫丫。"在交代中，她几次提到费伊蓉，每每都声泪俱下，泣不成声。"俺该死，该死……俺对不起大家，史先生你枪毙俺吧……"

史先生默不作声，一支接一支地抽着烟。他思考问题时总是这样。过了好一会儿，他才说："老岳知道这事吗？"

"不，他不知道。"黄静雯说，抬起泪眼看着史先生。"俺也对不起他，无脸见他。你快枪毙俺吧。"她连声说道。

就这样，审讯前后进行了两个多小时，黄静雯把一切都交代了，此后，朱毅和于进还对有关细节进行了核实，包括每次送情报，与卫登辉接头方式等等，能问的都问了。黄静雯也都没有隐瞒。最后，史先生对黄静雯说："你的罪行不可饶恕，但如果你想赎罪的话，我可以给你一条路。"

据我大伯说，后来，黄静雯便按照史先生的安排，给卫登辉送了假情报，这才有了八大户歼灭战。"难怪史先生那么有把握，"我大伯说，"原来他早已心中有数。"不过，那天审讯后，有关黄静雯的事并未对外透露，她还像以前那样待在自己屋子里，当然，一举一动都在监视之下。史先生专门抽派冼大姐来监视她，与她同吃同住，对外则称照顾她的身体。直到八大户之战结束，黄静雯提出要去费伊蓉的坟前看看，冼大姐以为是她心中有愧，便同意她去了。当然，她没想到她私藏了一把手枪。那是岳松留给她防身用的勃朗宁手枪，型号是M1910，口径为7.65毫米，俗称花口撸子。她把枪藏在屋子的墙脚里，没有被发现。那天，她带在身上，在费伊蓉的坟前对着胸口开了一枪，结束了自己的生命。"也许，"我大伯对我说，"她这样做是她觉得最对不起的人就是伊蓉了。"

第三十一章　爷　爷　| 1939 年

一

我爷爷从动委会开会回来，还没顾上和彭兆栋联络，彭兆栋倒找上门来了。看来他已是迫不及待了。小武子进来报告时，我爷爷正在屋里起草文件。当时，联军司令部设在西乡大牯岭。那是一天上午，我爷爷接到报告，略感意外。"嘿，他来得倒快！"我爷爷说了一句，然后放下笔，示意让他进来。不一会儿，彭兆栋便笑容满面，大步走了进来。跟在他后边的还有胡宣武和彭青。

"哎呀呀，好兄弟，"他离着老远便叫起来，"咱们又见面了！不容易，真不容易啊！"他几步跨到我爷爷面前，摘下手套，又是握手又是相拥，接着连声问候，嘴里唾沫星子直喷，脸上的表情十分夸张。我爷爷见怪不怪，这一套他太熟悉了，而且不止一次地领略过。他勉强应付着，心里发笑。但他的冷漠丝毫没有影响彭兆栋的情绪。"老弟啊，你气色不错，"他哈哈笑着，"见到你真是太好了！如今你是大红人了，见你一面不容易啊！"

"哪里话？"

"他们可以证明啊，"彭兆栋说着朝胡宣武指了指，"你老弟一到霍川，我就三请四邀，可你就是不给面子啊！"

"是吗？"我爷爷说，"你找俺有啥事？"

"瞧你说的，"彭兆栋喷了一下嘴，又笑起来，"没事就不能来看看你啦。你忘了兄弟，兄弟可没忘了你。"说着亲密地拍拍我爷爷的胳膊，马上转了话题，"咱们多久没见了？我可经常想着你哩！"

"想啥呢？"我爷爷讥讽道，"没想到俺还活着吧？"

"说啥呢？说啥呢？"彭兆栋再次大笑起来，装作没听懂我爷爷的话，"咱们兄弟一场多不容易啊。这么多年来，枪林弹雨，打打杀杀，天有不测风云，人有旦夕祸福，你我能活下来，真是万幸。"

彭兆栋不愧老江湖，早已练就了厚脸皮，对我爷爷的讥讽轻松化解。我爷爷挖苦道："今天啥日子？太阳打西边出了，你堂堂彭大军长怎么有空，屈尊光顾俺这个小庙了？"

"你看，你看，臭脾气又来了不是！"彭兆栋扭头看了一眼胡宣武，再次笑起来，"咱们谁对谁啊？都几十年的兄弟了。军长算个屁啊，就是总统总理又咋样？说到底咱们是兄弟，这可是啥也比不了的，你说对吗？"说着再次伸手拍了一下我爷爷胳膊，一副不拿自己当外人的样子。

彭兆栋是无利不起早。他三番五次地找我爷爷当然必有缘故。武汉失守前，省府机关迁至立煌县，人心惶恐，条件艰苦。日军飞机不时来县城轰炸，财政厅曾被夷为平地。廖磊到任后，不得不顺应民意继续支持动委会，以期调动各方抗战力量。

彭兆栋十分痛恨动委会，该会主办的《大别山日报》对他以前的丑事不断揭露，使其声名狼藉。彭兆栋多次在吕韬面前抱怨，说动委会已被共党控制，图谋不轨，建议取缔，但并未达到目的。相反，动委会声势和影响越来越大，他只好改变策略，试图改善与动委会的关系。他找我爷爷正是出于这一目的。

彭兆栋善于投机，翻手为云，覆手为雨是其拿手把戏。这些年来，他变色龙般变来变去，与我爷爷分分合合，其中不知使了多少手段，用时靠前，不用时一脚踢开，等到需要时又会觍着脸来套近乎。当年北伐军打到安徽,他就是靠"牛庄通电"蒙混过关,摇身一变成了辛亥功臣。如今,他又如法炮制,我爷爷对他这套鬼把戏早已领教,但史先生说得对,国难当头,大局为重。楚天达也劝过他,不管彭兆栋过去劣迹多少,但只要他愿意抗日,便可既往不咎。至于新八十二军,更不能眼睁睁地看着他们倒向敌人。因此便耐下性子以礼相待。

他们坐下后,勤务兵送上茶来。是今年新采的六安瓜片,揭开杯盖便飘出一阵阵清香。"嗯嗯,好茶!"彭兆栋用鼻子嗅了嗅,连声赞道。扯了几句闲篇,我爷爷便开门见山,切入正题。"俺听说梅田来找过你?"他说。彭兆栋略微一怔,随后便说有这事。"你听谁说的?"

"报纸上不都登了吗?"

"啊,"彭兆栋喝了一口茶说,"这个梅田,我们是老相识了,几年前在霍川就认识了。"

"可现在他的身份不同了。"

"我知道,"彭兆栋放下茶盏,漫不经心道,"那有啥?敌人归敌人,朋友归朋友嘛。"说到这里,他看着我爷爷,扑哧一声笑了,"我知道你想说什么。"

"说什么?"

"外边不都在传吗?"

"传啥?"

"你明白。"

"那真有这事吗?"

"全是扯淡!"

彭兆栋脸一沉,接着又猛拍桌子,破口大骂:"他妈的!这帮家伙存心黑老子。他妈的,他们这是居心不良,吃饱撑的,尽编瞎话。老子是那样的人吗?说老子投降日本,你信吗?我彭兆栋虽不敢比岳飞、文天祥,但总是中国人,让老子认贼作父,舔小日本的屁眼沟,这可能吗?"

他黑脸红眼地骂了一通，边说还边撸袖筒，像是要找谁算账似的。我爷爷将信将疑，因为彭兆栋惯说谎话，当面一套，背后一套，谁也搞不清他哪句是真哪句是假。"这话当真？"我爷爷问。

"嘿，"彭兆栋嘴一撇，眼一瞪，"你这叫啥话吗？咋啦？连你老弟也不信我啊？"

我爷爷冷笑道："俺当然愿意相信。"

"当然？"彭兆栋一下子跳起来，抖着手说，"听听这话，说到底还是不信啊。"他扭过脸来，看看胡宣武，又看看彭青，好像在找帮手似的。"老子真是冤死了！"他接着又说，"我他妈得罪谁了，怎么都和我过不去？外边都说我不抵抗，可老子出生入死，谁看见了？我们子弹打光了，补给也没有了，你说，你让老子咋打？拿啥去打？总不能赤手空拳去和鬼子拼吧？好嘛，仗打败了，都来找老子撒气了。这怪谁呢？都推到老子身上了。他妈的，他们就没有责任啊？要说逃跑，张学良、何应钦跑得比我还快哩！"接着他又大骂中央军，说他们缩在后边，光会说漂亮话，打了败仗就往别人身上推，栽赃陷害，让老子替他们背锅。"兄弟啊，这还有理可讲吗？"他一边抱怨，一边为自己开脱，一副不知受了多大委屈的样子。

我爷爷抽着烟斗，任他说下去。彭兆栋的话义愤填膺，貌似有理，但却避实就虚，对自己逃跑的事实避而不谈。当然，我爷爷并未点破，算是给他留了面子。"行了，"他说，"过去的不说了，如今打日本，咱们都向前看吧。"

彭兆栋听了这话，便连声说好。"好，好啊，向前看好，向前看好啊。"随即坐下来，嘴里仍不住地抱怨，说老蒋如何和他过不去，他里外不是人，当哥的难啊，如此种种。我爷爷有些不耐烦了，便打断他说："这事不说了，过去的都过去了，但有件事，你得给俺撂句实话。"

"什么话？"

我爷爷看了一眼站在他身后的彭青。"俺听说，你的人最近去了蚌埠，有这事吗？"

彭兆栋一愣，刚架起的二郎腿又放了下来。"看看，看看，"他拍着桌子说，"这不又来了！他妈的，他们不造谣能死啊？"他一边骂一边指了一下彭青，"你说，你说，有这事吗？"

彭青笑道："这怎么可能？"

"立威，你知道吗？"彭兆栋又扭过脸来看着坐在他另一边的胡宣武。

胡宣武摇头否认。

"你听听，听听，"彭兆栋又把脸转向我爷爷，"连他们都不知道，这不是胡扯吗？你叫我咋说呢？还有你们那报纸（指《大别山日报》），也是捕风捉影，全是扯淡！华章老弟啊，我今天来找你，就是要澄清这些事。别人不相信我，你老弟难道也不信吗？"

我爷爷摆一下手，让他别激动。"彭军长，"他说，"有就是有，没有就是没有，你也不用怕。"

"我怕啥了？"彭兆栋又跳了起来，"老子这是生气。你说我招谁惹谁了，什么脏水都朝老子身上泼，这他妈的还有理可讲吗？"

我爷爷笑道："身正不怕影子斜，不做亏心事，不怕鬼敲门，只要做得正，就不怕别人说。"

"那他们也不能颠倒黑白，闭着眼睛给老子栽赃吧！"

"行了，行了，"我爷爷说，"人在做，天在看，事实就是事实，谁也改变不了，你也不用怕人说。你先坐下，听俺说。"彭兆栋坐了下来。勤务兵这时上来续了茶。我爷爷喝了一口，接着说道："佐青兄，你今天不来，俺也要去找你。如今国难当头，俺们每个人都要对得住国家，对得住民族。别的不说了，俺只想问你一句，你是真心抗日打鬼子吗？"

"那还用问？"彭兆栋又从椅子上站起来，"打！老子不仅要打，还要打到底！"说着，抹了一把喷到嘴边的白唾沫子，一副信誓旦旦的样子。

我爷爷点点头。

"好，"他说，"有你这话就行了。只要打鬼子，咱们就是朋友，兄弟情谊还在。反之，那就是死敌。俺说到做到！"

彭兆栋咧开嘴巴笑道："行啊，好兄弟，你说到做到，我也说到做到。"

那次前来联军的驻地，彭兆栋一行住了两晚。他一有机会就拉着我爷爷谈天叙旧，多方示好。他还向我爷爷表示，他是念旧情的，当年在霍川"围剿"红军时，他对贺家人可是网开一面，包括对我奶奶。"你那个儿子贺廷勇可是赤匪头目，"他说，"要没我压着，他们早对你的家人动手了。'通匪案'这罪名可不小，我可是冒了天大的风险，捅到上边去，我这个军长也难保。这都是为了啥？说到底，还不是为了你老弟。"至于后来汪小小抓我太奶奶、杀了贺仁贤，那都是他走了以后的事。"要我在的话，"他拍着胸脯说，"我看谁敢动你们贺家一手指？"

彭兆栋说的部分是实情，我爷爷也不否认。但他知道，他这样做不是为了我爷爷着想，而是为了给自己留后路。在交谈中，他还一再表示，他是坚决抗日的。"我彭兆栋堂堂正正的党国军人，岂能让人戳脊梁骨、骂祖宗八代？"他的口气斩钉截铁，并提出愿意与动委会合作。他还让我爷爷派人去他的部队宣传动员抗日。"我求之不得，举双手欢迎！"他真诚地表示，而且说干就干。不久，我爷爷和楚天达以及动委会的人接二连三地被请去新八十二军进行演讲、动员，受到热烈的欢迎。《大别山日报》也进行报道。这对扭转人们对新八十二军的形象起到了很大的作用。

那段时间，在外界看来，彭兆栋与我爷爷打得火热。为了改善与我爷爷的关系，彭兆栋还一反常态，任命一直受到他打压的龚雨峰出来负责招兵工作。龚雨峰是我小姑爷爷，又是我爷爷的学生，彭兆栋对他十分戒备。这几年，新八十二军减员严重。一个军的兵员实际只有一个半师。国防部核编时将该军裁掉一个师，只保留两个师的编制。到达霍川后，彭兆栋原想补充兵员，但由于名声不好，没人愿来。自从与动委会改善关系后,情况开始好转。他于是又在原有的两个师编制基础上增设了一个新兵师,由龚雨峰负责。他是想利用我爷爷和龚雨峰的关系扩大自己的实力。没想到这一计划很快得以实现。很多青年踊跃报名。动委会培训班上的青年也有不少投奔而来。一个师的编制没多久便顺利招募完成。

彭兆栋很高兴,他对我爷爷说:"你老弟行啊!"又夸赞楚天达,说你手下那个楚主任不是凡角。"他是不是那边的人?"意思是指共产党。

我爷爷说:"你打听这干吗?"

"没啥,我随便问问,"彭兆栋说,"我就知道你小子和那边走得近乎。"言外之意,倒是有些话中有话。

二

一九三九年底,大别山的局势发生变化,接替廖磊的李品仙开始公开反共。廖磊当政时,徐州、武汉相继沦陷。李宗仁曾令廖磊如果日军来犯,必须坚守大别山三个月以上,以牵制西上和南下的日军。由于局势紧张,人心浮动,廖磊为了稳定大局,不得不依靠动委会,动员民众,协助军队作战,同时对共产党的抗日活动给予一定程度的支持。可是日军攻占武汉后,并没有西进大别山,开始还有飞机来轰炸,后来连飞机也不来了。

随着局势的和缓,廖磊的态度发生了变化,强调"要站在国民党的立场",公开排挤动委会中的共产党员和进步人士。一九三九年十月,廖磊因脑溢血去世,李品仙走马上任,更是变本加厉,下令改组动委会,清除异党分子。由CC主办的《皖报》上还发表了《动委会是怎样动的?》等文章,矛头直指动委会。这之后不久,大批共产党员和进步人士被迫离去。我爷爷的委员也被取消了。

彭兆栋马上嗅出了异味。他专门跑了一趟立煌县找吕韬摸底。吕韬便向他交底说，风向要变了，你可得跟上。"副长官（李品仙时任第五战区副司令长官，故有此称）是个明白人，早该如此了。"说着还用手朝上边比画了一下，"高层对这里的局面早就不满意了，这动委会再不改组怎么得了？都快成共党的黑窝了。"

彭兆栋心领神会，马上表态说："我早看出了这动委会不是什么好货色！要不是看在李长官、廖长官的面上，我早对他们不客气了。"

"这就对了，"吕韬说，"还有那个贺文贤，你也要离远点。他那个联军里也有不少共党分子，你把眼睛睁大了。"

彭兆栋连说明白，然后又打听李品仙来了官场的变化，对他会不会有什么影响。吕韬让他放心，有他在可保无事。听了这话，彭兆栋心里便有底了。

李品仙与廖磊同属新桂系，北伐时李便声名鹊起，在桂系中地位本高于廖磊，李宗仁离皖时，李品仙接任呼声最高，但廖磊却捷足先登，原因是白崇禧重廖轻李，这让李好不郁闷。因此李品仙到任后，便把廖磊重用的人先后免职和调离，这明摆着是要大换血啊。彭兆栋开始还有些担心。一朝天子一朝臣，他好不容易搞定廖磊，现在姓李的来了，谁知又会对他咋样？

但他的担心是多余的。李品仙来了，虽然换了不少人，但吕韬的地位并未改变，原因是他与李（宗仁）、白（崇禧）两位桂系大佬关系密切，又与李品仙交情匪浅。有他关照，彭兆栋不但稳住了地位，而且还和李品仙拉上了关系。

李品仙的作风与廖磊截然不同。他虽是军人，但性格深沉，喜怒不形于色，平时话不多，看上去比较随便，开会时常常一言不发，在纸上画来画去，直到大家讲完了，他才发表意见，给人的印象似乎十分民主，让人畅所欲言，实际上他抓权抓得很凶，一上任便设立党政军总办公厅，把省政府主席、省党部主任委员、省保安司令、省军管区司令和第二十一集团军的权力都集于一人之手。他还通过整顿党务，排斥异己，独揽大权。相比廖磊而言，李品仙爱财，军纪也不严。他还喜爱收藏，谈诗论画，附庸风雅，以"儒将"自居。他还提倡抗战不忘娱乐，把战友俱乐部改名为立煌大戏园，重金聘请青衣花旦张婉秋等名角来演出。他到任不久，追求奢华和享乐之风便开始回潮，而廖磊提倡的赤脚草鞋之风自然也荡然无存。

彭兆栋第一次拜见李品仙是由吕韬领着去的。他特地准备了两件古玩珍品，作为见面礼，李品仙见了果然爱不释手。"副长官就好这一口。"吕韬向他点拨道。彭兆栋心领神会，以后便让人四处收罗，慷慨馈赠。据说他送给李的古玩字画中有不少堪称精品，其中包括战国时的古鼎、古剑，明代仇英的山水，傅山的册页，清代查士标的立轴，以及金农的中堂等。

有一次，谈起收藏，李品仙随口问了一下虢季子盘的下落。当时，彭兆栋并不知此盘为何物（连虢季子盘的"虢"字也读成了"虎"），回去一打听，方知这是西周三大青铜器之一，乃稀世之宝，当年藏在苏州忠王府中。后来，淮军名将刘铭传攻下忠王府，得到这一宝物，便带回合肥刘老圩作为镇宅之宝。弄清了缘由，彭兆栋便派人去刘老圩找这"虎"字盘。当时，合肥已经沦陷，需冒很大风险，但为了巴结李品仙他不惜代价。"不怕贪，就怕不贪，"彭兆栋说，"有钱能使鬼推磨，无钱便是推磨鬼。"吕韬听了哈哈大笑，说："你老兄算是把人生参透了，难怪谁也搞不倒你。"

李品仙到任后，公开反共，彭兆栋当然也不甘落后。他下令在新八十二军展开清查，凡是有共党嫌疑的一律抓起来。这些人中很多都是进步青年，有不少是我爷爷培训出来的学生。楚天达闻讯赶去交涉。过去，彭兆栋多次邀请楚天达去部队演讲，有时还亲自出面接待，礼遇甚厚。可是，这一次，他竟翻脸不让人，不仅避而不见，还让人把楚天达扣了起来。"这家伙是共党分子，铁板钉钉，错不了。"他对左右说。胡宣武劝他别把事情闹僵了，因为楚天达时任联军政治部主任，这样做肯定要得罪我爷爷。可彭兆栋一心要向李品仙邀功,听不进去。"怕个鸟!"他说,"如今他贺文贤还能把咱怎样?"

"那也不能过河拆桥啊,凡事不可做绝。"胡宣武说。

胡宣武是彭兆栋最重用的将领,他不仅是彭兆栋的学生,还与他是连襟。胡宣武没什么能耐,但他对彭兆栋绝对忠诚,一向言听计从,深得彭的信赖。胡宣武是和县人。家乡沦陷前,他派人去接家小,但在前往武汉途中遭日机轰炸,轮船沉没,全家除老母亲和一个五岁的小孙女外,无一生还,这使胡宣武悲痛欲绝,对日本鬼子痛恨至极。彭兆栋与日本人秘密来往,他坚决反对,为此彭兆栋不得不避开他,不再让他参与此事。新八十二军退守霍川后,史先生和动委会都派人来做他的工作,他在思想上对共产党产生同情,对共产党坚决抗日表示钦佩和支持。因此对彭兆栋积极反共并不支持。"军座啊,"他对彭兆栋说,"眼下对我们最大的威胁不是共产党,而是漆胜发。再说,这桂系能否靠得住也难说,咱们何必再和共产党树敌呢?"

胡宣武的话不无道理。那段时间,彭兆栋的新八十二军与漆胜发的一七四师关系十分紧张。他们本来矛盾就很大,廖磊主政时,两人便互相告状,彼此攻讦。漆胜发仗着自己是蒋系,经常盛气凌人,彭兆栋也不示弱,他利用蒋桂矛盾,鸣冤叫屈,指责漆胜发排斥异己,制造事端。当时,大别山区粮食供给十分困难,中央供给多由一七四师转运。漆胜发扣住粮食,不发、少发,或迟发,甚至以次充好,短斤少两,这让新八十二军官兵怒气冲天。彭兆栋为这事多次向省府和省军管区告状,但都没有得到解决。

非但如此,前不久一七四师还公然扣了新八十二军的一批走私物资。彭兆栋派彭青前往交涉,但一七四师傲慢无理,双方言语不合便动起手来,连机枪、迫击炮都用上了。事后,两边又公说公理,婆说婆理,闹得沸反盈天。尽管当时走私是常态(从国统区贩运猪鬃、桐油、茶叶、生漆等到沦陷区,再从沦陷区购办洋货和烟土等到国统区高价出售），各部队都在搞，大家也睁一只眼闭一只眼，可这事摆不上桌面，一旦被抓了就有些不好说。"他妈的，这个漆秃子有意要出老子丑。"彭兆栋气得骂道。不过，好在有吕韬帮着说话，他又上下打点，上边并未认真追究。

不过，这毕竟是彭兆栋的一块心病。现在，胡宣武的话又触到了他的痛处，于是便放了楚天达和进步青年。

对于大别山局势的变化，我爷爷感到强烈不满。他曾以参议和联军总司令名义致电李宗仁、白崇禧，对李品仙到任以来，不以宽大态度团结各方人士，竟挑起内争，制造摩擦，打压动委会，停闭进步刊物，逮捕暗杀抗日人士，以至于形势逆转，人心惶惶，举凡十数条，提出强烈抗议。但却石沉大海，没有下文。

一九三九年底，随着国民党顽固派第三次反共高潮的到来，大别山区的白色恐怖又一次席卷而来。国民党军和特务不断制造摩擦，抓捕共产党员和进步人士，杀害农会干部和基层群众。苏维埃政权重新转入地下。

彭兆栋开始还在观望，后来也放开手脚。为了向顽固派邀功，他多次出兵"围剿"地方游击队，还派兵包围北辰中学，搜捕进步学生，镇压学生运动，就连反对他这样做的校长涂啸寰也被打伤了，被迫离开北辰。

不过，尽管彭兆栋上蹿下跳，积极反共，但让他进攻五龙山新四军根据地，他却迟迟不动。彭兆栋不是傻子，要他动血本他可不干，何况新四军独立团可不是吃素的。

当初，霍川独立团进驻五龙山也是经过省府和省军管区同意的。上边划定的驻地是在南乡五龙山，这样安排自有深意。因为五龙山为新八十二军地盘，新四军来了，必然产生摩擦，正好达到让他们相互消耗的目的。哪知彭兆栋却不上当，居然下令驻扎五龙山的一个营退出防区，这让不少人大感意外。

其实，彭兆栋这么做完全是为自己着想：首先，他在桂系和蒋系夹缝中求生存，地位不稳。他不想消耗自己，为别人所乘。其次，更为重要的是，五龙山以南雷公滩是暂编一七四师驻地。这里紧挨着新八十二军防区，一有风吹草动，一七四师随时可以对自己动手，这是一个很大的威胁。现在把五龙山让给新四军，等于设立了一道屏障，把自己和一七四师隔开了。此外，这对一七四师也是一个牵制，同时还卖给新四军一个人情，可谓一举三得，何乐不为？

彭兆栋这样做，上边自然很不满，但当时国民党尚未公开反共，这事也无法较真。现在形势一变，有人便告到上边去了，说彭兆栋拱手让驻地于共党，居心叵测，贻误党国，殊为可恨。

告状告得最凶的就是漆胜发。漆胜发是黄埔六期毕业生，年轻气盛，蛮横无理。他身材矮壮，满脸横肉，长得十分结实，由于谢顶，绰号漆秃子。有一次，彭兆栋去立煌县开会，吕韬便把他找到签押房，拿出一些告状信给他看。这些信都是漆胜发写的。彭兆栋一看就怒了："他妈的，又是漆秃子！这家伙就是个操事精，唯恐天下不乱！"

吕韬笑道："话是这么说，可我怎么听说你把楚天达，还有一些共党分子都放走了？"彭兆栋一听连忙辩称，哪有的事？这是造谣污蔑，我要干过这事就是他妈的小娘养的。说着指天起誓，连声叫冤。

吕韬嘿嘿地笑了起来，并不揭穿。他把桌上的信收起来，放进抽屉里。"佐青老兄啊，"他说，"走点私，搞点钱，这都不算什么，谁不搞啊？眼下，副长官最关心的是对付共产党。你明白吗？"

"明白。"

吕韬跷起二郎腿，轻轻抖了几下。"副长官不是不能容人的人，"他又慢条斯理地说，"蒋系的人、CC 的人他都能容，可唯独对共党不能容。"说到这里，他顿了顿，接着又道，"你得做出点样子来，省得别人说三道四，我也好帮你说话。你懂我的意思吗？"

彭兆栋点点头："你想让我怎么做？"

"把新四军赶出五龙山！"

"这谈何容易？"彭兆栋说，"当年大别山剿共剿了那么多年，都没剿出个结果来，如今更难了。再说了，这也不光是我们新八十二军一家的事。"

"这是当然，"吕韬说，"我让一七四师，还有霍川保安处配合你。"

"一七四师？"彭兆栋不听倒罢了，一听便骂起来，"你说漆秃子？这小子能靠得住吗？"

"你别担心，"吕韬说，"有我哩，他不敢不听。"

十一月底，省府、省军管区和省保安司令部联合在霍川召开了一次军政高级会议，参加会议的新八十二军、暂编一七四师以及桂军、东北军、西北军，及各区专员、保安团五十多人参加。会上公开提出"反共""限共"的主张，并制定进攻五龙山新四军和取消联军的计划。计划分为两步走：一，先驱逐新四军独立团，消灭五龙山根据地；二，取消联军，如若不从则武力解决。为了给彭兆栋打气鼓劲，省军管区加封彭兆栋为六霍边区驻军总指挥，节制所有在霍川境内和周边部分县区的部队。

霍川会议是桂系配合蒋介石公开反共的一个标志。彭兆栋虽然官升一级，但并不高兴。因为所谓的六霍边区总指挥不过是一个空头衔，目的是要他打头阵，为他们卖命。至于让他节制各部，也是说得好听，除了新八十二军和霍川保卫处汪小小的部队他能指挥外，其他部队（像暂编一七四师和桂系军队）谁会听他的？

不过，会议开后，汪小小倒是来了劲，他便兴冲冲地来找彭兆栋，说这正是干掉贺家爷们的好机会。"我早想收拾他们了，这个祸害一天不清除就一天不得安宁。"他说，还表示愿意打头阵。彭兆栋听了，又好气又好笑。"你拿啥打？"他说，"你当他们是好打的吗？"

"有啥不好打，"汪小小说，"咱们这么多人，吐口唾沫也能把他们淹死了。"

"你想得美！"彭兆栋说，"人多管屁用！谁他妈肯卖力啊？过去'剿匪'剿了那么多年，剿出了个啥名堂？"

"总座，"汪小小说，"你现在不一样了，可是总指挥了。"

"哼，这管个鸟用！"

彭兆栋心知肚明，于是迟迟按兵不动。但上边等不及了，三天两头催促。彭兆栋不得不做做样子，下令三路出击，向五龙山发起进攻。

五龙山西面环山，只有东、南、北三面通道。按彭兆栋部署：第一路为北路，由新八十二军担负；第二路为南路，由暂编第一七四师负责；第三路为东路，由汪小小的霍川保安处担任。进攻开始后，北路的新八十二军和南路的暂编一七四师都有意磨蹭，行动迟缓，只有东路的汪小小部快速推进，很快孤军深入，与新八十二军和暂编一七四师拉开了距离。

汪小小的霍川保安处下辖两个保安团。保安一团是由原留守部队改编而成，战斗力稍强；保安二团由地方民团和土匪改编而成，维持治安，欺负老百姓还行，但要动真格的就完蛋了。行动开始前，彭兆栋特别交代汪小小不可盲动，保存实力为要。可汪小小一介莽夫，一向狂妄自大，心想新四军独立团只有区区不足千人，而这次参与行动的国军是他们几倍之众，吓也把他们吓死了，便有恃无恐，长驱直入，早把彭兆栋的提醒忘到了脑后。

结果，几天后狂妄自大的保安团在鲇鱼口被新四军独立团围住，打得落花流水。汪小小打电话告急，请求支援。彭兆栋气得大骂："你这个蠢货，你想找死也不是这个找法！"但骂归骂，也不能见死不救。他一边调派部队前往救援，一边令一七四师配合行动。让他没想到的是，就在他增援汪小小部时，却接到了一个料想不到的电话。

电话是胡宣武打来的。

"总座，"他心急火燎地说，"一七四师开进东阳关了。"

"什么？"

他以为自己听错了,但胡宣武又重复了一遍。彭兆栋立时气炸了。"多少人?"他问。胡宣武回答:"一个营。"

"他妈的!"彭兆栋暴跳如雷,"这也太欺侮人了!"

"怎么办?"胡宣武请示道。

"打!"

胡宣武提醒道:"军座是不是要慎重?"

"慎重个屁!"彭兆栋冲着电话大喊道,"给我打!打这龟孙子!"

三

东阳关是霍川最为富庶之地,水陆交通便利,商贸兴盛,税收关厘也居全县之首,向有"小上海"之称。新八十二军和暂编一七四师都看中了这里,先后派兵进驻,互不相让,摩擦不断,后经省府和省军管区协调,该地由霍川保安处接管,双方撤出,这才平息了风波。不过,很快漆胜发就发现自己上当了。由于彭兆栋与汪小小的特殊关系,名义上新八十二军退出了,但东阳关仍掌握在彭兆栋手中。实际上,这是彭兆栋玩的一个障眼法。他通过吕韬等游说省府和省军管区拿出这一折中方案,实际上是以退为进,达到了自己的目的。当然,他能达到目的,这也与桂系有意打压蒋系有关,所以吕韬等人才积极配合,结果把漆胜发给耍了。

漆胜发吃了个闷头亏,一直耿耿于怀。这次保安团前往五龙山"围剿"新四军,他便瞅准机会想夺回东阳关。彭兆栋闻讯气急败坏,便令胡宣武武力驱逐。胡宣武派了两个团,一七四师无法抵挡,被迫退出东阳关。

漆胜发接到报告,怒不可遏,立刻派兵增援,双方在东阳关外发生激战。后由省府和省军管区紧急调停才住了手。

事后,双方又打起嘴仗。彭兆栋指责漆胜发趁火打劫,拒不执行命令。漆胜发则辩称，保安团被围，他是担心东阳关有失，才派兵前往。"一派胡言！"彭兆栋说，"东阳关远离五龙山，新四军就是飞也飞不到这里，何来保护之说？"他还揭露漆胜发畏敌避战，见死不救，自相残杀。漆胜发则挖苦他指挥不当，进兵迟缓，意存自保。

两人吵得不可开交，可上边却各打五十大板，不了了之。彭兆栋实在咽不下这口气。这事明明是漆胜发有错在先，这样处置太不公平。"这他妈的还有王法吗？"他愤愤不平，四处鸣冤叫屈。为了安抚彭兆栋，尽快消灭五龙山的新四军，吕韬专门来霍川调解，他先找彭谈话，又找漆谈话，说来说去要点就是一个，那就是劝他们放弃个人成见，精诚团结，共同对付共产党。彭兆栋一肚子怨气，他说你们叫我打新四军，我打了，可我前边打，后边有人抄我的后路，这仗根本没法打。吕韬笑道，这事漆胜发有错，你老兄也有错嘛，一个巴掌拍不响，咱们都是自己人，没有解不开的疙瘩，一切要以党国利益为重。为了笼络彭兆栋，他还专门调拨五十挺机枪，三百支步枪，五千发子弹给新八十二军。"佐青兄啊，"他说，"你好好干，副长官还是很器重你的。漆胜发的事慢慢来，总有一天会解决。你先忍忍，只要赶走了新四军，一切都好说。"

"可他再要捣鬼怎么办？"

"不会的，"吕韬说，"我们都和他说了，如若再发生东阳关那样的事，绝不轻饶，哪怕他的后台再大。"

"他能听？"

"你放心，"吕韬说，"副长官亲自给他打过电话。"

吕韬走后，彭兆栋的心情好了一些，但对攻打五龙山仍迟疑不绝。他找几位亲信商议，人家都提不起来劲头。胡宣武尤其反对，认为不能再干傻事了。只有汪小小还嚷嚷着要报仇，胡宣武挖苦道："你还嫌丢脸丢得不够啊？"鲇鱼口一战，保安团中了埋伏，损失了好几百人。一提这茬儿，汪小小便有些气短，虽然嘴上仍不服气，但也蔫了不少。

一天晚上，彭兆栋吃完饭，正躺在榻上吞云吐雾，胡宣武来了。"总座，"他说，"有人来看你了。"

"谁？"

"一个老朋友。"

他从榻上直起身子，只见我爷爷从外边走了进来。"你怎么来了？"彭兆栋一愣。"没想到吧？"我爷爷说。

"你好大的胆子，就不怕我抓你？"

我爷爷说："抓吧，俺这不是送上门来了吗？"

彭兆栋一愣，随即笑起来："你老弟不怕死，可我这个当哥的不能污了名声，咱们毕竟是兄弟嘛。"说着，起身让座，吩咐上茶。

寒暄了几句，彭兆栋好像烟瘾未过足，接连打了两个哈欠。姨太太给他送上热毛巾，他一边擦脸，一边说："华章老弟啊，我也不瞒你，你那个联军怕是长不了了，早晚要解散。"他把毛巾扔到托盘中，又接着说，"你也太乱来了！瞧瞧你的联军，都快成了红窝了，我劝你可得小心点。"

"小心？"我爷爷笑道，"正相反，俺看要小心的不是俺，而是你老兄。"

"嘿，你好大口气！"彭兆栋穿着一件暗织团花的紫色绸棉袍，在灯下泛着亮光。他走到椅子旁，撩起袍子坐下来，一边看着我爷爷，一边端起茶盏："我倒要听听，你老弟担心我什么啊？"

"这不是秃头上的虱子吗？"我爷爷道，"你如今表面上光鲜，堂堂的军长，还是总指挥，实际上是孤家寡人。桂系让你替他们卖命，却不拿你吃劲。东阳关明明是漆胜发欺侮人，但他们却不为你说话。漆胜发是老蒋的人，根本不把你放在眼里。如今你们闹成这样，他随时都可能对你动手。可你呢？不知危险将至，还处处和新四军和联军作对，可谓四面树敌，这样下去能有好吗？"

"你少危言耸听。"彭兆栋冷笑道。

"这都是事实。"

"得了吧，你少来这套，"彭兆栋放下茶盏说，"我还不知道你来干什么的？你是来帮新四军做说客的，对吗？"

"说得不错，"我爷爷道，"既然你看出来了，俺也实言相告，这次俺来就是受独立团夏师长和史政委的委托。"

"什么事啊？他们害怕了是吧？"

"不，是为你担心。"

"为我？"

"是啊，"我爷爷端起茶盏喝了一口，然后慢悠悠地说，"老兄还记得韩非子的那篇扁鹊见蔡桓公吧？"

"何意？"

"扁鹊给蔡桓公看病，前几次说他有病要救他，为什么最后一次却转身而走？因为前几次病情尚轻，及至病至骨髓，无力回天，扁鹊只能'望桓侯而还走'。老兄可千万别走到那一步啊。"说到这里，我爷爷停了一下，接着又说，"大敌当前，俺们的敌人是谁？心里要明白。共产党宽宏大量，不计前嫌，过去你干的事一笔勾销，这谁能做到？现在独立团和联军都是抗日的队伍，咱们是一条战线上的友军。煮豆燃萁，相煎何急？如果你还认为咱们是兄弟，那就不要再做那种亲者痛仇者快的事了。"

"那你们的意思是……"

我爷爷拿起桌上的纸笔，写下了三个字："和为贵"。彭兆栋接过来看着，半天不语。

第三十二章　小姑爷爷　| 1940 年

一

如果从独立旅划归警备师算起，龚雨峰在彭兆栋手下待了十七年。很多人都奇怪，他怎么能待这么长时间？况且彭兆栋对他戒心重重，一点也不信任。我爷爷离开彭兆栋后，曾两次拉起军队，可龚雨峰都没有像以前那样去投奔他，这也让人不解。有人推测，龚雨峰娶了我小姑奶奶后，便不再想冒险了。

这个说法可能有一定的道理。龚雨峰在娶我小姑奶奶之前，曾经娶过一门亲，后来病死了，因此娶了我小姑奶奶后便格外珍惜。而我爷爷因为得罪了国民党政府，多次被通缉，四处逃亡，一直处于不安定的状态。这可能就是他没有再去投奔我爷爷的原因吧？

我爷爷似乎也能理解，并不勉强。就这样，龚雨峰一直待在新八十二军。可事实上，真正的原因并非如此。直到许多年后人们才恍然大悟。

彭兆栋对于我小姑爷爷本不信任。在他看来，龚雨峰是贺文贤的人，和他不是一条心。特别是北伐军进入安徽时，他从背后插上一刀，险些让彭兆栋阴沟里翻船。不过，他才华过人，带兵能力强，这也是有目共睹。在新八十二军，龚旅一直是最能打的。彭兆栋曾私下感叹道："新八十二军有一个算一个，谁都比不了他。"他还说过，胡宣武要有他一半就好了，关大同连他个指头也比不了。事实正是如此，如从军事才能看，龚雨峰确实是人才难得。

应该说，彭兆栋内心很矛盾：既想用龚雨峰，又对他不放心。为了控制龚雨峰，他一直不敢让他带兵，后来干脆把他调入军部担任军政总监，名位上与师长同级，实则是拿掉了他的兵权。

不过，我小姑爷爷似乎并不在意，随遇而安，担任军政总监期间，无事便习字消遣，以魏碑为主，临过《张猛龙碑》《元怀墓志》和《龙门十二品》等名帖，每到一处还找行家切磋，几年下来已达相当水准，识者评价"字体朴拙、疏放，有江左之风"。他自幼喜欢京剧，从小便练过二胡，如今丢了好久，又重新拾起来，无事时就唱上几嗓子。尤其是《空城计》中"我在城楼观山景"一段唱得惟妙惟肖，颇有马派之风，眼神和手势均十分到位。他还组织了一个官兵票友会，隔三岔五便在一起吹拉弹唱，一副自得其乐的样子。

彭兆栋渐渐放下心来。抗战开始后，新八十二军退至霍川，为了改变形象，也为了改善与我爷爷的关系，他决定让龚雨峰出来负责招兵工作。由于这几年新八十二军在闽赣和苏南战场减员严重，原有的三个师中第三一三师已被撤裁，只保留了三一一师和三一二师。彭兆栋曾多次打报告，要求恢复三一三师建制，国防部一直不准。这次退到霍川，他以抗战为名，决定先成立一个新兵师，等到生米煮成熟饭，再借机恢复三一三师。新兵师成立后，龚雨峰被任命为师长，这是八年来彭兆栋首次让他重新带兵。

据我小姑奶奶说，龚雨峰的脾气特别温和。他虽然很有主见，行事果断，但表面上却不像我爷爷那样咄咄逼人，像个炮仗似的一点就炸。他表面上总是十分沉静。哪怕是遇到再大的事也不慌不忙，从容不迫。我爷爷评价他是"每逢大事有静气"。我小姑奶奶很喜欢他这一点，说他在家里也是如此，一点大男子主义也没有，而且对她十分恩爱。婚后多年他从没对我小姑奶奶发过脾气。我小姑奶奶嫁给龚雨峰后一直没有生养，而他前妻只为他生过两个女儿。膝下无子，在"不孝有三，无后乃大"的年代可是大忌。我小姑奶奶对此颇感歉疚，但龚雨峰从未埋怨过她，她劝他纳妾也被一口拒绝，说女儿也是一样的。我小姑奶奶很感动，说一个男人能这样，她知足了。

当然，我小姑奶奶也很贤惠，就像她的名字一样。她不仅对龚雨峰照顾有加，对他前妻留下的两个女儿也视如己出，一家人和睦相处，其乐融融。这是一个幸福的家庭。后来，两个女儿在我小姑奶奶抚养下，也都颇有出息，一位成了国内著名的妇科专家，一位成了美国加州大学终身教授。唯一遗憾的是，我小姑爷爷死得太早。我小姑奶奶一提起这事就伤心不已。

龚雨峰受命组建新兵师后，与我爷爷见面的机会多了，私下里也多次深谈。那期间，省府的风向已开始变化。所谓山雨欲来风满楼，我爷爷已有觉察，史先生也提醒过他。因此，他对龚雨峰说，彭兆栋靠不住，只要风向一变，他随时会变脸，你要心里有数。龚雨峰说他知道。我小姑奶奶有一次听到他们谈话，就很担心。"会不会打起来？"她问，因为彭兆栋一变，说不定就会打联军和独立团。她是为我爷爷和我大伯担心。

"有这个可能吧。"龚雨峰说。

"那可咋办？"我小姑奶奶说。

龚雨峰笑道："你放心，我不会和他们打。"

"那要彭兆栋不依呢？"

"那我也不打。"说完这话，他看我小姑奶奶一脸忧心忡忡的样子，便安慰道，"你别操心，我知道怎么办。"

第一次进攻五龙山失败后，彭兆栋吃了亏，又因漆胜发趁火打劫惹了一肚子气，便撂起挑子，要求辞去六霍边区总指挥一职。吕韬赶去安抚，好劝歹劝，还答应说服国防部批准新八十二军新兵师的编制，但彭兆栋仍打不起精神。就在这时，我爷爷登门造访，向他表明了新四军的态度，这使彭兆栋更不想自找麻烦了。为了应付吕韬，他提出：让他打可以，但一七四师要打头阵。

这等于是给吕韬出了一道难题。

漆胜发是老蒋的嫡系，别说吕韬，就连李品仙也不一定能调动他。可彭兆栋非坚持这点不可。他说，我在前边打，他在后边拆台，这仗没法打了，彭某吃了一次亏，不能再吃第二次了。可漆胜发听说让他打头阵，马上反驳。"凭什么啊？"他说，他彭兆栋既是六霍边区总指挥，就不能占着茅坑不拉屎，新八十二军不上，让他们上，这事说不过去。

双方相互扯皮。最后，好不容易达成妥协，新八十二军和一七四师分两路同时进攻，前者由西边攻，后者由东边攻，两军会师新河镇（这里是五龙山的中心位置），谁先打到便是头功，战区将予以表彰并重赏。至于桂军，还有东北军、西北军部队则担负外围封锁任务，各司其职，力争将"匪军"一鼓荡平。

这次协商会是在麻埠镇举行，与会者均为各部长官。会议由吕韬主持，会后设宴款待，彭兆栋与漆胜发在众人的劝说下相互敬酒，握手言欢。吕韬表示，新四军不过区区千人，二位久经沙场，名扬军界，只要齐心协力，则党国之幸。

麻埠镇会议一结束，消息便传到了独立团。

其实，新八十二军的动态一直在新四军的掌握之中。早在敌人第一次进攻五龙山之前，霍川情报科就送来了消息。霍川情报科的科长姓林，个头不高，瘦脸颊，细长眼睛，面色和善，但为人机警，行动干练。他曾在上海特科工作，有着丰富的对敌斗争经验。他的公开身份是霍川林记杂货铺的店主，人称林老板。林科长把敌人的计划、时间和兵力分布都告诉了史先生，并传达支队首长指示，即坚决反击顽固派的进攻，巩固五龙山根据地，同时利用敌人内部的矛盾，中立一部分，分化一部分，集中力量打击最顽固的反动分子，争取愿意抗日的继续留在统一战线内。

这次麻埠镇会议一结束，林科长又及时送来了情报，独立团当即采取了对策。据我大伯回忆，当时他们制定了上、中、下三策：其一利用敌人矛盾，各个击败，粉碎敌人的进攻，此为上策；其二化整为零，利用高山密林，分散打游击，与敌周旋，此为中策；其三撤离五龙山根据地，向西乡大牯岭转移，与联军会合，共击顽敌，此为下策。

当然，上策是最理想的，下策是最坏的局面。

不过，很快就传来消息，彭兆栋的部署是：打头阵的是龚雨峰的新兵师，关大同的第三一二师为后卫，胡宣武的三一一师镇守霍川。这样安排，彭兆栋自有私心，因为新兵师非其嫡系，即便损失也无伤根本。但他没想到，正是这一安排，反倒被独立团利用了。

此后几个月，独立团集中力量打击一七四师。由于五龙山地势复杂，山高林密，不利于大部队开展行动，炮队、马队也受到极大的限制，一七四师的优势无法发挥，而独立团采取灵活多变的战术，神出鬼没，忽聚忽散，能打则打，不能打则跑，敌少则打，敌多则避，利用偷袭、扰乱、设伏、分隔等游击战术，打得一七四师损兵折将，头痛不已，从而力保五龙山根据地不失。

当然，做到这一切都与龚雨峰的配合分不开。新兵师由北路展开进攻，一路上不温不火，不急不躁，稳步推进。独立团来了，则退；独立团走了，则进。有时枪炮震天，打得热闹，但却看不到一个人影。双方好像早有默契，心领神会。最让人想不到的是，他们居然最先抵达新河镇。当然，很快又撤了出来。理由是：一七四师行动迟缓，他们担心孤军深入，陷入包围。这等于是间接告了漆胜发一状。

漆胜发又气又不服气，他指责新八十二军通共，暗中与新四军勾搭，可他这样说并无证据。彭兆栋找吕韬评理，还讥讽漆胜发仗着委员长给他撑腰，除了自大吹牛，啥本事也没有。眼看着进攻计划再次失败，吕韬也很着急。他一边安抚漆胜发，一边劝说彭兆栋，希望他们能够精诚团结，共同对付新四军。

然而，多次调解无果，这时又发生了一件事，使彭、漆的关系越发不可调和。

事情的发生与薪饷有关。由于新兵师的编制始终没有得到核准，薪饷供给一直让彭兆栋大感头痛。为了解决这个问题，他四处搜罗，横征暴敛，巧立名目，大刮地皮，依然亏空甚大。进攻五龙山前，吕韬帮他支了两个月的饷，可如同旱地里滴了两滴水，咻啦一声便没影了。

彭兆栋叫苦连天。尤其是新兵师属违规扩招，没有编制，当然也没有粮饷配额。他多次打电话给吕韬请求省府解决，可省里财政也很拮据，哪来多余的款项？吕韬安慰他说："你先凑合着，等过一段再想办法。"

可是，新兵师三千多号嘴等着要饭吃，如何凑合？龚雨峰天天打电话催粮催饷。有一天，他来到司令部找到彭兆栋，说这样下去可不行。人是铁饭是钢，一天不吃饿得慌。又说，这些当兵的，手上可都有家伙啊，一个个如狼似虎，饿极了啥事可都能干出来。

彭兆栋也犯愁。他捂着腮帮子哼哼叽叽，那几天牙龈肿痛，正上火。"你让我怎么办？"他说，"该想的办法都想了，你有什么办法吗？"

"我能有啥法？"龚雨峰说，"难道去抢不成？"他随口一说，没想到彭兆栋居然当真了。"我看这也不是不可以。"他一本正经地说。

龚雨峰笑了起来，以为彭兆栋在开玩笑。"抢谁啊？"他说。

"我听说一七四师的粮食堆积如山，吃都吃不完。"彭兆栋又哼叽了两声，然后放下手，端起茶盏喝了一口。

龚雨峰一愣。他看着彭兆栋的表情，好像不是开玩笑。

"怎么了？你怕了？"彭兆栋道。

"总座，你当真？"

"你敢不敢吧？"

龚雨峰说："这没什么不敢的，只要总座下令。"

"好啊。"彭兆栋大喜。

其实，我小姑爷爷不知道，彭兆栋早已在琢磨这事了，只是兹事体大，尚未拿定主意，现在听我小姑爷爷支持这事，便十分高兴。"剑云啊，"他说，"我看这事就交给你来办如何？"我小姑爷爷知道彭兆栋一贯出尔反尔，如果事情败露，说不定就会拿自己当替罪羊，于是便说："这没问题啊，不过，我要总座的手令。"

"手令？"

"是的。"

"干吗非得手令啊？"

"这可不是小事情。"

彭兆栋一听这话，便又捂起腮帮哼叽起来。此后，一段时间，他不再提起这事。我小姑爷爷以为他改了主意。没想到有一天突然传来一七四师运粮船被打劫的消息。

这事震动了整个大别山区。打劫的地点就在马头山附近，当时一七四师船队经过时，突遭袭击。打劫者身着便衣，来路不明。他们消灭了护粮队，抢夺了粮食，最后还把十一艘运粮船沉入河底，连同船夫，一个活口没留。马头山是新八十二军的防地，这次打劫前后用了大半个上午，可直到打劫者全部逃离后，新八十二军的官兵才姗姗来迟。

这件事究竟是何人所为，起先众说纷纭，但随着调查进行，种种迹象开始指向彭兆栋。彭兆栋当然矢口否认，开始他还想嫁祸与新四军，但独立团地处南乡五龙山，与北乡马头山相距甚远，中间隔着新八十二军和桂军的防区，他们飞也飞不过来。当时，霍川城内有桂军的耳目，也有CC的情报站。从他们得到的情报看，这事都与新八十二军有关。

高层对此事极为震怒，要求严查，漆胜发更是不依不饶。吕韬也很生气。有一次他打电话给彭兆栋，对他说如果这事真是你干的，那我也帮不了你了,你好自为之吧。彭兆栋一看事情闹大了,也感到害怕。后来,有传言说李品仙下令要抓他,吓得他连去省里开会也不敢去了。

二

彭兆栋如履薄冰,日子不好过了。

就在这当口,一个神秘的客人悄悄来到了霍川。

来者是一名商人。他长得干瘦,瘪嘴,小眼睛,穿着厚实的棉袍,戴着礼帽,乘坐四海公司的轮船,带着四个伙计,沿着龙河一路来到了霍川。但在下船后却遇到了麻烦,因为他们手持的通行证上个月刚过期。不过,来人并不慌张。"我要见你们彭总指挥。"他说。

"你是谁?"

"一个故人。"

那人被带到司令部,彭兆栋认出他竟是原北平军分会的参议顾希丞,不禁大感意外。"你老兄怎么来了?"他说。

顾希丞与彭兆栋是老相识了。他早年在北洋陆军部供职,皖系失败后他投靠直系,北伐开始后他又投奔国民革命军,一度得到何应钦的赏识,在北平军分会任参议。华北沦陷后,他摇身一变,参加了"北平地方治安维持会"。该会主席江朝宗,是皖系老人。顾参议与他虽不甚熟,但和尚不亲帽子亲,很快搭上了关系。汪伪政府成立后,他又巴结上了王揖唐(老皖系,时任伪考试院院长),经他引荐出任伪苏浙皖绥靖处高参。

顾希丞与彭兆栋相识是在北洋时期。那时候,顾希丞在陆军部供职,与我爷爷是同僚。彭兆栋每来北京必要拜访我爷爷,经我爷爷介绍便认识了顾希丞。顾希丞是个善变的人物,这一点与彭兆栋十分相似。两人臭味相投,很快拈香拜把,结为兄弟。

皖系倒台后,顾希丞与彭兆栋天各一方,彼此断了音信。抗战开始后，彭兆栋隐约听说顾希丞投靠了日本人，便问："我怎么听说，你老兄去了那边？"

顾希丞不置可否，凑到跟前小声道："有人托我向你问候哩。"

"谁啊？"

"开洋行的。"

彭兆栋一听便知道是指谁了，连忙屏退左右，把顾希丞让进了书房。这时，顾希丞取出一张明信片交给彭兆栋。明信片正面是樱花图案，背面写了两句诗："故人西辞黄鹤楼，烟花三月下扬州。"——这是梅田的手迹，也是他们当初约定的暗号。

"是梅田先生让你来的？"彭兆栋说。

顾希丞点点头。

"通行证也是他给的？"

顾希丞又点点头，接着便抱怨说你给的通行证怎么都过期了，也不说一声？彭兆栋解释说，这不上个月刚换吗？还没来得及通知梅田。"这事可马虎不得，"顾希丞责怪道，"要是出了差错，说不定就捅大娄子了。"

日军侵入安徽后，梅田一直暗中联系彭兆栋，对他进行秘密策反。《民国日报》曾刊登过"日军梅田少佐密会新八十二军军长彭兆栋"的消息。此后，安徽省伪政府在蚌埠成立后，梅田还邀请彭兆栋派代表前去会谈。彭兆栋当时地位不稳，擅退霍川也受到国防部处罚。为了留条退路，他便派彭青秘密前往。这事极为机密，新八十二军很少有人知道。包括胡宣武、关大同这样的亲信，彭兆栋也是瞒着的。但彭青前往蚌埠的照片却被一个新闻记者拍到了，差点上了报。虽然日伪情报机关提前获知情报，杀人灭口，销毁了证据，但有关传闻还是传了出来。彭兆栋一边撇清自己，一边脚踩两只船，继续观望，待价而沽。

此后一段时间，他与桂系的关系有所改善，地位渐稳，便疏远了梅田。梅田几次带信给他，他也没有回信。这一次，顾希丞亲自前来，他猜测还是为了那件事。

果然，顾希丞一见面就与他大谈曲线救国的道理，他说日本强大，战则必败，军事抵抗只能毁灭国家。汪主席主张采取和平合作手段，先与日本合作，再逐步推行和平解放。这就是曲线救国的主张。他还举印度甘地的例子，称其以"非暴力不合作运动"受到世人称赞。汪主席的道路与甘地异曲同工，这是非常英明的。他还说，重庆的抗日救国和南京的和平救国，走的是同一条路，只是汪先生的办法更好一些。一连几天，顾希丞天天给彭兆栋灌述这些主张。彭兆栋的心里慢慢活动开来，但仍然拿不定主意。

顾希丞看出了他的心理活动，便换了角度说服他。这天晚上，彭兆栋和他喝酒叙谈。顾希丞便说："佐青兄，我问你一句，如果大日本皇军进入霍川，你能守住吗？"彭兆栋不说话。顾希丞又说："国军几百万部队一溃千里，就凭你的新八十二军还不够人家塞牙缝的，对不？"说着，夹了一块山鸡放进嘴里，慢慢嚼着，接着又叹了一口气道，"佐青兄，不是我说你，你不为部下官兵们着想，也得为自己着想。要是霍川守不住，你还能往哪里去啊？"

这一说，便说到了彭兆栋的痛处。当初他擅退霍川就是为了保存实力，如今他虽有了立足之地，但周围如狼似虎，日子并不好过。如果日本进攻，丢了霍川，他不仅无路可去，恐怕连小命也难保。

"日本会攻霍川吗？"他说。

顾希丞嘿嘿笑道："实不相瞒，最多不超过几个月。"

"这么快？"

"所以啊，"顾希丞端起酒杯，呷了一口，"时间不多了，仁兄不能再耽搁了。"

"你想要我干什么？"

"与皇军合作，弃暗投明。"

"这个……"彭兆栋又犹豫起来。顾希丞哈哈笑道："怎么了？怕人骂你汉奸？"彭兆栋笑了起来，不置可否。顾希丞一边夹菜往嘴里塞，一边说："骂就骂吧，咱还在乎这个？这么多年，骂咱的还少吗？这些升斗小民，只会跟着瞎起哄，打打打，他们懂个屁啊？汪先生是党国元老，他比咱看得远。这叫真心为国家好，为民族好，为百姓好。难道汪先生不重名节，不爱羽毛？非也。这叫忍辱负重。他都不怕别人骂，你怕个啥？"说着，他又端起酒杯说，"来，兄弟走一个。"

他们边吃边谈，彭兆栋渐渐心动了。这时候，顾希丞又趁势加了一把火。"老兄，你放心，"他说，"你过来后，我们不会亏待你。"说着吩咐随从，"把东西取来。"

这是一张委任状，上边写着："兹委任彭兆栋为安徽省保安司令部总司令"，落款是汪伪军事委员会国防部。顾希丞把委任状摆在彭兆栋面前，又掏出一张二百万元的支票，笑眯眯地看着他："怎么样？一点小意思，老兄还满意吧？"

彭兆栋脸上布满了笑容："老兄太客气了。"

"这是你应得的，"顾希丞说，"这还只是一个见面礼，不算什么，到了那边有你飞黄腾达，享不尽的福。"他还鼓动他说，听说你在这边想编一个师都难，过来后这都不是问题。"我先向你透个底，"他接着又说，"绥靖处已向南京保举，由你出任新成立的苏浙皖集团军总司令，下辖两个军。"

彭兆栋心里喜滋滋的，嘴巴咧开来，半天合不拢。"那就多谢老兄了。"他双手抱拳，朝着顾希丞接连拱了几下。顾希丞笑道："你别谢我啊，今后在下还得仰仗你老兄，靠你发达哩。"说着，举起酒杯。两人碰了一下，一饮而尽。

三

开春过后，日军开始在六安一带集结，进攻霍川的意图已经越来越明显。三月间，敌人的飞机不断飞临霍川上空，或侦察，或撒传单，有时还在国军的阵地上扔炸弹，或俯冲扫射。日军的传单上除了"曲线救国""建立东亚共荣圈"的宣传外，还有一张《告霍川守军书》，全文千余字，内容为敦劝守军将士拥护和平反共救国主张，弃暗投明，归顺皇军。凡愿降者，大日本皇军一律优待，并保证其生命安全及财产不受损失。

霍川是大别山门户，一旦失守将危及省会。鉴于局势日益紧张，第五战区调兵遣将，除了原驻霍川的新八十二军、暂编一七四师和霍川保安团外，又调部分桂军、东北军和西北军陆续增援。为了统一指挥，决定成立霍川防线联合指挥部，由吕韬任总司令，并邀新四军和联军共同对敌。

自霍川会议召开，敌人大举进攻五龙山以来，新四军一边致电国民党提出严正抗议，指出顽固派执行反共、分裂、倒退政策，公然破坏统一战线，是一种倒行逆施，不得人心，一边指示独立团对敌人的进攻坚决打击。与此同时，按照上级的指示，独立团也留有余地，极力促成停战，以维护大别山区团结抗战的局面。

敌人多次进攻五龙山，无法得手。对于停战，吕韬起先尚有抵触，但当日寇大兵压境之时，他不得不接受停战。新四军支队首长指示史先生前往谈判。

当时，吕韬的联合指挥部设在麻埠镇。史先生和我爷爷一起前往。史先生代表新四军独立团，我爷爷代表联军，共同签订了停止武装冲突、联合抗战的协议。在谈判中，史先生当面陈述了我党反对投降，维护团结抗战的主张，表示坚决配合友军保卫霍川。吕韬表示欢迎，当晚还设宴招待。

此后，根据联合指挥部的部署，新四军独立团和联军开赴马头山以北上渡口一线布防，新八十二军负责马头山至东阳关一线防御，东阳关以南至雷公滩一线由暂编一七四师驻防。桂军、东北军和西北军则沿霍川城以西驻扎，以为后援。在整个防线上，新八十二军处于中心位置，新四军独立团和联军位于它的左侧，而暂编一七四师位于它的右侧。中心一旦有失，势必危及全局。因此，新八十二军能否守住，是此战关键。

为了调动彭兆栋的积极性，吕韬提议任命彭兆栋为联合指挥部副总司令，他还亲往霍川给彭兆栋打气，对他加以笼络。"老兄啊，"他说，"这一次可得看你的了。过去人们对你们说长道短，我知道这不公平。这回咱们无论如何也得长长脸。"

"你放心，"彭兆栋说，"咱新八十二军可不是孬种，不过，他们往咱头上泼的屎、撒的尿，这可怎么说？"吕韬知道他指的是正在调查的抢粮案，便说："这事到此为止了，我向你保证，只要打好这一仗，一切都好说。"哪知彭兆栋听了这话反倒不依了。"别价，"他说，"这事不能就这么算完了。你们要查，不但要查，而且还要一查到底。我老彭身正不怕影子斜，查清了，也好还我一个清白。"

吕韬在心里骂道：屁的清白！你干的好事谁还不知道？不过，眼下大战在即，他还指望他效命哩，便笑着说："你老兄也真是的，怎么好话歹话都听不出来啊？我说不查了，就是相信你嘛。"

彭兆栋说："老兄相信我，这没的说。可有些人你可不能信，像漆秃子那号，我看也该查查。那批粮上哪去了？他给我栽赃，可说不定早让他黑心眯了去。"

吕韬哭笑不得，但也不好继续纠缠，便笑着岔开话题："这事不说了，只要守住霍川，兄弟我让副长官亲自打报告，恢复你的三一三师。"他还承诺解决部队的薪饷，外加调拨五万斤粮草，"如若不够，兄弟再设法。"

总之，吕韬说了不少好话，并一再安抚，希望彭兆栋全力以赴，打好这一仗。但他离开霍川没几天，便传出了彭兆栋通敌的消息。

最先送来情报的是新四军。情报称，日伪派员潜抵霍川，与彭兆栋秘密接触，有策反新八十二军之嫌。吕韬接到情报将信将疑，因为桂系和CC情报系统都没有这方面情报。仅凭新四军一家之言，这能相信吗？

就在他拿不定主意时，新四军又送来了进一步的情报。情报称，潜入霍川的日伪奸细是武汉绥靖处高级顾问顾希丞。情报上除了注明来者的姓名、身份，还有他来霍的时间和随行人员，十分详尽。这一来，吕韬不能不信了。为了察看虚实，他又去了一趟霍川，没想到彭兆栋一听便蹦了起来。

"这他妈的又是谁在造谣！"他赤红着脸叫道，"天地良心，这还有完没完？什么高参顾问的，我啥也没见到。这全他妈的是扯淡嘛！不信你现在就查，把我这里翻个底朝天，只要能找到，你现在就枪毙我，我决不说半个不字。"说着，就拉着吕韬让他查，那副样子像是受了天大的委屈。吕韬见他如此，也不好说什么，只能安慰他，说这事不必当真，外边有这样的传闻，他也不过是问问而已。

可彭兆栋哪里肯就此罢休，他气愤不平地说："过分了！太过分了！这帮人简直是得寸进尺，不让人活了。"又说这准是漆秃子干的！这小子一肚子坏主意！还说自己没爹没娘，处处受人挤对，吕长官，你可得为我做主啊。他七扯八拉地说个没完，吕韬只得好言相劝，让他不要受此影响，全力备战。

之后，吕韬在彭兆栋陪同下视察了前方阵地，召开了高级军官会议，接见了保安处长汪小小和县府官员等人，多方了解情况，并无发现异常。从霍川回来后，他的疑虑虽说没有完全解除，但多少放下心来。

一九四〇年春分过后，日本的飞机开始对霍川周边地区频繁实施侦察和轰炸，每天都有十多架次。种种迹象表明，这很可能是敌人即将进攻的前奏。就在这当口，CC皖西站报告，他们在侦听中发现一个奇怪的电台，就在霍川城内。这个电台一个月前就被发现了，但它只是偶尔发报，并没引起注意。最近一段时间，该电台发报突然频繁起来，使用的频道和密码与日军相同,怀疑是日本奸细。

吕韬警觉起来,他把袁幼鸣找去,要他迅速查清这个电台。他还打电话给汪小小,责令保安处配合皖西站行动。

可是,还没等电台查出来,彭兆栋已经开始行动了。

据我小姑爷爷说,四月二日,阴历二月廿五日,再过三天就是清明节了。那天晚上,他接到了军部的电话通知,要求师长和各团团长立即前往城里开会。

当时新兵师的三个团分别驻守红花山、桂树岭和泥埠桥,师部设在泥埠桥。三个团长赶到师部后,一起前往军部。他们赶到时已是晚上十点多钟了,城里早已戒严。军部门前三步一岗,五步一哨。他们按规定在门前卸下武器后进入会议室。

会议室设在一个大厅堂内。几个长条案分两边摆好,上边铺了蓝色的桌布,正中打横是主座,摆了一张红漆桌,这是彭兆栋的专座。在主座后边的墙上挂着蒋介石的半身像,两边横幅是孙总理的遗训:革命尚未成功,同志仍须努力。龚雨峰等人进入会场后,其他师的师长团长也陆续到了。龚雨峰注意到参加会议的除了新八十二军师团以上长官外,还有汪小小和保安团团长。

龚雨峰走到胡宣武边上的位置坐下来,打了个招呼,问他这么晚开会是什么事。胡宣武面色凝重,欲言又止,只是摇了摇头。

不一会儿,彭兆栋便走了进来。他的身后跟着副官彭青。彭兆栋刚坐下,一队全副武装的士兵便拥了进来,在会议室的四周持枪站立。

这情况颇为异常,众人面面相觑。龚雨峰这时忽然有了不好的预感。果然,彭兆栋一开口他便感到不对劲了。

"诸位,"他说,"这么晚把你们找来,知道为什么吗?"

没有人说话。

会场静静的。

"日本人就要来了，"彭兆栋接着说，"大家说怎么办？难道还要打吗？"这话问得太奇怪了，众人都有些诧异。彭兆栋这时又说："我看没法打了。日本太强大，打是死路一条，不打尚有活路。兄弟们跟着我，我要对你们负责。"

说完这话，他抬起头来看着大家。在场的人都愣住了，感到他话中有话，果然，彭兆栋沉下脸，咳了两下嗓子，继续说道："眼下我们顶在前头，可有人却巴不得看我们死。我不说，大家也明白。咱可不能上别人的当。"此后又围绕这个话题生发开去，说到新八十二军处境如何困难，桂系、蒋系都容不下我们，如果霍川守不住，我们连退的地方也没有，只有等死。说完这些之后，他话题一转，便大谈起曲线救国的道理，什么蒋主席、汪主席走的都是同一条路，只是方法不同。他越说越离奇。我小姑爷爷看了一下胡宣武和关大同，他们脸上都毫无表情。众人也大多迷惑不解。就这么七弯八绕，最后终于说到了主题。

"今天把大家找来，"他说，"就是要告诉大家，本人主意已决，自即日起，拥护汪主席反共救国纲领，率全军反正。"

此言一出，会场大哗。我小姑爷爷环视了一下四周，除了胡宣武、关大同，还有汪小小等少数人外，余者皆大感震惊。

会场上出现了骚动。

"肃静！肃静！"彭青站起来喊道。

众人重新安静下来。彭兆栋又咳了几下，清清嗓子，声称诸位跟随他多年，鞍前马后，生死与共，这一次愿意跟他走，他举双手欢迎，如不愿意也决不勉强。在说这段话时，他的目光不停在会场巡睃着，与其说是在察看每个人的反应，不如说是在施加压力。尽管他的声调不高，用的也是和平的口吻，但与会的军官们还是感到了极大的压力。"好了，"他最后扫了一眼众人，然后把身子向椅背上靠了靠，"大家有什么意见，现在可以发表了。"

他的话音刚落，汪小小带头发言，表示支持。"打不过还打，这不是找死吗？"他说，"跟着蒋主席是救国，跟着汪主席也是救国，这有啥区别？只要反共就行。我汪小小跟共产党誓不两立。咱们都听总座的，这错不了。日本人来了，这霍川还是咱们的天下。"

他的发言结束后，关大同也跟着表态，支持反共救国，并盛赞总座审时度势，择良木而栖，是英明之举。

彭兆栋脸上现出了满意的神情。他看了一眼胡宣武，只见胡宣武低着头不吱声。按照以往的情况，这种场合第一个发声的往往不是别人而是他。但这一次，他却沉默了，这多少让人有些意外。

汪小小和关大同发言后，会场便沉默下来。有人看看胡宣武，又看看龚雨峰，三个师长中已有一个表态，下边就看他们的了。

可他们都不说话。

时间仿佛停滞了。

过了好一会儿，我小姑爷爷终于站了起来："总座，你这样做考虑过后果吗？"彭兆栋扭过脸来，面无表情地瞥他一眼。"你想说什么？"他问。

"这是叛国，当汉奸，"龚雨峰说，"如果我们迈出这一步，那就万劫不复。不仅要遭到世人唾骂，而且还要被永远地钉上历史的耻辱柱。总座，你即便不为新八十二军考虑，也得为自己考虑。"他语调平静，但话语却十分尖锐，句句打在了彭兆栋的痛处。

彭兆栋坐不住了。

"够了！"他勃然大怒，"我早就知道你是共产党！你和贺文贤，还有贺廷勇，全是一伙的，你当我看不出来啊？"

龚雨峰知道他这是在转移视线，便紧扣刚才的话题继续说道："总座，请你不要发火，我是为你着想，也是为八十二军着想，请总座三思！"

他的话刚说完，彭兆栋便大喝一声："来人啊！你这是煽动军心，该当何罪？把他抓起来！"两个卫兵闻令上前，走到我小姑爷爷身后。我小姑爷爷镇定地看着彭兆栋。"总座，"他说，"我想再说一句，悬崖勒马，回头是岸，现在还来得及。"

"带下去！"彭兆栋吼道。

卫兵们上前把我小姑爷爷押走了。此后，会场又是一片静默。彭兆栋看了一下怀表，此时已是夜里一点多钟了。屋外开始下雨了，雨声打在屋檐哗哗地响着。不一会儿，天上出现了闪电，并传来隐隐的雷声。气氛变得极为压抑和沉闷。

"还有人要说话吗？"彭兆栋问道。

无人应答。

"那好。"彭兆栋摆了一下手，示意彭青宣读反共救国通电。就在这时，一个团长站了起来。

"总座，我能说一句吗？"

彭兆栋皱起眉头看着他，没有说话。那个团长是三一一师的老人，跟随彭兆栋多年，名叫焦长贵。他似乎有些紧张，支吾了两下，显得有些不知所措。"说吧。"彭兆栋不悦地哼了一声。

焦长贵站了起来。他脸色苍白，战战兢兢，看得出他一直在犹豫中挣扎。在彭兆栋允许他说话后，他反倒显得迟疑起来，或许是为自己站起来感到后悔也未可知。但此时已没有退路，只好硬起头皮，鼓起勇气说下去。

"这个，"他说，"这不是投降吗？"由于紧张，他头上开始冒汗了，话也说不下去了。彭兆栋不耐烦地问："你说完了吗？"

焦长贵用力地咽了两口唾沫，看了看周围。他似乎想打住不再说了，又似乎觉得有必要把话说完，于是再次鼓起了勇气。"咱是中国人……"他结结巴巴地说，"我这个……我不能当汉奸……"

彭兆栋神经质地抖了一下，脸像打了霜似的唰地一下变得惨白。"很好，"他说，"你过来。"

焦长贵从座位上走了过去。

"你跟我多少年了？"他问道。

"十一年。"

"很好，"彭兆栋又说了一句，然后不紧不慢地拔出手枪，哗的一声拉开了枪栓，"你能再说一遍吗？"他龇起牙齿，冲焦长贵笑了一下。

焦长贵看着乌黑的枪口，眼睛里闪出了恐惧的目光。

"说啊！"

"我……我不想……"他的话音没落，彭兆栋手中的枪已响了起来。焦长贵应声倒下。

"总座，"这时，胡宣武喊了一声，扑通跪下来，"总座，你不能这样啊，我求你了……"彭兆栋火冒三丈，上前猛踢了他一脚。"你个死胖子！"他大声吼道，"你想坏我的大事吗？"胡宣武低下头去，泪流满面，泣不成声。彭青赶紧上前把他扶起来，拉了出去。

当天晚上，新八十二军的各师师长、团长，除了龚雨峰和死去的焦长贵，分别在反共救国通电上签了名。按照计划，日军将于三日后，即四月五日清明节开赴霍川，与新八十二军会师。届时新八十二军将发表通电，脱离重庆政府。

然而，就在通电签署的第二天晚上，一件奇怪的事发生了。

彭兆栋的计划一下子被打乱了。

第三十三章　培叔爷　| 1940 年

一

在我的这部小说中，培叔爷原本并不重要，如果不是一九四〇年四月三日，即彭兆栋准备投敌前夜霍川发生那桩奇怪的事，他完全可以忽略不计。

培叔爷即贺老圩的二爷贺培贤，是我爷爷的堂弟，人称培二爷。自从他的胞兄贺仁贤，即仁大爷，被汪小小杀害后，贺老圩便开始走下坡了。天元公司宣告破产，其他产业也每况愈下。老太太急火攻心一下子病倒了。临终前，她把培二爷叫到床边，拉着他的手说："儿啊，你大哥死了，如今贺家就指望你了。你答应娘一句话，千万不能再这样下去了，你哥的仇还等着你去报哩。"说着泪流满面，当天晚上便离世了。离世后仍大睁双眼，久不瞑目。众人大哭，直到培二爷上前手抚其目，说了一句："娘啊，你的话儿记下了，你可放心去了。"她的眼睛才慢慢闭上了。

老母亲死后，培二爷开始改变恶习，安心守孝。贺家人暗自庆幸，以为这一次浪子真的回头了。然而，好景不长，不到半年，他又故态复萌，重新出现在妓院和赌场里。贺家人都大感失望，背后说啥的都有。"合该贺家气数要尽了，"大家悄悄议论道，"碰上这么个败家子，也命该如此。"几个姑老爷姑奶奶也恨铁不成钢，有当面劝的，也有指着鼻子骂的,大姑奶奶有一次甚至当众唾了贺培贤一口,可他依然我行我素,全当耳旁风。只有大姑老爷和三姑老爷似乎比较宽容,并没有过多指责。他们说二爷心里苦,就由他去吧,以后慢慢会好的。

可是,日子一天天过去了,贺培贤不仅没有丝毫转变,而且越变越不成样子了。他吃喝嫖赌,醉生梦死,家里的一应事务全都交给了七叔公贺耕年打理,几乎从不过问。有一次,商会开会,他不得不出席了,居然在会场上睡着了。还有一次,他喝醉了酒,在会上胡言乱语,弄得全场哄堂大笑。"贺家的脸都让他丢尽了,"七叔公对我说,"俺当时也在场,恨不得有个地缝钻进去。"

后来,这些事都成为笑谈,在坊间广为流传。卫登辉杀仁大爷,这事事发突然,事前卫树森并未与闻,事后得知消息,便主张索性一不做二不休,斩草除根,把贺培贤也做了。因为留下他说不定将来是个隐患。可卫登辉不以为然。"省了吧,"他说,"别费那个劲了。"在他看来,培二爷不过是个花花公子,根本不足为虑,可卫树森仍不放心。

他暗中派人监视贺培贤的动向,随时向他报告。起先得到的消息不容乐观,有传言称,培二爷立誓改邪归正,励精图治,重振家业。他还抓紧训练圩丁,花费重金,从上海购买军械,欲行勾践卧薪尝胆之志。还有消息称,他正在联络几家圩堡,暗中密谋复仇,而这几家圩堡过去都与贺老圩渊源颇深,其中陆家圩、萧家圩的圩主还是贺家的大姑老爷和三姑老爷。

这些消息一度引起了卫树森的不安。然而,他的担心似乎是多余的。因为没多久,培二爷便重新花天酒地,沉迷于赌场和妓院。至于那些所谓的励精图治、卧薪尝胆的传言当然也不攻自破。此后,有关培二爷的荒唐举止不断传来,灌满了众人的耳朵,似乎也证明了这一点。比如,有一次赌钱,培二爷输掉了城里大片的房产。又比如有一次,他一晚上输掉了良田三十多亩。即便如此,他仍然不肯罢休,直到大姑奶奶闻讯赶来,掀了牌桌,当众抽了他几个耳光,才制止了他的胡作非为。"这家伙没救了,"就连那些负责监视他的人都说,"除了败家,啥也干不了。"他们向卫树森保证说。

这一下,卫树森彻底放心了。

仁大爷遇害后,贺家的天元轮船公司遭到查封。不久,卫树森又巧立名目,吞并了天元的资产,于是,卫家的四海轮船公司开始独霸龙河,无人能比。为了扩大业务,他在码头附近大兴土木,建起了连片的仓库。城里原有的一些零星的仓库便废弃不用,闲置在了那儿。有一天,一个老板找上门来。原来,他看中一个旧仓库,想要买下来。

这个老板是个河南人,操起一口河南腔,开口就是俺的咋啦。他长得五大三粗,方面阔腮,说话办事十分爽快,自称是经营麻行的。据说生意做得挺大,河南、山东、湖北、江苏和浙江,都有他的商行。霍川产麻历史悠久,品质优良,而且皮薄柔软,纤维强,性能高,加上无病斑、虫斑,杂质也少,十分畅销。更为有利的是,当地水陆交通便捷,四通八达。于是,这个老板慕名而来,决定在这里开一家麻行。他很快就看中了一处院落。这处院落就是卫家原来的一个旧仓库,有十多间房子,前后两个院子,十分宽敞,只要稍加改造便可用来做麻行。虽然地点有点偏,不在闹市,但靠近北门,进城出城都比较方便,这个老板非常中意。

当时立春刚过,天气还十分寒冷,这个老板穿着厚厚的毛皮大衣前来卫宅拜访。卫树森看了他的名帖。上边写着"万盛源麻行掌柜李冠欣"字样。"哦,原来是李老板。"卫树森放下名帖,脸上的表情显得漫不经心。李老板说明了来意,他也似乎不感兴趣。"俺可没打算要卖房子。"他对李老板说。如今他家大业大,也没把一个麻行老板放在眼里。况且,他并不缺钱,干吗要卖房子?

李老板当然不肯罢休。按照他的说法,霍川城里目前还找不到一处比这房子更理想的地点,因此他并不想放弃。当天中午,他把卫树森请至状元楼酒家。这是霍川城里最大的一家酒店。为了请到卫树森，他也下了一番功夫。通过曲里拐弯的关系，找到当地商会的两个副会长，由他们出面邀请，还请了城里的一些头面人物前来作陪，给足了卫树森面子。尽管如此，卫树森还是不答应卖房子。

"那就租吧？"李老板退了一步。几天后，他又来到卫宅，与他进行商谈。不过，这一次卫树森有些松动了。"你想啊，"孙小三，如今的孙三伯对我说（这是他的口头禅，常常一开口就要先来上一句"你想啊"），"反正那房子空也是空着，不租白不租嘛。"然而，事情并不那么简单。卫树森一看李老板急切地想要这房子，心里便打起了小算盘。问他租金多少，他也不说。

"五十块如何？"李老板伸出三根手指。

卫树森不接话。

"六十块？"

卫树森还是不接话。

"俺说的是大洋。"李老板强调说，这个价码已经比市场价高出了不少。可卫树森依然不置可否。

"咋啦？你是嫌少吗？"

卫树森打着哈哈，轻描淡写地笑着。他解释说，钱多钱少无所谓，关键是自己无意出租此房。"那你空着不也是浪费吗？"李老板说。

"那也不一定，说不定以后会派用场。"

这话明显是在敷衍。李老板听出了弦外之音。"这个老东西，精得像个鬼！"李老板久经商海，心知肚明，他后来对人说，他的心思俺还不明白吗？于是，便直截了当地把话撂了过去："租金多少，你就开价吧，俺绝不还价。"

"还是算了吧。"

"别呀。"

"城里房子多着哩。"

李老板有些急了。李老板越急，卫树森越拿劲。两人纠缠了好一会儿，李老板开始沉不住气了，他一拍大腿，使出了最后一招。

"要么这样吧，"他咬了咬牙说，"俺们来个干脆的，除了房租，俺再送你两成干股如何？"

这个提议显然超出了卫树森的预期，但他表面上依然不动声色，并且摆出一副强人所难的姿态说："哎呀呀，瞧你这人，"他摊开双手，做了一个无奈的姿势，"你让俺说啥好呢？答应吧不好，不答应也不好。"那意思是说，他本不想答应，但话说到这份上，他要不答应就有些不近情理了。李老板看他松口了，终于舒了一口气。

"那就这么定了。"他说，并表示这是卫老爷看得起俺，俺李某三生有幸。卫树森的情绪也高涨起来，顺势讲了一些夸赞的话。他说，俺看你这个人够朋友，咱们可以长期合作。两人虚情假意，互相恭维了一番，便算成交了。事后，有人对李老板说，姓卫的也太黑了，这明摆着是宰人嘛。李老板摊开双手，做出一副无可奈何的样子。"有啥法子呢？"他说，"这都是求人的事嘛。再说了，眼瞅着砍麻的季节就要到了，俺也耽搁不起啊。"当时已是六月下旬，第一批麻七月上旬就要收割了。

卫树森捡了个大便宜，乐不可支。不过，既然做了股东，有些事就得帮着张罗，责无旁贷。在李老板的请托下，万盛源麻行开业那天，他盛装出席，还请来了当地许多头面人物，包括保安处长汪小小，还有大大小小的官员和乡绅几十人，呼啦啦地挤满了半条街。"那个排场可不小，"七叔公贺耕年说，"光流水席就摆了十几桌。"而且，更重要的是，大家都知道卫树森是万盛源的股东，以后李老板的生意就好做了。不仅地痞流氓不敢前来滋事，就连那些当兵的和警察也另眼相看。这么一来，人们都说这个李老板并不傻，虽然多出了一点血，但却讨了一顶保护伞。"这个河南侉子，"有人说，"可是个人精，别看表面上五大三粗，心里的小算盘算是精到家了！"

二

万盛源麻行开业后，一度十分红火。不过，如今许多年过去了，知道的人已经不多了，留下来的资料和线索更是少得可怜。我曾多方查访，收获十分有限，即便找到的资料，也大多零碎、笼统，或支离破碎，或道听途说，或以讹传讹，可信度并不高。仅李老板的称呼就有多种说法，有的说他叫倪老板，或吕老板。至于他的名字，有说叫李关辛，或吕官山，还有人写成倪冠昌，总之出入很大。

那么，李老板究竟是何许人也，没人能说清楚。他从哪里来，后来又去了哪里，他的真名叫什么，真实身份又是什么，这些始终都是谜。我曾走访过一些当年见过李老板如今仍健在的老人，他们也无法回答这个问题，包括七叔公贺耕年和孙三伯在内。不过，有一点可以肯定，那就是这个李老板十分能干，神通广大，方方面面全都玩得转。

霍川是大麻的产区，也是大麻收购和行销的集散地。新麻登场后，各地客商云集，麻行开秤收购，卖麻的农民则肩挑车推，络绎不绝。从七月开始，麻行便进入了旺季。各大麻行生意兴隆，日交易量达数千斤之多。万盛源同样如此，麻行前车来人往，一片兴隆的景象。

那段时间里，李老板忙忙碌碌，在万盛源进进出出。他还经常在饭馆里请客，宴请的宾客除了各地客商外，还有当地的头面人物，包括负责治安的保安处和警察局人员。"总之，这家伙手面很大，花钱也很冲。"七叔公对我说。当然，钱也没有白花的，花得多回报也多。那些得到过好处的自然投桃报李，处处提供方便。万盛源的车辆和货物任何时候都畅通无阻，即便是晚上也照样可以通过城门和关卡，而别的麻行连门也没有。"这就是能耐啊！"很多人都感到佩服，说不服不行。

我问过孙三伯，那段时间，培二爷都在干些啥。"他能干啥呢？"孙三伯对我说，除了逛妓院，就是下赌场。而且，他的手气还特别背，常常输得个精光，连家门在哪儿都摸不着。

说起来，让人难以置信，负责监视培二爷的白七，不知怎么也和培二爷鬼混到了一起。白七是当年商会民团团总白立贵的侄子。当年霍川灭门案就是白立贵一手所为，在他死后，卫家倒是没有亏待他，给了他家一大笔钱。白七投靠卫家后，也受到提携。仁大爷被杀后，卫树森指派他监视培二爷，但监视监视着不知怎么就厮混到了一起，成了牌友。当然，培二爷也没少喂他，每晚都要输给他千儿八百的。"你想啊，"孙三伯对我说，"他能不说二爷好吗？"因此，卫家从白七那儿得到的报告都是令人放心的。

民国二十九年阴历二月廿六日，公历一九四〇年四月三日，汪小小的四十寿辰便到了。这时距贺家大爷贺仁贤遇害已经过去三年零十一个月，而距万盛源麻行开办也近一年零两个月。

据七叔公回忆说，清明节前三天，培二爷从城里回来上坟。他记得很清楚，因为所有的事情都是他操办的。那几天，霍川刚下过雨，春寒料峭，天气十分寒冷。上坟之后，贺家还进行了祭祖。本来一切都很正常，可晚饭后，大姑老爷和三姑老爷先后来了。"当时天已经很晚了，"贺耕年说，"俺感到有点蹊跷，这么晚了他们咋来了？"陆家圩和萧家圩距离贺老圩都有十几里路，除非有什么要紧的事，他们不会这么晚赶来。大姑老爷和三姑老爷来了之后便进了二爷的书房，三个人在里边嘀嘀咕咕谈了半宿，究竟谈了啥并不清楚。不过，在贺耕年看来，这事有点不同寻常，他甚至有一种隐隐的预感，仿佛要出什么大事。果然两天后，就在汪小小寿辰那天，一件轰动的大事发生了。

我查过当时的报纸，事情发生的准确时间是在公历四月三日，这与贺耕年的回忆基本吻合。当天，汪小小庆寿活动达到高潮。在这前一天，彭兆栋已经决定附逆，并召开师团长会议通过了反共救国通电。汪小小也在通电上签了名。

在这件事上，汪小小和卫树森都积极支持彭兆栋，因为彭兆栋向他们许诺说，日本人来了，他便委任汪小小为霍川保安旅旅长，县长则让卫树森来当。

卫树森一直想当县长，始终未能如愿。现在，彭兆栋许诺让他做县长，他当然是求之不得，极力鼓动汪小小跟着彭兆栋干。为了巴结彭兆栋，汪小小还把吕韬打电话让他查找不明电台的事告诉了彭兆栋。

四月三日这一天是汪小小的生日。早在几天前，帖子便发出去了。街上张灯结彩，搭起了一里多路的彩门。可是，就在这前一天，彭兆栋签署了附逆通电。在这个节骨眼上，寿诞办还是不办，起先汪小小还有些犹豫。他去请示彭兆栋，没想到彭兆栋不仅不反对，反而支持他办。

在彭兆栋看来，汪小小庆寿是一个很好的掩护。附逆通电签名后，为了防止消息外泄，他下令四门紧密，只准进不准出，同时高度戒备，白天增设关卡，加强巡逻，夜晚实施戒严。这种不同寻常的措施难免引起不安，现在汪小小庆寿便有了合理的解释：为了庆寿活动的安全，防止共党扰乱，升级安保完全必要，也顺理成章。

于是，汪小小不再顾虑，开始大操大办。从早上庆寿活动就开始了。大街上，舞龙的、踩高跷的、放烟火的，热闹非凡，就像过年似的。全城有头有脸的人物纷纷前来贺寿。酒宴从中午一直摆到深夜。当地有名的戏班子水家班还被请来唱堂会。鞭炮齐鸣，鼓乐震天，高朋满座，盛况空前。

彭兆栋也来了，不过待的时间并不长，晚宴之后，他点了一出戏后便离开了。但这对汪小小来说，已是很大的面子。

汪小小那天格外高兴，红光满面，喜笑颜开。他身着大红的寿服，挺着大肚子，昂着硕大的光脑袋，走起路来摇摇晃晃。这几年他开始发福了，体重增加了三四十斤，看上去又粗又胖，就像个狗熊似的。贺客们众星拱月般地把他围在中间，一边敬酒一边说着恭维话。汪小小开心极了，那张胖脸上油光闪亮，笑得浑身的赘肉直打哆嗦。"二爷也去贺寿了。"孙三伯后来对我说，他当时也跟着一起去了。据他描述，汪小小看到他便拿他耍开心。二爷敬酒时，不小心泼了一点酒，洒在桌子上，这本来不算什么事，可汪小小偏说二爷耍赖，不依不饶。边上人也跟着起哄，都说要罚要罚。二爷答应自罚一杯，可汪小小却按住他的手说："别价，这酒可是粮食做的，浪费不得。"他哈哈笑着，指着桌子说。"那你说咋办？"培二爷为难了，他说，"难不成让俺舔了吧？"

哪承想汪小小还真是这个意思，在场的人都愣住了，就连那些原先起哄的人也觉得有些过分，都不出声了。"你想啊，"孙三伯对我说，"这也太欺侮人了，且在大庭广众之下。这不是存心要出二爷的丑吗？"说到这里，孙三伯便生起气来。虽说几十年过去了，提起这事仍愤愤不平。二爷似乎有些吃惊。他看着汪小小半天没动。气氛一下子紧张起来。"俺当时真为二爷捏了一把汗。"孙三伯回忆说。没想到的是，就在这时，二爷扑哧一声笑了。

"你真这么想？"他问汪小小。

"那还用说？"

卫树森这时也走了过来，他是巴不得看二爷笑话，而且希望事情搞大，乘机恶心二爷。可二爷居然丝毫也不反抗，一低头竟把洒在桌上的酒给舔了。"真是太丢人了！"孙三伯说，"俺当时都看不下去，感到脸皮直发烧。"直到汪小小死后，人们才看明白，原来他是胸有韬略，能屈能伸，与戏文中接受胯下之辱的韩信好有一比。

汪小小的寿宴一直闹腾到午夜时分才结束。宾客们陆续散去，白天挤满了半条街的车轿这时也都离去，汪府门前渐渐冷清下来。培二爷是最后一批离去的客人。孙三伯也跟着二爷离开了。当时已经很晚了。据水家班的刘黑子回忆，他们回到客栈，时间已是夜里一点多钟了。刘黑子是水家班唱武丑的，他武功出众，跟头翻得好，解放后一直在剧团工作。他当时有一个旧怀表，所以看了一下时间。"大家都累极了，"他对我说，"唱了一天戏，一回到客栈，便倒头就睡，连洗都洗不动了。"

小三子的回忆和刘黑子说的基本相同，虽然他不能说出准确的时间，但他清楚地记得，当时更夫已打了三更。这之后不久，他和二爷一起离开了汪府。不过，二爷并没有回去睡觉，而是去了赌场继续打牌。"他可是个夜猫子，晚上从来不睡觉。"孙三伯说，和他一起打牌的，除了固定的几个牌友，还有白七。不过，白七那天来得稍晚一点。他一直在汪府帮着张罗，直到客人都走了，他才赶来。

　　小三子累了一天，早已困乏了。他坐在门口，靠着椅子便睡着了。蒙眬中，小腹一阵子憋胀，原来是尿急，便醒了过来。他赶紧下楼到院子里去撒尿。四周万籁俱静，阴历二月的夜晚还很冷，他一边撒尿，一边抖抖索索地打了两个寒战。这时听到有人在说话，说话声是从楼下一间房里传来的。那是平时二爷吸烟的地方。屋里没开灯，从里边传出的声音很小，嘀嘀咕咕，听不真切。小三子正在纳闷，这时门推开了，二爷和大姑老爷从里边走了出来。听见院里有动静，便问了一声："谁？"

　　"是俺。"小三子答。

　　"干吗呢？"

　　"撒尿。"

　　他们便没再说什么。接着，大姑老爷又和贺培贤悄声耳语了几句，便匆匆离去。之后，二爷重新上楼打牌。小三子当时有些奇怪，心想大姑老爷怎么来了？这么晚了，他打哪里来的？贺老圩，还是陆家圩？但没容他多想，困意又重新袭来，他很快又迷迷糊糊睡过去。

　　不知过了多久，忽然一声巨响传来。

　　那声音地动山摇。

　　整个霍川城仿佛一下子跳了起来。

三

　　爆炸发生的时间大约是在凌晨三点。这个说法来源于保安团的几个士兵的回忆,当时他们正在城门口值勤,听到更夫敲打四更的竹筒声,随后不久爆炸便发生了。后来,《申报》《皖报》等报纸在报道这一事件时也多采用了"四更"的说法。于是,这个说法便成了比较普遍的看法。

根据多名当事人回忆,爆炸的威力相当巨大,大地在震颤,许多房屋都被震倒了。"就像地震一样,"小三子从睡梦中惊醒后,简直吓坏了,"到处都在晃动,"许多年后他对我说,"你想啊,几里路之外都有感觉,这动静得有多大啊?"据他说,爆炸持续了好一会儿。屋里打牌的人当时全都蒙了,片刻之后才醒过神来,纷纷向楼下跑。大家来到院子里,有些从床上惊醒的人连衣服都没穿,精赤着身体,光着脚就跑了出来。又过了一会儿,爆炸声才陆续停了下来,只见城东的方向火光冲天,浓烟密布,爆炸声就是从那里传来的。众人惊慌失措,谁也不知道发生了什么事情。白七大叫护兵,一个睡眼惺忪的士兵衣衫不整地跑了过来。他刚才也在旁边的一间屋子里睡觉。

"出了啥事?"

"不知道。"

"哪来的爆炸声?"

"不知道。"

那个护兵一问三不知,白七火了,冲他喊道:"还不快备马!"护兵应了一声,跑了出去。白七跟着也走了。众人议论纷纷,都说该不是日本人打过来了吧?可这不可能啊?前几天报纸还说,日本人还在六安哩,怎么说来就来了?就在大家七嘴八舌之时,小三子突然发现二爷不在了。他转身去找,发现二爷正在楼上的卧室里。让他更加惊奇的是,大姑老爷也在屋里,不知他啥时又回来了。小三子正感纳闷,二爷便冲他说你先出去。他的目光警觉,表情镇定,就像完全变了一个人。"那模样,"小三子说,"过去可不多见。"

天亮之后,陆续传来消息,爆炸地点竟是汪小小的住宅。人们朝着出事地点蜂拥而去。"俺也跟着去了,"小三子说,不过二爷并没去,他说他有些困了,"俺觉着,他好像另有想法。"小三子这样说,至于什么想法,他也说不清楚。当时太阳已经升得老高,阳光金灿灿地洒满大地,这样的好天气在清明前后并不多见。小三子赶到现场时,那里已经挤满了人。尽管军队已经出动,把出事地点围得水泄不通,不准任何人靠近,可爆炸现场还是能够看到,那情景简直太恐怖了。偌大的汪府院落占了好几亩地,现在突然消失了,留下来的竟是一片大坑。那个大坑足有好几米深,整个汪府都深陷其中。据说那晚在汪府的人没有一个活下来,包括卫树森,他当时也住在那里。汪小小的尸体几天后才被挖出来,已经碎成了好多块。后来为了填上这个大坑,政府动员了上千民夫,整整填了一年零六个月才把这个大坑填平。不难看出,爆炸的威力是何等巨大。据军方调查报告称,这次爆炸至少用了一千公斤炸药,甚至更多。做出这个结论的是新八十二军重炮团的一个火药专家,他曾留学德国,在世界上最大的兵工企业克虏伯公司实习过。根据他的判断,这种炸药很可能是当时世界上最先进的梯恩梯炸药,而非通常所用的一般土炸药,前者的威力比后者不知要大出多少倍。他的判断后来得到了验证,因为在作案现场找到了遗留下来的残余炸药。

实际上,炸掉一个汪府根本不需要这么多炸药。因为只要一百公斤梯恩梯就足以掀掉一座山头。据那位火药专家分析,这只能说明,安装炸药的人希望通过加大保险系数来达到自己的目的,或者心怀深仇大恨,非把汪小小碎尸万段才解恨。这个说法当然不无道理。让人们不解的是,这么多炸药是如何运进汪府的?汪府一向戒备森严,除了门岗之外,还有一个排的士兵昼夜不停地巡逻,不说人了,就连一条狗也钻不进去。要想把上千公斤炸药运进汪府,即便是分期分批也几乎没有可能。

不过,答案很快找到了。军警们搜查发现,在万盛源麻行里,竟然有一条地道,一直通到汪府的下面。一切都再明白不过了,炸药就是通过这条地道运送过去的。万盛源与汪府隔着三条街,表面看距离较远,但直线距离并不长,只有一里多路。不过,要在闹市里,避开人们的耳目,挖出这么一条地道,而且不被发现,简直不可思议。

从事后的分析看,这起事件肯定经过周密谋划,而且利用麻行作掩护,车来车往,不会引起任何怀疑。那些挖出来的土方和运进去的炸药,很可能就是裹挟在货物中,神不知鬼不觉地运出或运进的。直到这时,人们才想起那个李老板以及他的种种疑点。"这家伙根本不像个生意人。"有人这样说。的确,他的举止有诸多可疑之处,比如出手阔绰,花钱如流水,做生意时大大咧咧,不计成本,很少讨价还价。他收进的麻和卖出的麻都比一般麻行利润低。原以为他是新来乍到,为了打开市场而有意采取这种让利于人的营销策略,现在看来并非如此。此外,麻行的伙计也都是清一色从外地带来的,没有一个本地人。这些伙计们吃住在麻行,谨言慎行,不仅很少与外界打交道,而且行动也好像很有纪律。特别是麻行的后院,常年有人守卫,不准外人入内。这也不同寻常。不过,现在人们才发现这些,似乎已经太晚。因为麻行李老板早已不知去向。

据左右街坊说,早在爆炸发生半个月前他就去向不明。最后一个见到李老板的人是在码头上,他当时正在候船,说是要去南京、山东等地安排业务。麻行也关门了,伙计们陆续离去,对外声称是放假。当时正值麻行淡季,这种说法也没人怀疑。等到事发之后,麻行里连个鬼影子也找不到了。据说,一年后,省府曾派人调查过这事。他们按李老板留下的地址,找到他在河南的老家,那里根本就没这个人。而且,他所说的在河南、山东、湖北、江苏和浙江等地的麻行也压根儿不存在,纯属子虚乌有。

我大伯曾对我说,这个计划之所以能够成功,就是因为出其不意。事实上,这么做的确没人想到,不仅投入巨大,而且要冒极大的风险。

最不可思议的是，这么大的工程，这么长的时间，居然没有被发现，也真是绝了！

爆炸案后来成了一个长久的话题。人们有各种推测，有说是新四军干的，有说是桂系干的，有说是一七四师干的，也有说是汪小小的仇人干的，还有说汪小小杀人太多，这是报应来了。尽管众说纷纭，但从来没人想到培二爷，或者说根本没人往他身上想。因为像他这种窝囊废是不可能干出这种事的。况且案发的当晚，他始终活动在人们的视线之中，没有任何异常举动。此外，他与李老板似乎也不认识，因为从没有人看到他们之间有任何来往接触，哪怕是一点点蛛丝马迹也没有。

但随着时间推移，人们的视线渐渐转到了他的身上。有关培二爷策划此案的说法越来越多。疑点之一是，此案发生后，培二爷便一改过去，再也没有去过妓院赌场。疑点之二是，他又重振家业，恢复天元公司，一度当选为霍川商会的会长。

当然，这些与爆炸案并无直接关系。培二爷也从不承认他与此案有关，每当有人提起，他总是矢口否认。不过，在七叔公和孙三伯看来，这事倒有点诡异。孙三伯一再给我提到爆炸发生当晚两次看到大姑老爷的事。据他事后听说，早在几天前，大姑老爷就带着几个人进了城。他们进城干什么，无人知晓。一种推测是，他们很可能提前住进了麻行，直到那天夜里，由贺培贤授意实施爆炸。当然，这种猜测并无依据，或许大姑老爷出现只是一种巧合。

在众多的回忆中，还有一件事不能不引起注意。爆炸发生的当晚，培二爷的三姐夫（即三姑老爷）早早便来贺老圩进行布置，他召集所有的圩丁，荷枪实弹，高度戒备。整整一晚，所有的人都没睡。除此之外，贺家的眷属也连夜转移至萧家圩，那里是三姑老爷的地盘。直到第二天中午，从城里传来消息，说汪小小已被炸死，警戒方才解除，贺家的眷属才重新返回贺老圩。事前他们好像已经知道要发生什么事情似的。七叔公贺耕年曾问过三姑老爷，但他遮遮掩掩，只说是防备土匪，哪来的土匪也没明说。"俺猜想，"贺耕年对我说，"这事八成与那事有关。"他说的那事就是指的爆炸案。当然，这也不排除又是一种巧合。

我问过大伯，他的看法是什么。我大伯也无法肯定这事是培二爷干的，但他认为不排除这种可能。"二叔（指培二爷）是个大能人，"他对我说，"外边都说他是个花花公子，只会吃喝嫖赌，其实才不是哩。"我大伯还告诉我说，大叔（指贺仁贤）死后，二叔不止一次来找过他商讨报仇之事。或许是看我大伯迟迟没有行动才决定自己动手。

"这么说，"我问大伯，"他的那些举止是装出来的？"

"有这种可能吧。"

我查过许多资料，也走访过不少人，但这件事始终没有定论。当时战争年代，政府也没有过多精力来调查这件事，后来也就不了了之了。

"文革"期间，我回乡时曾见过培叔爷，当时他是"四类分子"，正在村中接受改造，已年近花甲，满头白毛，牙也掉光了，驼着背，披着一件破棉袄，看上去实在不起眼。有人向他介绍，说我是贺文贤的孙子，他便说："像，挺像的。"而后便咧开嘴笑了笑，也不多话，袖起手，慢慢走开了。"文革"结束后不久，培叔爷便病逝了。据说，他直到临死前都没有承认这件事。

不过，这桩离奇偶然的事件却引起了彭兆栋极大的恐慌，使他险些乱了阵脚。

第三十四章　小姑爷爷 | 1940 年

一

汪府爆炸案引起了极大震动。彭兆栋从睡梦中惊醒，慌慌张张地跳下床来，一边穿衣服，一边大叫来人。彭青匆匆赶来了。他也不清楚发生了什么事，按照彭兆栋的吩咐，一边下令关闭司令部大门，进入高度戒备状态，一边给卫队团孟团长打电话，要他立即派兵拱卫总座，而后又传令驻守城外的三一一师胡宣武部立即派兵增援。忙乱了好一阵，才慢慢稳定下来。

天亮时分，终于搞清了情况。孟团长前来报告说，是汪府发生爆炸，汪小小和卫树森都被炸死了。彭兆栋吃了一惊，这是谁干的？居然在戒备森严的霍川城闹出这么大的动静！是新四军？还是一七四师？抑或是桂系？那么，他们的目的是什么？而且事情不早不晚偏就发生在他即将投敌的前一天。难道说消息走漏了？这是一个警告？

昨天夜里，和平救国通电签署后，彭兆栋便采取了一系列严密措施，包括关闭城门，白天增设关卡，夜晚实施戒严，同时派出巡逻队，不间断地在大街小巷进行巡查。除此之外，他还派兵控制了县府，查封了 CC 皖西站霍川办事处。对于出席会议的师团长，在这之前已要求他们把眷属送进城里，名为保护，实为人质。所有这些，在他看来，已做得万无一失。然而，汪小小还是在他的眼皮底下被炸死了。

这事发生后，彭兆栋忽然大感不安。他一边下令彻查此事，一边去把顾希丞请来商议。顾希丞来到霍川后，化名俞吉年，公开身份是做木材生意的老板，先是住在司令部，但为了减小目标，特别是吕韬来查问之后，彭兆栋便在天后宫后边的七桂巷找了一处宅院，安排顾希丞一行住了进去，并在院内架设电台，随时与日军联系。

顾希丞来到司令部，也惊疑不定。昨夜的爆炸声也把他惊醒了，此后他惊疑不定，一直没再睡，连忙派人去找彭兆栋询问，后来听说汪小小被炸死了，同样大感惊诧。

"究竟出了什么事？"他问彭兆栋。彭兆栋说正在派人查。两人坐下来，分析了种种可能。越分析越觉得可疑。"会不会走漏了风声？"顾希丞担心道。彭兆栋也说不准。也许是，也许不是，不过如果走漏了风声，他们首先要炸的不是汪小小而应该是他才对。"说得是啊。"顾希丞大口抽着烟，百思不解。两人商议了一阵，一时难以找到答案。"不能再等了，"彭兆栋说，"夜长梦多，我看这事得提前。"

"你是说今天？"顾希丞说。

"是的。"彭兆栋说。

"开什么玩笑？"顾希丞说，"这怎么可能？"

按照原定计划，日军开赴霍川的时间定于四月五日清明节，如果提前至今天，显然来不及。彭兆栋说哪怕提前半天也好，他坚持要顾希丞与日军联络，但日军的回电否定了他的想法。来电称，计划无法改变，且情况不明，贸然提前，乃兵家大忌，决定仍照原计划执行，并要求彭兆栋迅即查明情况，随时报告。

吕韬接到彭兆栋投敌的消息是在四月三日傍晚。他刚吃过晚饭，正在院子里散步。暮色已经降临，晚霞的余晖映照着大地。梁副官报告说，新四军的史政委来了。他有些意外，转身迎了出来，只见史传洲正从门外的台阶上快步走上来。不远处，他的警卫员正在门前拴马。

两匹马浑身湿漉漉的，不停地甩着脑袋，打着响鼻，看样子跑了很远的路，而且跑得很急。

吕韬笑呵呵地迎上去，与史先生相互寒暄。自从停战协定签订后，新四军说到做到，积极维护团结抗战的大局，主动配合各部友军，同时提供情报共享。在相互合作中，史先生的开诚大度和精明干练也给吕韬留下了较深的印象。"共产党不简单啊，"他不止一次地说过，"正是因为有不少像史传洲这样的人。"

史先生是从上渡口驻地赶来的，一路上快马加鞭，一口气狂奔八十多里路，路上连口水都顾不上喝。他风尘仆仆，脸上满是灰土。吕韬令人打来水，让他洗一洗，可他顾不上了，摆着手说："我有重要的事情。"

其实，不用史先生说，吕韬也猜到一定是有重要的事情，而且事情肯定很紧急，否则，史先生不会亲自赶来。

果然不出他所料，史先生的话让他大吃一惊。

"什么，彭兆栋投敌了？"

"是的。"

"这消息可靠吗？"

史先生点点头。他把昨晚彭兆栋召开会议签署附逆通电的事告诉了吕韬。这消息太令人震惊了。吕韬坐不住了，在屋里来回走动。过了一会儿，他问史先生消息是从何而来，史先生回答是从新八十二军内部。吕韬的表情似乎有些迟疑。"能具体点吗？"他问道，并在椅子上坐下来，看着史先生。"这事错不了。"史先生告诉他说，武汉绥靖处来的那个顾问，一直待在城中，他们还带了电台，与日军随时保持联系。就在昨晚彭兆栋在军官会议上公开宣布投敌了，这事的严重性不言而喻。"得赶紧设法，"史先生强调说，他之所以亲自赶来，就是因为事关重大，刻不容缓，"必须尽快制止他们，"他说，"否则后果不堪设想。"

吕韬陷入了沉思。史先生的话言之凿凿，不容置疑。而且他说到电台，这与袁幼鸣报告城内有不明电台活动的情报不谋而合。不过，共产党与彭兆栋有过节，他们的话能信吗？早在这之前，新四军就曾提供情报，说日伪派员潜抵霍川，秘密策反彭兆栋。他去问过彭兆栋，彭兆栋矢口否认。当时他将信将疑，打算进一步观察。现在，史政委又送来了情报，它的真实性究竟有多大？吕韬一时无法判断，但是有一点他必须重视——如果情况准确的话，那么这事已相当严重，不容半点迟疑。

"他们何时行动？"吕韬问。

"这个还不清楚，但肯定是快了。"

"好了，我知道了，"吕韬站起来说，"史政委，你一路上辛苦了，先去休息吧。"

"这事不能耽误！"史先生提醒道。

"嗯，我明白。"

史先生走后，吕韬叫来参谋长苏万全商量，两人都感到事关重大。吕韬吩咐梁副官立即打电话给县府，找县长庞金玉——庞金玉是桂系派去的县长。桂系掌权后便换掉了袁幼鸣，袁幼鸣则由CC重新安排，改任新成立的皖西站站长——电话那边回答，县长身体有恙，回去休息了。"给我接他家中。"梁副官说。

"线路坏了。"

"马上去找！"吕韬抢过电话令道。

"你是谁？"

"我是吕韬。"

"是，吕长官。"对方答道。

放下电话，吕韬又让梁副官分别给前方各部队打电话，了解新八十二军动向。回答是并无异常。他又让梁副官给保安处打电话，找汪小小。对方守机的回答，汪处长正在府中办寿。吕韬气得骂道，这都什么时候了？还办寿？办你妈的鬼啊！

他又等了一会儿，看了看表。时间过得飞快，转眼过去一个多小时了，庞金玉仍然没有回电。他又让人催，回答是庞县长病得太重，无法起身，有什么话可以由他们转告。吕韬又气又急，冲着话筒喊："你去告诉他，就是爬也要给我爬过来！"

但是，庞金玉仍然没有回电。又过了半个小时，他让梁副官再打电话，竟然连电话也打不通了。这太不正常了！

吕韬在屋里焦虑不安地转着轱辘，心里思忖着拿不定主意。电话铃这时响了。是袁幼鸣打来的。他报告说，已查清不明电台的位置，是在天后宫的七桂巷一带，那里有新八十二军把守。"天啊！"吕韬差点叫起来，"他们果然是一伙的！"

接下去，袁幼鸣又报告了一个情况：昨夜，霍川城发生剧烈爆炸，原因不明，他想了解情况，但从今天早上开始，CC霍川办事处却失去了联系，怎么也联系不上。他派人去城里，直到现在也没有回音。据说城门紧闭，只准进不准出，好像出事了。

"妈的！"吕韬骂道，"看来彭兆栋真的在搞鬼！"他不再怀疑自己的判断，让梁副官马上把史先生请来商议。

四月四日中午，彭兆栋接到了联合指挥部苏参谋长的电话。当时，他的手下正在全城搜索，查找爆炸案的线索。他原以为爆炸是有人乘汪府办寿时混进汪府搞的，直到发现了万盛源麻行的地道，才知道炸药是从地道运进汪府的，彭兆栋惊得半天说不出话来。

这太恐怖了！

这个李老板是什么来路？居然不声不响弄出这么大动静。特别是那地道，如果从万盛源麻行开办算起，前后挖了近一年零两个月，竟无人发现。彭兆栋越想越怕，更担心自己也遭此厄运，于是下令急调一个工兵连进城，在司令部周围挖起深沟，防止有地道通到司令部下面。

就在他紧急布置这件事时，苏万全的电话打来了，通知他来指挥部开会。此时联合指挥部已从麻埠镇前移至霍川城以西的龙王庙，距县城约五十华里。彭兆栋问会议什么内容，苏参谋长说是关于下一步作战方案的部署。"好，"彭兆栋说，"我派人参加。"

"副座，"苏万全强调说，"总座吩咐了，这次会议十分重要，务请亲自发驾。"

哪知彭兆栋一听便推辞了。"哎呀，这可咋办啊？"他说，"眼下我可走不开啊。"理由是：昨天城里发生爆炸，人心惶恐，他正在亲自查办。

关于爆炸案，吕韬已有所闻。昨夜的爆炸惊天动地，十几里之外都有感觉。虽说封闭了城门，但各种传闻早已沸沸扬扬。吕韬曾让梁副官打电话询问情况，得到的回答是有人搞破坏，正要查办。

彭兆栋没有如实报告真相，是不想引起上边的注意。四月二日，当他决定发表和平通电后，便采取了一系列行动，其中最重要的有两个：一是封锁县府，软禁了县长庞金玉；二是端了官盐巷十二号，这里是CC皖西站霍川办事处，拘捕了全部人员，切断电话，并查封了电台。难怪吕韬找庞县长找不到，而霍川办事处也失联了。

彭兆栋早知道县府有桂系的耳目，而CC也一直暗中在监视他，因此在行动开始后便马上把这两处控制起来。

现在，离行动开始只有十几个小时了，只要能安然度过便大功告成。因此，彭兆栋格外谨慎，在这个时候，吕韬通知他去开会，他当然不会去。

苏万全说了半天，也未能说服他，只好说他向总座报告。过了一会儿，苏万全的电话又打来了，说已请示总座，总座的意见这次会议很重要，还是务请副座亲自发驾。但彭兆栋依然推托，不肯去。这时，话机里传来吕韬的声音。

"佐青兄，是我啊。"

"啊，是总座。"彭兆栋毕恭毕敬道。

"这个会你得来啊，"吕韬说，"因为会议很重要，有些事我还要当面和你说。"

彭兆栋一听吕韬亲自发话了，便有些为难。但他仍然不想去，便又陈述了理由，说明实难脱身。吕韬有些不高兴了："那你说怎么办？要不我去你那里开？"

"这个最好。"彭兆栋马上接话道，如果会议到霍川城来，这里是他的地盘，安全便有了保障。但吕韬这时又说："不行，你那里不是刚发生爆炸？"

"没事的，"彭兆栋说，"报告总座，我已控制了局面，一切尽在掌握之中。"

这话显然有些矛盾，刚才他还说发生爆炸案，正在清查，怎么现在又成了尽在掌握之中，彭兆栋正想找点话圆场，好在吕韬并没在意。"哎呀，"他咂了一下嘴说，"去你那里倒是方便，只是有人未必肯去啊。"

彭兆栋一听便知道他是说漆胜发，便道："你说漆秃子吗？他怕什么？难道我还能吃了他不成？"

"不是这样说，"吕韬在电话里沉吟了一会儿，"这样吧，你让我再想想。"

放下电话，又过了一会儿，电话铃再次响起。

"老彭啊，"吕韬在电话里说，"我看这样吧，会议改在双流镇吧，这里离大家都近，来去也方便。"

"好，好啊。"彭兆栋连声答应。

双流镇是新八十二军第二师师部所在地，这里是胡宣武的地盘，彭兆栋完全可以放心。

"那你做好安排吧。"吕韬说。

"是，遵命。"

放下电话，彭兆栋点起烟，忽然得意地笑了。

二

下午六点，彭兆栋来到了双流镇。他随身带了一个连的卫队，由卫队团孟团长亲自率领。日头西沉，夕阳的红光正在远山上慢慢淡去。天色渐暗，路旁的柳树和竹木摇摆着，散发着雨后清新的气息。彭兆栋骑在马上，他的身后跟着副官彭青，孟团长则带着人在前边开道。杂沓的脚步声不时惊动起树丛中的飞鸟。它们扇动着翅膀，在黄昏的天空下打着旋，仿佛正在不安地四处打量。

胡宣武已经站在镇前迎接他了。他的身后跟着副师长、参谋长以及六七个高级军官。他们身着呢制军服，站成一排。镇子周围早已布好了警戒线，触目可见全副武装的士兵，身上黄色军服表明他们都是三一一师的士兵。

彭兆栋一伸腿下了马，把马缰绳递给身后的卫兵，又用手中的马鞭敲了敲黑漆皮靴上的灰尘，然后挺了挺腰向前走去。胡宣武和军官们纷纷上前向他敬礼致意，彭兆栋摘下白手套，朝他们摇了两下，算是还了礼。

"他们都到了吗？"彭兆栋问道。

"吕长官到了。"胡宣武回答。

彭兆栋点点头。他们一起向镇内走去。"你都安排好了吗？"彭兆栋又问，声音压低了一些。胡宣武会意道："是的，请总座放心。"

彭兆栋满意地点点头。

胡宣武是他的老部下了。几十年来鞍前马后，对他言听计从，虽说才华有限，但其忠诚毋庸置疑。这一点得到了彭兆栋的充分信赖，被视为左膀右臂。不过，这次他的投敌计划，他一直表示反对，以至于为了确保计划顺利进行，彭兆栋起先不得不瞒着他，直到付诸行动前才告诉他。虽然他不得不服从，但情绪十分抵触，在彭兆栋开枪杀了焦团长，他还忍不住，当众跪下来进行劝阻，这让彭兆栋大为光火。

散会后，他把胡宣武叫来，大发雷霆，还扇了他两个耳光。"你连老子的话也不听了，反了不成？"他说，"你还是不是我的兄弟？"然后大声训斥，说他差点坏了大事。胡宣武不说话，只是流泪。彭兆栋只好劝他说，这只是权宜之计，咱们走一步，看一步。如果和日本弄不来，咱们再和他掰也来得及。又说，人为财死，鸟为食亡，别管那么多，不论走啥道，生存是最重要的。他还说，拿命去拼不值得，你死了，你老娘、小孙女怎么办？"别他妈的像个娘们儿似的，"他最后说，"大丈夫拿得起，放得下。咱们多年的兄弟，这个时候你不帮我谁帮我？"他连哄带劝，极力拉拢，总算把胡宣武说服了。

尽管出现了以上插曲，但彭兆栋对胡宣武的信任并未稍减。因此，吕韬提出要来双流镇开会，他马上答应了，而且求之不得。"这可是个送上门的好机会。"他随即想到可以唱一出鸿门宴，把所有开会的人，包括吕韬在内全都扣下，作为送给日本人的一份大礼。如果成功的话，这可是大功一件。想到这里，他好不得意，立即致电胡宣武，要他做好准备，到时一切看他眼色行事。

双流镇不大，只有一条街。沿街往前走，不到几分钟便看见了镇公所的房子，胡宣武的师部便设在那里。彭兆栋以前来过这里，熟门熟路。远远看去，镇公所门前站满了警卫，在不远处还有一些穿着各种颜色军服的军人正在休息，其中有桂军的，也有东北军和西北军的，都是跟随长官来的警卫人员。他来到镇公所门前，孟团长这时已带着警卫连跟了过来，并撒开警戒线。彭兆栋信步走向院中，卫兵们纷纷向他敬礼。彭兆栋看也不看，目不斜视，黑亮的皮靴踩在石子铺的地面上发出嘎嘎的响声。

胡宣武跟在他的身后，伸手示意了一下会议室的方向。这是朝东的一间大房子，十分宽敞，里边摆了会议桌，周围是一些椅子，墙上挂了作战地图。彭兆栋走了进去，看见一屋子军官或坐或站，三三两两地在那里说话。他们看见彭兆栋都迎上来敬礼、握手、寒暄。彭兆栋打量了一下，其中有桂军的将领，东北军和西北军的几个团长，还有新四军独立团政委史传洲、联军司令贺文贤，但却没有看见漆胜发。"这家伙哪儿去了？"他正想着，门外有人喊了一声："吕长官到！"

众军官纷纷肃立，举手敬礼。吕韬笑吟吟地走了进来。他的身后跟着苏参谋长和梁副官。他扭头看见彭兆栋站在那里，便径直走过去，向他打招呼说："你老兄终于来了。"彭兆栋说，吕长官恕罪，兄弟来晚了，有失远迎。吕韬笑道，不必拘礼，诸位就座吧。说着，在梁副官的引导下在正中的位置上坐下来。

军官们入座后，会议就要开始了。彭兆栋仍然没有看见漆胜发。"漆师长呢？"他问道。"他有事，来不了了。"吕韬说。

"妈的，"彭兆栋在心里骂道，"算这小子命大！"正想着，会议已经开始了。吕韬简单讲了几句开场白，说明今天请大家来开会，是有重要的事情。彭兆栋漫不经心地听着，忽然吕韬脸色一变，说道："敌人就要进攻了，大敌当前，我们中居然有人要叛变投敌，诸位知道吗？"

他的话音刚落，会场便一片哗然。众人大惊失声，彭兆栋心里也扑通跳了一下。正惊疑间，又听吕韬说："彭军长，请你解释一下。"

"我……"

"是你！"

"我不明白。"

"那我问你，听说武汉派人进了城，有这事吗？"

彭兆栋屁股像是被钉子扎了一下，叫起来："吕长官，你这是何意？"

"我正要问你呢？"

"问我什么？"

吕韬冷冷一笑，语调开始咄咄逼人。"顾希丞是什么人？通电是怎么回事？请你当着大家的面讲清楚。"此话一出，彭兆栋便知事情泄露了，脸上顿时像淋了猪血似的变得十分难堪。"你在胡说什么？"他猛地从椅子上弹起来大声叫道。

"究竟有没有这事？"吕韬不为所动，声音更加严厉，"据说昨晚，你胁迫部下签署了附逆通电，还打死了团长焦长贵。我没说错吧？"

彭兆栋一下子蒙了，半天说不出话来。由于事发突然，且在意料之外，他猝不及防，一时间有些乱了手脚。但他很快恢复了镇静，想到这里是老子的地盘，怕个鸟啊？"吕长官，"他说道，"我要提醒你，说话注意点，可别咬了舌头。"

吕韬笑道："这么说，是有这回事了？"

"那又怎样？"彭兆栋索性一不做二不休，扬起头，眼睛朝上一翻。"既然你已知道了，那也不用再瞒着了。"他恶狠狠道，"就在明天，日本人就要过来了，你们全完了！如果不想死，那就趁早识相点！"

吕韬一拍桌子："大胆！"

他的话音刚落，门外便拥进来几十个军人。他们穿着桂军蓝色的军服。彭兆栋忽然大笑起来："你们想干吗？"

吕韬说："彭兆栋，你知罪吗？"

"哼，"彭兆栋说，"笑话！谁敢在这里撒野？也不撒泡尿照照自己！"说着，大喊一声，"来人啊！"可门外竟然没有动静。

他又叫了一声。

还是如此。

"宣武呢？"他扭头去找，可不知什么时候胡宣武早已不见了踪影。

"坏了！"彭兆栋暗叫一声，伸手要掏枪，身后的两个军人马上扑上来，拧住了他的手臂。彭兆栋大喊道："你们干什么？干什么？"

"带下去！"吕韬脸无表情地挥了一下手。几个军人上前连拉带拽地将其拖出会议室。彭兆栋大叫："来人啊！来人……"他的喊声一路向后院响去，越来越小。几分钟后，突然传来了两声枪响。

等到胡宣武赶去时，彭兆栋已像死猪一样栽倒在地上。

这个结果出乎胡宣武的预料，也出乎我爷爷和史先生的预料。

昨天晚上，吕韬确信史先生的情报无误后，便赶紧找史先生前来商量。参加商量的还有参谋长苏万全和梁副官。大家一致认为要想尽快控制局面，只有控制住彭兆栋，才能解除危机。他们商量了好几个办法，包括调兵围住霍川城，但都无法令人满意。最后，梁副官提出以开会的名义将彭兆栋调出来，然后实施抓捕。

问题是，这个办法好是好，彭兆栋能否前来却无法保证。

"这个彭老栋一向鬼精鬼精的，"苏万全说，"你现在让他来龙王庙开会，他能来吗？"

"那也不一定，"梁副官说，"如果让吕长官亲自给他打电话，他敢不来吗？"

苏万全摇头道："别的不怕，就怕他起疑心。"

"是的，"吕韬认为苏万全的话有道理，彭兆栋老奸巨猾，不会轻易上当。"那该怎么办？"梁副官也没了主意。

这时史先生开口了。"也许，"他说，"咱们可以换一个地方。"

"换地方？"吕韬说。

"是的。"史先生说。在他看来，要想打消彭兆栋的顾虑，最好的办法就是找一个他认为安全的地方，他才有可能来。

"不错。"

"有理。"

众人都表示赞同，那么，哪里最合适呢？几个人想了几个地方，都认为不妥，最后还是史先生提到了双流镇。

"那是胡宣武的地盘。"

"这能行？"

"他可是彭兆栋的亲信。"

对于这个提议，无论吕韬，还是苏万全、梁副官都表示存疑。但史先生觉得可以试一试。他说了自己的理由，认为胡宣武因为家小多人死于敌手，他痛恨日军，反对彭兆栋投敌，这是一个很好的基础。

其实，这些年，新四军一直在做胡宣武的工作，利用他对日本鬼子的仇恨，说服他团结抗日，因此他对新四军的看法发生了很大的转变。史先生多次给他写信，除了自己亲自拜访，还通过我爷爷与他联络。胡宣武与我爷爷相识多年，虽然恩怨不断，但并无根本利害冲突，就私人感情而言还算不错。因此，史先生通过我爷爷做他的工作，也取得了一定的成效。

这次彭兆栋投敌，据新四军掌握的情报，胡宣武并未参与，而且一直反对，就在彭兆栋宣布投敌的那天晚上，他的态度仍然是不支持的。

综合以上情况判断，史先生认为如果从他身上打开缺口不是没有可能。

吕韬默然良久，虽然他对史先生的提议并不十分有把握，但眼下一时也想不到更好的办法，便同意试一试。与此同时，他也做好了两手准备，令苏万全马上调集军队，如果此法不行，便武力解决。

当天晚上，史先生便赶往双流镇，同时派人通知我爷爷一起前往。他们赶到双流镇已是夜里一点多钟了。胡宣武从被窝中爬了起来。得知史先生和我爷爷的来意后，大吃一惊。尽管他起先犹豫不决，但最后还是同意了。

据我爷爷回忆，他们当时对胡宣武说，如果你们投敌附逆，不仅要被全国人民指着脊梁骨骂，而且你死去的家人地下有知，也不会原谅你。提到死去的家人，胡宣武顿时泪流满面。他说他也反对投敌，可彭兆栋毕竟是老长官，他不能不听他的。史先生说，你以为这样是帮他吗？不，你这是在害他，害八十二军一万多名弟兄。

凌晨三点，胡宣武终于做出了决定。"好吧，"他说，"但我有一个条件，你们要答应。"

"什么条件？"

"你们打算如何办他？"他指的是彭兆栋。

史先生说："这得上面来决定。"

"不行，"胡宣武说，"你们必须把他交给我。"他解释说，他已对不起大哥了，不能再让他受到惩罚。

史先生点点头说："好，我们会把你的意见转告吕长官的。"

第二天，计划如期执行。在这之前，吕韬做好了最坏的打算，紧急调集桂军、东北军和西北军共十二个团秘密围住了双流镇，同时通知暂编一七四师做好增援准备，以防情况有变。结果，一切顺利。唯一让人意外的是，吕韬下令将彭兆栋当场处决。事前，史先生曾向他报告过胡宣武的要求，他当时也答应会考虑，没想到却没有兑现承诺。

这让我爷爷有些无法交代。据他说，那天的行动事前做过周密的安排。开会前，卫队团孟团长便被请进了另外一间房子，控制起来，彭兆栋带来的卫队连也被调开了。胡宣武则在会议中途躲了出去，因为他不忍面对彭兆栋被抓，更害怕自己动了恻隐之心，临时动摇。及至听到后院传来枪响，才意识到事情有变。等他赶到后院时，彭兆栋已经倒在血泊中，他身中两弹，一枪打在后胸，一枪打在后脑勺上，早已咽了气。胡宣武当即扑上去哇哇大哭。他责怪我爷爷和史先生没有兑现承诺，又骂自己对不起大哥，害了老上司。一干人纷纷前来劝他，他们把他拉到房间里。吕韬也亲自前来解释，认为这么做也是不得已而为之，毕竟彭兆栋在新八十二军经营多年，党羽甚多，只要他不死，恐怕就会多事。"可你们答应过我的，"胡宣武叫道，"不能说话不算话，这让我今后如何做人？"吕韬回答："大敌当前，非如此不可。"胡宣武伤心不已。事后他对我爷爷说，如果他知道会杀了彭兆栋，他绝不会答应他们。然而，事已至此，也无可奈何。

当天晚上，吕韬宣布胡宣武为新八十二军军长，龚雨峰为副军长，令他们立即处理善后，稳定军心，准备迎敌。

三

我小姑爷爷被释放了。

胡宣武回到霍川城，第一件事就是放了龚雨峰，请他出来共主大计。其时，胡宣武尚未从彭兆栋的死中回过神来。面对乱局，他一筹莫展，无从下手，龚雨峰来了后他才安下心来。我小姑爷爷不愧是个将才。他临阵不慌，镇定自若，连续发出七道命令。特别是第一时间逮捕了顾希丞等人，查封了电台。他们还把关大同召进了城里，宣布了处决彭兆栋的经过，关大同吓得面如土色。当龚雨峰问他何去何从时，他说他也不想投敌，这都是彭兆栋逼的。"我听你们的。"他当即表态说。

顾希丞被抓后，吓得要死，立即交代了敌人的全部计划，并表示愿意配合。据其供述，日军将于次日清晨从驻地出发，路线是由八道沟进入霍川，与新八十二军会合。八道沟位于马头山和东阳关之间，属于新八十二军的防线。这里是一条长十余里的深沟，路宽不足两米，两边多是十数米高的山崖，道路狭窄，其间经过八道山卡，故名八道沟。按理，这样的地形并不利于进攻，反倒易于被伏击，但日军选择这里，一是因为此道距霍川最近，可以迅即抵达；二是沟地较为隐蔽，不易被发觉，可以出奇制胜。至于被伏击的危险，可以忽略不计，因为这里是新八十二军的防地，由他们里应外合可保无虞。

当时，已是夜里十二点多钟了，留给他们的准备时间只有短短的几个小时了。龚雨峰一边电告联合指挥部，一边紧急部署：一，由他亲率新八十二军新兵师二个团、第二一一师一个团和第二一二师两个团，共计六个团连夜开赴八道沟伏击日军；二，由胡宣武率第三一一师两个团驻守霍川城，以固后方；三，由关大同率第三一二师一个团驻守东阳关，以固侧翼。

部署完毕，连夜开始行动。与此同时，通知驻扎在上渡口的新四军独立团和联军协同作战。

一九四〇年四月五日,霍川保卫战打响了。上午十时左右,部队分别赶到指定位置。据我大伯说,他们带队赶到一道沟时,来不及挖工事,敌人就出现了。这是日军第六师团的梅田大队。走在前边的是三十多人的骑兵小队,之后是两个战斗中队,最后是辎重队,共计五百余人。

按照事前分工,新四军独立团负责第一道沟,我爷爷的联军负责第二道沟,新八十二军负责剩余地段。日军大摇大摆,十分松懈,他们以为有新八十二军内应,占领霍川轻而易举。当然,他们并不知昨晚发生的一切。当他们进入伏击圈后,史先生下令开火。枪声一响,整个八道沟伏兵四起。枪声、炮声和手榴弹声响成一片。日军遭到突如其来的打击,一时晕头转向。由于地形不利,他们死伤惨重。梅田下令突围。中午十二点,日军的飞机赶来支援,频频扔下炸弹。我军阵地上硝烟弥漫,很快成了一片火海。借着飞机的掩护,日军开始向沟口退去。

他们边战边退,连续向驻守一道沟的独立团阵地发起冲击。由于敌军的辎重队一开始就被独立团打瘫了,大批车辆和物资堵住了狭窄的通道,使敌人难以前进。他们被迫转向二道沟,试图从那里打开缺口。敌人飞机开始集中轰炸二道沟,日军组织力量连续发起猛攻。二道沟是联军阵地,我爷爷指挥部队奋力还击。战斗中,参谋长曾灏、政治部主任楚天达先后阵亡。我爷爷也负了重伤,胸口被弹片击中。小武爷要把他背下去,他气得大骂,坚持坐在担架上指挥战斗。正在危急之时,我大伯带了一个营赶来支援,他才松了一口气。"你小子,"他看着我大伯说,"别让小鬼子跑了!"我大伯连声说是,看着他浑身都是血,就像个血人似的,我大伯心疼得眼泪都流了下来。"爹,"他说,"你放心,有俺哩。"我爷爷听了这话,才闭上眼睛,昏迷了过去。

我大伯带领部队立即投入战斗,死死地堵住敌人。两个小时后,新八十二军的增援部队赶到，彻底击溃了日军。

八道沟伏击战从上午十时一直打到晚上六时，前后八个小时，除了部分日军从三道沟的豁口逃窜外，歼灭日军四百余人，梅田少佐也在战斗中毙命。此战，史称八道沟大捷，是霍川抗日战争以来打得最漂亮、歼灭日军最多的一次战役。

战后，第五战区嘉奖了参战部队。新四军首长也来电表彰独立团和联军。我爷爷因为重伤，被送往延安养伤，联军正式编入新四军独立团。

不过，此战最大的功臣当数龚雨峰，只是当时很少有人知道，包括我爷爷和我大伯在内。

四月二日晚上，龚雨峰因为反对投降通敌，被彭兆栋下令带走，关押在卫队团的营房里。当时彭兆栋还没想好怎么处置他。夜里十一点钟左右，团长孟彬来看他。这时，彭兆栋召集的附逆会议已经结束。从孟彬的口中，他得知了会议的情况。"你也签名了？"龚雨峰问他。孟彬点头。"大家都签了。"他说。

"不是所有的人。"我小姑爷爷纠正他说。

孟彬无语。"是的，"他说，"除了你，还有焦长贵。"

"长贵是个好样的！"龚雨峰说。

孟彬再次无语。他低下头，好长时间不说话。孟彬和焦长贵当年都是长江上游警务旅的兵，由于作战勇敢，表现出众，他们还一起被送入随营军官培训队学习，龚雨峰做过他们的教官。后来，独立旅并入彭兆栋的警备师后，孟彬因救过彭兆栋的命，受到重用，被任命为卫队团团长。不过，他对我小姑爷爷依然十分敬重。当晚散会后他便来看望他，问他还有什么需求，只要他能做到的他会尽量去做。

龚雨峰被关在一个单独的房间里。室内只有一张床和一把椅子。孟彬来了之后，站在那里，一直没有坐。晚上的会议让他很难过，尤其是焦长贵的死。"我也没办法,"他说,"我是军人,只能服从。"

"是吗?"我小姑爷爷说,"乱命不奉诏,古已有之,何况是叛国?"

孟彬无言以对。他的脸皮有些发烫,似乎感到了羞愧。龚雨峰这时从椅子上站起来,走到孟彬面前。"人各有志,我不怪你。"他说,"不过,这次我可能出不去了。"他停了停又说,"但我不后悔。"他的表情十分淡定。

孟彬低下头去,不说话。他心里很不是滋味。龚雨峰说得没错,这一次彭兆栋也许真的不会放过他。即便他想放,日本人也不会同意。

"好了,不说这些了。"龚雨峰抬了一下手,好像要拂去眼前的烦恼,"我已做好最坏的打算,别的都不想了,只希望你嫂子来一趟,我想见见她,就算是交代一下后事吧。"

孟彬不说话,好像有些为难。龚雨峰仿佛看出了他的心思:"那就算了吧,你要害怕,就算我什么也没说,你走吧。"说完,他走到椅子前坐了下来。

孟彬站在那里,默然了一会儿。

"好吧。"他说。

当天夜里,孟彬便派人把我小姑奶奶接来了。她见到龚雨峰便哭了起来,孟彬关上门,等在门外,直到抽完两支烟,我小姑奶奶才泪水盈盈地离开了。第二天一早,她便去了林记杂货铺。林老板对她的到来大感惊讶。"你就是飞鹰?"对上暗号后,他把我小姑奶奶带到了内室。这么多年来,代号飞鹰的情报员一直在暗中输送情报。他们联系的方式,主要是通过秘密联络点传送用隐语写成的书信,从不见面,除非万不得已。

据我小姑奶奶说,早在一九三二年,我小姑爷爷就加入了共产党,是由郑先滔和龚雨珠介绍的。这事一直秘而不宣,就连我爷爷也一直被瞒着。这些年,他一直在秘密为我党提供情报,包括在闽赣"剿匪"期间,多次使红军化险为夷。这次,顾希丞来霍川、彭兆栋暗中与日伪来往的情报都是他送出的。当然，这些我小姑奶奶也是以后才得知的。那天晚上，她见到我小姑爷爷后，龚雨峰嘱她立即去找林老板，转告彭兆栋投敌的情况。我小姑奶奶当时哭得像个泪人似的，什么也听不进去。龚雨峰急了。

"你想不想救我？"

"想。"

"那就记住我说的话。"

听了这话，我小姑奶奶才不哭了。据她说，由于心情紧张，她离开卫队团后竟把暗号给忘了，回到家中急得快要疯了，不过想了一晚上，最终还是想起来了。"谢天谢地，"她说，"亏得想起来，要不全完了。"

我小姑奶奶送来的情报至关重要。当她离开林记杂货店几个小时后，史先生便收到信鸽传来的情报，他连夜赶去龙王庙通知吕韬，这才制止了彭兆栋的投敌行动，取得了霍川保卫战的胜利。

我爷爷后来得知了这些事，十分感慨，也十分惋惜。在龚雨峰牺牲后，他曾写诗数首对其缅怀。其中一首如下：

> 将军百战献丹心，
> 忍辱藏锋十七春。
> 一缕白云骑鹤去，
> 山河壮丽颂忠魂。

尾　声

　　一九七八年，大地回暖，正在拨乱反正的中国，春天已经来临。五月间，我爷爷病情加重，离开了人世。遵照他的遗嘱，他的骨灰将埋入霍川烈士陵园。下葬那一天，除了家人外，他的许多老战友都来送行。其中包括郑先滔夫妇、夏杰、卢庆竹、詹少成等。我爷爷在霍川保卫战中负伤后，被送往延安养伤。在养伤期间，中央领导曾多次去看望过他。此后，他加入八路军，南征北战，建国后被授予开国中将。

　　听到我爷爷病逝的消息，郑先滔不顾劝阻，执意要前来霍川，此时他已是九十二岁高龄。"文革"前，郑先滔曾在中央某部担任部长，此时已平反。这是我第一次见到他，还有雨珠奶奶。他的身体看上去很硬朗，面带红光，虽然须眉全白，但思维敏捷，声音洪亮。我奶奶向他一一介绍家人。我大伯建国后被授予开国少将，与他一起获得少将军衔的还有夏杰、卢庆竹。我二伯抗战时参加革命，一直在部队从事通信工作，解放后曾任南方军区通信兵部副部长。我父亲也是一名军人，参加过抗美援朝，他与我二伯一九五五年均被授予大校军衔。介绍到我时，我奶奶说："这是我们家的笔杆子。"当时我在一家报社当记者，写过不少文章。郑先滔听了很高兴，说："原来是个笔杆子啊。笔杆子好，你们贺家尽出武将，也该有一个文人了。"中午吃饭的时候，他又问我，你这个笔杆子，最近在写什么啊？我说没写什么，主要忙于工作。他就笑道："我看你爷爷，还有你大伯，还有他们，"他用手朝夏杰、卢庆竹等人指了指，"这是现成的素材，我看就很值得写啊。"

夏杰插话说："郑部长说得对，这是个好题材，还有大别山，这可是一块热土啊！"大家都说对。其实，人们这样说，也没有当真，但我却记在了心里。这么多年来，我陆续四处查访，搜集素材。一晃，又是四十多年过去了。这四十多年，国家发生了日新月异的变化，火热的生活让人目不暇接，每天都有新的题材、新的任务逼着我去追逐，去书写，直到退休后，我才静下心，开始写这部小说。

为此，我采访了许多当事人，走遍了霍川的山山水水，大牯岭、马头山、东阳关、五龙山，还有枫树湾、黄龙洞、八道沟等等，这些当年红军战斗过的地方我都去过。记得去八道沟是一个春天，我在当地文史办的同志陪同下，沿着当年的战场走来。山花烂漫，岁月静好，但崖壁上处处弹痕依稀可见，草丛中仍能找到锈蚀的弹片和弹壳。据文史办的同志介绍，当年霍川保卫战打得最激烈的地方是一道沟和二道沟。日军试图从这里突围，遇到新四军独立团和联军的英勇抵抗。他们还告诉我，我爷爷就是在这里负伤。

如今，这些早已成为过去。我们坐在山顶上向远处眺望，莽莽苍苍的大山一望无际，云海翻滚，天空高远。凛冽的山风，沿着狭谷浩荡而来，发出巨大的回声，仿佛群山在呼啸。我们任凭山风吹拂，好像又回到了那轰轰烈烈的昨天。

在采访中，我唯一感到遗憾的是没有采访过史先生。在我心目中，他是一个了不起的人。解放后，他曾任省政府副省长。我见他时年纪尚小，印象中他是一个性情和蔼的人。他在"文革"期间病逝。据说造反派中斗他斗得最凶的人是岳松。由于黄静雯的事，岳松受到影响，提拔很慢，后来又因作风问题被降级处理，"文革"时只是一个副处长。为此，他衔恨于史先生，进行报复。我大伯和卢庆竹都骂他是个小人。其实，史先生为了保护他尽到了最大的努力，但他却毫不领情。不过，"文革"结束后，他也受到应有的惩罚，死于狱中。

卢庆竹与我大伯关系最好。他们两家经常来往，后来卢庆竹的长子还娶了我大伯的次女，成了儿女亲家。夏杰曾与我大伯有过分歧，但后来他们并肩战斗，成了无话不谈的挚友。我在采访他时，他对我说："你大伯可是头犟驴，我差点毙了他，多亏史先生拦着，否则我军可少了一员战将喽。"说着哈哈大笑。

丫丫在解放后找到了。我大伯多次寻访，后来在霍川一户农民家找到了。那是一九六三年，当时丫丫已经结婚生子。名字也随养父母，改为贾小芳。据说，费伯母牺牲的第二天，这户农民上山砍柴，发现了丫丫。她被藏在一个山洞中——估计是费伯母把她藏在那儿，然后引开敌人跳崖而死——这户农民发现她后便把她抱回家抚养。在她的包袱中有一块怀表，正是我大伯当年送给费伊蓉的。

我大伯再次见到丫丫，喜不自禁，同时又悲痛不已。他想把丫丫留在身边，以补偿这么多年失去的父爱，但丫丫在城里住了一段时间后，又回到乡间。她说她不能丢下养父养母，现在他们年纪大了，需要她去尽孝。我大伯虽然舍不得，但还是支持她这样做。"这孩子懂事，"他对我说，"和她娘一样，是个善良的好人。"

如今，丫丫已经儿孙满堂。我采访她那一年，她已是六十多岁。自从得知生母是谁后，她年年都要去给费伯母上坟。说起往事，她并没有太多的悲伤，反倒是一副乐天知命的样子，令我唏嘘不已。

二〇二〇年的三月，我终于写完了这部小说。当我关上电脑，走到窗前，外边的灯光早已稀疏，远处的高架桥上只有少量的汽车还在行驶。此时已是深夜，周围一片寂静。我忽然感到了深深的遗憾，因为书中写的人已经全部离我而去了。我爷爷、我奶奶、我大伯、我小姑爷爷和小姑奶奶，还有郑先滔、史先生、夏杰、卢庆竹等等，都走了。一股深深的懊悔之情油然而生。我后悔当初为什么没有抓紧，一拖再拖。如果能够早点写出这部小说，或许更有意义。可是，现在再想这些又有何用呢？

我还记得十年前，我最后一次去见我大伯。那是二〇一一年，大伯已是一百零一岁高龄。他是他们那代人中最后一个离开我们的。当时，他躺在病床上，身上插着各种管子。由于严重的阿尔茨海默症，他已经不认人了，包括自己的孩子。我大伯在解放战争期间重新结婚，伯母是师部的电报员。她生了五个孩子，五年前先我大伯离世，享年八十四岁。

　　我走到大伯床边，握着他的手轻声唤他。他撩起眼皮看着我，目光茫然。他早已什么都不记得了，包括大别山、赤卫师、独立团，还有费伯母，所有这一切都从他的脑海中消失了，就像陷入一片混沌之中。我感到说不出的忧伤。如今，当我又想到这一幕时，在忧伤的同时又感到一丝欣慰。记忆可以忘却，但发生过的永远不会消失，这就是历史。

　　我站在窗前，沉浸在夜色中的宁静中，思绪穿越时光，好像飞到了久远的以前，耳边这时又回荡起山风穿过山谷发出的巨大的回声，仿佛群山在呼啸。

2020年3月26日初稿于合肥家中
4月29日修改